Phillip Rock wurde 1927 in Hollywood geboren, lebte von 1934 an in England und kehrte erst 1940 in die USA zurück. Wie schon sein Vater arbeitete er für die Filmindustrie in Hollywood. 1951 verkaufte er sein erstes Drehbuch an MGM. Seither schreibt er Drehbücher, aber auch Kurzgeschichten und Artikel für Zeitungen und Zeitschriften. Mit »Sturmwind der Zeit« gelang ihm sein bisher größter Erfolg.

Vollständige Taschenbuchausgabe
Droemersche Verlagsanstalt Th. Knaur Nachf.
München/Zürich
Lizenzausgabe mit freundlicher Genehmigung
des Econ Verlages GmbH

Titel der Originalausgabe »The Passing Bells«

Aus dem Amerikanischen von Ilka Paradis
Umschlaggestaltung Klaus Dempel
Umschlagabbildung DBB-Archiv
Satz IBV Lichtsatz KG, Berlin
Druck und Bindung Hanseatische Druckanstalt GmbH, Hamburg
Printed in Germany · 1 · 12 · 782
ISBN 3-426-00822-X

1. Auflage

Phillip Rock:
Sturmwind der Zeit

Roman

Knaur

Erstes Buch

1

Sommer 1914.
Die Morgendämmerung kam früh und färbte den wolkenlosen Himmel in den blassesten Grüntönen. Die Hähne hatten schon vor dem ersten Tageslicht gekräht und den Junitag allenthalben in der Grafschaft angekündigt. Auf dem Burgate-Berg rasteten nach dem steilen Aufstieg zum Gipfel die Holzknechte, zündeten ihre Pfeifen an und betrachteten den Sonnenaufgang. Es war wieder ein klarer, trockener Tag, und die Männer konnten – weit hinter dem Wald – Sussex und die South Downs sehen. Das Tal von Abington lag – noch immer dunkel verschattet – unter ihnen, aber als sie ihre Pfeifen geraucht und die Asche sorgfältig auf der nackten Erde ausgeklopft hatten, war die Sonne schon auf der Höhe des Glockenturms der Kirche angekommen und auch auf den Ziegelkaminen des großen Hauses, der Abington Pryory, das drei Meilen westlich stand. Das Haus selbst wurde durch ein dichtes Eichen- und Birkenwäldchen allen Blicken entzogen. Hinter dem Tal konnten die Männer einen dünnen Rauchschleier erkennen, der aus den sanften Hügeln der Heidelandschaft stieg: Der Fünf-Uhr-zehn-Zug von Tipleys Green brachte die reichen Ernten von Surrey zu den Londoner Märkten.
Anthony Greville, der neunte Earl of Stanmore, hörte das ferne Heulen des Zuges, der sich nun der Kreuzung in Leith Common näherte. Der Graf lag schläfrig im Bett und folgte mit dem inneren Auge der Fahrt des Güterzuges; er sah im Geiste zu, wie er sich durch das Land schlängelte, bevor er bei Godalming auf die Hauptstrecke stieß. Es war der gleiche Zug – größer und natürlich moderner –, dem er schon als Junge nachgesehen hatte; aber da war die Eisenbahn nicht über die Heide gefahren, sondern von Tipleys Green über Bingham gekommen. Die Strecke führte damals fünf Meilen über das Land seines Vaters. Wann war das wohl genau gewesen? Er überlegte. 1870? 72? Da ungefähr mußte es gewesen sein, meinte er. In den frühen Siebzigern, weil das Land später in jenem Jahrzehnt verkauft und in Farmen aufgeteilt worden war. Eine neue Bahnlinie war gebaut worden, die den Ort Abington umging. Eine Bahnlinie, die, wie die Farmer sagten, viel wirtschaftlicher war. Aber der Graf vermißte den uralten Zug mit seinem hohen Schornstein und dem glänzenden Messing.

Er drehte den Kopf auf dem Kissen und schaute nach der Uhr neben seinem Bett, einem Schiffschronometer, das in ein Gehäuse aus Rosenholz eingelassen war. Fünf Uhr dreiundzwanzig. Das große Haus wurde lebendig, und der Graf streckte seinen langen, schlank-muskulösen Körper unter der Steppdecke aus und horchte auf die gedämpften Laute: das Murmeln in den Leitungsrohren, als die Küchenmädchen Wasser für die Köche holten, das ferne Klingen der Schaufeln, als die Kohleneimer gefüllt wurden, das fast unhörbare Pfeifen eines Stalljungen, der sich an der Pumpe im Hof wusch. Bald würden eilige Schritte in den Hallen zu hören sein, wenn die Zimmermädchen heißes Wasser zum Rasieren und Kannen voll Tee für die Frühaufsteher nach oben brachten. Es gab vierzig Dienstboten im Haus, die Stalljungen und Pferdeknechte mitgezählt, und all diese Leute konnten ziemlich lärmen, wenn sie den Tag begannen.
Der Earl rasierte sich; er stand in Strümpfen vor dem Spiegel, während sein Diener neben ihm die Handtücher und eine Flasche mit Rum hielt. Der Name seines Dieners war Fisher, und Fisher stand schon über zehn Jahre im Dienst des Grafen.
»Und was hatten Eure Lordschaft für heute vorgesehen?«
Der Graf studierte sein Gesicht im Spiegel. »Was meinen Sie, Fisher? Wirkt der Schnurrbart ein bißchen zu militärisch?«
»Er sieht allerdings ziemlich finster aus, wenn Sie erlauben.«
»Und er macht älter?«
»So weit würde ich kaum gehen, Mylord. Martialisch, ja.«
»Wir trimmen ihn später, Fisher. Schneiden die Enden etwas stumpfer.«
»Sehr wohl, Mylord. Und was werden Sie heute tragen?«
Der Graf machte einen abschließenden Strich an der Kinnlinie entlang und ließ dann sein Rasiermesser in die Seifenschale fallen.
»Vormittagskleidung nach meinem Ausritt... Und heute mittag werden wir Gäste haben. Formelle Kleidung dann.«
»Sehr wohl, Mylord.«
Der Morgenausritt war ein feststehendes Ritual des Grafen, sowohl in der Hitze des Sommers als auch in den dunklen, frostigen Frühstunden des Winters. Er trug dazu alte Reithosen aus Cord und eine Jacke aus ratiniertem Wollstoff und, wenn die Luft kalt war, noch einen Pullover darunter. Im Schrank in seinem Ankleidezimmer standen dreißig Paar Reitstiefel, aber für den Morgenritt wählte er jedesmal ein Paar irische Jagdstiefel, deren hellbraunes Leder mit feinen Linien überzogen war wie das Gesicht eines uralten Mannes. Die Stiefel waren so geschmeidig wie Handschuhe und umschlossen seine langen Unterschenkel wie eine zweite Haut. Er stieg gerade mit Fishers Hilfe hinein, als ein leises Klopfen an der Tür zu hören war und Coatsworth das Zimmer betrat. Ihm folgte eins der Dienstmädchen, das ein großes silbernes Tablett trug. Darauf standen

eine Teekanne, ein Krug heißes Wasser, Milch, Zucker, ein Korb mit Hörnchen, ein Töpfchen Marmelade und eine Schale Butter. Der schon ältere Butler ging langsam. Seine langen, dunklen Hosen verbargen fast die Füße, die in Pantoffeln steckten.

»Guten Morgen, Mylord.«

»Morgen, Coatsworth. Wie geht's denn heute morgen Ihrer Gicht?«

»Besser, glaube ich. Habe gestern abend meine Füße in heißem Essig gebadet, wie Mr. Banks mir geraten hat.«

»Heißer Essig, tatsächlich.«

»Wirkt Wunder, sagt Mr. Banks!«

»Ist jedenfalls verdammt wirksam bei den Jagdpferden gewesen, das muß ich sagen.«

Mr. Coatsworth räumte einen Tisch neben dem Sessel ab, in den sein Herr sich gesetzt hatte, und bedeutete dem Mädchen, das Tablett dort abzustellen. Das Mädchen war jung, schlank und dunkelhaarig; sie hatte hohe Wangenknochen und eine schmale, leicht nach oben gerichtete Nase. Ein sehr hübsches Mädchen, dachte der Graf, während er sie anlächelte.

»Danke, Mary.«

»Ivy, Mylord«, flüsterte das Mädchen.

»Natürlich, Ivy.« Eine von den Neuen. Mary war die rundliche Rothaarige mit den vorstehenden Zähnen.

»Soll ich einschenken, Mylord?« fragte der Butler.

»Ja, bitte.«

»Sie können gehen«, murmelte Coatsworth, denn sie zögerte noch und schaute sich im Zimmer um. Man brauchte eine ganze Weile, um die jungen Dinger ordentlich auszubilden. Diese hier schien intelligenter zu sein als die meisten. Sie machte einen ordentlichen Knicks, ehe sie ging. Coatsworth schenkte Tee in eine Tasse und fügte einen Teelöffel Zucker und einen Schuß Milch hinzu. Dann schnitt er ein heißes Hörnchen auf und bestrich es mit Butter.

»Ich glaube, Sie werden die Hörnchen heute morgen besonders köstlich finden, Mylord. Die Köchin hat das Rezept gewechselt. Ein höherer Anteil an Roggenmehl als gewöhnlich.«

»Was Sie nicht sagen.«

»Ross sagt, sie erinnern ihn an die Hörnchen, die seine Mutter zu backen pflegte, als er noch ein Junge war, in Aberdeen.«

»Kommt ziemlich weit herum, dieser Ross, nicht wahr? Mir hat er gesagt, er käme aus Perth.«

Der Butler schmunzelte, während er die Marmelade auf dem Hörnchen verteilte.

»Ich würde sagen, Glasgow oder das East End kommen der Wahrheit näher.«

»Vielleicht. Wie auch immer, er kann mit Automobilen umgehen.«
»Wie Sie meinen, Mylord«, sagte Coatsworth mit mißbilligend verzogenen Lippen, ehe er sich zum Gehen umdrehte.
Es gab hier einige Schwierigkeiten, und der Graf wußte es. Jamie Ross war ein etwas zu temperamentvoller junger Mann von unergründlicher geographischer Herkunft, aber ein erstklassiger Chauffeur und Mechaniker. Er wurde auch dringend gebraucht, jetzt, wo die Anzahl der Automobile in Abington Pryory von einem auf vier angestiegen war. Der vorherige Chauffeur war ein Mann in Coatsworths Alter gewesen, ein Exkutscher, der wenig Ahnung von Automobilen gehabt hatte, abgesehen davon, daß er wußte, wie man die Gänge einlegt und in einer einigermaßen geraden Linie steuert. Er und der Butler waren enge Freunde gewesen; sie hatten zusammen ihre Freistunden im »Krone und Anker« in Abington verbracht, wo das Pfeilwurfspiel fast eine heilige Handlung war. Der junge Ross seinerseits zog weibliche Gesellschaft dem Pfeilwurfspiel vor und verbrachte seine freien Halbtage damit, auf seinem Motorrad in der Gegend umherzurasen und Dienstmädchen und Verkäuferinnen von Guildford bis Crawley den Kopf zu verdrehen.
Der Graf trödelte nicht mit seinem ersten Frühstück, sondern trank den Tee und aß seine Hörnchen wie jemand, der es eilig hat, anderswo hinzukommen. Er dachte an die Felder und den Wald, die Hecken und das Unterholz. Es gab keinen einzigen Fleck im Tal, der nicht eine Herausforderung für einen Reiter darstellte, nicht einen Meter Land, der einem nicht das Gefühl der wilden Freude und des Triumphes verlieh. Und es gab auf der ganzen Welt keine bessere Art, den Tag zu beginnen, als im vollen Galopp durch diese gesegnete Landschaft zu reiten. Das einzige, was der Graf im Augenblick bedauerte, war die Tatsache, daß er an diesem strahlenden, herrlichen Morgen allein reiten mußte. William würde erst in einem oder zwei Tagen von Eton herunterkommen, und Charles hatte den Geschmack am Reiten verloren. Der Gedanke an seinen ältesten Sohn dämpfte seine gute Laune für einen Augenblick. Er konnte den Jungen nicht verstehen. Seit Charles von Cambridge zurückgekommen war, schlich er nur lustlos und apathisch wie ein Traumwandler umher. Seine wissenschaftlichen Erfolge am King's College waren äußerst zufriedenstellend gewesen, aber als der Graf versucht hatte, Charles' Zukunft mit ihm zu diskutieren, war absolut nichts dabei herausgekommen. Dabei schien die Richtung, die der Junge einschlagen sollte, Greville klar vorgezeichnet zu sein. Charles war schließlich der Älteste, und das bedeutete, daß er später einmal den Titel erben würde. Er sollte sich mit Eifer die komplexe Struktur des Familienbesitzes zu eigen machen, nicht allein Abington Pryory mit ihren Dutzend Pachtfarmen, sondern auch den Besitz in Witshire, Kent, Northumberland und im West Riding und die ver-

schiedenen Unternehmen in London. Eine Aufgabe, die jeden Mann ausfüllen konnte. Wenn Charles natürlich den Wunsch geäußert hätte, Student zu bleiben und nach Cambridge zurückzukehren, würde der Graf ihm auch nicht im Wege stehen, aber jeder Diskussion über die Zukunft war Charles mit einer Haltung begegnet, die schnell zu einer unerträglichen, erzürnenden und ermüdenden Spannung zwischen den beiden führte! Der Graf kippte den Inhalt seiner Teetasse hinunter, als ob es Whisky gewesen wäre.

»Ich will los«, sagte er und stand abrupt auf. Der Diener kam eilig aus dem Ankleidezimmer und brachte eine Jacke, eine Tweedmütze und die Reitgerte mit dem polierten Bambusgriff. Fertig angekleidet schritt der Graf durch das Zimmer zur Tür, die seine Räume mit denen seiner Frau verband. Es war für ihn eine Quelle der Befriedigung, daß diese Tür im Verlauf von fünfundzwanzig Jahren Ehe niemals verschlossen gewesen war; ein Symbol der Liebe, das die dunklen Vorhersagen seiner Freunde gründlich Lügen gestraft hatte. Die Freunde hatten vorausgesagt, die Ehe könne unmöglich von Dauer sein, »so, wie diese Amerikanerinnen sind«. Weder damals noch jetzt hatte er die Bedeutung dieser Bemerkung verstanden.

Der Kontrast zwischen den beiden Zimmerfluchten symbolisierte den Unterschied zwischen Mann und Frau, wie der Graf ihn sah. Seine Räume waren mit dunkler Eiche getäfelt, spartanisch möbliert und frei von überflüssigem Zierat. Ein großes, unordentliches Bücherregal enthielt Werke über das Leben und die Jagd, ein oder zwei Romane von Hardy, Shakespeares Stücke in fünf Bänden und eine Bibel. Die hatte ihm der Pfarrer am Ort geschenkt an dem Tag, an dem er zum erstenmal nach Winchester ins Internat gefahren war. Zwischen den schmalen Bücherstapeln standen Jagdpokale und andere Trophäen. Der Säbel, den sein Großvater in Waterloo getragen, aber niemals benutzt hatte, steckte in seiner Scheide über dem ziegelgemauerten Kamin, und ein großes Teleskop, das Geschenk eines Onkels, der Admiral gewesen war, stand montiert auf einem Dreifuß vor einem der Sprossenfenster. Arbeitszimmer, Schlafzimmer und Ankleideraum hatten den Übergang von der Jünglingszeit bis zum mittleren Alter unverändert überlebt.

Die Räume Hanna Rilke-Grevilles, Gräfin Stanmore, waren dagegen von einem Mann ausgestattet worden, der im Bann der Belle Epoque gestanden hatte. Zimmer mit dicken Teppichen, Prägetapeten in Schattierungen von Zitronengelb und milchigem Grün, goldgerahmte Gemälde, Spiegel und Rokokomöbel. Seidene Vorhänge zerstreuten das Licht und badeten die Zimmer in einem sanften Leuchten. Die Räume einer warmherzigen, sinnlichen Frau. In all den Jahren war sie nie in die Räume des Grafen hinübergegangen, sondern er immer in ihre.

Sie schlief noch; ihr langes blondes Haar war zu zwei dicken Spiralen zusammengebunden, die auf dem Kissen ausgebreitet lagen wie Stränge von gesponnenem Gold. Der Graf störte den Schlaf seiner Frau nicht. Es war seine Gewohnheit, einfach einen Augenblick an einem Ende des großen Schlafzimmers zu stehen und sie anzuschauen. Dann schloß er leise die Tür und trat in sein eigenes Reich zurück. Er klatschte mit der Reitgerte an seinen Stiefelschaft und schritt energisch in die Halle hinaus.

»Guten Morgen, Mylord.« Vier von den Zimmermädchen für die oberen Stockwerke standen auf dem Treppenabsatz und flüsterten einstimmig ihre Begrüßung. Sie knicksten dabei, und ihre steifgestärkten Dienstkleider machten ein angenehmes, knisterndes Geräusch.

»Guten Morgen, guten Morgen«, sagte Lord Stanmore und warf ihnen kaum einen Blick zu, während er die breite Treppe hinabstieg.

Er verließ das Haus durch den Wintergarten mit der Glaskuppel; dort gab es eine Unmenge von Topfpalmen und hängenden Körben voller Farne. Dann schritt er hinaus über die schattige Westterrasse, wo zwei Gärtnergehilfen mit Reiserbesen die Bruchsteinplatten fegten. Die Männer hielten in ihrer Arbeit lange genug inne, um respektvoll an die Mütze zu tippen, und der Graf würdigte ihre Geste mit einem leichten Kopfnicken. Stufen aus verwittertem Granit schwangen sich hinab in den italienischen Garten, wo vier Männer eifrig damit beschäftigt waren, die Hecken zu beschneiden. Ein verziertes Eisentor, vor langer Zeit aus dem Besitz des Herzogs von Fiori in Urbino erworben, führte in den Rosengarten, in dessen Mitte ein Springbrunnen aus Carrara-Marmor grünes Wasser über die Statuen Neptuns und der Europa sprudelten. Hinter der Ziegelmauer, die den Hofgarten umschloß, markierten mehrere lange, niedrige Gewächshäuser die Grenze der riesigen Küchengärten mit ihren säuberlichen Reihen von Gemüse und dem tadellos umgegrabenen Boden. Ein baumbeschatteter Kiespfad wand sich an dem Gärtnerhäuschen, den Kompostgruben und den Geräteschuppen vorbei bis zu den Ställen, die durch eine hohe Steinmauer vom Herrschaftsgebiet der Gärtner getrennt waren. In den Ritzen zwischen den Steinblöcken steckten Musketen- und Pistolenkugeln, mahnende Überbleibsel aus einem heftigen Gefecht zwischen der Reiterei des Prinzen Rupert und einer Kompanie der Infanterie Cromwells, das 1642 stattgefunden hatte. Der Graf hatte versucht, die Kugeln mit einem Taschenmesser herauszugraben, als er noch ein Kind gewesen war, aber er hatte nichts erbeutet als rostige Eisensplitter und dünne Späne aus Blei. Ein festes, hölzernes Tor, das dunkelgrün angestrichen war, gab Zutritt zur Koppel und zu den Ställen, die dahinter lagen. Dies war seine Welt, und er war stolz darauf. Die neuen hölzernen Gebäude mit ihren Schieferdächern waren in seinen Farben gestrichen, blaßgelb, mit Akzenten in mattem Orange. Dies waren die feinsten Ställe in England, und bei den fünfundzwanzig Jagd- und Springpferden, die darin untergebracht waren, handelte es sich um die besten Pferde, die man kaufen, erhandeln oder erbetteln konnte. Sein Lieblingspferd von allen, ein siebenjähriger nußbrauner Wallach, wurde gerade von einem Pferdeknecht auf der Koppel bewegt, während ein vierschrötiger O-beiniger Mann, der einen Tweedanzug und braune Ledergamaschen trug, das Pferd mit kritischem und geübtem Auge begutachtete.

»Guten Morgen, Banks«, rief Lord Stanmore fröhlich hinüber. »Ich sehe, Sie haben ihn schon gesattelt.«

George Banks, Stallmeister und so etwas wie ein Tierarzt, scherzhaft als »Herr der Pferde des Grafen« bezeichnet, nahm seine kurze Shagpfeife aus den Zähnen und klopfte die Asche an der Handfläche aus.

»Er ist tipptopp in Form, Mylord, und kaut schon auf dem Gebiß, wie Sie sehen. Ich maße mir die Behauptung an, daß der alte Jupiter so gut wie neu ist.«

Der Graf spähte intensiv nach dem linken Vorderfuß des Pferdes, während der Pferdeknecht es zu ihm hinüberführte.

»Schont das Bein überhaupt nicht.«

»Nein, Mylord«, sagte Banks. »Die heißen Packungen haben ihm ordentlich geholfen.«

»Wir wollen nur hoffen, daß er nach dieser Geschichte nicht sprungscheu geworden ist.«

»Na, Mylord, das werden wir erst wissen, wenn der alte Junge 'nen Zaun nimmt, aber er hat ja auch schon vorher seine Knüffe mitbekommen.«

»Das ist wahr, Banks, aber nicht so schwere.« Der Graf klopfte dem Pferd liebevoll den Hals und ließ die Hand über den glattgestriegelten Widerrist gleiten. »Braver Jupiter. Braver alter Junge.«

»Er hat zugesehen, wie Tinker losgezogen ist, und die beiden sind gute Stallgenossen. Ich nehme an, er ist begierig drauf, ihn wieder einzuholen.«

»Tinker? Wer in aller Welt...?«

»Na, der Captain, Mylord«, sagte Banks, während er seine Pfeife neu mit Tabak aus einer gelben Wachstuchtasche füllte. »Captain Wood-Lacy. Ist gestern abend von London heruntergekommen, Mylord. War'n bißchen spät dran und wollte den Haushalt nicht durcheinanderbringen, deshalb hat er bei mir übernachtet. Er war schon mit den Hühnern auf und ganz wild auf einen Ausritt.«

Der Graf schwang sich in Jupiters Sattel.

»Verdammt. Ich wünschte, das hätte ich gewußt. Welche Richtung hat er denn eingeschlagen?«

»Nach Burgate und Swan Copse hinüber«, sagte der Pferdeknecht. »Aber er hat'n nicht gespornt, Mylord. Nur leicht getrabt.«

»Danke, Smithy. Vielleicht kann ich ihn einholen.«
Er tippte den großen Wallach leicht mit den Hacken, und das Pferd reagierte eifrig und brach in einen leichten Galopp den festgestampften Pfad hinunter. Der Pfad machte eine Kurve nach rechts auf die Straße nach Abington zu und war auf der Linken von einem fünf Fuß hohen Zaun begrenzt.
»Spring, Jupiter.« Er zupfte den linken Zügel, und das Pferd bog scharf vom Pfad ab, überflog den Zaun, und es war noch reichlich Platz dazwischen. Der Graf konnte hören, wie Banks und der Pferdeknecht Bravo riefen, aber er schaute nicht zurück.

Captain Fenton Wood-Lacy, Coldstream Guards, ritt langsam und in trübem Schweigen durch den fleckigen Schatten eines Buchenwaldes. Er war ein hochgewachsener, breitschultriger Mann von fünfundzwanzig Jahren, mit dunklen, tiefliegenden Augen, einer hervortretenden, langen Nase und dünnen Lippen. Sein Gesicht zeigte den Ausdruck einstudierter Arroganz und eine Andeutung von Grausamkeit, wie der Ausdruck eines Falken. Es war ein Gesicht, das unfähige Untergebene in zitternde Angst versetzen konnte, wenn es Zorn ausdrückte. Aber das war lediglich Captain Fenton Wood-Lacys Paradeplatzmiene, die er mit seinem Offizierspatent erworben hatte. Bei Freunden, Frauen, kleinen Kindern und bei den Sanften und Demütigen dieser Erde erfuhr dieses Gesicht eine fast magische Verwandlung. Die harte Linie des Mundes wurde weich, und die Augen verloren ihre steinerne Kälte und wurden warm von Humor und Mitgefühl. Im Augenblick war der Blick bleiern, und die Gesichtszüge drückten Sorgen aus. Wenn ein vorübergehender Fremder diesen Mann gesehen hätte, der auf einem prachtvollen Pferd saß, feine, in London hergestellte Reitkleidung und eine Melone von hervorragender Form und tadellosem Sitz trug, er hätte ihn wohl für einen reichen Edelmann gehalten. In Wirklichkeit aber trug der Captain in seiner Tasche einen Brief von der Cox-Bank; man informierte ihn in respektvoller, aber unmißverständlicher Weise, daß sein Konto ernsthaft überzogen war. Und das Problem seiner unbezahlten Rechnungen im Marlborough-Club war ihm am Tag zuvor vom Sekretär des Clubs ins Gedächtnis zurückgerufen worden.
»Es würde mir keine Freude machen, diese Angelegenheit Ihrem Oberst gegenüber zu erwähnen, aber Sie sind so sehr im Rückstand, daß wir uns gezwungen sehen...«
»Ach, schert euch doch zum Teufel«, murmelte der Captain leidenschaftslos.
Ein Ringfasan verließ seine Deckung und wirbelte zu den offenen Feldern hinter dem Wald hinüber. Fenton hob seine Reitgerte, verfolgte den Flug

des Vogels mit der Spitze und fällte die Gerte genau über die richtige Distanz, die einen sauberen Abschuß mit einer Schrotflinte sichergestellt hätte.
»Schade«, murmelte er. Der Fasan ging zu Boden, und der Captain senkte die Gerte und klatschte sie mit bedauernder Geste gegen sein Bein. Die Schönheit des Morgens, die Sonne, die durch die dichtbelaubten Buchen sickerte, und der goldene Nebel, der über den heckengesäumten Feldern lag, spotteten seiner Stimmung. Irgend etwas mußte getan werden, aber er konnte um alles in der Welt nicht herausfinden, welche Möglichkeiten er hatte. Hundert Pfund würden seine augenblicklichen Schulden aus dem Weg räumen – und diesen Betrag konnte er wahrscheinlich leicht von Lord Stanmore borgen, wie er es schon in der Vergangenheit getan hatte. Aber hundert Scheine würden nicht seine Probleme lösen, sondern das Unausweichliche nur noch für ein paar Monate aufschieben. Sein Anteil am Besitz seines seligen Vaters kam auf sechshundert Pfund im Jahr und keinen Penny mehr. Das, und sein Hauptmannssold, reichten nicht aus, um bei den Coldstreams zu bleiben, einem Regiment, das – wie andere Infanteriegarden – auf den Stil seiner Offiziere stolz war. Alle Gardeoffiziere müssen dem Guards-Club beitreten, aber als Captain war es für Wood-Lacy fast obligatorisch, auch Mitglied im Marlborough-Club zu werden. Ein unverheirateter Offizier in einem gesellschaftlich weniger hochstehenden Regiment konnte sein Quartier in der Kaserne nehmen, aber von einem Offizier der Garde wurde erwartet, daß er – natürlich auf eigene Kosten – eine passende Unterkunft in Knightsbridge oder in Belgravia unterhielt. Je höher der Rang, desto feiner die Adresse. Seine Beförderung zum Captain hatte nur seinen Ruin beschleunigt. Und zusätzlich zu all den anderen Ausgaben kam noch die Frage der Kleidung. Außer Dienst durfte nur Zivil getragen werden, es sei denn bei bestimmten gesellschaftlichen Ereignissen, und es mußte Zivil nach dem allermodischsten und teuersten Schnitt sein. Seine Schneiderrechnung war ungeheuerlich gewesen, und nur eine Glückssträhne beim Kartenspiel hatte ihm erlaubt, sie zu bezahlen. Aber dieses Glück hatte nicht lange genug angehalten, um alle Angelegenheiten mit der Cox-Bank und dem Marlborough-Club zu erledigen.
»Zur Hölle mit euch allen«, flüsterte er den Bäumen zu. Er gab seinem Pferd einen sanften Klaps, und das elegante Tier trabte energisch weiter, suchte sich seinen schmalen Weg in den Wald und hinauf auf eine Wiese, die dicht mit Kornblumen und Hahnenfuß bestanden war. Dort zügelte Fenton das Tier, saß steif im Sattel und starrte nach vorn. In der Ferne, hinter den sanftgewellten Wiesen, teilweise verdeckt von den Weiden des Swan Copse, erhob sich die gotische Fassade von Burgate House. In diesem Haus bot sich eine Dauerlösung für seine Finanzprobleme, aber zu

einem Preis, der ihn bis jetzt hatte zögern lassen. Er zögerte, aber er sah ein, daß er kaum die Wahl hatte. In Burgate House wohnte Archie Foxe mit seiner Tochter Lydia. Archie Foxe mit dem rauhen, herzlichen East-End-Benehmen und den verschluckten Silben. Die Firma Foxe und Foxe, Feine Delikatessen, und die unvermeidlichen White-Manor-Teestuben. Archies Angebot, ihm eine Stelle in der Firma zu geben, war ernst gemeint und bestand schon lange. Tausend Pfund im Jahr, als Anfangsgehalt. Die Summe war keine Kleinigkeit. Fenton Wood-Lacy zog ein silbernes Zigarettenetui aus seiner Jacke und entnahm ihm eine Orientzigarette mit Korkfilter. Das würde bedeuten, daß er sein Offizierspatent aufgab, aber bei der Armee lag sowieso keine große Zukunft. Die Beförderung zum Captain war bei seinen fünfundzwanzig Jahren ein reiner Glücksfall gewesen, eine von diesen Umstellungen im Bataillon, die einmal alle hundert Jahre stattfinden. Es würde jetzt zehn oder fünfzehn Jahre dauern, ehe sie ihn zum Major beförderten.
Er blies einen dünnen Rauchstrahl in den Wind und beobachtete mit schmalen Augen das ferne Haus, wie ein Späher, der die Bewegungen des Feindes erkundete. Es war ein häßliches Gebäude, zu Königin Annes Zeiten von einem Herzog errichtet. Der einzige Sohn des Herzogs war ums Leben gekommen, und der Mann hatte seine Architekten angewiesen, den Entwurf des Hauses zu ändern. Es sollte sich ein Monument zur Erinnerung an den Jungen daraus ergeben. Und die Architekten hatten sich selbst übertroffen; sie errichteten ein Gebäude, das mehr einer Kathedrale als einem Haus ähnlich sah. Niemand hatte jemals gern darin gewohnt, außer Archie. Archie Foxe liebte das Haus. »Es is', als ob man in der Westminster-Abtei wohnt«, hatte Archie gesagt.
»Ach verdammt«, seufzte der Captain. Sein persönlicher Rubikon lag vor ihm. Tausend Mäuse im Jahr. Und Lydia? Diese Frage entzog sich der Antwort, wie ein Irrlicht dem Griff eines Mannes ausweicht. Lydia Foxe würde das selbst entscheiden. Sie war wunderschön, einundzwanzig Jahre alt und die Tochter des nachgiebigsten Vaters auf der ganzen Welt. Für sie gab es keinerlei Einschränkungen. Sie konnte einen Monat nach Paris hinüberflitzen oder zu einem Wochenende nach London sausen ohne Furcht, von Archie in ihrer Freiheit beschnitten zu werden. Anfangs war es ihre Anregung gewesen, daß Fenton sein Patent aufgab und in »Daddys Laden« eintrat, wie sie liebenswürdig untertreibend die Firma Foxe benannte. Über diese Idee hatte Lydia mit ihm gesprochen, als sie ihm dabei geholfen hatte, die richtigen Möbel für seine Wohnung an der Lower Belgrave Street auszuwählen. Dabei hatte ihr Geschmack übrigens sein Budget bei weitem übertroffen. »Du bist ein Mann, der inmitten schöner Dinge leben sollte«, hatte sie gesagt. »In der Armee bist du ganz fehl am Platze.« Nun, das hätte Fenton ihr auch erzählen können, aber, anderer-

seits, sah Archie seine Stellung in der Firma nicht auch irgendwie als eine militärische Rolle an? Der stramme Exgardist, Archies Adjutant, wie er in der White-Manor-Teestube Bataillone von apfelwangigen, heiratsfähigen Mädchen in himmelblauen Kleidern, gestärkten weißen Schürzen und knackigen weißen Häubchen inspizierte? Natürlich tat Archie das. »Fenton«, hatte er gesagt, »Fenton, mein Junge, Lydia sagt mir, daß du vielleicht den Dienst in der Armee quittierst. Verdammt noch mal, deine Sorte könnte ich brauchen. Wie hören sich denn tausend Mäuse per annum an?«

»Sehr gut, in der Tat, vielen Dank. Aber trotzdem ... aber trotzdem ...«

»Ach, verflixt«, flüsterte Fenton leidenschaftlich und warf seine Zigarette in einen unkrautüberwucherten Entwässerungsgraben. Es war einfach nicht so simpel. Sechs Jahre beim Barras. Captain der Kompanie D, Erstes Bataillon. Das eigene Regiment wurde einem mit der Zeit ein bißchen heilig, ob man sich jetzt von der Tradition verlocken lassen wollte oder nicht. Es war wie eine Ehe ... In guten wie in schlechten Zeiten ... Bis der Tod uns scheidet. Es gab Gelegenheiten, bei denen er die Nutzlosigkeit seines Berufes beklagte, in einem Zeitalter, wo ein Krieg doch so gut wie unmöglich war. Und dennoch, wenn die Regimentskapelle den Marsch aus Figaro anschlug, wenn die lange, scharlachrot und blau gekleidete Kolonne von der Wellington-Kaserne den Birdcage Walk hinauf schwenkte, wenn der Wind die Farben des Königs peitschte und die Pfeifen schrillten, dann hatte er ein fast unbeschreibliches Gefühl des Stolzes. Das war einfach kindisch, und er wußte es. Echos aus der frühen Jugend, als er wie gebannt vor Onkel Julian gesessen hatte, der wieder nach Hause zurückgekommen war, nach den Kämpfen gegen die Pathanen an der Nordwestgrenze oder gegen die grausamen Derwische im Sudan – Onkel Julian von der Vierundzwanzigsten, der Warwickshire-Infanterie, mit seinem Victoriakreuz am Rock, der seine Geschichten spann von Tapferkeit und Kampf und mutigen Männern.

Pfeifen und Trommeln und strömende Farmen. Die Garde, die Schulter an Schulter über die eisigen Berge von Corunna marschierte, Sir John Moore, der sie mit Tränen in den Augen beobachtete und schon beim Anblick dieser ordentlichen, geraden Reihen weiß, daß Napoleon verloren ist. Knabenträume. Onkel Julians Erzählungen, Fortescues Geschichte der britischen Armee, unlöslich verwoben mit dem gesellschaftlichen Aspekt des Spiels, denn es war ein Spiel, dieses Soldatenleben in London. St. James, der Buckingham-Palast, der Tower ... Ein Offizier bei den Coldstream Guards, die schmale rote Linie des Königs ... Ein Gardeoffizier, und deshalb getrennt von den anderen, in der eigenen, exklusiven und vornehmen Gesellschaftsschicht. Das aufzugeben, einfach Mr. Fenton Wood-Lacy von der Firma Foxe zu sein, Fleischpasteten und einfache

Teesorten zu verkaufen, billige Lebensmittelkonserven, Teeläden zu unterhalten, die strategisch günstig an geschäftigen Ecken in allen größeren Städten gelegen waren – in Brighton, Plymouth, Margate, Manchester, Leeds, Birmingham, Liverpool und in der Londoner Umgebung –, das bedeutete, sich auf das Niveau der großen Masse hinabzubegeben. Und wenn das überheblich war, mußte man das Beste daraus machen!
Er lehnte sich im Sattel zur Seite und säbelte eine Wolfsmilchpflanze mit seiner Reitgerte ab; es war ein böser Rückhandhieb, der die hohe, schlankgewachsene Pflanze in einen verkrüppelten Stumpf verwandelte. Als er sich wieder aufrichtete, hörte er ein fernes Rufen und schaute müßig über die linke Schulter zurück. Da sah er Lord Stanmore, der mehrere Felder hinter ihm im Galopp auf ihn zukam und dessen rotbraunes Pferd mit der Eleganz einer Schwalbe über Hecken und Brombeerbüsche flog.
Der Earl of Stanmore in seinem wahren Element, dachte Fenton. Er kommt heran wie der Wind, Pferd und Reiter arbeiten so wunderbar zusammen wie ein feines Uhrwerk. Das war auch damals sein erster Eindruck von diesem Mann gewesen, als Fenton im Alter von neun Jahren zum erstenmal Abington Pryory besuchte. Und auch damals hatte es ihn genauso beeindruckt wie jetzt. Der Graf ritt noch immer großartig. Und so sollte es auch sein, denn es war Lord Stanmore gewesen, der ihm die richtige Art, zu Pferde zu sitzen, beigebracht hatte und die Art, wie man, ohne zu zögern, eine Hürde nimmt. Es war der Sommer von 1898 gewesen, erinnerte er sich, das Jahr, in dem sein Vater die Pläne für die Restaurierung des großen alten Hauses eingereicht hatte. Abington Pryory war während der Jahre des Umbaus zu einer zweiten Heimat für die Familie Wood-Lacy geworden, und Fentons Erziehung zum Reiter und Jäger hatte begonnen. In diesem lange vergangenen Sommer war ein Band zwischen ihm und dem Grafen geknüpft worden – ein Band der Freundschaft und des Respekts, das mit der Zeit nur noch stärker geworden war. Er sah den Grafen auf sich zu galoppieren, seine Laune hob sich, und die finstere Stimmung, die ihn eben so sehr bedrückt hatte, begann zu schwinden.
»Verflixt noch mal, Fenton«, rief der Graf aus, als er neben ihm angekommen war. Die beiden Pferde wieherten und rieben die Hälse aneinander. »Du hättest aber auch auf mich warten können.«
»Tut mir leid, Sir. Hab' nicht gedacht, daß Sie so früh schon auf wären.«
»Nicht auf? Was zum Teufel meinst du damit, nicht auf? Du kennst meine Gewohnheiten doch so gut wie jeder andere.«
Der Captain lächelte und bot sein offenes Zigarettenetui an. Der Graf nahm eine Zigarette.
»Bitte um Entschuldigung.«
»Akzeptiert.« Er lehnte sich zu Fenton hinüber, um die Zigarette anzu-

zünden. »Na, wenigstens habe ich dich eingeholt. Hast du gesehen, wie wir die letzte Hecke genommen haben?«

»Ja, Sir. Hab' ich. Wie ein Weltmeister.«

»Man sollte kaum glauben, daß der alte Junge zwei Wochen lang verhindert war, was? Nächsten Monat werde ich ihn nach Colchester mitnehmen, zur Military. Übrigens, hat Hargraves mit dir über die Jagd in Tetbury gesprochen?«

»Wir haben es beim Mittagessen im Savoy besprochen. Er hatte mich eingeladen.«

»Und du hast natürlich ja gesagt.«

»Hab' ich.«

»Schön. Du wirst es nicht bedauern. Du hast die freie Wahl unter allen Pferden... Außer Jupiter natürlich.«

»Das ist sehr freundlich von Ihnen, Sir.«

»Unsinn, mein lieber Junge, Unsinn.« Er tätschelte sein Pferd am Hals, wie ein anderer seinen Lieblingshund tätscheln würde. »Ich will ihn ein bißchen ausruhen lassen, und dann mache ich ein Wettrennen mit dir nach Hadwell Green. Wir trommeln den Wirt im Schwan heraus und besorgen uns ein Bier und ein Stück Käse.« Er paffte an der Zigarette, ohne zu inhalieren. »Verdammt, aber das ist ein wunderbarer Morgen. Das Volk zu Hause weiß nicht, was es verpaßt, wenn es zu jeder Tages- und Nachtzeit Im Bett liegt. Na, wie auch immer, wenigstens bist du hier. Wie lange kannst du bleiben?«

»Ein langes Wochenende. Am Mittwoch habe ich Palastwache.«

»Ich nehme an, du weißt, daß dein Bruder hier ist.«

»Ich habe es angenommen. Roger hat mir geschrieben, daß er und Charles Pläne für den Sommer hätten – um den Abschluß zu feiern.«

»Ich will verdammt sein, wenn ich diese Jungs verstehen kann. Zu meiner Zeit kamen die Kerls im Bewußtsein ihres Lebenszwecks und mit einer verdammt klaren Ansicht über ihr Lebensziel von Cambridge zurück. Weder Roger noch mein lieber Sohn haben auch nur die blasseste Ahnung.«

»Das geht vorüber«, sagte Fenton vage.

»Ich will verdammt sein, wenn ich verstehen kann, warum deine selige Mutter soviel opfern mußte, um Roger all das zu ermöglichen. Nimm doch mal das, was letzte Nacht beim Billardspielen passiert ist. Roger und Charles hatten irgendeine Auseinandersetzung über Verslehre, und Roger sagte, daß seiner Meinung nach die Georgianer auf der richtigen Spur wären. Rupert Brooke und andere. Rupert Brooke! Hast du je in deinem Leben solch einen Blödsinn gehört? Dieser Bursche läuft herum und hat Haare bis auf die Schultern und keine Schuhe an den Füßen. Na, später, nach ein oder zwei Gläsern Wein, habe ich Roger gefragt, was er denn so vorhätte. Und er sagte, ach, ich gebe in London eine Zeitschrift mit Gedichten heraus, fange im September an. Herausgeber, sage ich, schön für dich. Wieviel zahlen sie dir denn? Und er sagte, zahlen? Ach, es gibt kein Gehalt, man kann nicht erwarten, mit Gedichten Geld zu machen. Und jetzt frage ich dich...!« Seine Stimme brach ab mit einem Ton tiefster Verärgerung. Vier Häher erhoben sich aus den oberen Ästen einer Eiche und flogen mit kräftigem Gekrächze in Richtung der Granittürme von Burgate House davon. »Nun, genug davon. Wir wollen den Pferden mal die Sporen geben.«

»Können Sie mir noch einmal hundert Pfund leihen?« sagte Fenton, während er starr geradeaus schaute.

Lord Stanmore zupfte an seinem Schnurrbart. »Kann ich was?«

»Mir hundert Pfund leihen. Ich weiß, ich schulde Ihnen noch immer...«

»Blödsinn! Davon wollen wir nicht reden, mein lieber Junge. Natürlich werde ich es dir leihen, wenn du es dringend genug brauchst.«

Fentons Lächeln war schwach. »Ich nehme an, ich werde es immer dringend genug brauchen. Ich bin in einer ziemlich peinlichen Situation.«

»Das verstehe ich vollkommen. Für einen Mann mit deinen Mitteln bist du im schlimmsten Regiment, das es gibt. Ich möchte einen Vorschlag machen, Fenton, und ich hoffe, daß du dich nicht daran stößt.«

»Das werde ich nicht. Da bin ich sicher.«

»Also, dann...« Der Graf nahm einen letzten Zug aus seiner Zigarette und drückte sie dann am Griff seiner Reitgerte aus. »Es ist eigentlich ganz einfach. So einfach, daß ich ziemlich überrascht bin, weil du es nicht schon früher getan hast. Die Saison ist wieder über uns gekommen. London fließt einfach über von heiratsfähigen Töchtern kapitalkräftiger Männer, wie du wohl weißt.«

»Geld heiraten«, sagte Fenton ohne Begeisterung.

»Ja, und was kann es denn schaden? Beim Himmel, du bist ein gutaussehender Kerl. Ich darf vielleicht hinzufügen, daß du regelrecht großartig aussiehst, wenn du deine rote Jacke auf einem dieser Bälle in Mayfair trägst. Sei ehrlich, mein Junge, ist es so ein Verbrechen, die Tochter eines Fabrikbesitzers aus Manchester davor zu retten, irgendeinen käsigen Vermögensverwalter zu heiraten?«

Der Captain lachte, zum erstenmal seit Wochen. »Ich glaube nicht; wenigstens nicht, wenn Sie es so darstellen.«

»Es gibt nur eine Art, die Sache anzusehen, alter Junge. Wie Archie Foxe es vielleicht ausdrücken würde, du bist ein verkaufsträchtiger Gebrauchsartikel.«

»Wie eine Fleischkonserve.«

»Genau. Schau, wir werden nächste Woche das Haus in der Park Lane einweihen, und Hanna hat ein halbes Dutzend Parties und Bälle in Arbeit,

um Alexandra in die Gesellschaft zu führen. Wir könnten zwei Fliegen mit einer Klappe schlagen. Meiner Tochter den richtigen Mann suchen und dir die richtige Frau. Willst du uns dabei behilflich sein?«
»Ich habe kaum die Wahl.«
»Na, verdammt noch mal, Kerl, du könntest ja vielleicht auch Spaß daran haben! Weiß der Himmel, was für hübsche Schmetterlinge sich in deinen Netzen verstricken.« Er zeigte mit seiner Gerte zum Burgate House hinüber, wo die Dohlen krächzten und um die Türme kreisten. »Und in dem Haus da drüben, alles was recht ist, gibt es auch einen Schmetterling, den ich gern aus dem Verkehr gezogen sähe. Aus Gründen, auf die ich nicht eingehen will, aber ich bin sicher, du verstehst.«
»Ich glaube ja«, sagte Fenton ruhig.
Der neunte Earl of Stanmore zog finster die Stirn in Falten und wandte seinen Blick von dieser Monstrosität von einem Haus ab, das seinen Gedankengängen nach nur ein steinreicher Mensch aus der Londoner Unterschicht für großartig halten konnte, einer, der kein Gefühl für Geschmack hatte.
»Verflixt, Fenton, ich bin jahrelang mehr als nachgiebig gewesen, ich habe Charles diese kindische Liebelei mit dem Mädchen erlaubt, als er sechzehn war, aber, lieber Himmel, er ist jetzt dreiundzwanzig, es ist Zeit, daß er drüber wegkommt und der Wirklichkeit ins Auge sieht. Andererseits kann es auch sein, daß sie vielleicht selbst die Sinnlosigkeit begreift und ihm den... Wie heißt doch gleich das Wort?«
»Laufpaß?«
»Richtig, den Laufpaß gibt und sich nach einem Ehemann umsieht, der passender für sie ist. Je schneller, desto besser.« Er grub seine Fersen in die Flanken seines Pferdes. »Wir wollen reiten!«
Passender für mich, dachte Fenton, während er sein eigenes Pferd mit einem Hackendruck zum Galoppieren brachte und dem Braunen über das Feld folgte. Dies alles bedeutete natürlich, daß der älteste Sohn eines Earl of Stanmore nicht die Tochter eines Lebensmittelhändlers von Shadwell heiratete, selbst wenn dieser Lebensmittelhändler reicher war als die meisten Adeligen Englands. Archie Foxes Tochter, trotz ihrer Garderobe aus Paris und trotz ihres Benz-Sportwagens, blieb dennoch Archie Foxes Tochter. Eine Freundin der Familie seit ihrer Kindheit, das war schon richtig, aber, wie Lord Stanmore darüber dachte, nicht mehr als eben das. Das Glaubensbekenntnis des Grafen schloß seine starren Ansichten über die Unterschiede zwischen den Klassen ein. Seiner Meinung nach war Lydia Foxe dazu bestimmt, innerhalb ihrer Klasse zu heiraten. Nicht den Sohn eines Lebensmittelhändlers, denn Archies Millionen verhinderten das, aber mit Sicherheit jemanden, der weniger nobel als ein Greville war. Den Sohn eines Architekten vielleicht, wenn der Sohn Soldat war? über-

legte Fenton. Eines geadelten Architekten, denn der kürzlich betrauerte Sir Harold Wood-Lacy, Restaurateur alter Gebäude, war ein Meister in seiner Kunst gewesen. Sehr zur Freude solcher Kunden wie Königin Victoria und des Earl of Stanmore, für den er Abington Pryory höchst sorgfältig restauriert hatte. Der Graf hatte dafür einen Teil der Mitgift seiner Frau ausgegeben, die zehn Millionen Dollar oder mehr betragen hatte. Adolph Sebastian Rilke hatte das Geld gerne ausgezahlt, wenn er dafür erleben konnte, wie seine Tochter einen Adeligen heiratete. Es waren Dollars, die beim Bierbrauen in Chicago und Milwaukee, USA, verdient worden waren. In dieser Verbindung hatte kein Verlust an gesellschaftlichem Status gelegen. Geld war der Adel Amerikas: Bierbarone, Stahlbarone, Kohlenbarone, Räuberbarone aus der Wall Street, und um das Ganze abzurunden, warf man gelegentlich einen Industrieprinzen dazu. Eine amerikanische Erbin hatte den gleichen Rang wie eine Habsburgerin. Und selbst wenn jemand darüber die Nase gerümpft hätte, daß ein Greville, ein Earl of Stanmore, die Tochter eines Bierbrauers heiratete, dann konnte man immer noch darauf hinweisen, daß die Rilkes von Milwaukee, Chicago und St. Louis einfach einen Zweig der von Rilkes von Mecklenburg-Schwerin darstellten und daß Hanna Rilke den gräflichen Junggesellen immerhin auf einer Londoner Gartenparty kennengelernt hatte, die ihr zu Ehren bei ihrer Cousine vierten Grades, Prinzessin Maria von Teck, gegeben worden war. Ja, den Unterschied zwischen den Rilkes und den Foxes konnte man so leicht begreifen, selbst wenn man die ganze Scheinheiligkeit leicht komisch fand.
»Los! Los!« rief der Graf über die Schulter zurück. »Hol mich ein, wenn du kannst!«
»Ich will's mal versuchen, Sir«, brüllte Fenton und spornte sein Pferd, aber er blieb denn doch eine politische halbe Länge hinter dem Earl.

2

»Mr. Coatsworth hat mich informiert, wie zufrieden er darüber gewesen ist, wie Sie sich heute morgen betragen haben, Ivy. Aber Sie müssen sich merken, was ich Ihnen über das Trödeln und Herumstarren gesagt habe.«
»Ja, Mrs. Broome«, flüsterte Ivy Thaxton.
»Sie können jetzt gehen und frühstücken, und danach gehen Sie Mrs. Dalrymple mit der Wäsche zur Hand.«
»Ja, Mrs. Broome. Danke, Mrs. Broome.«
Mrs. Broome war nicht unfreundlich oder allzu anspruchsvoll, trotz ihrer wuchtigen Formen und ihrer königlichen Haltung. Sie war stolz auf ihre

Fähigkeit, das Hauspersonal so auszubilden, daß Tadel selten wurden. Es gab Haushälterinnen, die regelrechte Sklaventreiber und Feldwebel waren und die das Personal ständig herumschubsten und bestraften. Für solche Kreaturen hatte Mrs. Broome nur Verachtung übrig. Sie schaute das schlanke, dunkelhaarige Mädchen anerkennend an, streckte dann die Hand aus und berührte es sanft am Mund.

»Lassen Sie uns hin und wieder ein kleines Lächeln sehen, Ivy. Sie werden sich bald an alles hier gewöhnen.«

»Ganz bestimmt, Mrs. Broome.«

»Das ist die richtige Haltung, Kind. Und jetzt sausen Sie los und frühstükken Sie.«

»Danke, Mrs. Broome«, sagte Ivy und knickste respektvoll, ehe sie eilig den Korridor zum Zimmer der Dienstboten hinunterging. Ivy Thaxton war siebzehn Jahre alt, und dies war die erste Woche, die sie von zu Hause weg verbrachte; es war ihre erste Woche in Stellung, und sie fand alles sehr verwirrend, aber nicht unangenehm. Sie war nicht unglücklich, wie die Haushälterin meinte, nicht wie diese Mary Grogan aus Belfast, die die ganze Zeit heulte. Nur, man mußte sich soviel merken, und es gab so viel zu sehen. Das riesige, weitläufige Haus faszinierte sie. Es gab so viele Korridore und Durchgänge, so viele Treppen und Zimmer. Manchmal verirrte sie sich, wenn sie angewiesen wurde, zum »Blenheim-Zimmer im Ostflügel« oder in die »blaue Suite im Südkorridor« zu gehen. Sie war in einem gemütlichen, aber viel zu engen Haus in der Nähe von Norwich aufgewachsen, als Älteste von zwei Jungen und zwei Mädchen, und jetzt war noch ein neues Kind unterwegs. Das Baby im Leib ihrer Mutter hatte dann auch ihren Abschied von zu Hause notwendig gemacht. Die älteren Vögel müssen Platz machen für die Nesthäkchen, hatte ihr Vater gesagt.

An dem langen Tisch saßen ein Dutzend oder mehr Dienstboten und frühstückten, aber Ivy konnte niemanden sehen, den sie von den Dienern, Kutschern und Küchenmädchen kannte. Die Küchen lagen direkt hinter dem Dienstbotenzimmer, und sie ging hinein, um sich ihr Essen zu holen. Ein Teller, hoch voll mit Speckstreifen, Eiern und einem dicken Stück Brot, das in Schmalz golden-knusprig gebraten war. Kannen voll Tee und Gläser mit Marmelade standen auf dem Tisch. Die Menge und die Qualität des Essens, das hier geboten wurde, erstaunte Ivy noch immer. Zu Hause war stets genug auf den Tisch gekommen, dafür hatte Mama gesorgt, Gott weiß wie. Aber es war eine langweilige Kost gewesen, überwiegend gekochter Kohl, Möhren und dicke Graupensuppe mit ein paar Stückchen Fleisch darin. Ivy suchte sich einen Platz am Ende des Tisches und aß ihr Frühstück mit einer Aufmerksamkeit und Konzentration, die an Völlerei grenzte. Als sie fertig war und die letzte Spur von Eigelb mit einem Stück gebratenem Brot aufgewischt hatte, bemerkte sie, wie jemand sie über den Tisch herüber anstarrte. Sie blickte auf und sah das amüsierte Gesicht eines sommersprossigen jungen Mannes mit sandfarbenem Haar, der an einem Becher Tee nuckelte und eine Zigarette rauchte. Er war in eine Art Livree gekleidet, eine enge schwarze Jacke mit perlgrauen Knöpfen. Die Jacke stand offen und zeigte eine gestärkte Halsbinde.

»Lieber Himmel«, sagte der junge Mann. »Sie können aber 'ne Wagenladung vertragen. Wo packen Sie das alles hin? Sie können doch nicht mehr wiegen als 'ne halbverhungerte Katze.«

»Es ist ungehobelt, jemanden anzustarren«, sagte Ivy und schaute auf ihren leeren Teller hinab. Ihr Gesicht brannte.

»Tut mir leid, Mädel, aber ich konnte nicht anders. Ich meine, ich sitze hier und Sie sitzen auch hier, sehen Sie? Ich konnte entweder Sie anschauen oder einen von den häßlichen Bechern. Und ich schau mir lieber 'n nettes Mädchen an. Jamie Ross ist mein Name. Und wie heißen Sie?«

»Ivy«, sagte sie fast unhörbar. »Ivy Thaxton.« Sie stand auf, aber der junge Mann streckte die Hand über den Tisch aus und packte sie am Handgelenk.

»Bleiben Sie noch 'ne Minute. Sie haben Ihren Tee nicht ausgetrunken. Wenn ich Sie erschreckt hab', tut mir das leid. Ich bin von der Sorte, die sagen, was sie denken. Da mach' ich mir manchmal ganz schönen Ärger mit, das kann ich Ihnen sagen.«

Sie setzte sich wieder hin, und er ließ ihr Handgelenk los und lächelte sie warm an. Es war ein ansteckendes Lächeln, und sie lächelte zurück.

»Das gefällt mir schon besser«, sagte er. »Sie sind erst seit 'ner Woche hier, was?«

»Ja, das stimmt. Eine Woche, seit Donnerstag.«

»Sind Sie aus London?«

»Norwich. Sind Sie aus London?«

Er legte den Kopf in den Nacken und blies einen perfekten Rauchring zu der hohen, gewölbten Decke empor.

»Ich bin von überall, wenn Sie es wissen wollen. Glasgow, Liverpool, Bradford, Leeds, London auch. In meiner Teepause komme ich immer ganz schön rum, Tatsache. Halt' mich gerne in Bewegung. Deshalb habe ich angefangen, Chauffeur zu spielen.«

»Das also machen Sie?«

Er starrte sie ungläubig an. »Sehen Sie denn die Uniform nicht? Natürlich bin ich 'n Chauffeur. Ich bin der Fahrer Seiner Lordschaft und der Frau Gräfin. Ohne mich könnten die armen Schätzchen nirgendwo hin.«

Einer der Diener, ein großer, untersetzter Mann, warf einen Blick über den Tisch zu ihm herüber. »So, jetzt machen Sie aber mal 'nen Punkt, Ross.«

Der Chauffeur ließ seine Zigarettenkippe in den Rest Tee, der noch in seiner Tasse war, fallen, lehnte sich über den Tisch und sprach mit einem rauhen, theatralischen Flüstern.
»Sie sind alle neidisch auf mich, sehen Sie. Weil ich 'nen ordentlichen Beruf habe und sie nix anderes wissen, als wie man so 'n blödes Paar Stiefel poliert.«
»Ich finde Sie ganz unmöglich«, sagte der Diener beleidigt. »Ich werde meine Mahlzeit verlegen müssen.«
Ross übersah ihn. »Mit einem Motor kann ich alles anstellen. Ich kann ihn auseinanderreißen und die Stücke zerlegen, und dann kann ich mir die Augen zubinden und ihn wieder zusammensetzen.«
»Das würde ich gerne mal sehen«, sagte der Diener voller Ärger.
»Legen Sie 'ne Pfundnote hin, und ich werde Ihnen die Freude machen«, schnappte Ross.
»Können Sie das wirklich?« fragte Ivy.
»Na klar. Und zwar so, daß er nachher besser läuft als vorher. Ich bin so was wie 'n Erfinder, sehen Sie. Ich denk' mir alle möglichen Sachen aus.«
»Denken Sie sich mal 'nen Maulkorb für Ihre freche Schnauze aus«, sagte der Diener. Eine Welle von Gelächter erhob sich von den anderen am Tisch, und der Diener sah selbstzufrieden aus.
»Haha«, sagte Ross. »Sehr komisch, Johnson, aber zufällig ist das die Wahrheit. Ich habe hundert Erfindungen direkt hier oben in meinem alten Kürbis, wetten?« Er tippte mit dem Finger auf seine Stirn.
»Ich muß wirklich gehen«, sagte Ivy. »Ich muß bei der Wäsche helfen.«
»Nehmen Sie ihn gleich mit, Mädchen«, rief einer der Kutscher aus. »Er hat doch nichts anderes zu tun, als ins Dorf und wieder zurückzufahren, wie ein verrosteter Omnibus.«
»Ach, wirklich?« sagte Ross, während er aufstand und anfing, sich die Jacke zuzuknöpfen. »Morgen früh muß ich Herrn Charles und seinen Freund bis runter nach Southampton fahren. Verwandtschaft der gnädigen Frau kommt aus Amerika, mit der Laconia. Meinen Sie, Sie würden es schaffen, einen Wagen bis nach Southampton zu steuern? Das ist verdammt unwahrscheinlich.«
Plötzlich herrschte Stille im Zimmer, und jeder schaute ihn neugierig an.
»Verwandtschaft? Das ist das erste, was ich höre«, sagte eine der Unterhaushälterinnen. »Das hätte Mrs. Broome mir sicher erzählt.«
Ross lächelte ölig. »Alles zu seiner Zeit, Schätzchen. Sie wird es Ihnen schon noch erzählen.«
»Nein, wirklich!« Die Frau schnappte nach Luft. »Sie haben vielleicht Manieren!«
»Was für Verwandtschaft?« fragte der Diener. »Männlich oder weiblich?«

»Ein Neffe, Pech für Sie. Noch ein Paar Stiefel mehr zu putzen.«
Niemand schien es leid zu tun, daß der Chauffeur mit ihr ging. Er stolzierte hinaus, und Ivy meinte, daß er in seinen schwarzen Hosen und den auf Hochglanz polierten schwarzen Ledergamaschen großartig aussah. Er ging mit ihr den Korridor hinunter, der zum Wäscheraum führte.
»Diese Horde ist nichts als ein Haufen Lakaien«, sagte er. »Die können mich nicht leiden, weil ich unabhängig bin, sehen Sie. Ich kann gehen, wohin ich will, wann immer mir danach zumute ist. Ein Mann, der mit Autos Bescheid weiß, kann sich seine eigene Referenz schreiben.«
»Gefällt es Ihnen hier?«
»Ach, es ist nicht schlecht. Seine Lordschaft ist anständig, und die Wagen sind regelrechte Schönheiten. Der Lanchester und besonders der Rolls-Royce. Ich habe an dem Rolls herumgebastelt, und ich hab' zehn verschiedene Dinge herausgefunden, die man einbauen könnte, damit er besser läuft. Vielleicht schreibe ich einfach an die Firma und erzähl' denen davon. Ja, vielleicht tu' ich das wirklich einmal in den nächsten Tagen.«
Sie erreichten die Tür zum Wäschezimmer, und Ivy streckte die Hand aus. »Es war unheimlich nett, mit Ihnen zu reden, Mr. Ross.«
»Jamie«, sagte er, nahm ihre Hand und preßte sie leise. »Wann ist denn Ihr freier Nachmittag?«
»Nächsten Mittwoch.«
»Nun, wenn ich dienstfrei hab', nehm' ich Sie auf meinem Motorrad mal mit nach Guildford, und dann lad' ich Sie ins Kino ein. Mögen Sie William S. Hart? Ist einer meiner Lieblingsschauspieler.«
»Ich bin noch nie im Kino gewesen.«
»Was? Nie? Herrgott, Sie wissen ja gar nicht, was Ihnen da entgeht. Na, passen Sie bis dahin gut auf sich auf.«
Er drückte ihre Hand noch ein letztes Mal und ging dann gutgelaunt und pfeifend fort.
»Haben Sie da eben im Korridor gepfiffen?« fragte die Beschließerin, als Ivy in den großen, sonnigen Raum eintrat.
»Nein, Mrs. Dalrymple. Es war Mr. Ross, der Chauffeur.«
Mrs. Dalrymple machte ein saures Gesicht. »Ich weiß, wer dieser Mr. Ross ist. Und wenn Sie auch nur ein bißchen Verstand haben, dann halten Sie sich von ihm fern und fallen auch nicht auf seine schönen Augen rein. Er hat den Ruf von mehr als einem armen Mädchen ruiniert, das kann ich Ihnen sagen.« Sie nahm einen Stapel Bettücher und Kopfkissenbezüge von einem der Regale, die an den Wänden des Zimmers entlangliefen, und legte die Bettwäsche auf dem langen Tisch aus, der zum Falten der Tücher benutzt wurde. »Bringen Sie das zum Eckschlafzimmer im Westflügel hinauf. Und denken Sie dran, machen Sie das Bett ordentlich. Keine schlampigen Kanten.«

»Ja, Mrs. Dalrymple.«
»Und versuchen Sie, sich diesmal nicht zu verirren. Es ist das Gästezimmer am Ende des Korridors, links neben den Zimmern von Lady Alexandra. Und machen Sie so schnell Sie können. Ich habe heute morgen zu wenig Hilfe. Doris hat sich mit Krämpfen ins Bett gelegt.«

Roger Wood-Lacy ging langsam den Korridor entlang zum Frühstückszimmer. Ein Ausdruck nebelhafter Unbestimmtheit lag auf seinem Gesicht. Seit dem ersten Tagesschimmer war er wach gewesen, hatte auf der Fensterbank in seinem Schlafzimmer gesessen und zugesehen, wie die Sonne aufging. Die wenigen Augenblicke zwischen Dunkelheit und Dämmerung waren ihm immer kostbar gewesen. Die fünfte Stanze des Gedichtes, das er über die Legende von Pyramus und Thisbe schrieb, nahm gerade in seinem Kopf Gestalt an.
»Nun halt im Scherz das brüchige Gewand der Nacht...« singsangte er leise und ignorierte die Porträts der Grevilles aus dem siebzehnten und achtzehnten Jahrhundert, die aus ihren vergoldeten Rahmen steinern auf ihn hinabblickten, »... Verschmäh des Tages strahlend helles Kleid.«
Nicht schlecht, überlegte er, überhaupt nicht schlecht. Er konnte ein tiefes Gemurmel von Stimmen hinter der Tür zum Frühstückszimmer hören und blieb vor einem Spiegel mit verziertem Rahmen stehen, um sich anzuschauen. Sein Spiegelbild gefiel ihm: hochgewachsen, königlich schlank, die Blässe seines Gesichts durch sein dunkles, wirres Haar unterstrichen. Er trug eine abgeschabte graue Flanellhose und seinen College-Blazer. Das blaugestreifte Hemd stand am Hals offen, und an den Füßen hatte er angeschmutzte Tennisschuhe ohne Socken. Das war das Bild eines Poeten, wenn er je einen gesehen hatte. Ein georgianischer Poet... neu-georgianisch, bitte sehr. Die Erinnerung an Lord Stanmores Fauxpas ließ ihn lächeln.
»Guten Morgen, ihr alle«, sagte er, als er seinen Auftritt machte. Er hatte erwartet, daß Alexandra wie auch die Marquise von Dexford und Lady Winifred Sutton anwesend waren; aber nur Lord Stanmore und – ach du lieber Gott – Fenton saßen am Tisch.
»Hallo, Roger«, sagte Fenton.
Der Graf – Roger bemerkte es mit einem peinlichen Gefühl – steckte gerade ein Scheckbuch in seine Jackentasche zurück, und Fenton ließ einen gefalteten Scheck verschwinden.
»Guten Morgen, Fenton«, sagte Roger gepreßt. »Guten Morgen, Sir.«
»Ach guten Morgen, Roger«, sagte Lord Stanmore. Er nahm einen letzten Schluck Kaffee und stand auf. »Muß jetzt fort. Habe ein Wörtchen zu reden mit diesem verdammten Narren Horley, ehe er noch mehr von dem verdammten Stacheldraht über sein Feld spannt. Die Bauern kennen die

Regel, aber sie mißachten sie fortwährend. Ich nehme an, sie wollen erst einmal ein gutes Pferd und seinen Reiter in Stücke geschnitten sehen, ehe sie damit aufhören. Genieße dein Frühstück, Roger. Ist Charles schon auf? Weißt du das?«

»Ich hab' an seine Tür geklopft, Sir. Er hat gesagt, er fühlt sich nicht so gut, und er wollte in seinem Zimmer frühstücken.«

Der Graf grunzte nur und verließ mit finsterem Gesicht das Zimmer.

»Na, Roger«, sagte Fenton und nahm sein Zigarettenetui heraus, »wie geht es dir?«

»Gut. Wann bist du hier angekommen?«

»Letzte Nacht.«

»Bleibst du lange?«

»Ein paar Tage.« Er zündete sich eine Zigarette an und beäugte seinen jüngeren Bruder kritisch. »Dein Haar braucht einen Schnitt.«

Roger drehte ihm den Rücken zu und ging steif zum Sideboard hinüber, auf dem ein halbes Dutzend silberne Servierplatten standen. Ihr Inhalt wurde von winzigen Alkohollampen warmgehalten, die mit blauen Flämmchen darunter brannten.

»Solange du solch eine Atmosphäre der Kritik verbreitest, Fenton, laß mich dir sagen, daß mir fürchterlich peinlich ist, was du eben getan hast.«

»Ach? Und was mag das wohl sein?«

»Daß du aus dem alten Mann noch mehr Geld herausquetschst.«

»Es war ein Darlehen; und deine Angelegenheit ist das bestimmt nicht. Ich habe nie ein Wort darüber verloren, daß du Charles anpumpst, oder?«

Roger errötete. »Das war widerlich, was du da gesagt hast.«

»Vielleicht, aber es ist wahr. Nicht daß es Charles was ausmacht, da bin ich sicher. Es geht nur ums Prinzip. Daß der Topf was vom Kessel verlangt, und all dieser Unsinn. Wo wir gerade von Töpfen reden, versuch mal die Nieren. Sie sind verdammt lecker.«

Rogers Ärger verflog; sein Hunger meldete sich. Er bediente sich selbst und lud seinen Teller voll mit Nieren, Rührei und Räucherschinken.

»Um jetzt mal zu angenehmeren Themen überzuwechseln«, sagte Fenton, »mein kleiner Bruder hat sich am King's College mit Ruhm bekleckert. Summa cum laude. Ich bin ungeheuer stolz auf dich.«

»Danke«, murmelte Roger, während er sich zum Essen hinsetzte. Es war unmöglich, Fenton auf Dauer böse zu sein. Ein Kampf gegen Windmühlen.

»Wie geht's Mutter?«

»Sehr gut, als ich sie das letztemal gesehen hab'. Du solltest wirklich versuchen, ab und zu mal hinzufahren.«

»Das Regiment hält mich in Trab, aber im September habe ich einen Urlaub zu erwarten, und ein paar Tage werde ich für sie wohl freimachen können. Ist irgend jemand im Haus, den ich kenne?«

»Zur Abwechslung ist es hier mal ziemlich leer. Nur diese alte Pute Dexford und ihre Tochter. Du weißt ja, Winifred.«

»Noch immer so fett wie früher?«

»Na, vollschlank ist wohl die freundlichere Art, so was zu sagen. Und, warte mal, einer von Charles' Vettern wird morgen aus Chicago erwartet, oder aus irgendeinem anderen Kaff. Wir holen ihn in Southampton ab.«

»Und das ist schon alles?«

»Ja. Die gesellschaftlichen Aktivitäten werden ohne Zweifel zunehmen, wenn die Familie nächste Woche nach London zieht. Charles und ich werden das allerdings nicht miterleben, Gott sei Dank. Wir planen eine Wanderfahrt durch Griechenland.«

Fentons Lächeln war sardonisch. »Die kleine Winifred sollte sich besser beeilen, bei dem, was sie da vorhaben mag.«

Roger nickte und kaute. »Da braut sich ein bißchen was zusammen, wenn du mich fragst. Seine Gnaden und Hanna sind ganz wild darauf, die Grevilles mit den Suttons zu vereinigen. Sie schubsen den armen Charles und Winifred jeden Abend in den Rosengarten, wo sie im Mondschein herumwandeln sollen. Fast so, als ob man ein paar junge Hunde aus dem Haus schmeißt. Es ist überhaupt nichts dabei herausgekommen. Denn Charles fällt kein einziges Wort ein, was er zu ihr sagen könnte. Außerdem hat er ... na ... er hat andere Dinge im Kopf. Es ist alles ziemlich hoffnungslos. Omnia amor vincit ... Alles besiegt die Liebe; nur dann nicht, wenn man der Sohn eines Grafen ist. Griechenland ist vielleicht genau das, was er braucht. Im Schatten des Parthenon erscheinen einem die eigenen Sorgen ausgesprochen mickrig.«

Die Tür öffnete sich, und zwei Dienstboten betraten den Raum. Sie trugen noch mehr von den gedeckten Servierplatten herein. Die Marquise von Dexford und ihre Tocher, Lady Winifred Sutton, folgten ihnen. Lady Dexford sprach schnell und in Stakkato-Sätzen; ihre Hände bewegten sich im Rhythmus ihrer Worte. Sie war eine hochgewachsene, knochige Frau mit scharfem, vogelähnlichem Kopf. Ihre Tochter folgte ihr schweigend und ergeben.

»Ah!« rief Lady Dexford. »Die beiden Brüder Wood-Lacy! Wie nett! Fenton, du gutaussehender Halunke! Ich höre so ungezogene Geschichten über dich! Mein Neffe, Albert Fitzroy, ist bei der Garde, weißt du. Grenadiere! Die Geschichten sind doch nicht etwa wahr, oder? Ach du lieber Gott, nein! Na, du bist ja hier, und ich werde die Wahrheit schon aus dir herauskriegen, keine Angst. Sag hallo zu Fenton, Winifred.«

»Hallo, Fenton«, sagte Winifred, fast flüsternd. »Es ist sehr nett, Sie wie-

derzusehen.« Ihre sanften, unglücklichen Augen begegneten Fentons Blick, und dann senkte sie schnell die Lider, und Röte erschien auf ihren runden Wangen.
Hübsch, dachte Fenton. Ein bißchen zu pummelig und zu gut gepolstert auf den Hüften, aber sie würde schon schlank werden, wenn der Babyspeck erst weg war. Sie müßte in Alexandras Alter sein, gerade achtzehn. Reif für die Ehe.
Er lächelte sie freundlich an. »Ich bin froh, daß Sie sich an mich erinnern, Winifred.«
»Wie könnte sie das je vergessen!« schrie ihre Mutter mit einem vogelähnlichen Krächzen. »Er hat dem Kind doch ihren ersten Kuß gegeben! Süße sechzehn! Sehr galant von dir, Fenton. Sehr galant!«
Er konnte sich kaum noch daran erinnern. Ein onkelhaftes Küßchen auf die Wange, bei ihrer Geburtstagsparty! Er war von ihrem ältesten Bruder, Andrew, eingeladen worden, einem guten Freund aus Sandhurst. Jetzt war sie erwachsen, und ein Gatte mußte gefunden werden. Sie tat ihm leid. Die Spaziergänge im mondscheinüberfluteten Rosengarten mit Charles mußten Qualen für sie bedeuten. Eine junge Frau, die sich danach sehnte, geliebt zu werden. Und dann Charles, schweigend und gedankenverloren, der sich von ganzem Herzen wünschte, in den nachbarlichen Rosengärten von Burgate House neben Lydia Foxe zu wandeln.
»Das ist ein süßes Kleid, Winifred«, sagte er. »Es steht Ihnen.«
»D... danke«, stammelte Winifred.
Roger erstickte fast an einem Stück gegrillter Niere und hustete es in seine Serviette. »Entschuldigung«, stieß er hervor.
Lady Dexford überging die Entschuldigung mit einem Wink ihrer bekrallten Hand. »Unsinn, mein lieber Junge! Besser husten als ersticken, sage ich immer.«
Winifred würde gut zu Charles passen, überlegte Fenton, und er konnte Lord Stanmores Wunsch in dieser Richtung verstehen. Der Marquis von Dexford war nicht nur ein reicher Mann mit einem alten Titel, sondern konnte auch Premierminister werden, wenn die Konservativen jemals wieder an die Macht kamen. Was Winifred betraf, sie war sein jüngstes Kind und seine einzige Tochter. Er hatte vier Söhne. Kein Problem, den Titel weiterzuvererben, wenn er starb. Er würde wahrscheinlich damit zufrieden sein, Winifred mit irgendeinem Mann aus guter Familie und von ehrenhaftem Ruf verheiratet zu sehen. Andrew war Captain bei der berittenen Garde, und der Marquis selbst hatte kurz bei der Armee gedient, während des Krieges gegen die Zulu. Das war eine Tatsache, auf die er außerordentlich stolz war. Fenton stand frei, sich über diese Partie eigene Gedanken zu machen. Er lächelte Winifred warm an, und sie lächelte schüchtern zurück. Diese Frucht konnte man leicht vom Baume

pflücken, aber natürlich war in dieser Angelegenheit nichts selbst zu unternehmen. Man mußte abwarten, ob beziehungsweise bis Charles seine Eltern darüber informierte, daß er sich niemals mit diesem Mädchen verloben würde, gleich, welche Druckmittel sie bei ihm anwendeten.
Fenton stand auf und machte eine leichte Verbeugung. »Ich lasse Sie jetzt beim Frühstück allein. Vielleicht können wir später Mannschaften zum Croquet bilden.«
»Wie wunderbar! Das würde uns aber Spaß machen, nicht wahr, Winifred?«
»Ja, Mama«, sagte Winifred.

Ivy rannte die Hintertreppe hinauf. In ihren Armen hielt sie liebevoll einen Stapel Wäsche. Die Treppe war schmal und steil, und die Bettücher und Kopfkissenbezüge kamen ihr tonnenschwer vor, als sie endlich den Korridor im zweiten Stock des Westflügels erreicht hatte. Sie öffnete langsam die Tür und spähte zögernd um sich. Der lange Korridor war leer. Die Haushaltsregeln waren eindeutig. Unter keinen Umständen durften Dienstmädchen die Aufmerksamkeit auf sich ziehen, wenn es irgend möglich war. Sollten Familienmitglieder oder Gäste in der Halle stehen, mußten die Dienstmädchen diskret in den Hintergrund treten, bis die Halle wieder frei war. Es gab so viele Regeln, daß Ivys Kopf schwirrte bei dem Versuch, sie alle einzuhalten. Sie schaute nach links und nach rechts. Der Korridor, in den sie hineinblickte, war als die Galerie des Westflügels bekannt, ein außenliegender Durchgang mit hohen Sprossenfenstern an einer Seite. Sie erinnerte sich noch von gestern, als sie hier vorbeigekommen war, an diese Fenster; sie hatte Doris dabei helfen sollen, Lady Alexandras Bett zu machen. Das Zimmer, das sie jetzt suchte, lag links. Sie mußte dazu an Lady Alexandras Zimmern vorbei und dann einen kurzen Korridor hinuntergehen, der im rechten Winkel zur Galerie verlief. Resolut trat sie vom Treppenabsatz herab, schloß die schmale Tür hinter sich und eilte auf ihr Ziel zu. Aber als sie an Lady Alexandras Schlafzimmer vorüberkam, flog die Tür auf, und die Tochter des Grafen streckte den Kopf heraus.
»Velda?«
»Nein, Mylady.«
»Das sehe ich auch«, sagte Lady Alexandra verdrießlich. »Ich habe Schritte gehört. Wo ist Velda?«
»Das weiß ich nicht, Mylady.« Sie hatte niemals von einem Mädchen namens Velda reden hören.
Lady Alexandra Greville machte einen Schritt in den Korridor hinaus und schaute hin und her. »Ach, verflixt!«
Ivy starrte sie ehrfürchtig an. Bis jetzt hatte sie sie nur aus der Ferne gese-

hen. Sie war so hübsch wie das Porträt auf einer Pralinenschachtel. Ein schmales, ovales Gesicht, blaue Augen und dichtes blondes Haar, das in kleine Löckchen gelegt war. Und sie roch auch wunderbar. Ein Duft von Lavendelseife und Eau de Cologne. Ihr Kleid stand am Rücken offen und ließ seidene Unterwäsche sehen, die mit zarter, duftiger Spitze besetzt war.

»Sie müssen mir helfen«, sagte Lady Alexandra schnell. »Beeilen Sie sich, oder ich werde zu spät kommen.«

»Was?« sagte Ivy dümmlich und starrte mit offenem Mund auf dieses Mädchen, das hübscher war als eine Märchenprinzessin.

»Stehen Sie doch nicht einfach da! Helfen Sie mir, das zuzuknöpfen. Ich werde...«

Der Klang einer Autohupe schnitt ihr das Wort ab, und Alexandra rannte über den Korridor zu den Fenstern und schaute nach draußen. »Oh, sie ist schon hier! Diese Velda! Ich könnte sie...« In einer wütenden Bewegung wirbelte sie zurück zur offenen Tür. »Schnell! Schnell!«

Ivy hatte keine Ahnung, was Lady Alexandra von ihr wollte. Sie stand angewurzelt da, mit der Wäsche auf den Armen. Alexandra verschwand für einen Augenblick und erschien dann, die Hände in die Hüften gestemmt, wieder in der Tür.

»Ich werde Sie nicht noch einmal bitten. Wollen Sie mich jetzt bitte zuknöpfen! Lassen Sie fallen, was Sie da tragen, und kommen Sie hierher.«

»Ja, Mylady«, stieß Ivy hervor. Ihre Arme öffneten sich, wie durch eigenen Willen, und die sauberen Bettücher und Kopfkissenbezüge fielen mit einem dumpfen Plumps zu Boden. Sie betrat eilig das Zimmer und sah Alexandra ungeduldig vor dem Spiegel stehen.

»Die Knöpfe! Machen Sie schnell die Knöpfe zu, aber vergessen Sie keinen!«

»Nein, Mylady.« Es schienen Dutzende zu sein, winzige Elfenbeinknöpfchen, die von der Taille bis zum Nacken liefen. »Es sind aber auch so viele«, flüsterte sie.

Alexandra versuchte, über ihre Schultern zurück nach unten zu schauen. »Fangen Sie nicht falsch an, sonst müssen Sie sie alle noch einmal knöpfen.«

»Ich... passe auf... Mylady.« Das Material des Kleides war beigefarbener, sehr weicher, zarter Wollstoff von so feiner Qualität, daß er sich fast wie Seide anfühlte.

»Oh, Mylady, das ist ein ganz wunderschönes Kleid.«

»Meinen Sie?« fragte Alexandra besorgt.

»O ja. Wunderhübsch.«

Alexandra zog die Stirn in Falten und ließ ihre Hände über das Kleid streifen. Sie glättete den Stoff über ihren Hüften.

»Ich habe mir deswegen ziemliche Gedanken gemacht. Ich fahre nach London, und ich möchte so gern hübsch aussehen. Gefällt es Ihnen auch ganz bestimmt?«
»Aber ja, Mylady, ganz bestimmt.«
»Ich war mir über den Farbton nicht ganz sicher.«
»Er hebt sich so hübsch gegen Ihre Haut ab, Mylady. Wie... wie ein blasser, brauner Nebel.«
Die junge Frau drehte sich herum und lächelte. »Das haben Sie aber schön gesagt. Das war ja ganz poetisch. Ein blaßbrauner Nebel. Oh, jetzt habe ich ein viel besseres Gefühl dabei!« Sie drehte sich wieder um, so daß Ivy mit dem Knöpfen weitermachen konnte. »Ich habe auch einen ganz süßen Hut, der dazu paßt, einen beigen Strohhut mit dunkelbraunen Samtbändern. Sie sind neu hier, ja?«
»Ja, Mylady.«
»Wie heißen Sie?«
»Ivy, Mylady. Ivy Thaxton.«
»Nun, Ivy«, begann Alexandra und hielt dann inne, als sie die Dienstmädchen im mittleren Alter eilig den Raum betreten sah. »Na, Velda, jetzt wird es aber langsam Zeit. Wo in aller Welt sind Sie denn gewesen?«
»Tut mir leid, Mylady. Ich...« Die Frau zögerte, als sie Ivy sah, und ihre scharfen Gesichtszüge umwölkten sich vor Ärger.
»Es macht nichts«, sagte Alexandra mit einem Schulterzucken. »Jetzt bin ich zugeknöpft. Aber bitte beeilen Sie sich und holen Sie meinen Hut. Ich bin ganz schrecklich im Zeitdruck.«
»Ja, Mylady.« Velda warf Ivy einen letzten, vernichtenden Blick zu und verschwand dann eilig in einem Nebenzimmer.
Alexandra neigte sich schnell zum Spiegel hin und kniff sich fest in die Wangen. »Ich möchte Sie noch um einen letzten Gefallen bitten, Ivy. Ich muß jetzt Mama den Gutenmorgenkuß geben. Bitte gehen Sie doch nach unten, so schnell Sie können, und sagen Sie der Dame, die gerade angekommen ist – Miß Foxe –, daß ich in ein paar Minuten bei ihr bin. Und daß wir wie der Wind fahren müssen, weil wir sonst den Zug verpassen.« Sie wirbelte herum und machte eine Pirouette vor dem Spiegel.
Ivy ging rückwärts zur Tür, der Kopf schwirrte ihr. »Eine... Miß Foxe?«
»Ja, ja. Schnell, schnell!«
Ivy flog aus dem Zimmer, den Korridor hinab. Sie verschwendete keinen Gedanken an die Hintertreppe. Dazu war absolut keine Zeit. Sie war auf einer Mission, deren Wichtigkeit außerhalb ihres Begriffsvermögens lag, aber nichtsdestoweniger war es eine Mission. Sie rannte in vollem Galopp den L-förmigen Korridor des Westflügels entlang zum mittleren Korridor des Hauptgebäudes. Sie umklammerte ihr Häubchen, damit es ihr nicht

vom Kopf fliegen konnte. Es erfüllte sie mit einem wilden Gefühl, über einen so breiten, teppichbedeckten Fußboden zu rennen. Ihr war, als ob sie laut auflachen müßte. Genauso war es gewesen, als sie zu Hause frühmorgens die Hauptstraße entlangrannte, wenn alle Läden noch geschlossen waren, und Cissy und Ned und Tom in höchster Eile zur Schule brachte. Auf dem oberen Treppenabsatz über der großen Halle stieß Ivy fast mit einem Kutscher zusammen.
»Tut mir leid!« rief sie aus, während sie die Treppe zwei Stufen auf einmal hinuntersauste. Der Mann starrte in stummer Verblüffung hinter ihr her.
Diese Verblüffung wurde von Mr. Coatsworth und zwei anderen Kutschern geteilt, die in der Eingangshalle standen. Sie konnten nur Mund und Nase aufreißen über das junge Mädchen, das da so schnell auf sie zukam, und sie hätten nicht schockierter sein können, wenn Ivy auf dem Treppengeländer herabgerutscht wäre.
»Was in aller Welt...?« sprudelte Mr. Coatsworth. »Was in aller Welt?«
Ivy glitt fast auf dem auf Hochglanz polierten Parkettboden aus und schlitterte vor den Butler hin; dort kam sie sekundenlang zum Halten.
»Ich... ich muß eine Miß Foxe finden. Haben Sie sie gesehen?«
Mr. Coatsworth konnte lediglich mit einer unbestimmten Geste nach draußen zeigen. Die Haustüren standen offen, und Ivy sah ein leuchtendblaues Auto, das auf der Einfahrt geparkt war. Eine junge Frau mit rotem Haar saß hinter dem Steuer, und ein hochgewachsener, dunkelhaariger Mann im Reitanzug stand lässig neben dem Wagen und sprach mit ihr.
»Danke«, sagte Ivy und schoß zur Tür.
»Also, hören Sie mal...«, stammelte der Butler. »Hören Sie mal...«
Ivy verlangsamte ihr rasantes Tempo, als sie aus dem Haus auf die festgefahrene Kieseinfahrt trat. Ihre Haube saß schief; und sie rückte sie gerade, und dann zupfte sie an ihrem Schürzenträger, der ihr von der Schulter zu rutschen begann. Sie ging gemessen auf den Wagen zu und zeigte die Haltung, die die Haushälterin ihr so sehr eingeschärft hatte. »Sind Sie Miß Foxe?« fragte Ivy respektvoll.
Lydia Foxe sah an der hochgewachsenen, eckigen Gestalt Fenton Wood-Lacys vorbei. »Ja, das bin ich. Was gibt's denn?«
»Ich habe eine Nachricht für Sie, Miß... von Lady Alexandra, Miß... Sie hat mir aufgetragen, Ihnen zu sagen, daß sie nur noch eine Minute braucht, weil sie ihre Mutter küssen muß, und daß... und daß Sie fahren müssen... wie der Wind, um den Zug nicht zu verpassen.«
»Ach, hat sie das gesagt?« sagte Lydia Foxe mit einem dunklen Lachen. »Die liebe Alex«, meinte sie und sah zu Fenton auf. Sie ignorierte die Gegenwart des Dienstmädchens. »Ehrlich, dieses Mädchen würde den eigenen Kopf verlieren, wenn er nicht fest auf ihrem Hals angewachsen wäre.

Ich hatte ihr doch gesagt, daß wir mit dem Wagen nach London fahren. Ich hasse diesen stinkigen Zug.«
»Soso, Sie fahren mit dem Wagen«, sagte Fenton. »Die Fahrt ist aber ein bißchen anstrengend für Sie, oder nicht?«
»Ach, du lieber Himmel, nein. Die Straße ist ganz anständig, wenn man erst mal an Dorking vorbei ist.«
»Gehen Sie einkaufen?«
»Alex hat ein paar Anproben bei der Schneiderin, und ich muß Daddy besuchen und hinterher nach dem Wagen sehen lassen. Er hat so ein Quietschen im Differential.«
»Seine Gnaden hat einen guten Mann. Ein Zauberkünstler, wenn es um Autos geht.«
»Ich habe neulich mit Ross im Dorf gesprochen. Aber er kennt nur englische Fabrikate. Und da ist dann noch die Frage des Werkzeugs. Die Deutschen benutzen andere Größen bei den Schrauben, oder irgend so was. An der Edgware Road gibt es eine Benz- und Opelwerkstatt.«
»Auf der Fahrt wird er dir doch wohl nicht zusammenbrechen, oder?«
»Nein. Es ist nur ein Geräusch. Eher störend als gefährlich.«
Ivy wußte nicht, was sie jetzt noch tun sollte. Stehenbleiben und der Unterhaltung zuhören, bis sie weggeschickt wurde, oder sich einfach umdrehen und weggehen? Nicht, daß sie es etwa eilig gehabt hätte. Die Frau in dem glänzenden blauen Auto faszinierte sie. Sie hatte noch nie jemanden gesehen, der so attraktiv war. Nicht hübsch und sanft wie Lady Alexandra; diese Frau zeigte Schönheit von einer ganz anderen Art. Sie besaß einen hypnotisierenden, sinnlichen Reiz, und Ivy fragte sich, ob sie vielleicht von der Bühne kam. Sie sah ganz bestimmt wie eine Schauspielerin aus, obwohl Ivy noch nie eine gesehen hatte, außer im Bildteil des Mirror. Das Haar der Dame war dunkelbraun-rot, in Spiralen hoch auf dem Kopf aufgesteckt und mit einem grünen Samtband festgebunden. Ihr Gesicht war ziemlich lang, hatte hohe Wangenknochen und eine leicht nach oben gekippte Nase, und die Haut war so zart, daß sie fast durchscheinend zu sein schien. Der Mund war groß und hatte volle Lippen, deren Feuchte eine Spur von Lüsternheit vermuten ließ. Lippenrot? fragte sich Ivy. Die Augen zeigten ein leuchtendes Grün, das zu funkeln schien, wenn sie den Kopf bewegte. Wie gebannt starrte Ivy sie an, dann riß sie sich selbst aus ihrer augenblicklichen Trance.
»Gibt es... gibt es eine Antwort für Lady Alexandra, Miß?«
Ein kehliges Lachen. »Ach, lieber Himmel, nein.«
»Ja, Miß... Sehr gut, Miß.«
»Was für ein komisches kleines Wesen«, sagte Lydia und sah zu, wie das Dienstmädchen langsam zum Haus zurückging. »Haben Sie bemerkt, wie sie mich angestarrt hat?«

»Nein, aber ich habe dich eben selbst angestarrt, so daß ich es dem Mädchen nicht übelnehmen kann. Du bist eine verdammt attraktive Frau, Lydia.«
Sie wandte den Blick von ihm ab. Ihre Finger spielten mit dem schweren, hölzernen Lenkrad. Ihre Augen wurden schmal in dem Lichtreflex, den die Sonne auf der strahlenden Motorhaube des Wagens spiegeln ließ. »Bitte, Fenton, wir hatten ausgemacht, nur über Allgemeines zu sprechen.«
Er berührte ihre Schulter, spürte den warmen Körper unter dem baumwollenen Automantel und dem Seidenkleid. »Für mich ist das fast unmöglich.«
Lydia konnte das Spiegelbild des Hauses im Lack des Wagens erkennen, in Würde gealterte Ziegel und glatten Stein, die fehlerlose Fassade von Abington Pryory, der Residenz der Grevilles und der Grafen von Stanmore seit zehn Generationen.
»Das tut mir leid, Fenton. Bitte mach es doch nicht so schwierig. Du weißt, wie gern ich dich habe. Du bist mir wie ein Bruder gewesen, seit ich neun Jahre alt war und...«
Seine Finger schlossen sich fester zusammen. »Du kannst mich nicht so ansehen und gleichzeitig so etwas sagen, Lydia. Aber ich werde dich nicht drängen. Ich weiß, was du gerne erreichen möchtest, und ich wünsche dir Glück. Du wirst es brauchen.«

Ivy stieg langsam zum zweiten Stock im Westflügel hinauf, und diesmal nahm sie die Hintertreppe. Das Bild auf der Einfahrt stand ihr in Gedanken noch vor Augen – die wunderschöne Frau, das glänzende Auto, der hochgewachsene, dunkelhaarige Mann. Was für wunderbare, aufregende Ereignisse standen diesen Menschen an diesem sonnigen Junimorgen wohl noch bevor? Eine Fahrt nach London, hatte die Frau gesagt. Ivy konnte sich noch nicht einmal vorstellen, wie so etwas vor sich ging oder was Miß Foxe und Lady Alexandra vorfinden würden, wenn sie dort ankamen. Sie war noch nie dort gewesen, aber sie hatte schon Bilder von London gesehen, dem Buckingham-Palast, der Kathedrale St. Paul, dem Parlamentsgebäude und dem Tower. Eine großartige Stadt, dieses London mit seinen Garden in ihren Bärenfellmützen, den Beefeaters, dem Lord Mayor mit der riesigen goldenen Kette um den Hals. Dennoch, London mußte mehr sein als nur das. Sicher auch irgendeine Art Alltagsstadt. Ganz so wie Norwich oder Yarmouth, nur größer, bevölkerter. Es mußte Leute geben, die ganz normale Dinge taten. Selbst ein paar, die Autos reparierten. Es war alles so merkwürdig, so weit weg. Was für ein Spaß würde es sein, mit den jungen Leuten zu fahren, im Wagen zu sitzen, wie der Wind durch die Landschaft zu fegen, durch die kleinen Dörfer zu sau-

sen, die sie vom Zug aus auf der Fahrt von Norfolk nach hier gesehen hatte. Würden sie unterwegs eine Pause zum Mittagessen machen? Kalte Fleischpasteten und Apfelmost in einem kleinen Gasthof? Oder würden sie essen, wenn sie nach London kamen, würden sie in einem von diesen feinen Hotels dinieren, wo Kellner in Livree um sie herumdienerten? Das machte sicher den meisten Spaß. Würde es Madame wohl belieben, die Koteletts zu versuchen? Hätte Madame gerne ein Glas sprudelnden Champagner? Diese Vorstellung ließ Ivy lächeln, und sie lächelte noch immer, als sie die Dienstbotentreppe verließ und den Korridor hinunterging. In Gedanken wurde ihr gerade Wein, gekühlt in einem silbernen Eimer, serviert, als sie plötzlich eine kleine Ansammlung vor Lady Alexandras Zimmer auf dem Korridor bemerkte. Mr. Coatsworth war dabei und einer der Kutscher und die Zofe Velda und Mrs. Broome. Und alle starrten sie an, und keiner lächelte. Auch nicht ein ganz kleines bißchen.
»Da ist sie ja, das kleine Miststück«, sagte Velda und schnüffelte die Tränen zurück. »Oh, ich würde sie so verdreschen, wenn es nach mir ginge!«
Mr. Coatsworth und der Kutscher nickten zustimmend, ihr Gesichtsausdruck war steinern, aber Mrs. Broome seufzte nur müde.
»Das reicht jetzt, Velda. Gehen Sie bitte wieder an Ihre Arbeit.«
»Ja, Mrs. Broome.« Velda starrte Ivy haßerfüllt an, ehe sie sich umdrehte und zurück ins Zimmer ging.
»Wenn Sie meine Unterstützung benötigen, Mrs. Broome«, sagte der Butler ernsthaft, »würde ich Ihnen sehr gerne zur Verfügung stehen.«
»Danke nein, Mr. Coatsworth.«
»Wie Sie wünschen, Mrs. Broome. Kommen Sie, Peterson.«
Der Butler und der Hausdiener gingen steif von dannen, und Ivy war allein mit der Haushälterin, die jetzt auf den Fußboden zeigte. Dort lag noch immer der Stapel Wäsche.
»Heben Sie das auf.«
»Ja, Mrs. Broome«, flüsterte Ivy. Sie hatte die Wäsche ganz vergessen. Sie bückte sich schnell und raffte die Tücher mit den Armen an sich.
»In diesem Haus werfen wir keine sauberen Laken und Kopfkissenbezüge auf den Boden.«
»Es... es tut mir leid, Mrs. Broome... Nur... ich...« Die Ereignisse hatten sich so überstürzt, daß Ivy sie in Gedanken kaum sortieren konnte. Die Laken hinfallen zu lassen, das war im Augenblick das einzig Sinnvolle gewesen, aber wie konnte sie das jetzt Mrs. Broome klarmachen?
»Mrs. Dalrymple hat Sie geschickt, ein Bett zu machen. Ist das richtig, Ivy?«
»Ja, Mrs. Broome.«
»Na gut, Kind, gehen Sie also und machen Sie es.«

»Ja, Mrs. Broome... Sofort, Mrs. Broome.«
»Und ich möchte zusehen, wie Sie das tun. Ich wünsche sicherzustellen, daß Sie nicht alles vergessen haben, was Ihnen beigebracht worden ist.«
»Ja, Mrs. Broome.« Ivys Gesicht brannte, und ein schreckliches, zusammenschnürendes Gefühl war tief in ihrem Magen. Sie ging langsam den Korridor hinab, und die Haushälterin kam mit langsamen, gemessenen Schritten hinter ihr her wie eine Wärterin im Gefängnis.
Das Bett, das bezogen werden mußte, war ein großes Vierpfostenbett, und Ivy machte es mit peinlicher Sorgfalt, während Mrs. Broome schweigend dastand und zusah. Als die Laken gespannt und geglättet und säuberlich eingesteckt waren, nahm Ivy Wolldecken und eine Tagesdecke aus einer hölzernen Truhe am Fußende des Bettes. Sie breitete die Wolldecken aus, steckte sie ein, zog die Ecken der Tagesdecke gerade und gab sich große Mühe mit den Falten, damit sie gleichmäßig hingen. Dann trat das Mädchen zurück und wartete darauf, daß die Haushälterin etwas sagte.
»Sehr gut gemacht, Ivy.«
»Danke, Mrs. Broome.«
»Sie sind als Zimmermädchen eingestellt worden. Ich hatte gedacht, ich hätte das klargestellt. Sie wurden nicht als Zofe eingestellt und auch nicht als Botengänger.«
Ivy öffnete den Mund, als ob sie sprechen wollte, aber Mrs. Broome hob warnend eine Hand. »Es würde mir sehr weh tun, Ihnen kündigen zu müssen. Ihr Pfarrer hat uns im Lauf der Zeit viele Mädchen empfohlen, sowohl für Abington Pryory als auch für das Haus in der Park Lane Nr. 56. Der hochwürdige Mr. Closes hat den Charakter eines Menschen immer sehr gut beurteilen können, und noch niemals bin ich von irgendeinem Mädchen enttäuscht worden, das er uns geschickt hat. Mädchen aus Norfolk sind immer vernünftig, intelligent, makellos sauber und ehrlich bis auf die Knochen gewesen. Ich habe niemals auch nur das kleinste bißchen Ärger mit einem von ihnen gehabt, aber Ihre Versäumnisse in der letzten halben Stunde haben so viele Jahre der Perfektion mehr als ausgeglichen.«
»Tut mir leid, Mrs. Broome, aber sehen Sie...«
»Bitte unterbrechen Sie mich nicht«, sagte Mrs. Broome scharf. »Es gibt offensichtlich etwas, das Ihnen noch nicht klar ist, und das ist Ihre Stellung. Jeder hat seinen Platz im Leben, Ivy. Ihr Platz, wenigstens im Augenblick, ist der eines Zimmermädchens in Abington Pryory. Velda Jessups Platz ist der einer Zofe. Mr. Coatsworths Stellung ist die eines Butlers, und meine ist die der Aufsicht über das Haushaltspersonal. Was meinen Sie, was passierte, wenn keiner von uns seinen Platz kennen würde? Chaos, Ivy. Eine verrückte Welt, die auf dem Kopf stünde. Können Sie sich vorstellen, daß Mr. Coatsworth Betten macht oder Stiefel

putzt? Können Sie sich vorstellen, daß mir aufgetragen würde, die Nachttöpfe auszuleeren, und daß ich diesen Auftrag dann auch ausführe? Können Sie sich vorstellen, daß die Köchin und ihre Mädchen die Ställe ausmisten? Das Gehirn rebelliert gegen solche Gedanken, aber etwas Ähnliches haben Sie gerade getan, Ivy. Sie haben Ihren Platz vergessen..., regelrecht verlassen, und Sie haben den Platz von Velda eingenommen. Und danach haben Sie den Platz von weiß der Himmel wem eingenommen und sind durch das Haus gerannt wie ein Indianer. Mr. Coatsworth hat fast der Schlag getroffen, als er Sie die Haupttreppe herabspringen sah. Er hat gedacht, Sie hätten einen Anfall und wären verrückt geworden.«

»Aber Lady Alexandra...«, stammelte Ivy.

Mrs. Broome versteifte sich. »Lady Alexandra ist sehr jung, und sie neigt dazu, dramatisch zu werden. Es ist Sache des Personals, ihre augenblicklichen – und, wie ich glaube, vorübergehenden – Launen in Betracht zu ziehen und dafür zu sorgen, daß diese Launen den ordentlichen Ablauf der Hausarbeit nicht in Unordnung bringen. Lady Alexandra hätte Sie natürlich von vornherein nicht bitten dürfen, ihr beim Ankleiden zu helfen. Und sie hätte Sie auch nicht bitten dürfen, mit einer Botschaft an Miß Foxe die Treppe hinunterzulaufen. Sie hätte darauf warten sollen, daß Velda zurückkam, oder sie hätte zu mir nach unten klingeln müssen. Ich hätte dann jemanden zu ihr hochgeschickt und einen Hausdiener beauftragt, der ihre Nachricht in anständiger Weise überbracht hätte. Lady Alexandra kann ich nicht verwarnen, aber ich kann und muß Sie verwarnen, sonst tun Sie vielleicht wieder etwas Ähnliches. Wenn Sie in Zukunft gebeten werden sollten, irgend etwas zu tun, das normalerweise nicht ein Teil Ihrer Pflichten ist, dann werden Sie ablehnen – in höflicher und respektvoller Weise, das muß ich wohl nicht besonders betonen – und auf der Stelle die Anweisung an einen Ihrer Vorgesetzten weitergeben, an einen Kammerdiener, eine Zofe, einen Hausdiener, ein Hausmädchen oder, in der unwahrscheinlichen Situation, daß niemand sonst im Haushalt zur Verfügung steht, entweder an Mr. Coatsworth oder an mich. Verstehen Sie das, Ivy?«

Ivy konnte nur wie betäubt mit dem Kopf nicken. Mrs. Broome streckte die Hand aus und tätschelte dem zitternden Mädchen die Wange.

»Ich werde Ihnen nicht kündigen, Ivy, keine Angst. Sie haben so ein Funkeln und so einen hellen Verstand, den ich sehr sympathisch finde. Wenn es keine unglückseligen Gedankenlosigkeiten dieser Art mehr gibt, werde ich Sie innerhalb der nächsten sechs Monate sogar als Hausmädchen ausbilden. Das bedeutet: angenehmere Arbeit und ein bißchen mehr Geld, das Sie nach Hause schicken können. Ich bin sicher, dort wird man das zu schätzen wissen.«

»Ja, Mrs. Broome.« Die Worte waren kaum hörbar.
»Und jetzt machen Sie dieses Zimmer hier fertig. Sehen Sie die Handtücher in der Schublade durch, öffnen Sie die Fenster und lüften Sie das Zimmer. Der Neffe der gnädigen Frau kommt morgen aus Amerika an und wird dieses Zimmer bewohnen. Wir möchten, daß es hübsch und angenehm ist. Wenn Sie fertig sind, gehen Sie nach unten; Mrs. Dalrymple wird Sie weiter anweisen.«
Und dann ging sie und bewegte sich majestätisch aus dem Zimmer, eine hohe, schwarzgekleidete, weißhaarige Gestalt, in deren Händen die Macht über Leben und Tod jedes einzelnen Dienstboten im Haus lag, mit Ausnahme von Mr. Coatsworth und dem Personal für draußen. Ivy hielt den Atem an, bis die Frau außer Sicht war und sie nicht mehr hören konnte. Dann sank sie auf der Fensterbank nieder und begrub ihr Gesicht in den Händen. Sie war dem Verlust ihrer Stellung ganz nahe gekommen, und was wäre dann aus ihr geworden? Sie konnte nicht zurück nach Hause gehen, nicht jetzt, wo das Baby jede Minute kommen konnte und Dad schon genug Mühe damit hatte, das Essen auf den Tisch zu bringen und die Miete zu bezahlen und dafür zu sorgen, daß Ivys Brüder und Schwestern anständige Sachen und stabile Schuhe für die Schule hatten. Oh, lieber Himmel, laß mich nicht gefeuert werden, betete sie, laß mich nie gefeuert werden. Sie hatte ein Gefühl, als ob sie heulen müßte; aber die Tränen wollten nicht kommen, und so lehnte sie ihr plötzlich fiebriges Gesicht gegen das kühle Fensterglas. Sie konnte die Seitengärten sehen, eine alte Ziegelmauer, die unter Klematisranken fast erstickte, und einen Teil der Einfahrt. Das leuchtendblaue Auto kam plötzlich in Sicht. Es fuhr sehr schnell, und Miß Foxe umklammerte das Lenkrad; ihr rotes Haar glänzte in der Sonne. Lady Alexandra schaute zurück und winkte, sie preßte eine Hand auf ihren Strohhut, dessen lange braune Samtbänder im Wind flatterten. »Auf Wiedersehen«, rief sie glücklich jemandem zu. »Auf Wiedersehen... auf Wiedersehen!«
Und das war Alexandras Stellung im Leben, dachte Ivy mit einem plötzlichen, tiefen Gefühl des Bedauerns. Es war schon eine verrückte Welt, wenn man darüber nachdachte.

3

Hanna Greville, Gräfin Stanmore, saß an ihrem Schreibtisch vor einem tiefgesetzten Erkerfenster in ihrem Wohnzimmer. Das Fenster öffnete sich auf einen kleinen Barockgarten, in dem ordentliche Reihen von Buchsbaumhecken und Rosen präzise geometrische Muster bildeten, wenn man sie von oben ansah. Die Gräfin trug ein grünseidenes Hauskleid mit einer flaumigen Rüsche aus Marabufedern um den Kragen, die Manschetten und den Saum. Ihr langes blondes Haar war jetzt gelöst und in glatte, glänzende Wellen gebürstet, die über ihre Schultern und ihren Rücken hinabflossen. Sie war fünfundvierzig, sieben Jahre jünger als ihr Mann, und außer einem leichten Speckpolster auf den Hüften und den Anfängen eines Doppekinns hatte sie sich das blendende Aussehen ihrer Jugend bewahrt. Daß sie Alexandras Mutter war, das sah man auf den ersten Blick. Sie war das Spiegelbild ihrer Tochter in mittleren Jahren.

Hanna horchte auf das stotternde Brummen eines Automotors. Der Wagen fuhr die Ausfahrt hinunter zur Straße nach Abington, die eine Meile weit entfernt war. Das würden wohl Lydia und Alexandra sein, die nach London abgefahren waren, schloß sie richtig, während sie ihre Kaffeetasse aus einer silbernen Kanne nachfüllte. Sie betrachtete Frauen, die Auto fuhren, nicht mit völliger Zustimmung, obwohl mehr und mehr von ihnen das heutzutage taten. In allen besseren Magazinen gab es Anzeigen, in denen modisch gekleidete junge Frauen glücklich hinter den Steuerrädern von Vauxhall, Benz und anderen sportlichen Fabrikaten saßen. Alexandra hatte darum gebettelt, Fahrstunden nehmen zu dürfen, aber die Gräfin hatte sich geweigert, das zu erlauben. Es machte ihr genug Angst, daß Charles seinen eigenen Wagen hatte. Es gab so viele Unfälle. Fast täglich las man darüber.

Sie trank ihren Kaffee aus, schob ihre Ärmel über die rundlichen weißen Unterarme zurück und begann zu arbeiten. Die Platte des ovalen Schreibtisches war fast verdeckt von Stapeln Papier, das mit ihrer säuberlichen und fast mikroskopisch kleinen Handschrift dicht beschrieben war. Sie hatte ihre gewaltige Aufgabe fast erledigt – den Zeitplan und die Gästeliste für die vielen Bälle, Feste, Unterhaltungsabende und Vergnügungen, die für den Rest des Sommers geplant waren, für die »Saison« in London. Die letzten beiden Juniwochen und den ganzen Juli lang würde man in Stanmore House verbringen, der Villa der Grevilles in der Park Lane Nr. 56. Der Graf war nicht glücklich darüber – natürlich nicht. Er zog es vor, auf dem Land zu wohnen. In den vergangenen Jahren hatte er es sogar geschafft, sich vor dem gesellschaftlichen Wirbel dieser sechs Wochen in London zu drücken, aber damals stand Alexandras Debüt auch noch nicht an, und für Hanna hatte es keine Rolle gespielt, ob er nun die volle Zeit in London verbrachte oder nicht. Dieses Jahr war es anders. Hanna hatte fest darauf bestanden, daß er bei jeder Festlichkeit anwesend war und daß er jeden Gast persönlich begrüßte, denn die Zukunft seiner Tochter war irgendwo in den Papieren hier verborgen.

Irgendwo. Sie sah die Blätter langsam durch, las jeden Namen, den sie niedergeschrieben hatte, las die Gästeliste für jedes, aber auch jedes Ereignis. Die Listen waren lang. Zweihundert Namen für den Ball am Frei-

tag, dem 19. Juni, dreihundertfünfzig für den Galaabend am 4. Juli – dem Unabhängigkeitstag, blau-weiß-rote Beflaggung überall, und der amerikanische Botschafter war der Ehrengast. Liste über Liste: dreißig zum Mittagessen am 12. Juli, fünfundzwanzig für ein Picknick in Henley, vierzig Plätze reserviert im Drury-Lane-Theater, wo man Schaljapin in »Iwan der Schreckliche« hören wollte. Und so weiter, und so weiter. Jeder, der jemand war, hatte seinen Weg in Hannas Listen gefunden und war dankbar dafür, dabeisein zu dürfen. Stanmore House war immer der glitzernde Mittelpunkt der ganzen Londoner Saison gewesen. Das Haus war eine klug aufgestellte Falle, denn locker ausgestreut zwischen den Namen von Lord und Lady Soundso und dem Viscount und der Viscountess Wie-auch-immer standen die Namen von einem Dutzend ganz bestimmter junger Männer; alles höchst begehrte Junggesellen, und ein Träger dieser Namen – oh, wie wünschte die Gräfin sich, daß sie ihn schon aufzeigen könnte – würde bald Alexandras Verlobter sein.
»Wer?« fragte sie sich und flüsterte das Wort, und ihr Finger bewegte sich langsam Liste nach Liste hinab, als ob sie Blindenschrift las. »Albert Dawson Giles, Esquire; Seine Ehren, Perca Holmes; Mr. Paget Lockwood; Thomas Duff-Wilson.« Bei diesem Namen machte sie eine Pause. Ein Anwalt, im Allerheiligsten. Fünfundzwanzig Jahre alt, reich, mit altem Geld in der Familie, erstklassiger Sportler – Anthony würde sich darüber freuen –, Neffe von Lady Adelaide Cooper, einer der Hofdamen der Königin, und es war sicher, daß er in ein, zwei Jahren geadelt wurde. Der Name sprang ihr förmlich in die Augen. Ja, er hob sich von all den anderen ab, und Hanna überflog ihre Listen, um ganz sicherzustellen, daß er auch auf allen eingetragen war.
»Schrecklich beschäftigt, Liebling?«
Die Gräfin schreckte vor Überraschung ein wenig zusammen und drehte sich auf ihrem Stuhl um; der Graf stand hinter ihr. »Oh, du hast mich erschreckt. Ich habe dich nicht hereinkommen hören, Tony.«
Er neigte den Kopf und küßte sie sanft auf den Ansatz ihres Nackens. »Natürlich nicht, ich bin ziemlich geübt darin, mich in Boudoirs zu schleichen.«
»Das ist aber keine Fähigkeit, mit der ein Gentleman angeben sollte.« Er küßte sie noch einmal auf die Fülle ihrer Haare. »Ich bin nicht immer ein Gentleman.«
»Nein«, lachte sie und streckte sich nach seiner Hand aus. »Manchmal bist du ein ganz schlimmer Räuber.« Sie ergriff seine Hand mit kurzem Druck und wandte sich dann wieder ihrer Arbeit zu. »Zieh dir den Sessel herüber, Tony, und dann will ich mit dir diese Gästeliste durchgehen.«
»Um Gottes willen. Das ist dein Gebiet, Hanna. Lade ein, wen du möchtest. Bisher hast du noch nie eine falsche Wahl getroffen.«

»Dieses Jahr ist es ein bißchen wichtiger, und das weißt du genau. Ist dir klar, daß dies Geschreibsel wahrscheinlich den Namen unseres zukünftigen Schwiegersohns enthält? Das ist ein ernüchternder Gedanke, Tony, und ich möchte mit dir über einige dieser jungen Männer sprechen.«
Der Graf zog seine Stirn in Falten und ging langsam zum Fenster hinüber. Er schaute hinab in den Garten, während er seine Hände hinterm Rücken verschränkt hielt.
»Wegen Alexandra mache ich mir keine Sorgen. Ich weiß, daß du genau den Richtigen aus der Horde herauspicken wirst und daß Alexandra glücklich sein wird über die Wahl. Ich habe ein unerschütterliches Vertrauen in deine Fähigkeit, alles richtig zu machen. Nein, wegen Alex mache ich mir keine Sorgen. Aber Charles macht mir Kummer.«
Hanna nahm einen goldenen Stift auf und tippte leicht damit gegen die Kante ihres Schreibtisches.
»Er durchlebt einfach gerade eine Entwicklungsphase, Tony.«
Lord Stanmore lächelte säuerlich. »Das hat Fenton auch von Roger gesagt... Er ginge durch eine Entwicklungsphase.«
»Fenton? Ist er denn hier?«
»Ja. Ist gestern abend gekommen. Er bleibt ein paar Tage. Bin verdammt froh, ihn zu sehen. Wie kommt es, daß ich mit Fenton sprechen kann, aber nicht mit meinem eigenen Sohn? Es ist so etwas wie eine Wand zwischen uns, Hanna.«
»Gestern abend beim Essen habt ihr beide euch aber sehr gut unterhalten.«
»Ach, wir machen unseren Mund auf und Worte kommen heraus, aber die Mauer ist da, und wir wissen es beide. Und wir wissen auch beide, woraus diese Mauer besteht. Oder ich sollte lieber sagen, wer diese Mauer ist.«
Hanna preßte den Stift gegen ihre vorgeschobenen Lippen, stand dann auf, ging hinüber und stellte sich neben ihren Mann.
»Wie schön der Garten ist«, sagte sie ruhig. »So wunderbar geordnet und sauber. Es ist eine Schande, daß ein Menschenleben nicht genauso geordnet werden kann; aber es geht nicht, und du weißt auch, daß es nicht möglich ist. Wir können die Kinder nur führen, sie erziehen, und ich glaube, daß wir Charles sehr gut erzogen haben. Er wird niemals etwas tun, das nicht richtig und anständig ist. Er ist sehr verliebt in Lydia, und er ist es immer gewesen, aber im Herzen weiß ich, daß er die richtige Entscheidung treffen wird, wenn es soweit ist, eine Entscheidung, die dir und mir gefällt.«
»Vielleicht«, grunzte der Graf, dessen Blick auf die geometrischen Pflanzenmuster geheftet war.
»Aber wir dürfen ihn nicht drängen... Wenigstens darfst du ihn nicht

drängen, damit er die Mauer, von der du sprichst, nicht noch höher baut. Es war ein Fehler, Mary und Winifred einzuladen. Ich hatte es dir gesagt.«
»Winifreds Vater ist...«
»...ein guter und ehrenwerter Mann«, unterbrach Hanna ihn. »Ja, das alles weiß ich, und es wäre wunderbar, wenn Charles sich in das Mädchen verliebte und es heiratete. Aber wir Yankees haben einen gesunden Menschenverstand. Laß mich etwas davon einbringen, wenn es dir nichts ausmacht. Du kannst ein Pferd zum Wasser führen, aber du kannst es nicht zwingen zu trinken. Charles empfindet nichts für Winifred. Überhaupt nichts. In Wirklichkeit haßt er das arme Mädchen wahrscheinlich jetzt schon, und wenn das so ist, dann sind wir daran schuld. Ich habe mich gestern abend zu etwas entschlossen, als ich den Ausdruck auf Charles' Gesicht gesehen habe. Nachdem du vorgeschlagen hattest, er solle mit Winifred den neuen Gartenpavillon ansehen. Ich werde mit Mary ein ruhiges Gespräch von Frau zu Frau führen und diesen Unsinn stoppen, ehe er noch weitergeht.«
»Du kannst ihr doch nicht sagen, sie soll gehen und ihre Tochter gleich mitnehmen. Das wäre nicht recht.«
»Ich werde ihr nicht sagen, sie soll gehen, sondern ich werde ihr einfach die nackten Tatsachen erklären. Sie ist vielleicht oberflächlich, aber sie hat schließlich vier Söhne, die auch ihren eigenen Kopf haben. Sie wird Charles' Gefühle verstehen, und sie wird überhaupt nicht böse deswegen sein. Mary ist eine alte, liebe Freundin, und wir sind immer offen miteinander gewesen.«
»Na gut«, sagte er gequält. »Vielleicht tust du das Richtige.«
»Ich werde das einzig Richtige tun.« Sie berührte ihn sanft an der Schulter. »Ich bin eine Mutter und eine Frau. Ich verstehe Charles in dieser Zeit seines Lebens viel besser als du. Und, was noch viel wichtiger ist, ich verstehe Lydia.«

»Oh, ich fühle mich so himmlisch!« rief Alexandra laut und hopste auf dem Wagensitz auf und ab.
»Sitz still«, rief Lydia zurück, »sonst fällst du raus.«
Alexandra drückte sich fest in den Ledersitz und preßte immer noch eine Hand auf ihren Hut. Lydia machte ein etwas mürrisches Gesicht und konzentrierte sich darauf, das Handgas einzustellen, bis der Motor sein stotterndes Gebrumm endlich aufgab und sich zu einem glatten, kraftvollen Heulen beruhigte. Sie waren schon am Dorf Abington vorüber und fuhren zügig eine schmale Straße entlang, die sich in einer Folge von sanften S-Kurven durch dichte alte Wälder und sonnenenerleuchtete Flecken von heckengesäumten Feldern wand. »Unheimlich glücklich!« schrie Alexan-

dra in den Fahrtwind hinein. »Oh, Lydia, ist dir klar, daß ich nächstes Jahr um diese Zeit vielleicht ein Baby erwarte? Natürlich nur, wenn wir bei einer kurzen Verlobungszeit bleiben. Ich halte nichts von langen Verlobungen. Meinst du nicht auch, daß so was schrecklich altmodisch ist?«
»Ach, sei doch bitte ruhig, Alex«, sagte Lydia verärgert. »Dein Benehmen reicht aus, um einen Heiligen fluchen zu lassen. Wirklich.«
Die jüngere Frau lehnte sich dichter an Lydia, um nicht durch das Geräusch des Motors brüllen zu müssen.
»Gestern abend nach dem Abendessen bin ich in Mamas Wohnzimmer gegangen und habe heimlich einen langen Blick auf ihre Listen geworfen. Oh, Lydia, sie will jeden gutaussehenden Junggesellen in ganz London einladen.«
»Woher weißt du, daß sie so umwerfend gutaussehend sind?«
»Ich weiß es einfach, das ist alles. Nicht ein einziger unter einsachtzig, alle zur Größe bestimmt – und einer von ihnen wird mich rauben und mich wild in seine starken Arme reißen.«
Lydia rollte die Augen zum Himmel. »Aus welchem Schundroman hast du denn diese Zeile gestohlen?«
»Jane Bakehurst – die kennst du nicht, sie war im letzten Jahr meine allerbeste Freundin in der Schule –, na, sie hat sich dieses Buch von Elinor Glynn gekauft. Unheimlich heiß.«
»Alex, du bist unmöglich. Je eher du heiratest, desto besser.«
»Da könnte ich dir nicht heftiger zustimmen. Ich kann es gar nicht erwarten, Babys zu haben, Dutzende – na, wenigstens fünf –, alles fette, rosige, gurgelnde kleine Dinger, und jeden Abend werde ich mit meinem umwerfend gutaussehenden jungen Ehemann an meiner Seite ins Kinderzimmer spazieren, und die Kinderfrau soll sie uns alle vorführen.«
»Planst du etwa, alle fünf auf einmal zu kriegen?«
»Nein, Dummes, nur eins auf einmal, und dazwischen müssen anstandshalber ein paar Monate liegen. Aber ernsthaft, ich glaube, die Ehe und die Kinder, das ist etwas Heiliges. Glaube ich wirklich.«
Die freie Landschaft wich zurück und machte Platz für die Vororte. Epsom, Cheam, Merton und South Wimbledon – viele, viele Reihen von kleinen Ziegelhäusern und Villen im neuen Tudor-Stil. Der Verkehr wurde dichter, als sie Fulham und Putney erreichten; Autos, Lastwagen, Busse und großmächtige, von Pferden gezogene Wagen. Sie überquerten den Fluß auf der Putney-Brücke und fuhren weiter nach Mayfair hinein. Das Haus *Ferris*, Damenmode, befand sich in einem eleganten georgianischen Gebäude am Hanover Square. Lydia hielt vor dem Eingang, und ein Portier in der Livree eines viktorianischen Kutschers eilte vom Eingang hinüber, um den Wagenschlag zu öffnen.
»Guten Tag, Mylady... Miß Foxe«, sagte er und berührte den Rand sei-

ner Mütze. »Soll ich Ihren Wagen von einem Boy parken lassen, Miß Foxe?«
»Heute nicht, vielen Dank. Ich bleibe nicht.«
Alexandra sprang aus dem Wagen wie eine flauschige persische Katze. »Wage es nicht, mich vor drei Uhr abzuholen. Ich will nicht, daß du meine Kleider siehst, ehe die Heftfäden entfernt sind. Versprochen?«
»Versprochen«, sagte Lydia gleichmütig. Als der Portier die Autotür wieder geschlossen hatte, legte sie den Gang ein und röhrte in Richtung Oxford Street davon.
Das Foxe-Gebäude war eines der größten und modernsten Bürohäuser in England. Es war von einem amerikanischen Architekten entworfen worden, und der Bau wurde im Frühling 1912 nach vielen Kontroversen beendet. Ströme von Briefen waren bei der Times eingegangen, und der überwiegende Teil bejammerte die Errichtung solch einer Scheußlichkeit in Sichtweite von Nashs taufrischen Fassaden in der Regent Street. Aber nach ein paar Monaten gewöhnten sich die Londoner daran, und allmählich begannen sie es zu mögen, das rechteckige, vielstöckige, mit Kalkstein verkleidete Gebäude in der Nähe des Oxford Circus. Es war schon lange Archie Foxes Traum gewesen, all die verschiedenen Abteilungen seines gewaltigen Unternehmens unter einem Dach zu sehen, anstatt hier und da in der Stadt verstreut. Die Wirtschaftlichkeit dessen, was Archie Foxe die »Yankee-Methode« nannte, war während der beiden Jahre, dic das Gebäude jetzt benutzt worden war, mehr als bewiesen worden, und verschiedene der größeren britischen Gesellschaften bauten nun selbst massive Bürogebäude. Die Skyline von London veränderte sich langsam, und genau das sah Archie Foxe gern.
Lydia bog in die Einfahrt zur Tiefgarage, wo ein Boy in schmucker blauer Uniform den Wagen in Empfang nahm. Ihren Automantel aus Leinen ließ Lydia auf dem Sitz zurück. Dann ging sie zum Fahrstuhl, der sie nach oben brachte. Der Lift hielt an mehreren Stockwerken, und Menschen stiegen ein und aus; Sekretärinnen, Büroangestellte, Botenjungen, Frauen und Männer aus Foxes Lebensmittelabteilung, aus den Steuerberatungs- und Immobilienabteilungen. Von den meisten wurde Lydia augenblicklich erkannt, und man wünschte ihr höflich einen guten Tag, aber von den Passagieren, die mit ihr im Aufzug fuhren, kannte sie selbst nur einen. Einen großen, rotgesichtigen Mann namens Swinton, der Chef der Werbeabteilung war. Er stieg im ersten Stock zu; eine Pfeife ragte aus seinem Mund hervor, und unter dem Arm trug er eine große Mappe mit Zeichnungen.
»Hallo, Lydia«, sagte Swinton fröhlich. »Kommen Sie, um den Boß zum Lunch abzuholen?«
Das war ein kleiner Witz, den nur sie beide kannten. Archie Foxe war da-

für bekannt, daß er niemals zum Mittagessen ging. Einmal, vor langer Zeit, hatte Lydia darauf bestanden, mit ihr zusammen den Lunch im Savoy einzunehmen, und Archie hatte Swinton an seiner Stelle hingeschickt.

»Nein«, sagte sie mit einem Lächeln. »Ich komme nur, um guten Tag zu sagen.«

»Er ist so fleißig wie ein Biber. Nächste Woche eröffnen wir das neue Lokal am Charing Cross. Möchten Sie sich das hier mal ansehen?« Er öffnete die Mappe und zeigte ein halbes Dutzend Aquarelle vor, Skizzen für Werbeplakate.

»Sehr hübsch.«

»Danke«, sagte Swinton. »Wir haben kürzlich ein paar erstklassige Künstler anwerben können. Die von der Kunstakademie haben endlich aufgehört, die Nase über uns zu rümpfen, und wir kriegen jetzt ein paar verdammt begabte Jungs von da, auch Frauen. Irgendwelche Bilder dabei, die Sie besonders gut finden?«

»Die Nachtszene hier fällt sehr ins Auge.«

Swinton zog das Blatt aus der Mappe und hielt es hoch. Es war die Impression einer Londoner Straße an einem regnerischen Abend, große Tupfer aus leuchtender Farbe schimmerten in Reflexen auf dem nassen Pflaster. Menschen, deren Köpfe gegen den windgepeitschten Regen gesenkt waren, bildeten flüchtige Schatten. Mitten in dieser Finsternis erhob sich ein hellerleuchtetes zweistöckiges Gebäude, auf dessen Front in Lichtern die Worte »*White Manor*« geschrieben standen. Am unteren Rand der Skizze – die noch wirkungsvoller sein würde, wenn sie erst in Ölfarben gemalt war – stand ein Werbespruch in schwarzer Tinte: »Kommen Sie aus dem Regen – kommen Sie ins *White Manor*.«

»Ja«, sagte Lydia, »das mag ich sehr.«

»Ich auch. Es ist für die Winterwerbung. Na, tschüs.« Er stieg im vierten Stock aus dem Lift, und Lydia fuhr weiter nach oben zum Büro ihres Vaters.

Archie Foxe besaß ein eigenes Büro, komplett mit einem Schreibtisch, der einmal dem Herzog von Wellington gehört hatte, als dieser Premierminister gewesen war. Aber Archie Foxe verbrachte kaum Zeit hier. Er war ein unruhiger Mensch, er hatte den Drang, zu gehen, wanderte von Büro zu Büro und von Schreibtisch zu Schreibtisch, vom untersten Stockwerk bis zum obersten, überwachte, schlug vor, verlangte, kritisierte und lobte, je nachdem, wie der Fall lag, jeden einzelnen seiner Angestellten, vom einfachen Personal bis zu den Mitgliedern des Direktoriums. Einer seiner nervösen Sekretäre folgte ihm stets im Kielwasser nach und hielt zu jeder Zeit den Stenoblock und den Bleistift gezückt.

Archie Foxe war dazu bestimmt gewesen, Geld zu machen, und er hatte

niemals auch nur die leiseste Überraschung darüber gespürt, daß er das auch geschafft hatte. Er hatte niemals Gott für sein Glück gedankt, und er war immer schnell bei der Hand gewesen mit der Erklärung, daß weder Glück noch der Allmächtige irgend etwas damit zu tun hatten.
»Harte Arbeit und eine ausgesprochen gute Idee«, das war Archie Foxes einzige Geschäftsphilosophie. Er war sechzig Jahre alt und am Neujahrstag 1854 in den Slums des Londoner East End geboren. Aber niemandem erzählte er etwas über seine Kindheit, nicht einmal seiner eigenen Tochter oder der Frau, die er spät geheiratet hatte und die gestorben war, als Lydia noch ein Kind war. Sie war eine vornehme Dame aus Cumberland gewesen, die seine Geschichten nicht verstanden, sondern für Erzählungen von Charles Dickens gehalten hätte. Es war eine Kindheit in stinkenden Hütten und Arbeitshäusern gewesen, mit einem Vater, der sich in seiner Verzweiflung bis zum Delirium betrank und mit einer Mutter, die in einer eiskalten Dachstube langsam an der Schwindsucht starb. Von den Fenstern im obersten Stockwerk des Foxe-Hauses konnte er den Ort seiner Kindheit sehen, die großen, gewundenen Schleifen der Themse unterhalb der Blackfriar-Brücke. Es war eine Entfernung, die man nicht in Meilen messen konnte.
Archie Foxe war aus einem Erziehungsheim in Bethnal Green im Alter von neun Jahren als Lehrling in eine Metzgerei in Smithfield Market geschickt worden. Der Bruder des Metzgers hatte einen Pastetenladen besessen, und Archies Arbeit war es gewesen, fast verdorbenes Rind- und Kalbfleisch zu zerschneiden, das der Besitzer in Sülzpasteten verwandelte. Die waren dann so widerlich, daß Archie sich schwor, eines Tages bessere herzustelllen, und das tat er denn auch, nachdem er seine Lehre im Alter von siebzehn Jahren beendet hatte. Er ging eine Partnerschaft mit einer Witwe in mittleren Jahren ein, die eine winzige Bäckerei in der Nähe von Covent Garden besaß. Er und die Witwe machten die Pasteten in der Nacht, und während des Tages trug Archie sie zu verschiedenen Eßlokalen und Kneipen und verkaufte sie dort. Die beiden konnten nicht genug davon fabrizieren, und innerhalb eines Jahres hatten sie eine kleine Fabrik gemietet, und zehn Fleischer und Pastetenbäcker arbeiteten für sie.
»Es war nur 'ne Frage von zwei und zwei zusammenzählen«, würde Archie viele Jahre später dem Reporter eines Magazins erzählen. Das Wachsen der Bäckerei, der Kauf von Pferden und Lieferwagen, die Ausdehnung der Produktion – Rind- und Kalbfleischpasteten, Steak- und Nierenpasteten, Kalbfleisch- und Schinkenpasteten, Schweinefleischpasteten mit Korinthen und Apfelstücken...
»Und dann das Eindosen und dann die Ausfuhr nach Indien, Australien; rund um die ganze verflixte Welt.«
Die Witwe verkaufte ihren Anteil im Jahre 1880 an Archie und verbrachte

den Rest ihrer Tage in einem gemütlichen Haus mit vier Dienstboten auf dem Land.

»Die ganze Chose für mich allein zu haben, das war's eigentlich. Ich konnte mich irgendwie frei fühlen, konnte machen, was ich wollte, verdammt noch mal.«

Was er wollte, waren ein paar Läden an strategischen Plätzen, an den Ecken der großen Durchgangsstraßen, saubere, gutbeleuchtete Lokale, wo der normale Mann von der Straße eine Tasse Tee oder Kaffee und was Ordentliches, Sattmachendes zu essen haben konnte und wo er von einer hübschen jungen Frau in blauer Uniform, mit gestärkter weißer Schürze und weißem Häubchen, bedient wurde, und das alles für sehr wenig Geld. Foxe wollte, daß all diese Lokale genau gleich aussahen. Die Leute sollten sie augenblicklich erkennen können. Er dachte sich aus, die Außenwände strahlendweiß anzustreichen, und das erste von all den Hunderten von *White-Manor*-Teelokalen öffnete seine Tore am 3. Juni 1883 an der Nordwestecke von Ludgate Circus. Die Lokale in Holborn und Gray's Inn Road machten zwei Wochen später auf.

»Der Mensch muß essen, sehen Sie, das ist nur natürlich. Ein Mann kann jahrelang mit dem gleichen Paar Stiefel gehen, 'ne Frau kann denselben Mantel von einem Jahresende bis zum anderen tragen oder 'n ganzes Leben lang zwischen denselben Möbeln wohnen. Aber essen müssen sie, drei ordentliche Mahlzeiten am Tach und 'ne Tasse Tee alle vier Stunden oder so. Das ist eben das Natürliche dran, deshalb kann man gar nicht anders als damit 'n bißchen Geld machen. Wenn man eben dieses natürliche Bedürfnis befriedigt. Sehen Sie, es geht gar nicht anders. Und der einzige Trick dabei is' es, einfach den normalen Leuten zu 'nem anständigen Preis anständiges Futter zu bieten, denn das sind ja die, denen du was verkaufen willst. Die Leute, die ihre Pfennige zusammenhalten müssen, sehen Sie. Von der Sorte gibt es nämlich 'ne Menge mehr als von den Reichen, denen es verdammt egal ist, wieviel sie für 'ne Mahlzeit ausgeben. Mir is' es gleich, ob die in ein *White-Manor* reinkommen oder nicht. Das macht mir überhaupt kein Kopfzerbrechen... Nicht das geringste... Nein. Ich hab' die *White-Manors* gebaut, und dabei hatte ich irgend 'nen Kerl im Sinn, der in 'nem Büro arbeitet, oder 'ne Verkäuferin. Ja. Nur, von da is' es natürlich 'n bißchen gewachsen, sehen Sie. Ja. Es gibt *White-Manors*, wo 'n Matrose auf'n Sprung reingehen und sich seinen Tee und seine zwei Brote zu Gemüte führen kann, und dann gibt es die *White-Manors*, die echt 'n Sechs-Mann-Orchester aufzuweisen haben. Aber der Preis bleibt fair, sehen Sie... Das ist der ganze verdammte Trick... Der Preis bleibt fair.«

»Ist mein Vater da?« fragte Lydia das hübsche junge Mädchen an der Rezeption.

»Er ist nach unten gegangen, Miß Foxe«, sagte die Angestellte. »Aber ich kann nach unten anrufen, und ich bin sicher, wir können ihn für Sie auftreiben.«

»Ach, schon gut. Ich warte einfach in seinem Büro. Aber wenn Sie von ihm hören, sagen Sie ihm, daß ich da bin, sonst werde ich wohl ewig warten!«

»Selbstverständlich, Miß Foxe. Und darf ich Ihnen ein Kompliment zu Ihrem Kleid machen? Es ist wunderschön.«

»Danke.«

»Es steht Ihnen sehr gut; sicher nicht aus England.«

»Nein. Es ist aus Paris.«

»Ach, ja. Man sieht es also *doch*, nicht wahr?«

Lydia konnte den Neid in den Augen der Frau sehen. Sie war hübsch, aber ihre Kleidung war unscheinbar. Ein Mädchen, das in einem Büro arbeitete und das in irgendeiner überfüllten Pension in Holborn mit anderen Mädchen zusammenwohnte, die auch in Büros arbeiteten. Es war schon traurig.

Lydia mochte das Büro ihres Vaters. So, stellte sie sich vor, mußte das Büro eines Richters aussehen oder das Arbeitszimmer eines Professors in Oxford. Die Wände waren mit Eichenholz getäfelt; der Fußboden bestand ebenfalls aus Eichenholz, das auf Seidenglanz poliert war, und ein schöner alter Orientteppich verlieh dem Zimmer den angemessenen Hauch Farbe und Wärme. Bequeme Ledersessel. Der herrliche alte Wellington-Schreibtisch. Ein paar Bilder. Eine Landschaft von Constable. Zwei moderne Ansichten von London. Und an den Wänden und auf dem Schreibtisch Fotografien in silbernen Rahmen; Fotografien von Lydia selbst, von ihrer Mutter, von George Robey, einem Kabarettisten, den ihr Vater sehr mochte, und von Herbert Asquith und David Lloyd George. Das fast unerschöpfliche Sparbuch von Archie Foxe war bei den allgemeinen Wahlen im Jahr 1906 für die Partei der Liberalen eine große Hilfe gewesen, und der Premierminister und sein Kämmerer würden das niemals vergessen.

Lydia mußte über die eingerahmten, mit überschwenglichen Widmungen versehenen Fotografien vom Premierminister und von Lloyd George lächeln. Sie fragte sich, was Lord Stanmore wohl machen würde, wenn er hier an ihrer Stelle wäre – wenn er allein dastünde, konfrontiert mit diesen Bildern. Wahrscheinlich würde er sie aus dem Fenster werfen oder sie im gerechten Zorn der Konservativen mit seiner Reitgerte zerschlagen.

Auf dem Tisch lagen ein paar Journale, und Lydia setzte sich in einen Sessel am Fenster und blätterte durch eine Ausgabe der Illustrierten Londoner Nachrichten. Es gab Bilder vom König und der Königin bei ihrem Aufenthalt in Cowes; der König sah schlank und kräftig aus in seiner Admiralsuniform, und die Königin wirkte schön und schrecklich streng mit ihrem Straußenfederhut. Dann kamen drei Seiten voller Fotos vom Wiederaufbau eines Dorfes in Derbyshire, ein Artikel von Mr. Hilaire Belloc über die Französische Revolution; der erste von fünf Artikeln, der üppig mit alten, zeitgenössischen Kupferstichen illustriert war, und mehrere Seiten über deutsche Armeemanöver in Ostpreußen. Lange Reihen unscheinbar uniformierter Männer, die in ihren Pickelhauben über die Felder marschierten, und Schwadronen herrlich herausgeputzter Ulanen und Husaren, die vor dem Kaiser und der Kronprinzessin Revue passierten. Wie operettenhaft und kostümiert sie aussahen. Lydia fragte sich, welcher Arm des Kaisers wohl vom Muskelschwund befallen war. Es war unmöglich, das zu sagen. Sie blätterte die Seite um. Eine Reklame in Halbton zeigte das gerade fast fertiggestellte *White-Manor*-Lokal in Charing Cross: »Drei deutlich von anderen Gaststätten unterschiedene Restaurants, die Ihnen beim Essen eine angenehme Atmosphäre bieten, zwei Kapellen, Tanztee, Salon mit Bar...«

»Na, das ist aber mal 'ne schöne Überraschung.«

Lydia blickte auf, und da kam auch schon ihr Vater ins Zimmer, im vollen Galopp, wie gewöhnlich, fast rennend, und ein rotgesichtiger junger Mann mit gehetztem Gesicht folgte ihm auf den Fersen.

»Hallo, Daddy«, sagte sie.

»Sie können gehen, Thomas«, kommandierte Archie Foxe über die Schulter. »Geben Sie die Anweisungen für Manchester um fünf in die Post, das ist das einzige, was wichtig ist. Den Rest kriegen die Schreibkräfte.«

Das Gesicht des jungen Mannes hellte sich sichtlich auf. »Ja, Sir.«

»Sieh an, sieh an.« Archie Foxe schaukelte auf den Fußballen vor und zurück und betrachtete seine Tochter mit offensichtlicher Freude. Er war untersetzt, sah jünger aus, als es seinem Alter entsprach, und sein rötliches Haar war gescheitelt und sorgfältig übergekämmt, um eine runde Kahlstelle auf seinem Kopf zu verbergen, die wie die Tonsur eines Mönchs wirkte. East End – die Slums von London – stand auf seinen koboldhaften Zügen geschrieben; aber es war das Gesicht eines Straßenkobolds, der alt geworden war – und sehr viel weiser. »Sieh an, sieh an. Was bringt dich denn vom Land hierher? Geld, nehme ich an.«

Sie musterte ihn kritisch aus schmalen Augen.

»Du hast mir versprochen, keine karierten Anzüge mehr zu tragen. Du siehst ja aus wie ein Buchmacher.«

Foxe berührte die schreiend karierte Jacke mit seinen schweren, plumpen Händen. »Ich mag Karos... Und Buchmacher auch. Der gewitzteste Kerl, den ich je im Leben kennengelernt habe, war so ein Windhund von Buchmacher in Newmarket.«

»Ach, Daddy«, seufzte sie. »Du bist vollkommen unmöglich.« Lydia stand auf und ging zu ihm hinüber. Sie küßte ihn auf die Wange. »Ich habe dich vermißt. Kannst du nicht ein paar Tage nach Hause kommen?«
»Ich hatte bis jetzt zuviel zu tun, aber ich versuch's mal. Und du bist auch beschäftigt?«
»O ja. Ich bin immer mit irgendwas beschäftigt. Ich habe Alexandra zur Anprobe hergefahren.«
»Wie geht's dem Mädchen denn?«
»Sie ist aufgeregt. Sie hofft, daß sie jetzt jede Minute heiratet.«
»Ach? Wer ist denn der Glückspilz?«
»Sie hat ihn noch nicht kennengelernt, aber ich nehme an, daß jeder Mann in Frage kommt, solange er groß ist, gut aussieht und auf dem Wasser wandeln kann.«
»Mir kommt's aber so vor, daß das Wandeln auf Wasser eher dein Maßstab ist.« Er zog ein Lederetui aus seiner Innentasche und entnahm ihm eine lange kubanische Zigarre. »Das und das Heilen von Aussätzigen und das Auferwecken der Toten.«
Lydia drehte ihrem Vater den Rücken zu und ging steif zum Fenster hinüber. London hatte noch nie so schön ausgesehen, fast wie eine kolorierte Postkarte, mit allzu blauem Himmel und einem perfekt geformten Heiligenschein aus weißen, flauschigen Wolken, die die Kuppel der St.-Pauls-Kathedrale einrahmten. Wie herrlich mußte es sein, über der Stadt zu fliegen – nicht in einem Flugzeug, das hatte sie schon getan, und es machte viel zuviel Krach, nein, wie ein Vogel, auf schweigenden Schwingen.
»Ich finde deine Ungeduld mit mir deprimierend, Daddy.«
»Ach, wirklich?« schnaufte er, während er die Spitze von seiner Zigarre abbiß und das Stückchen in einen Spucknapf aus glänzendem Messing schnippte. »Na, Mädel, für 'nen Mann ist es doch normal, Kinder zu wollen, eigene Kinder oder Enkelkinder. Das ist 'ne natürliche Tatsache, frag, wen du willst.«
»Ich wünschte, ich wäre als Junge geboren worden«, seufzte sie. »Das hätte alles soviel einfacher gemacht.«
Er trat hinter Lydia und rieb ihr mit dem Handrücken den Nacken. »Ja, Foxe und Sohn, direkt von Anfang an. Wär' das einzig richtige gewesen. Er hätte so ausgesehen wie ich statt wie seine Mutter. Ich hätte dann 'ne kurze, häßliche, rothaarige Rotznase bekommen statt 'ne hinreißende Schönheit von 'nem Mädchen.«
Lydia drehte sich mit einem Lächeln um und legte die Arme um ihn. Sie atmete den Duft von feiner Wolle und gutem Tabak ein, den ihr Vater ausströmte.
»Eines Tages beschere ich dir Horden von kleinen Rotznasen, Daddy. Ich verspreche es dir.«

»Hab' ich nie bezweifelt, aber ich wünschte, du würdest dich 'n bißchen beeilen und mal so langsam anfangen.«
»Ich habe Pläne«, sagte sie ruhig. »Eigentlich ganz wundervolle Pläne.«

Hanna dachte an ihren Neffen, während die Zofe ihr das Haar bürstete und kämmte.
»Wünscht die gnädige Frau es heute morgen hochgesteckt?« fragte das Mädchen. »Mit ein paar Löckchen an den Seiten?«
»Ich glaube ja, Rose, so, wie du es neulich mal gemacht hast.«
»Sehr gut, ich will nur eben die Ondulierzange aufheizen.«
Das Telegramm lag mitten auf ihrem Schreibtisch, es kam von New York: »Ankomme Cunard, S. S. Laconia... Southampton, Freitag, 12. Juni... Freue mich sehr, Euch wiederzusehen... Grüße an alle... Martin Rilke.«
Schon der Gedanke an das Telegramm ließ sie lächeln. Es war so amerikanisch. So voll uneingeschränktem Eifer und Freundlichkeit; ein Schlag auf die Schulter und ein großes Hallo, so, wie es in Chicago üblich war. Grüße an alle. Nur ein Mensch aus dem Mittelwesten würde so an Menschen schreiben, die er nie kennengelernt und mit denen er nie Briefe gewechselt hatte, einfach weil sie zur Familie gehörten. Die Gräfin konnte ihn verstehen, denn obwohl sie Chicago schon im Alter von neunzehn Jahren verlassen hatte und nur ein einziges Mal für einen kurzen Aufenthalt zurückgekehrt war, hatte sie nie ihr Verständnis für die Amerikaner verloren. Für ihren Neffen war es völlig natürlich und richtig gewesen, solch ein Telegramm zu senden – Grüße an alle –, an Onkel Tony, die Vettern Charles und William und die Cousine Alexandra. Ja, es wäre ihm sogar falsch vorgekommen, das Telegramm nüchterner zu formulieren. Unglückselig war nur die Tatsache, daß ihr Mann und ihre Kinder befremdet gewesen wären, wenn die Gräfin solche Gefühle tatsächlich an sie weitergegeben hätte. So hatte sie einfach gesagt: »Mein Neffe wird am Zwölften ankommen. Er freut sich darauf, euch alle kennenzulernen.« So war es ihnen verständlich. Sie alle freuten sich – wenn auch weniger heftig – ebenfalls darauf, seine Bekanntschaft zu machen. William, der nicht zu Hause gewesen war und deshalb nichts davon wußte, war natürlich ausgenommen. Die Gräfin hatte ihrer Familie schon vor zwei Monaten gesagt, daß Martin nach England kommen wollte. Er würde eine oder zwei Wochen bleiben, ehe er nach Frankreich, Deutschland, Österreich und Italien weiterreiste, und so war die Nachricht eigentlich keine Überraschung gewesen.
»Er kommt also wirklich?« hatte ihr Mann gesagt. »Und so bald schon. Nun, wir werden Ross zum Hafen schicken müssen, damit er ihn abholt... Und einen der Hausdiener, der mit dem Gepäck hilft.«
»Ich glaube, es wäre netter, wenn Charles auch mitführe.«

»Ja, ganz richtig, meine Liebe. Selbstverständlich.«
Charles hatte einen gewissen Widerwillen gezeigt. »Aber ich kenne diesen Menschen doch gar nicht, Mutter.« Dennoch hatte ihr Wunsch gesiegt. »Ich hoffe nur, daß er um Himmels willen nicht dem anderen Rilke gleicht, der uns im vergangenen Jahr besucht hat.«
»Nein, mein Junge«, hatte sie gesagt. »Ich bin sicher, daß er ihm nicht ähnlich ist. Er ist der Sohn meines Bruders William. Du kannst dich doch noch an das erinnern, was ich dir erzählt habe?«
Charles hatte zustimmend genickt, aber sie bezweifelte, daß er sehr viel von dem behalten hatte, was sie ihm Stückchen für Stückchen während der vergangenen Jahre von ihren Brüdern William und Paul und von dem himmelweiten Unterschied zwischen den beiden gesagt hatte. Paul hatte Erfolg und war reich, William hatte keinen Erfolg gehabt, war arm gewesen... und jetzt tot.
Pauls Sohn, Carl, war im vergangenen Sommer zu einem kurzen Besuch herübergekommen, ehe er nach Paris und Berlin weiterfuhr. Er war ein selbstzufriedener, rauhbeiniger junger Mann gewesen, und er hatte fast jeden Satz, den er von sich gab, mit den Worten begonnen: »Na, in Yale machen wir aber...«
Als er schließlich abfuhr, war die ganze Familie über die Maßstäbe, die die Universität Yale für alles und jedes setzte, ziemlich aufgebracht gewesen. Jetzt kam also wieder ein junger Rilke über das Meer herüber, und die Gräfin konnte nicht garantieren, daß er sich von dem anderen unterschied. Aber bei der Lektüre des Briefes, den Martin ihr im März geschrieben hatte und in dem er sie über seine Reisepläne in Europa informierte, hatte sie gefühlt, daß er in der Tat ganz anders war. Willys Sohn. Sie hatte ihn das erstemal in Chicago getroffen, als sie zur Beerdigung ihrer Tante Irmgard im Sommer 1903 hinübergefahren war. Damals war Martin zwölf Jahre alt gewesen, einen Monat jünger als Charles. Ein stiller, höflicher Junge, der sie sehr damit überrascht hatte, daß er eine Passage aus Goethes Werken zitierte. Er hatte das in einem Deutsch getan, das in keiner Weise durch die Ausdrucksweise oder den Akzent der Neuen Welt verfälscht war. Aber warum sollte sie das überraschen? Er war schließlich Willys Sohn. Es war ihr unmöglich, mit unbeteiligtem Herzen an ihren toten Bruder zu denken.
»Halten Sie still, gnädige Frau«, machte sich die Zofe bemerkbar. »Die Zange ist sehr heiß.«
Nachdem das Haar zu Hannas Zufriedenheit frisiert war, half die Zofe ihr in ein Hauskleid aus weißem Leinen, und die Gräfin verließ ihre Räumlichkeiten und ging hinunter zum Frühstück. Auf dem Weg kam sie am Zimmer ihres Sohnes vorüber. Die Tür war geschlossen, und sie zögerte einen Augenblick davor, aber dann klopfte sie sanft an. Sie hörte ihn

deutlich rufen: »Gehen Sie fort«, aber sie überhörte den Befehl und öffnete die Tür.

»Guten Morgen, Charles«, sagte sie fröhlich.

Charles lag völlig angekleidet auf dem Bett, den Rücken gegen das Kopfende gelehnt. Ein Frühstückstablett stand auf dem Nachttisch. Das Essen war kaum angerührt. Charles ließ das Buch, in dem er gelesen hatte, sinken und bat lächelnd um Entschuldigung.

»Tut mir leid, Mutter, ich wußte nicht, daß du es warst.«

»Ich gehe zum Frühstück hinunter; hast du schon etwas gegessen?«

»Nein, aber ich habe auch keinen Hunger.«

»Fühlst du dich nicht gut? Du siehst ein bißchen blaß aus.«

»Mir geht's gut.«

»Ganz bestimmt?«

»Ja, Mutter, ganz bestimmt.«

Wie schmal er geworden ist, dachte sie. Das ist das Gesicht eines Menschen, der Sorgen hat. Sie konnte den unglücklichen Glanz in seinen Augen sehen, und es tat ihr sehr weh. Charles war ihr Erstgeborener, und sie hatten immer eine ganz besondere Beziehung zueinander gehabt.

»Könnten wir uns ein Weilchen unterhalten, Charles?«

Er wandte den Blick von ihr ab und warf das Buch aufs Bett.

»Worüber?«

»Über Winifred Sutton, unter anderem.«

»Aha«, sagte er mit einem dünnen Lächeln. »Winifred.«

»Es besteht wohl keine Chance, daß du dich mit der Zeit zu diesem Mädchen hingezogen fühlen könntest, davon habe ich deinen Vater heute morgen schon überzeugt. Und auch davon, daß irgendwelche Träume, die er in bezug auf sie und dich vielleicht gehabt hat, einfach... *seine* Träume und nicht deine sind. Ich habe vor, über die Situation ganz offen mit Winifreds Mutter zu reden.«

»Na, das ist ein Schritt vorwärts, das muß ich schon sagen.« Er setzte sich auf die Bettkante und legte die Hände auf die Knie, eine Pose, die Lady Stanmore jedesmal an ihren Mann erinnerte. Die beiden waren sich im Aussehen und in ihrem Benehmen so ähnlich, sie hatten die gleichen langen Beine, die gleiche schlanke Figur, die gleichen klar geschnittenen Gesichtszüge, und dennoch waren sie im Charakter so gegensätzlich. Dieses Zimmer spiegelte Charles wider, genau wie die Zimmer ihres Mannes dessen Geschmack widerspiegelten. Hier standen überall Bücher, aufgestapelt, angehäuft, manche offen, manche geschlossen, und Papierstreifen hingen zwischen den Seiten hervor. Sie hatte keine Ahnung, welchen Zweck Charles mit all diesem Bücherlesen verband. Nebenbei hatte er einmal erwähnt, daß er sich für den Siebenjährigen Krieg und die Ausdehnung des britischen Weltreiches interessierte. Wollte er ein Buch

schreiben? Für die Gräfin war das ein merkwürdiges Thema für einen Zeitvertreib.
»Du siehst schon direkt besser aus«, sagte sie.
»Ja, ich fühle mich auch tatsächlich besser.« Er grinste sie an. »Und ich bin ganz sicher, daß Winnie sich auch besser fühlen wird. Ich mache ihr Angst. Wußtest du das? Es stimmt. Sie hat es mir gesagt, gestern abend, unten am Gartenpavillon. Sie hat mich finster und leidenschaftlich genannt. Unter all diesem Babyspeck liegt eine ganz einfache, gefühlvolle Seele. Ich bin nicht der Mann, sie zu erwecken, und das weiß sie auch.«
»In gewisser Hinsicht ist das schade.«
Er nickte bedeutungsvoll. »Die dynastische Vermischung zweier guter alter Namen. Eine Neuvergoldung der Krönchen. Ich fühle mich ein bißchen elend, weil ich jeden enttäusche, außer Winnie natürlich. Ihrer Mutter würde ich allerdings kein Wort davon sagen. Wir machen mit Winnie eine Fahrt nach Guildford, spendieren ihr eine Tasse Schokolade und ein Sahne-Baiser in der Konditorei und bringen ihr dort schonend die schreckliche Nachricht bei. Das wäre das Anständigste, nicht wahr?«
»Ja, ich glaube schon.«
»Und dann erzählt sie ihrer Mutter, was immer sie für richtig hält, daß sie sich zum Beispiel in den Prinzen von Wales verliebt hat oder daß sie urplötzlich den galoppierenden Irrsinn im Blut der Grevilles entdecken mußte. Und in ein, zwei Tagen werden sie dann beide abreisen und ein empfänglicheres Wild suchen. Ich bin sicher, Lady Dexford hat eine Kandidatenliste, die weit in den Schatten stellt, was du für Alex zusammengetragen hast.«
»Charles! Wie kannst du so etwas Fürchterliches sagen?« Ihre Entrüstung war so künstlich, daß sie beide lachen mußten. »Na gut, du wirst dich also dieser ganzen Angelegenheit annehmen, aber schieb sie nicht auf.«
»Sie wird das erste sein, was ich heute nachmittag erledige.«
Die Gräfin ging weiter ins Zimmer hinein und schaute sich mit melancholischem Gesichtsausdruck um.
»Früher einmal hast du dieses Zimmer so ordentlich gehalten. Alles war auf seinem Platz. Heute bringt es wohl die Zimmermädchen zur Verzweiflung.«
»Ich lasse kein Zimmermädchen herein. Die haben alle so einen zwanghaften Ordnungsdrang.«
»Ich glaube, dieses Zimmer spiegelt deinen inneren Zustand, Charles. Eine völlige Verwirrung.«
Ihre Blicke begegneten sich, und Charles schaute zur Seite. »Ich spüre das Vorwort zu einer mütterlichen Strafpredigt. Ich glaube, ich kann das Thema erraten, und ich wünschte, du würdest nicht damit anfangen. Nicht jetzt.«

»Wenn nicht jetzt, wann dann?«
Er wandte sich wieder dem Buch zu, das er zur Seite geworfen hatte, und blätterte müßig darin herum.
»Bald. Wenn... wenn mir klar ist, was ich dir sagen will.«
Hannas Gesicht schien plötzlich traurig und müde. Sie sah ihren Sohn mitleidig an. »Ich weiß, was du sagen wirst, Charles. Ich kenne jedes Wort, und ich kann auch die Antwort deines Vaters schon hören. Er ist stolz und unbeugsam. Es ist nicht nötig, dir das zu sagen. Ja, Charles, ich kann seine Antwort hören, und ich kann mir schon denken, was er tun wird. Ich möchte dich gern mit einem Gedanken hier zurücklassen, und ich möchte, daß du dich diesem Gedanken stellst und ihn ehrlich erwägst. Willst du mir das versprechen?«
»Natürlich«, sagte er und runzelte die Stirn über den Seiten.
»Ich hoffe, daß du mich nicht für grausam hältst.«
»Nein.«
»Ich kenne Lydia seit ihrer Kindheit, und ich mag sie sehr. Ihre Mutter war eine liebe Frau, und es ist tragisch, daß sie starb, als Lydia noch so jung war. Ich glaube, wenn ihre Mutter weitergelebt hätte, wäre Lydia zu einer... nun, zu einer Frau mit mehr Sinn für Tradition aufgewachsen.« Draußen vor einem der Fenster bewegte sich der Ast einer Ulme sanft im Wind. Als Charles noch ein kleiner Junge gewesen war, war er immer aus diesem Fenster gestiegen und an dem Baum hinab in den Garten geklettert. »Die Frage, die ich aufwerfe, ist folgende: Solltest du Lydia ohne den Segen deines Vaters heiraten, dann kann es sein, daß er sie in der Öffentlichkeit verleugnet. Die gesellschaftlichen Konsequenzen wären vernichtend. Ich frage dich in aller Offenheit, Charles: Wenn Lydia mit Sicherheit wüßte, daß dein Vater sie auf solch drastische Weise ignorieren könnte, hätte sie dann ganz die gleiche Zuneigung zu dir, die sie jetzt zeigt?«

Bis weit nach neun Uhr abends lag das Zwielicht noch wie ein weiches blaues Leuchten am Himmel, und kobaltfarbene Schatten zogen sich über die Felder. Auf dem Burgate-Hügel fing der oberste Ast des höchsten Baumes den letzten Strahl der Sonne im Westen auf. Ein goldener Bogen, der langsam dunkel wurde.
Lord Stanmore lehnte sich in seinen Sessel zurück und wartete darauf, daß Coatsworth die Zigarren am Tisch herumreichte. Die Damen waren in den Salon gegangen, die jüngeren Frauen ins Musikzimmer. Es lag neben dem Gewächshaus, und manchmal wurden dort Musikabende gehalten. Außerdem hatte Alexandra dort ihr Grammophon stehen. Lord Stanmore hörte den gleichmäßigen, weit entfernten Takt der Musik. Er hatte ein zufriedenes Gefühl, das nur von einem ganz kleinen Bedauern

getrübt wurde. Das Essen war ordentlich gewesen – ein außergewöhnlich guter Rinderbraten –, die Gesellschaft alte, liebe Freunde; aber er bedauerte die Art, wie die Dinge sich zwischen Charles und Winifred Sutton entwickelt hatten. Er hatte Hanna erlaubt, alles nach ihrer Manier zu regeln, und ohne Zweifel hatte sich alles auch gut gelöst. Charles hatte etwas weniger düster gewirkt, obwohl der Grund dafür sein konnte, daß Lydia am Tisch saß; Winifred verhielt sich, als ob man ihr ein Gewicht von den Schultern genommen hätte; sie plauderte wie eine rundliche Elster mit Alexandra und Roger Wood-Lacy. Die jungen Leute wußten schon, was sie wollten oder was sie nicht wollten, nahm er an. Trotzdem, es war schade. Für beide wäre es eine verdammt gute Verbindung gewesen.
Coatsworth hatte ein frisches Fäßchen Portwein in Karaffen umgefüllt – das erste aus einer Sendung von Messrs. Lockwood & Grier, Lissabon – und stand erwartungsvoll neben dem Grafen, der das erste Glas probierte.
»Schöne Farbe, Coatsworth«, sagte der Graf und hob das Glas hoch ins Licht.
»Ja, Mylord, wirklich.«
Der Graf schnupperte. »Aroma hat er auch.« Er probierte und hielt den Wein einen Augenblick im Mund, ehe er ihn schluckte. »Hm!«
Coatsworth nahm den Seufzer als ein Zeichen der Zustimmung und stellte die Kristallkaraffe auf den Tisch zur Linken des Grafen. Dort saß Mr. Cavendish, ein ortsansässiger Edelmann und einer der ältesten Freunde der Familie. Cavendish füllte sein Glas und gab die Karaffe an Fenton weiter, der sich ebenfalls ein Glas eingoß und die Karaffe dann an einen Mann mit rotem Gesicht weitergab, der Parlamentsmitglied der Konservativen für den Bezirk Caterham war. Und so machte der Portwein die Runde bei den zehn Herren am Tisch, und nur Roger Wood-Lacy, der Alkohol in keiner Form vertragen konnte, lehnte ab.
»Nun, Fenton«, rief ein pensionierter Brigadegeneral, einer der führenden Pferdezüchter im Land, vom anderen Ende des langen Eichentisches aus. »Na, was hören Sie denn aus Irland? Steht ihr Jungs noch immer im Pulverdampf am Curragh?«
Fenton tauchte das Ende seiner Zigarre in den Portwein. »Das kann von einem Tag auf den anderen wechseln, Sir, man kann es nie sagen. Aber ich glaube, alles ist viel Geschrei um nichts, wie die irische Politik überhaupt.«
»Hört, hört«, erklang es dumpf im Chor.
»Daran sind die Zeitungen schuld, wenn ihr mich fragt«, sagte ein hochgewachsener, kahlköpfiger Gentleman. »Auf Northcliffe oder auf Lord Trewe kann man sich immer verlassen, wenn es darum geht, Öl ins Feuer

zu schütten. Ich bin selbstverständlich gegen dieses verdammte Selbstverwaltungsgesetz, wie Sie alle wissen, aber ich halte es für journalistisch unverantwortlich, zu unterstellen, daß die britische Armee deswegen am Rande der Meuterei steht.«
»Nur die irische Garnison«, bemerkte jemand zur Klarstellung.
»Ganz sicher. Trotzdem, Sie verstehen schon, was ich meine.«
Fenton zündete seine Zigarre an und blies zufrieden eine Rauchwolke zu der hohen Balkendecke empor. »Ach, ein paar Offiziere mögen vielleicht eher den Dienst quittieren, als eine Einheit gegen die Freiwilligen von Ulster zu führen, aber ich würde sagen, das wären dann auch schon die gesamten Ausmaße der sogenannten Meuterei. Und wenn's wirklich darauf ankommt, dann werden die Iren sowieso einen Rückzieher machen. Sie werden diese Selbstbestimmungsgeschichte am Verhandlungstisch abmachen müssen und nicht dadurch, daß sie wilde Schüsse aus den Büschen abgeben.«
Lord Stanmore schüttelte den Kopf. »Du schreibst den Iren zuviel gesunden Menschenverstand zu, Fenton. Ich bin sicher, sie könnten eine Lösung ausarbeiten, wenn sie es versuchten oder wenn sie eine Lösung dringend genug brauchten. Aber sie haben sich in ihren Ansichten festgefahren.«
»Öl und Wasser, Tony«, sagte der Brigadier. »Zwei Dinge, die sich einfach nicht vermischen lassen. Das ganze Konzept der Selbstbestimmung für Irland ist genauso ein Unsinn, als ob man mit Gottes Naturgesetzen herumpfuschen wollte.«
»Da haben wir die Liberalen«, sagte Mr. Cavendish. »Sie meinen, sie stehen über den Gesetzen Gottes oder der Physik. Nehmen wir doch einmal Lloyd George und seine Selbstbestimmung für Irland... Selbstbestimmung für Wales... Selbstbestimmung für Schottland. Als nächstes wird er Selbstbestimmung für Indien verlangen.«
»Vorige Woche habe ich Parkhurst im Carlton-Club getroffen«, sagte der Brigadier mit einem leisen Lachen. »Er hat Witzchen darüber gerissen, daß es einen sicheren Weg gäbe, diesen wild gewordenen Kerl aus Wales ganz aus der Politik hinauszubefördern. Man müsse ihm nur eine Grafschaft in Glamorganshire anbieten und den halben Anteil an einer Kohlenmine. Wie der Blitz wäre er dann verschwunden!«
»Daran könnte vielleicht etwas sein, Sir«, sagte Charles ernst, »ich habe keinen Zweifel an seinem Ehrgeiz; aber im Augenblick, glaube ich, bildet er sich wohl ein, daß er über materiellem Gewinnstreben und irgendwelchen Ehrungen steht.«
»Ein Führer des Volkes«, sagte Roger. »Eine Art keltischer Napoleon oder wohlwollender Tyrann von der griechischen Sorte.«
»Freund des einfachen Mannes«, sagte jemand abfällig. »Es ist einfach,

sich Freunde zu schaffen, wenn man in der Lage ist, jedem alternden Hausierer fünf Pfund in der Woche zu schicken. Aber die Leute, die Lloyd George und Asquith für ihre Rente danken, sollten eigentlich mir danken und den anderen hier am Tisch. Das Geld kommt aus unserer Tasche.«
»Kein Politiker hat jemals an Unterstützung verloren, indem er die Reichen besteuerte«, bemerkte Mr. Cavendish trocken.
Fenton ließ seine Aufmerksamkeit wandern. Das Grammophon spielte einen schnellen Zweischritt, einen Raggie, den man nur selten hörte. Fenton war ein guter Tänzer, eine Fähigkeit, die für jeden Offizier in einer Londoner Garnison zu den absoluten Notwendigkeiten gehörte. Der Adjutant des Regimentes bestand darauf, daß alle neuen Subalternen Tanzstunden nahmen, die an drei Abenden in der Woche von Corporal Booth von der C-Kompanie geleitet wurden. Corporal Booth war beim Kabarett gewesen, ehe er zum Militär kam. Ein ungeschickter Tänzer hätte das Regiment gesellschaftlich in Verruf gebracht. Es war dann auch Corporal Booth gewesen, der Fenton den neumodischen Castle Walk, den Turkey Trot und den Texas Tommy beigebracht und ihm eingeschärft hatte, bei den allerneuesten Schritten aus Amerika immer mitzuhalten. Fentons rechter Fuß begann ein geräuschloses Tapptapptapp auf dem Teppich.
»Ich würde gern meine Steuern doppelt zahlen«, erklärte der Brigadier großspurig, »wenn nur ein, zwei neue Kriege dabei herauskämen.«
»Unsinn«, sagte das Parlamentsmitglied aus Caterham. »Laßt Deutschland doch ruhig Millionen in sein Säbelgerassel stecken. Im Augenblick wird ja bereits ein Krieg ausgefochten, heute, genau jetzt, und wir gewinnen ihn, ohne einen Finger zu rühren. Die britische Handelsmarine ist die mächtigste auf der ganzen Erde und wird von Minute zu Minute mächtiger. Mein Gott, es scheint ja erst gestern gewesen zu sein, als es hieß, die *Lusitania* und die *Mauretania* von Cunard seien die gewaltigsten Schiffe auf den Meeren, und jetzt kommen sie uns mit der *Aquitania*, die wiederum alles in den Schatten stellt. Der Norddeutsche Lloyd und die Hamburg-Amerika-Linie werden nie in der Lage sein, irgend etwas von dieser Größe zu bauen oder in Dienst zu stellen.«
Ein älterer Chirurg aus Guildford, ein Jäger, räusperte sich.
»Trotzdem, es ist doch nicht einfach eine Frage der wirtschaftlichen Grundlagen, oder? Es ist doch auch eine Frage der industriellen Produktion. Die Fritzen mögen vielleicht vergeblich versuchen, sich auch aufs Wasser hinauszuwagen, aber ihre Produktion an Stahl und Chemikalien ist unserer weit überlegen. Dagegen kann man einfach nichts sagen.«
»Die *Herstellung* von chemischen Produkten«, sagte das Parlamentsmitglied fest, als ob es gälte, im Abgeordnetenhaus etwas zu bekräftigen. »Aber sie müssen jedes Gramm an Nitrat und anderen Rohmaterialien importieren. Davon kennen Sie doch ein wenig, oder nicht, Tony?«

»Ja, ganz richtig«, sagte der Graf. »Durch die Verwandten meiner Frau in Mecklenburg und Waldeck, die von Rilkes. Sehr stark mit der chemischen Industrie verflochten. Importieren große Mengen Nitrat, aus Südafrika, glaube ich. Trotzdem, es ist doch ziemlich erstaunlich, wie viele verschiedene Produkte man in Deutschland sogar aus Kohlenteer gewinnt. Ein Vetter meiner Frau, Baron Heinrich von Rilke, Sie haben ihn doch letztes Jahr kennengelernt, Percy, diesen Wissenschaftler.«
»Ja, natürlich«, erwiderte der Chirurg aus Guildford.
»Na, er hat mir von ein paar wirklich bemerkenswerten Dingen erzählt, die man in seinem Laboratorium in Koblenz anstellt. Ganz erstaunlich. Man darf die Deutschen nicht unterschätzen.«
Das Parlamtensmitglied aus Caterham blies einen Strahl Zigarrenrauch am Kandelaber vorbei, und der Rauch kräuselte sich über den ruhigen Kerzenflammen.
»Genau das sage ich ja! Wir müssen uns ihrer Herausforderung stellen, nicht mit noch mehr Kriegsschiffen, sondern mit erhöhter Produktivität und besserer Technologie... Fahrräder, Autos, landwirtschaftliche Maschinen. Wir müssen sie auf dem Markt bis zur Niederlage bekämpfen, mit besseren und billigeren Gütern.«
Fenton unterdrückte ein Gähnen. Wie viele Hunderte von Stunden hatte er durchlitten, indem er solchen Unterhaltungen nach dem Essen zuhörte. Im Gardeclub war es nicht so schlimm, weil man dort über das Geschäft oder den Sport reden konnte – aber nicht über Sex. In der Bataillonsmesse war es auch nicht so schlimm, dort konnte man über Sex oder Sport reden – aber nicht übers Geschäft. Fenton fiel kein einziger seiner Offizierskameraden ein, der sich auch nur im entferntesten Gedanken über Deutschland machte oder über die gesellschaftlichen, politischen oder wirtschaftlichen Angelegenheiten Englands. Billigere Güter, wirklich! Das war das Gebiet Amerikas, oder nicht? Automobile von Ford und Einkaufen nach einem Bild im Katalog, per Post.
»Sagen Sie, Sir«, bemerkte er in der Hoffnung, jede weitere Diskussion über die Industrialisierung Englands zu umgehen, »Roger erzählt mir, daß einer von Lady Stanmores Verwandten morgen aus Amerika kommt.«
»Ganz richtig«, sagte Lord Stanmore ohne viel Anteilnahme. »Aus Chicago. Irgendeine Art Zeitungsmensch. Habe ihn nie kennengelernt.« Er stand auf. In Abendkleidung gab er eine ehrfurchterweckende Figur ab. »Meine Herren, wir wollen uns den Damen wieder anschließen.«
Roger, Fenton und Charles blieben noch im Eßzimmer zurück, bis die älteren Männer, die eine Fahne von Zigarrenrauch durch den Korridor bis zum Wohnzimmer hinter sich her zogen, verschwunden waren. Charles holte eine silberne Uhr aus der Westentasche.

»Nicht schlecht; ein ganzes Ende kürzer als gewöhnlich. Das war ein Meisterstreich, Fenton; sonst hätten wir mindestens noch eine weitere Viertelstunde hier drinnen festgesteckt.«

Fenton sah verblüfft aus. »Wovon sprichst du?«

»Von meinem Vetter aus Chicago. Vater hatte offenbar den Wunsch, bohrenden Fragen über diesen Burschen aus dem Weg zu gehen.«

»Du lieber Himmel, warum denn? Ist er so eine Art Desperado wie Jesse James?«

Charles lachte. »Ich hoffe ja; aber jetzt mal ernsthaft. Er ist einfach ein junger Mensch, der bei einer Zeitung arbeitet. Trotzdem, es gibt schon so eine Art Skelett im Kleiderschrank meiner Mutter: den Vater dieses Jungen, Mutters Bruder William. Mit Sicherheit weiß ich nur, daß er vor Jahren gestorben ist... Alkohol... oder Selbstmord. Irgend etwas ziemlich Ekliges. Sie hat unseren William nach ihm benannt.«

Fenton zog eine Grimasse und schnippte Zigarrenasche auf einen Teller. »Ich bin sicher, daß der kleine Will das zu schätzen weiß.«

»Na, sie konnten doch nicht seinen Namen ändern, oder? Es ist passiert, nachdem er schon geboren war. Aber an dem armen Kerl wird's klebenbleiben. Sind sie weg, Roger?«

Roger hatte den Korridor hinuntergespäht. »Ja, sie sind jetzt um die Ecke abgebogen. Wir wollen abhauen, ehe jemand zurückkommt und darauf besteht, daß wir Viererparteien zum Bridge bilden.«

Sie verließen das Eßzimmer durch die hohen Glastüren, die auf die Terrasse führten. Die Klänge des Grammophons wurden lauter, als sie am kuppelgedeckten Glashaus des Wintergartens vorüberkamen, der von Sir Harold Wood-Lacy als verkleinerte Kopie des Kristallpalastes entworfen worden war. Hinter der in Stein gehauenen Balustrade der Terrasse lagen die italienischen Gärten; sie leuchteten unter dem aufgehenden Mond, und die aus Büschen zurechtgestutzten Elefanten und Giraffen nickten mit ihren Zypressenköpfen im warmen Wind.

Alexandra und Lydia tanzten zusammen einen Texas Tommy. Winifred stand neben der Victrola, eine Hand auf der Kurbel, und ihre Hüften bewegten sich leicht im Rhythmus der Synkopen.

»Charmant!« sagte Fenton laut, während er zusah, wie die Mädchen im Zimmer umhertanzten. Ihr Bild wurde von den Spiegeln an den Wänden reflektiert, die man angebracht hatte, als Alexandra zwölf Jahre alt gewesen war. Damals war sie ganz wild darauf gewesen, Ballett zu lernen. »Sehr eindrucksvoll!«

Mit weit ausgebreiteten Armen trat Roger mitten ins Zimmer.

»Heil den Gespielen Bacchus', keusch und schön!«

»Ach, seien Sie kein Esel, Roger«, rief Alexandra über die Schulter. »Tanzen Sie mit Winnie.«

Winifred sah erschreckt aus. »O nein, ich weiß nicht, wie.«
»Aber natürlich weißt du das«, sagte Alexandra atemlos. »Sei kein Trampel.«
Die hektische Musik war zu Ende, und die beiden Mädchen ließen einander lachend und mit roten Gesichtern los.
»Das hat mir Spaß gemacht«, sagte Alexandra. »Ich könnte die ganze Nacht lang Texas Tommy tanzen.«
»Ich für mein Teil ziehe den Walzer vor«, sagte Roger.
»Das kommt daher, daß Sie steif und langweilig sind.«
Roger versteifte sich vor Entrüstung. »Bin ich nicht.«
»Sind Sie doch.«
»Na gut, dann spielen Sie einen Tango. Ich werde Ihnen zeigen, wie steif und langweilig ich bin. Ich tanze den Tango mit einem erheblichen Maß an Sinnlichkeit.«
Fenton half Winifred, eine Tangoplatte aus dem Stapel im Schränkchen der Victrola zu suchen. Er bemerkte, daß die Hände des Mädchens leicht zitterten.
»Können Sie wirklich nicht tanzen?«
»Nein«, flüsterte sie. »Ich habe es nie gelernt, wenigstens nicht richtig. Ich habe kein Ohr für Musik, ich kann den Takt nicht halten.«
»Ich bin sicher, ich könnte es Ihnen in ein paar Minuten beibringen. Es ist eigentlich ganz einfach. Überhaupt kein Trick dabei.«
»Welchen Tango spielen Sie denn?« fragte Alexandra.
Fenton warf einen Blick auf das Etikett. *»Sans Souci.«*
»Prima, den mag ich.« Sie streckte die Arme aus. »Kommen Sie, Roger, und versuchen Sie, mir nicht auf die Zehen zu treten.«
Charles verbeugte sich mit übertriebener Förmlichkeit vor Lydia. »Miß Foxe, gestatten Sie mir das Vergnügen?«
Sie machte einen Knicks. »Aber natürlich, Lord Amberley.«
Er legte seinen Arm um ihre Taille, und sie drängte sich näher an ihn. Ihre Hüften berührten sich, und sein Körper spannte sich an. Als er ihre rechte Hand nahm, konnte Lydia fühlen, daß seine Handfläche feucht war.
»Ganz ruhig«, sagte sie leise.
»Wir müssen miteinander reden, Lydia.«
Sie lächelte ihm kokett in das gequälte, blasse Gesicht. »Aber Lord Amberley, über was denn, um Himmels willen?«
Die Musik begann, der pulsierende lateinamerikanische Rhythmus, in dessen Bann ganz Europa stand. Charles stolperte leicht, als ob seine Knie durch seine innere Spannung steif geworden wären, und Lydia mußte ihn einen Augenblick lang führen, bis er wieder fähig war, seine Bewegungen der Musik anzupassen.

Fenton nahm Winifred bei der Hand. »Sollen wir es mal versuchen?«
Ihr Lächeln war unsicher. »Ich... ich glaube, ich kann nicht.«
»Unsinn. Ich habe gesehen, wie Sie sich zum Texas Tommy gewiegt haben, als ich ins Zimmer kam. Sie haben den Takt ganz genau gehalten.«
»Ach, alleine kann ich tanzen. Nur... wenn ich...«
»Das verstehe ich gut.« Er hielt sie fest, seine Hand lag tief auf ihrem Rükken. »Einfach eine Frage der Übung und des Selbstvertrauens. Ich weiß, ich könnte Ihnen den Tango in ganz kurzer Zeit beibringen.«
»Es macht Ihnen nichts aus?«
»Aber nein, Winifred. Es wäre mir eine Freude.«
Sie ist eigentlich ganz hübsch, dachte er und lächelte auf sie hinab. Winifred lächelte schüchtern zurück, und ein rosiges Glühen verbreitete sich über ihre Wangen und ihren Hals. Den ganzen Tag schon hatte sie ihm Blicke zugeworfen. Die Verliebtheit eines jungen Mädchens, eine Schwärmerei. Fenton hatte nichts getan, um sie zu ermutigen. Immer der direkte, förmliche Offizier und Gentleman. Der Freund ihres Bruders Andrew. Er führte sie perfekt durch alle Schritte, durch die sinnlichen Bewegungen des Tanzes.
»Sie machen das sehr gut«, sagte er. »Folgen Sie mir einfach, schauen Sie nicht auf Ihre Füße.«
Winifred war nicht sehr graziös, aber das kam wahrscheinlich von ihrer Nervosität. Sie umklammerte Fentons Hand ganz fest. Ihre Augen waren haselnußbraun, bemerkte er, und ihr Haar hatte den zartesten Brünetton. Ja, ein sehr hübsches Mädchen, und wenn sie ein paar Pfund von ihrem Gewicht loswürde, hätte sie auch eine ganz attraktive Figur. Lady Winifred Sutton, die einzige Tochter des Marquis und der Marquise von Dexford. Mit einem beträchtlichen Jahreseinkommen, wenn sie einmal das Alter von einundzwanzig Jahren erreichte. Eine Mitgift von... sagen wir, zehntausend Pfund?
»Fahren Sie zur Saison nach London, Winifred?«
»O ja«, sprudelte sie heraus und starrte wieder auf ihre Füße.
»Mama wird nächste Woche das Haus eröffnen. Cadogan Square Nummer vierundzwanzig.« Sie schaute zu ihm auf, und ein sehnsüchtiger Blick war in ihren Augen. »Das ist nicht sehr weit von der Kaserne der Garde entfernt, nicht wahr?«
»Nein. Und es ist nur ein kurzer Fußweg von meiner Wohnung an der Lower Belgrave Street.«
Er entdeckte einen plötzlichen Wechsel in der Art, wie sie atmete. Die Anstrengung des Tanzes? Nein, sie bewegte ja kaum die Füße auf dem Boden. Eine zarte Linie aus Schweißperlchen hatte sich auf ihrer Oberlippe gebildet.
»Vielleicht...«, sagte sie zögernd, »vielleicht könnten Sie an einer unse-

rer Abendgesellschaften teilnehmen. Falls... falls... falls Ihr Zeitplan nicht völlig ausgefüllt ist.«

»Aber nein, das ist er nicht. In dieser Saison bin ich ganz flexibel. Wirklich, ganz flexibel.«

Ihre Hand spannte sich auf seinem Arm. »Mein Debüt, mein erster Ball ist am Zweiundzwanzigsten, nächsten Monat. Alexandra wird natürlich dasein, und Charles... Und ich weiß, daß Mama sich freuen würde, wenn Sie auch kommen könnten. Meinen Sie, daß Sie kommen könnten?« fügte sie ängstlich hinzu.

Es schien so, als ob er darüber nachdachte. »Ich glaube ja. Sie können Ihrer Mutter sagen, daß es mir eine Ehre wäre, ihre Einladung zu erhalten.«

Sie lächelte strahlend, und die Art, wie sie tanzte, besserte sich bemerkenswert.

Er spielt mit ihr. Nutzt seinen Fenton-Charme. Tut er das nur ihr zuliebe, fragte sich Lydia, oder hat er ein ernsthaftes Motiv? Winifred Sutton war reich, wie Fenton genau wußte. Reich und nichtssagend. Eine ordentliche Menge Pfunde und keine Unze Chic. Niemand wußte das besser als ihre Mutter und ihr Vater. Ein schneidiger, gutaussehender Mann wie Captain Fenton Wood-Lacy, der Sohn des seligen Sir Harold, der Neffe des Generalmajors Sir Julian Wood-Lacy, würde kaum unbeachtet bleiben, wenn er um Erlaubnis bat, mit der Tochter des Hauses verkehren zu dürfen. Würde er das tun? Fenton lächelte Winifred an, und Winifred lächelte zurück. Lydia wandte sich ab.

Charles neigte sich dichter zu ihr. »Laß uns nach draußen auf die Terrasse tanzen.«

»Ach«, sagte sie und zwang ihre Aufmerksamkeit wieder zu ihm zurück, »wenn du möchtest.«

Sie hörten auf zu tanzen, sobald sie das Musikzimmer hinter sich gelassen hatten. Charles nahm Lydia am Arm und führte sie über die Terrasse, die Stufen hinunter in den italienischen Garten.

»Du hast mich praktisch den ganzen Abend lang ignoriert«, sagte er und umklammerte ihren nackten Arm. Er blieb bei einer Steinbank stehen und zog sie neben sich auf den Sitz. »Du siehst heute abend so schön aus, Lydia. Dieses Kleid, dein Haar... alles um dich ist wie Musik... wie Poesie. Du wußtest, daß ich vor dem Essen allein mit dir sprechen wollte, aber du hast dich absichtlich bei den... bei den Grüppchen aufgehalten!«

»Es wäre unhöflich gewesen, sich nicht zu beteiligen.«

»So viel ist heute geschehen«, sagte er aufgeregt und fuhr sich mit der Hand durchs Haar. »Ich habe Winnie in sehr netter Art gesagt, daß ich... nun, daß ich mich gefühlsmäßig niemals mit ihr verbinden könnte. Sie hat es ganz gut aufgenommen.«

»Das habe ich bemerkt«, sagte Lydia steinern.

»Aber das löst ja eigentlich nicht unser Problem. Ich fürchte, Vater wird, soweit es uns betrifft, unbeugsamer als je zuvor sein.«
Sie glättete das Kleid über ihren Knien. Es war ein langes Abendkleid aus blaßgrüner Seide, bestickt mit Saatperlen, und das Oberteil hatte einen flachen Ausschnitt.
»Charles, ich glaube, die Zeit ist gekommen, wo wir ehrlich miteinander sein müssen. Ich liebe dich, und ich glaube, daß du mich auch liebst.«
Er starrte sie mit offenem Mund an. »Du glaubst? Lieber Himmel! Du beherrschst meine Gedanken, Tag und Nacht. Ein dutzendmal in der Nacht wache ich in kaltem Schweiß auf, weil ich Alpträume habe, in denen ich dich verliere. Es gibt keine andere Frau auf dieser Erde, an der ich genug Interesse hätte, um sie auch nur anzuschauen, und du *glaubst*, daß ich dich liebe!« Er legte die Arme um sie und preßte sie fest an sich. Ihr Parfüm verwirrte seine Sinne. »O Lydia, wie kannst du meine Gefühle in Frage stellen?«
Sie zog sich leicht von ihm zurück und legte eine kühle, schlanke Hand auf seine Wange. Charles war gutaussehend, aber in einer schwerfälligen, melancholischen Weise, er hatte ein edles, intelligentes Gesicht, das sie irgendwie an das Porträt von Shakespeare erinnerte, an den Kupferstich, der sich in den meisten Ausgaben seiner Werke befand. Viel jünger zwar, aber mit den gleichen hochgeschwungenen Augenbrauen, dem gleichen sanften Blick. Ein Mann aus der Elisabethanischen Ära, nobel und von romantischer Galanterie.
»Du hattest ein Gespräch mit Winifred, und ich bin sicher, daß du sehr viel Takt und Rücksicht bewiesen hast.«
»Und ich war direkt«, unterbrach er sie.
»Ja, direkt. Aber sag mir, Charles, sprichst du jemals so direkt mit deinem Vater über uns?«
Er wandte seinen Blick von ihr ab und schaute zum Haus hinüber. Es hob sich gegen den nachtdunklen Himmel ab. Die meisten der Zimmer waren erleuchtet, und gelbe Quadrate aus Licht fielen über die dunklen Rasenflächen.
»Ich... ich habe vor, darüber ein langes Gespräch mit ihm zu führen.«
»Du könntest vielleicht damit anfangen, daß du ihn erinnerst, daß wir im 20. Jahrhundert leben.«
Er lächelte sardonisch. »Im 20. Jahrhundert? Das erkennt Vater gesellschaftlich nicht an.«
»Er vielleicht nicht, aber die meisten Leute fangen an, es zu tun. Ich glaube nicht, daß er aus dem House of Lords ausgeschlossen würde, wenn ich in seine Familie einheirate. Schließlich wäre es für jedermann offenkundig, daß ich mir meinen Platz im Adel nicht erkauft hätte. Wenn ich jetzt Lord Peter Manderson oder den Earl of Darnil heiraten würde, dann

wäre das etwas ganz anderes, nicht wahr? Es gibt eine ganze Anzahl von verarmten Adeligen in diesem Land, Charles. Du würdest dich wundern, wie leicht es für mich sein würde, einen von ihnen zu heiraten, wenn das alles wäre, was ich will. Und dein Vater wenigstens denkt doch so.«
Er starrte sie mit einem Ausdruck der Furcht an. »Lydia, du... du könntest doch nie einen Typ wie Darnil heiraten. Mein Gott, ich...«
»Natürlich nicht.« Sie schlang ihre schmalen, weißen Arme um seinen Hals und zog ihn sanft zu sich herab. Ihre Lippen wanderten zärtlich über sein Gesicht. »Du bist mein einziger, süßer Schatz, und ich liebe dich sehr. Ich möchte aufhören, Miß Foxe zu sein und Lady Amberley werden. Ich möchte alles Glück der Ehe auskosten, und ich möchte es mit dir erfahren und mit niemand anderem.«
Er hielt sie fest, küßte ihre Lippen, ihren Hals, die sanfte Höhlung ihrer Kehle. Er konnte ihren festen Busen an seiner Brust spüren.
»Lydia... Lydia...«, murmelte er.
Sie streichelte seine Wangen und verfolgte mit der Fingerspitze den Umriß seines Ohrläppchens. Er ist wirklich noch so ein Kind, dachte sie, so hin- und hergerissen zwischen Pflicht und Sehnsucht und so ehrerbietig gegenüber den viktorianischen Maßstäben seines Vaters, dieser Charles Greville, Lord Amberley, dieser zukünftige Graf Stanmore, der zitternde Küsse auf meine Haut preßte.
»Ich habe mir einen Weg ausgedacht, auf dem man sich deinem Vater nähern könnte, Charles«, sagte sie ruhig und streichelte sein weiches Haar. »Aber es wird nötig sein, daß du deinerseits eine etwas festere Haltung zeigst, Liebling. Ich werde dem Löwen in seiner Höhle entgegentreten müssen; ich habe lange Zeit darüber nachgedacht.«
»Was immer du meinst, Lydia«, hauchte er über dem Ausschnitt ihres Kleides, dem tiefen Spalt zwischen ihren Brüsten.
»Aber zuerst müssen wir es gründlich durchsprechen. Laß uns doch morgen den Tag zusammen verbringen. Daddy ist noch immer in London. Wir können allein sein, den Tag für uns haben, und vielleicht können wir mit einem Picknickkorb in den Leith-Forst spazieren und dann reden, reden, reden.«
»Wunderbar«, murmelte er. »Wunderbar...« Charles erstarrte plötzlich und riß sich von Lydia los. Sein Gesicht war jetzt noch bleicher, als es vorher gewesen war. »Ach du lieber Gott! Ich kann ja nicht. Ich... ich muß morgen nach Southampton. Irgendeinen verdammten Vetter aus Amerika begrüßen. Liebling, das tut mir leid, aber...«
Ihr Lächeln war rätselhaft. »Ich verstehe, Charles. Du brauchst nichts zu erklären. Ich verstehe dich völlig.«

4

Martin Rilke sah noch einmal gründlich seine winzige Kabine durch, um ganz sicherzugehen, daß er nichts vergessen hatte. Er hatte hastig gepackt, weil er den ganzen Morgen an Deck verbracht und mit offenem Mund die Küste von England angestarrt hatte, als die *S. S. Laconia* kanalaufwärts nach Southampton fuhr.
»Einen besseren Tag als heute können Sie kaum erleben«, hatte ihm einer der Schiffsstewards gesagt. »An den meisten Tagen haben wir 'ne ganze Menge Nebel, Sir.«
Kein Fleckchen Nebel heute morgen. Martin hatte sein Frühstück hinuntergeschlungen und war dann an Deck gegangen, um seinen Feldstecher mit einem mitreisenden Passagier, einem Dr. Horner aus Cincinnati, zu teilen. Dr. Horner war auf dem Weg nach London; er sollte dort einen Monat lang an einem Seminar für Neurochirurgie teilnehmen. Die beiden Männer waren fasziniert gewesen von den leuchtenden Grün- und Weißtönen der Küste und von dem funkelnden Blau der See. Die Überfahrt war durch einen Sommersturm getrübt worden, der am zweiten Tag, nachdem sie New York verlassen hatten, über sie hergefallen war, und graue Wellen und Nieselregen hatten sie bis fast an die Küste von Irland begleitet. Von der Grünen Insel hatten die beiden dann nichts anderes gesehen als riesige Wolkenbänke, aber als sie in den englischen Kanal eingefahren waren, hatten die Wolken sich geteilt, und es war nicht ein bißchen Dunst mehr übergeblieben, der die Aussicht trübte.
»Der Königsthron hier, dies gekrönte Eiland...« hatte Dr. Horner großartig zitiert, während er mit dem Fernglas in der Hand an der Reling lehnte. »Shakespeare, Richard der Dritte.«
»Der Zweite«, hatte Martin korrigiert. »Dies Kleinod, in die Silbersee gefaßt. Es sieht wirklich wie ein Edelstein aus, nicht wahr?«
»Wie Feueropal, Martin. Mann, ich wünschte, meine Agnes hätte die Reise mitmachen können. Und sie hat schon gedacht, Neuengland wäre schön, als wir im letzten Sommer zu den Berkshires hinaufgefahren sind. Kann dem alten Britannien aber das Wasser nicht reichen.« Er gab das Fernglas weiter. »Wirf mal 'nen Blick auf das kleine Dorf unter den Klippen dahinten. Wenn das nicht die Kirsche auf die Torte setzt, dann weiß ich es auch nicht.«
Die Landschaft war schließlich weniger friedlichen Ausblicken gewichen, die die beiden daran erinnerten, daß England nicht nur aus lieblichen Dörfern und welligen Hügeln bestand. Um die Mittagszeit dampften sie in die dichtbesiedelte Bucht von Southampton ein, und die Küstenlinie war auf einmal mit eisernen Kränen, Docks, Werften und Lagerhäusern besetzt.

»Es war eine Freude, mit Ihnen zu reisen, Martin«, hatte Dr. Horner gesagt, ehe er nach unten ging. »Vielleicht können wir irgendwann mal in London zu Mittag essen. Ich bin im Guy's-Krankenhaus, in der Seminargruppe von Sir William Osler.«
Martin hoffte, daß der gute Doktor alles besser organisiert hatte als er selbst. Ein Matrose mit einem Gepäckkarren wartete ungeduldig draußen vor der Kabinentür.
»Okay«, sagte Martin. »Sie können die Seekiste nehmen und diesen Koffer, aber lassen Sie die lederne Aktenmappe hier.«
»Ja, Sir«, grunzte der Matrose, während er seinen Karren in die Kabine schob.
Martin warf noch einen letzten Blick unter die Koje, in die Kommodenschubladen, in den Schrank. Hin und wieder litt er an einer leichten Zerstreutheit, und er wäre nicht überrascht gewesen, wenn er noch eine Schublade voll Socken und Unterwäsche gefunden hätte. Aber alles war gepackt. Er war in Eile, aber gründlich gewesen. Nichts, was ihm gehörte, war noch in der Kabine, außer der Aktentasche, einer braunen Wolljacke und einer Kodak-Kamera in einer ledernen Bereitschaftstasche. Er zog die Jacke an und prüfte seine Erscheinung im Spiegel. Er war nicht so recht glücklich über den Sitz der Jacke. Sie war bei Marshall-Field von der Stange gekauft und saß ein bißchen zu stramm über der Brust. Er löste das Problem, indem er sie nicht zuknöpfte.
Na, dachte er, während er sich die Kodak über die Schulter hing, du siehst vielleicht aus! Jeder Zoll ein Weltreisender. Er war jetzt endlich und unwiderruflich weit weg von Chicago.
Jamie Ross schaffte es schnell, einen passenden Parkplatz für den großen Lanchester-Reisewagen zu finden, aber es war noch ein ganzes Stück bis zum Cunard-Dock.
»Können Sie nicht ein bißchen näher ranfahren, Ross?« fragte Charles.
»Fürchte nein, Mylord. Wir brauchen 'ne Stunde, um uns durch das Durcheinander durchzuwühlen.«
Das Durcheinander, das war eine fast ununterbrochene Reihe von Lastwagen, Taxis und ausladenden Pferdefuhrwerken, die die schmalen Anfahrten zu den Piers der Cunard- und der White-Star-Linie verstopften.
»Sieht so aus, als ob heute nachmittag drei große Schiffe auf einmal reingekommen sind, Mylord«, sagte Ross, während er seine Autobrille aus dem Gesicht schob.
»Scheint so«, sagte Charles und unterdrückte den Drang zu fluchen. Er nahm seinen Strohhut vom Sitz auf und setzte ihn sich gerade auf den Kopf.
Roger Wood-Lacy tat das gleiche. Die Hüte der beiden Männer zeigten

auf einem seidenen Band die Farben der Universität Cambridge. »Wir können nichts anderes machen, alter Junge, als selbst energisch weiterzutrotten.«

»Ich hoffe, Sie treiben einen Gepäckträger auf, Ross.«

»Sicher, Mylord«, antwortete der Chauffeur, während er aus dem Wagen stieg und sich beeilte, die Türen für die Passagiere zu öffnen.

»Mir ist gerade etwas eingefallen«, sagte Roger, während sie vom Wagen weggingen und der schmuck uniformierte Ross respektvoll sechs Schritte hinter ihnen zurückblieb. »Wie wollen wir diesen Kerl denn finden? Hast du eine Ahnung, wie er aussieht?«

»Nicht die geringste. In meinem Alter, schätze ich, und ein bißchen germanisch, nehme ich an. Ich glaube, wir müssen ihn wohl ausrufen lassen.«

Charles starrte mißmutig nach vorn. Die Straße war schmal, schmutzig und von kleinen Läden und Eßlokalen gesäumt. Die Abgasschwaden der Fahrzeugschlange vergifteten die Luft. Charles war in bitterer Stimmung; der Gedanke an das, was er in diesem Augenblick hätte tun können, vergällte ihm alles. Wäre Martin Rilkes unwillkommene Ankunft nicht gewesen, er säße jetzt, mit dem Rücken an eine Eiche gelehnt, in den kühlen Auwäldern des Forstes von Leith, während Lydia, den Körper unter dem leichten Sommerkleid von keinem Korsett eingezwängt, ihm aus einem Weidenkorb Schinkenbrote mit Wasserkresse servierte. Verdammt!

Die beiden jungen Männer fanden das buntgewürfelte Durcheinander der großen Holzgebäude am Rande der Werft verwirrend. Aber hinter den Dächern konnten sie die hohen Schornsteine der Laconia sehen, die noch immer Spuren von Rauch hinter sich herzogen. Ross trat nach vorn und schlug vor, daß man zu einem riesengroßen, offenen Gebäude hinübergehen solle, das ein Schild mit der Aufschrift »Gepäckausgabe – Cunard Linie« trug. Hunderte von Leuten waren schon da. Sie drängten sich drinnen unter sechsundzwanzig großen Metallschildern herum, die von den Deckenbalken herunterbaumelten. Auf diese Metallschilder waren die Buchstaben des Alphabets gemalt. Ein Regiment von Dockarbeitern in blauen Arbeitsanzügen rollte vollbeladene Gepäckkarren aus dem Schiff herein.

»Gut mitgedacht, Ross«, sagte Charles. »Früher oder später muß unser Mann unter dem Schild R auftauchen.«

Eine ganze Anzahl von Menschen stand schon unter dem R-Zeichen oder ging suchend durch Schluchten aus Seekisten und aufgestapelten Koffern. Mehrere offiziell aussehende Männer, die verschiedene Reiseunternehmen repräsentierten, liefen umher und riefen ihren Reisegruppen zu, zusammenzubleiben.

»Die Raymond-Whitcomb-Herrschaften hier herüber, bitte!«
»Würden alle Passagiere der Cook-Reisen Nummer 7 bitte am Zollschuppen warten? Würden alle Passagiere...?«
»Ist er das? Was meinst du?« meinte Roger und zeigte unauffällig einen der Gänge mit dem Gepäck hinab.
Charles betrachtete gedankenverloren die Person, auf die Roger gezeigt hatte, und suchte eine Familienähnlichkeit. Er sah einen Mann in den frühen Zwanzigern, von mittlerer Größe und untersetztem Körperbau, blondhaarig und mit viereckigem Kinn. Seine Nase war lang und ausgeprägt, die Augen blau und fröhlich. Sein Gesicht stellte deutlich eine männliche Version des Gesichtes seiner Mutter dar. Und mit Sicherheit hatte er den Mund der Rilkes, breit, vollippig und jederzeit bereit zu lächeln – so wie er auch jetzt herüberlächelte.
»Sagen Sie«, rief der junge Mann aus, »Sie sind nicht zufällig Lord Charles Amberley, was?«
»Doch, der bin ich«, sagte Charles leicht verblüfft. Er hatte nicht erwartet, seinen Vetter so schnell zu finden.
Martin kam mit ausgestreckter rechter Hand auf ihn zu. »Frag mich nicht, woher ich es wußte«, sagte er, indem er noch breiter grinste. »Ich schätze, du siehst einfach genauso aus, wie ich dich mir vorgestellt habe.« Er packte die Hand seines Vetters und schüttelte sie energisch. »Mann, das ist aber nett von dir, mich abzuholen. Ist Tante Hanna auch dabei?«
»Nein«, sagte Charles und brachte ein schwaches Lächeln zustande. Seine Hand fühlte sich an, als ob sie in einen Schraubstock eingeklemmt gewesen wäre. »Ich bin mit meinem Freund hergekommen.« Er machte eine Geste in Richtung Roger. »Martin... Roger Wood-Lacy. Roger... mein Vetter aus Amerika, Martin Rilke.«
Roger machte einen Schritt nach vorn. »Wie geht es Ihnen?«
»Danke, gut«, sagte Martin. »Hatte 'ne tolle Reise. Ein bißchen rauh die ersten paar Tage, aber alle Passagiere waren echte Kumpels. Ich hab' wirklich 'ne Menge Spaß gehabt.«
»Freut mich, das zu hören«, sagte Roger. Ein freundlich aussehender Bursche, dachte er, obwohl er ein bißchen laut und angeberisch war – wie die meisten Amerikaner. Keiner von den Rilke-Millionären, Charles hatte das einmal erwähnt. Eine Art arme Verwandtschaft. Die Jacke, die er trug, bestätigte das allerdings. »Willkommen im guten alten England.«
»Danke.« Er ließ Charles' Hand los, stand mit verschränkten Armen da und grinste etwas dümmlich. »Ich kann es einfach nicht glauben, daß ich schon da bin. Daß ich tatsächlich auf der anderen Seite des Atlantiks bin. Reisen ist wirklich phantastisch, wenn man drüber nachdenkt. Gerade noch vor einer Woche war ich in Chicago, und jetzt bin ich in der Alten Welt.«

»In der Alten Welt?« wiederholte Roger verblüfft.
»Muß ich mich schwer dran gewöhnen«, fuhr Martin fröhlich fort. »Aber hier bin ich, Martin Rilke in eigener Person, oder auf eigenem Huf, wie sie im Süden sagen. Vielleicht macht es euch Jungs nichts aus, wenn ihr mir helfen würdet, meinen Koffer zu finden. Er ist aus dunkelbraunem Leder, ein bißchen verkratzt, und mein Name ist auf die Seite gemalt.«
Die beiden Einwohner der Alten Welt wechselten verständnislose Blicke und halfen dann Martin bei der Suche. Die Seekiste und der Koffer waren bald gefunden, und Charles bat Ross darum, einen Gepäckträger zu angeln. Er gab dem Mann eine halbe Krone Trinkgeld, und bald war das Gepäck sicher auf dem Lanchester festgeschnallt.
Martin saß zwischen Roger und Charles auf dem Rücksitz, die Aktentasche stand auf dem Fußboden zwischen seinen Füßen, und die Kamera lag auf seinem Schoß.
»Tolle Gegend«, sagte Martin, als sie die Außenbezirke von Southampton verließen und in die offene Landschaft hinausfuhren. »Ich hoffe, es macht euch nichts aus, wenn ich euren Fahrer drum bitte, hier und da mal zu halten. Ich würde unheimlich gerne ein paar Bilder machen.«
Ach du lieber Himmel, stöhnte Charles in Gedanken. Er konnte Roger nicht ins Gesicht sehen. »Nun, es ist eine ziemlich lange Fahrt, und wir möchten noch vor der Dunkelheit ankommen Aber wir werden bald zum Mittagessen in Taverhurst halten. Ein ziemlich altes Gasthaus, das ›Three Talbards‹, und dort kannst du soviel Bilder machen, wie du willst.«
»Das wäre toll. Tausend Dank. Wo sind wir denn jetzt? In welcher Grafschaft, meine ich.«
»In Hampshire«, sagte Roger.
»Hampshire? Da lebt doch Thomas Hardy... Na, so was.«
»Ja, am Rand«, sagte Charles. »Mehr in Dorset als in Hampshire.«
Roger zog eine Augenbraue hoch. »Ich nehme an, Hardys Romane werden überall gelesen, ›Tess‹ und ›Judas, der Verräter‹.«
Martin nickte. »Richtig, aber wenn ich ehrlich sein soll, habe ich die Romane nie so richtig kapiert. Ich ziehe Hardy, den Lyriker, vor.«
»Ach, tatsächlich«, sagte Roger mit Begeisterung. »Wie herrlich für Sie. Mir geht es mit Hardy genauso. Haben Sie schon ›Kanalfeuer‹ angesehen?«
»Ja, kurz bevor ich von zu Hause weggefahren bin. Ich hab' besonders den letzten Vers gut gefunden, in dem er über Camelot und Stonehenge spricht.« Er warf einen träumerischen Blick auf die grünen Hügel der *South Downs.* »Das würde ich sicher auch gern mal sehen.«
»Aber das werden Sie, alter Junge«, rief Roger. »Wir sorgen dafür, nicht wahr, Charles? Oh, wirklich, das ist absolut phantastisch. Die Gedichte Hardys werden tatsächlich in Chicago gelesen!«

Der britische Akzent und das ganze Gehabe der beiden Engländer zerrte eine wenig an Martins Nerven. Die beiden kamen ihm so affektiert vor wie gewisse Leute vom Theater, die er kannte. Aber im Gegensatz zu den Schauspielern versuchten Charles und Roger nicht, etwas darzustellen, das sie nicht waren. Sie waren, wie man in Chicago sagte, »echt«. Martin wußte genug über England, um das zu erkennen, und deshalb rümpfte er auch nicht die Nase über ihre Ausdrucksweise, ihre Ansichten oder ihre Gesten. Die beiden taten und sagten alles in einer Art, die, bewußt oder unbewußt, darauf ausgelegt war, sie von den anderen abzuheben. Es war ein Benehmen, zu dem sie geboren waren, Manieren, die sorgfältig von ihren Eltern genährt wurden, auf denen man danach in Winchester aufbaute und die dann in Cambridge zur Perfektion aufpoliert worden waren. In jeder Geste, in jeder Nuance ihrer Ausdrucksweise waren sie englische Gentlemen. Man hätte sie in Lumpen mitten in der arabischen Wüste aussetzen können, und sie wären trotzdem auch dem einfachsten Beduinen aufgefallen, genauso wie sie dem Chauffeur auffielen, dem Gepäckträger auf dem Kai und den jungen Frauen, die sie im Gasthof »Three Talbards« im Dorf Taverhurst bedienten. Fahrer, Gepäckträger und Kellnerin behandelten diese beiden jungen Männer ohne das leiseste Zeichen von Unterwürfigkeit, aber mit einer natürlichen Distanz. Das, so wußte Martin, war das Phänomen, was die Engländer das »Klassenbewußtsein« nannten; die Unterschicht erkannte und akzeptierte ohne Murren die Überlegenheit der Oberschicht. So etwas war kein Exportartikel wie englische Wollstoffe, auch wenn eine Menge reicher Amerikaner versucht hatte, es zu importieren. Er dachte an seinen Onkel Paul und seine Tante Jessica Rilke in Chicago, an ihren riesigen Palast von einem Haus – der von den jungen Architekten in Chicago als der »Schrecken der Nordseite« bezeichnet wurde –, diesen Kasten, bevölkert von Hausdienern in Kniehosen, von Butlern und Pferdeknechten. Eine Fassade des Glanzes, der Oberschicht, aber nicht mehr. Die Bedienten brauchten das Geld, das ihnen gezahlt wurde, aber sie hatten keinen tieferliegenden Respekt für ihren Herrn und ihre Herrin. Überhaupt keinen. Sie fühlten sich durch ihre Kostüme lächerlich gemacht, und sie sahen den Unterschied zwischen sich selbst und den Rilkes nicht als Klassenunterschied, sondern als eine Sache des Geldes. Paul Rilke besaß Brauereien, ein Maklerbüro, Ländereien im Loop, Eisenwerke in Gary, Indiana, in Toledo und in Cleveland und die Hälfte der Anteile an einem Baseballteam der amerikanischen Liga. Das machte ihn reich, sogar mächtig, aber weder durch Geburtsrecht noch durch Gewohnheitsrecht war es ihm sicher, daß ein Gepäckträger ihm gegenüber die Mütze zog und »Mein Herr« sagte.

»Bitte schön, meine Herren«, sagte die Kellnerin, als sie mit dem beladenen Tablett an ihren Tisch trat. »Alles kochend heiß.«

»Und es sieht auch sehr gut aus«, sagte Roger und rieb sich die Hände. »Ich sage Ihnen, Rilke, Steak und Nieren – als Sauce oder Pastete –, das ist das wahre Geheimnis der britischen Kraft.«
»Ist mein Diener versorgt?« fragte Charles.
»Aber ja, Sir«, sagte die Kellnerin. »Er sitzt draußen hinter dem Haus, Sir.«
Sie stellte die dampfende Steak- und Nierenpastete auf den Tisch neben die Krüge mit dem dunkelbraunen Ale, knickste und zog sich zurück.
»Ich habe gehört, Sie arbeiten bei einer Zeitung, Rilke«, sagte Roger nach ein paar Minuten, in denen sie schweigend gegessen hatten.
»Richtig, beim Chicago Express. Ich bin zur Zeitung gegangen, nachdem ich vergangenen Juni die Universität verlassen hatte.«
»Auf welcher sind Sie denn gewesen?« fragte Charles. »Yale, nehme ich an.«
»Nein. Universität von Chicago.«
»Dem Himmel sei Dank dafür. Uns hängen die Leute aus Yale zum Hals heraus, seit Vetter Carl hiergewesen ist.«
Martin lachte. »Ja, ich weiß, was Sie meinen. Wir haben ein Sprichwort in den Staaten: ›Ob ein Mann aus Yale kommt, läßt sich immer sagen; er dagegen läßt sich nicht viel sagen.‹«
»Oh, tatsächlich«, schmunzelte Roger, »das ist ein guter Witz. Das muß ich behalten.«
»Jedenfalls«, sagte Martin, »bin ich zur Zeitung gegangen in der Hoffnung, als Gerichtsreporter anzufangen. Sehen Sie, ich würde gern Schriftsteller werden, und ich hab' mir gedacht, wenn ich so ein, zwei Jahre lang die Schattenseite des Lebens sehen würde, könnte das eine große Hilfe für mich sein. So hat auch Theodore Dreiser angefangen und Frank Norris und... ach, 'ne Menge gute Schriftsteller. Aber sie haben mich in ein eigenes kleines Büro gesteckt und lassen mich Buchkritiken und Theaterkritiken schreiben. Ich kriege das langsam über, und vielleicht höre ich damit auf, wenn ich zurückkomme. Falls sie mir nicht einen interessanteren Job geben.«
»Wunderbar für dich«, sagte Charles. »Es gibt nichts Schlimmeres, als etwas tun zu müssen, das man nicht mag.«
»Na, zuerst war ja auch alles in Ordnung damit, aber ich lerne bestimmt nicht viel über das Leben, wenn ich die Romane von Gene Stratton-Porter und Harold Bell-Wright wiederkäue.«
Er fragte sich, ob er erwähnen solle, daß er die ersten sechzig Seiten eines Romans, an dem er schrieb, bei sich hatte. Eine Geschichte aus Chicago, über den Kampf einiger Männer, die Macht der Straßenbahnbarone zu brechen. Das Manuskript war in seiner Aktentasche, aber er entschied sich dagegen. Er war noch unentschlossen, welche Richtung das Buch

nehmen sollte. Es war bisher – er haßte es zwar, sich das sich selbst gegenüber zuzugeben – zu sehr eine Imitation anderer »Klassenkampfromane«. Und außerdem, wenn er die beiden makellos gekleideten Herren so anschaute, bezweifelte er, daß die beiden auch nur das leiseste Verständnis für die Probleme armer Straßenbahnschaffner aus Chicago haben würden.
»Wie sehen deine Pläne denn aus, Martin?« fragte Charles.
»Na, mal sehen. Zehn Tage hier in England, dann fahre ich nach Paris, Berlin, Zürich, Mailand, Rom und dann aus Neapel wieder zurück nach Hause, auf der Majestic von der White-Star-Linie. Alles in allem sechs Wochen. Das ist nicht unbedingt eine Weltreise, aber es liegt an der Grenze von dem, was ich mir leisten kann.«
»Wir fahren möglicherweise im Juli nach Griechenland«, sagte Roger. »Schade, daß Sie nicht für ein oder zwei Wochen kurz herüberkommen und mit uns fahren können. Aber Sie müssen wenigstens ganz bestimmt Perugia und die Abruzzen sehen. Das ist das wahre Italien, Rilke, das wahre Italien.«

Sie kamen in Abington Pryory pünktlich zum Tee, der gerade auf der Terrasse serviert wurde. Es war ein hektischer Augenblick sowohl für Hanna als auch für Martin, denn er versuchte sich die Namen all der Menschen zu merken, denen er vorgestellt wurde, und sie versuchte, ihn wie eine richtige Tante zu begrüßen und dabei nicht ihre Gäste zu vernachlässigen. Zwei von diesen Gästen brachen gerade nach London auf, eine Lady Soundso und ihre Tochter, eine Winifred Soundso, und ihre Abreise trug noch zu der Verwirrung bei.
»Wir wollen uns nachher unterhalten, Martin«, flüsterte Hanna und drückte seinen Arm ein wenig. »Ich bin sicher, du hättest vor dem Essen gern ein bißchen Zeit für dich allein. Ich werde dir von einem der Dienstboten dein Zimmer zeigen lassen. Du kannst so lange darin wohnen bleiben, wie du möchtest.«
Martin Rilke sprudelte sein Dankeschön heraus und entschuldigte sich dann bei dem Dutzend Leute, die seine Tante zum Tee eingeladen hatte. »Die anderen Mitglieder des Gartenclubs Abington«, hatte Hanna ihrem Neffen erklärt, ehe sie ihn vorstellte. Alle waren ihm nett vorgekommen, aber sie hatten ihn mit unverblümter Neugier studiert, als sei er eine seltene Pflanze, die ihnen völlig fremd war. Martin war dankbar, als ein Hausdiener auf ihn zutrat und ihn ins Haus führte.
Seine Kiste und sein Koffer waren schon im Zimmer. Neben den noblen Möbeln wirkte sein Gepäck schäbig, aber Martin hatte nur Augen für das Bett und ließ sich müde darauf fallen. Er fragte sich, wann das Abendessen wohl serviert würde und ob er ein oder zwei Stunden lang ein Nickerchen

machen konnte. Er hatte gerade die Augen geschlossen, als sich jemand räusperte, um seine Aufmerksamkeit auf sich zu ziehen. Ein Mann im mittleren Alter, der eine schwarze Leinenjacke und graue, gestreifte Hosen trug, stand im Zimmer, eine Hand noch auf der Türklinke.

»Ja?« sagte Martin und stützte sich auf die Ellbogen.

»Ich bitte um Entschuldigung, Sir«, sagte der Mann. »Ich bin Eagles, Ihr Kammerdiener. Wenn ich bitte die Kofferschlüssel haben könnte, Sir; ich werde dann auspacken und mich um Ihre Garderobe kümmern.«

Martin wollte dem Mann schon sagen, das sei nicht nötig, aber seine Tante hatte dem Kammerdiener offensichtlich aufgetragen herzukommen. Sie würde sich vielleicht beleidigt fühlen, wenn er den Mann wegschickte. Martin stand also vom Bett auf und suchte in seinen Hosentaschen nach den kleinen, flachen Schlüsseln.

»Bitte schön«, sagte er und gab sie dem Diener.

»Ich danke Ihnen, Sir. Es dauert nur einen Moment. Das Reisen schadet der Kleidung sehr.«

»Ja«, antwortete Martin lahm. »Kann sein.«

»Oh, sehr, besonders auf einer Seereise, Sir. Die Salzluft läßt die Bügelfalten verschwinden.«

Es war Martin peinlich, zu beobachten, wie der Mann sein Gepäck durchging. Man stand da und sah zu, wie ein völlig fremder Mensch Stück für Stück die eigene schmutzige Wäsche sortiert – und das schienen seine Koffer hauptsächlich zu enthalten: schmutzige Hemden, Unterwäsche, Schlafanzüge und Socken. Der Kammerdiener schnalzte zwar nicht mit der Zunge, aber er zog die ganze Zeit die Lippen zusammen, während er die angeschmutzten Sachen sortierte und zerknitterte Anzüge und Jacken aus der Seekiste nahm. Selbst für Martin war es offensichtlich, daß alles erst einmal gut gebügelt werden mußte, aber der Kammerdiener nahm nur ein einziges Kleidungsstück heraus. Er hielt einen besonders zerknitterten Frack hoch.

»Diesen hier werde ich sofort abreiben und bügeln, Sir. Beim Abendessen wird zumindest gedeckte Garderobe getragen.«

Das Wort »zumindest« hatte einen ominösen Klang. Martin besaß keine eigentliche Abendkleidung. Der Frack war das einzige in dieser Richtung, und er war schon fast zwei Jahre alt. Martin hatte ihn sich in seinem letzten Jahr an der Universität für ein offizielles Abendessen seiner Studentenverbindung gekauft und seitdem nicht mehr getragen. Er würde zu eng sein, aber vielleicht dehnte ihn das Abreiben und Bügeln ein wenig.

»Danke... Eagles?«

»Eagles, ja, Sir. Ich werde mich gleich daranmachen, Sir, und den Rest Ihrer Kleidung bringe ich Ihnen morgen zurück.«

Nachdem der Kammerdiener gegangen war, setzte sich Martin auf die

Bettkante und erwog, ob er sich wieder hinwerfen und einschlafen oder eine heiße Dusche nehmen sollte. Eine Dusche hörte sich gut an, aber offensichtlich gab es zu diesem Raum kein Badezimmer. Er grübelte noch über das Dilemma nach, als ein sanftes Klopfen an der Tür zu hören war.

»Herein«, rief er aus.

Die Tür öffnete sich, und ein schlankes, dunkelhaariges Mädchen in Dienstbotenkleidung kam ins Zimmer. Sie trug einen großen Blumenstrauß, der in einer Glasvase steckte. Sie drückte sich ins Zimmer wie ein erschrecktes Reh.

»Hallo«, sagte Martin fröhlich. »Wer hat denn die Blumen geschickt?«

Das Mädchen murmelte irgend etwas Unhörbares und stellte die Vase auf einem Tisch in der Nähe des Fensters ab. Sie warf Martin kaum einen Blick zu, aber ehe sie sich umdrehte, um zu gehen, stand Martin auf und versperrte ihr den Weg zur Tür. »Warten Sie doch mal 'ne Minute, vielleicht können Sie mir helfen.«

»Ihnen helfen, Sir?« flüsterte das Mädchen und schrumpfte fast vor ihm zusammen.

»Na, ich möchte gerne eine Dusche nehmen. Wo ist das Badezimmer?«

»Das Bad, Sir, oder die Toilette?«

Die Toilette? Ihm fielen alle die Geschichten wieder ein, die er über die primitiven britischen Installationen gehört hatte. Eine englische Villa konnte dreißig Schlafzimmer haben, aber nur zwei Bäder und eine Toilette, die wie ein unnützes Anhängsel wirkte. Unter dem Bett – dessen war er ganz sicher – würde ein Nachttopf stehen. Aber er wollte verdammt sein, wenn er den benutzte!

»Na«, sagte er, »beides, nehme ich an.«

»Ja, Sir«, sagte das Mädchen und sah an ihm vorüber zur Tür. »Das WC ist die letzte Tür am Ende des Korridors, Sir, und das Bad ist die dritte Tür links... nein... rechts, wenn Sie aus dem Zimmer kommen, Sir.«

Ein Prachtmädel, dachte Martin, während er sie anschaute. Siebzehn oder achtzehn, eine Haut wie der sprichwörtliche Pfirsich, und Augen, die fast violett waren. Sie hatte die dichtesten und längsten Wimpern, die er je gesehen hatte.

»Mein Name ist Martin«, sagte er impulsiv. »Martin Rilke. Wie heißen Sie?«

»Ivy, Sir.«

»Ivy was?«

»Ivy Thaxton, Sir.«

»Thaxton.« Er wiederholte den Namen langsam und kostete ihn aus. »Thaxton. Das ist ein wirklich guter englischer Name, nicht wahr?«

Sie schaute ihm zum ersten Mal direkt in die Augen. Ein Lächeln schien dicht unter der Oberfläche ihrer höflichen Miene zu liegen.

»Ja, Sir, ich glaube ja.«
»Ich nehme an, das kommt daher, weil er sich auf *›anglo-saxon‹* reimt.«
»Das tut er, ja.« Das Lächeln kam hervor, es war schwach, neugierig. »Sie kommen aus Amerika, nicht wahr?«
»Richtig. Aus Chicago.«
Sie nickte. »Chicago, Staat Illinois, liegt am Michigansee, Industrie, Eisenbahnen, Viehmärkte...«
»Sagen Sie mal, Sie haben Ihre Hausaufgaben aber gut gemacht, wie?«
»Meine was?«
»Sie wissen doch, in der Schule. Sie scheinen eine Menge über Chicago zu wissen.«
»Ich war sehr gut in Erdkunde, Sir, in der Schule. Das... das war mein Lieblingsfach... Erdkunde und Rechnen.«
»Rechnen? Ich habe noch nie ein hübsches Mädchen kennengelernt, das gerne rechnet. Sie sind die erste.«
Ein helles, purpurrotes Glühen erschien plötzlich auf ihren Wangen. Sie senkte die Augen und wollte an ihm vorbei zur Tür.
»Wenn Sie irgend etwas brauchen, Sir, dann läuten Sie einfach. Der Klingelzug ist an der Wand.«
»He, warten Sie doch eine Sekunde.« Aber sie war schon fort, und Martin konnte nur noch ihre Schritte auf dem Korridor hören.
Das Badezimmer war groß; die Wände und der Fußboden waren mit winzigen weißen Kacheln verkleidet. Es stand nichts im Raum außer einem Mammut von einer gußeisernen, emaillierten Badewanne und einem Eichenschrank, der frische Seife und Badetücher enthielt. Eine Brause gab es nicht. Das heiße Wasser kam in Spritzern und Stößen, es schüttelte die Wasserrohre, und der Hahn hustete gelegentlich Dampfwolken aus. Aber mit der Zeit stieg das Wasser in der Wanne hoch, und Martin senkte sich dankbar hinein. Komisch, dachte er, während er sich einseifte und sein Haar einschäumte. Die Proportionen dieses Raumes standen in keinem Verhältnis zu seinem Zweck. Zehn Badewannen hätte man hier aufstellen können, zusammen mit einem halben Dutzend Duschkabinen. Die Toilette dagegen war nicht größer als ein Schrank gewesen. Ein dunkles, böses kleines Örtchen, aus dem man so schnell wieder herauskam, wie die Natur es erlaubte. Das Badezimmer hatte vier breite Fenster an einer Wand, mit Blick auf die Bäume und die fernen Hügel. Die Toilette hatte nur ein winziges Fenster in der Nähe der Decke, das einen ganz blassen Lichtstrahl einließ – wie das Fenster in einem Kerker, weit außer Reichweite des Gefangenen. Komisch. Na, diese Engländer waren eine merkwürdige Rasse. Darüber gab es keinen Zweifel. Alle Kollegen von der Zeitung hatten ihn vorgewarnt, obwohl nur Comstock Harrington Briggs, der leitende Redakteur, jemals in England gewesen war, und das auch nur

während des Burenkrieges. Primitiv. Das war das Wort gewesen; eine kultivierte, aber primitive Rasse. Und wenn man versuchte, die Zeitungsleute auf ihr Verständnis des Wortes »primitiv« festzunageln, hatte das zu wenig oder zu gar keiner Erleuchtung geführt. Für Briggs bedeutete das Wort primitiv warmes Bier und zerkochtes Essen. Für andere hatte es die Bedeutung »Königstreue, Klassensystem, starrköpfige Vorliebe für Cricket«, wo es doch für jeden, der auch nur ein Körnchen Verstand hatte, feststand, daß Baseball das bessere Spiel war. Aber der einzige Grund zur Kritik, den Martin bis jetzt finden konnte, lag in den britischen sanitären Verhältnissen.

Der Frack war wieder da. Er hing an einem Haken an der Schranktür. Sein Aussehen hatte sich gebessert, aber nicht sehr. Martin beäugte ihn zweifelnd und betete, daß er sich hineinzwängen konnte, ohne irgendwelche Knöpfe abzusprengen. Er zog sich vorsichtig an, aber, dem Himmel sei Dank, der Frack paßte ganz gut. Er kämpfte noch mit seiner Schleife, als wieder jemand an der Tür klopfte. Es war einer der livrierten Hausdiener, der ihn darüber informierte, daß der Whisky um sechs Uhr dreißig in der Bibliothek serviert wurde.

Lord Stanmore stellte sein Glas Whisky-Soda ab, und kam Martin zur Tür hin entgegen, als sein Neffe den Raum betrat.

»Mein lieber Junge«, sagte er und kam mit zum Gruß ausgestreckter Hand auf ihn zu. »Es freut mich sehr, dich kennenzulernen. Schade, daß wir uns nicht schon früher getroffen haben; deine Tante spricht oft von dir.«

Martin konnte nur erraten, daß der große Mann mit dem gesunden Gesicht und dem eisengrauen Haar, der da auf ihn zukam, sein Onkel war. Er hatte noch nie ein Foto von ihm gesehen. Wie sollte er ihn ansprechen? Onkel Tony klang zu familiär. Eure Lordschaft war zu förmlich.

»Wie geht es Ihnen, Sir?« sagte er und schüttelte die Hand des Mannes.

»Komm«, sagte Lord Stanmore und legte den Arm um Martins Schultern. »Du kennst meinen Sohn und dessen Freund, Roger... Jetzt möchte ich dich den anderen vorstellen.« Er steuerte seinen Neffen auf eine kleine Gruppe von Männern zu, die mit Gläsern in der Hand am anderen Ende des Raumes standen. Charles und Roger waren unter ihnen. Die Smokings der beiden, so stellte Martin mit einer Spur Neid fest, waren makellos, wie auch die Abendanzüge all der anderen im Raum.

»Meine Herren, mein Neffe aus Amerika, Martin Rilke. Martin, darf ich dich Mr. John Blakewell, dem ›Meister der Jagd‹ in Doncaster vorstellen... Major Tim Lockwood, pensioniert, ein großer Verlust für König und Land, fürchte ich... Sir Percy Smythe, der beste Anwalt und der beste Reiter des Landes... und Captain Fenton Wood-Lacy.«

Martin schüttelte Hände und wechselte Grußformeln. Dann gab ihm Charles einen Drink in die Hand, und er war auf sich selbst gestellt. Der Graf nahm eine unterbrochene Diskussion über Pferde wieder auf, die er mit Blakewell, Major Lockwood und dem Anwalt geführt hatte.
»Nun, Martin«, sagte Charles, »hat Eagles gut für dich gesorgt?«
»Ja. Danke.«
»Er ist bei weitem der beste Kammerdiener, den ich je gehabt habe. Richte dich einfach nach ihm, und du machst keinen Fehler.«
»Das werde ich mir merken«, sagte Martin und dachte an seinen Haufen Wäsche.
Roger nippte an einer Ingwerlimonade und zeigte auf die turmhohen Bücherregale, die zwei Wände des Zimmers bedeckten.
»Als angehender Schriftsteller werden Sie dies alles hier sicherlich sehr interessant finden.« Er beugte sich näher herüber. »Obwohl ich bezweifle, daß auch nur ein Zehntel von all dem gelesen worden ist. Charles ist der einzige Bücherwurm in der Familie, und er bewahrt seine Bände ganz woanders auf. In diesem Zimmer werden Sie nicht viel finden, das nach 1880 geschrieben wurde.«
Charles lachte. Über irgendeinen ganz privaten Scherz, nahm Martin an.
»Sie sind also aus Amerika«, sagte Fenton.
»Richtig. Aus Chicago.«
»Aha, aus Chicago. Und wie gefällt Ihnen England soweit?«
»Sehr. Wunderschönes Land.«
»Und es ist jetzt auch bei weitem die beste Jahreszeit für einen Besuch. Haben Sie ein Besichtigungsprogramm?«
»Ja, ich glaube schon.«
»Dann müssen Sie sich aber auch das Seengebiet ansehen, Stratford natürlich, Bath und die Chilterns.«
»Ich bin sicher, er weiß, wohin er überall gehen soll, Fenton«, sagte Roger.
»Ich habe nur gedacht, ich könnte behilflich sein. Wenn Ihnen daran liegt, die Wachablösung zu sehen, kann ich Ihnen einen erstklassigen Aussichtsplatz beschaffen.«
»Sind Sie Hauptmann in der Armee?«
»Ja. Coldstream Guards.«
»Das muß aufregend sein.«
Fenton nahm einen Schluck aus seinem Scotch-Glas, ehe er antwortete. »Nun, wenn Sie die Wahrheit wissen wollen, die meiste Zeit ist es tödlich langweilig. Das einzig Aufregende passiert, wenn man dienstfrei hat. London ist nicht ohne Gefahren.«
»Frauen und Karten«, sagte Roger.
»Ja«, meinte Fenton. »Ganz richtig. Beides hat schon mehr als einen viel-

versprechenden jungen Mann in der Blüte seiner Jahre niedergeworfen.«
Martin erhaschte das Zwinkern in den Augen des hochgewachsenen, falkengesichtigen Mannes, und sie grinsten beide.
»Diese Art Gefahren gibt es in Chicago auch. Aber um noch einmal zurück auf die Armee zu kommen, dienen Sie nicht einen guten Teil Ihrer Zeit in Indien ab?«
»Dieses Glück habe ich nicht. Die Garden dürfen das Land ohne Erlaubnis des Königs nicht verlassen. Wir sind seine Haustruppe, und er will uns nicht an der Nordwestgrenze damit verschwenden, daß wir die wilden und rebellischen Afghanen im Schach halten.«
»Der spart euch Jungs für etwas wirklich Großes auf«, sagte Roger.
Fenton nickte. »Da hast du wieder einmal recht. Für den nächsten Hundertjährigen Krieg.«

Nach dem Abendessen spielte Martin mit Fenton eine Partie Billard, entschuldigte sich danach und ging hinauf in sein Zimmer. Die Tagesdecke war vom Bett abgenommen worden und die Laken säuberlich aufgedeckt. Sein letzter sauberer Schlafanzug war zusammen mit seinem Morgenrock und seinen Pantoffeln über einen Stuhl gelegt worden. Das ruhige, saubere Funktionieren des Haushalts beeindruckte ihn. Alle Dienstboten taten ihre Arbeit, ohne daß jemand ihnen sagen mußte, was sie tun sollten. Wenigstens war es nicht zu merken. Im Verlauf des Abends hatte Martin eine ganze Reihe Dienstmädchen gesehen, aber die hübsche Ivy Thaxton war nicht dabeigewesen. Ob sie wohl sein Bett aufgedeckt hatte? fragte er sich. Er wußte nicht warum, aber er hoffte, daß sie es wirklich gewesen war.
Im Zimmer gab es eine gute Nachttischlampe, und Martin setzte sich im Bett auf und stellte seine lederne Aktentasche neben sich. Er öffnete sie und wühlte nach einem der neuen Notizbücher darin herum, die er mitgebracht hatte. Der erste Teil des Romans lag am Boden der Tasche; wie eine platte Leiche in einem platten Sarg, dachte er wehmütig. »Stadt der breiten Schultern.« Auf einmal konnte er nicht einmal mehr den Titel leiden.
»Schreibe aus deinen eigenen, persönlichen Lebenserfahrungen heraus.«
Theodore Dreise hatte ihm das gesagt... und all die anderen Mitglieder des Schriftstellerclubs an der Universität. Das war im Wintersemester 1912 gewesen, Dreiser war damals der Gastredner. Der große, langsame, melancholisch blickende Mann hatte von den Schwierigkeiten erzählt, denen er bei der Veröffentlichung seiner Romane »Schwester Carrie« und »Jennie Gerhardt« gegenübergestanden hatte, und er hatte ihnen gesagt,

wie notwendig Wahrheit, Ehrlichkeit und Realismus in der Schriftstellerei sind. Anschließend hatte Martin sich mit Dreiser auf deutsch unterhalten – ihr gemeinsames Erbe als Deutschamerikaner hatte augenblicklich eine Verbindung geschaffen, obwohl ihrer beider Kindheit und Erziehung sich himmelweit voneinander unterschieden. Dreiser hatte ihm auch geraten, bei einer Zeitung zu arbeiten. Dort könne er sehen, wie das Leben wirklich war, die rohe, harte, oft häßliche Seite der menschlichen Existenz, und es war noch einmal Dreiser gewesen, der ihn aufgefordert hatte, jeden Tag seine Gedanken und Beobachtungen niederzuschreiben und sie für später aufzubewahren; ja, ein frei fließendes Skizzenbuch, geschrieben in Pitman-Kurzschrift, sollte es werden.
Er entnahm der Mappe ein Notizbuch und einen Füllhalter und legte dann die Tasche als Unterlage über seine Knie. Er schlug die erste Seite des Notizbuchs auf und begann zu schreiben:
Beobachtungen und Gedanken. Freitag nacht, 12. Juni 1914. Hier sitze ich und fühle mich all diesen Leuten gegenüber wie ein Vetter vom Lande, der bei seinen reichen Verwandten wohnen soll... wie in der Fabel von der Stadtmaus und der Landmaus. Das ist paradox, denn ich komme von Chicago – aus einer Stadt, die so ziemlich die größte ist, die man finden kann – und die Vettern kommen aus Abington, Surrey, und das ist ein Ort, der so hinterwäldlerisch ist, wie man ihn nur irgendwo entdecken kann. Aber lieber Himmel, strömen die hier eine feine Lebensart aus! *Debonair.* Wie ist dieses Wort während meines letzten Jahres an der Universität überstrapaziert worden. Jeder Typ, der *Muratti* rauchte, war *debonair*... Oder jeder, der eine Armbanduhr trug oder der ein Mädchen im Taxi zum *Loop* mitnahm. Nun, wir haben die Bedeutung dieses Wortes niemals richtig verstanden. Wenn die Jungs im Verbindungshaus wirklich wissen wollen, was *debonair* bedeutet, dann sollten sie zehn Minuten lang Captain Fenton Wood-Lacy beobachten, sich danach irgendwo verkriechen und UNKULTIVIERT auf ihre Stirnen schreiben.
Ich fühle mich deprimiert... wegen meiner Garderobe. Ich habe meinen Onkel dabei erwischt... nein, zuerst muß ich meine Gedanken zu diesem neuen Thema klarer ausdrücken. Der Earl of Stanmore ist nicht mein Onkel. Er ist der Mann, den meine Tante geheiratet hat. Ein Onkel sollte mindestens *ein* gemeinsames Interesse mit seinem Neffen teilen. Onkel Paul und ich haben schon wenig gemeinsam, aber wir können uns wenigstens zum Thema *Cubs* gegen *White Sox* oder über Baseballmannschaften fürchterlich in die Wolle kriegen. Nun, um wieder auf die Angelegenheit mit der Bekleidung zurückzukommen... Mindestens fünfmal im Verlauf des Abends habe ich bemerkt, daß der Graf mit deutlicher Mißbilligung meinen Frack angeschaut hat. Übrigens auch auf meinem Vetter Charles seinen, der selbst ein bißchen zerknittert aussieht, sich aber ande-

rerseits auch große Mühe gibt, den Poeten herauszukehren. Habe noch keinen seiner Verse gelesen, aber nach der Anzahl der griechischen und lateinischen Phrasen zu urteilen, die er wie Perlen vor die Säue wirft, kann ich mir vorstellen, daß er wohl kein angehender Carl Sandburg oder Vachel Lindsay ist.
Kurzeindrücke. Das Haus ist großartig, eine Mischung verschiedener Architekturstile, Tudor, Queen Anne, Georgianisch und Viktorianisch. Aber es gibt ein Band zwischen all den Stilrichtungen, da die ganze Fassade vom Vater Wood-Lacy, einem prominenten Architekten, der jetzt tot ist, neuerbaut oder rekonstruiert wurde. Charles hat mir etwas über die Geschichte des Hauses erzählt. Im zwölften Jahrhundert haben die Normannen hier eine Abtei erbaut, und der Name Abington Pryory wurde ins »Goldene Buch« eingetragen, mit einem y statt einem i. Das Gebäude wurde dann im vierzehnten Jahrhundert niedergerissen, und der Herzog von Abington erbaute darauf ein Landhaus und behielt den Namen in der falschen Schreibweise bei. Die Herzöge von Abington, eine Familie namens de Lys, starben während des »Krieges der Rosen« aus, und der Besitz wurde durch den ersten Greville während der Regierungszeit von Henry dem Siebten erworben. Die Grevilles waren feste Anhänger des Hauses Tudor gewesen, und man hatte sie geadelt und ihnen Land gegeben, aber den ersten Grafen gab es erst im Jahre 1660, bei der Neuerrichtung der Monarchie. Die Grevilles hatten die politischen Wirren der Kämpfe zwischen König und Parlament überstanden. Der erste Graf war königstreu geblieben und mit dem zukünftigen Karl dem Zweiten ins Exil gegangen. Die Grevilles sind eine Landbesitzerfamilie, die immer mit Söhnen gesegnet war. Landadel. Einer der Grafen hat unter dem Herzog von Marlborough in der Schlacht von Blenheim gekämpft und dabei einen Arm verloren, aber nach dem, was ich mir zusammenreimen kann, ist das Soldatentum niemals Tradition gewesen wie in manchen anderen großen englischen Familien.
Kurzimpressionen. Der Graf ist politisch konservativ, aber nicht fanatisch. Über den Premierminister, Mr. Asquith, hatte er ein paar gute Dinge zu sagen, aber sein Buhmann ist Lloyd George, ein Politiker aus Wales, der früher Anwalt gewesen ist. Lloyd George ist Finanzminister, und der Graf gibt ihm die Schuld für die Anhebung der Steuern und dafür, daß er den Premierminister in eine starre Haltung in der Frage der Selbstbestimmung für Irland hineindrängt. Beim Essen ist die irische Frage nicht aufgetaucht – über Politik wird nicht diskutiert, bevor die Damen den Raum verlassen haben –; aber nachdem die Frauen gegangen waren und der Portwein und die Zigarren herumgereicht wurden, hat man diese Frage in die allgemeine Unterhaltung eingeflochten. Ich sage eingeflochten, weil die Politik entschieden den zweiten Platz einnimmt gegenüber

Gesprächen über die kommende Jagdsaison und über das Reiten in all seinen Aspekten: Military, Springreiten, Dressur. Ich bin gefragt worden, ob ich auch reite, und ich habe ja gesagt... Das ist nicht völlig gelogen, weil ich immerhin ein paarmal auf einem Pferd gesessen habe, aber ich habe die Erfahrungen nicht mehr genossen als das arme Tier unter mir.
Kurzeindrücke. Hanna hat drei Kinder. William – benannt nach meinem Vater – ist sechzehn und wird jeden Tag zu den Sommerferien aus Eton erwartet. Charles ist in meinem Alter. Er scheint mir schon ein netter Kerl zu sein, aber irgendwie ist er in allem unentschieden. Ich habe keine Ahnung, was er im Leben machen will, aber ich nehme an, daß das weder ihm noch seinen Eltern so furchtbar wichtig ist. Von jungen Männern seiner Gesellschaftsschicht – er wird eines Tages den Titel erben – erwartet man nicht, daß sie etwas anderes tun, außer zu reiten und sich um das Land und die Pächter zu kümmern. Ein Bekannter von Charles aus Cambridge, der Sohn eines Lord Soundso, hat seine Freunde dadurch schokkiert, daß er »ins Geschäft« gegangen ist. Er hatte eine Arbeit bei einer Firma angenommen, die Automobilmotoren herstellt. Aus der Art, in der sie über ihn sprachen, habe ich entnommen, daß er sich damit an seiner adeligen Herkunft versündigt hat. Adelige oder die Söhne von Adeligen dürfen im Verwaltungsrat großer Industriekonzerne arbeiten, aber sie kümmern sich nicht um die täglichen Dinge, die mit Herstellung oder Verkauf verbunden sind. Die Struktur dieser Gesellschaftsschicht ist mir ein Geheimnis, aber mit der Zeit werde ich sie schon ausloten. Es gibt tausendundein Tabu. Alexandra ist achtzehn und ungefähr das hübscheste Mädchen, das ich je im Leben gesehen habe. Honigblond. Blaue Augen. Engelsgesicht. Nicht allzuviel dahinter, fürchte ich. Sie hat wohl in ihrem Kopf außer für Jungen, Kleider, Partys und Zuckergußträume vom ewigen Glück keinen Platz für andere Dinge.
Kurze Eindrücke. Tante Hanna. Sie hat mich nach dem Essen beiseite genommen, und wir sind eine Viertelstunde lang auf der Terrasse umhergegangen. Sie hat über meinen Vater geredet, ihren geliebten Willie, und wie sehr ich sie an ihn erinnere. Vielleicht waren wir einander ähnlich, als sie ihn zum letztenmal gesehen hat. Er ist mit zwanzig von zu Hause weggegangen. Sie sei damals siebzehn gewesen. Danach hat sie ihn nie mehr wiedergesehen. In andern Worten, ihr Bild von ihm ist von meinem himmelweit entfernt. In ziemlich schulmädchenhaftem Französisch bezog sie sich auf ihn als *le beau bohème*, so als ob die Tatsache, daß er damals von zu Hause weglief und am Ende enterbt wurde, romantisch wäre. Sie hätte nach Paris kommen und ihn in seinen letzten Tagen sehen sollen, betäubt vom Absinth, unsere Wohnung angefüllt mit verrückten Bildern, die sich nie verkaufen ließen. Gott verzeih mir, aber sein Tod war ein Segen. Tante Hanna verspürt ein gewisses Schuldgefühl, weil sie auch

nach dem Tod meines Vaters nicht nach Paris gekommen ist. Sie war zu der Zeit gerade krank, sagt sie. Vielleicht war sie es wirklich, aber vielleicht konnte sie es auch nicht ertragen, ihren geliebten Willie im schrecklichen Licht der Wahrheit zu sehen. Wie auch immer, sie hat es Onkel Paul überlassen, die Scherben aufzusammeln, und wenn ich zurückblicke, war das genauso gut. Ich kann mir nicht vorstellen, daß der Earl of Stanmore überglücklich gewesen wäre, die katholische Tochter eines Pariser Ladenbesitzers und ihren achtjährigen Sohn ins Haus seiner Ahnen aufzunehmen. In aller Offenheit, Tante Jessie war auch nicht gerade überglücklich, und auch Onkel Paul nicht. Aber er hat Mutter immerhin das Haus in der Roscoe Street gekauft und alle Rechnungen bezahlt und ihr eine großzügige Rente gegeben, und... Aber warum schweifen meine Gedanken heute abend so weit ab?
Kurze Eindrücke. Captain Fenton Wood-Lacy. Britische Armeeoffiziere laufen in Zivil herum, außer wenn sie in der Kaserne oder im Dienst sind. Captain Wood-Lacy ist bei den Coldstream Guards. Seinem hochmütigen Benehmen nach zu urteilen ist das eins der besseren Regimenter, in dem es sich lohnt, Offizier zu sein. Die Garden haben Quartier in London, um den König zu schützen. Gegen wen? Drei oder vier Regimenter Infanterie, zwei Kavallerie, und dennoch, behauptet Fenton W.-L., der einzige wirkliche Schutz vor bombenwerfenden Anarchisten, den der König besitzt, sind ein paar kräftig gebaute Londoner Bobbies, die mit Plattfüßen im Hintergrund herumlaufen, überstrahlt von den scharlachroten Männern der Garde, denen man aber keine Kugeln für ihre Gewehre ausgibt. Alles nur große Schau. Tradition. Fenton scheint mir gelangweilt und unzufrieden zu sein. Ich habe ihn gefragt, als wir Billard spielten, ob er gerne in der Armee wäre. Er hat einfach die Schultern gezuckt und irgend etwas davon gemurmelt, daß es doch eigentlich kein schlechtes Leben wäre. Er ist jetzt sechs Jahre dabei, aber er hat schon mehrmals verlängerten Urlaub genommen. Im vergangenen Jahr hat er drei Monate in Somaliland und in Abessinien verbracht, hat dort gejagt, und 1916 plant er, sich ein paar Offizierskollegen zu einer größeren Bergexpedition nach Neapel anzuschließen. Ein rastloser Mann, und nicht glücklich. Auch kein besonders guter Billardspieler, wenigstens wäre er das nicht in meinem Verein. Aber ich war ja auch der beste Pool-Billard-Spieler in Chicago – daran gibt's nichts mehr zu rütteln...

Martins Augen fielen langsam zu. Er legte den Füllhalter weg und schloß das Notizbuch. Er war nicht mehr mit dem Herzen bei seinen Aufzeichnungen. Die Gedanken an das Haus an der Roscoe Street, nur fünf Blocks entfernt vom Vereinshaus der immer siegreichen *Cubs*, erweckte zu viele Erinnerungen. Sie fluteten auf ihn zu, und er schob sie beiseite. Wenn er Dreisers Rat folgen wollte, dann mußte sein Roman von diesem Chicago und nicht vom Chicago der Schlachthausarbeiter und des streikenden Straßenbahnpersonals handeln. Wenn es ihm ernst war damit, Romancier zu werden, dann mußte er versuchen, die wirren Fäden seiner Kindheit zu einem zusammenhängenden Muster zu verflechten. Der Kampf der arbeitenden Massen Chicagos war nicht sein Element. Aber Europa war es natürlich auch nicht.

Er schaltete die Lampe aus, saß in der Dunkelheit und sah den Vorhängen zu, die sich sanft im Nachtwind bewegten. Die Stille war fast entnervend. Er war nicht daran gewöhnt. Ein Großstadtjunge, geboren in Paris, aufgewachsen in Chicago. Er vermißte den gedämpften Donner des Verkehrs, das ferne Rumpeln der Züge. Er spürte einen plötzlichen Anfall von Heimweh nach Pastor's Saloon auf der Clark Street, nach dem Sägemehl und den Kornschnäpsen, die mit Bier hinuntergespült wurden, nach Billard und Poker, nach den ausgefuchsten Zeitungsleuten. Er stand vom Bett auf und stellte seine Aktentasche auf einen Tisch. Dann ging er zu den offenen Fenstern hinüber. Er war weit weg von zu Hause, aber vielleicht war dies der Abstand, den er brauchte. Europa war die Vergangenheit, unverändert, schläfrig und zufrieden mit alten Siegen und ungeheuer stolz auf seine uralten Traditionen. In Chicago stand nichts still. Die Stadt brach sich Bahn nach außen und nach oben. Selbst das alte Haus an der Roscoe Street war fort, es hatte den neuen Apartmenthäusern Platz gemacht, die auf der Nordseite gebaut wurden. Während Martin nach draußen auf die geordneten Muster des Gartens schaute, sah er das kleine Haus viel deutlicher vor sich, als er es in der »windigen Stadt« hätte sehen können. Er hatte mit sich selbst gekämpft, ob er wirklich nach Europa gehen, den größten Teil seiner Ersparnisse auf den Kopf hauen und seine Stellung gefährden sollte (denn es gab keine Garantie, daß Comstock Harrington Briggs ihn zurücknehmen würde, nachdem er sechs Wochen fort gewesen war), aber jetzt war er hier, und wahrhaftig, er würde das Beste daraus machen. Er würde sich in der noblen Melodie Europas treiben lassen und dann kläräugig und erfrischt zur Ragtime-Musik der Neuen Welt zurückkehren.

Den Garten und eine alte Mauer konnte man klar im Mondlicht erkennen. Während er nach unten blickte, spürte er plötzlich die Zeit, die hier verflossen war. Seit siebenhundert Jahren lebten Menschen auf diesem Fleck Erde, Normannen, Engländer, Republikaner und Königstreue...

»... und jede Hyazinthe, die der Garten trägt, sie fiel in seinen Schoß von einem Haupt, einst schön...«, flüsterte er. Er hatte nie zu viel vom *Rubaiyat* gehalten; zu leidenschaftlich, zu romantisch, zu oft zitiert, um Mädchen in die richtige Stimmung zum Schmusen zu bringen. Aber die Worte ließen einen Schauer seinen Rücken hinabgleiten, als er sie jetzt wiederholte. Wie viele einst schöne Häupter waren unten vorübergegangen? fragte er sich. Fast konnte er noch die Frauen in ihren elisabethanischen Gewändern sehen, die glücklich und mutig durch die Rosen schritten. Ja. Das war Vergangenheit, und durch sie konnte er seine eigene Zukunft klarer erkennen. Er würde die »Stadt der breiten Schultern« wegwerfen und neu anfangen, einen Roman, der in seinem eigenen Erbe verwurzelt war.

»Ich habe die ›Jennie Gerhardt‹ aus Liebe und Schmerz geschrieben... Ich habe mich meinen ganz persönlichen Gespenstern gestellt«, hatte Dreiser gesagt. Das war es, was auch er tun mußte. Er würde sich Zeit nehmen, das Buch sorgfältig planen, es mit Ehrlichkeit schreiben; die Geschichte der Rilkes, die seit dem letzten halben Jahrhundert die Geschichte Amerikas war: Geld, Macht, Erfolg und Mißerfolg. Onkel Paul würde in diesem Buch als Romanfigur erstehen, sein Vater, seine Mutter und selbst Tante Hanna und die Grevilles. Der ungeheure Maßstab des Projekts erschreckte ihn einen Augenblick. Würde er dieser Herausforderung gewachsen sein? Nun, dachte er, während er sich vom Fenster abwandte und wieder ins Bett ging, vor ihm lagen sechs Wochen in der friedlichen Ruhe Europas, während derer er darüber nachdenken, Notizen machen und die Rahmenhandlung des Buches planen konnte. Er fühlte ehrfürchtige Scheu und gleichzeitig erregte Hochstimmung, und er fragte sich, ob er jetzt wohl einschlafen konnte. Aber in dem Augenblick, in dem er seine Augen schloß, bestand darüber kein Zweifel mehr.

5

Captain Fenton Wood-Lacy ging über das Stoppelfeld. Unter seinem rechten Arm trug er eine leichte Vogelflinte. Das Gewehr war nicht gespannt und, um genau zu sein, auch nicht geladen. Er hatte eine Jagdtasche mitgebracht, die von seiner linken Schulter herabbaumelte, aber keine Patronen.

»Ich werde vielleicht versuchen, ein paar von diesen Krähen einzusakken«, hatte er Lord Stanmore nach dem frühen Morgenritt gesagt. Der Graf fand es unter seiner Würde, als einer der besten Moorhuhnschützen auf den Britischen Inseln Krähen abzuschießen, aber er entmutigte andere nicht, diese Vögel zu töten, die die Saaten plünderten.

»Wenn du schon einmal dabei bist, versuch doch, ein oder zwei Tauben mitzubringen.«

»Ich will's versuchen«, hatte Fenton gesagt.

Er war jetzt in Sichtweite der Krähen. Sie hielten sich an der gleichen Stelle wie gestern morgen auf und kreisten und krächzten um die Kamine

des Burgate House herum. Fenton fragte sich, ob die rauhen Töne wohl Lydias Schlaf störten. Er ging langsam weiter, und es war fast neun Uhr, als er die Gärten erreichte. Sie breiteten sich wie gestutzte Schwingen zu beiden Seiten des Hauses aus. Ein Tor zu den östlichen Anlagen war offen, und er schlenderte hindurch und ließ das Gewehr und die Jagdtasche auf einer Bank aus behauenem Stein zurück. Er folgte einem Pfad, der durch Haine aus Eschen und Weiden zur Terrasse mäandrierte, die das Haus wie ein breiter Ring aus Stein umschloß. Ein Dienstmädchen, das im oberen Stockwerk Fenster putzte, winkte zu ihm herüber, und er winkte zurück. Die Dienstboten im Burgate House waren das Spiegelbild ihres Herrn. Sie kamen alle aus London und waren so fröhlich und frech wie Spatzen. Als er an die hohen, geschwungenen Fenster des Frühstückszimmers herantrat, konnte er Lydia sehen. Sie war drinnen, wie er gehofft hatte, saß an einem Tisch und trank ihren Morgenkaffee. Sie trug ein blaßgelbes Hauskleid, und das Haar hing ihr lose über die Schultern. Er klopfte sanft an das Glas, und Lydia schaute auf. Zuerst runzelte sie die Stirn, aber dann lächelte sie träumerisch. Er wartete geduldig, bis sie vom Tisch aufstand und ein Seitenfenster öffnete.
»Guten Morgen«, sagte er.
»Was in aller Welt machen Sie denn hier? Wird bei den Grevilles kein Frühstück serviert?«
»Doch, aber die Gesellschaft dort beim Frühstück ist nicht mit der zu vergleichen, die man hier hat. Darf ich hereinkommen?«
»Durch die Haustür oder durch das Fenster?«
»Was würden Sie vorziehen?«
Sie trat zurück. »Das Fenster, unter allen Umständen. Aber passen Sie auf, daß Harker Sie nicht für einen Einbrecher hält und Ihnen eine Ladung Schrot in die Rückseite schießt.«
»Ich nehme das Risiko auf mich.« Das Flügelfenster war schmal, aber nachdem er auf einen Sims geklettert war, schaffte er es, sich durchzuquetschen. »*Voilà!*« rief er und stolperte ins Zimmer. »Erstaunlich, was für Fähigkeiten man bei der Garde erwirbt.«
Sie kehrte zu ihrem Kaffee zurück, und Fenton konnte merken, daß sie nicht überglücklich war, ihn zu sehen. Sie würde natürlich höflich sein. Lydia war immer höflich, selbst wenn sie am Rand ihrer allerwiderspenstigsten Laune stand.
»Nun, also ...«, sagte er, indem er sich rittlings auf einen Stuhl setzte und die Arme um die Lehne faltete, »ich bin gerade zufällig vorbeigekommen ...«
»Bitte, Fenton, machen Sie sich nicht noch lächerlicher, als Sie es schon getan haben. Möchten Sie Kaffee?«
»Hätte nichts dagegen.«

Ihr Fuß tastete nach dem Klingelknopf unter dem Tisch. »Jenny hat einen Mohnkuchen gebacken. Sie können eine Scheibe haben.« Sie nippte an ihrem Kaffee, ohne ihn anzusehen. »Ist der Rilke-Vetter heil angekommen?«

»Ja. Netter Kerl. Offen und ehrlich, kaum Ihr Typ.«

Sie trank ihren Kaffee aus und stellte die Tasse mit größter Vorsicht nieder, als ob sie sonst hätte zerbrechen können.

»Das war eine grobe Bemerkung, Fenton. Die war Ihrer nicht würdig.«

»Um die Wahrheit zu sagen, ich fühle mich auch ein bißchen grob heute morgen. Habe miserabel geschlafen. Übrigens, Charles hat Sie meines Wissens gestern abend mindestens fünfmal anzurufen versucht. Er hat sich immer wieder aus der Halle gedrückt, als wir Billard spielten. Waren Sie ausgegangen?«

»Nein. Ich wollte nicht gestört werden.«

»Na, ihn haben Sie mit Sicherheit *verstört*. Ich glaube, Sie erhalten heute noch weit mehr Anrufe. Werden Sie mit ihm sprechen?«

»Spielt das eine Rolle für Sie?«

Fenton zuckte die Achseln. »Ja und nein. Ist Archie hier?«

»Sie springen aber ganz schön von Thema zu Thema, nicht wahr? Was hat Daddy denn damit zu tun?«

»Ich wollte ihm sagen, daß ich mich ernsthaft entschlossen habe, in seine Firma einzutreten. Ich bin die halbe Nacht wach gewesen, wenn Sie die Wahrheit wissen wollen, und habe den Brief geschrieben, mit dem ich meine Kommission als Offizier zurückgebe.« Lydia schaute ihn jetzt an, und er lächelte in ihre schmalen, fragenden Augen. »Aus der Garde herauszukommen ist sehr viel einfacher als hineinzukommen. Onkel Julian hat mindestens sechs Briefe schreiben müssen, damit ich von Sandhurst versetzt wurde, und Gott allein weiß, wie viele Mittagessen er für seine alten Waffenbrüder in seinem Club hat spendieren müssen. Muß den alten Knaben 'ne ordentliche Summe gekostet haben, die natürlich von der Wahl der Weinsorte abhängt.«

»Seien Sie nicht komisch«, zischte Lydia. »Was zum Teufel haben Sie vor?«

Die Tür öffnete sich, ehe er antworten konnte, und der Butler der Familie Foxe trat ins Zimmer.

»Sie haben geklingelt, Miß Lydia?«

»Tut mir leid, Spears, ich habe wohl aus Versehen auf den Knopf getreten.«

Der Butler war ein riesiger Mann mit rotem Gesicht, der einmal Gastwirt in Cheapside gewesen war. Er kannte Lydia seit dem Tag ihrer Geburt und Captain Wood-Lacy, seit er neun Jahre alt war. In diesem Augenblick schaute er sie beide an.

»Sehr gut, Miß«, sagte er betont gleichmütig und ging dann wieder hinaus, während er die Tür leise hinter sich schloß.
Fenton kicherte und nahm eine Dose Zigaretten aus der Brusttasche seiner Tweedjacke.
»Der arme alte Spears. Wahrscheinlich glaubt er, daß ich die Nacht hier verbracht habe.«
»Hören Sie auf zu grinsen«, sagte Lydia eisig.
Weit unten in einer der Hallen begann das Telefon zu klingeln, und der Klang wurde durch die Wände gedämpft. Fenton zündete sich eine Zigarette an, und Lydia saß fast bewegungslos da. Sie spielte mit einem silbernen Löffel. Das Klingeln hörte auf, und einen Augenblick später klopfte es an der Tür; der Butler erschien noch einmal.
»Lord Charles Amberley ist am Apparat, Miß Lydia.«
Fenton blies einen Rauchring. Lydia spielte mit dem Löffel.
»Danke, Spears. Sagen Sie ihm... sagen Sie ihm, daß ich noch schlafe.«
»Sehr wohl, Miß.«
Sie saßen schweigend da, bis die Schritte des Butlers in der Halle verklungen waren, dann stand Fenton auf und suchte einen Aschenbecher.
»Wann wollen Sie denn mit ihm sprechen?«
»Ich werde ihn zum Essen einladen«, sagte sie. »Und es geht Sie einen feuchten Kehricht an.«
»Na, na, heute morgen sind wir aber empfindlich, und das, nachdem ich den ganzen Weg hier herüber zu Fuß gegangen bin, um Sie zu fragen, ob Sie mich heiraten wollen.«
Er stand sehr nah bei ihr, streckte den Arm über den Tisch und drückte seine Zigarette auf einem Kristallteller aus. Ihre Hand lag noch auf dem Löffel, und er bemerkte, daß sie leise zitterte.
»Ist mit Ihrem Gehör irgend etwas nicht in Ordnung?«
»Nein«, sagte sie leise. »Bitte, gehen Sie, Fenton.«
Er richtete sich wieder auf, trat hinter Lydia und legte seine Hände sanft auf ihre Schultern.
»Wir könnten in Ihr häßliches kleines Wägelchen springen und nach Schottland hinauffahren. In Gretna Green heiraten. Ich kenne ein Gasthaus, das an der Luce Bay liegt. Von dort hat man einen herrlichen Blick, und es gibt da die tiefsten, weichsten Federbetten, in die man je eingesunken ist.« Seine Finger glitten durch ihr Haar und streichelten ihren Nakken. »Geben Sie Charles auf. Daraus kann nie etwas werden. Und Sie wissen das auch, wenn Sie ehrlich sind.«
»Er wird mich heiraten«, sagte sie, so leise, daß er kaum die Worte hören konnte.
»Ich bin sicher, er möchte schon, aber ›Seine Gnaden‹ haben darüber auch ein Wörtchen mitzureden, und das ist ein Hindernis, das Sie nie überwin-

den werden. Charles wird Ihnen da keine große Hilfe sein. Er wird nie einen Schritt unternehmen, der nach dem ungeschriebenen Gesetz der Grevilles und der makellosen Earls of Stanmore nicht richtig und anständig ist. Herrgott, ist Ihnen das Einheiraten in den Adel denn so verdammt wichtig? Sie könnten doch einfach einen armen Lord suchen, seine Schulden bezahlen und Ihrem Namen einen Titel hinzufügen. Aber das wollen Sie dann doch nicht, oder? Die Leute würden ja nur Witze darüber reißen, daß man heute in einem White-Manor-Teelokal alles kaufen kann.«

Lydia riß ihren Kopf zur Seite und drehte sich schnell um. Sie holte mit der rechten Hand zu einer Ohrfeige aus. Fenton packte ihr Handgelenk mitten in der Luft und zog sie rauh auf die Füße. Dabei stieß er ihren Stuhl um.

»Sie Schweinehund!« Lydias Lippen waren gespannt, blutlos. Fenton hielt ihr Handgelenk fest gepackt und zog sie an sich, er neigte den Kopf und küßte sie auf den Mund. Sie wehrte sich nicht – er hatte nicht erwartet, daß sie sich wehren würde –, und er konnte fühlen, wie ihr Körper sich entspannte, nachgab, sich an ihn lehnte.

»Heirate mich«, sagte er und richtete sich sanft wieder gerade. Sie schüttelte den Kopf; ihre Augen waren geschlossen, ihre Lippen offen. »Du liebst mich, und du weißt es ganz genau, verdammt noch mal. Aber Liebe zählt wohl nicht, was? Dafür ist die Ehe wohl zu wichtig.«

Lydia erstarrte, als ob sie ins Gesicht geschlagen worden wäre, und trat zurück. Ihre Augen glühten, Leidenschaft und Wut mischten sich darin.

»Du kannst schön reden. Du und Winnie Sutton... Was war das für eine Schau. Das Fenton-Wood-Lacy-Präludium zur Verführung.« Sie imitierte seine Stimme. »Es ist ja so leicht, Tango zu tanzen... Lassen Sie mich es Ihnen beibringen. Was willst du ihr denn sonst noch beibringen?«

»Sie hat mir leid getan.«

»Ja, Sie kann einem leicht leid tun. Sie ist so ein nichtssagendes, linkisches Wesen. Wenn man sie anschaut, da blutet einem einfach das Herz! Beleidige meine Intelligenz nicht. Du setzt dein Mitleid sehr sorgfältig ein. Du hast die arme Winnie als soundsoviel Pfund Sterling pro Unze angesehen. Schaust du mich auch unter diesem Gesichtspunkt an?«

Fenton lächelte dümmlich und rubbelte sich über den Nasenrücken. »*Touché*. Ja, teilweise muß ich das zugeben. Ich fühle mich ein bißchen wie ein Verräter wegen meines Benehmens an dem Abend neulich. Ich bin ein waidgerechter Jäger. Schieße die Enten niemals auf dem Boden ab. Du hast ganz recht. Im Augenblick sitze ich ziemlich böse in der Klemme, und wenn ich mich bei Winnie und ihren liebenden Eltern beliebt machen könnte, würde mich das auch sehr hübsch wieder herausreißen, wenn ich das vielleicht hinzufügen darf.«

»Das ist sicher wahr. Aber das wäre nichts gegen die Art, wie schön du aus dem Schlamassel gezogen würdest, wenn du mich heiratetest. Daddy wäre wahrscheinlich so glücklich darüber, daß er dir eine Million Pfund in die heißen, gierigen Hände werfen würde!«
»Hände«, sagte er und streckte sie ihr offen entgegen. »Zwei Hände. Schlag einen Nagel durch jede Hand, wenn ich nicht die Wahrheit sage. Ich bin nicht hinter Archies Geld her. Wenn ich wüßte, daß du mit meinen zwölf Schilling und Sixpence Tagessold zufrieden wärst, ohne die Kosten für die Offiziersmesse natürlich, dann würde ich den alten Knaben nie auch nur um einen Penny bitten. Aber du könntest davon nicht leben, und deshalb bin ich gewillt, eine Arbeit im Zivilleben anzunehmen. So einfach ist das. Ich würde einen verdammt guten Ehemann für dich abgeben, sowohl im Bett als auch außerhalb, und das weißt du genauso gut, verdammt noch mal.«
Sie nickte ernst. »Ja, ich weiß es.«
Er legte die Hände auf ihre Hüften und spürte ihre warme Haut unter dem seidenen Morgenrock. »Wir sind einander sehr ähnlich. Wir wünschen uns beide Dinge, die nur ein kleines Stückchen außerhalb unserer Reichweite liegen. Ich bin in einem Regiment, das ich mir nicht leisten kann, und du willst einen gesellschaftlichen Status, den alles Geld der Welt nicht kaufen kann. Ich habe eine Kleinigkeit zu beichten. Ich habe nicht die halbe Nacht wachgesessen und einen Brief an meinen Oberst geschrieben. Ich konnte nur einfach nicht schlafen. In meinem Gehirn war ein Durcheinander von Gedanken. Immer wieder habe ich den Ausdruck auf dem Gesicht unseres armen Charles gesehen, wenn er gerade wieder versucht hatte, dich am Telefon zu erreichen. Hast du Krach mit ihm gehabt?«
»Nein. Das war es nicht.« Ihr Lächeln war wissend, ihre Lippen waren bitter verzogen. »Läßt du ihn zappeln?«
»Du bist unfreundlich«, sagte sie steif.
»Vielleicht, aber ich kenne das Spiel. Vielleicht wird er dann verzweifelt genug sein, um beim Herrn des Hauses einen festen Standpunkt zu vertreten. Ein Ultimatum, mit dem er vielleicht durchkommt. Vielleicht aber auch nicht. Ein Ultimatum, bei dem du vielleicht gewinnst, vielleicht aber auch verlierst. Du spielst ein rücksichtsloses Spiel, Lydia, und um was? Aus dem Leben muß doch mehr herauszuholen sein, als in Abington Pryory zu wohnen und eines Tages Gräfin zu werden. Und es gibt auch mehr im Leben, als nur in einer roten Jacke im Buckingham-Palast herumzulaufen. Kannst du dich noch daran erinnern, als du acht oder neun Jahre alt warst und als mein Vater in der Pryory arbeitete? Du bist mir damals auf die Gerüste nachgeklettert und hast all die gefährlichen Dinge getan, die ich auch machte. Charles und Roger hatten Angst, aber du

nicht. Du sagtest damals immer, daß du mir überallhin folgen würdest. Nun, ich wünschte, du würdest mir jetzt folgen.«

Fenton sah sehr gut aus auf eine dunkle, piratenhafte Art. Ein säbelrasselnder Korsar mit feinen Manieren. Seine Hände lagen auf ihren Hüften, als hätten sie ein Recht, dort zu liegen. Es wäre leicht gewesen, nachzugeben, nach oben zu laufen und eine Tasche zu packen, nach Schottland zu fahren und ihm dann überallhin zu folgen. Aber das war es nicht, was sie wollte. Das war ihr nicht genug.

»Es tut mir leid, Fenton. Ich bin kein kleines Mädchen mehr.«

Er ließ ihre Hüften los. Ohne merkliches Zögern. Er erlaubte einfach seinen Händen, ihren Körper loszulassen.

»Du brauchst dich nicht zu entschuldigen. Es war sowieso eine verlorene Hoffnung.« Er streckte die Hand aus. »Sind wir noch immer Freunde?«

Ihre Finger streiften seine. »Immer.«

»Darf ich durch die Haustür hinausgehen? Ich bin nicht allzu geübt darin, aus Fenstern hinauszusteigen.«

»Natürlich. Was wirst du tun? Wegen Winnie, meine ich.«

»Ach«, sagte er unbestimmt, »ich habe wirklich noch nicht allzuviel darüber nachgedacht.«

»Bist du sehr verschuldet?«

»Das ist auch eine Art, es auszudrücken.«

»Ich kann dir einen Scheck geben, oder wäre dir das jetzt zu schmerzvoll zu ertragen?«

Er verbeugte sich steif aus der Hüfte und küßte sie auf die Stirn. »Ja, das wäre es. Ich werde wie eine Katze auf den Füßen landen, wie gewöhnlich. Ich habe noch ein paar Pläne im Sinn.«

Lydia verzog schmerzhaft das Gesicht und wandte den Blick von ihm ab. Gärtner in dunkelgrünen Hemden waren durch die Fenster zu sehen, sie gingen einen der Pfade entlang zu den Rosensträuchern. Sie trugen Spaten und Hacken über den Schultern und sahen aus wie mittelalterliche Soldaten, die in den Krieg ziehen. Vor Lydias geistigem Auge stand ein lebendiges Bild von Fenton, wie er mit irgendeiner gesichtslosen Debütantin unter einem Spalier aus gezogenen Säbeln hindurchging, über Rosenblätter, die zu ihren Füßen ausgestreut waren. Das Bild tat ihr weh. Sie schaute über die Gärten hinweg auf die fernen Kamine von Abington Pryory, die über dem grünen Fries des Leith-Forstes ganz schwach zu sehen waren.

»Wir wollen einander Glück wünschen«, sagte sie tonlos. »Viel Glück.«

Martin schlief lange und war der letzte, der zum Frühstück herabkam, aber es war noch viel Essen übrig, und er staunte über die Vielfalt des Angebotes. Er häufte sich seinen Teller voll Rührei mit gegrillten Nieren,

nahm zwei Scheiben von einem schinkenähnlichen Frühstücksspeck, gegrillte Tomaten und dünne gebratene Kartoffelscheibchen. Danach aß er auch noch ein paar heiße Hörnchen und ein Kompott. Ein Kästchen mit schlanken, milden »Frühstückszigarren« stand auf dem Tisch, und nachdem er seine Mahlzeit beendet hatte, zündete er sich eine an und schlenderte zufrieden hinaus auf die Terrasse. Er wanderte gerade langsam um das Haus herum und bewunderte die Architektur und den Blick auf die Gärten, als ein Fenster im Parterre sich plötzlich öffnete und Lord Stanmore herauslehnte.
»Guten Morgen, Martin. Haben Sie schon gefrühstückt?«
»Ja, Sir«, sagte er und nahm die Zigarre aus dem Mund. »Viel mehr, als ich hätte essen sollen.«
»Trinken Sie einen Kaffee mit Ihrer Tante und mit mir! Sehen Sie diese Tür? Folgen Sie einfach dem Korridor nach rechts.«
Der Graf wartete im Korridor auf ihn und führte ihn dann in ein Zimmer, in dem ein Rollpult, mehrere Aktenschränke, ein Ledersofa und ein paar Sessel standen. Hanna saß am Pult, Papiere lagen vor ihr ausgestreut.
»Mein Büro«, erklärte der Graf. »Das Herz von Abington Pryory.«
Hanna blickte von ihrer Arbeit auf. »Guten Morgen, mein Lieber. Wir haben gerade über dich gesprochen.« Sie tippte mit einem Bleistift auf ein paar Papiere. »Wir haben so viele Gesellschaften geplant, später in diesem Monat und den ganzen Juli. Ich glaube nicht, daß du sie alle interessant finden wirst, aber ich habe deinen Namen auf jede Liste geschrieben, die viele hübsche Mädchen enthält.«
»Das ist unheimlich nett von dir, Tante Hanna, aber, weißt du, ich hatte geplant, nur zwei Wochen oder so in England zu bleiben, und ich... na, ich hatte gehofft, soviel wie möglich vom Land zu sehen, herumzureisen, meine Seekisten hierzulassen, wenn es euch nichts ausmacht, und nur einfach einen Koffer zu packen.« Es war ihm peinlich, er hoffte, daß er sie nicht beleidigte. Aber da lächelte sie, fast mit Erleichterung, wie es ihm schien.
»Das ist eine wunderbare Idee, Martin! Ist das nicht wunderbar, Tony?«
»Ja«, stimmte der Graf zu und nickte energisch mit dem Kopf. »Als ich in Ihrem Alter war, bin ich auf eine Wanderung gegangen, die mich überall im Land herumgeführt hat. Vom Kanal bis zur Thurso Bay in Caithness, dann zurück, an der Westküste von Schottland entlang, durch Wales. Und es war eine herrliche Zeit. Einen Wanderstab aus Esche in der Hand, einen Rucksack auf dem Rücken. Ja, mein Junge, eine kapitale Idee. Die Londoner Saison mag vielleicht der Himmel für die Damen sein, aber für uns Männer ist es die Hölle.«
»Aber Tony«, tadelte Hanna.
»Ist doch wahr. Eine unaufhörliche Reihe von Partys und Bällen. Ich be-

nötige zwei Kammerdiener in London, und ich verschleiße sie beide, ehe die Saison auch nur halb vorüber ist. Und den Effekt, den all diese Partys auf die Leber haben, will ich nicht einmal erwähnen.«

»Ach, Tony!« lachte Hanna. »Was für ein finsteres Bild du da malst. Aber allen Ernstes, Martin, ich glaube, deine Pläne sind wunderbar. Wann willst du denn damit anfangen?«

»Je früher, desto besser. Es gibt so viele Orte, wo ich hin möchte, ich habe gedacht, ich könnte heute den Zug nach London nehmen und alles bei Cook's buchen... Ihr wißt schon, mich irgendeiner Reisegruppe anschließen. Vielleicht könnte ich dann Montag oder Dienstag losfahren.«

Lord Stanmore zog eine silberne Uhr aus seiner Weste und schnippte den Deckel auf. »Ausgezeichnete Art, diese Dinge anzupacken. Die Burschen bei Cook's machen alle Vorbereitungen für die Unterkunft in anständigen Hotels und Gasthöfen. Also, Sie könnten den Elfuhrdreißig-Zug aus Godalming erreichen. Ich lasse Sie von Ross zum Bahnhof fahren. Am Waterloo-Bahnhof nehmen Sie dann ein Taxi zu Thomas Cook. Das Büro ist im Strand, glaube ich.«

Hanna packte ihre Listen mit einem Ausdruck der Endgültigkeit wieder in einen Ordner.

»Ein bißchen enttäuscht bin ich natürlich schon. Ich hatte mich darauf gefreut, mit meinem gutaussehenden Neffen anzugeben. Aber vor deiner Reise nach Deutschland möchte ich, daß du noch einige von meinen Freunden kennenlernst.«

»Das würde mir auch Spaß machen«, sagte Martin höflich. Er verstand, daß sie seinen Plänen zustimmte. Bei mehr als einer Gelegenheit hatte auch Tante Jessie ihn als gesellschaftlich überflüssig empfunden. Es war wahrscheinlich sein Schicksal, dachte Martin wehmütig, durchs Leben zu gehen und die Sitzordnungen der Leute durcheinanderzubringen.

Lord Stanmore klopfte ihm auf den Rücken. »Und einen Tagesritt müssen wir noch ausmachen. Die englische Landschaft kann man nur vom Rükken eines Pferdes richtig genießen.«

Der Graf ging mit ihm zur Haupthalle, während er überschwenglich von den Freuden des Reitens redete, ein Thema, mit dem Martin in keiner Weise warm werden konnte.

»Ich werde Ross informieren, und er kommt dann mit dem Wagen. Haben Sie etwas englisches Geld?«

»Ich habe ein Pfund oder zwei, Sir. Möglicherweise kann ich ein paar Reiseschecks bei Cook's eintauschen.«

»Ja, aber ich gebe Ihnen besser einen Fünfer, nur um auf Nummer Sicher zu gehen.« Er griff in seine Jacke, um seine Brieftasche herauszuholen, und dann sah er Fenton, der aus der Richtung des Treibhauses die Halle betrat. »Hallo, Fenton. Gut zum Schuß gekommen?«

Fenton, der langsam ging und offenbar in Gedanken verloren war, schien durch die Frage aufgeschreckt zu sein.
»Was?«
»Na, die verdammten Krähen. Hast du welche erwischt?«
Fenton hatte die Schrotflinte und die Jagdtasche auf der Bank in Lydias Garten vergessen. Nun, irgend jemand würde sie finden. »Ein paar habe ich erledigt.«
»Gut für dich. Der junge Rilke hier wird nach London fahren und eine Cook-Reise durch die Britischen Inseln buchen. Vernünftige Art, es so zu machen, wenn man das Land nicht kennt.«
»Ja, ich glaube auch. Fahren Sie heute morgen?«
»Ja«, sagte Martin.
»Dann fahre ich mit Ihnen.« Fenton lächelte Lord Stanmore wehmütig an. »Ich bin dem Telegrammboten gerade in die Arme gelaufen, als ich die Fern Lane überquerte. Der Adjutant braucht mich.«
»Für was denn, um Himmels willen?«
»Eine Angelegenheit des Bataillons, die leicht bis nächste Woche hätte warten können, aber der Adjutant ist ein nervöses altes Huhn.«
»Verdammt. Na, wenigstens sind wir ein paarmal anständig ausgeritten.«

Die halbe Fahrt nach London saßen sie in brütendem Schweigen da. Martin hatte versucht, eine Unterhaltung in Gang zu bringen, aber Fenton hatte nur mit ein paar gegrunzten einzelnen Silben geantwortet, deshalb gab er es auf. Er saß dem hochgewachsenen Offizier in einem Erste-Klasse-Abteil gegenüber und gab sich damit zufrieden, die Landschaft zu betrachten. Als der Zug in die Vororte von Süd-London einfuhr, tat Fenton einen tiefen Seufzer und griff in seine Tasche, um die Zigaretten hervorzuholen.
»Rauchen Sie, Rilke?«
»Ja, gern.« Martin zog Zigarren vor, aber er nahm die angebotene Zigarette und war dankbar dafür, daß das Eis gebrochen war.
»Eine ziemlich zerstörte Landschaft, nicht wahr?« sagte Fenton und machte eine Handbewegung zum Fenster. »Eines Tages wird ganz England so aussehen, nehme ich an, jedes Fleckchen Gras wird gepflastert sein, auf jedem Hügel wird es wimmeln von Ziegelhäusern. Wirklich, ich hasse den Fortschritt.«
»Ich auch, manchmal. In Chicago sieht es genauso aus. Andauernd schießen neue Gebäude aus dem Boden, und die Stadt wächst wie Unkraut.«
»Ja, das kann man wohl sagen. Trotzdem, in Amerika gibt es so viel Land, in das man sich ausbreiten kann. Ich meine, all diese Prärien und Wüsten und so.« Er zog an seiner Zigarette und beäugte Martin mit schmalen Augen durch den Rauch. »Ich hasse es wirklich, dieses Thema anzuschnei-

den, Rilke, aber diese Jacke paßt Ihnen überhaupt nicht. Wer zum Teufel ist denn Ihr Schneider?«
»Marshall Field«, sprudelte Martin.
»Den Mann sollte man erschießen. Hören Sie mal zu, alter Junge, ich hoffe, Sie werden sich nicht daran stoßen, aber ein Gentleman wird nach seiner Kleidung beurteilt. Und Sie sind ein zu netter Kerl, um von oben herab behandelt zu werden. Mein Schneider ist ein Künstler. Er könnte Ihnen in absolut kürzester Zeit ein paar Anzüge machen, in nur wenigen Tagen. Er hat sein Atelier in der Burlington Street, Ecke Savile Row. Wir sausen dort mal hin, wenn Sie bei Cook's fertig sind. Was meinen Sie dazu?«
»Nun, ich...« Martin hatte den Drang, sich die anstößige Jacke vom Körper zu reißen und sie aus dem rasenden Zug zu werfen.
»Und wenn Bargeld ein Problem ist«, fuhr Fenton eifrig fort, »machen Sie sich keine Gedanken darüber. Der alte Purdy würde wohl kaum erwarten, daß der Neffe eines Grafen ordinäre Münzen aus der Tasche holt. Bezahlen Sie ihn einfach, wenn Sie dazu kommen. Und Sie werden finden, daß er erstaunlich preiswert arbeitet.« Er lehnte sich mit dem zufriedenen Ausdruck eines Mannes, der gerade ein für allemal eine Frage entschieden hat, zurück. »Ja, wir werden das gleich anschließend machen.«
Martin wand sich wie ein Wurm. Er fühlte sich blamiert, aber Fenton war ja nur ehrlich gewesen. Die Jacke war schrecklich, darüber gab es überhaupt keine Frage.
»Aber müssen Sie sich denn nicht bei Ihrer Einheit melden?«
Fenton staubte ein Fleckchen Zigarettenasche von der messerscharfen Bügelfalte seiner grauen Flanellhose ab. »Also eigentlich habe ich Seiner Lordschaft gegenüber einen kleinen Betrug verübt. Es hat nie ein Telegramm von dem Adjutanten gegeben. Das hat nur als Entschuldigung gedient, damit ich nicht das Wochenende über bleiben mußte. Ich hoffe, Sie sagen nichts.«
»Natürlich nicht.«
»Danke. Mir war danach, wieder nach London zurückzukehren... Aus persönlichen Gründen.«
Sie nahmen ein Taxi vom Waterloo-Bahnhof zum Strand. Das Büro von Thomas Cook und Söhne war bald gefunden, und eine Reisereservierung für Martin war auch schnell erledigt. Er würde sich einer Gruppe anschließen, die am Donnerstagmorgen zu »zehn Tagen, an denen man langsam die Schönheiten der Britischen Inseln durchwandert... und die überwältigende Pracht der großen Schlösser... die historische Bedeutung von Stratford-on-Avon... den Hadrianswall... Bath... das Gebiet der Seen kennenlernt, wo die großen Poeten schweiften...«, von Euston-Bahnhof aufbrach.

Der Angestellte bei Cook's hatte direkt leidenschaftlich gesprochen und Martin dazu gratuliert, daß er vorsorglich Cook's gewählt hatte. Danach hatte er ihm hundert Dollar in Reiseschecks eingetauscht und ihm ein bedrucktes Blatt Papier gereicht, auf dem der detaillierte Zeitplan für seine Reise verzeichnet war – »Tour durch die Britischen Inseln, Nummer zweiunddreißig«.
»Ziemlich schmerzlos«, bemerkte Fenton, als sie wieder gingen, »obwohl nur der liebe Himmel weiß, was Ihre Mitreisenden für Leute sein werden. Man sollte doch mindestens eine Reisegesellschaft nach eigener Wahl aussuchen können.«
Die zwei Stunden, die sie bei Fentons Schneider, der Firma Purdy & Beame, verbrachten, waren gleichermaßen schmerzlos. Sowohl Mr. Purdy als auch Mr. Beame betrachteten Martin als eine Herausforderung an ihren Ruf als Hersteller feiner Herrenbekleidung. Sie wechselten wissende Blicke und hoben die Augenbrauen, während sie Martin seiner Kleider entledigten, und sie schnalzten mit den Zungen über die Schlampigkeit der Yankee-Verarbeitung und das minderwertige Tuch. Martin war Ton in ihren fähigen Händen. Es endete damit, daß Martin drei Anzüge kaufte, mit denen er – nach dem, was Fenton und der Schneider meinten – einen ganzen Tag makellos überstehen würde. Die Anzüge würden am Mittwochnachmittag fertig sein. »Zwei Anproben am Dienstag, Mr. Rilke, morgens und noch einmal am Nachmittag. Es ist bei Purdy & Beame nicht üblich, daß man unter solchem Zeitdruck arbeitet, aber wir werden – dessen kann ich Sie versichern – der Aufgabe gewachsen sein.«
Danach half man Martin wieder in seine anstößigen Kleidungsstücke, und das war schon alles.
»Ein anständiger Hut und einen Schirm aus Seide, und Sie werden aussehen wie der Herzog von Norfolk«, sagte Fenton, als sie aus dem Laden auf die Straße traten. Er zeigte in die Richtung der Old Bond Street. »Mein Hutmacher ist nur einen kurzen Fußweg von hier. Kommen Sie.«
Als sie in die Bond Street einbogen, erstarrte Fenton plötzlich, sah sich unruhig um und starrte dann intensiv in ein Ladenfenster, hinter dem Pfeifen und Tabak ausgestellt waren.
»Herrgott«, sagte er tonlos. »Ich hoffe, er hat mich nicht gesehen.«
»Wer denn?« fragte Martin und schaute sich um.
»Sehen Sie nicht hin. Stellen Sie sich einfach neben mich. Vielleicht geht er weiter, an uns vorbei.«
Martin starrte auf die Ständer mit den Pfeifen und auf die Tabakdosen, und dann fühlte er, daß jemand herankam, und schaute nach links. Ein junger Mann bewegte sich etwas zögernd auf sie zu. Nach Martins erstem Eindruck hätte es auch ein Mädchen in Männerkleidung sein können.

Seine Gestalt war schmal, fast gertenhaft schlank, und er war eher hübsch als gutaussehend. Schwarzes, lockiges Haar umrahmte ein schmales Gesicht mit hohen Wangenknochen, und seine Haut hatte einen blassen, oliv-elfenbeinfarbenen Ton. Die Nase des jungen Mannes war schmal, aber nicht flach, und die Augen groß, oval und von einem sanften Braun, wie die Augen eines Rehs. Aber die Ähnlichkeit mit einem Reh wurde durch seinen Mund Lügen gestraft, einen breiten Spalt, der in einem sarkastischen Ausdruck erstarrt zu sein schien.

»Captain Wood-Lacy, nehme ich an«, sagte der Mann. »Und Genosse.«

»Sieh da. Hallo, Goldstein«, sagte Fenton mit schlecht gespielter Überraschung. »Das ist ja toll, daß wir dich hier treffen.«

Die Lippen des Mannes rollten sich voller Spott noch enger zusammen. »Toll! Und auch noch in der Bond Street. Ich habe nie gewußt, daß du von Pfeifen so hingerissen bist.«

»Bin ich auch nicht, um genau zu sein. Aber im Sturm ist einem jeder Hafen recht.«

Der Mann warf den Kopf zurück und lachte. Es war ein rollendes Gelächter von solcher Tiefe und so viel Klang, daß es schwierig war, solch ein Lachen mit so einer zarten Kehle in Verbindung zu bringen.

»Ach, Fenton, ich bewundere dich. Du bist der offenste Mensch, den ich kenne. Aber besinn dich auf deine Manieren, stell mich vor.«

»Goldstein... Martin Rilke aus Chicago. Rilke... Jacob Goldstein, die Stechmücke von der Fleet Street. Rilke ist übrigens auch ein Journalist.«

»Ach?« sagte Goldstein und spähte Martin intensiv ins Gesicht. »Bei welcher Zeitung?«

»Beim Chicago Express.«

Goldstein schloß sekundenlang die Augen. »Express... republikanische Haltung, feindselig gegenüber Präsident Wilson, mißtrauisch den organisierten Arbeitern gegenüber...«

»He«, sagte Martin mit einem nervösen Lachen. »Lassen Sie mich leben. Ich schreibe ja nur Buchbesprechungen.«

»Das solltest du auch tun, Goldstein«, sagte Fenton trocken. »Auf die Art würdest du dir keinen Ärger machen.«

Goldstein seufzte tief und zog ein langes Gesicht. »Mein Vater meint das auch, fürchte ich. Keine Berichterstattung mehr über die Wirren in Ulster oder die Intrigen auf dem Balkan. Nichts außer Morden und Lustmorden, wenigstens in der unmittelbaren Zukunft. Im Augenblick berichte ich über den Fall Goodwin. Du weißt ja, den Zahnarzt aus Birchington, der seine Schwägerin zu Tode gebohrt hat, weil Gott ihm das sagte. Sehr üble Geschichte, aber ich glaubte, Gott wußte, was er tat. Das Opfer war ein absolutes Ekel. Jeder in der Familie ist überglücklich, daß die alte Pute tot ist. Die Zeitung zahlt für die Verteidigung des Zahnarztes.«

»Und wenn das nicht so wäre«, sagte Fenton gedehnt, »dann würdest du ganz sicher genauso enthusiastisch dafür sein, daß er gehängt wird.«
»Ja, das würde ich wohl.« Er spreizte seine Hände in einer Geste der Hilflosigkeit nach außen. »Aber das ist das alte Lied bei der Zeitung, nicht wahr? Man muß dem Publikumsgeschmack dienen, oder man muß einen neuen Geschmack schaffen und ihm dann dienen.« Er zwinkerte Martin schlau an. »Aber Sie kennen ja sicher all die üblen Auswüchse unseres edlen Berufs. Soldat zu spielen muß ziemlich angenehm sein. Da wird einem wenigstens gesagt, wen man erschießen soll.«
Fenton imitierte ein übertriebenes Gähnen. »Immer noch der gleiche alte Goldstein. Kein Wunder, daß deine Freunde in Ladeneingängen untertauchen.« Er zog eine Uhr aus der Westentasche und schaute darauf. »Zeit für den Tee. Laß uns ein Taxi rufen und zum Marlborough-Club gehen.«
»Mein lieber Fenton«, sagte Goldstein, »im Marlborough hat man nicht gerne Juden.«
»Ich weiß. Eine häßliche Regelung. Sie sollte sich nur auf gewisse Juden beziehen.« Er schaute auf seine Uhr. »Verflixt, um dort Tee zu trinken, sind wir sowieso schon ein bißchen spät dran. Was schlägst du vor?«
»Unter allen Umständen ein White-Manor. Das Zwei-Shilling-de-Luxe. Und wo wir gerade von White-Manors sprechen, hast du in letzter Zeit die schöne Lydia Foxe gesehen?«
Fenton schien damit beschäftigt, die belebte Straße nach einer leeren Taxe abzusuchen.
»Nein, seit einiger Zeit nicht mehr.«
»Vor zwei Monaten habe ich sie in Paris gesehen. In der Oper. Sie hing am Arm eines Majors der Kürassiere. Scheint einen Hang zum Militär zu haben.«
Der Captain drehte sich langsam um und starrte dem kleineren Mann in das fröhlich-unschuldige Gesicht.
»Warum in Dreiteufelsnamen habe ich mich je in der Schule mit dir angefreundet, Goldstein? Du bist wirklich der unerträglichste...«
Das Gelächter kam wieder. Es war jetzt noch tiefer und lauter als vorher.
»Das war ein Akt der reinen, christlichen Nächstenliebe, alter Junge. Und wie jeder andere christliche Akt, der etwas wert ist, muß er mit einem Quentchen Leiden bezahlt werden. Ah«, schrie er und schoß plötzlich auf die Straße, »da ist ja eins... Taxi! Taxi!«

An diesem Abend kam Martin um zehn Uhr dreißig wieder in Abington Pryory an. Er hatte ein schrottreifes Taxi vom Bahnhof Godalming zum Haus genommen. Der Butler informierte ihn darüber, daß Seine Lordschaft und die gnädige Frau sich schon früh zurückgezogen hätten und daß Lord Amberley nicht zu Hause sei...

»Aber wenn Sie noch zu Abend essen möchten, Sir...«
»Vielleicht ein belegtes Brot und ein Glas Bier, wenn es keine Mühe macht.«
»Überhaupt nicht, Sir.«
»In meinem Zimmer, wenn es Ihnen nichts ausmacht. Ich bin ziemlich müde.«
»In der Tat, Sir«, sagte Mr. Coatsworth mit echtem Verständnis. »Eine Reise nach London ist immer sehr ermüdend.«
Martin war nicht sicher, ob die Reise oder die Gesellschaft ermüdend gewesen war. Ein verwirrender Tag, dachte er, als er seinen Schlafanzug anzog. Ein Hausdiener brachte Schinkenbrote und einen Krug helles Bier, und Martin schlang alles wie ein Wolf hinunter, ehe er ins Bett ging. Er legte seine Aktentasche auf die Knie und nahm ein Notizbuch, einen Stift und seine Brille heraus:

Beobachtungen und Gedanken. Samstag nacht, 13. Juni 1914. Die Haltung des Oberklassen-Engländers dem »Handel« gegenüber ist interessant. Fenton gehört wahrscheinlich nicht zur Oberklasse, wenigstens nicht in der engsten Bedeutung des Wortes, aber als Offizier in einem Regiment mit Sozialprestige ist er zu all den Vorurteilen dieser Gesellschaftsschicht berechtigt. Der »Handel« ist, locker ausgedrückt, jeder Verkauf von Dienstleistungen oder Produkten – Textilhändler, Weinhändler, Schuster, Schneider und so weiter. Ärzte gehören nicht zum Handel. Journalisten auch nicht, und auch nicht das Militär, die professionellen Sportler et cetera. Die Engländer der Oberschicht stützen sich zwar zu ihrer Bequemlichkeit und Versorgung auf den Handel, aber sie halten es dennoch für anständig, so lange wie möglich zu zögern, bis sie ihre Rechnungen bezahlen. Bargeld, so scheint es mir, gilt als vulgär. Nach dem Tee hat Fenton mich zu seinem Hutmacher geführt, wo mir eine Melone angemessen wurde – der Hut soll am Mittwochnachmittag fertig sein. Ich bestand darauf, im voraus bar zu bezahlen, und sowohl Fenton als auch der Hutmacher schienen mir deswegen leicht auf den Schlips getreten zu sein. Wir haben dann Tee getrunken in einem White-Manor in der Oxford Street in der Nähe der Marble Arch. Es war ein riesiges Gebäude mit vielen Stockwerken, mehreren Restaurants, einem Streichorchester, einer Konditorei und einer Delikatessenabteilung. Das Essen – kleine Teeschnittchen und eine große Auswahl an Gebäck – war sowohl gut als auch preiswert. Die Bedienung ist erstklassig, ganze Horden von jungen Frauen in steifgestärkten blau-in-blauen Uniformen nehmen Bestellungen an und tragen Tabletts, und alle sind hübsch und fröhlich. Fenton hat mir erzählt, daß sie gut bezahlt werden und daß sie in betriebseigenen Wohnheimen wohnen. Man berechnet ihnen sehr we-

nig für ihre Unterkunft, praktisch nichts für ihre Mahlzeiten, und der größte Teil ihres Lohnes geht in ein Sparprogramm. Goldstein fügte noch hinzu, daß dieses Wohlwollen eine Dienstbotenknappheit für den Adel zur Folge gehabt hatte. Die Mädchen ziehen es vor, weniger Stunden unter guten Arbeitsbedingungen in den White-Manors zu arbeiten, als irgendwo in Stellung zu gehen – wie Ivy Thaxton –, wo sie lange Stunden arbeiten müssen und praktisch nichts für ihre Arbeit bekommen. Die Dienstmädchen in den großen Häusern bekommen einen freien Nachmittag pro Woche und haben vierundzwanzig Stunden am Tag dienstbereit zu sein. Ich frage mich, ob Ivy Thaxton jemals von den White-Manors gehört hat? Wahrscheinlich. Fenton sagte, daß es sie überall in England gibt, aber nicht alle sind so vornehm wie das auf der Oxford Street. Mir scheint es, daß so ein Lokal für ein junges Mädchen ein viel besserer Arbeitsplatz wäre. Die Arbeit als Dienstmädchen in einem Haus wie Abington Pryory muß fürchterlich sein. So viele Zimmer zu säubern, so viele Betten zu machen, Nachttöpfe auszuleeren. Ich habe ein Grausen vor diesem weißen Keramiktopf unter dem Bett, aber ich kann leicht verstehen, warum man ihn benutzen würde. Besonders im Winter. Dieser kleine Raum da unten im Korridor ist so kalt wie der Tod, und es ist Juni! Ich stelle mir vor, daß ich es mir, wenn ich hier wohnte, im Dezember zweimal überlegen würde, ob ich mitten in der Nacht aus dem warmen Bett steigen und den Korridor hinunter zu diesem eisigen Kämmerchen trotten wollte.
Kurze Eindrücke. Jacob Goldstein ist vierundzwanzig, ungefähr ein Jahr jünger als Fenton und ein Jahr älter als ich; aber er ist weiser, als seine Jahre es rechtfertigen, wie man so sagt. Aus der Unterhaltung beim Tee und aus dem, was Fenton mir später über ihn erzählte, kann ich eine skizzenhafte Biographie dieses Mannes zusammenstückeln. Er ist der einzige Sohn von Harry Goldstein, dem mächtigen Lord Trewe. Trewe ist in Chicago so bekannt wie William Randolph Hearst in London. Er ist Herausgeber der *London Daily Post*, größte Tagesauflage von allen Zeitungen der Welt. Ein Käseblatt. Regenbogenjournalismus im übelsten Sinne. Ein Blatt, das sich nach dem niedrigsten gemeinsamen Nenner des Masseninteresses richtet. Massenhaft Bilder, kurze Texte, Geschichten von Morden und anderen Verbrechen, Geschichten darüber, wie die Mächtigen in Ungnade fallen, Geschichten über das Leben und die Liebesaffären der Leute vom Theater und der Filmschauspieler, Schreckensgeschichten aus dem Bürgerkrieg in Irland, Verdammung des deutschen Reiches, weil es die Unverschämtheit besitzt, mit Großbritannien im Bau einer Kriegsflotte und in der Unterhaltung von Kolonien zu wetteifern. Chauvinismus und Sensationsmache in einer atemberaubenden Mischung. Jacob Goldstein amüsiert sich über die Zeitung, die sein Vater aus dem Nichts

aufgebaut hat, aber unter seiner zynischen Haltung kann ich einen gewissen Ernst entdecken. Die Zeitung, sagt er, übt einen viel größeren Einfluß auf die Massen aus als die Bibel. Das Evangelium, wie St. Trewe es sieht. Goldstein sieht die Welt als geteilt in zwei unterschiedliche Gesellschaftsklassen, in die Yahus und die Nabobs. Ein paar Nabobs, die regieren, Millionen und Abermillionen von Yahus, die tun, was man ihnen sagt, und die glauben, was sie lesen. Diese Teilung hält er für ganz in Ordnung, vorausgesetzt, daß alle Nabobs intelligente, mitfühlende und erleuchtete Männer sind, aber das sind sie natürlich nicht. Die Nabobs, sagt er, sind Esel, gemischt mit ein paar Affen. All diese empörenden Dinge sagt er mit einem Lächeln; er wirkt wie ein verdrehter, böser kleiner Gnom, der schadenfroh zusieht, wie der Strom der Menschheit auf einen tiefen Abgrund zufließt. Fenton hat ihn mehrmals als Esel bezeichnet, und ich neige halbwegs dazu, diese Ansicht zu unterstützen. Und dennoch... Ist er denn wirklich ein Esel?
Jacob und Fenton sind zusammen zur Schule gegangen. In eine bekannte Schule in der Nähe von London, von der der überwiegende Teil der Schüler ihre Erziehung dann in Eton oder in Harrow vervollständigen. Es gab nur einige wenige Juden auf dieser Schule, und Jacob hat sich ausgesprochen elend gefühlt, bis Fenton ihn unter seine Fittiche nahm. Nach dem, was ich mir zusammenreimen konnte, hatte Fentons Vater das Gebäude der Daily Post in der Whitefriars Lane, einer Nebenstraße der Fleet Street, entworfen und war gut mit Jacobs Vater befreundet. Jacob ging danach nach Eton und dann zum Balliol College in Oxford. Fenton ging nach Sandhurst und von dort in die Armee, aber seit den ersten Schultagen bis heute hat sich zwischen den beiden ein Band erhalten.
Jacob wurde aus dem Balliol College ausgestoßen, und er scheint stolz darauf zu sein. Er hat nicht erzählt, warum man ihn rausgeschmissen hat, aber ich bin sicher, daß es den Gewaltigen an der Universität von Oxford nicht an Gründen gemangelt hat. Jacobs Vater gab ihm eine Stelle als Reisekorrespondent bei der Zeitung, und er ist schon an sehr vielen Orten gewesen. Ich habe ein gewisses Neidgefühl verspürt, als er über die Balkankriege sprach, während derer er mit der servischen Armee während des Vormarsches durch Albanien an die Adria mitgezogen ist. Das war 1912. Dazu gibt es eine interessante Anekdote, die Jacobs Theorie über die Nabobs illustriert. Es scheint, daß Lord Trewe die Reportage über die servische Armee abgelehnt hat. Er meinte damals, dieses Wort klänge zu sehr wie servil, und also befahl er seinen Redakteuren, statt des V ein B einzusetzen. Servien wurde also über Nacht zu Serbien, wenigstens für die Leser der Daily Post. Das ist die Macht der Nabobs! Auf diese Weise wird der Name einer Nation durch einen einfachen Strich mit dem Bleistift geändert.

Gedanken. Jacob Goldstein ist ein Zeitungsmann. Ich arbeite auch bei einer Zeitung. Aber was für eine Kluft trennt unsere Berufe! Während ich mich mit einem Bericht über Frances Hodgson Burnetts neuesten Roman abmühte, schickte Jacob Berichte aus Irland, in denen er den Verdacht äußerte, daß Deutschland Gewehre an die Freiwilligen-Armee von Ulster lieferte. Er ist ein bißchen zu weit gegangen, nehme ich an, und hat einen britischen General beschuldigt, mit den Deutschen bezüglich der Ausrüstung der Protestanten mit Maxim-Gewehren in Korrespondenz gestanden zu haben. Lord Trewe wollte die Geschichte nicht drucken, und Jacob wurde nach Hause geholt, um den Londoner Lokalteil zu übernehmen. Dennoch, selbst die Berichterstattung über Mordprozesse ist tausendmal aufregender und bedeutungsvoller als alles, was ich je bei einer Zeitung geleistet habe. Jacob machte mir einen Vorschlag. Er sagte, seine Zeitung sei vielleicht interessiert an einem halben Dutzend Artikel über England, gesehen mit den Augen eines durchreisenden Amerikaners – »Wie ein Yankee Britannien sieht«, das hat er als Titel vorgeschlagen. Hat mir geraten, die Stücke kurz und lobend ausfallen zu lassen, aber ein sanfter, ironischer Humor wäre okay. Die Zeitung würde drei bis fünf Pfund pro Artikel bezahlen. Das reicht zwar nicht für meine Reise, aber mit dieser Summe könnte ich ein klein bißchen von meiner Schneiderrechnung bezahlen. Das Schreiben wäre außerdem eine gute Übung... Die Beobachtung und Berichterstattung über das Leben ringsum... Über Menschen, über Orte...

Ein leises Klopfen an der Tür unterbrach seinen Gedankenfluß. Er nahm an, es sei der Diener, der das Tablett wieder abholen wollte, und rief »Herein!« Er war überrascht, als Charles die Tür öffnete und ins Zimmer trat. Charles trug Abendkleidung und brachte eine Flasche Champagner mit.
»Ich hoffe, ich störe dich nicht«, sagte Charles.
»Nein, überhaupt nicht.« Martin schraubte die Kappe auf den Füller und schloß das Notizbuch.
»Ich habe Licht in deinem Zimmer gesehen, als ich von der Garage nach oben kam. Hab' mir gedacht, du würdest dich vielleicht über einen Schlummertrunk freuen.« Er hielt die Flasche hoch. »Die habe ich im Anrichtezimmer des Butlers gefunden. Ist noch immer ganz anständig gekühlt, außerdem ein sehr anständiger Jahrgang. Bei Champagner hat mein Vater einen hervorragenden Geschmack.«
Martin schob das Notizbuch und den Stift in seine Aktenmappe, stieg aus dem Bett und zog seinen Schlafrock an. Charles förderte zwei Gläser aus der Kommode hervor; in dem einen steckte eine Zahnbürste.
»Die ist genau richtig, um die Bläschen herauszurühren«, bemerkte

Charles, während er den Draht um den Korken abwickelte. Es gab einen leisen, zufriedenstellenden Knall, und dann floß der blaßgelbe Champagner in die Wassergläser. »Hat dir deine Fahrt nach London Spaß gemacht?«

»Ja«, sagte Martin und nahm eins von den Gläsern. »Nächste Woche gehe ich auf eine Englandtour mit Cook's. Donnerstag morgen geht's los.«

»Das sollte eigentlich angenehm sein. Du wirst wahrscheinlich viel mehr von dem alten England sehen, als ich je kennengelernt habe. Aber so ist es ja immer, nicht wahr? Der Tourist sieht mehr als der Einheimische.«

Es gab nur einen Stuhl im Zimmer, und Charles setzte sich hin. Martin lehnte sich gegen den Bettpfosten, er fühlte sich gehemmt mit seinen bloßen Füßen.

»Na, gut Schluck«, sagte er und hob sein Glas.

»Ja, auf deine Gesundheit.« Charles nippte den Champagner und starrte melancholisch in sein Glas. »Schön trocken, meinst du nicht auch? Das ist eins von den Dingen, die die Franzosen können.«

Es kam Martin so vor, als ob irgend etwas seinem Vetter Sorgen machte und daß er zu mehr als nur einem freundlichen Schlummertrunk in sein Zimmer gekommen war. Aber was es sein konnte, oder warum er gekommen war, das entzog sich ihm völlig.

Martin ertrug die oberflächliche Unterhaltung fünf Minuten lag, aber dann sagte Charles: »Seltsam, wenn ich so darüber nachdenke. Hier sitzen wir, zwei Vettern – Blutsverwandte –, und dennoch weiß ich fast nichts von dir. Nur ein paar Dinge, die meine Mutter mir erzählt hat.«

»Ich weiß auch sehr wenig über dich«, sagte Martin.

»Da gibt es nicht viel zu wissen. Ich bin nach Eton gegangen und nach Cambridge. Würde gerne Historiker oder Lehrer für Geschichte. Ich bin in Frankreich, Deutschland, Italien und Griechenland gewesen. Ich liebe gute Musik, Bücher; früher habe ich auch gerne gejagt. Ein ziemlich gewöhnliches, wenig aufregendes Leben.«

Es entstand eine lange Pause, und Martin bemühte sich, etwas zu finden, das er sagen konnte.

»Bist du hier geboren?«

»In diesem Haus, meinst du? Ja. Du bist in Paris geboren. Ist das richtig?«

»Am Montparnasse.«

»Ist deine Mutter Französin?«

»Sie war Französin. Sie ist vor vier Jahren gestorben.«

»Das tut mir leid. Du siehst, was ich meine. Ich hätte das wissen sollen.«

Martin trank sein Glas aus, und Charles stand schnell auf, um nachzufüllen.

»Ich wüßte nicht, warum«, sagte Martin und setzte sich auf die Bettkante.

»Deine Mutter hat meine nur ein einziges Mal gesehen. Und außerdem gehörte ihr Tod eigentlich nicht zu den Dingen, die die Familie angehen.«
»Du meinst die Enterbung?«
Er weiß also Bescheid darüber, dachte Martin ohne Bitterkeit. Die Mitternachtsunterhaltung wurde immer seltsamer.
»Ja, die Enterbung. Die fand statt, ehe ich geboren wurde, deshalb weiß ich nicht allzuviel darüber. Ich habe meinen Großvater nie gekannt, aber so, wie ich es verstehe, war er ein zäher alter Vogel, sehr altmodisch und puritanisch.« Er hielt inne und trank noch ein bißchen Champagner. Charles betrachtete ihn, klammerte sich mit konzentriertem Gesichtsausdruck an jedes Wort. »Ich nehme an, mein Vater war ein Rebell. Er war der zweite Sohn, fünf Jahre jünger als Onkel Paul und drei Jahre älter als Tante Hanna. Paul steckte im Familiengeschäft – ein halbes Dutzend Brauereien –, aber mein Vater wollte davon nichts wissen. Er wollte malen. Ich nehme an, mein Großvater hat ihm die Wahl gelassen. So einfach war das. Wie auch immer, als mein Großvater starb, hat er meinen Vater aus seinem Testament gestrichen. Einen Dollar. Soviel hat er ihm, glaube ich, hinterlassen.« Die ganze Geschichte ging Martin nicht nahe. Es war so, als ob er Charles die Lebensgeschichte eines völlig Fremden erzählte.
Charles benetzte sich die Lippen mit Champagner. »Ich frage mich, was meine Mutter damals davon gehalten hat. Sie hat deinen Vater sehr geliebt. Wenigstens hatte ich immer den Eindruck, daß er ihr Lieblingsbruder war.«
»Das glaube ich auch, wenigstens als sie noch Kinder waren. Aber mein Vater hat sich den Menschen entfremdet. Dafür wenigstens hatte er Talent.«
»War wohl kein sonderlich guter Maler?«
»Das könnte ich nicht sagen«, Martin zuckte die Achseln. »Er ist gestorben, als ich acht Jahre alt war, und ich kann mich an seine Arbeiten nicht mehr erinnern. Nur daran, daß sie sich nicht verkauften. Meine Mutter war Modistin, sogar eine gute. Davon haben wir gelebt. Ich kann mich daran erinnern, daß meine Mutter mir erzählte, Tante Hanna und Onkel Paul schickten meinem Vater gewöhnlich von Zeit zu Zeit Geld, aber er ließ die Schecks jedesmal wieder zurückgehen, nachdem er sie in Fetzen zerrissen hatte. Er hatte sich selbst völlig von der Familie trennen wollen – aus Rache, weil er selbst ja auch ausgestoßen worden war, nehme ich an. Und obwohl Onkel Paul und deine Mutter damit nichts zu tun hatten. Ich glaube, nach einiger Zeit haben sie ihre Versuche, ihm zu helfen, aufgegeben. Genau wie jeder andere, den wir in Paris kannten. Mein Vater hatte einen schrecklichen Ruf, und ich glaube kaum, daß es irgend jemandem leid getan hat, als er starb. Ich bin sicher, du kennst deinen Conrad.

Ich kann den Roman ›Herz voll Dunkelheit‹ nicht lesen, ohne an meinen alten Herrn zu denken. Paris, das war sein Kongo. Paris hat ihn entlarvt, und zwar frühzeitig, so, wie der Dschungel alles über Kurtz herausgefunden hat. ›Der Dschungel flüsterte ihm Dinge zu, die er selbst noch nicht einmal über sich wußte.‹ Oder die er in Chicago noch nicht gewußt hatte. Ich habe mich oft gefragt, ob er auch wie Kurtz gestorben ist, ob er geflüstert hat: ›Das Grauen... das Grauen.‹«. Martins Mund war so trocken wie Stein, und er langte nach der Flasche, die auf dem Fußboden neben dem Stuhl stand. Charles nahm sie auf und reichte sie ihm. Sein Gesicht war blaß, und winzige Schweißperlen hingen an seinen breiten, glatten Augenbrauen.

»Wie ist er gestorben?«

Martin nahm sich Zeit mit der Antwort. Er füllte sein Glas und trank es halb aus.

»Er hat sich die Pulsadern aufgeschnitten. Gott sei Dank hat er meiner Mutter und mir den Anblick erspart. Es war seine edelste Tat. Er hat es in der Wohnung eines seiner Modelle gemacht, auf dem Montmartre. Meine Mutter hatte geglaubt, er hätte dieser Frau nur Schrecken einjagen wollen, aber mein Vater war ein starker Trinker, und ich glaube, er hatte einfach sein Gefühl für Vorsicht verloren. Wie auch immer«, fuhr Martin mit flacher, monotoner Stimme fort. »Er starb daran.«

»Das ist schrecklich«, flüsterte Charles.

»Ja. Ein verpfuschtes Leben.«

»Es scheint mir sehr grausam, wegen solch einer Trivialität enterbt zu werden – nur weil man Künstler werden will.«

»Für meinen Großvater ist das wahrscheinlich keine Trivialität gewesen. Er erwartete Gehorsam von seinen Kindern. Das war vor über fünfundzwanzig Jahren, erinnere dich daran. Es war eine andere Zeit. Und er war sehr deutsch. Hat es nie für nötig gehalten, anständiges Englisch zu lernen oder sich den amerikanischen Sitten anzupassen. Ich glaube, er hat es als seine Pflicht als oberster Hausherr angesehen, den verlorenen Sohn zu bestrafen.«

Charles stand abrupt auf, als ob ihn das, was er gehört hatte, völlig erschüttert hätte.

»Ich bin froh, daß du mir dies alles erzählt hast. Ich habe immer das Gefühl gehabt, daß meine Mutter mir erzählen wollte, wie ihr Bruder starb. Einmal hat sie angefangen, es mir zu sagen, aber vielleicht hat sie gefunden, daß ich nicht aufnahmefähig genug sei, und vielleicht war ihr die Geschichte auch zu schmerzhaft, um über Einzelheiten zu sprechen.«

»Könnte sein«, murmelte Martin in sein Glas.

»Wie es auch gewesen sein mag, ich schätze deine Offenheit.« Charles strich sich mit steifen Fingern eine widerspenstige Locke aus der Stirn und begann, langsam im Zimmer umherzugehen. »Man fragt sich, welchen Effekt dies alles auf sie hatte. Es muß ein Schock für sie gewesen sein, das Leben ihres Lieblingsbruders so hart und kompromißlos zerstört zu sehen, während sie selbst nicht in der Lage war, ein Wort des Protestes einzulegen. Oder jedenfalls unfähig zu sein, den Lauf der Dinge zu ändern.«

»Es war schon verdammt hart, enterbt zu werden, aber das war es nicht, was meinen Vater niedergeworfen hat. Wenn er ein anderer Mensch gewesen wäre...«

»Vielleicht, vielleicht«, unterbrach ihn Charles, er sprach sehr schnell. »Aber dieser väterliche Erlaß war trotz allem der erste Schicksalsschlag. Wenn dieser Schlag hätte gemildert werden können, wenn es jemand in der Familie gegeben hätte, der willens gewesen wäre, sich auf die Seite deines Vaters zu stellen, zu verhandeln, zu versöhnen...«

»Aber es gab keinen. Onkel Paul hat mir eine ganze Menge über meinen Großvater erzählt. Sein Wort war Gesetz. Aber das ist vor langer Zeit gewesen. Es hat nicht viel Sinn, darüber zu reden, was man hätte tun oder lassen sollen. Oder? Du nimmst es mir doch nicht übel, wenn ich geradeheraus spreche? Ein bißchen grobe Herzlichkeit, wie sie in Chicago üblich ist. Gibt es etwas, das dir Sorgen macht?«

Charles stand ganz still. Sein Blick war auf die Fenster fixiert, wo die Vorhänge im Nachtwind flatterten. Dann kam er wieder zu seinem Stuhl zurück und ließ sich müde hineinfallen.

»Ich habe eine junge Frau gebeten, mich zu heiraten... Es ist eine feste, unwiderrufliche Verpflichtung.«

»Herzlichen Glückwunsch. Aber du siehst nicht so aus, als ob du darüber sehr glücklich wärst.«

Charles starrte auf seine Hände hinab, die er fest im Schoß gefaltet hatte. »Wir wollen es beide. Es ist etwas, über das wir viele Male gesprochen haben. Die endgültige Entscheidung lag bei mir... nicht darin, sie zu fragen, sondern darin, meinem Vater fest und resolut gegenüberzutreten.«

»Und hast du es getan?«

Charles blickte auf. Sein Gesicht war wie eine geschnitzte Maske der Entschlossenheit.

»Ich habe vor, es ihm in ein paar Wochen an meinem Geburtstag zu sagen. Das scheint mir der beste Moment zu sein. Ich habe schreckliche Angst, daß er mir seinen Segen nicht gibt. Es geht nicht um das Mädchen – mein Vater mag sie –, es sind der Beruf ihres Vaters und dessen politische Ansichten, die für meinen Vater absolut nicht annehmbar sind. Diesen Mann in seiner angeheirateten Verwandtschaft zu haben, das würde für ihn eine ständige Quelle der Peinlichkeiten bedeuten.« Seine Entschlossenheit schien zu wanken, und Martin entdeckte, daß Charles' Unterlippe leicht zitterte. »Ich bin sicher, daß Vater deswegen aus einigen seiner Clubs austreten würde. Was er sonst vielleicht noch tun würde, das... das...« Seine Stimme erstarb.

Martin bückte sich nach dem Champagner. Die Flasche war mehr als halb leer, und er teilte den Inhalt zwischen sich und seinem Vetter.

»Ich glaube, ich verstehe, worauf du hinauswillst. Versuchst du mir zu sagen, daß dein Vater dich vielleicht enterben wird? Ich meine, könnte so etwas heutzutage noch passieren?«

»Nein, gesetzlich kann ich nicht enterbt werden, aber mein Vater könnte mir den Rücken kehren, mich als seinen Sohn verleugnen. Das klingt vielleicht hart, aber es könnte geschehen. Es gibt dann nichts, was ihn davon abhalten könnte, außer meiner Mutter. Sie hatte immer großen Einfluß auf ihn, und wahrscheinlich würde sie einen festen Standpunkt vertreten. Ich glaube, sie würde sich an deinen Vater erinnern, wie er von seiner Familie verstoßen wurde und was dieser Entschluß aus ihm gemacht hat – jedenfalls, was sie glaubt, das er aus ihm gemacht hat. Darauf zähle ich.«

»Herrgott«, sagte Martin leise. Er nahm einen Schluck Champagner. »Vielleicht solltest du besser zuerst mit ihr reden.«

»Nein. Sie würde mir nur raten, es noch einmal zu überdenken, zu warten. Sie hofft, daß meine Gefühle für Lydia oder Lydias Gefühle für mich sich ändern werden. Aber das wird nicht geschehen.« Er trank sein Glas aus und lehnte sich nach vorn. »Lieber Gott, sie ist so schön. Morgen fährt sie nach London, aber wenn du von deiner Tour zurückkommst, möchte ich, daß du sie kennenlernst. Dann wirst du meine Gefühle verstehen. Lydia Foxe ist das schönste, fesselndste, außergewöhnlichste Wesen, dem Gott je Odem verliehen hat.«

Martin vermied es, Charles in die Augen zu sehen. Er trank seinen Champagner, aber der schmeckte ihm plötzlich fade. Er dachte an Jacob Goldstein und an dessen Bemerkung Fenton gegenüber, daß er Lydia in Paris gesehen hätte. Konnte es denn zwei Frauen mit dem Namen Lydia Foxe geben? Das schien ihm nicht wahrscheinlich.

»Ehrlich, ich hoffe, daß alles gut ausgeht.«

»Ich habe das starke Gefühl, daß alles gutgehen wird«, sagte Charles ein wenig zu leidenschaftlich. »Ja, das glaube ich wirklich.«

Er wurde überschwenglich und wollte nach unten gehen, um eine neue Flasche Champagner zu holen, aber Martin redete ihm das aus und schlug ihm vor, sich schlafen zu legen. Er war nicht in der Stimmung, die ganze Nacht durchzumachen. Nachdem Charles gegangen war, schaltete Martin das Licht aus und ließ sich müde ins Bett fallen, aber es war ihm unmöglich einzuschlafen.

»Ach zum Kuckuck noch mal«, flüsterte er und starrte an die Decke. Sein

Vater war kein Geist, dem er nicht ins Gesicht sehen konnte, nur, er zog es vor, nicht an ihn zu denken. Die Zeit hatte das Bild verwischt. Ein hochgewachsener Mann, der in der Wohnung der Rue Dupin ein- und ausgehuscht war, wie Schatten und Rauch.
Lange Zeit wälzte sich Martin unter der leichten Decke hin und her, dann stieg er aus dem Bett und stellte sich vor das offene Fenster. Er schaute auf die Gärten, die so ordentlich und geometrisch, so tadellos gepflegt dort lagen. Der Frieden dieser Gärten kam ihm widersinnig vor, wenn er an die Probleme seines Vetters dachte. Vielleicht war das symbolisch für England. Eine sorgfältig aufrechterhaltene Fassade voll ruhiger Noblesse, hinter der die Gefühle so wild brodelten wie in New York oder Chicago. Er war in eine kunstvoll aufgestellte Falle getappt. Die alten Steine und die herrschaftlichen Sitten beeindruckten und überrumpelten den gesunden Menschenverstand der Yankees, und man wurde bis zur nebligen Kurzsichtigkeit eingelullt. Selbst Henry James mit seiner Gabe für scharfe Beobachtung war mindestens einmal in diese Falle gestolpert, hatte ein Buch geschrieben, das voll von überwältigenden Beschreibungen von Gebäuden und bewaldeten Tälern war, in dem aber die Menschen fehlten. England bestand aus mehr als nur gotischen Kirchtürmen und römischen Ruinen, Tudor-Schlössern und georgianischen Luftkurorten; England war ein Land voller Leute, reichen und armen, mit all den Tugenden und Lastern, die das Erbe der Menschen sind. Martin würde das berücksichtigen, wenn er seine Artikel für Jacob Goldsteins Zeitung schrieb. Er würde wirklich ein Reporter sein und schreiben, was er sah und fühlte und hörte, und wenn die Redakteure bei der Daily Post das nicht mochten, dann hatten sie eben Pech gehabt.

6

Jamie Ross war glücklich, daß er wieder in London war. Jeder Tag, den er da verbrachte, trug dazu bei, seine Laune zu heben. Während er die schmalen, katzenkopfgepflasterten Gäßchen hinter dem Stanmore House auf und ab schlenderte, atmete er tief das Aroma von verbranntem Benzin ein, das der Morgenwind in Schwaden vom Autoverkehr auf der Bayswater Road und der nahegelegenen Oxford Street herübertrug. Dieses Aroma war süßer für ihn als der Wind, der auf dem Land weht. London, das waren Autos und die Gesellschaft seiner wahren Gleichgesinnten, der Männer, die diese Automobile fuhren und sie zum Laufen brachten. London, das war eine Kneipe in der Nähe des Bahnhofs Paddington, wo sich Chauffeure, Wagenpfleger und Mechaniker bei ein, zwei Gläsern Bier trafen und ernsthaft über Magnetzündung, Vergaseranlagen, Benzinpumpen und PS redeten. London, das waren auch die hübschen Mädchen, die Schwärme von Kindermädchen und Hausangestellten, von Bürofräuleins und Gott weiß was noch alles, im Hyde Park, am Piccadilly und auf der Uferpromenade. Es war der Himmel für einen Kerl wie ihn, so dachte er, während er auf und ab ging, und die Absätze seiner Stiefel knallten hart auf den Steinen. Jamie Ross trug eine neue Uniform aus taubengrauem Serge, schwarze Stiefel und Gamaschen, eine graue Mütze mit einem schwarzen Lederschirm und eng anliegende schwarze Lederhandschuhe. Er spreizte sich ein bißchen beim Gehen und hatte das sichere Gefühl, daß ein Dienstmädchen oder zwei durch die Vorhänge des großen Hauses nach unten spähte. Er ging auf und ab, an den alten Kalksteinbauten vorüber, die einmal Remisen für Kutschen gewesen waren. Jetzt dienten sie als Garagen, und darüber waren die Unterkünfte für die Bediensteten. Der Hinterbau von Stanmore House erhob sich vier Stockwerke auf der anderen Seite der Gasse, ein grimmiger Steinklotz von einem Gebäude, dessen Front mit den Marmorsäulen auf die Park Lane gerichtet war.

Eine der Garagen war offen, die Holztüren waren zurückgefaltet und enthüllten den Rolls-Royce, der dort geparkt war. Ross blieb einen Augenblick stehen und schaute ihn an. Ein guter Wagen. Hochpoliert zu strahlendem Silberglanz. Ein feines Stück von einer Maschine unter der Haube, aber der Motor könnte besser sein. Ross hatte einen Brief an die Firma Rolls-Royce geschrieben, in dem er eine Methode zur Verbesserung des Vergasersystems vorschlug, und heute morgen hatte er ihn in den Briefkasten auf der Brook Street eingeworfen. Er überlegte sich müßig, ob sich wohl irgend etwas daraus ergeben würde.

»Morgen, Ross. Zigarette?«

Er wandte seinen Blick von dem Wagen ab und sah einen von den älteren Hausdienern auf ihn zukommen. Der Mann war in Hosenträgern und trug Filzpantoffeln. Ross nahm die angebotene Zigarette, und der Hausdiener zündete sie ihm an.

»Sie machen wohl blau heute, was?«

Der Hausdiener machte ein saures Gesicht. »Bin erst nach drei heute morgen ins Bett gekommen. Gestern abend hatten sie fünfunddreißig Leute zum Essen. Gott sei Dank steht heute abend nichts auf dem Programm. Sie gehen ins Theater.«

»Ich weiß«, sagte Ross.

Der Hausdiener setzte sich auf eine Steinstufe und entfaltete eine Zeitung, die er unter dem Arm getragen hatte. Ross lehnte sich gegen die Kante des Garagentors und schaute dem Mann über die Schulter.

»Wie ist es denn gestern in Newmarket gelaufen?«

Der Hausdiener drehte die großen Seiten der Zeitung um. »Wollen mal

sehen... Aha. Kennymore hat den Princess-of-Wales-Preis gewonnen, na ja, das war keine Überraschung.«
»Wer hat das zweite Rennen denn gewonnen?«
»Sheba... Mit einer Sieben-zu-Eins-Quote.«
Er pfiff leise durch die Zähne. »Ich wünschte, ich hätte ein oder zwei Lappen darauf stehen gehabt.« Er lehnte sich dichter heran, um die Zeitung besser zu sehen. »Dieser Jack Johnson. Keiner wird den Burschen je schlagen.«
»Na, es ist aber sicher, daß Frank Moran es noch nie geschafft hat, das wenigstens mal zu versuchen. Hier heißt es, daß der Schwarze in schlechter Kondition war. Er ist auch nicht mehr das, was er mal war, das ist sicher.«
Ross blinzelte durch einen Nebel aus Zigarettenrauch auf die Sportseite hinab. Es gab nicht viel, was ihn interessiert hätte. Hauptsächlich Cricketergebnisse. Winchester gegen Eton, die Mannschaft der Marine schlägt die Mannschaft der Armee. Er haßte Cricket, es war ein verdammt schlabbriges, langweiliges Spiel. Das amerikanische Pokalfinale in Torbay, Shamrock IV gewinnt; Doppel in Wimbledon; Polo in Ranelagh. Es würde für ihn nichts Interessantes mehr geben, bis die Fußballsaison anfing.
»Haben Sie schon von dem Erzherzog gehört?« fragte der Hausdiener, indem er die Seite umwandte.
»Was für ein Erzherzog?«
»Dieser Österreicher.«
»Was ist denn mit dem?«
»Ist gestern abgemurkst worden. Er und sein Ehegespons.«
Ross nahm die Zigarette aus dem Mund und schnippte die Asche auf den Boden.
»Weiter«, sagte er, »wer würde denn so was machen?«
»Anarchisten. Haben 'ne Bombe auf ihn geworfen oder so was und damit den armen Trottel totgeschossen, und die Lady natürlich auch.«
»Hören Sie doch auf«, sagte Ross in ungläubigem Ton.
»Es steht in der Zeitung.« Der Hausdiener blätterte weiter, bis er die Seite fand, auf der das Foto des Erzherzogs war. »Sehen Sie. Erzherzog Franz Ferdinand, österreichischer Thronerbe – und seine Gemahlin – ermordet in Sarajevo. Der politische Mord eines Studenten, heißt es hier.«
»Ich kann auch lesen.« Ross lehnte sich über die Schulter des Mannes. »Wo ist denn Sarajevo?«
»In Bosnien.«
»Nie was von gehört. Sicher eins von den komischen kleinen Kleckerländchen. Hier könnte so was nicht passieren. Zu zivilisiert.«
»Der König hat Hoftrauer für acht Tage angeordnet.«

»Unser König? Warum? Dieser Trottel war doch kein Verwandter, oder?«
Der Hausdiener klappte verärgert die Zeitung zu. »Sie haben aber auch keinen blassen Schimmer, außer was Autos angeht und derlei unwichtige Dinge. Es ist nur einfach Höflichkeit, das ist alles. Ganz einfach der allgemeine Anstand. Ein König dem andern gegenüber.«
Ross richtete sich auf und ging langsam fort. »Danke für die Kippe, Kumpel.« Er mochte den Hausdiener nicht besonders, und wenn man es genau ansah, auch keinen von den anderen männlichen Angestellten. In keinem von ihnen war auch nur ein Funken Temperament. Zufrieden. Das war ihr Problem. Zufrieden damit, in Kniehosen und gepuderten Perücken herumzulaufen, wie eine Horde von den verdammten Schwulen aus der Drury Lane. Ross nahm einen letzten Zug und schnippte die Zigarette weg. Es fing an, heiß zu werden, die Sonnenstrahlen prallten von den Wänden der alten Ställe ab, und die Schieferdächer verstärkten die Sonnenhitze noch. Der hohe, enge Kragen seiner Jacke fühlte sich langsam ungemütlich an, und seine Hände schwitzten in den Handschuhen. Na, was zum Teufel wollte er denn erwarten am 29. Juni? Schneeflocken? Die Kirche in der South Audley Street begann acht Uhr zu schlagen.
»Gott sei Dank«, murmelte Ross, ging schnell zu der offenen Garage hinüber und stieg in den Rolls. Ehe die Glocke die Stunde zu Ende geschlagen hatte, war er schon aus dem Hintergäßchen herausgefahren und auf die Park Lane eingebogen. Lord Stanmore kam gerade aus der Haustür, gefolgt von einem Hausdiener.
»Verdammt gut geschätzt.« Ross lenkte den Wagen an den Straßenrand, der Diener öffnete die hintere Tür, und der Graf stieg ein.
»Guten Morgen, Ross.«
»Guten Morgen, Mylord.«
Lord Stanmore sank mit einem hörbaren Seufzer in den Sitz.
»Ach, ein herrlicher Morgen, Ross.«
»In der Tat, Mylord«, sagte er, während er den Verkehr beobachtete, der vom Marble Arch herunterströmte. Er wartete auf den Moment, in dem er sich mit dem Wagen hineinschlängeln konnte.
»Viel zu schöner Tag, um ihn in der Stadt zu verschwenden. Wir sollten alle wieder zu Hause in Abington sein, was, Ross? Die frische Landluft einatmen.«
»Das sollten wir wirklich, Mylord.«
»Ich muß zum Abgeordnetenhaus, Ross. Werde allerdings nicht allzulange bleiben. Es soll eine Beileidsbotschaft aufgesetzt werden ... Dieser bösartige Mord an dem österreichischen Erzherzog.«
»Ich habe es gerade gelesen, Mylord. Hab' Mr. Picker gesagt, daß es in England nie passiert wäre, Mylord.«

Lord Stanmore lehnte sich nach vorn, um die Unterhaltung im Verkehrslärm einfacher zu machen. Er mochte den jungen Ross. Ein heller Kopf, ein intelligenter Mann. Ein bißchen wie ein Rohdiamant. Ein gutes Beispiel dafür, was an den unteren Schichten so bewundernswert war.
»Und da haben Sie auch ganz recht. Sehr gut gesagt. Wir haben vielleicht auch in England unsere Anarchisten, aber die haben wenigstens ein Gefühl für Fairneß. Und daß man den Mann nicht an einem Sonntag erschießt. Aber die Tat ist geschehen, und damit hat es sich. Ich will Ihnen was sagen, Ross, etwas, das Sie nicht in den Zeitungen lesen können. In Wien wird man nicht viele Tränen vergießen.«
»Was Sie nicht sagen, Mylord.«
»Man hat den Kerl weder gemocht, noch hat man ihm getraut.« Er wollte schon hinzufügen, daß die Frau des Erzherzogs zur linken Hand nicht standesgemäß gewesen war, nicht besser als eine Haushälterin, aber dann überlegte er es sich anders. »Nun, *de mortuis nil nisi bene.* Den Toten soll man nichts Böses nachsagen.«
Ross fuhr den Grafen zum Parlamentsgebäude und fand einen Parkplatz auf dem Parliament Square. Er verbrachte die nächsten zwei Stunden in genüßlicher Unterhaltung mit den anderen Fahrern, die ihre Wagen auch dort geparkt hatten, und erzählte ihnen von dem Gerät zur besseren Gemischregelung im Vergaser, das er sich ausgedacht hatte, und von dem Brief, den er an die Firma Rolls-Royce geschrieben hatte. Lord Curzons Chauffeur, ein hochgewachsener weißhaariger Mann, sprach ihn an.
»Wirklich, Ross. Haben Sie es denn zum Patent angemeldet?«
»Nein. Warum?«
»Warum? Um andere davon abzuhalten, Ihre Idee zu klauen.«
Ross zwinkerte mit breitem Grinsen die anderen Männer an. »Na, wenn es jemand nachmacht, dann weiß ich, wem ich dafür danken muß.«
»Seien Sie doch nicht blöd«, sagte Lord Curzons Fahrer leicht verärgert. »Ich hoffe, Sie haben keine Zeichnungen an Rolls-Royce eingeschickt.«
»Nein... Hab' nur geschrieben.« Ross fing an, sich ein bißchen ungemütlich zu fühlen. »Hab' ihnen nur 'n bißchen was erzählt, um sie scharf drauf zu machen.«
»Gut.« Der Mann zog ein Stück Papier und einen Bleistift aus seiner Jacke und lehnte sich zum Schreiben gegen einen Kotflügel. »Ich gebe Ihnen jetzt den Namen von meinem Schwager und von seiner Firma. Er ist Chefbuchhalter für eine Anwaltsfirma in der New Fetter Lane in der Nähe vom Lincoln's Inn. Gehen Sie hin, und unterhalten Sie sich mal mit ihm, sobald Sie können. Er wird Ihnen sagen, wie Sie es anstellen müssen, um ein Patent zu kriegen.«
»Ich habe Dutzende und Aberdutzende von Ideen.«
»Wirklich, Ross? Na, Junge, dann lassen Sie sich die besten patentieren.

Es könnte sich herausstellen, daß Sie davon sehr viel mehr haben, als wenn Sie Ihr Geld beim Kegeln und Biertrinken auf den Kopf hauen.«
Ross überlegte einen Augenblick, ob der ältere Chauffeur ihn etwa heimlich auf den Arm nahm, aber keine Andeutung von Spott lag in den Augen des Mannes, als er ihm das Stück Papier reichte.
»Danke, Kumpel«, murmelte Ross.
»Nicht der Rede wert, mein Junge. Und viel Glück.«
»Zack zack, rein in die Autos, Jungs«, warnte ein Fahrer und schnippte seine Zigarette fort. »Da kommen sie wieder.«
Lord Stanmore und ein Dutzend anderer Adeliger überquerten gerade den prächtigen Hof, alle rauchten Zigarren und redeten aufgeregt aufeinander ein. Das war kaum die Stimmung von Männern, die gerade einen Kondolenzbrief verfaßt hatten, dachte Ross. Er schob seine Mütze gerade und ging zu seinem Wagen hinüber.
»Denken Sie daran, was ich gesagt habe«, rief Lord Curzons Chauffeur hinter ihm her. »Gehen Sie hin und besuchen Sie ihn, möglichst sofort.«
Als Lord Stanmore in den Fond des Autos einstieg, war ein schwacher Sherryduft zu spüren.
»Pall Mall, Ross. Bringen Sie mich zum Club und sehen Sie dann zu, was Sie für die gnädige Frau oder für meine Tochter tun können.« Der Graf gab ein leises, müdes Lachen von sich und betrachtete wohlwollend die Asche an seiner Zigarre. »Ich kann mir gut vorstellen, wie die beiden Sie in den letzten zehn Tagen oder so in Trab gehalten haben.«
Ross bezweifelte das, während er den glänzenden silbernen Wagen nach Whitehall steuerte. Der Graf mußte nur an den verschiedenen Partys teilnehmen, die in Stanmore House schon fast zur Abendvorstellung gehörten, aber er mußte sie nicht vorbereiten. Ross schätzte, daß er selbst durchschnittlich vierzehn Stunden am Tag im Dienst war, seit die Familie und die meisten Dienstboten von Abington Pryory hierher gezogen waren. Für die Dienstmädchen, die Köche und die Hausdiener waren die Stunden noch länger und noch anstrengender geworden. Während Ross gelassen in Richtung des verkehrsreichen Durcheinanders von Charing Cross fuhr, überlegte er, was die gnädige Frau oder Lady Alexandra wohl für den Rest des Tages für ihn auf Lager haben würden. Die gnädige Frau hatte eine Leidenschaft für persönlich erledigte Einladungen. Das hieß, daß er in ganz London herumfahren mußte, und zwar mit einem Hausdiener in voller Livree, gepuderter Perücke und allem Drum und Dran, der zum hupenden Vergnügen jedes vorbeikommenden Müllkutschers neben ihm saß. Miß Alexandra war verrückt auf Partys, was wiederum bedeutete, daß er lange Stunden vor dem Café Royal oder vor Häusern in Belgravia und Chelsea warten mußte; lange Stunden, in denen er mit anderen Chauffeuren Klatsch austauschte, während Tangomusik auf die

dunkle Straße drang. Es war so eine verdammte Zeitverschwendung. Irgendwie mußte er eine Stunde herausschlagen, in der er das Anwaltsbüro in der New Fetter Lane besuchen konnte. Ein Patent, mit seinem Namen darauf. Der Gedanke beeindruckte ihn. Natürlich würde es ein bißchen Geld kosten, vielleicht jeden Penny, den er gespart hatte. Er würde vielleicht gezwungen sein, sein Motorrad zu verkaufen, aber das war kein großes Opfer. Und er mußte ein bißchen seines Vergnügens aufgeben. Er würde nicht mehr mit Mädchen ausgehen und sie ins Kino mitnehmen können. Ein gesparter Penny ist ein verdienter Penny.

»Hören Sie, Ross«, rief Lord Stanmore, »biegen Sie auf die Uferpromenade ein.«

Er gehorchte, obwohl er dadurch andere Wagen schneiden mußte und überhörte das Kreischen der Bremsen und das wütende Hupen. Lord Stanmore lehnte sich nach vorn und zeigte über die heruntergekurbelte Glastrennscheibe, die ihn sonst von seinem Chauffeur isolierte.

»Ja, Ross, vor Cook's. Ja, beim Himmel, ich dachte, ich hätte den Kerl gesehen. Fahren Sie dort mal vor.«

Dichtgedrängter Verkehr fuhr Schrittempo in Richtung Charing-Cross-Bahnhof, aber Ross schob sich säuberlich durch, erreichte den anderen Straßenrand und parkte hinter einem Reisebus.

»Martin!« Der Graf kurbelte das hintere Fenster herunter und steckte den Kopf heraus. »Martin, mein lieber Junge!«

Martin Rilke stand auf dem Pflaster und redete mit dem Reiseleiter. Seine Aktentasche hatte er unter den Arm geklemmt, und ein alter Lederkoffer stand neben ihm. Beim Klang seines Namens drehte er sich um und ging zu dem Wagen hinüber.

»Hallo, Sir.« Er konnte noch immer nicht den Mut aufbringen, den Mann Onkel Tony zu nennen. »Das ist aber eine Überraschung.«

Lord Stanmore streckte seine Hand durch das Fenster und preßte Martins Arm. »Und noch dazu eine sehr angenehme. Hast du deine Tour hinter dir?«

»Zwei Tage sind noch übrig, die Sehenswürdigkeiten von London, aber die möchte ich lieber für mich allein ansehen. Ich habe mich gerade von dem Reiseführer verabschiedet.«

»Bist du gerade erst zurück?«

»Ja, bin heute morgen mit dem Bus von Cambridge heruntergekommen. Es war eine gute Reise, aber sehr ermüdend. Sie halten ein schnelles Tempo.«

Lord Stanmore öffnete die Tür. »Spring herein, Junge, und wir fahren dich nach Hause. Dein Gepäck ist schon da, und ein Zimmer wartet auch schon auf dich.«

Martin zögerte. »Danke, Sir, aber ich habe ein paar Artikel über die Reise geschrieben, die ich, so hoffe ich, an die Daily Post verkaufen kann. Ich nehme mir ein Taxi.«

»Ferien vom Bus, was? Gut für dich, aber spring trotzdem rein. Ich fahre nur zu meinem Club, und dann wird der Chauffeur dich zur ›Post‹ bringen.« Er rutschte auf den anderen Sitz hinüber. »Es wird deine Verkaufschancen nicht mindern, wenn du mit Stil ankommst.«

Die New Fetter Lane war praktisch um die Ecke hinter dem Daily-Post-Gebäude. Ross sprang eifrig aus dem Wagen und ließ Martin keine Zeit, das Angebot abzulehnen.

»Ich hole Ihr Gepäck, Sir«, sagte Ross und lief über die Straße. »Und ich darf sagen, es ist schön, daß Sie wieder zurück sind, Sir, sehr schön sogar.«

Das Daily-Post-Gebäude war eine architektonische Mischung aus gotischer Kathedrale und viktorianischem Bahnhof. Schlanke ionische Säulen aus rußgeschwärztem Stein und dumpfgrüne Kupferornamente verbanden Myriaden von Fenstern zu einem ehrfurchtgebietenden Monolithen, der dazu entworfen war, selbst den oberflächlichsten Betrachter von der Macht der Presse zu beeindrucken.

»Wollen Sie, daß ich auf Sie warte, Sir?« fragte Ross, als er am Haupteingang hielt.

»Nein, danke«, sagte Martin. »Ich nehm' ein Taxi. Park Lane Nummer siebenundfünfzig. Richtig?«

»Ja, Sir. Stanmore House.«

Und dann war der Chauffeur fort, und Martin klemmte sich die Aktentasche unter den rechten Arm und stieg die breiten Steinstufen hinauf. Er betrat die palastartige Halle des Zeitungsgebäudes. Ein uniformierter Page begleitete ihn zum zweiten Stock hinauf, zu einem riesigen Saal, in dem an eichenen Schreibtischen Männer in Hemdsärmeln saßen. Straffe Stahldrähte zogen sich quer an der Decke entlang, kreuzten den Raum und liefen wieder zurück. Kleine Metallkanister schossen an den Drähten hin und her wie Kanonenkugeln, die von einem Ziel zum anderen sausen. Schreibmaschinen klapperten, Männer brüllten in Telefone oder riefen nach den Kopierern, die Drahtpostbehälter sausten, und eine Reihe von Fernschreibern trug mit ihrem Geratter noch zum allgemeinen Hexenkessel bei. Verglichen mit diesem Raum schienen die Redaktionsbüros des Chicago Express wie ein Beerdigungsinstitut.

»Mr. Goldstein ist da unten, Sir«, sagte der Page mit einer Cockney-Aussprache, die so stark war, daß Martin ihn kaum verstehen konnte. »Vierter Schreibtisch in der Mitte, hinter den verglasten Büros.«

Martin versuchte noch, die Worte des Jungen einigermaßen zu übersetzen, aber dann konnte er Jacob Goldstein auch schon sehen, der über einen Schreibtisch gebeugt war und einen grünen Schutzschirm tief in die Stirn

gezogen hatte. Deshalb dankte er dem Jungen und suchte sich einen Weg durch die verschiedenen Gänge. Stellenweise watete er knöcheltief durch Abfallpapier. Ein gehetzt aussehender Mann an einem der Schreibtische blickte auf, als Martin auf gleicher Höhe angekommen war.
»Wie um Gottes willen schreibt man den Namen Graf Marish Szogyeny? Mein verdammtes Gehirn hat ausgeschaltet.« Eine metallene Röhre zischte an der Decke entlang und rumpelte dann über eine gebogene Schiene nach unten, die von einer Ecke auf dem Schreibtisch des Mannes aufragte. Die Metallröhre kam in einer kleinen Vorrichtung zur Ruhe, die wie das Schloß eines Gewehres aussah. Der Mann legte einen Hebel um, und der Kanister sprang in seine Hand. »O du lieber Himmel! Nicht noch mehr Berichte! Der Chef ist total verrückt geworden!«
Martin überließ ihn seinen Sorgen und ging weiter zu Goldsteins Schreibtisch.
»Hallo, Rilke«, rief Goldstein fröhlich. »Ziehen Sie sich 'nen Papierkorb heran, und setzen Sie sich.«
»Ich glaube, ich störe hier. Ihr Jungs scheint mir ziemlich beschäftigt zu sein.«
»Ich nicht.« Goldstein lehnte sich im Stuhl zurück und faltete die Hände hinter dem Kopf. »Ich poliere an einer Geschichte über einen Angestellten, der mit fünftausend Pfund an Firmengeldern abgehauen ist und jetzt in Brasilien in Saus und Braus lebt. Die andern Jungs in diesem Raum sind eher verwirrt als beschäftigt. Die internen Angelegenheiten Österreich-Ungarns sind nie ihre Stärke gewesen, und jetzt verlangt der Chef – das ist natürlich mein lieber alter Herr – stapelweise gestochen klar ausgedrückte Prosa, um einer Menge von ungewaschenen Analphabeten von Lesern die politischen Hoffnungen Bosniens zu erklären. Über diese dunkle Ecke der Welt habe ich meine eigenen Ansichten, aber hier ist keiner daran interessiert, sie zu hören.«
»Das war eine schreckliche Geschichte. Aber eine größere Krise scheint es doch deswegen nicht zu geben.«
Goldsteins Schlitz von einem Mund verzog sich voller Spott. »Sehr präzise ausgedrückt, mein lieber Watson. Es ist der Fall des Hundes, der nicht noch einmal bellte.«
Martin kratzte sich am Unterkiefer. »Tut mir leid, Sherlock Holmes, aber das ist mir ein bißchen zu geheimnisvoll.«
Goldstein entfaltete seine Hände und langte zum Schreibtisch hinüber nach einer Blechdose mit Zigaretten.
»Wir sind wohl ein bißchen zurückgeblieben in unserer Kenntnis des europäischen Ameisenhaufens, wie?«
»Ja, ein bißchen.«
»Ein Fehler, der häufig genug vorkommt, fürchte ich, aber verzweifeln

Sie nicht, Professor Goldstein ist ja da, mit scharfem Kommentar und einem vollen Sortiment an beschreibendem Material.« Er klopfte mit der Zigarettendose auf den Tisch, nachdem er zwei Zigaretten herausgenommen hatte, und reichte eine davon Martin. »Das österreichisch-ungarische Kaiserreich, eine einfache Dose Orientzigaretten – nur im wirklichen Leben ist das nicht so einfach. Eine gut gemischte Suppe aus Deutschen, Ungarn, Kroaten, Slawen, korrupt und unbeschreiblich dumm, in Blödheit und Korruption nur noch von den Russen übertroffen, an die sie im Osten grenzen.« Er schob ein Tintenfaß auf den richtigen Platz. »Das mächtige russische Tintenfaß, trübe vor unterwürfigen Sklaven, Kosaken, Mystikern und dunklen Verschwörungen, von denen die meisten in Wiener Kaffeehäusern ausgebrütet werden.«
»Die europäische Politik ist mir nicht völlig unbekannt«, knautschte Martin in seiner besten lakonischen Chicago-Aussprache.
»Nein, das sind Sie sicher nicht, Rilke, aber Sie haben das alles aus weiter Entfernung beobachtet, über einen breiten Ozean. Ich habe es in den Gossen der Hauptstädte gesehen. Haß. Das ist das verbindende Wort auf dem Kontinent. Jeder haßt jeden.«
Martin nahm ein Streichholz vom Schreibtisch und zündete seine und Goldsteins Zigarette damit an.
»Das weiß ich auch. Meine Mutter war Französin aus Lothringen. Bis zu ihrem Todestag hat sie über die verlorene Provinz getrauert.«
»Und Ihr Vater war Deutscher?«
»Deutschamerikaner. Meine Mutter hat ihm aber nie den französisch-preußischen Krieg vorgehalten. Die beiden hatten persönlichere Kriege auszufechten.«
Goldsteins Lächeln war geheimnisvoll. »Der Haß, den die Franzosen für Deutschland hegen, ist ein normaler Haß, fast sogar putzig. Um den wahren Haß zu sehen, muß man nach Serbien gehen, in die kleinen Cafés von Belgrad. Und dann muß man beiläufig, über einem Glas Slibowitz, das Thema Österreich aufbringen, und ob Österreich das Recht hat, all diese slawischen Völker in Bosnien und der Herzegowina mit den Habsburger Flügeln umfangen zu halten. Dann werden Sie Haß sehen, mein lieber Rilke. Ein gewalttätiges, heißblütiges Volk, diese Serben. Vor neun Jahren haben sie einen ihrer Könige nebst den meisten Angehörigen seines Haushalts niedergemetzelt. Haben sie zerstückelt wie Hundefutter und die Fetzen aus den Palastfenstern geworfen. Der König, den sie jetzt haben, sieht sehr herrscherhaft aus, hochgewachsen, gerade, mit einem freundlichen Gesicht. Er hat nur einen kleinen Fehler, dieser Mann – er ist wahnsinnig. Serbien ist ein Land, das von einem schwachen Regenten und starken Ministern regiert wird. Verschwörung und Gegenverschwörung, panslawistische Radikale, die Schwarze Hand. Ach, es ist ein ausge-

sprochen nettes kleines Ländchen, dieses Serbien, aber wir lieben es, weil es so klein und mickrig ist und Österreich so ein großer Unterdrücker.«
Ein Mann schoß von einem Nachbarschreibtisch herüber. »Haben Sie einen Stift, den ich mir mal borgen kann? Eben ist mir der letzte Stummel abgebrochen.«
Goldstein zog die mittlere Schublade auf. »Bedienen Sie sich. Haben Sie Lust, ein paar Minuten hierzubleiben? Ich erkläre die Balkankrise.«
Der Mann raffte zwei Stifte aus der Schublade und drehte sich schnell weg. »Lieber Himmel, nein.«
»Ich habe nur wenige Zuhörer«, seufzte Goldstein und stieß eine Rauchwolke aus. »Der Grund ist der, daß keiner sich eine Welt vorstellen kann, die nicht säuberlich in Schurken und Helden geteilt ist. Nun, es sind alles Halunken auf der anderen Seite des Kanals, und zwar jeder einzelne.« Er stellte eine Dose mit Büroklammern neben der flachen Zigarettendose auf. »Serbien. Auf der südlichen Flanke Österreichs. Das ist es, warum die Russen sie lieben. Sie stören die österreichische Balance und halten die halbe österreichische Armee beschäftigt. Österreich könnte nie in einen Krieg gegen Rußland eintreten, wo all diese Serben Österreichs weiche Unterseite bedrohen. Also, wie sieht es genau in diesem Moment aus? Ein toter Erzherzog. Kein besonders großer Verlust. Ein typischer Habsburger, der ein Korsett um den Bauch und eins um sein Gehirn trug. Aber sein Tod wird Österreich die Entschuldigung dafür bieten, Serbien zu zerschlagen, wenn bewiesen werden kann, daß ein serbischer Aktivist das Verbrechen begangen hat; und für mich gibt es keinen Zweifel, daß es ein Serbe war.« Er schob die Zigarettendose hart gegen die Schachtel mit den Büroklammern. »Österreich schreitet gegen Serbien ein, aber nicht in rascher Wut – denn ein Hund, der nicht bellt, kann auch nicht gehört werden, oder? O nein, die Österreicher würden nie die Donau überqueren, wenn sie nicht sicher sein können, daß Deutschland die Russen im Schach hält. Und wenn die Zeit kommt, wird man ihnen diese Sicherheit schon geben. Das wird die Russen ungeheuer ärgern, und so können wir also das Tintenfaß gegen die Zigaretten bewegen. Hunderte von Horden bärtiger Ruskis, mehr als genug, um mit Österreich und auch mit den Deutschen fertig zu werden. Und was wird Frankreich machen, wenn der Krieg vom Baltikum bis zur Adria aufflammt? Frankreich hat einen Vertrag mit Rußland, genau die richtige Entschuldigung, die *La douce France* braucht, um sich für 1870 zu rächen, für Elsaß und Lothringen, die heiligen Namen. Und wenn dann die Russen die Deutschen in Ostpreußen zu Tode erschrecken, werden die Franzosen über den Rhein herüber angreifen und mit ihrem großartigen Elan nach Berlin weiterstürmen und im Triumph Unter den Linden durchmarschieren, so, wie die Deutschen vor fünfundvierzig Jahren über die Champs-Elysées marschiert sind.«

Er lehnte sich mit einem schadenfrohen Grinsen nach vorn und zeigte mit seiner Zigarette auf Martins Gesicht. »Aber die Deutschen sind gerissene Burschen. Sie wissen das alles; sie haben es schon vor Jahren auf dem Papier ausgearbeitet. Sie schätzen und ehren Generäle mit Gehirn, während wir unsere verachten und die Franzosen ihre ignorieren. Das ist ein ziemlich trauriges Vorzeichen. Wie auch immer, die Deutschen haben einen Plan, wie sie den französischen Vorhaben begegnen wollen. Es ist kein Geheimnis. Jeder Unteroffizier in der französischen Armee spottet über die Einzelheiten. Dieser Plan verlangt eine massive Flankenbewegung durch Belgien, um die französischen Armeen in einem Netz zu fangen und um sie in weniger als drei Wochen zu zerschlagen, noch ehe der russische Bär aus seinem Käfig herausstolpern kann. Dieser Plan hat natürlich seine Fehler, mein lieber Rilke, aber er kann funktionieren, und er kann sogar gut funktionieren. Die Franzosen weigern sich zu glauben, daß Deutschland die belgische Neutralität verletzen könnte. Wir tun das auch. Es wäre nicht fair, oder? So kann man das Spiel nicht spielen. Belgien ist heilig und unangreifbar. Es gibt ein Papier, um das zu beweisen, und es ist vor vielen, vielen Jahren von uns und all den anderen Großmächten unterschrieben worden. Noch eine weitere heilige Reliquie, die auf den Müllhaufen geworfen werden kann.«

»Ach, Scheiße«, rief der Mann am nächsten Schreibtisch verzweifelt aus. »Stopfen Sie sich eine Socke in den Mund. Ich kann mich ja selbst nicht mehr denken hören.«

»Was Sie nicht tun können, das können Sie auch nicht hören, alter Junge.« Goldstein seufzte müde. »Tja. Propheten gelten nichts in ihrem eigenen Land.«

Goldstein lehnte sich in seinem Sessel zurück und starrte in den leeren Raum, und die Zigarette hing von seinen Lippen herab.

»Wo war ich stehengeblieben?«

»Ich will verdammt sein, wenn ich das weiß«, lachte Martin. »Sie haben gerade Schützengräben durch Belgien gezogen.«

»Ja, schreiende Verwüstung, wie gewöhnlich. Ich kann es eigentlich den Leuten nicht übelnehmen, daß sie unter den Tischen in Deckung gehen, wenn ich in ein Zimmer komme. Ich hoffe, ich habe Sie nicht gelangweilt.«

»Überhaupt nicht. Ich bin froh, daß Sie meine Informationen mal wieder auf Vordermann gebracht haben.«

Goldstein drückte die Zigarette aus und räumte die europäische Szene auf, indem er das Tintenfaß auf seinen Platz zurückstellte und die Dose mit den Büroklammern in die oberste Schublade fallen ließ. »Zurück zu freundlicheren Themen. Der reisende Yankee ist also sicher und gesund zurückgekommen. Wie hat Ihnen das kleine Britannien gefallen? Keine

Revolutionen in Manchester, glaube ich. Hält sich der wilde, haarige Schotte noch immer auf seiner Seite der Grenze?«
»Es hat mir unheimlichen Spaß gemacht«, lachte Martin. Er legte die Aktentasche auf die Schreibtischplatte. »Ich hab' ein halbes Dutzend Skizzen geschrieben. Leider in Kurzschrift. Wenn ich mir eine Schreibmaschine leihen könnte...«
»Nicht nötig. Ich habe die Pitman-Kurzschrift auf den Knien meines alten Vaters gelernt. Es ist doch hoffentlich Pitman, und nicht dieses schreckliche amerikanische Zeug.«
»Es ist Pitman.«
»Gut.« Er zündete sich eine Zigarette an und schob Martin die Dose zu. »Lassen Sie Ihre Kopie hier und wandern Sie ein bißchen herum. Diesen Korridor dahinten rechts hinunter werden Sie eine Art Kantine finden. Säuerlichen Tee und trockene Brötchen, und alle Gewinne davon gehen an ein Heim für geschlechtskranke Fabrikarbeiterinnen in Huddersfield. Alsdann, und überlassen Sie den Rest mir.«
Der Tee war frisch, die Brötchen waren weich und die erzielten Profite gingen an eine Handelsschule für verwaiste Jungen in Southwark. Martin setzte sich an einen kleinen Tisch in der Nähe des Fensters, von dem er die Temple-Gärten und den Fluß sehen konnte. Er trank gerade seine zweite Tasse Tee aus und aß sein drittes Brötchen, als Goldstein in die Kantine kam. Er hatte Martins Reiseberichte zu einem festen Zylinder zusammengerollt. Er setzte sich und tippte mit der Rolle gegen die Tischkante.
»Haben Sie viel Zeit darauf verwendet, Rilke?«
»Nein, nicht viel.«
»Einfach so aus dem Handgelenk?«
»So ungefähr, ja.« Er konnte fühlen, wie sein Gesicht zu brennen begann.
»Na, Sie sind verdammt gut, verflixt noch mal. Sie haben ein scharfes Auge, und Sie spüren Nuancen. Ich habe über der Geschichte von der Viehausstellung in Yorkshire laut gelacht. Die Schiedsrichter waren richtig wie von Dickens. Sanfte Satire. Genau das richtige.« Er sah gedankenvoll aus. »Wann fahren Sie auf den Kontinent?«
»Übermorgen.«
»Ist es absolut lebenswichtig, daß Sie fahren?«
»Nein, ich glaube nicht. Warum?«
»Weil Sie vielleicht Ihre Reise ein bißchen verschieben könnten. Ich glaube, Ihre Art zu schreiben würde hier bei unseren Lesern sehr gut ankommen. Wie ein Yankee Britannien sieht, mit Betonung auf Typen der oberen Mittelklasse, milde Satire, so wie beim Landadel von Yorkshire. Es wären wahrscheinlich mindestens acht Wochen drin, und für Sie

würde es eine sehr gute Erfahrung sein, als reisender Artikelschreiber für die Post zu arbeiten. Oder müssen Sie zu irgendeinem bestimmten Zeitpunkt wieder zurück in Chicago sein?«

»Nein. Um es genau zu sagen, ich weiß noch nicht mal, ob ich bei meiner Rückkehr überhaupt noch einen Job habe.«

»Heißt das, daß Sie interessiert sind?«

»Na klar.«

Die Linien des sardonisch verzogenen Mundes lösten sich zu einem warmen Lächeln. »Wunderbar. Dann wollen wir nach oben sausen, und ich werde Sie dem Chef vorstellen: Ich werde Sie dem alten Jungen zuspielen, wie man in Amerika sagt.«

Das oberste Stockwerk des Gebäudes stand in ehrfurchtgebietendem Kontrast zu den darunterliegenden. Hier gab es keine gehetzten Männer, kein nervenzerfetzendes Schreibmaschinengeklapper. Dicke Teppiche und eichengetäfelte Wände dämpften jedes Geräusch. Massive Eichentüren gingen von einem breiten, teppichbedeckten Korridor ab, und alle Türen waren geschlossen und trugen zurückhaltend gestaltete Messingplatten mit eingravierten Namen: Mr. Keene, Mr. Upshaw, Mr. Rosenberg...

»Die wirklich Mächtigen«, flüsterte Goldstein, als ob er in der Kirche wäre, »wohnen hier, wie die Propheten im Himmel wohnen. Alle machen Politik.« Das krumme, kleine Lächeln kehrte zurück. »Ein furchtbar schwieriger Job. Soll man dem Stimmrecht für Frauen zustimmen, oder soll man abwarten und sehen, woher der Wind bläst? Und welche Haltung nehmen wir zum Thema Geburtenkontrolle ein? Zur Einkommenssteuer? Sollte das Dekolleté in dieser Saison tiefer oder höher liegen? Wenn man ganz still steht und scharf hinhört, kann man die Gehirne quietschen hören wie rostige Maschinen.«

Der Korridor endete an einer eichenen Doppeltür. Keine Namensplatte aus Messing. Es wurde keine gebraucht. Die Türen öffneten sich in ein Vestibül, in dem mehrere Männer in ledernen Sesseln saßen, und alle hatten den resignierten Gesichtsausdruck von Menschen, die schon lange gewartet haben und wissen, daß sie noch sehr viel länger warten müssen. Ein Sekretär saß hinter einem kleinen Schreibtisch neben einer zweiten Doppeltür aus Eiche.

»Ist er beschäftigt?« fragte Goldstein.

»Natürlich«, sagte der Sekretär in breitem Ton. »Sie müssen es doch besser wissen. Aber wenn es wichtig ist, wird er Sie empfangen.«

»Es ist wichtig«, sagte Goldstein. Er beugte sich auf den Mann zu und sagte mit lautem Bühnenflüstern: »Der Kerl, der bei mir ist, hat gestern den tödlichen Schuß abgefeuert, und er ist gewillt, uns alles für fünfzig Lappen zu erzählen.«

Ein paar nickende Köpfe erhoben sich ruckartig. Der Sekretär täuschte ein Bühnengähnen vor.

»Gehen Sie hinein, Jacob, und nehmen Sie Ihren Attentäter mit.«

Hinter den Türen befand sich ein höhlenartiger Raum, der teils Büro und teils Museum zu sein schien. Glaskästen, gefüllt mit ägyptischen Kunstwerken, standen neben Fernschreibern, die unter schallsicheren Glasglocken arbeiteten. Gemälde von Reynolds, Gainsborough und Turner kämpften um Platz an der Wand mit billigen Landkarten von Europa, Rußland, Afrika und anderen Teilen der Erde. Diese Karten waren mit Reißnägeln an die Eichenpaneele geheftet. Sekretäre und Schreibkräfte, sowohl männliche als auch weibliche, huschten aus verglasten kleinen Büros und huschten wieder hinein, und alle bewegten sich in lautloser, hektischer Eile. Am anderen Ende des Raumes stand ein breiter, eichener Eßtisch, der als Schreibtisch benutzt wurde, und dahinter saß in einem Biedermeierstuhl Harry Goldstein, Lord Trewe.

»Chef«, sagte Jacob, »dies ist Martin Rilke aus Chicago. Ein hervorragender Journalist vom Express.«

Zwischen den beiden gab es noch nicht einmal die leichteste Familienähnlichkeit, dachte Martin, als er seine Hand über den Tisch streckte. Wenn Jacob eine Weide war, dann war sein Vater eine Eiche, und dazu auch noch eine bedeutende; der König aller Eichen, ein dunkelbrauner Stamm von einem Mann, mit Armen, die man wirklich Äste nennen konnte. Ein Yachtsegler, erinnerte sich Martin schwach, ein steter Bewerber um den Amerika-Pokal, und genauso stetig vom Schicksal dazu bestimmt, im Finale den Pokal an Sir Thomas Lipton zu verlieren. Die Hand, die sich ihm entgegenstreckte, war so hart und hornig wie der Fuß eines Matrosen.

»Rilke, haben Sie gesagt?« Die Stimme paßte zu dem Mann, sie war tief und grollend wie ein Sturm auf See. »Irgendeine Verwandtschaft mit Paul Rilke aus Chicago?«

»Das ist mein Onkel, Sir«, sagte Martin und verkrampfte sich, weil er einen schraubstockartigen Händedruck erwartete. Aber die große braune Hand war erstaunlich sanft.

»Er ist einer von meinen guten Freunden. Hab' ihn vor zwei Jahren getroffen, wenn ich jetzt so dran denke. Genau in diesem Raum. Wie geht es ihm?«

»Gut, Sir, ganz gut.«

Die braune Hand glitt fort und verschränkte sich mit ihrem Gegenstück in einem festen Griff über einer Weste, die so breit war wie ein Segel. Eine goldene Kette, die einem Ankertau glich, baumelte in einer Schlaufe auf den Taschen.

»Dann wären Sie ja auch Hanna Stanmores Neffe. Ja. Ich kann die Ähnlichkeit erkennen.«

Martin konnte jetzt auch eine Ähnlichkeit mit Jacob ausmachen. Sie lag im Mund. Es war der gleiche schlitzförmige Mund. Sonst gab es keine Ähnlichkeit, nur das. Jacobs Augen waren groß und strahlend und die seines Vaters winzig klein, wie schwarze Perlen, die sich in dem breiten, fleischigen, sonnenverbrannten Gesicht fast verloren.
Jacob lehnte sich über den Tisch und legte den eng zusammengerollten Packen Artikel vor dem König der Presse nieder.
»Der junge Rilke hier hat mit Cook's eine Tour durch das liebe alte England gemacht und ist mit ein paar sehr amüsanten Beobachtungen von etwa je tausend Worten zurückgekommen. Ich möchte, daß du sie liest.«
Lord Trewe warf lediglich einen Blick darauf. »Wenn du sagst, sie sind gut, Jacob, dann gib sie an Blakely weiter.«
Jacob raffte die Artikel wieder auf und schob sich dann die Rolle unter den Arm wie einen Offiziersstab. »Richtig. Mein Vorschlag wäre, jeden Tag einen kurzen Artikel von Rilke mitlaufen zu lassen, seine unangekränkelte Ansicht der gesellschaftlichen und sportlichen Szene in London. Man sollte ein Pseudonym benutzen: Yankee-Vetter oder irgend etwas in der Richtung. Er wohnt bei den Stanmores, und das gibt ihm die Möglichkeit, die Hochkaräter der Gesellschaft ganz von nahem zu betrachten – daher dann auch das Pseudonym, Rilke –, wir wollen doch nicht, daß Sie beschuldigt werden, die Hand zu beißen, die Sie füttert, oder?«
»Er kann sich selbst füttern«, brummte Lord Trewe. »Man hat uns noch nie nachgesagt, daß wir unsere Korrespondenten unterbezahlen.«
Ein gehetzt aussehender junger Mann schoß zum Tisch herüber; er hatte beide Hände voll Papier, das er aus den Fernschreibern gerissen hatte. »Berichte aus Berlin und St. Petersburg, Sir.«
Lord Trewe riß dem Mann die Papiere aus der Hand und las sie schnell durch. Sein Gesicht war ausdruckslos wie die geschnitzte Galionsfigur am Bugspriet eines Schiffes. Als er ausgelesen hatte, warf er sie einfach auf die Seite.
»Ich werde ein paar Memoranden abgeben müssen. Sagen Sie Miß Fisher, sie soll herüberkommen.«
»Ja, Sir«, sagte der junge Mann und eilte fort.
Lord Trewe sah seinen Sohn mit einem schwachen Lächeln an. »Alle deine Ängste stellen sich als grundlos heraus. Es herrscht friedliche Stimmung. Die Welt ist daran gewöhnt, daß Habsburger sich ermorden lassen. Für den neuen Thronfolger ist schon gesorgt. Nicht eine Welle im europäischen Teich.«
»Stille Wasser sind tief«, sagte Jacob, »glaube ich.«
Lord Trewe ließ sich wieder in seinen Sessel zurücksinken. »Mach dich wieder an deine Arbeit, Jacob. Und sei so anständig, hin und wieder deine Mutter anzurufen.«

Weitere Botschaften wurden dem König der Presse eilig zugeleitet, und er wandte sich in seinem Sessel, um sie zu überfliegen. Das Interview war deutlich vorbei, und Jacob führte Martin zurück zu dem großen Durcheinander des Nachrichtenraums.

»Nun, Rilke«, sagte Jacob. »Wie fühlen Sie sich jetzt, wo Sie für die mächtigste Zeitung der Welt schreiben?«

»Ganz gut, aber bei den Stanmores kann ich nicht bleiben. Es wäre nicht richtig.«

»Sie werden es aber schwer haben, eine anständige Unterkunft zu finden, alter Junge. Jetzt ist Saison, und London platzt fast aus den Nähten. Ich sag' Ihnen was: Ich habe so viel Zimmer, daß ich nicht weiß, was ich damit anfangen soll, eine große, alte Wohnung in Soho, über dem besten ungarischen Restaurant auf dieser Seite der Donau. Und ich weiß, daß Ihnen das Loch gefallen wird, Rilke. Jedes Ballettmädchen in London hat einen Schlüssel zu dieser Wohnung.«

Wenn Ivy Thaxton sich aus dem Mansardenfenster lehnte und den Kopf reckte, damit sie um einen Kamin herumsehen konnte, dann hatte sie eine herrliche Aussicht auf Mayfair. Das Bild war ein bißchen schief, und man konnte mehr Dächer als Straßen sehen, aber dennoch, es war London, und sie war da.

Liebe Mutter und Vater und meine allerliebsten Schwestern Mary und Cissy und Brüder Ned und Tom und unser süßes Baby Albert Edward. Ich schreibe Euch dies alles aus London. Oh, es ist der großartigste Ort, den Ihr je gesehen habt.

Direkt unter dem Fenster gab es eine Stelle am Fuß eines hohen Kamins, die, als das Haus gebaut wurde, wahrscheinlich dazu benutzt worden war, Schieferplatten für die Dachdecker aufzustapeln. Es war leicht, mit Notizbuch und Bleistift aus dem Fenster zu klettern, sich hinzusetzen und den Rücken gegen den Kamin zu lehnen. Dieses Dach war ein Wunder, das Ivy liebend gern erforscht hätte, ein gewaltiges Gebiet aus eckigen Schieferhügeln, die in alle Richtungen liefen und zwischen denen schmale Täler lagen, die den Regen einfingen. Im Winter mußten diese Täler rauschende Sturzbäche aus schwarzem Wasser sein, das zu den Regenrinnen hinabstürzte. Zwischen den scharfen Graten erhob sich ein Wald aus Kaminen und Luftschächten, und manche von ihnen gaben Wolken aus Dampf oder schwarzem Rauch von sich wie dünne Vulkane. Ivys glücklichste Momente an den langen Tagen waren die paar Minuten, die sie erhaschen konnte und an denen sie mit der Sicherheit und dem Schweigen einer Katze aus dem Fenster schlüpfte.

Die Sonne war heiß, und Ivy wandte ihr einen Augenblick das Gesicht zu und schloß die Augen. Man hielt die Sonne für den Tod der Frauenschönheit; das hatte sie irgendwo gelesen, aber die Mädchen aus Norfolk liebten die Sonne, weil man so wenig von ihr zu sehen bekam in den wäßrigen, nebligen Mooren.
Der Brief war schon vor Tagen angefangen worden, aber Ivy hatte so wenig Zeit, ihn fertig zu schreiben. Kurze Zeit, nachdem sie in London angekommen waren, hatte Velda Jessup eine Art Anfall bekommen, sie war zu Boden gefallen und schäumte aus dem Mund. Man hatte sie auf einer Bahre aus dem Haus getragen, ihr Körper war so starr wie ein Besenstiel gewesen. Ihr unpassendes Ausscheiden hatte eine Krise hervorgerufen, da Lady Alexandra zu einer Zeit, in der sie sie am meisten brauchte, ohne Zofe war. Mrs. Broome, die den Haushalt in der Park Lane mit der gleichen ruhigen Sicherheit leitete wie den in Abington Pryory, hatte Ivy diese Stelle übertragen.
»Das ist ein großer Schritt die Leiter hinauf, mein Kind.«
Aber es war auch harte Arbeit. Alexandra war in einer ewigen, fiebrigen Aktivität, verbrachte ihre Tage und Nächte bei Partys, auf Bällen, auf Festen, bei Mittagessen, Gartenpartys, Abendessen, beim Tanzen, beim Reiten in Rotten Row, bei Modenschauen, in Konzerten und Theaterstücken. Jedes Ereignis verlangte andere Kleidung, von den Schuhen bis zum Hut, und Alexandra konnte sich nie entscheiden, welches Kleid sie jetzt eigentlich tragen wollte. Sie probierte ein Dutzend an, ehe sie sich auf eins festlegte, das ihr halbwegs gefiel. Und wie sie redete! Dieses Mädchen hörte nie auf zu reden. Es war ein ständiger Strom von Geplapper über diesen Jungen und jenen Jungen, und ob sie einen Anwalt heiraten sollte oder Herz und Hand an einen schneidigen Husaren verschenken, der der jüngste Sohn eines Herzogs war. Und sie würde klatschen, klatschen, klatschen, während Ivy sich bemühte, einen Saum hochzuheften oder einen Knopf anzunähen... Lady Blake, so liefen die Gerüchte, wäre im Café Royal mit einem hinreißend gutaussehenden russischen Ballettänzer gesehen worden, während Lord Blake, mit Sicherheit der häßlichste kleine Mann in London, sich in Dublin aufhielt, und ob Ivy schon das ungeheuer lustige Bonmot gehört hätte, das George Bernard Shaw im Foyer des Lyzeums gegenüber Granville-Barker von sich gegeben hätte? Ivy lächelte in die gesegnete, sonnenerfüllte Stille des Schieferdachs, eingelullt durch den gedämpften Lärm des Verkehrs und das Gurren einer Taube, die sich auf einem Kamin spreizte. George Bernard Shaw, wirklich! Wie konnte Ivy denn gehört haben, was dieser Mann gesagt hatte. Und wer war denn Granville-Barker? Sie konnte Lady Alexandra wirklich gut leiden, aber sie war eine Plaudertasche, wenn es je eine gegeben hatte.

Liebe Mutter und Vater und meine liebsten Schwestern...
Die Worte schienen in der Hitze über die Seite zu wackeln. Ivy leckte die Spitze ihres Bleistifts an und stemmte ihn gegen das Notizbuch, aber sie konnte ihre Gedanken nicht zusammenhalten.
Ich schreibe Euch dies alles aus London. Oh, es ist die großartigste Stadt, die Ihr je gesehen habt.
Das stimmte allerdings – wenigstens nach dem, was sie davon gesehen hatte: Ein paar Einkaufsbummel mit Lady Alexandra und ein freier Nachmittag; den hatte sie damit verbracht, im Hydepark zu sitzen und den Ruderern auf der Serpentine zuzusehen. Ross hatte angeboten, sie ins Kino mitzunehmen, aber Ivy hatte gehört, wie ein Zimmermädchen einem anderen erzählte, was Ross in der Dunkelheit des Filmpalastes so gerne tat.
»Hat doch seine Hand direkt bis zu meinen Höschen hochgestreckt«, hatte das Mädchen kichernd gesagt. Kichernd! Wenn irgendein Mann so was mit ihr gemacht hätte, dann würde sie dem schon das Kichern beibringen, aber so, daß er hinterher ein schiefes Maul hatte. Sie begann wieder, in ihrer langsamen, säuberlichen Handschrift zu schreiben... Man hat mir eine sehr viel angenehmere Arbeit gegeben, mit mehr Verantwortung. Das ist eine ordentliche Stufe aufwärts für Eure Ivy...
Wirklich? Sie starrte gedankenverloren in den leeren Raum. Was war sie denn? Eine Zofe. Sie bügelte und nähte und glättete, faltete Wäsche in Schubladen und hing den ganzen Tag Kleider in Schränke, und die halbe Nacht auch noch. Lady Alexandra legte noch nicht einmal einen Strumpf an seinen richtigen Platz, aber man hielt sich ja auch keinen Hund und bellte dann doch selber.
Wie frech die Taube war. Wie sie da so hin und her stelzte, als ob das Haus unter ihren winzigen Füßen ihr allein gehörte. Das war wirklich die echte Londoner Einstellung. Es war Ivy aufgefallen, daß im Park, in der Londoner Luft, jedermann auf den Pfaden entlangstolzierte, reich und arm gleichermaßen, und hochnäsig wie die Lords. Sie hatte in ihrem einfachen braunen Kleid auf einer Bank gesessen und eine Hand auf ihren Sommerhut aus Stroh gepreßt, damit der Wind ihn nicht in den Teich wirbelte. Drei Mädchen waren den Pfad entlanggekommen. Sie hatten sich eine Tüte Bonbons geteilt. Es waren hübsche Mädchen in ihrem Alter gewesen, oder vielleicht ein bißchen älter. Gut gekleidet. Hübsche Leinenröcke, weiße Blusen. Sie hatten sich einen Augenblick auf die Bank gesetzt und geredet und gelacht, und dann hatte eine von ihnen eine silberne Uhr an einer silbernen Kette aus dem kleinen Täschchen in ihrer Bluse gezogen, einen Blick darauf geworfen und gesagt: »Ach du lieber Himmel, wir machen uns am besten wieder auf den Weg zum Büro, sonst wird Mr. Parrot sich schrecklich aufregen.«

Die beiden anderen Mädchen hatten fröhlich gelacht, und eine hatte so frech wie nur möglich geantwortet: »Na, du weißt doch, was Mr. Parrot uns mal kann!«
Und dann waren sie weitergegangen. Sie hatten sich kein bißchen beeilt, sie gingen den Pfad hinunter zum Stanhope-Tor, und von da an weiter in die große Stadt hinein, wo sie irgendwo in einem Büro arbeiteten, und sicher nicht länger als bis sechs Uhr abends. Sie schrieben wohl Schreibmaschine, nahm Ivy an. In der Schule war Maschineschreiben nicht unterrichtet worden. Es war überhaupt nicht viel unterrichtet worden, wenn man genau darüber nachdachte. Nur Rechnen, Lesen, Buchstabieren. Die Bibliothek in Norwich war Ivys wirkliche Schule gewesen. Sie hatte mit dem Buchstaben A begonnen – Jane Austen, die historischen Romane von William Harrison Ainsworth, die gesammelten Essays von Addison. »Meinst du nicht, daß sie ein bißchen zu tiefsinnig für dich sind, Ivy?« Der Bibliothekar hatte ziemlich starre Ansichten darüber, wie der richtige Lesestoff für junge Mädchen aussehen sollte. Aber Ivy hatte stur darauf bestanden und Band nach Band in der richtigen Ordnung gelesen: Dikkens, Galsworthy, Shakespeare, Atlanten und Almanache, Wörterbücher und Lexika. Gut durchgelesen, aber nichts gelernt, was irgendeinen praktischen Wert gehabt hätte.
... Eine wichtige Stufe nach oben für Eure Ivy, und Mrs. Broome sagte, daß ich von jetzt an einen Extra-Shilling in der Woche verdiene.
Es war zu anstrengend, weiterzuschreiben. Ihr Herz war nicht bei der Sache, und sie konnte ihre Gedanken nicht davon abhalten, über die ganze Landschaft zu wandern. Fast mit Erleichterung hörte sie den Klang von Mrs. Broomes Stimme, die sie rief.
»Ivy? Jane, wo ist Ivy Thaxton?«
Dieses Mädchen sagte es ihr sicher. Ivy teilte das Dachzimmer mit vier anderen Mädchen. Alles alte Petzen.
»Zum Fenster raus, Mrs. Broome. Ich habe es ihr gesagt. Ich sagte, Ivy, hab' ich gesagt...«
Ivy seufzte und schloß das Notizbuch. Sie schaute nach oben und sah Mrs. Broomes ungläubiges Gesicht im Mansardenfenster.
»Ivy Thaxton! Sie kommen augenblicklich von da unten herauf, ehe Sie sich zu Tode fallen!«
»Es ist unmöglich, herunterzufallen, Mrs. Broome.«
»Vielleicht ja. Es ist aber auch unmöglich, einem Mitglied des Personals seiner Lordschaft zu erlauben, über die Dächer zu krabbeln wie ein ganz gewöhnlicher Kaminkehrer! Kommen Sie herauf! Kommen Sie augenblicklich herauf!«
Ivy kehrte zu dem kleinen, muffigen Mansardenzimmer zurück und kletterte durch das Fenster mit der gleichen Behendigkeit herein, wie sie hin-

ausgeklettert war. Sie klopfte sich den Staub vom Rock, während Mrs. Broome sie kalt anstarrte und das andere Mädchen im Zimmer die Hand auf den Mund preßte, um nicht lachen zu müssen.
»Allen Ernstes, Ivy«, sagte Mrs. Broome, »Sie sind unverbesserlich. Lassen Sie sich nie wieder von mir da draußen erwischen.«
»Nein, Mrs. Broome, Sie werden mich nicht mehr da draußen sehen.«
Die Haushälterin schien noch immer zu zweifeln. »Nun, ich glaube, was ich sehe. Wenigstens werde ich mich in den nächsten paar Tagen nicht mehr mit Ihrem außergewöhnlichen Benehmen auseinanderzusetzen haben. Miß Alexandra ist nach Somerset eingeladen worden. Sie werden natürlich mit ihr fahren. Sausen Sie also los und fangen Sie an zu packen. Ihre Herrin wird ihre Kleider selbst aussuchen, aber Sie können schon mit der Unterwäsche und den Accessoires anfangen.«
»Ja, Mrs. Broome.«
»Nehmen Sie auch für sich selbst ein zusätzliches Kleid mit und genug saubere Schürzen und Hauben.«
»Ja, Mrs. Broome.«
»Und sehen Sie nicht so reuig aus, Mädchen. Sie können mir auch nicht das kleinste bißchen vormachen. Auf dem Dach zu sitzen! Nein, so was!«
Sie würden gleich am frühen Morgen abreisen, von Paddington mit dem Achtuhrdreißig-Zug. Lady Alexandra war noch redseliger als sonst und sprudelte noch mehr als gewöhnlich, während sie sich damit abquälte, ihre Kleider zusammenzustellen. Der Anlaß war eine dreitägige Hausparty auf dem uralten und wunderschönen, aber restaurierten und mit allem modernen Komfort versehenen Schloß des Herzogs von Avon. Lady Alexandra war mit der Tochter des Herzogs zur Schule gegangen, und die allerbegehrenswertesten Junggesellen in England, vielleicht im ganzen Empire, waren eingeladen.
»Oh, lieber Himmel, ich kann mich doch unmöglich in diesem Lumpen sehen lassen!«
Um elf Uhr nachts waren die Kleider ausgesucht und sorgfältig verpackt worden. Das Abendessen hatte man auf einem Tablett heraufgebracht – Sandwiches und Tee. Ivy hatte kaum zwei Happen von einem Schinkenbrot abbeißen können, sie war zu sehr damit beschäftigt gewesen, Kleider und Röcke zu glätten.
»Sollte ich vielleicht das aus Taft mitnehmen? Mögen Sie dieses aus gelber Seide von Worth?«
Ein oder zwei Säume verlangten ein paar Stiche, ein, zwei Knöpfe fehlten und mußten ersetzt werden. Endlich war die ganze Arbeit getan, und die cremefarbenen Lederkoffer, die in Blattgold das Wappen der Grevilles trugen, waren geschlossen und bereit, am nächsten Morgen vom Haus-

diener nach unten getragen zu werden. Eine dreitägige Hausparty! Ivy schauderte bei dem Gedanken, welche Arbeit erst damit verbunden sein würde, wenn ihre Herrin sich einmal entscheiden sollte, eine Weltreise zu machen.

»Gute Nacht, Ivy. Seien Sie frisch morgen früh.«

»Ja, Mylady.«

Ivy ging matt den Korridor hinab und stieg dann die geschwungene Treppe zum dritten Stockwerk empor, von wo eine schmale Stiege zu den Mansardenzimmern führte. Als sie an einer der Türen vorüberkam, die dem Treppenabsatz gegenüberlagen, öffnete sie sich, und Martin Rilke trat heraus. Er trug einen Schlafrock und hielt eine Zahnbürste und eine Tube Pepsodent in der Hand.

»Ivy... Thaxton?« fragte er lächelnd.

»Ja, Sir«, sagte sie und starrte ihn verblüfft an.

»Erinnern Sie sich nicht mehr an mich?«

Sie nickte. »Doch, Sir. Mr. Rilke aus Chicago.«

»Richtig! Viehmärkte und Eisenbahnen!« Sie schaute ihn neugierig an, und ihm fehlten plötzlich die Worte. Er wollte sagen, daß er schon die ganze Zeit gehofft hätte, ihr wieder einmal über den Weg zu laufen, daß sie so ziemlich das hübscheste Mädchen war, das er je gesehen hatte, aber er wußte, so etwas würde sie nur verwirren und verlegen machen. In England war es nicht üblich, daß ein Gentleman so mit einem Dienstmädchen sprach. Vielleicht tat man das auch in Amerika nicht. Aber Martin war ja auch nicht in der Nähe von Dienstmädchen aufgewachsen.

»Nun«, sagte er hilflos, »wie gefällt es Ihnen denn, hier in London zu sein? Vermissen Sie das Land?«

»Nein, Sir.«

»Kommen Sie vielleicht von hier? Ich meine, sind Sie aus London?«

»Nein, Sir. Ich komme aus Illingsham, in der Nähe von Norwich.«

Auf seiner Englandfahrt hatte er keinen dieser beiden Orte besucht. Er kam sich allmählich albern vor, so wie er hier im Schlafrock auf dem Flur stand. Es fiel ihm nichts ein, was er ihr noch hätte sagen können.

»Gehen Sie bald wieder zurück nach Amerika?« fragte Ivy.

»Nein«, sagte er schnell, froh darüber, daß sie das Schweigen gebrochen hatte. »Ich habe einen Job bei der Daily Post. Ich werde noch ein paar Monate in England sein, aber dieses Haus werde ich morgen verlassen. Ich ziehe zu einem Freund nach Soho.«

»Das wird sicher schön. Ich fahre morgen mit Lady Alexandra nach Somerset.«

»Das wird sicher auch schön.«

»Ja, Sir«, sagte sie, wandte ihren Blick von ihm ab und ging die Halle hinunter, zur Mansardentreppe. »Gute Nacht, Sir.«

Zwei von den Mädchen im Zimmer schnarchten laut. Riesige Fleischklumpen von Mädchen, beides Schottinnen, so stark wie Pferde. Sie arbeiteten in der Küche, und ihre Hände waren rot wie Rüben, weil sie so viel im Wasser waren. Die beiden schufteten wie Dockarbeiter, und Ivy hatte nicht das Herz, sie aufzuwecken und ihnen zu sagen, sie sollten sich auf die Seite legen. Die anderen beiden Mädchen waren aus Irland. Es waren Zimmermädchen für unten, Schwestern aus Belfast. Die beiden hätten selbst die Trompeten des Jüngsten Gerichts nicht aufwecken können. Ivy setzte sich in ihrem schmalen Bett auf, stieg dann hinaus und stellte sich ans Fenster. Sie konnte die dunklen Silhouetten von einem Dutzend Tauben auf dem Kamin sehen, die Tiere hatten sich um die hohen Kamintöpfe zusammengedrängt. Es waren kaum Verkehrsgeräusche zu hören. Die Stadt schlief, oder sie hielt an der Schwelle des Juli wenigstens den Atem an.

Liebe Mutter und Vater und meine liebsten Schwestern Mary und Cissy und Brüder Ned und Tom und unser süßes Baby Albert Edward. Ich schreibe dies an Euch in meinen Gedanken, in einer heißen Nacht in London. Morgen fahre ich nach Somerset und wohne im Schloß des Herzogs. Ich habe einen sehr netten jungen Amerikaner kennengelernt, der aus Chicago kommt, im Staat Illinois, und das liegt am Michigansee, was Tom verstehen wird, weil wir beide den Atlas besser kennen als die Straßen von Illingsham. Er ist ganz von mir eingenommen, glaube ich, aber er ist schüchtern, und er kennt seine Stellung in der Welt. Er würde sich nicht trauen, zu sagen: Ivy, darf ich morgen mit Ihnen spazierengehen? oder, Ivy, darf ich Sie am Samstag ins Kino mitnehmen? Schließlich ist er ja nichts anderes als ein amerikanischer Junge mit abgeschabten Koffern und Schlafanzügen, die an den Knien ein bißchen dünn sind. Morgen fahre ich nach Somerset zum Schloß eines Herzogs. Jeder begehrenswerte Junggeselle auf der Welt wird dasein, und ich werde sie alle mit meinem unerschöpflichen Vorrat an gestärkten Schürzen und blütenweißen Häubchen verblüffen.

»Verdammt«, sagte sie leise und starrte nach draußen über die schattigen Dächer und die schlafende Stadt. »Verdammt... verdammt... verdammt.«

7

Lord Charles Amberley tauchte aus dem kühlen Foyer des Carlton-Clubs auf und wartete geduldig in der Nachmittagshitze darauf, daß der Portier ein Taxi herbeirief. Für jeden Passanten sah der Lord elegant, kühl und distanziert aus – Eigenschaften, die man von einem Mann aus dem Carlton erwarten mußte. Aber innerlich kochte er. Er hatte gerade seinen Vater drinnen verlassen, und absolut nichts war erreicht worden. Sie hatten zusammen zu Mittag gegessen, schottischen Lachs und eine ausgezeichnete Flasche Rheinwein, gefolgt von Obst, Käse und einem hundert Jahre alten Cognac. Sein Vater hatte auf diesen Cognac gewartet, ehe er auf Charles' Geburtstag trank.

»Auf den 23. Juli. Das Datum, an dem mein Sohn geboren wurde. Möge es immer ein Tag voller Sonnenschein sein.«

»Danke, Vater.«

»Trink aus, mein Junge. Ein echter Napoléon.«

Sein Vater war guter Laune gewesen. Die Saison flaute ab, und mehr und mehr Leute zogen von London wieder zurück auf ihre Landsitze. Er konnte also in allem Anstand das gleiche tun. Wenn der Bankfeiertag da war, würde Abington Pryory wieder von Leben erfüllt sein.

»Ich sag' dir was, Charles, ich vermisse die Pferde. Ich will verdammt sein, wenn ich sie nicht vermisse. Banks hält sie so in Form, wie es Banks paßt, aber ich hab' sie lieber ein ganzes Stück magerer. Ich werde ihnen wieder das Fett abtrainieren müssen. Und wo wir gerade von Pferden sprechen, mein Junge, warum kommst du im September nicht mit mir und reitest im Tetbury-Rennen? Wie in den alten Zeiten.«

»Vielleicht tue ich das auch, Vater.«

»Es macht mich glücklich, das zu hören. Übrigens, ich dachte, du und Roger hättet vorgehabt, in diesem Monat nach Griechenland zu fahren.«

»Wir haben uns dagegen entschieden. Roger bereitet ein Buch mit seinen Gedichten zur Veröffentlichung vor. Ein dünnes Buch.«

»Ein fruchtbarer Sommer, was? Hat Alex dir schon gesagt, daß sie endlich ihre Wahl getroffen hat?«

»Nein. Wie hat sie es denn geschafft? Hat sie mit einer Nadel in eine Liste gestochen?«

»Irgend so etwas, würde ich sagen. Der Name des Jungen ist Saunders. Gutaussehender Kerl. Hat das Trinity-College besucht. Er ist im Auswärtigen Amt und außerdem der Neffe und Erbe von Lord Esher. Er ist natürlich Alexandras Wahl für diese Woche, aber ich hoffe, sie bleibt dabei.«

»Ich auch. Und, Vater, ich habe mich entschlossen, Lydia zu heiraten.«

Wie sanft sich diese Worte für seine Ohren anhörten, wie eine Melodie. Für seinen Vater hatten sie einen anderen Klang, aber er hatte wenig dazu gesagt. Hatte seinen Cognac genippt und seine Zigarette angezündet.

»Ach? Du kennst meine Meinung zu diesem Thema, Charles. Der Gedanke, daß du Archie Foxes Schwiegersohn werden könntest, ist mir sehr schmerzhaft.«

»Weil Archie Geschäftsmann ist?«

Der Graf hatte sein Glas Cognac in beide Hände genommen und das Aroma eingeatmet. »Archie Foxe ist ein außerordentlich erfolgreicher Ladenbesitzer. Um so besser für den Mann. Ich laste ihm das nicht sehr stark an. Aber was ich einfach bei ihm nicht ertragen kann, das ist seine Verachtung für die britische Gesellschaftsstruktur. Ich will verdammt sein, wenn ich nicht glaube, daß der Mann im Herzen ein Sozialist ist. Und die Tatsache, daß er Lloyd George und dem ganzen schäbigen Haufen von bilderstürmenden Liberalen so nahesteht, ist abstoßend für mich. Tut mir leid. Lydia ist immer willkommen gewesen in meinem Hause, seit sie ein Kind war. Ich würde sie nie – weder durch Gedanken noch durch Taten – schneiden, weil ich die Ansichten ihres Vaters mißbillige. Aber eine Ehe? Das steht außer Frage.«

»Und wenn ich sie trotzdem heirate, Vater?« Charles' Stimme hatte blechern und kraftlos geklungen in dem ungeheuren Speisesaal. Er hatte das Gesicht seines Vaters studiert, aber er hatte keinen drastischen Wechsel seines Gesichtsausdrucks entdecken können. Wenn sein Vater überhaupt irgendeinen Gesichtsausdruck gezeigt hatte, dann war er leicht gelangweilt gewesen.

»Ich wünsche nicht, die Angelegenheit noch weiter mit dir zu diskutieren, Charles.« Er hatte sein Glas auf den Tisch gestellt und nach der Flasche gegriffen. »Nimm noch einen Tropfen Napoléon. Wird dir guttun.«

Für Charles hatte sich das Mittagessen unendlich lang hingezogen, weil mehrere von den Freunden seines Vaters zu Tisch gekommen waren und mit ihm auf seinen Geburtstag angestoßen hatten. Aber endlich war es zu Ende gewesen, und Charles hatte sich verabschiedet.

Das Taxi erschien, und er ließ sich auf den Rücksitz fallen. Ärger und Enttäuschung machten ihn stumm, und er brauchte mehrere Sekunden, um sich so weit zu fassen, daß er dem Fahrer Anweisung geben konnte. Herrgott, dachte er gequält, was sollte er jetzt machen? Er hatte das Gefühl, als ob er an zwei Pferde festgebunden wäre, die in entgegengesetzte Richtungen zogen. Es war offensichtlich, daß sein Vater sich nicht festlegen lassen wollte, wie er verfahren würde. Er konnte ihn zwar eigentlich nicht davon abhalten, Lydia zu heiraten, er würde keine Szene machen und die Kirchentür verrammeln, aber er konnte sie beide in keineswegs unsicheren Worten wissen lassen, daß die Ehe, was ihn betraf, nicht existierte. Eine Ehe zwischen zwei Fremden, eine Verbindung, bei der er nicht zugegen sein würde, die er auch nicht anerkannte. Ob Mutter ihm wohl verbieten würde, solche drastischen Maßnahmen zu ergreifen? Und wenn sie es doch tat, würde sich Vater wohl durch irgendeines ihrer Argumente zu seinen Gunsten bewegen lassen? Charles preßte seine Hände fest zusammen, bis ihn die Knöchel schmerzten. Alles war zweifelhaft, und es war unmöglich, solide, konkrete Antworten zu bekommen. Dem Thema ausweichen, Zeit gewinnen, so spielten seine Eltern das Spiel. Und was war mit Lydia? Bei allem, was heilig war, wie würde ihre Reaktion ausfallen, wenn er ihr nicht versichern konnte, daß sie in seine Familie einheiratete. Keine Frau würde einen Mann heiraten wollen, der von seinem eigenen Vater geschnitten wurde. Charles glaubte ihren Beteuerungen nicht ganz, daß er alles war, was sie wollte. Für Lydia war es wichtig, von der Gesellschaft akzeptiert zu werden; und das konnte man ihr nicht übelnehmen.

Er starrte finster aus dem Fenster, während das Taxi auf den Mall einbog. Der Park hatte noch nie so schön ausgesehen, die Bäume standen in lebhaftem Grün vor dem Himmel – vor einem Himmel, der für England fast unmöglich blau war. Ein italienischer Himmel, so, wie man ihn in Amalfi im August sah. Die roten Ziegeltürme von St. James erhoben sich über den Bäumen, und die Wachposten von der Garde standen vor ihren Schilderhäuschen am Buckingham-Palast. Die schottische Garde, bemerkte Charles, als das Taxi am Palast vorbei in die Lower Belgrave Street einbog.

Schwiegertochter des Earl of Stanmore.

Charles konnte nur spekulieren, wie wichtig diese Verwandtschaft für Lydia sein würde. Welche Türen würden sich für sie gesellschaftlich öffnen, Türen, die kein Anteil an Archies Millionen jemals hätte bezwingen können? Lydia Amberley. Dieser Name trug eine fast undefinierbare Aura von Prestige und Privilegien. Er bedeutete Gartenpartys und Bälle in Häusern, wo Lydia Foxe nicht willkommen gewesen wäre oder wo sie bestenfalls toleriert wurde. Dieser Name bedeutete, daß sie endgültig und unwiderruflich selbst auf den allerhöchsten Ebenen der Gesellschaft akzeptiert war – vorausgesetzt natürlich, daß die Verbindung öffentlich abgesegnet war.

»Lieber Gott«, flüsterte Charles wild. Was würde Lydia sagen, wenn er ihr beibringen mußte, daß die Verbindung nicht akzeptiert werden würde? Daß es bei ihrer Trauung grauenhaft auffallen würde, wenn Vater ihnen den Segen vorenthielt? Würde sie lächeln, Charles küssen, ihm sagen, daß dies alles nicht die leiseste Rolle spielte? Im Herzen wußte er, wie ihre Reaktion aussehen würde, und der Gedanke daran ließ sein Blut zu Eis gefrieren. Lydia liebte ihn, daran hatte er keinen Zweifel, aber ihre Liebe war – wenigstens zu einem gewissen Ausmaß – auf seine Stellung gegründet. Aber was war, wenn er sich irrte? Wenn ihr das alles völlig egal war und sie eine Ehe wollte, gesegnet oder nicht? Was dann? Konnte er seinen Vater vor den Kopf stoßen und mit ihr weglaufen? Konnte er so leichtfertig jede Spur seines Pflichtgefühls von sich werfen?

Ihm war, als ob er mitten in einem Alptraum steckte. Seine Gefühle waren so aufgewühlt, daß er dem Fahrer, als er an seinem Ziel angekommen war, eine Fünfpfundnote reichte und ihm sagte, er solle den Rest behalten. Der Taxichauffeur fuhr eilig weg, ehe dieser Verrückte seiner Sinne wieder mächtig war.

Fenton Wood-Lacys Bursche öffnete die Tür zu der geschmackvoll möblierten Wohnung des Captains, die Fenton mit Roger während dessen Aufenthalt in London teilte. Roger war im Wohnzimmer und saß auf dem Fußboden, umgeben von gedruckten Probeexemplaren seiner Gedichte. Neben ihm auf dem Fußboden ausgestreckt lag Rupert Brooke, der die Schuhe und Socken ausgezogen hatte und dessen weißes Tennishemd vorne offen war und ein Stück von seiner braungebrannten, breiten Brust enthüllte. Brookes Freund, Lascelles Abercrombie, saß in einem Sessel, paffte an einer Pfeife und las die Nachmittagsausgabe des Globe.

»Hallo, Rupert«, sagte Charles. Es war schön, diesen Mann wiederzusehen. Der Dichter hatte das King's College verlassen, als er und Roger nach Cambridge gegangen waren, aber sein Einfluß war stark gewesen und hatte allen literarischen Gesellschaften, die dort blühten, ihren Stempel aufgedrückt. Und Brooke hatte auch eine Zeitlang in der Nähe des Colleges gewohnt, im alten Pastorat in Grantchester, und er, Roger und viele andere hatten viele Stunden dort verbracht und endlos über Bücher und Gedichte diskutiert, oder sie waren oberhalb des Dammes von Byrons Teich schwimmen gegangen... Steht noch die Kirchturmuhr auf zehn vor drei? Und gibt es Honig noch zum Tee?

»Hallo, Charles«, sagte Brooke mit einem trägen Lächeln. »Herzlichen Glückwunsch zum Geburtstag.«

»Ja, Amberley«, murmelte Abercrombie. »Mögen noch viele Jahre folgen.«

»Ich bemerke, daß Roger die Geschichte ausposaunt hat«, sagte Charles.

Brooke nickte. »In der Hoffnung, daß wir dich alle erpressen können, zu dem Anlaß eine Party zu geben oder wenigstens eine Massenabfütterung in einem kleinen, aber epikureischen Restaurant.«

»Es wird mir eine Freude sein«, sagte Charles mit belegter Stimme.

Roger schaute zum erstenmal auf und bemerkte die krankhafte Blässe auf dem Gesicht seines Freundes.

»He, Charles, fühlst du dich nicht wohl?«

»Doch, mir geht es gut, danke.«

»Na, du siehst aber nicht gut aus. Webber!«

Der Bursche schoß ins Zimmer. »Ja, Sir?«

»Machen Sie Lord Amberley einen großen Whisky. Und Mr. Brooke und Mr. Abercrombie würden sich für ein Guinness interessieren, wenn noch etwas übrig ist.«

»Eine Flasche, Sir.«

»Teilen Sie sie auf, seien Sie ein braver Kerl.« Er sah dem Burschen nach,

wie er hinauseilte. »Mein lieber Bruder führt einen knickerigen Haushalt. Nein, Charles, du siehst blaß wie ein Geist aus.«
Charles setzte sich auf die Sofakante. Er fühlte sich wirklich überhaupt nicht wohl. »Es ist nur die Hitze und der Auspuffgestank. Lieber Himmel«, sprudelte es aus ihm heraus, »ich würde so gern einen Monat oder zwei hier weggehen. Kannst du nicht das verflixte Buch verschieben? Laß uns nach Griechenland fahren. Mit dem Zug nach Triest und dann auf Schusters Rappen nach Epirus.«
Abercrombie senkte seine Zeitung. »Ich würde aus diesem Teil der Welt ein paar Monate lang rausbleiben. Österreich hat gerade eine regelrecht schockierende Forderung an Serbien übersandt, einen echten Schlag ins Gesicht mit einem eisernen Handschuh. Es gibt mit Sicherheit einen neuen Krieg auf dem Balkan. Wir haben gerade darüber gesprochen, ehe du angekommen bist. Hast du Lust, den Bericht aus Belgrad zu lesen?«
»Ach, Belgrad kann mir gestohlen bleiben!« Charles' Tonfall hatte eine Bitterkeit, die selbst ihn überraschte.
»Ach, sieh mal an«, sagte Roger. »Wir mögen das kleine Serbien doch, oder?«

Es war alles völlig korrekt, dachte Fenton Wood-Lacy, während er langsam auf das Haus Nr. vierundzwanzig, Cadogan Square, zuging. Es war der Tag nach Winifred Suttons erstem Ball, und es war gesellschaftlich völlig korrekt, wieder zurückzukommen, die Visitenkarte zu hinterlassen oder der Gastgeberin für das herrliche Fest zu danken. Aber Fenton Wood-Lacy war gekommen, um mehr als das zu tun. Er hatte nur ein einziges Mal mit Winifred getanzt, aber es war der letzte Tanz gewesen, ein Walzer, und nachdem er vorüber war, hatte Fenton zufällig gehört, wie eine Frau Lady Dexford gegenüber erwähnte, daß ihre Tochter wunderschön aussähe. »... und die beiden sind so ein wunderschönes Paar.« Lady Dexford hatte gestrahlt. Fenton hatte dann Winifred eine letzte Schale Punsch gebracht und sie gefragt, ob er am nächsten Tag wiederkommen dürfe und vielleicht, wenn sie von den Anstrengungen des Balles nicht zu müde wäre, mit ihr spazierengehen dürfte.
»Ich bin so froh, daß Sie gefragt haben«, hatte Winifred gesagt. »Und ich werde Sie in ein Geheimnis einweihen. Mama wird sich auch freuen.«
Und so stand er also jetzt vor der Eingangstreppe der Londoner Residenz der Dexfords und fühlte sich – so dachte er demütig – sehr wie ein Verehrer, mit seiner Schachtel Pralinen von Fortnum & Mason unter dem linken Arm. Ein Butler wartete, bis er klingelte, und öffnete dann die Tür.
»Guten Tag, Sir.«
Er wurde fast ehrfürchtig in den Salon gebeten, wo Winifred und ihre Eltern warteten. Sie alle schienen unendlich erleichtert, als er eintrat.

»Ah, Fenton«, rief der Marquis von Dexford aus. Er war untersetzt, fast kahlköpfig und hatte die leicht gekrümmten Beine eines Mannes, der sein Leben lang immer geritten hat. »Das ist aber sehr nett von Ihnen, daß Sie vorbeikommen, wie? Würden Sie wohl ein Glas Sherry trinken? Habe ich Ihnen schon gesagt, daß ich neulich Ihren Onkel gesehen habe? Im ›Army und Navy‹. Sah tadellos aus. Seine Division hat im Manöver bei Salisbury verdammt gut abgeschnitten, was?«
Die einseitige Unterhaltung wurde zunehmend albern, und dann stieß Gott sei Dank Lady Dexford ihren Mann diskret an. Entschuldigungen wurden gemurmelt, und die beiden Eltern zogen sich aus dem Zimmer zurück.
Fenton lächelte das rundliche Mädchen an, das da so ernst auf dem Diwan saß.
»Nun, Winifred«, sagte er mit erzwungener Fröhlichkeit, »dein erster Ball war ein totaler Erfolg.«
»Meinen Sie?« fragte sie scheu. »Ich hoffe sehr, daß es Ihnen gefallen hat.«
»Es hat mir sogar ausgesprochen gefallen.«
»Mutter war so erfreut, daß Sie gekommen sind.« Sie schaute auf ihre Hände hinab, die fest ineinander verkrampft auf dem Schoß lagen. »Und sie war ganz glücklich, daß Sie mich heute besuchen.«
»Nun«, sagte er und räusperte sich, »die Freude ist auf meiner Seite, Winifred. Das gibt uns eine Chance zu... reden.«
»Könnten wir wohl spazierengehen? Es ist so dumpf im Haus.«
Fenton war alles lieber, als im Salon der Dexfords zu bleiben, wo die Möglichkeit bestand, daß der Marquis zurückkam, um noch eine weitere Anekdote von seiner kurzen, aber lebhaften Karriere in der Armee zu erzählen. Ein paar Augenblicke später gingen die beiden die Treppe hinunter in den goldenen Sonnenschein hinaus.
»Sollen wir zu den Kensington-Gärten hinaufgehen?« fragte er.
Sie legte die Hand auf seinen Arm. »Wir wollen langsam zum Fluß hinunterspazieren. Ich mag Chelsea sehr gern, Sie nicht auch?«
Fenton gab das zu. Er sagte ihr außerdem, daß sie wunderschön aussähe. Sie wurde feuerrot, und ihre Hand krampfte sich auf seinem Arm zusammen. »Danke. Ist es falsch, wenn ich Ihnen sage, daß Sie auch gut aussehen? Das sind nicht die richtigen Worte, die man einem Mann sagen sollte, ich weiß, aber zufällig ist es wahr. Ich bin sehr stolz darauf, daß ich neben Ihnen gehen darf.«
Ihre normale Zurückhaltung verschwand, als sie erst einmal das Haus hinter sich gelassen hatten. Sie sprach offen über sich selbst und kannte ihre Fehler sehr genau.
»Aber ich versuche ja, mich zu bessern. Nehmen Sie dieses Kleid. Ich

glaube, es steht mir sehr gut, aber Mutter hat am Anfang nein gesagt. Sie dachte, das Mieder sei zu gewagt, aber ich glaube nicht, daß eine Frau sich schämen sollte, weil sie eine ... nun, eine weibliche Brust hat, meinen Sie das nicht auch?«

»Aber natürlich nicht.«

»Eins meiner Probleme ist immer meine Vorliebe für Süßigkeiten gewesen. Ich bin ganz verrückt nach Crèmeschnittchen und Konfekt aller Art, aber wenn man eine gewisse Schlankheit erreichen möchte, muß man solchen Naschereien fest widerstehen. Ich werde die Dose mit den Pralinen, die Sie mir mitgebracht haben, wie einen Schatz behandeln, aber ich werde sie nicht essen.«

»Das tut mir leid. Mein nächstes Geschenk für Sie wird nicht mehr eßbar sein.«

Sie ließ ihren Arm in seinen gleiten. Ihre Zutraulichkeit wirkte kindlich. Fenton fühlte sich wie ein Lieblingsonkel. Gott, dachte er, wie schrecklich jung sie ist.

Die Themse floß träge in der Nachmittagshitze, und die Unterhaltung über Chelsea wurde langsam dünn. Ein Gasthaus am Cheyne Walk sah einladend aus, aber dorthin konnte er sie nicht führen. Sie schien zufrieden damit, einfach bei ihm zu sein, zierlich Arm in Arm an seiner Seite zu gehen, und es war ihr gleich, ob sie redeten oder nicht. Ein Schlepper pflügte flußaufwärts und zog eine Reihe leerer Kohlenkähne hinter sich her. Ein paar graue Vögel erhoben sich von den Schlammbänken im Schatten der Albert-Brücke und flogen über den Fluß, auf Battersea zu. Sie gingen weiter, ließen die Uferpromenade hinter sich und spazierten langsam die King's Road hinauf in Richtung des Sloane Square. Ein Wachposten, der vor dem eisernen Tor der Duke-of-York-Kaserne stand, stieß den Kolben seines Gewehrs zweimal auf das Pflaster, als sie an ihm vorübergingen.

»Warum hat er das gemacht?«

»Weil er mich als Offizier erkannt hat«, sagte Fenton, nachdem er den Salut mit einem leichten Kopfnicken entgegengenommen hatte.

»Ist er in Ihrem Regiment?«

»Er ist im Regiment Royal Sussex, aber ich bin ein paarmal in der Kaserne gewesen. Vielleicht hat er sich an mein Gesicht erinnert.«

»Nein. So wie Sie sieht nur ein Hauptmann bei den Coldstream Guards aus. Ich glaube, es ist die Art, wie Sie Ihren Strohhut tragen. So – stelle ich mir vor – würde Lord Kitchener seinen auch tragen.«

Er neigte sich ihr zu und flüsterte laut in ihr Ohr. »Sagen Sie es keinem, aber Lord Kitchener besitzt keinen Strohhut. Er hat nichts als Uniformen, selbst seine Schlafanzüge – scharlachrot mit vielen, vielen Reihen von Orden.«

Ihr Lachen war kehlig und voll. »Oh, die liebe arme Lady Kitchener, wie muß sie darunter leiden!«
Er genoß ihre Gesellschaft. Er fing sogar an, das Mädchen zu mögen. Und diese etwas zweideutige Anspielung auf den alten Kitchener und seine Frau bewies, daß sie nicht prüde war. Ja, er mochte sie. Sie war eher unscheinbar, darüber gab es keine Frage. Selbst das neue Kleid brachte da keine große Hilfe. Es zeigte ihre Figur, das war sicher, aber es war eben nicht genau die Figur, die das Blut eines Mannes zum Kochen brachte. Aber ihr Haar war wunderhübsch in der Sonne, und ihr Teint war klar und rosig. Sie hatte gute Zähne. Lippen, die weich und küssenswert aussahen. Er mochte sie. In ihrer Gegenwart konnte man sich gewissermaßen entspannen.
»Fühlen Sie sich jetzt ein bißchen naschhaft?« fragte er. »Eine Tasse Tee, ein paar Sandwiches?«
»Ich bin immer naschhaft. Auf meinen Grabstein wird man schreiben: ›Hier liegt Lady Winifred Sutton, jetzt fastet sie endlich.‹«
Sein Lachen klang wie ein Kanonenschuß, und viele Köpfe drehten sich um. Er ergriff ihre Hand und steuerte sie über die belebte Straße, wich Autos und Lastwagen aus und führte sie in ein italienisches Restaurant, an das er sich mit Wohlwollen erinnerte. Er hatte Lydia einmal dorthin mitgenommen. Sie hatten die Mailänder Spezialitäten genossen, aber die Typen aus Chelsea, die Schauspieler, Schriftsteller und Maler, die das Restaurant vom Morgen bis in die Nacht belagerten, hatten sie gelangweilt. Winifred dagegen war entzückt über die Enthüllung einer Seite von Chelsea, die sie nie gesehen hatte und von der sie auch nie gewußt hatte, daß sie existierte. Die Dämmerung des Raumes, vor dessen Fenstern Jalousien waren, die Kerzen, die in Weinflaschen auf jedem Tisch standen, die Bohemiens, das alles faszinierte sie. Ein vierschrötiger Mann mit einem struppigen roten Bart, um dessen Schultern eine schäbige Samtpelerine drapiert war, blieb vor ihrem Tisch stehen und betrachtete Fenton von oben bis unten.
»Sie sehen aus wie der Prinz von Wales.«
»Nur wenn ich sitze«, sagte Fenton und erhob sich dann zu seiner vollen Größe von einem Meter neunundachtzig.
Der Rotbart nickte. »In Ordnung, Kumpel. Sie und Ihre Dame, wollen Sie Ihre Porträts gemalt haben? Kostet jedes 'ne halbe Krone.«
»Und eine Flasche Chianti, natürlich.«
»Natürlich.«
Der Mann skizzierte, während sie aßen. Er arbeitete mit Kohle und Pastellkreide. Die Resultate waren sehr gut.
»Darf ich Ihres haben?« fragte Winifred. »Ich werde es immer in Ehren halten.«

Sie fühlte sich von einem Glas Wein schon leicht beschwipst, und deshalb bestellte Fenton ein Taxi und bat den Fahrer, auf einem langen Umweg zurück zum Cadogan Square zu fahren. Ihr Kopf wurde wieder klar, als sie um den Park herumfuhren, aber sie blieb in euphorischer Stimmung.
»Dies ist der allerschönste Nachmittag meines ganzen Lebens gewesen.«
»Ich bin froh, daß es Ihnen Spaß gemacht hat, Winifred.«
Sie drehte die beiden Porträts auf dem Sitz um und schaute sie an. »Können wir das irgendwann noch einmal machen?«
Er konnte sie haben, er brauchte nur darum zu bitten. Sie hatte angebissen, saß im Netz und mußte nur noch herausgezogen werden. Er hatte ein quälendes Gefühl der Beschämung, weil er so kaltblütig darüber nachdachte, aber, verdammt noch mal, er mochte sie ja wirklich.
»Sooft Sie wollen. Allerdings nehme ich an, daß Sie London bald wieder verlassen werden.«
»Ja«, sagte sie leise. »Am ersten August fahren wir wieder zurück nach Dorset.«
Ihre Augen zeigten einen fast schmerzlichen Ausdruck.
»Darf ich Ihren Vater um die förmliche Erlaubnis bitten, Ihnen den Hof zu machen, Winifred? Hier in London... und... so oft wie möglich in Lulworth Manor?«
Einen Augenblick lang schien ihr der Atem stehenzubleiben, dann stieß sie einen ganz leisen Schrei aus und lehnte sich gegen ihn, und ihre Lippen berührten die Seite seines Gesichts.
»Oh, ja, ja. Oh, mein liebster, liebster Fenton. Gott schütze und bewahre dich immer... immer...«

Martin Rilke versuchte seine Gedanken bei dem zu halten, was er da auf der Maschine schrieb, aber das Geklapper des Fernschreibers drang in seine Überlegungen ein. Er durfte jetzt eins der verglasten kleinen Büros benutzen, und er teilte den Platz darin mit dem Theaterkritiker. Aber nach oben zu war der Glaskasten offen, und die Geräusche des gewaltigen Raums rollten darüber hinweg wie riesige Wogen über einen Deich. Die Druckfahnen der Morgenausgabe waren schon fertig, und er konnte die Seiten sehen, als ein Junge aus der Druckerei damit zu einem der Redakteure rannte.

DIE SERBISCHE KRISE WÄCHST

Das war eine Feder in Jacobs Hut, dachte Martin. Sie hatten Jacob von den Mordprozessen abgezogen und ihn eilig nach Belgrad geschickt. Er beneidete ihn. Die Blätter, die aus Martins Schreibmaschine stammten, sprachen dem Ernst der europäischen Situation hohn.

Das Cricketfeld der Lords hat etwas, das selbst für uneingeweihte Zuschauer ehrfurchtgebietend wirkt. Als er im langen Zimmer stand, inmitten der fast heiligen Reliquien aus der Geschichte des Spiels, als er zu dem ernsten Antlitz des W. G. Grace aufschaute, dessen Büste den Pavillon beherrscht, war selbst dieser Yankee beeindruckt von...

Beeindruckt von was? Von der Absurdität des Spiels? Von den Männern in weißer Kleidung, die in der Sonne herumstanden? Von dem Mangel an Leidenschaft? Von den älteren Herren, die im Schatten saßen und murmelten: »Gutes Spiel... Oh, sehr gut gemacht, Sir.«? Wo blieb der explosive Knall, den der Ball machte, wenn er von der ersten Basis zur zweiten den Läufer traf? Und wo war der Läufer selbst, der mit in den Boden gestemmten Spikes auf die Zielplatte rutschte und dabei eine Staubwolke hinter sich her zog?

Aber der Artikel mußte lobend sein, er durfte nur die allerzartesten ironischen Bemerkungen über die etwas verstaubteren Typen von Clubmitgliedern mit ihrer »Haha«-Einstellung enthalten. Ein paar Dornenstiche zwischen den Rosen.

»Sind Sie fertig, Mr. Rilke, Sir?« fragte ein Botenjunge und steckte den Kopf durch die Tür. Seine Ausdrucksweise deutete stark auf das East End hin, aber für Martins Ohren klang es nicht länger unverständlich.

»Noch mal fünfzehn Minuten, Jimmy.«

»Da ha'm 'se recht, Sir.«

Noch zwanzig Minuten bis zum Redaktionsschluß um Mitternacht. Er würde es mit Leichtigkeit schaffen, selbst jetzt, wo seine Gedanken wanderten. Als er fertig war, hob er die Hand, und der Junge schoß in den Glaskasten und rannte mit der Kopie fort. Martin nahm die Brille ab, wischte sie mit einem Taschentuch sauber und steckte sie in die Tasche. Der Theaterkritiker, ein leichenhaft aussehender Mann, der von niemandem bei der Zeitung jemals anders gesehen worden war als in Abendkleidung mit weißer Krawatte, streckte sich gähnend hinter seinem Schreibtisch aus und erhob sich. Er hatte dort die letzten zwei Stunden tief geschlafen.

»Fertig, Rilke?«

»Ja. Hab' den Artikel zu Bett gebracht.«

»Da sollte ich jetzt auch sein.«

»Da hätten Sie die letzten zwei Stunden lang auch schon sein können.«

Der Kritiker gähnte und zog eine Zigarette aus einem Silberetui. »Ich weiß, aber ich fühle mich so rastlos. Ich vermisse Jacob. Er ist der einzige, den ich kenne, der möglicherweise versteht, was eigentlich vorgeht. Die anderen Kerle hier herum sind völlig nutzlos.« Er lächelte dünn. »Die wissen nur, was sie in der Zeitung lesen. Ich sage Ihnen, Rilke, ich bin sehr gespannt, wie sich die Situation auf dem Balkan entwickelt. Ich sehe nicht, wie die Krise sich abschwächen sollte, oder wo das alles hinführen wird. Na, wenn man sich Sorgen drüber macht, dann ändert man damit auch nichts, oder? Darf ich Ihnen einen Drink bei Romano spendieren?«

»Nein, danke, ich glaube, ich gehe direkt nach Hause.«

»Dann teile ich mit Ihnen ein Taxi, wenn es Ihnen nichts ausmacht. Ich habe in letzter Zeit ein absolutes Entsetzen davor, allein zu sein. Kann es nicht erklären. Ausgesprochen ekliges Gefühl.«

Es schien ein Gefühl zu sein, das viele Menschen mit ihm teilten. Martin kam es so vor, als ob die Straßen der Stadt nie leer wurden. Die Cafés in Soho waren zwar nicht vierundzwanzig Stunden am Tag geöffnet, aber wenn das der Fall gewesen wäre, dann hätten sie ein gutes Geschäft gemacht. Vielleicht war es auch nichts anderes als das ungewöhnlich heiße Wetter, das die Leute, hauptsächlich junge Männer, aus ihren Zimmern trieb und sie in rastlosen Horden durch das West End wandern ließ. Die Menge benahm sich ordentlich, alle waren außergewöhnlich höflich, wenn man es genau ansah, und die Polizei war nicht beunruhigt. Der Bankfeiertag war schon fast da, und eine gewisse Vorfreude darauf war normal. Dennoch, irgendwie konnte dieses Benehmen der Leute nicht so einfach erklärt werden. Einer der Journalisten von der Post war gerade aus Berlin zurückgekehrt, und er hatte beobachtet, daß das gleiche Phänomen auch in Deutschland auftrat, nur im größeren Umfang. Massen von jungen Männern wanderten mit Rucksäcken durch das Land, in den Schwarzwald oder in die bayerischen Berge. Sie sangen Verbrüderungslieder und wurden von irgendeinem tiefen Drang getrieben, den niemand richtig beschreiben konnte. Dem Journalisten war das sehr merkwürdig vorgekommen, aber die Deutschen waren ja schon immer ein unbegreifliches Volk gewesen. Eine merkwürdige Atmosphäre schien in der Luft zu hängen wie ein Hitzeschleier. Lord Trewe, der auf seiner täglichen Inspektionsrunde durch die Abteilung für Internes gewandert war, hatte die Bemerkung fallenlassen, daß Europa in diesem Augenblick ein ordentliches Gewitter vertragen könnte, mit reichlich Regen, damit das heiße Blut abgekühlt wurde. Aber es gab keinen Regen. Der Himmel war von einem geradezu wilden Blau. Jacob schrieb aus Belgrad: »Man kann sehen, wie die österreichischen Kanonenboote wie Raubtiere über die Donau streunen, und die Donau hat noch nie zuvor so schön ausgesehen, so inspirierend.«

Die Wohnung in Soho roch nach Möbelpolitur und Ammoniak. Die Putzfrau war während des Tages dagewesen, hatte aber nicht viel Arbeit vorgefunden. Jetzt, wo Jacob fort war, blieben die geräumigen Zimmer in der Beak Street sauber und ordentlich – und leer. Die Mädchen, die aus ihren

Theatern in der Shaftesbury Avenue – viele noch im Kostüm – zwischen den Vorstellungen zu Champagner und kaltem Hummer im Taxi herüberkamen, blieben fort, wenn Jacob nicht da war. Martin war nicht sicher, ob Jacob es irgend jemandem erzählt hatte, daß er London verließ, oder ob die Mädchen einfach wußten, daß er weg war. Durch irgendeine Art siebten Sinn. Wahrscheinlich war es, daß sich die Tatsache am Theater herumgesprochen hatte. Er vermißte die flittchenhafte Fröhlichkeit, das Parfüm, die Federboas und die tiefen Ausschnitte der Tanzmädchen. Auch Jacobs unordentliche Gegenwart vermißte er, das zerknitterte Schmierpapier und die Bücher auf den Fußböden und den Möbeln, den blauen Dunst seiner starken türkischen Zigaretten, seinen sprudelnden Redefluß, der beißend, provozierend, aufrührerisch und profan war – und der es immer wert war, angehört zu werden.
Es gab nicht viel zu essen in der Küche, außer getrüffelter Gänseleberpastete in Dosen, hauchdünnen Crackern, dicken Gläsern mit russischem Kaviar und einem Schrank voll Champagner. Essen, das satt machte, nahm man draußen ein oder ließ es sich auf Tabletts von unten aus dem ungarischen Restaurant bringen. Jacob bestellte immer, indem er aus dem Hinterfenster in das schmale Gäßchen hinunterbrüllte, wo die Köche und Kellner in ihren Pausen herumsaßen und auf einer umgedrehten Milchkiste Karten spielten. Das Restaurant machte um elf Uhr zu, also blieben Martin nur Appetithäppchen. Er stellte eine Flasche Champagner zum Kühlen in den Eisschrank, stieg dann in seinen Schlafanzug und trug seine Aktentasche in Jacobs Arbeitszimmer, den einzigen Raum in der Wohnung, der eine anständige Beleuchtung hatte.
Seine literarischen Skizzenbücher hatten seit Juni unberührt dagelegen. Martin hatte nicht die Zeit gehabt; er mußte in der Woche fünf Artikel für die Zeitung produzieren, und um das Material dafür zu bekommen, mußte er herumreisen. Außerdem war es ihm einfach nicht danach gewesen, seine Gedanken niederzuschreiben. Er hatte gehofft, daß sein Roman aus diesen zufälligen Niederschriften Gestalt annehmen würde. Das war nicht geschehen. Seine Erinnerungen an Chicago und die Rilkes waren in keiner Weise frischer geworden. Und Jacob hatte auch einen Schatten des Zweifels über das Projekt geworfen.
»Jeder, der an seinem Erstlingsroman schreibt, hat das Gefühl, daß die Geschichte seines Lebens und seiner Familie ein welterschütternder Vorgang ist, der einfach danach schreit, gedruckt zu werden. Durch diese Phase bin ich selbst gegangen, Martin. Damals war ich zwölf, und ich fand plötzlich etwas heraus, das du vielleicht auch bemerkt hast... daß ich einfach überhaupt nicht wie mein Vater aussehe. Nun, ich begann darüber nachzudenken und kam endlich zu dem nebelhaften Schluß, daß ich das Ergebnis einer Verbindung zwischen meiner Mutter und dem König von

Spanien war. Dann – randvoll mit Plänen für eine epische Erzählung über meine ersten zwölf Jahre auf Erden, über den kleinen englischen Juden, der in Wirklichkeit ein Bastard mit Erbrecht auf einen katholischen Thron war – stieg ich hinauf auf den Speicher und wühlte herum. Ich fand eine Truhe. In dieser Truhe lagen Daguerreotypien von meinem Vater und seiner lange verstorbenen Schwester Rose. Ich sah genauso aus wie sie, mein Gesicht war wie ein Kohledurchschlag der lieben, armen Verstorbenen. Ich war überhaupt kein königlicher Bastard, in mir kamen einfach gewisse White-Chapel-Physiognomien wieder durch, das Erbe, das die Sephardim im achtzehnten Jahrhundert in London hinterlassen hatten. Nun ja, die Welt hat einen großen, beliebten Schriftsteller verloren und einen unbeliebten Zeitungsmann gewonnen. Mein lieber Freund, die Zeit dreht sich mit schwindelerregendem Tempo. Tue dein möglichstes, um wenigstens mitzuhalten. Du hast ein Talent für scharfe Beobachtung der theatralischen, manchmal liebenswürdigen und manchmal mondänen Schwächen der Menschheit. Nutze dieses Talent. Wirf ihnen deine Artikel an die Köpfe, mit der Wut der Einsiedler, die ihre Prophezeiungen den Steinen entgegenkreischen. Koppele deinen Stift mit einem Messer. Stich zu ... stich zu ... stich zu! Und bewahre dir deine Memoiren für das ehrwürdige Alter auf.«

Der Champagnerkorken machte plopp und flog über das Ledersofa. Mit Jacob zusammenzuleben, das war so einfach wie mit einer verrückt gewordenen Wespe, aber manchmal sprach eine gewisse Vernunft aus dem, was er sagte. Der epische Roman über die Rilkes würde zusammen mit seiner Erzählung über die streikenden Straßenbahnschaffner von Chicago in der Versenkung verschwinden.

Er schenkte sich ein Glas Champagner ein, schmierte eine dicke Schicht Gänseleberpastete auf einen Cracker und blätterte dann durch den Stapel Post, den die Putzfrau ihm auf den Schreibtisch gelegt hatte. Fast alles Mahnungen für Jacob. Ein Umschlag war an ihn adressiert. Briefpapier des Marlborough-Clubs.

Lieber Rilke,
ich habe die unglückselige Ehre, am Bankfeiertag Gardehauptmann vom Dienst zu sein. Hatte Ihnen einen Blick auf das Innenleben der Garde versprochen. Vielleicht ergibt sich was für die Regenbogenpresse daraus. Wenn Sie nicht anderweitig beschäftigt sind, würde ich mich darauf freuen, wenn Sie sich mir und ein paar Freunden zum Abendessen im Quartier der Garde, St. James, am Donnerstagabend, dem 4. August, um sieben Uhr anschließen könnten. Formelle Kleidung erforderlich.
U.A.w.g., wenn möglich.

Hochachtungsvoll, Fenton Wood-Lacy

Martin nahm sich vor, die erbetene Antwort am Morgen abzuschicken. Das konnte interessant werden. Möglicherweise waren sogar zwei Artikel bei dieser Sache herauszuquetschen.
Die Notizbücher lagen in der Aktentasche. Der letzte Eintrag war in Abington Pryory gemacht worden, ehe Martin auf Tour gegangen war. Er hatte hundert Kommentare und Überlegungen niederzuschreiben, aber er brachte nicht mehr fertig, als das Datum und die Zeit oben auf eine leere Seite zu setzen: 24. Juli 1914. Früher Morgen. Er spielte mit dem Bleistift und nippte Champagner. Er fühlte sich zu müde zum Schreiben und zu aufgedreht zum Schlafen. Ein einzelnes Vorkommnis wollte ihm nicht aus dem Kopf, es blieb mit einer eigentümlichen Zähigkeit kleben. Warum war das so? Es war erst vor ein paar Wochen gewesen, auf einem Picknick mit den Stanmores und einigen ihrer Gäste am Ufer der Themse in Henley. Dennoch schien die Szene einem anderen Zeitalter anzugehören, sie schwebte irgendwie in Zeit und Raum und war von einem goldenen Licht verschleiert gewesen. Die königliche Regatta auf dem glatten grünen Wasser des Flusses. Leuchtende, auf Hochglanz lackierte Ruderboote glitten so geräuschlos vorbei wie Schwäne. Die riesigen Äste der Weiden ließen ihre langen, zartbeblätterten Zweige im Strom treiben. Frauen mit weißen Kleidern und großen Hüten spazierten an den Ufern entlang, und eine Kapelle spielte in einem Pfefferkuchenhaus von einem Pavillon.
Jacobs Kabel aus Serbien hatte die Erinnerung an diesen Tag ausgelöst. Man kann sehen, wie die österreichischen Kanonenboote wie Raubtiere auf der Donau lauern ... Die breiten eisernen Schiffsrümpfe überdeckten plötzlich das zarte Bild des Picknicks an der Themse. An jenem Tag, als sie auf dem Rasen gesessen und Erdbeeren mit Schlagsahne gegessen hatten, war nicht über irgendwelche Krisen gesprochen worden. Der Erzherzog lag schon zwei Wochen in seinem Grab. Längst vergessen. Jetzt bereitete sich Österreich-Ungarn auf den Krieg vor, während Serbien seine starre Haltung beibehielt. Was würde Rußland tun? Frankreich? England? Bündnisse und Pakte verbanden ein Land mit dem anderen wie stählerne Bänder. Jetzt brannten die Lichter die ganze Nacht in den Kanzlerämtern von Europa.
Erdbeeren mit Schlagsahne und Weißwein; und der Wein wurde aus einem silbernen, mit Eis gefüllten Eimer serviert, vom Butler der Stanmores – denn selbstverständlich gab es sogar bei einem Picknick auf der Wiese Dienstboten. An jenem Tag hatte er Lydia Foxe kennengelernt. Über was hatten sie noch gesprochen? Er konnte sich nicht daran erinnern. Über nichts, was irgendeine Bedeutung gehabt hätte. Sie war eine atemberaubend schöne Frau. Es war leicht, Charles' schicksalhafte Verliebtheit zu verstehen, aber Martin hatte hinter dem wunderschönen Ge-

sicht und dem perfekten Benehmen eine gewisse Härte und Gerissenheit entdeckt. Charles sprang bei jedem ihrer Wünsche, klammerte sich an jedes ihrer Worte. Sie war charmant, aber Martin hatte sie einmal zufällig angeschaut, während sie zusah, wie der Graf und Hanna ihre Erdbeeren aßen. Da waren Lydias Augen wie aus reinem Stahl gewesen.
Er legte den Stift nieder und schloß das Notizbuch. Nicht einmal der Versuch, etwas zu schreiben, hatte Sinn. Er hatte das Gefühl, als ob alle abwarteten, als ob die ganze Welt den Atem anhielt. Draußen auf der Straße konnte er das Geräusch von Schritten hören, die auf dem Pflaster klangen. Eine Gruppe junger Männer, die von der Carnaby Street zum Oxford Circus hinaufgingen. Er brauchte noch nicht einmal aufzustehen und nachzusehen, um zu wissen, daß es wahrscheinlich ein Dutzend oder mehr waren, die dort eingehakt vorübergingen. Sie trugen Stoffmützen auf dem Hinterkopf, und Zigaretten hingen ihnen aus dem Mund. Sie machten in dieser heißen Julinacht eine Tour durch die Stadt. Manche sangen einen populären Gassenhauer, ihre Stimmen waren laut und bierselig, aber der Klang schwoll schnell ab, während sie die kurze, schmale Straße weiter hinaufgingen... Der Weg nach Haus ist lang, warte nicht auf mich... Ich geb' dir 'nen Kuß und 'nen Groschen dazu, aber warte nicht auf mich...

Sie schienen alle die Uhr zu beobachten, obwohl Roger Wood-Lacy versuchte, die Unterhaltung in Gang zu halten, indem er ein paar Witze erzählte. Uniformierte Ordonnanzen der Offiziersmesse entfernten die Teller. Martin bemerkte, daß eine Menge ungegessen übriggeblieben war. Aber nicht auf seinem Teller. Der Lammrücken mit Cumberlandsauce war köstlich gewesen.
»Ihr habt eine gute Küche in der Armee«, hatte er gesagt.
Fenton saß mit seiner scharlachroten Jacke am Kopf der langen Tafel, seine Messingknöpfe spiegelten im Kerzenlicht.
»Eigentlich sind es die Chefköche des Palastes, aber unsere eigenen Jungs in der Messe können es auch nicht schlecht. Wissen Sie, wer dieses Abendessen zur Verfügung stellt, Martin?«
Martin hob sein Weinglas. »Sie, nehme ich an, Sie haben dieses Essen gegeben, Sie sollen leben.«
Roger klatschte in die Hände, und das Geräusch hallte wider in dem riesigen Zimmer mit seinen schwarzen Tudor-Deckenbalken aus Eiche und den dunklen Ziegelwänden.
»Er hat das Essen gegeben, er soll leben! Wirklich, heute nacht sind wir alle Verseschmiede.«
»Ich schlage vor, wir erzählen als nächstes Anekdoten oder rezitieren Limericks«, sagte Charles finster.

Ein Leutnant mit rotem Gesicht schaute ihn dümmlich an. »Verse? Was für Verse?«
»Ach, nichts, Ashcroft«, sagte Fenton. »Um noch einmal darauf zurückzukommen, was ich eben gesagt habe, die Antwort ist nein, ich habe das Essen nicht gegeben. Diese Mahlzeit verdanken wir der Großzügigkeit König Georgs des Vierten, des großen kleinen Prinzen, besser bekannt in der Geschichte als Beau Brummels Freund. Jedenfalls war er ein Liebhaber guten Essens und lockerer Frauen. Unglücklicherweise hat er dem Hauptmann der königlichen Garden nur das erstere in seinem Testament vermacht. Das Mahl ist seine Hinterlassenschaft, und Generationen von hungrigen Hauptleuten und ihre Gäste sind wahrhaft dankbar dafür gewesen.«
»Hört, hört«, murmelte Leutnant Ashcroft.
Charles sah wieder auf die Uhr. »Zehn Uhr dreißig.«
»Dann ist es jetzt zwei Minuten später als eben, als du zum letztenmal auf die Uhr geschaut hast«, bemerkte Fenton trocken.
Einer von Fentons Bergsteigerfreunden, ein Rechtsanwalt namens Galesby mit einem gesunden, wettergebräunten Gesicht, zog die Stirn in Falten und schüttelte langsam den Kopf.
»Du nimmst dies alles sehr leicht, muß ich sagen. Schließlich betrifft alles, was in den nächsten anderthalb Stunden passiert oder nicht passiert, dich viel mehr als irgendeinen anderen von uns, Leutnant Ashcroft natürlich ausgenommen.«
»Natürlich«, sagte Ashcroft steif.
Einer von den Kellnern der Offiziersmesse reichte eine Zigarrendose herum. Fenton wählte eine Zigarre aus, hielt sie unter die Nase und sog langsam den Duft ein.
»Wir haben eine Regel im Quartier der Garde. Hier wird nicht über die Arbeit geredet. Krieg, mein lieber Galesby, das ist Arbeit.«
»Für dich. Ich persönlich habe den Shilling des Königs nie angenommen, deshalb bin ich gesetzlich berechtigt, meine Meinung zu sagen. Ich frage dich geradeheraus, Fenton. Glaubst du, daß Deutschland vor Mitternacht einen Rückzieher machen und davon Abstand nehmen wird, nach Belgien einzumarschieren?«
Fenton zündete seine Zigarre an. Es war so still im Raum, daß sie alle das Zischen des Streichholzes hören konnten. Die Kellner bewegten sich so leise wie auf Wolken.
»Wir haben den Augenblick schon lange überschritten, zu dem man noch einen Rückzieher machen kann. Die Deutschen stehen vor Lüttich, und Gott selbst könnte ihre Militärtransporte nicht mehr herumdrehen. Die Politiker, die Staatsmänner, die Könige und Kaiser haben ihre Arbeit getan, und jetzt sind die Soldaten dran. Es hat sich einfach so ergeben. Wenn

wir den alten Goldstein jetzt blitzschnell aus Serbien zurückholen könnten, wäre der wahrscheinlich in der Lage, alles viel besser zu erklären, als ich das könnte – allerdings, auf den zweiten Blick bezweifle ich das. Es wäre genau das gleiche, als ob man einem Blinden die Farbe Blau erklären wollte.«
Der Rechtsanwalt nahm die Karaffe mit dem Portwein, die am Tisch die Runde machte.
»Herrgott, was ist das für eine fürchterliche Woche geworden.«
Die Uhr war antik, sie trug ein kleines Zifferblatt, das fast in einem Durcheinander von blattvergoldeten Ornamenten verschwand – ein Triumph des Rokoko. Ein Offizier der Grenadiere hatte die Uhr im Gepäck eines russischen Generals gefunden, nach einem Gefecht im Krimkrieg. Das Zimmer war angefüllt mit Andenken an alte Glorie. Silberne Kerzenleuchter, die jemand von der Kampagne auf der Iberischen Halbinsel aus Portugal mitgebracht hatte, silberne Präsentierteller, die der Gardebrigade ein Jahr nach der Schlacht von Waterloo von der Herzogin von Richmond überreicht worden waren. Was würde man wohl diesmal dazustellen, fragte sich Martin. Er schaute auf die Uhr. Der Minutenzeiger machte einen ganz kleinen Sprung. Martin sah Züge vor sich... Hunderte und aber Hunderte rollten in der Nacht über Deutschland nach Westen, rollten durch Frankreich nach Osten. Seit sechs Tagen war Krieg an der Donau. Von Rechts wegen hätte er dort bleiben sollen, Östereich und Serbien standen sich Kopf an Kopf gegenüber. Jacob hatte geschrieben, daß Serbien zwar klein, aber zäh war, während das österreichisch-ungarische Reich von innen heraus verfaulte. Die Serben würden die österreichische Invasion niederschlagen, und wenn niemand der einen oder anderen Seite zu Hilfe kam, dann wäre der Krieg in drei Wochen zu Ende. Man würde einen Vertrag schließen, mit gegenseitigen Kompromissen. Es würde vielleicht ein verbitterter, ärgerlicher Friede werden, aber trotzdem ein Friede. Aber will die Welt denn den Frieden? – Diesen Satz hatte Jacob seinem Kabel hinzugefügt. Einer der Redakteure hatte diese Frage gestrichen.
»Mit Ihrer Erlaubnis, Sir, ich würde gern einen Trinkspruch ausbringen«, sagte Leutnant Ashcroft, dessen Gesicht von Minute zu Minute röter wurde.
»Aber unter allen Umständen«, sagte Fenton und schaute finster die Spitze seiner Zigarre an. »Dies ist eine Nacht für Trinksprüche.«
Der Leutnant sprang auf die Füße. »Auf England!«
Der Minutenzeiger war weitergesprungen. Nachdem der Trinkspruch im Raum verhallt war, konnten sie alle in der Stille das leise Schwirren der Zahnräder in der Uhr hören. Der Portwein wurde herumgereicht. Gläser wurden nachgefüllt.

»Komisch«, sagte Galesby. »Wirklich unglaublich, wenn man sich die Zeit nimmt, darüber nachzudenken. Erst letzte Woche habe ich Pläne gemacht, nach Lanersbach zu fahren und mir die Beine bei einer schönen alpinen Felskletterei zu vertreten.«
Fenton ließ müde eine Rauchfahne aufsteigen. »Na, du kannst ja immer noch nach Wales gehen.«
Fenton und Leutnant Ashcroft mußten um Mitternacht am Buckingham-Palast die Wache inspizieren, und deshalb gingen die Gäste um elf Uhr dreißig. Sie verabschiedeten sich ernst und förmlich auf dem strengen, baumlosen Hof von St. James.
»Sollen wir uns ein Taxi teilen?« fragte Galesby, als sie auf die Cleveland Row traten.
Charles sog die reine Nachtluft tief in seine Lungen. »Nein, danke. Ich kann zwar nicht für die anderen sprechen, aber mir würde ein Spaziergang guttun.«
Der Anwalt zögerte. »Prima Idee. Ich glaube, ich gehe mit. Sie wollen doch sicher hinunter nach Whitehall, nehme ich an.«
»Warum sollen wir nicht zu den ersten gehören, die es wissen«, sagte Charles.
Sie gingen schweigend zum Mall hinunter. Auf der anderen Seite der breiten, baumgesäumten Straße lag finster der Schatten des St.-James-Parks. Ein Reiher glitt über die stille Oberfläche des Sees.
»Ja«, sagte Galesby fast zu sich selbst. »Ganz merkwürdig. Man hätte doch denken sollen, daß intelligente Männer solche Angelegenheiten am Konferenztisch lösen würden.«
»Das stünde im Gegensatz zum Schicksal«, sagte Roger, dessen Tonfall seltsam leidenschaftlich klang. »Der Krieg ist eine Form der Wiedergeburt. Ein Ritus, der so alt ist wie die Zeit. Ich habe heute morgen am Telefon mit Rupert gesprochen, und ich habe ihn noch nie so enthusiastisch, so lebendig sprechen hören. Rupert sagte, in strahlender Rüstung zur Verteidigung des kleinen Belgien in den Krieg zu ziehen, das ist so edel und rein wie die Taten König Artus'. Ich selbst glaube, es hat etwas Griechisches. Wie die Fahrt nach Ilium.«
»Davon habe ich keine Ahnung«, sagte der Anwalt und warf seine halb gerauchte Zigarre in die Gosse. »Was ich aber mit verdammter Sicherheit weiß, ist, daß hinterher nichts wieder so sein wird wie vorher.«
»Das könnte sich als Segen erweisen«, sagte Charles ruhig.
Sie blieben am Ende des Mall stehen, die Statue des Herzogs von York stand drohend vor dem Himmel, und die Lichter in der Admiralität glitzerten durch die Bäume am Rand des Parks. Big Ben läutete die Stunde, zwölf hohle, eiserne Glockenschläge. Sie konnten fernes Hallorufen hören und danach die Geräusche einer eilenden Menge, Hunderte von Fü-

ßen, die auf dem Pflaster zu hören waren. Schatten rannten an den Lichtflecken vorüber, die aus den Fenstern des Auswärtigen Amts fielen. Andere Schatten strömten über die weite Fläche des Paradeplatzes der Pferdegarde. Die Ströme der Menschen flossen zusammen, teilten sich wieder. Es waren Männer, fast alles junge Männer, die in wildem Überschwang rannten.

»Krieg!« brüllten sie. »Wir haben Krieg!«

Martin und Galesby traten zurück, damit sie nicht von der hektischen Jagd über den Haufen gerannt wurden. Alle wollten zum Buckingham-Palast, der jetzt von Lichtern nur so strahlte. Roger packte Charles erregt am Arm.

»Komm weiter, Charles! Komm mit!«

Und dann schluckte sie die Menge. Sie waren eins mit ihr, sie wurden fortgetragen.

Ein Mann im mittleren Alter, keuchend und rotgesichtig, rannte aus den Schatten am Waterloo-Platz hervor.

»Haben wir Krieg?« brüllte er. »Haben wir Krieg?«

»Ja, Sie verdammter Narr«, sagte Galesby. »Wir haben Krieg.«

Zweites Buch

1

Generalmajor Sir Julian Wood-Lacy, V. C., C.V.O., stand neben seinem Stabswagen auf einem niedrigen Hügel im Schatten der Ruine einer Windmühle. Unter ihm lag die Straße nach Maubeuge, und die Pappeln, die sie säumten, standen, weißblättrig vor Staub, bewegungslos in der Hitze. Seit Tagesanbruch war die Armee von Le Cateau diese Straße hinaufgefahren und hatte ihren Belag zu kalkigem Staub zermahlen. Die Division des Generals kam jetzt heran; das 1. Bataillon des Lancashire-Regiments war fast mit ihm auf gleicher Höhe, und das Regiment Royal West Kent war dicht dahinter, gefolgt von drei Batterien Feldartillerie. Der Rest der Division war weit hinten auf der Straße zu erkennen, eine krabbelnde khakifarbene Linie, die man kaum durch den Staub ausmachen konnte. Zwei Schwadronen von den 19. Husaren, deren Soldaten abgesessen waren, um die Pferde zu schonen, bewegten sich über den Kamm eines fernen Hügels. Beim Himmel, dachte der General, und die Gemütsbewegung steckte ihm wie ein Kloß im Halse, was für ein wundervoller Anblick!

Die Division war jetzt schon drei Tage auf dem Marsch, bewegte sich von der Dämmerung bis zum Sonnenuntergang über die welligen Ebenen Nordfrankreichs. Drei Tage unbarmherziger Gewaltmarsch unter einer erbarmungslosen Augustsonne seit dem Hafen von Boulogne, und jetzt waren sie endlich hier, nur noch zehn Meilen von der belgischen Grenze entfernt. Der General nahm die Mütze von seinem kahlen Kopf und schwenkte sie begeistert. Der Oberst des Lancashire-Regiments, der auf einem Fuchs vor seiner Stabskompanie herritt, winkte zurück, drehte sich dann um und rief den Männern, die hinter ihm daherschritten, irgend etwas zu.

Die Infanterie, einfach phantastisch! Der General setzte seine Mütze wieder auf und erstarrte, als ob er seinem König salutieren wollte. Herrgott, wie er die Infanterie liebte. Und da waren sie jetzt, die Bataillone seiner Division, sie marschierten ohne Tritt, mit umgehängten Gewehren, staubverschmiert, die Uniformen schwarz vom Schweiß; sie pfiffen vor sich hin, manche spielten Mundharmonika oder Mundorgeln, aber jeder einzelne, auch der allerkleinste Schütze, hielt das Tempo und blieb ohne auszuscheren in der Viererkolonne. Der General war jetzt einundsechzig

Jahre alt, und seit seinem siebzehnten Lebensjahr war er bei der Infanterie gewesen. Eingetreten war er damals als Subalterner in das alte 24. Fußregiment. Lieber Gott! Wie viele Straßen war er entlangmarschiert, im Zululand, in Ägypten, im Sudan, in Indien? Unzählige Meilen. Er konnte sich an die Strapazen auf diesen steinigen Straßen erinnern, an das schlechte Essen und das stinkende Wasser neben der Straße, er konnte sich daran erinnern, wie die Männer in jenem schrecklichen September auf der Straße hinter Jalalabad wie die Fliegen umgekippt waren. Das alles hatte sich geändert. Heutzutage kam hinter jeder Kompanie in jedem Bataillon der von Pferden gezogene Transportwagen, der mit Versorgungsgütern beladen war, ein Krankenwagen und die Feldküche, aus deren Ofenrohren beruhigende Rauchfahnen aufstiegen. Die vorübermarschierenden Männer schauten herüber und brachen in den Ruf aus: »Sind wir mutlos? NEI-EI-EIN!« Der Klang der Stimme der Kompanie donnerte zu dem General empor wie eine Salve Kanonenfeuer. Und dann begannen die Männer zu singen, dieses Operettenliedchen, das die britischen Überseestreitkräfte zu ihrem ganz persönlichen Lied erklärt hatten: *»It's a long way to Tipperary... it's a long way to go...«*
Die nachfolgenden Einheiten sangen Vers um Vers, die Wiltshires, die Royal Irish, die Leichte Infanterie der Highlands, das Middlesex-Regiment. Verschwitzte, sonnenverbrannte Gesichter wandten sich dem Hügel zu, wo »das alte Holzgesicht« stand und salutierte, ja, beim Himmel, so lange, bis der letzte seiner neunzehntausend Männer vorübergezogen oder wenigstens ins Blickfeld gekommen war.
»Good bye, Piccadilly, farewell, Leicester Square... It's a long long way to Tipperary, but my heart's right there.«

Das Château in Longueville leuchtete silberweiß unter dem Mond, es war wie ein Märchenschloß mit seinen konischen Türmen und spitzen Ziertürmchen. Man hatte dort das zeitweilige Hauptquartier der 3. Division, 2. Korps, der britischen Überseestreitkräfte eingerichtet, und der katzenkopfgepflasterte Hof war gedrängt voller Stabsfahrzeuge, abgehetzter Pferde und den Motorrädern und Fahrrädern der Kuriere und Bataillonsmelder. Captain Fenton Wood-Lacy ritt sein müdes Pferd unter dem eleganten schmiedeeisernen Bogen hindurch, der die Steinsäulen des Tors überspannte. Er zeigte dem Sergeant vom Dienst seine Identifikationspapiere, saß dann ab und führte sein Tier zu den Pferdeboxen hinüber, wo ein fröhlich aussehender Hufschmied-Korporal ihm anbot, das Tier abzureiben und es gut zu füttern. Fenton reichte dem Mann ein paar Zigaretten für seine Mühe und ging dann steifbeinig auf die breiten Steinstufen des Châteaus zu.
In der Eingangshalle herrschte ein völliges Durcheinander. Fernmelder

mühten sich damit ab, in einer Ecke ihre Feldtelefonausrüstung aufzubauen, und Stabsoffiziere eilten eine barocke Marmortreppe hinauf und hinunter, während ganze Gruppen von Kompanie- und Bataillonskommandeuren ungeduldig herumstanden. Fenton fühlte sich angestarrt unter so vielen Majoren, Obersten und Brigadegenerälen, und das Gefühl verstärkte sich noch, als Oberst Archibald Blythe, General Wood-Lacys Adjutant, ihn entdeckte und sich mit tauben Ohren durch die Menge der protestierenden hohen Tiere drängte.

»Hallo, Captain«, sagte der Oberst und schüttelte Fenton überschwenglich die Hand, »freut mich, daß Sie die Benachrichtigung erhalten haben. Der General sitzt schon auf heißen Kohlen, um mit Ihnen zu reden. Kommen Sie mit die Treppe hoch.«

Fenton ignorierte die starren Blicke seiner Vorgesetzten, während der ältere Oberst, der mehr wie ein Professor für Griechisch aussah als ein Soldat, ihn die Wendeltreppe zum zweiten Stockwerk hinauf und in ein großes Zimmer führte.

»Wie ist es mit 'nem Whisky?«

Fenton machte den nutzlosen Versuch, seine staubverschmierten Khakis zu säubern. »Ja, den hätte ich gerne, und eine Kleiderbürste.«

»Lieber Himmel, nein«, sagte der Oberst. »Staubige Uniformen und dreckige Stiefel sind in dieser Division sogar die Vorschrift. Ich glaube, Ihr Onkel würde jeden Offizier vor ein Kriegsgericht stellen, der in einer sauberen Uniform hier aufkreuzte.« Er klopfte Fenton auf den Arm. »Verdammt gut, Sie wiederzusehen, Junge. Gehen Sie einfach ein bißchen herum, und ich lasse Ihnen eine Flasche Whisky und ein bißchen Mineralwasser schicken. Der Alte wird bald dasein.«

»Wie geht es dem alten Knaben?«

»Der ist so glücklich wie eine Lerche im Frühling. Vor zwei Monaten hat er noch geplant, in Pension zu gehen, und jetzt führt er eine volle Division gegen die Fritzen. Da fängt man doch an zu überlegen.«

Fenton ging langsam im Zimmer umher. Es war eine regelrechte Galerie, voll von Landschaftsgemälden und Kunstgegenständen. Das Château eines kultivierten Mannes. Ein Soldat brachte Whisky, Wasser aus Vichy und Gläser; Fenton machte sich einen steifen Drink und setzte sich damit auf einen zierlichen Sessel im Louis-XIV-Stil. Er war schon um mehrere Grade über die normale Müdigkeit hinaus; er hatte seit der Dämmerung im Sattel gesessen. Die Männer seiner Kompanie waren noch müder, denn die waren seit der Dämmerung zu Fuß getrottet, aber jetzt schliefen sie wenigstens in oder neben den Heuschobern von Neuf-Mesnils.

Er hatte seinen Whisky gerade ausgetrunken und erwog, noch einen weiteren zu nehmen, als der General ins Zimmer schritt. Seine Uniform, bemerkte Fenton, war ebenfalls angemessen staubig. Fenton sprang auf die

Füße, wechselte das leere Glas von der rechten in die linke Hand und salutierte korrekt, wenn auch hastig.
»Steh bequem, Junge, steh bequem.« Sir Julian schaute seinen Neffen an und grinste breit. »Donnerwetter, du bietest vielleicht einen Anblick. Dreckig wie ein Landarbeiter. Es freut einen zu sehen, daß die Garde zur Abwechslung mal ehrliche Soldatenarbeit leistet.«
»Nun, Sir, es ist auch schön, die rote Jacke mal ausziehen zu können, das kann ich Ihnen sagen.«
»Ja, beim Himmel, ich wette, das stimmt.« Er schlug Fenton mit beiden Händen auf die Schultern. »Verdammt, es ist schön, dich wiederzusehen, Junge. Wie geht's dem kleinen Roger?«
»War dabei, sich eilig als Freiwilliger zu melden, als ich ihn zuletzt gesehen hab'.«
Der General zupfte an seinem stachligen Walroßschnurrbart. »Schön für ihn, aber dieses Scharmützel wird vorbeisein, noch ehe er sich seine Uniformen vom Schneider holt. Unsere teutonischen Freunde haben ein Stückchen zuviel abgebissen. Mehr, als sie kauen können. Noch ehe die Blätter fallen, werden sie wieder zurück über den Rhein huschen.«
»Glauben Sie das, Sir?«
Der General beugte sich nach vorn und senkte seine Stimme ein wenig. »Ich weiß es. Sie haben fürchterliche Verluste bei Lüttich in Kauf nehmen müssen, und es wird noch schlimmer werden, wenn sie versuchen sollten, die Forts bei Namur zu stürmen. Diese Belgier kämpfen wie die Bullenbeißer. Beim Himmel, ich hoffe, wir kriegen die Deutschen auch mal vor die Gewehre, aber ich fürchte, sie werden ihre Hörner einziehen und zurückhasten, um ihr Zentrum zu decken. Die Frogs sind seit heute morgen auf dem Vormarsch in Richtung Morhange und Saarebourg. Morgen um diese Zeit müssen sie schon tief in Lothringen sein, und dann wird Fritz bis zum Hals im Schlamassel stecken. Hab' nie viel gehalten von dieser deutschen Taktik, das Zentrum auszudünnen und alle Macht auf den rechten Flügel zu werfen. Verdammt alberne Methode, wenn du mich fragst. Die 1. und 2. Armee der Frogs werden den Fritzen durch den Bauch schneiden wie ein heißes Messer durch Wachs. Wie ist es mit einem neuen Whisky?«
»Nur, wenn du auch einen mittrinkst, Onkel.«
»Tut mir leid, Junge. Kann mir dazu die Zeit nicht nehmen. Hab' noch einen höllischen Haufen Arbeit vor mir.« Er faltete die Arme vor der Brust und schaukelte langsam auf den Absätzen vor und zurück. »Ich werde es kurz machen, Fenton, und zur Sache kommen. Ich habe gerade deine Versetzung in meinen Stab angeordnet.«
Fenton wandte den Blick von den hellen, stechenden Augen seines Onkels ab.

»Das schmeckt ein bißchen nach Vetternwirtschaft, würdest du das nicht auch sagen?«
»Schmeckt? Na, lieber Himmel, es stinkt deutlich danach. Aber laß die Subalternen ruhig tuscheln, wenn sie wollen. Meine älteren Stabsmitglieder sind alle dafür. Morgen marschieren wir nach Belgien, nach Norden, die ganze Armee. Ich schätze, du kannst dir vorstellen, was das bedeutet: Neunzigtausend Mann auf dem Marsch, und kaum eine einzige anständige Karte. Deine Brigade soll in engem Kontakt mit meiner rechten Flanke bleiben. Das wird vielleicht ein bißchen schwierig, wegen der Straße und des Geländes. Ich brauche einen vertrauenswürdigen Verbindungsoffizier, einen, der den Brigadier der Garde nicht an der falschen Stelle kitzelt, wenn du verstehst, auf was ich anspiele.«
»Gut, ich mache das, Onkel.«
»Du bist genau der Richtige für diesen Job. Blythe wird dir eine Karte geben, auf der unsere wahrscheinliche Position am Abend des 22. markiert ist und die anzeigt, wo die Gardebrigade zur gleichen Zeit sein sollte. Deine Aufgabe ist es, hundertprozentig sicherzustellen, daß sie sich in dieser Position befinden. Wenn sie nicht da sind, dann muß ich genau wissen, wo sie sind, damit meine Flanke nicht in der Luft hängt. Die Fernmelder legen keine Drähte, außer an der Marschlinie entlang. Ich kann das Telefon aufnehmen und bis nach Calais durchrufen, sogar nach Paris, aber, verdammt, ich kann mit keinem reden, der fünf Meilen rechts oder links von mir liegt. Ich hoffe, du hast nichts dagegen, daß ich einen Botenjungen aus dir mache?«
»Nein, Onkel, überhaupt nicht.«
»Gut. Dann ist das also erledigt. Stärk dich mit einem neuen Whisky, und geh dann mit Blythe die Details durch.« Seine harte braune Hand schoß vor und preßte Fentons Arm. »Mann, es ist schön, dich bei mir zu haben. Als du acht warst, habe ich dich zu meinem zweiten Kommandeur ernannt, weißt du noch?«
»Ja, Sir«, sagte Fenton grinsend. »Und Roger war Adjutant.«
»Mit Holzschwert, Papierhelm und allem Drum und Dran.«
Oberst Blythe erschien in der Tür und räusperte sich diskret, um die Aufmerksamkeit zu erregen.
»Die Bataillonskommandeure sind versammelt, Sir...«
»Gut«, sagte der General und tauchte aus seiner Träumerei wieder auf. »Nehmen Sie unseren neuen jungen Krieger mal in die Hand, machen Sie's gut.« Er drehte sich abrupt um und schritt aus dem Zimmer. Seine gespornten Stiefel trommelten einen energischen Wirbel auf dem Treppenabsatz.
Oberst Blythe lächelte schwach. »Beruhigender Klang.«
»Er strömt Sicherheit und Zuversicht aus.«

»Ja, und dafür sollten wir dankbar sein. Die Truppen sind ja fröhlich genug und auch kampflustig, aber abgesehen von dem alten Holzgesicht ist das hohe Kommando so nervös wie eine alte Jungfer im Herrenzimmer.« Er schenkte sich einen Whisky ein und trank ihn aus. »Die 5. französische Armee liegt irgendwo rechts von uns, aber zwischen ihnen und uns gibt es keine Kommunikation, keine Zusammenarbeit irgendwelcher Art. Die Franzosen könnten an der Sambre zusammengezogen sein, andererseits vielleicht aber auch nicht. Möglicherweise stehen sie davor, die Fritzen anzugreifen, aber andererseits können sie auch planen, sich zurückzuziehen. Keiner weiß das ganz sicher. Außerdem haben wir nicht die blasseste Ahnung, was die Deutschen selbst vorhaben. Es können zwei deutsche Korps vor uns liegen oder auch zwei Feldarmeen, aber ich meine, wir werden es schon früh genug herausfinden.« Er zog eine Karte aus einer Ledertasche, die an seinem Gürtel hing, und reichte sie Fenton. »Morgen früh marschieren wir nach Norden. Das Gebiet unserer Korps wird sich an dem Kanal entlangziehen, der von Condé nach Mons führt. Das Hauptquartier der 3. Division wird ein paar Meilen südlich von Mons liegen, in Frameries. Wir wollen, daß Sie mit der Vorhut dort warten. Wenn die Gebiete für die Bataillone abgesteckt sind und Sie sie auf der Karte markieren können, sollen Sie in aller Eile zum 1. Korps hinüber und sicherstellen, daß die Gardebrigade Villiers-St-Ghislain erreicht hat und daß mindestens zwei Batterien von Achtzehnpfündern die Straße decken. Die Karten sind nutzlos, was kleinere Details wie dieses angeht. Herrgott, was für eine Art, Krieg zu führen.«

Die D-Kompanie biwakierte in einem Feld, und die meisten Männer hatten sich neben dem Heuschober in ihre Decken eingerollt. Aber ein paar lagen noch im Gras und rauchten und unterhielten sich. Die Kompanie war mit Reserven auf volle Stärke gebracht worden, auf zweihundertvierzig Mann in vier Zügen, und Fenton hatte gehofft, sie zu führen. Aber man hatte sich streng an die Regel gehalten; nur Majore durften Kompanien führen. Die Majore selbst hätten es dagegen vorgezogen, daß die Hauptleute ihre Stelle einnahmen. Die meisten der Majore waren schon mitten in den Dreißigern, und einige, wie Major Horace Middlebanks, der jetzt das Kommando über die D-Kompanie hatte, waren seit Monaten vom Dienst freigestellt gewesen. Middlebanks hatte auf seinem Besitz in Irland Rennpferde gezüchtet und Whisky destilliert. Zuviel des letzteren hatte seiner Leber arg zugesetzt, und er war weit davon entfernt, sich zu freuen, als er sah, daß sein Vizechef zum Abmarsch packte.
»Teufel, Fenton«, brummte er, während er in dem winzigen Bauernhauszimmer hin und her ging, das sie als Quartier teilten. »Ich fühle mich wirklich beschissen.«

Fenton schob seine Ausrüstung in einen Sack aus Leinen und versuchte, den Major zu übersehen, der in seiner Unterhose hin und her stelzte.
»Geh zum Regimentsarzt.«
Der Major grunzte voller Abscheu. »Der gibt mir doch bloß eine von diesen blauen Pillen oder von den gelben Pillen, das ist alles. Jedenfalls, welche verdammte Farbe es auch immer ist, die Dinger halten mich eine Woche lang an die Latrine gekettet. Es ist einfach nicht fair, daß ich dich jetzt verliere. Was ist denn, wenn ich morgen einfach aus dem Sattel falle und zurück nach Boulogne geschickt werden muß, zu einem richtigen Arzt?«
»Dann übernimmt Ashcroft. Das ist ein guter Mann.«
»Der hat nicht die Erfahrung«, sagte der Major mit einem Grunzen.
»Keiner von uns hat die Erfahrung, oder? Ich meine, das hier sind keine Manöver. Hast du schon mal einen Gewehrschuß im Ernstfall gehört? Nein, ich auch nicht... Und Ashcroft auch nicht. Was macht es also schon? Schlaf wieder ein, Horace, und hör auf, dir über alles und jedes Sorgen zu machen.«
Der Major warf sich in rastlosem Schlaf hin und her; er stöhnte. Für Fenton spielte das keine Rolle. Er fand es sowieso unmöglich, zu schlafen. Gedanken wirbelten in ihm herum, ein Durcheinander lebhafter Bilder. Es kam ihm unglaublich vor, daß er weniger als eine Woche in Frankreich war. Vor sechs Tagen noch hatte er in Southampton darauf gewartet, an Bord des Transportschiffes zu gehen. Der Marquis von Dexford hatte die Erlaubnis erhalten, an den Kai zu kommen, und er hatte Geschenke für seinen Sohn Andrew mitgebracht, der mit der 4. Kavalleriebrigade eingeschifft wurde, und für »meinen zukünftigen Schwiegersohn«.
Fenton setzte sich in seinem Bett auf und schaute durch das beschlagene Fensterchen auf einen verzerrten Mond. Lord Dexfords Geschenke waren gerne angenommen worden – eine Dose mit Delikatessen von Harrods, Zigaretten, Marke Abdullah, eine Flasche Whisky und eine herrlich verarbeitete, aber völlig unpraktische Taschenpistole. Die hatte er bei einem Hauptmann der A.-Kompanie gegen ein paar Socken getauscht. Bei den Geschenken war auch ein Brief von Winifred gewesen.

Mein lieber Fenton,
Gott schütze Dich in dieser Stunde der Prüfung. Ich weiß, Du wirst kühn und tapfer sein und dazu beitragen, daß wir einen schnellen und ehrenhaften Sieg erringen. Ich bin außerordentlich erstaunt darüber, daß Deutschland diesen Krieg angefangen hat, aber sie werden es bald bereuen. Alle Zeitungen prophezeien, daß um die Weihnachtszeit alles vorbei sein wird. Ich bete darum, daß diese ihre Voraussage richtig ist und daß wir am nächsten Silvesterabend bei einem Siegesball Tango tanzen.
In Liebe... Deine Winifred

Er stöhnte so laut wie sein leberkranker Major. Deine Winifred! Es wurde ihm schwer, sich an ihr Gesicht zu erinnern.
Schon vor der Dämmerung war er angezogen und draußen und ging über ein Stoppelfeld auf die Kreuzung zu, wo ein Stabswagen wartete. Schütze Webber, sein Bursche, folgte hinter ihm her und trug das Gepäck. Webber flötete leise vor sich hin. Der ist auch froh, daß er gehen kann, dachte Fenton. Der Gedanke, daß sein Offizier zum Stab versetzt wurde, war angenehm für Webber. Keine Dreißigmeilen-Tagesmärsche mehr, nicht mehr auf dem harten Boden schlafen. Kein Wunder, daß er vor sich hin pfiff. Und die Melodie war sicherlich dem Stellungswechsel auch angemessen; Fenton formte tonlos die Worte: »Bertie Burlington heiß' ich, stehe auf um zehn Uhr dreißig... Und dann geh' ich spazieren, mit den Damen fla...«
»Was ist denn das, Sir?« Webber blieb stehen und legte den Kopf auf die Seite. Aber es war nichts zu hören außer dem zarten, fernen Schlag einer Nachtigall aus den dunklen Wäldern, die an das Feld grenzten. Dennoch hatte sich irgend etwas gegen sie bewegt, pulsierende Luft, die kein Wind war, die man eher ahnen als fühlen konnte. Dann kam der Klang, dumpfe, ständig wiederkehrende Schläge weit aus dem Nordosten, ein Donnergrollen, das gegen den Horizont stieß. Breite Blitze flackerten am Himmel auf, der schon anfing, hell zu werden.
»Verdammich«, sagte Webber und schnüffelte die Luft. »Riecht mir aber nicht nach Regen.«
Fenton ging langsam weiter, er beobachtete den Himmel, das dämmrige, schimmernde orangerote Glühen, das in sechs Jahren seines Soldatenlebens für ihn der erste Anblick des Krieges war. Nicht sein Krieg... noch nicht. Die schweren Geschütze standen meilenweit östlich, in Charleroi oder sogar in Namur. Es konnte französisches oder belgisches Feuer sein, und die deutsche Armee taumelte vielleicht vor diesen vernichtenden Schlägen zurück, aber Fenton hatte nagende Zweifel. Seine Handflächen wurden feucht, und er steckte die Hände in die Taschen und schlenderte mit einstudierter Nonchalance zum Wagen hinüber.

Der Zug von der Fähre nach Cherbourg kam in Paris mit sieben Stunden Verspätung an, nachdem er ein halbes dutzendmal von der Hauptstrecke abgeleitet worden war, damit die Truppenzüge vorbeirasen konnten. Als der Zug endlich den Bahnhof St-Lazare erreichte, gab es keine Gepäckträger mehr, und die Passagiere mußten ihr Gepäck selbst in den Bahnhof tragen. Soldaten belagerten die Bahnsteige, während gehetzte Sergeants und Korporale sich bemühten, die Männer in ihre jeweiligen Kompanien und Bataillone einzuweisen. Hornsignale ertönten. Regimentsfarben wurden enthüllt, dienten als Sammelpunkte, und nach und nach beweg-

ten sich die Soldaten in ordentlichen Reihen aus dem Bahnhof, ehe weitere Truppentransporte ankamen und die Verwirrung noch erhöhten. Eine Militärkapelle stand auf dem Platz vor der Kirche St-Augustin und spielte die Marseillaise und die »Sambre et Meuse« mit Trompeten, Trommeln und Pfeifen, während die Truppen die Rue de la Pépinière hinunter auf den Boulevard Haussman marschierten. Tausende von Pariser Bürgern jubelten den langen Reihen der Männer in ihren blauen Röcken, roten Hosen und roten Käppis zu.
Für Martin Rilke war dies wie ein Bild aus seiner Kindheit. Er war wieder sieben Jahre alt und stand mit seiner Mutter und ihrer Cousine Bette auf den Champs-Elysées. Der 14. Juli. Kapellen und marschierende Soldaten, die riesigen Pferde der Kürassiere, hochgewachsene Männer, stählerne Brustplatten und Raupenhelme, die in der Sonne glänzten. Auch jetzt waren Einheiten der Kürassiere da, sie schwenkten aus der Rue Pasquier und folgten der Infanterie. Sie sahen genau wie damals aus, nur war jetzt eine Schutzkappe aus braunem Tuch über ihre Helme mit der Raupe aus Roßhaar gezogen. Eine Konzession an *la guerre.*
Tom Ramsey, ein Karikaturist von Leslie's Weekly, murmelte bewundernd.
»Farbe... Das ist die alte Welt. Sie sehen so aus, als ob sie noch einmal in die Schlacht von Sedan ziehen wollten. Ich werde Aquarelle malen, Regimenter von Kürassieren und Bataillone von Pantalons rouges in den Tuilerien.«
Martin lachte. »Und was machst du, wenn sie gar nicht da sind?«
Der Künstler zuckte die Achseln. »Na und? Künstlerische Freiheit. Und außerdem, wenn sie nicht da sind, dann sollten sie da sein.« Er atmete tief. »Paris. Für mich ist es so, als ob ich nach Hause komme.«
»He, du hast gesagt, daß du nie hiergewesen bist.«
»Bin ich auch nicht. Hab' meine Ausbildung in Philadelphia gemacht, aber Mann, wie habe ich von dieser Stadt geträumt. Ich glaube, ich hab' über eine Million Bilder von dieser Stadt angesehen. Ich kenne sie auswendig. Ich kann dir überhaupt nicht sagen, wie ich dich beneide, Rilke, weil du hier geboren bist. Mann, ist das toll.«
Diese Tatsache hatte jeden einzelnen der elf amerikanischen Zeitungsleute beeindruckt, die im Zug gewesen waren. Die meisten von ihnen sprachen Französisch, und zwar mehr oder weniger schauerlich. Sie konnten nach einfachen Dingen fragen, nach einer Tasse Kaffee, einem Glas Wein, nach dem Weg zu den Toiletten, aber Gedanken, die etwas komplizierter waren, hatten außer Reichweite ihrer Ausdrucksfähigkeit gelegen. Die Zeitungen, denen sie angehörten, hatten dafür gesorgt, daß sich ihnen in Paris Übersetzer anschlossen, aber während der unendlich langen Zugfahrt war Martin ihr Sprecher gewesen, weil nicht ein einziger

Gepäckträger, Schaffner oder Kellner im Speisewagen Englisch sprechen konnte oder wollte.

»Warum?« hatte Jasper King vom New York Herald wissen wollen. »Dies ist doch der Zug von der Fähre, Herrgott noch mal. Die müssen doch dran gewöhnt sein, Englisch sprechende Passagiere zu befördern.«

»Sie verstehen alle Englisch«, hatte Martin erklärt, nachdem er sich mit einem Schaffner in fehlerlosem Französisch unterhalten hatte. »Aber Amerikaner können sie einfach nicht leiden. In einer der Pariser Zeitungen stand ein Bericht über Amerikas Entscheidung, unparteiisch und neutral zu bleiben und Handelsverträge mit Deutschland weiterhin einzuhalten. Und jetzt verpassen uns die Franzosen ihre Nadelstiche.«

Nicht nur Martins fremdsprachliche Fähigkeiten waren ausgenutzt worden, man hatte auch Informationen über Paris aus ihm herausgequetscht: die besten Restaurants, Hotels, das Metrosystem. Aber es gab nichts, was er ihnen erzählen konnte. Paris war eine fremde Stadt für Martin. Das einzige, an das er sich mit etwas Klarheit erinnerte, waren ein paar Straßen in der Nähe des Luxembourg und ein kleiner Park abseits der Rue Champagne, wo er immer mit seinem Freund Claude den Drachen hatte steigen lassen. Paris war eben nicht seine Heimatstadt. Er hätte die ganzen Champs-Elysées für einen Häuserblock an der State Street eingetauscht.

Aber trotzdem war er hier, er saß in einem der Taxis, die vom französischen Minister für Information zur Verfügung gestellt waren, und ein Armeeoffizier fuhr voraus und führte die kleine Kavalkade an. Die Wagen schlängelten sich durch die gewundenen Straßen von Paris zum Quai d'Orsay, zu dem grimmigen steinernen Gebäude, in dem sich das Ministerium befand. Martins Grund für seine Anwesenheit bestand in einem Brief, der in seiner Aktentasche verstaut war; man hatte ihn gebeten, diesen Brief dem Dritten Unterstaatssekretär des Ministers für Information zusammen mit seinem Paß vorzulegen. Comstock Harrington Briggs autorisierte Martin Rilke in diesem Brief, als alleiniger Korrespondent für den Chicago Express in Europa zu fungieren. Der Unterstaatssekretär prüfte ernst eine Liste, die vor ihm auf dem Schreibtisch lag, eine Liste derjenigen Zeitungen in den Vereinigten Staaten, die eine prodeutsche Haltung zeigten. Es gab eine ganze Menge davon in Milwaukee, Chicago, St. Louis, Philadelphia und New York. Der Express war nicht auf der schwarzen Liste.

»Sie dürfen zum Minister hinein, Monsieur Rilke.«

Für den Unterstaatssekretär waren sie alle akzeptabel, denn der Unterstaatssekretär wußte, daß sie es sein mußten, weil ihre Referenzen in London überprüft worden waren, ehe man die Visa ausgestellt hatte. Die Überprüfung hier war nur eine Formalität, aber der Unterstaatssekretär bestand nun mal auf Formalitäten.

»Wir sind im Krieg, Monsieur«, hatte er eisig zu dem Kriegsberichterstatter der New York Times gesagt, der die Unverschämtheit besessen hatte, die Geduld zu verlieren, als der Unterstaatssekretär zehn Minuten gebraucht hatte, um seine Papiere zu studieren.
»Verdammt noch mal, Sir«, hatte der Mann von der Times geschnaubt, »das weiß ich. Was glauben Sie, warum ich wohl nach Frankreich gekommen bin?«
»Jedenfalls sind Sie nicht auf unsere Anfrage hergekommen, Monsieur. Dessen kann ich Sie versichern.«
Die kühle Stimmung verstärkte sich noch, als der Minister für Information selbst, ein Mann von hoher Geburt und königlicher Haltung, schließlich sein Arbeitszimmer betrat, und zwar fast eine Stunde nachdem der letzte Zeitungsmann in den Raum geführt und zum Warten aufgefordert worden war. Der Minister hielt es nicht für nötig, sich wegen der Verzögerung zu entschuldigen.
»Gentlemen«, sagte er in einem Englisch, das kaum die Spur eines Akzentes hatte. »Ich möchte Sie in Paris willkommen heißen. Ich hoffe, Ihr Aufenthalt hier wird angenehm sein. Das Ministerium wird alles tun, was in seiner Macht liegt, um Sie über den Fortschritt des Krieges mit den neuesten Informationen zu versorgen. Ich darf Sie jedoch vorwarnen, wenn Sie den Telegraphendienst oder die Post benutzen. Zensur ist angeordnet worden. Keinerlei Nachrichten, die den Krieg angehen, dürfen außer Landes geschickt werden, es sei denn, sie sind vom Ministerium genehmigt und dementsprechend gestempelt worden. Kein ausländischer Journalist darf ohne schriftliche Erlaubnis von Marschall Joffre die Militärzone betreten. Und eine solche Erlaubnis wird in absehbarer Zukunft wahrscheinlich kaum erteilt werden.«
Es herrschte völlige Stille. Endlich stand der Kriegsberichterstatter der New York Times auf, ein Mann von internationalem Ruf, weil er über jeden Krieg seit 1890 berichtet hatte, und räusperte sich.
»Eure Exzellenz, wollen Sie damit sagen, daß es uns verboten ist, mit eigenen Augen die Kämpfe in Lothringen zu sehen?«
Der Tonfall des Ministers war milde. »Dafür besteht nicht die Notwendigkeit, Sir. Wir werden Sie mit Informationen darüber versorgen. Captain de Lange, der mit Ihnen vom Bahnhof hierher gefahren ist, wird Sie über alle Entwicklungen auf dem laufenden halten. Die offiziellen Kommuniqués werden Ihnen jeden Nachmittag um vier Uhr im militärischen Informationszentrum im zweiten Stock zur Verfügung stehen. Zimmer Nummer 225. Captain de Lange wird Ihnen das heutige Kommuniqué überreichen, und es steht Ihnen frei, es an Ihre Zeitungen weiterzuleiten. Wenn ich Ihnen irgendwie weiterhin behilflich sein kann, zögern Sie nicht, sich an mich zu wenden. Guten Tag, Gentlemen.«

Und dann war er wieder weg. Er war so königlich aus dem Raum geschritten, wie er ihn betreten hatte. Eine massive Eichentür schloß sich geräuschlos hinter ihm. Captain de Lange, ein hochgewachsener, magerer, grauhaariger Mann, der auf der äußersten Nasenspitze einen Kneifer trug, kam steif von der hinteren Wand des Raumes nach vorne und nahm die Stelle ein, die der Minister freigemacht hatte. Er nahm ein einzelnes Blatt Papier aus der Brusttasche seiner Uniformjacke und entfaltete es.
»Das folgende Kommuniqué haben wir von General Castelnau aus Nancy erhalten. Die 2. Armee, in enger Zusammenarbeit mit der 1. Armee unter General Dubail, ist auf ihrem Vormarsch auf Morhange überall erfolgreich gewesen. Unsere Infanterie hat dem Feind traurige Verluste zugefügt und viele Städte auf dem heiligen Boden der verlorenen Provinz zurückerobert... Die Flagge von Frankreich fliegt wieder über den Rathäusern der folgenden Orte, und zwar zum erstenmal seit 1870: Burthecourt, Moyenvic, Lezey, Donnelay, Marsal, Salival, St-Medard. Château Salins, so erwartet man, soll morgen bei Tagesanbruch fallen. Unsere Verluste sind unbedeutend gewesen, und Berichte der Feldkommandeure deuten an, daß die 6. deutsche Armee auf einem ungeordneten Rückzug begriffen ist. An der Front im Elsaß ist General Pau im festen Besitz von Mülhausen und erwartet, den Rhein innerhalb drei Tagen zu erreichen.«
Der Captain faltete das Papier wieder und steckte es zurück in die Tasche. »Das ist das Ende des heutigen Kommuniqués. Kopien stehen zur Verfügung. Gibt es noch irgendwelche Fragen?«
Baker vom Journal-American stand auf. »Wir haben in Calais ein Gerücht gehört, daß die deutschen Streitkräfte Lüttich schon überrollt haben. Daß sie die Forts dort mit einigen außergewöhnlich mächtigen, hochbeweglichen Belagerungskanonen zerschlagen haben und sich jetzt in voller Stärke Namur nähern. Mir scheinen die belgischen Forts in Namur kurz vor dem Fall zu stehen...«
Captain De Lange unterbrach ihn mit einem schmalen kleinen Lächeln. »Darf ich Ihnen raten, diesen Gerüchten keinen Glauben zu schenken? Sehr viele deutsche Spione laufen hier herum. Täglich entdecken wir einige und machen ihren Intrigen ein schnelles Ende. Die Wahrheit können Sie jeden Tag in Zimmer 225 um vier Uhr finden. Gibt es weitere Fragen? Nein? Dann darf ich Ihnen weiterhin einen guten Tag wünschen.«
Es war bereits Abend, als sie das Ministerium verließen und über den breiten Hof zu den wartenden Taxis gingen. Martin teilte sich einen Wagen mit Tom Ramsey und drei anderen, von denen einer umständlich eine große Karte von Frankreich entfaltete. Er hatte sie in Cherbourg gekauft. Das Taxi überquerte die Seine auf dem Pont Alexandre III und tauchte in die strahlend erleuchteten Boulevards ein, die hinter dem kleinen Palais

lagen. Straßencafés waren mit Menschen überfüllt. Soldaten und hübsche Mädchen spazierten Arm in Arm unter den Laternen, und der Verkehr auf dem Boulevard des Capucines war zum Stehen gekommen. Die Stadt lag wie im Feiertagsfieber.
»Da ist es!« sagte der Reporter grimmig. »Hier sind sie alle, diese Städte, von denen er uns erzählt hat. Burthecourt, Moyenvic, Salival; und, Herrgott, es sind ja gar keine Städte, nur Pünktchen auf der Karte. Da gibt es vielleicht einen oder zwei Schweineställe, aber todsicher ist in keinem davon ein Rathaus.«
»Ich glaube, wir haben einen Fehler gemacht, als wir nach Paris gekommen sind«, sagte ein anderer. »Wir hätten direkt nach Belgien fahren sollen, über Holland. Die Burschen hier füttern uns doch nur täglich eine Ration Milchsuppe.«
»Leslie's ist ja auch hinter nichts anderem her«, sagte Ramsey. »Hübsche bunte Bilder von marschierenden Soldaten und hurrarufenden Menschenmengen. Die da drüben glauben doch, daß dieser Krieg nichts anderes wird als eine Menge Säbelrasseln und martialisches Getue. Was erwartet denn deine Zeitung von dir, Rilke?«
Martin zuckte die Achseln. »Allgemeines Hintergrundzeug, so objektiv wie möglich. Wir haben eine Menge deutschamerikanische Leser.«
Der Brief von Briggs war für Martin als Überraschung gekommen, aber der Zeitungsverleger war offen gewesen:

...Da Sie ja schon in England sind, scheint es mir nicht sehr klug zu sein, einen anderen hinterherzuschicken, obwohl Jack Pierson den Wunsch geäußert hat, die Arbeit zu übernehmen. Sie sprechen Französisch und Deutsch, das war ein weiterer Punkt zu Ihren Gunsten. Martin, halten Sie einfach die Augen offen und schreiben Sie, was Sie sehen. Nehmen Sie in Ihren Berichten weder die eine noch die andere Partei. Die meisten Leute, mit denen ich hier gesprochen habe, glauben, daß dieser Krieg auf einem ökonomischen Kampf zwischen Deutschland, Frankreich und England beruht, und es gibt eine Menge Sympathie für den deutschen Standpunkt. Ich habe ein langes Gespräch mit einem Brigadegeneral der Nationalgarde von Illinois geführt, und seiner Meinung nach wird dieser Krieg nur vier oder fünf Wochen dauern. Die französische Armee, die in seinen Augen ernsthaft veraltet ist, würde zusammenklappen, und die englische Streitmacht, die man ja nur der Form wegen eingesetzt hat, würde wieder zurück über den Kanal gehen, ohne auch nur einen Schuß auf die Preußen abgegeben zu haben. Er glaubt nicht, daß Deutschland irgendeinen Teil von Frankreich besetzen wird, sondern daß die deutschen Armeen eilig wieder zurückgezogen werden. Wenn man das nicht tut, wird Deutschland im Osten von den Russen überrannt. So wie er es

sieht – und davon können Sie halten, was Sie wollen –, besteht Deutschlands einzige Absicht darin, Frankreich als militärische Bedrohung auszuschalten. Um ganz offen zu sein, ich glaube aber nicht, daß der General mehr über diesen Krieg weiß als die Leute auf der Straße, und die wissen überhaupt nichts. Ich verstehe auf jeden Fall nicht die Bohne davon.
Sie sind ein vernünftiger junger Mann, Sie haben nicht das Kriegsbeil ausgegraben; deshalb bleiben Sie einfach objektiv und schreiben Sie nieder, was Sie sehen. Fallen Sie nicht irgendwelchen Gerüchten zum Opfer, die es in einem Krieg immer überreichlich gibt, und nehmen Sie alle offiziellen Kommuniqués nicht ganz so ernst. Ich habe das herausgefunden, als ich für die alte Gazette über den Burenkrieg berichtet habe. Finanzielle Angelegenheiten, Gehalt und Spesen, werde ich über den American Express abwickeln lassen. Ich würde vorschlagen, daß Sie nicht mehr als zehn Tage in Frankreich verbringen und dann über die Schweiz nach Berlin gehen, damit Sie den deutschen Standpunkt kennenlernen. Ich möchte, daß Ihre Artikel so gerecht wie möglich ausfallen.
P.S. Ich habe Ihren Onkel im Union Club getroffen, und er wünscht Ihnen alles Gute. Er tippt darauf, daß Cleveland die Meisterschaft gewinnt.

Es schien wenig Sinn darin zu liegen, in Paris zu bleiben. Am nächsten Tag wanderte er mit Ramsey durch die Stadt. Der war entzückt über jeden Stein und machte unzählige Skizzen. Dann ging Martin mit einem Haufen anderer Reporter um vier Uhr nachmittags zum Ministerium und hörte zu, wie Captain de Lange das Kommuniqué vorlas.
»... Château Salins und die Stadt Dieuze wurden heute morgen von General Castelnaus 2. Armee erobert. Aber Marschall Joffre riet zu einem strategischen Rückzug, um die Bemühungen der 1. Armee beim Angriff auf Sarrebourg zu verstärken...«
Ein englischer Journalist war närrisch genug, eine Frage zu stellen.
»Hat dieser Rückzug im Angesicht einer deutschen Gegenattacke stattgefunden?«
Captain de Lange sah pikiert aus. »Wenn es eine feindliche Gegenattacke gegeben hätte, wäre sie im Kommuniqué erwähnt worden.«

Die Zugstrecke nach Basel verlief durch die französische Sperrzone, und nur wenigen Zivilisten hatte man Reiseerlaubnis erteilt. Selbst mit Papieren, die ordentlich abgestempelt und unterschrieben waren, konnte man Martin keine Garantie dafür geben, daß man ihn in irgendeinem der Züge, die aus dem Gare de l'Est hinausrumpelten, würde mitfahren lassen. Es waren Züge, die alle fünfzehn Minuten, angefüllt mit Truppen, Pferden und Versorgungsgütern, den Bahnhof verließen. Es war fünf Uhr morgens, ehe man ihm und zwanzig finster aussehenden Schweizern widerstrebend die Erlaubnis erteilte, einen kleinen Personenwagen zu besteigen, der an einen Frachtzug mit Feldhaubitzen und Granaten angehängt worden war. Der Zug ächzte langsam an der Marne entlang nach Osten und hielt alle paar Meilen auf Nebengleisen, um schnellere Züge mit Soldaten passieren zu lassen. Spät am Nachmittag hatten sie endlich Epernay erreicht, und die Waggons mit den 75-mm-Kanonen wurden abgekoppelt und an einen anderen Zug angehängt, der in nördlicher Richtung nach Reims fuhr. Niemanden auf dem Bahnhof schien es zu interessieren, was aus dem abgehängten Personenwagen wurde, und nur ein Bahnbeamter machte eine vage Bemerkung über einen anderen Zug, der in dieser Nacht aus Paris ankommen sollte und zur Schweizer Grenze fuhr.

Im Wagen war es heiß, die Schweizer saßen trübsinnig da, es gab nichts zu essen und nur lauwarmes Wasser zu trinken, und deshalb entschloß sich Martin auszusteigen. Nach dem dichten Schienenverkehr zu urteilen, der nach Norden ging, lag der Krieg in dieser Richtung, und es konnte ja sein, daß er so vielleicht davon etwas zu sehen bekam. Er war jetzt so tief in der militärischen Sperrzone, daß niemand, der ihm auf dem überfüllten Bahnhof begegnete, sein Recht, dort zu sein, anzweifelte, obwohl er aussah wie ein Geschäftsreisender, ein einzelner Zivilist in einem Meer von Uniformen. Als Martin eine Mahlzeit aus Wurst, Brot, Käse und Wein in einem Schnellimbiß in der Nähe des Depots einnahm, zog ein Major von der Artillerie einen Stuhl an seinen Tisch und setzte sich.

»Sind Sie in der Deputiertenkammer?« fragte der Offizier.

»Nein«, sagte Martin, »im Ministerium für Information.«

Der Major spielte mit seinem stark gewachsenen Schnurrbart.

»Information, was? Na, ich werde Ihnen etwas erzählen, das Sie an Ihre Vorgesetzten weitergeben können. Es sind Kanonen, und nur Kanonen, wovor die Boches irgendeinen Respekt haben. Der Kriegsminister hat uns da eine ganz ordentliche Feldhaubitze gegeben, aber wir müssen größere und bessere bekommen.«

»Das werde ich mir merken.«

Der Major zwirbelte die Spitzen seines Schnurrbartes zu festen Nadeln zusammen.

»Die beim Kriegsministerium sagen, die Infanterie wird die Boches in den Rhein treiben, aber ich sage, es ist die Kanone.«

»Da stimme ich Ihnen aus ganzem Herzen zu. Nehmen Sie noch etwas Wein.«

»Danke«, sagte der Major und langte nach der Flasche. »Sie scheinen ein netter Mensch zu sein. Zivilisten verstehen doch sonst nicht einmal die Anfangsgründe vom Krieg. Erwähnen Sie den Zivilisten gegenüber die Kanonen, und sie starren einen blöde an. Ich sehe, Sie sind anders.«

»Ich verstehe die Notwendigkeit von Kanonen. Absolut.«
Der Major trank vorsichtig aus der Flasche und wischte sich dann einen Tropfen Wein von der Unterlippe.
»Ich bewundere einen Mann aus dem öffentlichen Dienst, der die Bedürfnisse des Militärs versteht. Andererseits glaube ich Ihnen aber gar nicht, daß Sie aus dem öffentlichen Dienst sind. Ein Mann aus dem Ministerium würde keine braune Jacke und karierte Hosen tragen. Er hätte einen schwarzen Anzug und ein Hemd mit steifem Kragen an. Außerdem sprechen Sie mit einem leichten Akzent, der mir nicht bekannt ist. Sind Sie Schweizer?«
»Amerikaner – meine Mutter war Französin.«
»Und Sie sind...?«
»Journalist.«
»Aha.« Er nahm noch einen Schluck Wein, lehnte sich dann nach vorn über den Tisch und senkte die Stimme. »Papa Joffre mag die Journalisten nicht. Keiner beim hohen Kommando kann sie auch nur ein bißchen leiden. Wollen Sie versuchen, in die Nähe des Kriegs zu kommen?«
»Das hatte ich gehofft.«
»Dann bringe ich Sie hin. Und als Gegenleistung für meine Großzügigkeit wollen Sie bitte die Welt darüber informieren, daß es die Kanone ist, die die Schlachten gewinnt. Ich gebe Ihnen den Umhang eines Artilleriemanns, damit Sie sich bedecken können, und ein Käppi. Meine Batterie ist schon im Zug, und in einer Stunde fahren wir in die Ardennen. Mein Regiment ist die 27. Artillerie im 3. Kolonialkorps. Es sind Veteranen, das kann ich Ihnen sagen. Wir haben unsere niedlichen kleinen Dinger schon mehr als einmal in Marokko benutzt. Fünfzehn Schuß Schrapnell in der Minute... Peng... peng... peng.«

Die Züge bewegten sich wie Schnecken über die Schienen nach Reims, nach Norden. Am zweiten Tag, nachdem sie Epernay verlassen hatten, überquerten sie die Aisne, und die Batterie des Majors verließ den Zug, wurde den Pferdegespannen angeschlossen und auf den langen, baumgesäumten Marsch nach Marnières geschickt. Martin, zusammengekauert zwischen dem Gepäck der Soldaten und einem Haufen anderer Ausrüstung, fuhr in einem der Transportwagen mit, die hinter den klappernden Kanonier-Mannschaften her quietschten. Er wünschte sich, er hätte seine Kamera mit nach Frankreich gebracht, aber das französische Konsulat in London hatte ihm davon abgeraten. Seine Augen mußten also die Kameralinse sein und das Notizbuch auf seinen Knien der fotografische Film. Er schrieb Eindrücke nieder, die er später ausschlachten wollte:

Montigny-sur-Vence. 22. August. Ein kleines Dorf mit weißgekälkten Steinhäusern und Walmdächern. Obstbäume hinter dem Dorf. Wein-

berge bedecken die niedrigen Hügel. Bauern im Kittel arbeiten zwischen den Bäumen und in den Reben und drehen nicht einmal den Kopf, wenn endlose Reihen von Truppen durch das Dorf marschieren und den langsam fließenden, wasserpflanzendurchwachsenen kleinen Fluß überschreiten. Dragoner auf schwarzen Pferden, Kürassiere auf grauen. Infanterie in großen, unordentlichen Horden, wie eine Menschenmenge, die aus einem Baseballstadion herausströmt. Die Soldaten tragen trotz der Hitze lange blaue Mäntel aus Wolle, deren Rücken auseinandergeklappt und hochgesteckt ist. Ihre roten Hosen sind kalkig vom Staub. Die Offiziere tragen Schwerter und viele von ihnen auch weiße Handschuhe... Es sind ja auch französische Offiziere. *Très chic.*
Fontaine-Gery liegt ein paar Meilen weiter an der Straße. Wellige Hügel, dicht bewaldet. Die Ardennen, das ist eine dunkelgrüne, wolkenartige Masse am Horizont. Ein Meldefahrer auf einem Fahrrad holt die Batterie ein, und der Major hat befohlen, daß die Kanonen neben einer uralten Kirche und einer zerkrümelnden Friedhofsmauer von der Straße gezogen werden. Eine Militärkapelle von der Zuave steht im fleckigen Schatten eines Obsthofs. Die Männer tragen gelbe türkische Hosen, strahlendblaue Jacken und rote Fes. Sehen aus wie Papageien unter den Bäumen. Sie spielen den Marsch »Sambre et Meuse« mit Trommeln und Pfeifen. Die Truppen rufen hurra und weinen. Wir sind nicht weit von Sedan. 1870 hat Deutschland auf dieser Straße Frankreich das Gesicht in den Staub gedrückt, und jetzt kommen Frankreichs Söhne zurück, um die Deutschen dafür zahlen zu lassen.
Vor uns liegt ein Geräusch wie rollender Donner. Wir haben es seit der Morgendämmerung gehört, aber nur von Zeit zu Zeit und sehr weit fort. Jetzt ist es näher, ein stetiges Donnern und Schlagen, als ob Hunderte von leeren Frachtwagen in einem langen Tunnel hin und her rollten.
Stau auf der Straße. Bauern aus dem Norden, von ihren Bauernhöfen vertrieben durch die Kämpfe, die zehn oder fünfzehn Meilen von hier toben müssen, drängen gegen die ankommenden Truppen an. Sie ziehen Karren und Wagen, die mit ihren Habseligkeiten beladen sind. Kinder sitzen weinend auf dicken Bündeln. Die Flüchtlinge kümmern sich überhaupt nicht um die Soldaten, die sie anbrüllen und versuchen, sie von der Straße zu drängen. Zusammen mit den Flüchtlingen kommen verwundete Soldaten. Manche liegen in pferdegezogenen Lazarettwagen. Andere gehen wie Schlafwandler, pressen ihre Hände auf blutige Bandagen. Die Truppen scheinen sich dieses Anblicks zu schämen. Ein Oberst, der hinten in einem der Wagen lag und um dessen Brust ungeschickt eine blutverkrustete Bandage gewickelt war, murmelt immer wieder: »*C'est catastrophe.*«
Hannogne-St-Martin. Die Batterie ist im Galopp über Feldwege und Fel-

der zu diesem Dorf geführt worden, das sieben Meilen dichter an der Front liegt. Es ist Spätnachmittag, und die Buchen und Pappeln stehen blaßgolden in der sinkenden Sonne. Die Kanonen werden gerade auf einen niedrigen Hügel hinaufgezogen, der von dichten belaubten Reben abgeschirmt ist. 75-mm-Kanonen. Neben jeder Kanone steht ein Munitionsbehälter. Eine zwei Meter lange Metalleiter ist an eine Seite der Lafette geschraubt worden, und der Major steht auf der obersten Sprosse hinter einem schmalen Metallschild; in der Hand hält er ein starkes Fernrohr. Er sucht damit die Wälder und Felder vor seiner Batterie ab und brüllt dann: »Phantastisch! Hervorragend! Es ist unglaublich!«

Martin legte sein Notizbuch beiseite und kletterte aus dem Transportwagen. Der Major kam die Leiter herunter und rief den Kanonieren Anweisungen über die Entfernung, das Ausrichten der Kanone und die Art der Munition zu. Er warf Martin das Fernglas zu.
»Schauen Sie sich das mal an! Herrgott, diese armen Schweine von der Infanterie!«
Martin kletterte die Leiter hinauf und stellte das Fernglas ein. Er konnte sehen, wie die französische Infanterie aus einem Tal vorrückte und über den grasigen Hang eines Hügels auf die dunkle Linie eines Waldes zu marschierte. In langen Reihen gingen die Männer Schulter an Schulter mit langsamen Schritten, hielten die Gewehre an den Hüften, und in den Bajonetten fing sich die Sonne. Offiziere mit gezogenen Säbeln gingen vor ihnen her. Das Rot und Blau ihrer Uniformen, die weißen Handschuhe der Offiziere bildeten eine lebendige Flagge, eine Trikolore, die über die grünen Hügel von Frankreich flatterte. Immer weiter gingen sie, tausend oder mehr, in drei Wellen. In hundert Meter Entfernung von den Bäumen begann die erste Welle zu zögern, zu stolpern und zu fallen, zu schrumpfen und zu verschwinden, während eine unsichtbare, unhörbare Macht durch sie hindurchmähte. Die Männer fielen in Haufen übereinander, und die zweite Welle bewegte sich über ihre Körper weiter fort.
»Feuerbereit!« schrie ein Sergeant.
»Feuer auf mein Kommando«, brüllte der Major. Er kletterte oben auf die Lafette und stellte sich auf die Leiter, hielt sich an Martins Taille fest und riß ihm das Fernglas aus der Hand. »Feuer!«
Eine Kanone bellte auf, und Sekunden später platzte die Granate über den Bäumen. Blätter und kleine Äste verschwanden in einem Nebel aus Staub. Die Infanterie rückte noch immer vor, taumelte nach vorn, sank auf die Knie, drehte und wand sich in einem langsamen, schweigenden Totentanz.
»Maschinengewehre«, brüllte der Major. »Die verdammten Boches! Hundert... vierzehn Grad... nach unten... Feuer! Feuer! Feuer!«

Jede Kanone in der Batterie begann, Schrapnellgranaten auf die Baumlinie in vier Meilen Entfernung zu schleudern; schwarze Rauchwolken blühten wild in dem schattigen Wald auf. Blöcke knallten, leere Munitionskästen klapperten gegen die eisernen Stützen der Kanonen. Das Artilleriefeuer war akkurat und vernichtend, aber es kam zu spät, um die Soldaten zu retten. Die napoleonischen Formationen waren verschwunden. Es gab nichts mehr auf dem Hang als Leichen, die in Haufen, wie Heu, zusammengeharkt schienen. Verwundete mühten sich, den Hügel wieder hinunterzukrabbeln, und ein paar Männer rannten in Deckung, und das hohe Gras bewegte sich um sie, wenn die Maschinengewehrkugeln hindurchmähten.

Der Major packte Martin an den Schultern. »Kommen Sie runter, ehe Sie den eigenen Kopf verlieren, diese verdammten Boches haben auch Kanonen.«

Ein Renault heulte im niedrigen Gang vom Dorf herauf. Ein Artillerie-Oberst stand vorn neben dem Fahrer und klammerte sich an die Windschutzscheibe.

»Ziehen Sie Ihre Batterie ab, Duchamp«, brüllte er durch das krachende Kanonenfeuer. »Die ganze Front bricht zusammen. Ziehen Sie sich nach Omicourt zurück und machen Sie schnell.« Er entdeckte Martin, der gerade von der Beobachtungsleiter herabstieg und dessen Zivilkleidung unter dem Artillerie-Umhang zu sehen war. »Wer um Himmels willen ist denn das?«

Der Major zuckte die Achseln. »Ein Amerikaner, aus Chicago.«

Der Oberst zupfte an seinem van-Dyck-Bart. »Ich will Sie ja nicht fragen, wie er hierher gekommen ist, Duchamp. Ich bin nicht in der Stimmung, mir Ihre phantastischen Geschichten anzuhören. Packen Sie ihn in den Wagen, ehe jemand den Trottel als Spion erschießt. Ich sage Ihnen doch, alles fällt auseinander. Ein Debakel!«

Ein röhrendes Geräusch war über ihren Köpfen, ein kurzes, scharfes Pfeifen, und dann explodierte eine Granate in einem Waldfleck hinter dem Dorf. Die Druckwelle ließ Martin taumeln. Das Geräusch krachte gegen seinen Schädel. Bäume und Erde schossen in einer Kaskade von Rauch und Flammen in die Höhe.

»Haubitzen!« brüllte Major Duchamp. »210 Millimeter! Diese verdammten Boches!« Er packte Martin und steuerte ihn auf den Wagen zu. »Schreiben Sie das mal. Erzählen Sie ihnen, daß wir gegen 210-mm-Haubitzen nicht mit unseren Fünfundsiebzigern kämpfen können. Erzählen Sie ihnen...«

Aber was der Major noch erzählt haben wollte, das verlor sich im Kreischen schwerer Granaten, eine folgte der anderen, und die Explosionen ließen den Hügel zittern. Fontänen aus Erde und zerschmetterten Bäumen flogen in einem Wirbelwind von blendenden Blitzen in den Himmel. Eine Feldhaubitze schoß zerschmettert in ein gähnendes, rauchendes Loch. Ein Munitionswagen explodierte, die heißen Schwaden wirbelten über den Weinberg davon wie gewaltige, flammende Räder. Martin tauchte halb stürzend aus dem Rücksitz des Renault. Er spürte, wie der Wagen verrückt hin- und herschleuderte, als der Fahrer Vollgas gab und das Steuerrad herumwarf. Martin lag auf den Bodenbrettern, das Gesicht auf das Sitzpolster gepreßt. Dreckklumpen und Holzstückchen fielen wie ein Schauer auf seinen Rücken. Lieber Gott, dachte er wild, ich wünschte, ich wäre in der Maxwell Street... Ich wünschte, ich wäre...

2

»Ich fürchte, ich habe mich verfahren, Sir«, sagte der Fahrer.
»Sie können ja nichts dafür«, sagte Fenton und schaute finster auf seine Karte. »Das war doch Givry, wo wir gerade durchgefahren sind, oder?«
»Ja, Sir.«
»Dann ist es die Karte. Ein verdammtes Werk der Einbildung. Diese Straße führt nicht nach Villiers-St-Ghislain oder auch nur annähernd dorthin.«
Der Fahrer tippte mit seiner behandschuhten Hand gegen das Steuerrad und pfiff leise durch die Zähne.
»Hören Sie auf mit diesem blöden Pfeifen«, schnappte Fenton verärgert. Es tat ihm zwar leid, daß er die Geduld verloren hatte, und er dachte daran, sich zu entschuldigen. Aber das würde natürlich nicht gehen. Einem Mann aus den Mannschaftsdienstgraden gegenüber entschuldigte man sich nicht, unter keinen Umständen. Der arme Kerl pfiff ja nur, weil er Angst hatte. Es war schon ein unheimliches Gefühl, allein, Gott weiß wo, im Niemandsland zu sein. Die Straße, auf der sie waren, konnte sie, nach dem, was sie wußten, direkt auf die deutsche Armee zu führen. Neunzigtausend britische Soldaten in Frankreich, die französische 5. Armee irgendwo rechts und keine Menschenseele in Sicht. Es war verdammt ungemütlich. Fenton lehnte sich im Sitz zurück und starrte auf die Karte. Warum würde ein Kartograph wohl eine Straße einzeichnen, die nicht existierte? Vielleicht war diese Straße geplant gewesen, und der Kartenzeichner hatte der Wirklichkeit einfach vorgegriffen. Das war eine Möglichkeit. Sie waren nicht auf einer Straße, nicht auf einer ordentlichen, gepflasterten Straße. Diese hier war mehr von der Art eines Trampelpfades, der den Eintrag auf einer Karte nicht verdiente. Fenton versuchte, seinen möglichen Zielort herauszubekommen. Bray? Spiennes? Aber östlich von Mons lagen ein Dutzend von Ortsnamen dicht zusammenge-

drängt. Der Pfad konnte zu jedem einzelnen davon führen – oder auch zu keinem. Er nahm die Mütze ab und wischte sich die Stirn mit einem Taschentuch. Herrgott, war es heiß. Die Mittagssonne knallte aus einem wolkenlosen, metallischen Himmel hernieder. Sein Bursche war schon ganz schlapp von der Hitze. Wie ein müdes, feuchtes Bündel hing er auf der Seite. Der arme, alte Webber. Der Fahrer, Corporal Ackroyd, war ein magerer, drahtiger Londoner aus dem Middlesex-Regiment. Der würde schon durchhalten. Fenton griff in die Tasche und nahm eine Dose Zigaretten heraus.

»Zigarette, Corporal?«

»Danke, Sir«, sagte der Fahrer und wurde merklich lebendiger. »Hab' schon richtig nach 'ner Zigarette geschmachtet, Sir.«

»Nehmen Sie sich eine Handvoll.«

Der Fahrer tat, was ihm gesagt wurde. »Mann Gottes. Abdullah.«

»Damit verwöhne ich Sie vielleicht so, daß Sie die normalen Sorten gar nicht mehr mögen.«

»Das kann wohl sein, Sir.«

Fenton lächelte, und der Mann grinste zurück. Ein gewisses Maß an Kameradschaft war unvermeidbar. Sie saßen ja, wie man so sagt, im gleichen Boot. Fenton zündete dem Corporal die Zigarette an und dann seine eigene.

»Verdammt trübseliges Land.«

»Ja, Sir. Bißchen viel Dreck.«

Es war eine bedrohliche Landschaft, die einem selbst in der Helligkeit eines Augusttages kalte Schauer über den Rücken trieb. Dürftige, hochgeschossene Hauwälder, unbestellte Felder, der saure Geruch der Vernachlässigung. Von zottigem Unkraut bewachsene Steinhaufen und die turmartigen Strukturen von verrottendem Bauholz markierten die Lage von aufgegebenen Kohlengruben. Dies war der äußerste Rand der Borinage, hier gab es Kohle, Abraum und verunreinigte, dunkle Bäche.

Fenton faltete die Karte und ließ sie wieder in ihre Hülle gleiten. »Fahren Sie noch ein paar Meilen weiter. Wir müssen ja irgendeine Art Dorf erreichen, von dem wir ausgehen können.«

Corporal Ackroyd legte den Gang ein, und sie holperten über die schmale, von tiefen Schlaglöchern übersäte Straße, an erodierten Abraumhügeln entlang, am Rand eines finsteren Waldes vorbei und dann in offeneres Land hinaus. Flache Felder von ungeerntetem Hafer erstreckten sich zu beiden Seiten. Ackroyd trat plötzlich auf die Bremse und zeigte nach vorn.

»Sehn Sie sich das mal an, Sir! Der kommt direkt auf uns zu.«

Das Flugzeug war seitlich über eine Reihe Pappeln geglitten und flog jetzt, nicht mehr als dreißig Fuß vom Boden, direkt auf sie zu. Es kippte scharf ab, und der Pilot lehnte sich weit aus dem Cockpit und zeigte auf das Feld. »Einer von unseren, Sir?«

»Ja«, sagte Fenton und studierte die langsam fliegende Maschine sorgfältig. »Eine Avro, glaube ich. Was zum Teufel hält die nur in der Luft?«

»Hab' eben das gleiche gedacht, Sir. Sieht aus wie der Wagen von 'ner chinesischen Wäscherei, nich'?«

Die winzige Maschine des Flugzeugs knallte und rauchte, und das unschöne Gestell aus Leinen, Holz und Draht machte einen Schuß nach vorn, daß einem übel werden konnte. Aber dann richtete es seine mageren Beine über dem Feld aus und glitt in einer perfekten Landung nach unten, während es sich leicht über den Gleitkufen aus Bambus nach vorn neigte, die vor den Rädern befestigt waren.

Fenton und der Corporal stiegen aus dem Auto und rannten über das Feld. Der Pilot kletterte vorsichtig aus dem Cockpit und wand sich durch das Gewirr von Drähten, das die untere Tragfläche mit der oberen verband.

»Hallo, Jungs«, rief der Pilot aus. »Haben Sie eine Ahnung, wo ich eigentlich bin?«

»Nur so ungefähr«, sagte Fenton. »Sie sind irgendwo zwischen Givry und Villiers-St-Ghislain. Ungefähr acht Meilen östlich von Mons.«

Der Pilot nahm seinen Lederhelm ab und kratzte sich energisch den Kopf. Für Fenton sah es so aus, als ob er nicht mehr als achtzehn Jahre alt sein konnte.

»Ach, tatsächlich. Ich dachte, ich wäre westlich von Mons. Kein Wunder, daß ich den verdammten Platz nicht finden konnte. Bin stundenlang gekreist, so kommt es mir vor. Haben Sie etwas Benzin übrig? Ich bin runter bis auf die letzten paar Tropfen.«

»Im Kofferraum ist ein Zwanzig-Liter-Kanister«, sagte der Corporal.

»Dem Himmel sei Dank. Damit komm' ich bis nach Le Cateau.«

»Können wir das machen, Sir?«

»Ja, natürlich«, sagte Fenton. »Gehen Sie und holen Sie ihn.«

Der Corporal rannte zum Wagen zurück, und der Pilot lehnte sich müde gegen die Kante der unteren Tragfläche.

»F. A. M. Weedlock, eigentlich Leutnant Weedlock.«

Er streckte eine dreckige, ölverschmierte Hand aus. »Und Sie sind?«

»Fenton Wood-Lacy.«

Der Pilot warf einen Blick auf die Streifen an Fentons Ärmel. »Nett, daß Sie mir helfen, Captain. Ich werde Ihnen auch einen Dienst erweisen. Drehen Sie Ihr Auto rum. Vor Ihnen ist absolut nichts außer Hunnen. Ganze Horden davon.«

»Wie weit?«

»Zehn Meilen oder so. Ich bin heute morgen bis Nivelles und Charleroi gewesen. Deutsche auf jeder Straße, auf jedem Feld. Verdammter Haufen

Wanderheuschrecken. Hab' noch nie so was gesehen. Bin ganz tief über sie weggeflogen, und die albernen Idioten haben mir zugewinkt.«
Fenton zog seine Karte heraus. »Wo sind sie denn genau?«
»Ach du lieber Himmel, überall.« Der Pilot zog seinen Finger über die Karte und hinterließ einen schwachen Ölschmier. »Von Charleroi aus quer drüber bis gerade nördlich von Mons. Es müssen zweihunderttausend sein. Sehen aus der Luft wie ein grauer Fluß aus. Und Artillerie, viele Meilen von pferdebespannten Geschütztransporten. Ich muß meinen Bericht zum Hauptquartier kriegen, wenn ich es finden kann, verdammt.«
»Ja«, sagte Fenton trocken, »ich glaube, das wird sie vielleicht interessieren. Haben Sie rechts vielleicht irgendwelche französischen Truppen gesehen?«
»Na, 'n bißchen Kavallerie – Federn und Brustplatten, die in der Sonne glänzen – diese dämlichen Paradeuniformen. Ein paar Mann Infanterie, und alles geht Richtung Süden. Wenn unsere Jungs in Mons sind, dann hängt ihre Flanke in der Luft. Über Charleroi bin ich auf zehntausend Fuß aufgestiegen und konnte nichts als Pulverdampf von der Maas sehen. Die armen Schweine von Franzosen müssen bis zum Hals im Dreck stecken. Hat so ausgesehen, als ob ihre ganze Kampflinie zusammenbrach.«
Der Pilot aß etwas Käse und Brot aus dem Korb im Wagen, während Ackroyd sein Flugzeug wieder auftankte. Dann zeigte der Pilot dem Corporal, wie man den Propeller anwerfen muß, ohne sich selbst zu enthaupten, und flog los. Das Flugzeug erhob sich so mühelos wie eine Schwalbe vom Feld. Es machte in hundert Fuß Höhe eine stolpernde Runde über dem Wagen und schwenkte dann nach Süden ab. Sie standen auf der Straße und winkten, bis das kleine Flugzeug außer Sicht war.
»Eigentlich eine schöne Art zu reisen«, sagte Fenton ruhig.

Kurz nach Einbruch der Nacht erreichten sie das Ziegelgebäude des Schulhauses im Dorf Frameries, das jetzt das Hauptquartier der 3. Division war. Die Straße nach Mons war verstopft von pferdegezogener Artillerie und Versorgungswagen, und die Dudelsackpfeifer der Gordon-Highlanders spielten unaufhörlich, um dazu beizutragen, die Gemüter der fluchenden Fahrer zu beruhigen. Fenton entließ Corporal Ackroyd und Webber für die Nacht und suchte sich dann seinen Weg durch das Gebäude, das mit Stabs- und Frontoffizieren überfüllt war. Es herrschte eine Atmosphäre erregter Verwirrung, aber Oberst Blythe versicherte Fenton, daß man alles fest in der Hand hätte.
»Ich nehme an, Sie wissen jetzt, was vor uns liegt«, sagte Fenton.
Der Oberst nickte. »Wir haben den ganzen Tag Berichte hereingekriegt. Es ist der größte Keil einer deutschen Armee... Die Armee von Kluck, glauben wir. Der Feldmarschall hat uns von Le Cateau angerufen, um uns

zu sagen, daß uns nicht mehr als zwei Korps gegenüberstehen, aber wir wissen es besser. Die Spürhunde von der Kavallerie sind den ganzen Tag draußen gewesen, und sie haben ihre Sache verdammt gut gemacht. Sie haben sogar ein paar Gefangene hereingebracht. Wir sind den Deutschen in Zahlen schrecklich unterlegen, aber der alte Junge hat den Korpskommandeur davon überzeugt, daß wir sie am Kanal aufhalten können. Himmel, ich hoffe, er hat recht. Wie geht es denn mit den Garden in Villiers-St-Ghislain? Haben sie genug Artillerie zur Unterstützung?«

»Möglicherweise, wo immer sie sind. Wir haben endlich das verdammte Dorf gefunden, nachdem wir stundenlang im Kreis herumgefahren sind, aber es sind keine Truppen dort. Keine Menschenseele. Ihre Flanke ist, wenn Sie den Ausdruck entschuldigen, nackt.«

»Guter Gott«, murmelte der Oberst. »Das alte Holzgesicht wird aber nicht glücklich sein, so was zu hören, aber andererseits kann ich mir auch nicht vorstellen, daß er allzu sehr überrascht sein wird. Das hohe Kommando versucht, dieses Spielchen aus dreißig Meilen Entfernung zu leiten, bei chaotischen Straßen, mit fehlerhaften Telefonverbindungen und miserablen Karten. Wir zeigen den Deutschen tatsächlich die nackte Kehrseite, so sieht's aus. Na, ich geh' mal und bringe ihnen die gute Nachricht. Wir haben so eine Art Offiziersmesse am anderen Ende dieses Korridors. Besorgen Sie sich eine warme Mahlzeit und einen Whisky. Möglicherweise wird es von beidem für längere Zeit das letzte sein.«

Köche öffneten die Fünf-Pfund-Dosen mit Eintopf und wärmten den Inhalt über einem Ölfeuer auf. Foxes feines altirisches Stew, bemerkte Fenton säuerlich. Er fragte sich, was Archie wohl in seinem Londoner Club zu Abend essen würde. Sicher nicht seinen eigenen Eintopf, wenn er auch gut schmeckte. Fenton aß zwei Portionen und spülte sie mit einem großen Whisky-Soda hinunter. Einer der anderen Offiziere, der an einem der langen, für Kinderbeine entworfenen Tische eingequetscht saß, beäugte ihn mit saurer Miene.

»Wo zum Teufel ist das 1. Korps? Sollte doch eigentlich jetzt Stellung auf unserer rechten Flanke bezogen haben, was?«

»Ja. Aber das 1. Korps ist nicht da, und es wird auch nicht da sein. Auf der französischen rechten Flanke ist nichts. Die Franzosen fallen auf der ganzen Linie zurück.«

Der schlechtgelaunte Offizier rührte müßig in seinem Eintopf. »Hätte ich denen vorher sagen können. Hab' ich gewußt, daß so was passieren würde. Wir hätten in Antwerpen landen und die verdammten Franzosen ihren eigenen Krieg kämpfen lassen sollen.«

Soviel also zur alliierten Zusammenarbeit und Freundschaft, dachte Fenton, während er seinen Whisky nippte. Aber warum sollten Offiziere aus dem 2. Korps der britischen Expeditionsstreitkräfte ein Gefühl der Kameradschaft für die französische Armee haben, wenn sie es nicht einmal ihrem eigenen 1. Korps gegenüber hatten? Ein Major aus dem Regiment Manchester starrte mit offener Feindschaft auf Fentons Abzeichen der Coldstream Guards. Fenton stürzte seinen Whisky hinunter und verließ den Raum, ohne sich die Mühe zu machen, irgend jemandem für die Gastfreundschaft der Messe zu danken.

Um ein Uhr nachts war das Hauptquartier wieder verlassen, als die Bataillonskommandeure und ihre Helfer zu ihren Einheiten zurückkehrten. General Wood-Lacy, der einen Becher dampfenden Tee hinunterschlürfte, ging weiterhin langsam vor einer großen Wandkarte hin und her, einer katastrophal unzuverlässigen Karte, aber der besten, die zur Verfügung stand. Fenton saß hinter einer Kinderschulbank im Schulzimmer und beobachtete schweigend seinen Onkel. Nach zehn Minuten wandte sich der General von der Karte ab und setzte sich auf die Kante eines Pults. Er tippte mit einem hölzernen Zeigestock müßig gegen einen Stiefel.

»Nun, Fenton, morgen wird es den ganzen Tag zum Kampf kommen, und das 2. Korps wird ihn allein bestehen. Macht nichts. Wir können es pakken. Wir sind gesegnet mit Smith-Dorrien als Korps-Kommandeur. Ein guter Infanterie-Mann. Hab' ihn in Afrika gut gekannt. Die Zulus haben ihn fast massakriert, als er noch ein Subalterner war, wie sie auch mich fast massakriert haben. Und zum Donnerwetter, die Division wird ihn nicht enttäuschen.«

»Und was soll ich machen, Onkel? Es kommt mir so vor, als ob ich jetzt hier so etwas wie das fünfte Rad am Wagen bin.«

»Ach, ich möchte sagen, ich werde dich schon auf Trab halten. Ich kann dich ja nicht zurückschicken, oder? Gott weiß, wo jetzt deine Brigade ist; wahrscheinlich irgendwo an der Straße steckengeblieben, schön weit weg von allem. Nein, nein, du wirst noch ein paar Tage länger bei meinem Stab bleiben und dir dein Essen verdienen. Möglicherweise lernst du auch etwas über das Soldatentum ... und daß es nicht nur daraus besteht, Posten zu stehen, Frauen zu verführen und Karten zu spielen.«

Die Kirchenglocken riefen zur Frühmesse, aber das war der letzte friedliche Klang, der an diesem Sonntagmorgen zu hören war. Fenton schlief unruhig im Schulzimmer, eingenickt an seinem Kinderpult. Er wachte beim Klang der Glocken und beim fernen Geknatter des Gewehrfeuers auf. Soldaten, die zum Küchendienst eingeteilt worden waren, brachten für die schläfrigen Stabsoffiziere Tabletts mit Tee in die Zimmer. Die Feldtelefone begannen zu klingeln.

»Die 4. Middlesex meldet Kontakt mit dem Feind an der Brücke in Obourg.«

Eine Nadel wurde in die Karte gesteckt. Andere Meldungen kamen herein, und das Geräusch des fernen Gewehrfeuers wurde lauter.
»Das Westkent und die königlichen Füsiliere sind in schwere Kämpfe verwickelt... Zwei deutsche Bataillone greifen Le Bois Haut an...«
Um etwa zehn Uhr morgens begann die deutsche Artillerie zu feuern, und das Telefonnetz zu den Frontbataillonen begann zusammenzubrechen, als die Granaten die Drähte durchschlugen. Kuriere und Bataillonsmelder kamen und gingen. Mehr Blechkannen mit heißem Tee wurden hereingebracht, zusammen mit Rindfleisch und Brot. Fenton saß in einer Ecke des Stabszimmers, trank Tee und rauchte Zigaretten. Er fühlte sich fehl am Platze, als ein unnützer Fresser mehr. Am Nachmittag ging er hinaus auf den Schulhof und beobachtete die große Rauchwolke, die schwer über dem nördlichen Horizont lag. Die hoch aufgetürmten Abraumhügel des Gebiets beschnitten die Sicht auf ein paar hundert Meter in jede Richtung. Ein trauriges, elendes Landschaftsbild, aber trotzdem lebten dort Leute, bauten Häuser, heirateten, zogen Kinder auf und schickten sie jeden Morgen in diese kleine, dunkle Schule aus Ziegelsteinen. Jetzt kreischten, nur eine Meile von dem Dorf entfernt, die Granaten aus dem heißen Himmel herab und donnerten in die Erde. Die kleinen Häuser standen da und schienen darauf zu warten, daß der Sturm sie erreichte. Ihre Bewohner waren schon fort oder noch dabei, fortzugehen, hatten Bündel mit ihren Habseligkeiten auf Pferdekarren, in uralte, keuchende Automobile, in Bollerwagen und Schubkarren geladen. Zentimeter für Zentimeter kamen die Granaten dem Dorf näher, und ein Nebel aus rotem Staub von zerschossenen Häusern verdunkelte die Sonne. Trümmerbrocken polterten auf den Spielplatz, und die Fenster des Schulhauses begannen unter den schweren Druckwellen zu zersplittern. Es war leichtsinnig, so draußen zu stehen, wo ein guter Teil von Frameries um ihn herum zusammenstürzte, deshalb ging Fenton lässig zurück zur Schule. Er hatte bemerkt, daß ein Zug Highlanders am anderen Ende des Spielplatzes – vorsichtig in Deckung – ihn beobachtete. Es gehörte sich nicht, so dachte er grimmig, daß ein Captain der Coldstream Guards rannte. Ein Dudelsackpfeifer mit Humor spielte ein paar Töne von »Johnnie Cope«: »He, Johnnie Cope, gehst du schon?« Die Männer des Zuges lachten zustimmend, und Fenton schwenkte seine Mütze zu dem Pfeifer hinüber, als er das Schulgebäude erreichte, eine Geste, die ihm lachende Zurufe einbrachte. Aber dem fröhlichen Gelächter folgte eine deutsche Haubitzengranate, die die Mitte des Spielplatzes zu einem Vulkan machte. Der Zug der Royal Scots duckte sich, eine Schaukel und eine Wippe wurden zu tödlichen kleinen Splittern zerschossen, und Fenton stürzte mit dem Kopf zuerst durch eine Tür.
Der Stab im Hauptquartier arbeitete noch immer sehr wirkungsvoll, trotz

des zerbrochenen Glases und des heruntergefallenen Putzes, der im Zimmer verstreut lag. Ein Sanitäter wickelte eine Bandage um Fentons verletzten Kopf, reichte ihm einen Becher Rum und eilte dann fort, um denen zu helfen, die schwerer verletzt waren. Sie wurden in immer größer werdender Zahl ins Schulhaus gebracht. Oberst Blythe, hohläugig und mit finsterem Gesicht, entdeckte Fenton, der in einer Ecke seinen Kopf verarztete, und kam schnell zu ihm hinüber.
»Sind Sie in Ordnung, Junge?«
»Prima«, sagte Fenton mit belegter Stimme. »Nur ein Schlag auf den Kopf.«
»Weil wir was für Sie zu tun haben. Wir haben Befehl bekommen, Feuer einzustellen und uns fünf Meilen zurückzuziehen. Bis Einbruch der Nacht sollen wir eine neue Front aufrichten. Die verdammte Artillerie wird zu akkurat, verflucht.«
»Was hält denn der General davon?«
»Holzgesicht will bleiben und kämpfen. Er hat eine Botschaft an die Oberste Heeresleitung geschickt, in der er um zehn Maschinengewehrmannschaften gebeten hat. Man wird sie natürlich nicht schicken. Ich bezweifle, daß in der ganzen Armee auch nur zehn Vickers-Gewehre übrig sind. Und außerdem können Maschinengewehre keine Kanonen aufhalten, und die Hunnen ziehen ganze Batterien von ihnen an unserer Flanke zusammen. Wir müssen zurück, aber Holzgesicht hat Angst, daß wir nicht mehr aufhören, wenn wir einmal anfangen, uns zurückzuziehen. Er ist sicher, daß wir dann einfach zurück bis zur Küste rutschen.«
»Und was soll ich dabei tun?«
»Wir haben allen Kontakt zur fünften Division in Elouges verloren. Steigen Sie in Ihren Wagen und rasen Sie dort hinüber, stellen Sie sicher, daß die bei der Fünften wissen, daß wir uns bis Sars la Bruyère zurückziehen. Ich gebe Ihnen den Zeitplan für den Rückzug. Wir müssen unsere Truppenbewegungen koordinieren, oder es wird fürchterliche Lücken in der Front geben.« Er schob Fenton ein Päckchen Papiere in die Hand. »Beeilen Sie sich. Machen Sie's gut.«
Fenton ließ Webber die Wahl, dazubleiben oder mit ihm zu fahren. Wie jeder treue Bursche entschloß sich Webber, bei seinem Offizier zu bleiben. Er saß vorn mit Corporal Ackroyd, eine geladene Lee-Enfield zwischen den Knien, überzeugt von den Gerüchten, die man ihm erzählt hatte, daß Horden von Deutschen – als belgische Nonnen verkleidet – auf den Straßen waren.
Die Lage der Straßen zwang sie dazu, eine Meile weit nach Süden zu fahren, ehe sie – hoffentlich – sich nach Westen in Richtung Elouges wenden konnten. Es war eine sehr lange Meile. Die Straße war verstopft von Artillerie und Transporten, die auf dem Rückweg waren. Mannschaften von

Tommies aus dem Wiltshire-Regiment fungierten als Militärpolizei, und bald war der Stau aus Pferden, Wagen und Kanonen aufgelöst, und der Rückzug wurde zu einem ordentlichen, gleichmäßigen Fluß nach Süden. Die Straße nach Westen war eng und gewunden, sie wand sich durch Felder, Wälder, namenlose kleine Dörfer und an Abraumhügeln und Kohlenhalden vorbei. Infanterie strömte an einem Dutzend Stellen über die Straße und bewegte sich fort von der Schlacht, die noch immer am Horizont entlang krachte und donnerte. Es waren müde Männer, ihre Uniformen waren zerrissen und dreckig, ihre Gesichter schwarz vom Kohlenstaub, aber alle erschienen fröhlich und voller Optimismus. Ein Leutnant von der Royal Irish, der mit einer Flagge den Wagen anhielt, um nach der Richtung zu fragen, sagte Fenton, daß sie die Deutschen auf ihrem Vormarsch am Kanal gestoppt hätten.

»Haben sie in Massen abgeschossen, Schnellfeuer an der ganzen Front entlang. Mußten noch nicht mal zielen; die kamen in Massen ran, Schulter an Schulter. Ich hab' gehört, der Kaiser hätte unsere Armee verachtungswürdig genannt. Wie denkt er jetzt wohl darüber? Was meinen Sie?« Der Leutnant hatte das Gefühl, daß sie am Beginn eines größeren Sieges standen, selbst wenn sie jetzt, in seinen Worten, ein bißchen Boden aufgeben mußten. Fenton schien es, daß mehr als nur ein bißchen Boden aufgegeben wurde. Die Armee drehte dem herannahenden Feind den Rücken, und es würde ein logistischer Alptraum werden, die Armee noch einmal herumzudrehen. Der Leutnant hatte ihm versichert, daß die etwa hundert Meter lange Front, die sein Zug bildete, die ganze Schlachtzone darstellte und daß er die deutschen Angriffe auf diese Front unter dem mörderischen Gewehrfeuer seiner Scharfschützen hätte zusammenschrumpfen sehen. Er hatte die große Karte im Hauptquartier nicht gesehen, die enthüllte, daß die Militäraktion in Mons nur ein winziges Teilchen einer gewaltigen Schlacht war, die von der Schweizer Grenze bis nach Brüssel tobte. Eine Schlacht ist mehr als die Summe ihrer Einzelteile. Selbst ein überwältigender Sieg in Mons würde wenig oder nichts bedeuten, wenn die französischen Armeen von der Front zurückfielen, und das schienen sie zu tun. Die winzige britische Streitkraft saß ganz außen auf einem wackligen Ast, und wenn sie sich nicht ganz schnell zurückzog, würde man diesen Ast absägen. Aber es hatte keinen Sinn, auch nur einen Teil davon einem euphorischen jungen Iren zu erzählen, der den Eindruck hatte, er habe soeben den Krieg gewonnen. Fenton gab ihm ein paar Zigaretten und dann die Richtung nach Sars la Bruyère, und dann befahl er Corporal Ackroyd, weiterzufahren.

Bei der 5. Division kümmerte sich keiner auch nur einen Deut um den Zeitplan für den Rückzug der 3. Der Druck auf die Front der Fünften machte es notwendig, einen eigenen Zeitplan aufzustellen, und dieser

Druck war ernst. Granaten explodierten immer näher und näher an Elouges heran und verwandelten die Straßen in ein Kraterfeld. Deutsche Truppen hatten sich in großem Ausmaß auf der anderen Seite des Kanals zusammengezogen, und die Rückendeckung wurde zur verzweifelten Aktion. Die meisten der Brücken über den Kanal waren gesprengt, aber große Formationen der deutschen Kavallerie, unterstützt von der Infanterie, schwärmten östlich von Condé um den Kanal herum und nahmen die Division in der Flanke an. Ein geordneter Rückzug war unmöglich. Jedes Bataillon mußte sich selber zurückziehen, wenn es konnte.
»Sagen Sie Sir Julian, daß wir versuchen werden, keine Lücken zu lassen, aber wir können es unmöglich garantieren«, sagte der Adjutant des Divisionskommandeurs etwas verbissen. »Schließlich sind dies keine Manöver in Salisbury.«
Corporal Ackroyd ging ratlos neben dem Wagen hin und her, als Fenton das Hauptquartiersgebäude am Marktplatz verließ. Eine Batterie von Achtzehnpfündern, die in einem kleinen Park stand, feuerte Schrapnelle auf einen nicht allzu fernen Hügel, und sie feuerten so schnell, wie die Mannschaften laden konnten. Webber saß starr auf dem Vordersitz und umklammerte sein Gewehr. Er hatte den Kopf gedreht und sah zu, wie die Granaten den Horizont mit aufblühenden Wolken aus schwarzem Rauch betupften.
»Wohin jetzt, Sir?« fragte Ackroyd, während er die hintere Tür des Wagens öffnete. Er mußte brüllen, um gehört zu werden.
Fenton schaute auf die Uhr. Vier Uhr fünfundzwanzig. Es würde schon dunkel sein, wenn sie wieder zurück nach Frameries kamen, und es konnte sein, daß die Division bis dahin abgezogen wäre. Sie würden sie auf der Straße nach Sars la Bruyère einholen müssen. Er setzte sich zu Ackroyd auf das Trittbrett und ging mit ihm die Karte durch. Die Hauptstraße nach Süden fing schon an, sich stark zu verstopfen; Transportwagen, Kanonenmannschaften und Truppen drängten schon rückwärts auf den Marktplatz. Es wäre ein Unsinn, in dieses Gewühl hineinzufahren.
»Wir können es leicht umgehen, Sir«, sagte der Korporal. »Dies hier ist ein großer, starker Wagen, und die Felder sind so trocken wie Stein. Wir könnten querfeldein fahren und dieses Sarlabrier in zwei Stunden erreichen.«
Das hörte sich für Fenton vernünftig an, und er nahm sich vor, Ackroyd für einen weiteren Streifen vorzuschlagen.

Der Wagen pflügte sich durch Hafer- und Gerstenfelder und hinterließ eine Schneise aus niedergewalztem Korn, aber nach ein paar Meilen veränderte sich die Landschaft. Die flachen Felder verschwanden, und sie waren jetzt in einem dichtbewaldeten Gebiet, das unterbrochen wurde von

Steinbrüchen und Bergwerken. Ein Labyrinth aus schmalen, ungepflasterten Straßen, von denen keine auf der Karte zu finden war, führte in alle Richtungen. Sie wählten eine Route, die vielversprechend aussah, aber nach zwei Meilen gleichmäßiger Fahrt nach Süden endete die Straße abrupt bei einem Kohlenbergwerk, und sie mußten wenden und eine andere versuchen. Die neue Straße irrte willkürlich nach Süden, dann nach Westen, dann wieder nach Süden, sie führte durch dichte Wälder, und die Äste der Bäume bildeten einen finsteren Baldachin. An einer Stelle mußte Ackroyd hart abbremsen, um nicht in einen Trupp französischer Dragoner hineinzufahren, die plötzlich im Trab aus den schattigen Wäldern auftauchten. Die Pferde waren schaumbedeckt, die Gesichter der Reiter eingefallen vor Müdigkeit, und sie bewegten sich in einem Strom schaumgefleckter Pferdehaut und glitzernder Ausrüstung über die Straße. Er war ein Teil von General Sordets Korps, das die linke Flanke der britischen Armee abschirmen sollte, und die Reiter klapperten im schwindenden Sonnenlicht vorüber wie eine geisterhafte Kavallerie auf dem Weg nach Waterloo. Die Wälder auf der anderen Seite der Straße schluckten sie.

»Mann«, murmelte Ackroyd beeindruckt. »Die haben vielleicht ausgesehen.«

Ein Stück weiter die Straße hinunter kam noch mehr Kavallerie, britische Husaren, hundert Mann oder mehr, die von ihren müden Pferden abgesessen waren und sie führten. Diese Soldaten in ihren Khakis sahen weniger glänzend aus als ihre französischen Kameraden, aber sie wirkten gefährlicher mit ihren Lee-Enfield-Gewehren, die aus den Sattelhalftern nach oben ragten. Fenton erkannte den kommandierenden Major, es war einer der besseren Whistspieler aus dem Marlborough-Club, und er rief ihn an. Der Mann ging langsam zum Wagen voran und führte sein Pferd hinter sich her.

»Hallo, Fenton«, sagte er. »Was machst denn du hier draußen, so ganz allein?«

»Ich versuche, Sars la Bruyère zu erreichen.«

»Na, auf dieser Straße wirst du zwar mit der Zeit dort hinkommen. Aber der Ort ist ein einziges Durcheinander, gerammelt voll von Transporten mit allem Drum und Dran, auf dem Weg zurück nach Frankreich hinein. Was passiert denn da oben im Norden?«

»Verdammt, ich weiß es auch nicht genau. Heute morgen hat am ganzen Kanal entlang, von Mons bis nach Condé, eine große Schlacht stattgefunden. Wir haben gut abgeschnitten, glaube ich, aber trotzdem ist das Korps voll auf dem Rückzug.«

Das Lächeln des Majors war dünn. »Erzähl mir nichts vom Mysterium des Kriegs. Die rechte Hand hat nicht die geringste Ahnung, was die linke

tut. Ich habe aber auch nicht den leisesten Spaß an dieser Herumfummelei im Dunkeln, das kann ich dir sagen. Hast du Whisky?«
»Fürchte, nein.«
»Schade.«
Ein Knattern von Gewehrfeuer war in der Ferne zu hören, die Mauer der Bäume verzerrte den Klang. Der Major legte den Kopf auf die Seite wie ein Jagdhund. Das Gewehrfeuer ließ nach, wurde ersetzt vom unmißverständlichen Knattern eines Maschinengewehrs.
»Trompeter!« brüllte der Major, während er sich in den Sattel schwang. »Aufsitzen! Im Galopp!... Vorwärts!«
Eine Trompete schrie auf, und der Trupp saß auf und folgte dem Major über die Straße in den Wald hinein. Sie waren bald außer Sicht, die Schatten hatten sie verschluckt wie die französischen Dragoner. Die Wälder hatten etwas Strenges, Finsteres, und Fenton lief es kalt den Rücken hinunter. Am Mittag schienen sie vielleicht nicht so ominös, aber jetzt war die Sonne fast versunken, und der Himmel, soweit man ihn sehen konnte, war blutrot. Das schwache Licht, das durch die Buchen filterte, hatte den gleichen blutigen Ton.
»Fahren Sie weiter«, sagte er. »Schnell.«
Die Straße machte eine Kurve nach Osten, dann wieder nach Westen, und die Wälder begannen sich zu lichten. Die Sonne war ein riesig vergrößerter scharlachroter Ball, der die Straße vor ihnen zu berühren schien. Schatten flatterten darüber.
»Noch mehr verdammte Pferde«, murmelte Ackroyd, während er auf die Bremse trat.
»Ein paar von unseren«, sagte Webber und blinzelte in das Sonnenlicht, das durch die Windschutzscheibe kam.
Fenton erwischte einen Blick auf die Kopfbedeckungen der Reiter, die als Silhouetten vor der Sonne zu sehen waren. Keine englischen Stoffmützen oder französischen Messinghelme, sondern kleine Helme mit einer flachen Verzierung.
»Ulanen«, sagte er bemerkenswert kaltblütig, wenn man bedachte, welchen schrecklichen Klang dieser Name hatte. »Setzen Sie zurück.«
Der Gefreite Webber war nur ein Bursche, aber selbst der einfachste Wachposten durchlief das Ausbildungslager des Regiments und damit auch die Schießausbildung. Webber stand auf, stützte sich gegen die Windschutzscheibe ab, hob die Lee-Enfield an die Schulter und drückte einen Schuß ab. Eine der schattenhaften Gestalten purzelte auf die Straße, und ein reiterloses Pferd galoppierte wild am Wagen vorbei. Webbers zweiter Schuß ging daneben, als Ackroyd den Rückwärtsgang hineinwarf und das Gasdpedal bis zum Boden durchtrat. Der Wagen röhrte rückwärts die Straße hinunter und schleuderte hin und her. Eine Maschinenge-

wehrsalve kam vor ihnen vom Waldrand her, und Kugeln spritzten über den Wagen, kreischten durch Metall, Gummi und Glas. Die Vorderreifen platzten, und der Wagen stürzte von der Straße in einen Graben. Fenton sah aus dem Augenwinkel, wie Webber rückwärts taumelte. Blut überströmte sein Gesicht, und er selbst flog hinten aus dem Wagen, krachte durch Äste und landete schwer in einem vom Wind zusammengeblasenen Haufen sommertrockener Blätter.

Er wurde ohnmächtig, und als er seine Augen wieder öffnete, konnte er nichts anderes sehen als tanzende rote Lichter. Er versuchte mühsam zu atmen, aber irgend etwas schien sich gegen sein Gesicht zu pressen, hielt seine Nase und seinen Mund in einem erstickenden Griff. Er begann sich zu wehren, und da preßte sich ein Mund gegen sein Ohr, und die kaum hörbare Stimme Corporal Ackroyds sagte: »Bewegen Sie sich nicht, Sir... Nicht bewegen.«

Der Druck auf seiner Nase wurde leichter, aber Ackroyds Hand lag noch immer über seinem Mund. Seine Augen begannen wieder klar zu werden, und er konnte sehen, daß die roten Lichter, die vor ihm herumgehüpft und geschossen waren, sich in Stichflammen verwandelt hatten, die vom Wagen hochschossen. Er lag ungefähr dreißig Meter davon entfernt, schon ein Stück im Wald, und der Anblick des Feuers wurde von schlanken schwarzen Baumstämmen in Stücke geteilt. Sicherlich, so dachte er, war er nicht die dreißig Meter durch einen Buchenwald geschleudert worden. Corporal Ackroyd mußte ihn dorthin geschleppt haben. Mann Gottes, er würde dafür sorgen, daß dieser Mann zum Sergeant befördert wurde. Und daß man ihm dazu noch eine Tapferkeitsmedaille verlieh. Er nickte langsam, für Ackroyd ein beruhigendes Signal, daß sein fester Griff nicht länger notwendig war.

»Wo sind sie?« flüsterte Fenton.

»Ungefähr überall, Sir.«

Er konnte sie jetzt hören, das weiche Stampfen von Pferdehufen, das Knacken und Splittern der jungen Bäume und des Unterholzes, das Fluchen von Männern – kehlige deutsche Flüche. Von der Straße her war das Klappern genagelter Militärstiefel zu hören, eine Jägereinheit der Infanterie, die der deutschen Kavallerie folgte, um sie durch gutgezieltes Gewehr- und Maschinengewehrfeuer zu unterstützen. Irgend jemand brüllte: »Achtung! Die Engländer kommen!«

Ein Trompetensignal weit unten auf der Straße, das ferne Donnern galoppierender Pferde. Die Ulanen, die den Wald abgesucht hatten, brachen durchs Unterholz wieder zurück zur Straße. Aus einer Stellung in der Nähe des noch immer flammenden Autos begann ein Maschinengewehr zu knattern. Gewehre fielen mit ein, und die Salve war lang und intensiv. Fenton konnte von dem Gefecht nichts sehen, aber er konnte es sich nur

allzu klar vorstellen – die Husaren, die im Galopp zurückkamen. Pferde und Männer würden zusammengeschossen werden.
»Herrgott.«
»Pst. Still, Sir, still. Können Sie gehen, Sir?«
»Ich… ich weiß nicht.«
»Versuchen Sie es mal, Sir, versuchen Sie es.« Eine Spur Verzweiflung lag in Ackroyds Stimme. Fenton kam langsam auf die Füße. Ein dumpfer Schmerz war in seinem Kreuz, aber es schien nichts gebrochen zu sein.
»Halten Sie den Kopf runter, Sir, und rennen Sie wie der Teufel.«
Die Richtung schien im Augenblick unwichtig zu sein, es gab nur eins, so weit wie möglich von den deutschen Ulanen und den Jägern wegzukommen, denn die letzteren waren, wie Fenton wußte, geborene Schützen und Waldläufer. Fast bis zum Boden gebückt, begannen sie zu rennen, Ackroyd führte, raste durch die dicht stehenden Bäume, stolperte und wühlte sich durch dickes Unterholz. Das Gewehrfeuer hinter ihnen hielt an, aber keine Schüsse kamen in ihre Richtung, bis sie aus dem Wald auf eine kleine Lichtung gekommen waren. Dunkle Schatten bewegten sich, und eine Stimme schrie: »Wer da?« Dann bellten Gewehre auf, und Ackroyd warf sich in das hohe Gras, mit Fenton dicht auf den Fersen. Sie legten sich flach hin und krabbelten, während Kugeln um sie herum durch das Gras zischten. Als sie wieder zwischen den Bäumen waren, standen sie auf und rannten weiter, warfen sich von Baum zu Baum, hörten nicht eher auf, bis totale Erschöpfung sie keuchend und schluchzend auf den Boden fallen ließen. Fenton übergab sich und rollte sich unter einem Weißdornstrauch auf den Rücken.
Ackroyd lag wie ein Toter auf dem Gesicht. Sie waren tief im Wald, und es waren keine Geräusche zu hören außer dem sanften Rauschen der Blätter und den zarten Tönen einer Nachtigall und ihren eigenen, gequälten Atemzügen.
Sie versteckten sich am Tag und marschierten in der Nacht; sie arbeiteten sich langsam nach Süden. Die deutsche Armee war rings um sie herum, aber nicht in einer dichten Masse. Es gab Stunden während des Tages, an denen sie nicht einen einzigen feindlichen Soldaten sahen, und dann erwogen sie, ob sie ihr Versteck – sei es nun Buschhügel oder Heuschober, verlassener Kohlenschacht oder stinkender Schweinekoben – verlassen und weitergehen sollten. Sie kämen dann schneller voran als bei Nacht; aber unweigerlich erschienen irgendwann während des Tages Deutsche. Ein einzelner Trupp, der die Straße ausspähte, oder ein ganzes Bataillon, das über ein Feld schwärmte. Und immer war die lauernde Drohung der Ulanen da oder der Totenkopfhusaren oder der weniger exotisch aussehenden Kavallerie, über die man sich Sorgen machen mußte. Deshalb gingen sie in der Nacht nach Süden, hielten sich an die Karte, benutzten

an der Straße die Kilometersteine als Anhaltspunkte und umgingen die Dörfer. Sie aßen Äpfel und wilde Beeren und die wenigen Lebensmittel, die sie in vielen der verlassenen Häuser finden konnten. Das Wetter war gut; am Tag war es heiß und in der Nacht mild, der Himmel war wolkenlos, und der Mond und die Sterne gaben genug Licht, um das Querfeldeinlaufen leichtzumachen. Während der zweiten Nacht ihrer Wanderung kam plötzlich ein starkes Gewitter auf und zwang sie, in einer Scheune Unterschlupf zu suchen. In der Morgendämmerung hörte der Regen auf, aber ein anderes Donnern hielt an – das Bum-bumbum schwerer Granatenexplosionen. Das Bombardement der Artillerie kam fast genau von Westen, etwa aus zehn Meilen Entfernung, es mußte in Le Cateau oder in der Nähe sein, soweit Fenton das beurteilen konnte. Es dauerte von der Morgendämmerung bis zum Sonnenuntergang an, und es war offensichtlich eine größere Schlacht, aber als das Feuer endlich aufhörte, konnte niemand von den beiden wissen, wer gewonnen hatte.
»Ich nehme an, wir könnten diese Nacht nach Le Cateau gehen und nachsehen, wer den Ort jetzt hält«, sagte Fenton, während er seine Karte studierte und einen Apfel aß.
»Das könnten wir, Sir«, sagte Ackroyd voller Zweifel. »Aber nur, wenn wir verdammt gut aufpassen.«
Es war unmöglich, das strenge Verhältnis eines Offiziers zum Untergebenen bei Corporal Ackroyd aufrechtzuerhalten, wenn man die Umstände berücksichtigte. Männer, die stundenlang halb eingetaucht in der stinkenden Suhle eines Schweinekobens miteinander verbracht hatten, während in der Nähe Ulanen ihre Pferde fütterten, erfuhren eine ganze Menge über ihre jeweiligen Fähigkeiten. Fenton hatte den größten Respekt für Ackroyd. Der beklagte sich nicht, war einfallsreich, vorsichtig und tapfer. Er war der Typ des ungebrochenen Soldaten, den jeder Offizier an seiner Seite haben wollte, wenn die Situation bedenklich wurde.
»Halten Sie das nicht für eine gute Idee, Ackroyd?«
»Ich bitte Sie um Entschuldigung, Sir, aber ich meine, wir sollten es nicht tun. Wenn dort ein Gefecht stattfindet, dann werden wahrscheinlich beide Seiten 'n bißchen empfindlich sein, scheint mir, und wir könnten von allen beiden Parteien zusammengeschossen werden, wenn die uns erwischen, wie wir im Dunklen rumtappen. Fritz oder Tommie, wir wären auf jeden Fall Krähenfutter.«
»Ein vernünftiger Schluß.« Fenton blinzelte im schwindenden Licht auf die Karte. »Na, was sagen Sie dazu? Wir gehen weiter nach Süden, bis wir die Bahnlinie erreichen, und folgen dann den Schienen nach St-Quentin. Wenn der Hunne schon so weit südlich steht, dann ist alles aus, und wir können das Handtuch werfen.«
Dieser Vorschlag erntete Ackroyds Zustimmung, und sie liefen los, so-

bald es dunkel wurde. Der Mond ging früh auf, und sie kamen schnell durch Felder und Wälder vorwärts. Sie erreichten die Bahnlinie vor Mitternacht. Eine Stunde lang ruhten sie sich in einem Abzugskanal aus und aßen ihre letzten Äpfel, dann gingen sie am Rand der Schienen in südöstlicher Richtung weiter. Feuer umzogen den nördlichen Horizont, sie verbreiteten einen dumpfen Schein, als ob eine seltsame Morgendämmerung bevorstünde. Fenton und Ackroyd konnten über die Quelle des Feuers nur spekulieren. Dörfer oder Felder, die in Flammen aufgingen? Die Biwakfeuer von unzähligen feindlichen Truppen? Der eine wie der andere Gedanke ließ ihnen kalt werden vor Furcht und trieb sie ohne Pause immer weiter. Um vier Uhr morgens erreichten sie die ersten verstreuten Häuser einer kleinen Stadt, und ein Eisenbahnschild neben den Schienen verriet ihnen den Namen – St-Petit Cambresis. Eine schmale Straße, die in die Stadt führte, kam in Sicht. Ein weißes Band, das sich über einen niedrigen Hügel und durch Weingärten schlängelte. An seinem Rand waren Transportwagen geparkt, die Zugpferde grasten auf einem Feld.
»Das sind unsere, Gott sei Dank«, sagte Fenton, als er die unverkennbare Feldküche entdeckte.
Die beiden Männer blieben stehen und klopften ihre lehmverschmierten, dornenzerrissenen Uniformen ab. Dann marschierten sie energisch weiter. Ackroyd pfiff »Tipperary«, um die Wachen, die vielleicht aufgestellt worden waren, munterzumachen. Sie wurden nicht angerufen, als sie den Bahnsteig entlanggingen, und auch nicht, als sie durch die verlassene Schalterhalle zur Straße hinübergingen.
»Eigenartig«, sagte Fenton. »Man hätte doch eine Wache aufstellen müssen.«
»Das verdammte Kaff scheint leer zu sein, Sir.«
»Unmöglich.«
Sie gingen weiter; ihre Stiefel knallten laut auf dem Katzenkopfpflaster. Die Straße war kurvig, sie führte auf den Marktplatz, dessen Mitte ein steinerner Brunnen zierte. Um den Brunnen herum, praktisch auf jedem Zentimeter des gepflasterten Platzes, lagen die ausgestreckten Gestalten von Soldaten. Es waren dreihundert oder mehr, und sie lagen da wie Tote. Sie stammten nicht alle aus der gleichen Einheit. Fenton bemerkte die Abzeichen von einem halben Dutzend Regimenter. Ein Sergeant der Gordon-Highlanders lag auf dem Rücken in der Gosse und hatte den Kopf auf sein Gepäck gelegt. Seine linke Hand war notdürftig in eine dreckige, blutdurchweichte Bandage eingewickelt. Fenton stupste ihm sanft mit dem Fuß in die Seite.
»Auf die Füße, Sergeant.«
Der Mann starrte Fenton einen Augenblick lang blöde an und stand dann mit einem Stöhnen auf.

»Was zum Teufel geht hier vor?« fragte Fenton scharf. »Sieht ja aus wie 'ne Armee von Bettlern.«
Die rotgeränderten Augen des Sergeants bewegten sich von Fentons Gesicht zu seinem Regimentsabzeichen an der Mütze, und dann hinunter zu den Streifen auf seinem fleckigen, lehmbeschmierten Ärmel. Er riß sich zusammen, stand stramm.
»All die Jungs sind einfach kaputt, Sir.«
»Das kann ich verstehen, Sergeant. Aber warum habt ihr euch nicht verschanzt? Lieber Himmel, Mann, wenn die Sonne aufgeht, wird der Fritz hier sein.«
»Ja, Sir. Der Oberst hat uns gesagt, wir sollen die Waffen zusammenstellen und versuchen, ein bißchen zu schlafen, Sir. Hat uns gesagt, wir wären aus dem Krieg raus, Sir.«
»Ihr Oberst, Sergeant?«
»Nein, Sir. Von den Winchesters, Sir.«
»Wie viele Gordons sind hier?«
»Wir sind zwölf.«
»Wecken Sie sie auf. Schicken Sie sechs an der Bahnlinie entlang und sechs die Straße hinunter. Suchen Sie die Transportfahrer und wecken Sie die auch auf. Ich will diese Pferde dahinten angeschirrt haben. Wo ist der Oberst?«
»Im Rathaus, Sir, dahinten, auf der anderen Seite.«
»Glauben Sie wirklich, daß der Krieg für Sie zu Ende ist, Sergeant?«
Die Muskeln am Unterkiefer des hochgewachsenen Sergeants zogen sich zusammen. »Ich kann mich nicht mit 'nem Oberst streiten, Sir... Nicht mal mit 'nem Oberst von den Scheißkerlen von Winchesters, Sir.«
Die Eingangshalle des Rathauses und der zentrale Korridor waren überfüllt mit Schwerverwundeten, die von ein paar Sanitätern und einem französischen Zivilisten versorgt wurden. Die Verwundeten waren gut verbunden, und alle von ihnen schienen schwer betäubt zu sein. Fenton war beeindruckt durch die Wirksamkeit der Hilfe.
»Ihr macht eure Sache gut hier.«
»Danke, Sir«, sagte einer der Sanitäter und machte eine Kopfbewegung zu dem Franzosen hinüber. »Ha'm wir ihm zu verdanken. Er is' hier der Tierarzt. Hat Pakete mit Pferdebandagen und reichlich Morphium mitgebracht.«
»Sind irgendwelche Männer transportfähig?«
Der Mann rieb sich die Seite des Gesichts und sah nachdenklich aus. Seine Augen waren eingesunken, und es waren tiefe Schatten darunter.
»'n Dutzend vielleicht, wenn sie flachliegen können. Die meisten sind total weg, Sir. Die Scheißgranaten können 'nen Mann schon ganz schön in Stücke reißen.«

»Sortieren Sie die Männer aus, die marschfähig sind, und dann entscheiden Sie und Ihr Kollege, welcher von Ihnen mit dem Rest hierbleiben will. Werfen Sie eine Münze, wenn es nötig ist, aber einer von Ihnen muß bleiben, fürchte ich. Wir können es nicht zulassen, daß die Deutschen sagen, wir lassen unsere Verwundeten zurück.«
Der Mann nickte ernst. »Da ha'm Se recht, Sir, nur – Oberst Hampton hat die ganze Zeit gesagt, wir sollen alles sausen lassen.«
»Das stimmt nicht. Wo kann ich Oberst Hampton finden?«
Der Sanitäter zeigte unsicher den Korridor hinunter. »In einem von den Zimmern dahinten, Sir.«
»Sind noch andere Offiziere da?«
»Ja, Sir, zwei Leutnants und ein Major. Der Major liegt dahinten auf der Trage. Gebrochenes Bein, Sir. Die Leutnants sind beim Oberst.« Er senkte die Stimme und schaute Fenton ernst ins Gesicht. »Mit dem Oberst ist irgendwas nicht in Ordnung, Sir. Ich bin jetzt schon zwanzig Jahre im Sanitätskorps, Sir, und ich hab' so was schon vorher passieren sehen, mehr als einmal, das kann ich Ihnen sagen.«
»Sie haben was passieren sehen, Sergeant?«
»Na, Sir, daß 'n Mann die Kontrolle über sich verliert. Ich glaub', der Oberst ist schon halb um die Ecke.«
Herrgott, dachte Fenton, was für eine fürchterliche Situation. Der Anblick der todmüden Männer auf dem Platz, der Drogentiefschlaf der Verwundeten ließen ihn erkennen, wie erschöpft er selbst war. Es wäre das Einfachste und Natürlichste von der Welt gewesen, sich auf den Fußboden zu legen und die Augen zu schließen – und wenn ihn ein deutscher Stiefel in ein paar Stunden aufweckte, dann war das eben so. Und unten im Korridor gab es einen Oberst, einen Regimentskommandeur, aller Wahrscheinlichkeit nach ein älterer Mann, der schon einen langen und ehrenhaften Dienst hinter sich hat, und der war genauso müde. Aber er war unfähig, damit fertig zu werden, er hatte sich seine Entscheidungen von der Erschöpfung diktieren lassen. Fenton mußte irgendwie diesen Mann ablösen, mußte als höherer Offizier mit entsprechender Kompetenz das Kommando übernehmen und dieses abgerissene, zerlumpte Häuflein durcheinandergewürfelter Truppen noch vor der Dämmerung aus der Stadt führen. Im Augenblick kam ihm dieses Unternehmen fast unmöglich vor, es war so, als ob einem befohlen wurde, splitternackt auf einen unbesteigbaren Berg zu klettern. »Ich respektiere Ihre Bemerkungen, Sergeant, aber von jetzt an behalten Sie sie freundlicherweise für sich. Haben Sie irgend etwas hier, das mich wachhält?«
»Tut mir leid, Sir. Wir haben noch nich' mal 'ne Kaffeebohne oder 'ne Handvoll Tee.« Er lächelte säuerlich. »Aber ich kann Sie blitzschnell einschlafen lassen.«

»Danke, Sergeant, aber das kann ich ganz gut alleine.«
Er fand die drei Offiziere im Büro des Bürgermeisters; die beiden Leutnants lagen auf dem Boden, und der Oberst hatte sich auf einem Ledersofa ausgestreckt. Auf dem Schreibtisch stand eine Öllampe und glühte schwach. Fenton drehte den Docht hoch, aber keiner bewegte einen Muskel, als plötzlich das Licht auf sie fiel. Er trat die beiden jüngeren Offiziere, bis sie sich bewegten, stöhnten und murmelten, und schüttelte dann wild den Oberst. Der Oberst hatte weißes Haar und ein langes, leichenhaftes Gesicht. Er war mindestens sechzig, und ein verblichener Ärmelstreifen aus dem Burenkrieg war an sein Hemd genäht. Von der Reserveliste, aus seinem Londoner Club herausgerissen, um ein Regiment nach Frankreich in die Schlacht zu führen. Der Mann konnte ihm fast leid tun.
»Wachen Sie auf, Sir. Wachen Sie auf.«
Der Oberst starrte Fenton mit schlaffem Unterkiefer und glasigen Augen an.
»Was? Was sagen Sie da?«
»Wachen Sie auf. Zeit zum Abmarsch.«
Der Oberst bemühte sich schwach, sich hinzusetzen, und Fenton half ihm dabei, indem er ihn an seinem Hemd hochzog.
»Abmarsch?« sagte der alte Mann verwirrt. »Abmarsch, sagen Sie? Wovon zum Teufel sprechen Sie denn, Sir? Was zum Teufel meinen Sie damit?«
Fenton warf einen Seitenblick auf die Leutnants, die jetzt auf den Füßen standen. Sie schwankten leicht vor Müdigkeit. Beide waren Männer von der 9. Brigade, der eine von den Winchesters und der andere ein Königlicher Füsilier.
»Genug Schönheitsschlaf bekommen?« sagte Fenton eisig.
Der Füsilierleutnant rubbelte sich das Gesicht. »Herrgott, wie spät ist es denn?«
»Spät genug, um abzurücken«, sagte Fenton. »Gehen Sie hinaus auf den Platz und fangen Sie an, die Männer auf die Beine zu bringen.«
»Was zum Teufel meinen Sie?« murmelte der Oberst belegt. »Die Männer auf die Beine bringen? Verdammt noch mal, die haben ihre Ruhe verdient, Sir... haben ihre Ruhe verdient... Zweiundfünfzig Stunden ohne Schlaf... Zwei Gefechte... Sie haben alles getan, was sie tun können.«
»Nicht ganz, Sir«, sagte Fenton ruhig. »Es reicht noch nicht ganz.«
Die Leutnants schienen unsicher zu sein, was sie tun sollten, voll innerer Anspannung bemerkten sie, daß sich irgendein Zusammenstoß zwischen zwei ranghöheren Offizieren anbahnte.
»Bleiben Sie einen Moment da«, befahl ihnen Fenton. »Ich brauche Sie als Zeugen. Ich werde den Oberst veranlassen, sich selbst auf die Verwundetenliste zu setzen.«

Das Gesicht des Obersten überzog sich mit einem fleckigen Purpurrot. »Verwundetenliste? Wovon sprechen Sie, zum Kuckuck?«
»Sie müssen irgend etwas haben, Sir, weil Sie es Ihrem Kommando erlaubt haben, einzuschlafen und vom Feind gefangengenommen zu werden.«
Der alte Offizier öffnete mehrmals seinen Mund, ein Speicheltropfen lief ihm aus dem Mundwinkel. Er starrte zu Fenton auf, mit dem starren, vorquellenden Blick eines Menschen, der am Rand eines Schlaganfalls steht.
»Was sagen Sie da, Sir? Was? Lieber Himmel... Das ist Strandgut... nicht mein Kommando... Es sind Wracks... Hab' sie hier gefunden... müde bis auf die Knochen... Kann nicht erwarten, daß sie weitermachen... Das ist zuviel für einen Mann, verdammt... Das ist nicht fair... nicht...«
Fenton unterbrach ihn kalt. »Kein Oberst der Winchesters würde ohne Kampf aufgeben, es sei denn, er ist ein kranker Mann. Ich muß Herrn Oberst wohl nicht an die Geschichte seines Regiments erinnern.«
Das Gesicht des Mannes wurde noch dunkler, die Augen traten noch mehr vor.
»Coldstream«, sagte er rauh. »Ihr verdammten Garden, ihr seid alle gleich, arrogante Schweine, jeder, auch der Allerletzte von euch. Was glauben Sie denn, zum Teufel, wer Sie sind? Mich so anzuquatschen, mir zu sagen, was ich tun soll? Krank? Ich bin nicht krank, Sir!«
»Sie sind entweder krank oder ein Feigling, Sir. Wenn Sie sich weigern, sich auf die Verletztenliste zu setzen, dann habe ich keine andere Wahl, als dieses Zimmer zu verlassen, mit einem Gewehr zurückzukommen und Ihnen den Kopf abzuschießen.«
Der Oberst schien den Atem anzuhalten. Sein Mund bewegte sich ohne Worte, dann rollten sich die starrenden Augen nach oben, und er sank nach vorne hinüber. Fenton streckte die Hände aus, um ihn vor einem Sturz auf den Boden zu bewahren.
»Armer, alter Trottel«, mokierte sich der Füsilier.
»Hüten Sie Ihre Zunge«, sagte Fenton scharf. »Holen Sie den Sanitäter, und beeilen Sie sich gefälligst.«
Der junge Offizier schoß aus dem Zimmer, während der andere Leutnant fast wie betrunken auf das Sofa zu torkelte.
»Ist er in Ordnung?«
»Ja. Machen Sie sich raus auf den Platz. Wecken Sie die Männer. Blasen Sie die Trompeten, läuten Sie die Glocken, treten Sie die Leute in den Hintern, aber bringen Sie sie auf die Beine.«
»Ich will's versuchen, Sir.«
Fenton starrte ihn an. »Nicht versuchen. Ich habe Sie nicht darum gebeten, es nur zu versuchen.«

Er trieb den Leutnant mit seinem bösen Blick aus dem Zimmer und preßte dann seine Finger fest ans Handgelenk des Obersten. Die Haut war feucht, aber er konnte einen schwachen Pulsschlag entdecken. Der alte Mann war in Ordnung. Oder nicht? Nein. Wie konnte er je wieder in Ordnung sein? Dieser Mann mochte vielleicht hundert Jahre alt werden, aber er war in Frankreich gestorben, genauso sicher, wie der arme, alte Webber dort gestorben war. Fenton ließ das Handgelenk los und legte den Oberst vorsichtig auf den Rücken. Das orange-gelb-schwarze Südafrika-Band sah ein bißchen läppisch aus auf seinem Hemd.
Auf dem Marktplatz machte man Fortschritte. Grob ein Viertel der Männer stand auf, aber in ihrer Haltung war nichts Martialisches. Sie hatten aufgehört, Soldaten zu sein. Sie sahen aus wie Landstreicher, die an einem kalten Morgen unter den Brücken herauskrochen. Ackroyd half den beiden Leutnants, die Männer zu wecken. Er fluchte, er bettelte, er riß an ihren Koppeln, er trat sie. Ein paar Männer standen auf, andere blieben halb betäubt liegen und murmelten Flüche und Drohungen. Fenton schien es eine hoffnungslose Aufgabe zu sein, und die Zeit lief aus. Genau in der Dämmerung würden die Deutschen sich rühren und in einer graugrünen Flut nach St-Petit Cambresis weitermarschieren. Fenton entdeckte drei Gefreite aus der Einheit Cameron. Sie schnallten sich in der Nähe des Brunnens ihr Marschgepäck auf. Einer von ihnen hatte einen Leinensack über eine Schulter geschlungen, und daraus standen die Pfeifen eines Dudelsacks hervor.
»Sie dahinten!« brüllte Fenton den Mann an. »Spielen Sie uns einen.«
»Er hat nich' mehr die Luft, Sir«, rief einer seiner Kameraden zurück.
»Verdammt noch mal, dann soll er sich besser schnell welche besorgen!«
Der Pfeifer grinste dämlich und nahm seinen Dudelsack aus dem Beutel. Es kam ein langsames Heulen, wie von einer sterbenden Katze, und dann erklangen die wirbelnden Töne von *»Blue bonnets over the border«*, klar und rührend, mit dieser Andeutung von Traurigkeit, die aller Dudelsackmusik eigen zu sein scheint. Die Musik beschwor Visionen von tapferen Männern, die todgeweiht auf einsamen Mooren um eine verlorene Sache kämpfen. Der schottische Prinz hatte damals diesen gleichen Tönen gelauscht, vor der verlorenen Schlacht von Culloden.
»Gehen Sie herum, Mann, gehen Sie herum.«
Der Pfeifer bewegte sich langsam zwischen den erschöpften Männern, er suchte sich sorgfältig seinen Weg, um niemandem ins Gesicht zu treten. Soldaten begannen aufzustehen. Ein paar brachen in schwache Bravorufe aus. Ein Korporal der Königlichen Füsiliere hielt die Hände an den Mund und brüllte: »Tretet die schottischen Bauerntrampel in den Hintern!« Hier und da wurde gelacht. Noch mehr Männer standen auf und begannen sich ihre Ausrüstung anzuschnallen.

»Wenn ihr keine Bauernmusik haben wollt«, rief Fenton aus, »dann laßt uns mal was von den Londonern hören!«
Aus der Hosentasche eines Mannes erschien eine Mundharmonika, aus einem Tornister kam eine kleine Concertina. Jetzt machten *»Who's your lady fair?«* und *»The old Kent road«* den *»Blue bonnets«* Konkurrenz. Man begann zu singen, und die Truppen begannen Viererreihen zu bilden und langsam aus dem Hof hinauszumarschieren. In der Ferne hörte man das Wiehern der Pferde und das Klappern und Quietschen der Transportwagen. Die Männer wußten, welchen Weg sie gehen mußten – nach Süden, über die Bahnlinie und über eine kleine Brücke. Dunkle Pappeln markierten die Straße.
Fenton blieb auf dem Marktplatz, bis der letzte Mann, der letzte Wagen und das letzte Pferd die Stadt verlassen hatten. Es war Dämmerung, der dunkle Stein des Kirchturms verfärbte sich zu einem blassen Rosa. Schwalben segelten aus dem sonnenvergoldeten Glockenturm in die dunklen Falten eines Kastanienbaums hinab. Dieses Bild erinnerte Fenton an Abington an einem Sommermorgen. Er wandte sich zum Gehen um, blieb aber dann einen Moment stehen und schaute den Sanitäter an, der mit den Verwundeten zurückblieb. Der Mann stand auf den Stufen des Rathauses, rauchte eine Pfeife und machte sich offenbar keine Sorgen. Vielleicht war er erleichtert, daß er nicht mit den anderen ausmarschierte, daß der Krieg für ihn vorbei war.
»Viel Glück, Sir«, rief der Sanitäter aus.
Fenton hob den Arm, machte eine sinnlose Lebewohl-Geste und ging fort. Er hinkte leicht, das Katzenkopfpflaster tat seinen Füßen weh. Er folgte dem dröhnenden Dudelsack aus der kleinen Stadt hinaus.
Weihnachten ist es vorbei... Das hatte jeder gesagt, wir werden zu Hause sein, noch ehe die Blätter fallen. Fenton fragte sich, wie die Wahrheit wohl aussehen würde, während die ersten Granaten aus der Dämmerung herausheulten. Die deutschen Kanoniere suchten nach der Straße von St-Quentin, nach den Truppen, die ihres Wissens dort sein mußten. Die Granaten schlugen fünfzig Meter vom Ziel ein, explodierten schwarz und purpurrot in der Luft und rissen Schrapnellschneisen durch einen Weinberg.
Zu Hause, ehe die Blätter fallen. Das war ein verdammt guter Witz.

3

Der Morgen knisterte vor Frost, das Gras brach unter Jupiters Hufen, als Lord Stanmore aus dem kahlen Gebüsch galoppierte und über die Felder zurück nach Abington Pryory ritt. Ein schwarzer Februartag mit schiefergrauen Wolken, die dicht über der gefrorenen Erde lagen. Der Graf konnte spüren, wie die Kälte bis zu seinen Knochen vordrang, und er war dankbar, als die Ställe in Sicht kamen. Ein älterer Pferdeknecht, dick eingemummt gegen die Kälte und mit einem dicken Schal umhüllt, wartete dort, um das Pferd zu nehmen.

Der Graf verließ eilig die Ställe. Es tat ihm weh, die Reihen der leeren Boxen zu sehen, mehr als irgend jemand wissen konnte, es tat ihm weh, das verschlossene Häuschen zu sehen, wo George Banks gewohnt hatte, die leeren Schlafquartiere, die einst von den Rufen und dem Gelächter der Pferdeknechte und Stalljungen erfüllt gewesen waren. Alle Pferde, mit Ausnahme von Jupiter und einer zwölfjährigen Zuchtstute, waren der Armee im Oktober übergeben worden. Die Verluste der Kavallerie an der Marne und während der vielen Zusammenstöße, die dem deutschen Rückzug folgten, waren schwer gewesen. Der Ruf nach Ersatzpferden war ergangen, und der Graf war großzügig gewesen. Er bedauerte diese Geste des Patriotismus nicht, das war ja schließlich das mindeste, was er tun konnte; dennoch, wenn er die leeren Boxen sah, war ein Kloß in seiner Kehle. Der Ruf zu den Fahnen hatte dabei nicht aufgehört. Banks war als Offizier in das Veterinärkorps eingetreten, und die Pferdeknechte und Stalljungen waren in den Wachdienst oder in die reguläre Armee eingetreten. Keiner war mehr übrig in Abington Pryory außer den Leuten in mittlerem Alter und den Alten, den Behinderten und den Blinden. Es waren auch nicht nur Männer gewesen, dachte der Graf bitter. Das letzte der jungen Dienstmädchen war nach Weihnachten gegangen; sie war dem Ruf ihres Landes gefolgt, nach Frauen, die Stellen einnehmen sollten, die von den Männern verlassen worden waren. Männer, immer mehr Männer. Lord Kitchener hatte um hunderttausend Freiwillige gebeten, die den Kern seiner neuen Armee bilden sollten. Über eine Million hatten sich gemeldet.

DEIN LAND BRAUCHT DICH

Lord Kitcheners Portrait auf Plakaten, mit grimmigem Gesicht, stählernen Augen, und sein Finger zeigte einem direkt ins Gesicht. Reklame für den Krieg, die Plakate verkauften ihn wie Pears Seife oder wie White-Manor Teestuben. Und natürlich würden die Männer gehen, sie würden zu den Fahnen eilen für ein bißchen Abenteuer. Die Mädchen auch...

FRAUEN VON GROSSBRITANNIEN, FOLGT DEM RUF

...laßt euch als Krankenschwestern ausbilden, im Militärschwesterndienst von Queen Alexandra, beim Q. A. oder beim Roten Kreuz, oder lernt das knifflige Geschäft, Sprengstoff in Granatenhülsen zu stopfen. Macht viel mehr Spaß, als bei Tisch zu bedienen oder das Treppengeländer zu polieren. Das Resultat dieses Exodus war es gewesen, daß volle zwei Drittel von Abington Pryory geschlossen werden mußten, daß die Möbel mit weißen Laken bedeckt waren. Ein einbalsamiertes Haus, das seine Wiederauferstehung erwartete. Staub ließ sich sanft in den verlassenen Korridoren nieder. Unkraut lugte aus den Bruchsteinritzen auf der Terrasse. Der Graf hatte sich oft über die Vernachlässigung und den Mangel an Hilfe beklagt.

»Es ist der Krieg, Tony«, das war Hannas einzige Antwort. Als ob man ihm das sagen mußte! Charles war in Uniform, Roger Wood-Lacy genausogut. Nicht in Frankreich – noch nicht. In Frankreich. Was für ein häßlicher Klang... So drohend wie die Geräusche, die er im späten Oktober und während der ersten Novemberwochen gehört hatte, früh morgens, wenn die Luft noch still war. Das Donnern der Artillerie auf der anderen Seite des Kanals, in Flandern. Und dann die Verlustlisten auf der ersten Seite der Times, die man beim Frühstück überfliegen konnte. Achtundfünfzigtausend Namen von Toten, Verwundeten und Vermißten, allein nach Ypern. So viele Namen, die er erkannte, die er mit Gesichtern in Verbindung brachte, Namen von Männern, mit denen er gejagt und Karten gespielt hatte; aber hauptsächlich die Namen ihrer Söhne. Nein, er brauchte Hanna nicht, um sich zu erinnern, daß Krieg war.

Die innere Kälte blieb, selbst nach zwei Tassen starkem Tee, von denen die letzte mit einem Gläschen Jamaica-Rum gewürzt war. Auf seinem Gemüt lag ein dauernder Frost, und er fühlte sich unfähig, ihn zu vertreiben. Weiß Gott, die Zeitung war keine Hilfe. Nichts stand in der Times außer dem Krieg, außer der immer länger werdenden Anzahl von Namen im Buch der Ehre. Nicht allzu viele Verwundete und Vermißte waren aufgeführt. Die Kämpfe waren im Schnee und im gefrorenen Regen steckengeblieben. Und viele von den Toten waren wahrscheinlich die armen Teufel, die jetzt endlich ihren Wunden erlegen waren, Wunden, die sie im Sommer und im Herbst in Mons, in Le Cateau, an der Marne, in den Messinen und in Ypern empfangen hatten. Vielleicht war es besser so. Er schaute mit schwerem Herzen auf die Liste. Zwei Namen fielen ihm auf. Gilsworth, R. T., Oberst, 1. Regiment Hampshire; der Graf von Maidhurst, Captain, Königliche berittene Garde.

Er erinnerte sich an Andrew Maidhurst. Er war ein lauter, kraftstrotzender Fünfzehnjähriger gewesen, hatte jedes Hindernis zu Pferd mit einem wilden, markerschütternden Schrei genommen wie ein Indianer. Verdammt guter Reiter. Er mußte dem Marquis und Lady Maidhurst einen Beileidsbrief schicken. Der älteste Sohn. Herrgott, was für ein schrecklicher Schlag. Und der arme, alte Ronnie Gilsworth. Wie oft waren sie zusammen oberhalb von Pately Bridge nach Schnepfen durch die Felder gestreift? Ein paar gute Nachrichten von den Dardanellen. Admiral Cardens

Schiffe hatten die türkischen Forts auf der Galipoli-Halbinsel erfolgreich bombardiert. Die Königliche Marineinfanterie war gelandet und stocherte jetzt in den Trümmern herum, ohne daß auf sie geschossen wurde. Der Türke war vor der Macht der britischen Marineartillerie geflüchtet. Es war dem Grafen nicht klar, was man in dieser fernen Ecke der Welt zu erreichen hoffte, aber irgend etwas lag in der Luft. Eine reine Marineangelegenheit. Man wollte den armen Teufeln von der Infanterie zur Abwechslung mal eine Pause gönnen, und dennoch, das Militär schien auseinandergerissen zu sein. Die Armee war sehr dagegen.

Eine Niederlage der Achsenmächte im Jahr 1915 kann nur durch einen entscheidenden Sieg in Frankreich erreicht werden... Im Frühling... Kombinierte französische und britische Offensive in Artois und in der Champagne... Überwinden der deutschen Schützengräbensysteme... Streitmacht der britischen Kavallerie soll die Erfolge der Infanterie nutzen... Der oberste Leiter der Admiralität ist irregeleitet, wenn er glaubt, daß die Seemacht allein die Türken auf die Knie zwingen kann... Ungeheure Mengen von Truppen werden benötigt... Verbindung zwischen der Halbinsel und der asiatischen Küste...: Wenn die Truppen im Westen dezimiert und nach Osten geschickt werden, würde das die Pläne von Sir John French und von Marschall Joffre ernsthaft unterminieren.

Verdammt noch mal! Soviel Hin und Her, soviel unnützes Hickhack zwischen den einzelnen Truppenteilen; nicht daß es den Grafen etwa interessierte, ob man den jungen Winston Churchill auf heißen Kohlen röstete. Der war viel zu groß für seine Hosen, dieser Kerl. Sein Vater war als Wahnsinniger im Irrenhaus gestorben.
Coatsworth schlurfte mit Rührei und Lammnieren herein. Er stellte die Schüssel vor dem Grafen nieder und nahm den silbernen Deckel ab.
»Ross verläßt uns, Mylord«, sagte er und sah irgendwie erfreut darüber aus.
»Was? Ross? Nein, wirklich?«
»Ja, Mylord, er hat es uns eben im Dienerzimmer gesagt.«
»Wenn ich gefrühstückt habe, dann schicken Sie mir den Burschen herauf. Ross verläßt uns – wie dumm.«
Der Graf zündete sich die erste Zigarre des Tages an, nachdem er zuerst seinem Chauffeur eine angeboten hatte. Aber der zog die Abdullah-Zigaretten aus dem Fünfziger-Päckchen auf dem Tisch vor.
»Nun, Ross, ich höre, Sie wollen lossausen, um den Shilling des Königs anzunehmen.«
Jamie Ross sah gequält aus. »Ich wollte eigentlich in die Armee, Mylord. Nichts hätte mir größere Freude gemacht, als eine Khakiuniform zu tra-

gen; aber was passiert ist, ist folgendes: Ich habe heute morgen per Expreß einen Brief erhalten. Von Rolls-Royce.«
»Von der Firma Rolls-Royce?« Lord Stanmore konnte es nicht glauben, und das zeigte sich auf seinem Gesicht.
»Ja, Mylord. Mit Bezug auf ein Patent, das ich mir auf ein Vergasersystem habe eintragen lassen. Die Firma Rolls-Royce war interessiert gewesen, aber bei ihren Automobilen hielten sie es für unnötig. Aber jetzt machen sie auch Flugzeugmotoren, Mylord, oben in Enfield, Mylord, und sie glauben, daß durch mein System ihre Motoren ausdauernder laufen werden.«
Lord Stanmore nahm langsam die Zigarre aus dem Mund und ließ den Rauch heraussprudeln. Er war völlig verblüfft.
»Flugzeugmotoren?«
»Ja, Mylord«, sagte Ross mit großer Geduld. Er hatte das Gefühl, als ob er mit einem begriffsstutzigen Kind sprach. »Die Armee hat eine ganze Menge Flugzeuge bestellt, Mylord, zu Aufklärungszwecken und zum Suchen der Artilleriestützpunkte. Aber was sie jetzt haben, ist schrecklich langsam, und der Motor setzt aus, wenn das Flugzeug sich auf den Rücken dreht... Dann läuft das ganze Benzin aus dem Vergaser, Mylord. Grundsätzlich ist das der gleiche Fehler, den wir auch immer hatten, wenn wir den Box Hill hinauffuhren. Daß der Motor eine Tendenz zum Stottern hatte, oder daß er sogar auf steilen Steigungen aussetzte.«
»Auf dem Rücken? Warum in aller Welt würden sie denn auf dem Rücken fliegen, Ross?«
»Ich nehme an, es läßt sich manchmal nicht vermeiden, Mylord. Starke Winde oder Ausweichmanöver.« Die Asche an seiner Zigarette wurde länger, aber er hatte nicht ganz den Nerv, sich über den Tisch zu lehnen und sie im silbernen Aschenbecher des Grafen abzustreifen. Er senkte die Hand hinter sein rechtes Bein und ließ die Asche auf den Teppich fallen. Dann verrieb er sie mit dem Fuß in den Flor. »Nun, Mylord, ich habe also diesen Brief bekommen, und die Rolls-Royce-Leute wollen, daß ich nach Enfield komme und mit ihren Ingenieuren arbeite. Sie sagen, ich könnte da oben mehr gegen die Deutschen ausrichten, als wenn ich in die Armee eintrete.«
Der Graf studierte ihn durch den Nebel aus graublauem Rauch. Komisch. Ross, ausgerechnet sein Ross bekam einen Brief von Rolls-Royce. Ganz unglaublich. Natürlich hatte er immer gewußt, daß der Junge ein Genie war. Immer hatte er an den Wagen herumgebastelt und erreichte es irgendwie, daß sie danach besser liefen als zu dem Zeitpunkt, an dem sie die Fabrik verlassen hatten. Trotzdem, es war merkwürdig. Der Kerl hatte wahrscheinlich wenig Schulbildung, und dennoch hielt man ihn für zu wertvoll, um nach Frankreich zu gehen. Charles hatte Cambridge mit ei-

nem Abschluß summa cum laude verlassen, und trotzdem konnte niemand eine bessere Verwendung für seine Dienste finden als den Platz eines Leutnants bei den Royal Windsor Fusiliers.
»Ich nehme an, diese Motoren sind ziemlich wichtig, Ross.«
»O ja, Mylord. Ich habe erst neulich im ›Mechaniker und Automobilisten‹ gelesen...«
»In was?«
»›Mechaniker und Automobilisten‹, Mylord, eine Zeitschrift, die ich abonniere. Sehr beliebt bei Maschinisten und Mechanikern, Mylord; na, da war also ein Artikel drin, der mir aufgefallen ist. Der Herausgeber dieser Zeitung schrieb, daß es die Maschinen sein würden, die den Krieg gewinnen, Mylord. Bessere Waffen, schnellere und zuverlässigere Flugzeuge, und daß die Männer, die sie herstellen, wertvoller oder wenigstens genauso wertvoll sind, Mylord, wie der Tommie im Schützengraben.«
»Ja«, sinnierte der Graf mit halbgeschlossenen Augen, »ja, das könnte man sagen.«
»Eigentlich, Mylord, sollten sie die Maschinisten aus der Armee herauspicken und sie zurück an ihre Drehbänke schicken.«
»Stimmt. Es stand auch in der Times. Wann werden Sie uns verlassen, Ross?«
»Sie wollen mich sobald wie möglich. Spätestens in ein paar Tagen.«
»Verdammt unbequem für mich, das muß ich sagen. Wo in aller Welt finde ich denn einen anderen Fahrer?«
Jamie Ross trat ungemütlich von einem Fuß auf den anderen. Die Zigarette war bis zu seinen Fingern abgebrannt, und er war gezwungen, sie in dem glänzenden Aschenbecher des Grafen auszudrücken.
»Es gibt ja immer noch Maddox im Dorf, Mylord.«
Der Graf machte ein verächtliches Geräusch tief in der Kehle. »Der Mann muß schon achtzig sein, soweit ich weiß.«
»Oder der junge Fishcombe, Mylord. Er ist erst sechzehn, aber er fährt den Lieferwagen seines Vaters.«
»Ja, ich nehme an, den könnte ich einstellen.«
»Oder, ich bitte um Entschuldigung, Mylord, warum fahren Sie denn nicht selbst? Ich könnte es Ihnen leicht in ein paar Stunden beibringen. Es ist wirklich ganz einfach.«
»Sicherlich, Ross«, sagte der Graf steif, »aber ich ziehe es vor, gefahren zu werden.«
Er kämpfte darum, zu verhüten, daß sein Lebensstil unwiderruflich absackte. Es ist der Krieg, Tony. Das erklärte die Aufgabe seiner Stelle, die Schließung des größten Teils seines Hauses, die langsame Verwandlung seiner Gärten in eine ungepflegte Wildnis. Das erklärte auch die Kündigung seines Chauffeurs und die Schwierigkeit, einen angemessenen Er-

satz zu finden. Man mußte das alles einfach als eine Tatsache akzeptieren, als eine Angelegenheit, gegen die es kein Argument gab. Es war kindisch, Ross' Vorschlag nicht zu bedenken, aber ganz sicher würde der Krieg im Frühling vorüber sein, und alles würde wieder normal werden.
Er nahm sich ein Glas erstklassigen Rum und fühlte sich danach besser. Schneeregen schäumte gegen die Bibliotheksfenster. Hanna telefonierte schon seit über einer Stunde mit Mary Dexford. Sie hängte ein und betupfte mit einem Spitzentaschentuch ihre Augen.
»Sie erträgt es so großartig. Andrew ist an einer Verwundung gestorben, aber er hatte keine Schmerzen. Mary hat mir den Brief vorgelesen, den sein Oberst geschickt hat. Der Junge war schrecklich tapfer, hat seine Truppen gegen ein Maschinengewehr geführt, das den Vormarsch aufhielt. Schrecklich... schrecklich... Und trotzdem scheint mir Mary so resigniert, sie denkt so fatalistisch darüber. Und sie hat keine Angst um ihre anderen Söhne. John und Timothy sind in Frankreich, und Bramwell ist in einem Ausbildungskorps für Offiziere in Oxford. Sie hat mir gesagt, daß sie um die Jungen herum einen Hauch Unbesiegbarkeit spürt. Einen heiligen Schild.«
»Ich habe Mary nie für eine religiöse Person gehalten«, sagte der Graf versonnen. Er starrte die Fenster an, den eisigen Glanz hinter dem Bleiglas.
»Das ist sie auch nicht. Sie glaubt, daß es eine größere Macht gibt als unsere moderne Anschauung von Gott, einen uralten Geist, den die Druiden gut gekannt haben. Sie hat mir einmal erzählt, daß sie gefühlt hätte, wie dieser Geist sie umgab, als sie vor langer Zeit in der Mitte von Stonehenge stand.«
»Kompletter Blödsinn«, murmelte der Graf.
»Vielleicht, aber es tröstet sie.«
»Dieser heilige Schild hat Andrew verdammt wenig genützt.«
»Sie hat gesagt, daß nur sein Körper gestorben ist. Ich bin nicht ganz sicher, was sie damit meinte.« Hanna drehte ihr Taschentuch in einen Strick aus Spitze. »Alex hat mir heute morgen gesagt, sie hätte eine Überraschung für uns. Das Kind klang ganz aufgeregt.«
»Alexandra ist immer aufgeregt.«
»Sie hat es richtig herausgesprudelt.«
»Hast du ihr gesagt, daß Winifreds Bruder tot ist?«
»Nein, noch nicht.«
»Ronnie Gilsworth ist auch gefallen. Du kennst ihn doch, Oberst Gilsworth, wir gingen immer zusammen auf die Jagd.«
»Ja«, sagte sie mit leerer Stimme. »So viele haben uns verlassen, in solch kurzer Zeit. Unsere Männer und auch ihre Männer. Ich frage mich, ob auch ein paar von den Rilkes...?«

Sie konnte den Gedanken nicht zu Ende führen. Von ihrem Mann konnte sie keine Worte des Mitleids mit dem Schicksal ihrer Verwandten in Deutschland erwarten. Antideutsche Gefühle liefen wie eine ansteckende Krankheit durch das ganze Land. Im Parlament sprach man sogar davon, der Krone den ernsten Vorschlag zu machen, daß der Name der königlichen Familie von Sachsen-Coburg in einen Namen umgeändert werden solle, der englischer war. Mr. Koepke, der Bäcker, der in Guildford seit zwanzig Jahren sein Brot und seinen Kuchen verkaufte, war interniert worden. Man hatte ihn ohne Vorwarnung einfach abgeführt. Der arme Adolf Koepke, der immer einen kleinen Karton mit zerbrochenen Bisquits und Obsttörtchen an der Tür stehen gehabt hatte, damit vorbeigehende Kinder sie kostenlos nehmen konnten, der war in einem Polizeiwagen wie ein gewöhnlicher Verbrecher einfach abgeholt worden. Die gleichen Kinder, die sich dank der Großzügigkeit des alten Koepke ihre Taschen gefüllt hatten, standen dabei auf der Straße und riefen Schimpfworte, und dann hatten sie mit Farbe »Dreckiger Deutscher« quer über sein Ladenfenster geschmiert. Mrs. Kenilworth, die Schwester des Bischofs von Stoke, wohnte in Abington, und sie hatte das Unglück, eine deutsche Dackelhündin zu besitzen. Ein Junge hatte das Tier mit Steinen beworfen, und sie wagte es nicht mehr, das arme kleine Vieh aus dem Haus zu lassen außer in der Nacht. Wahnsinn.
Hanna zerrte und drehte das Taschentuch, tief in Gedanken versunken. Im Schreibtisch in ihrem Wohnzimmer war ein zwölfseitiger Brief eingeschlossen. Er war von ihrer Großtante Luise, Baronin Seebach. Martin hatte ihn ihr überbracht, nachdem er im September Deutschland besucht hatte. Er war zwei Wochen bei den Rilkes, den Seebachs, den Grunewalds und den Hoffmann-Schusters in Lübeck, Koblenz, Hannover und Berlin gewesen. Die Baronin, neunzig Jahre alt und laut Martin »im Kopf noch topfit«, hatte ihm den Brief anvertraut. Er enthielt einen Stammbaum, der peinlich genau und bis ins letzte Detail von der alten Frau zusammengetragen worden war. Die Rilkes und all ihre deutschen Zweige. So viele Namen waren da aufgeführt, so viele junge Männer, und winzige Sternchen standen neben den Namen derjenigen, die Uniform trugen. Die beiden Söhne ihres Vetters Friedrich Ernst von Rilke, Werner und Otto. Werner war genauso alt wie Charles, Otto zwei Jahre jünger. Sie waren Offiziere der Reserve und studierten in Lübeck. Martin hatte sie kennengelernt und mochte sie. Die beiden waren jetzt im aktiven Dienst, in der Infanterie. Lebten sie noch, oder waren sie tot? Der kalte Regen zischte gegen das Glas und gab keine Antwort.
»Ein sehr bemerkenswertes Land, Tante Hanna«, hatte Martin gesagt. Er war beeindruckt gewesen, wie glatt alles im modernen deutschen Staat funktionierte. Er war beeindruckt gewesen von den gleichen Dingen, die

auch Hanna immer beeindruckt hatten, wenn sie jeden Frühling nach Deutschland fuhr. Es gab keine extreme Armut, keine Elendsviertel in den Städten, das Schulsystem und die Arbeitsbedingungen in den Fabriken waren gut, in der chemischen Fabrik in Koblenz, die den Rilkes gehörte, gab es einen Kindergarten für die Kinder der Arbeiterinnen, die Fabrik für Elektromotoren in Potsdam war gut gelüftet und sonnig – so anders als in den englischen Fabriken, die aussahen wie dunkle, luftlose Höhlen.
»Werner und Otto haben mich herumgeführt. Sehr nette Jungs.«
Sie warf einen Blick auf ihren Mann, der ins Nichts starrte, der in die Trübseligkeit des Tages hineinbrütete und ohne Zweifel an Andrew Maidhurst und Oberst Gilsworth dachte. Tony hatte Werner und Otto sehr gern gehabt. 1912 hatte Otto sieben Monate lang in dem Haus an der Park Lane gewohnt, als er an der Universität von London Chemie studierte. Jetzt mochte er sie sicher nicht mehr kennen.
Hanna war immer stolz auf ihr deutsches Blut gewesen und stolz darauf, was Deutschland in weniger als einem halben Jahrhundert geleistet hatte. Das Deutschland, das ihr Vater noch gekannt hatte, war ein Land der Bauern und Handwerker gewesen, ein Land mit Menschen, die schufteten, früh aufstanden, nachdachten und die aus ihrer mageren Erde große Denker hervorgebracht hatten: Goethe, Kant, Heine, Schiller. Und danach, unter Bismarck, waren die großen Praktiker gekommen. Aus dem Lernvolk soll ein Tatvolk werden, das hatte Bismarck versprochen, und jetzt stand die deutsche Industrie auf der ganzen Welt niemandem mehr nach. Die deutsche Stahlproduktion ließ die britische winzig aussehen, die deutsche Handelsmarine forderte die britische Flagge auf allen Weltmeeren heraus. Dort lagen die Wurzeln des Krieges: Es war die britische Furcht vor der deutschen Expansion und der deutschen Arroganz. Ja, der deutschen Arroganz. Deutschland besaß überhaupt keine perfekte Gesellschaftsordnung. Es war kein Utopia. Deutschland hatte ein starres Kastensystem, das vom preußischen Militarismus beherrscht wurde. Nein, Deutschland war nicht perfekt, aber es war auch keine Nation von rotäugigen Ungeheuern. Deutsche Soldaten vergewaltigten keine belgischen Nonnen auf den Altarstufen, sie spießten auch keine belgischen Babys auf Schwerter und Bajonette oder banden belgische Jungfrauen an ihren Haaren an die Klöppel der Kirchenglocken. Dieses ganze Gerede war Propaganda-Unsinn, aber man glaubte daran wie an das Evangelium. Man glaubte die häßlichen Gerüchte, die der tatsächlich brutale Vormarsch der deutschen Armee durch Belgien hervorgerufen hatte. Martin war Zeuge einiger dieser Brutalitäten geworden. Denn Werner war in ein Regiment im besetzten Brüssel versetzt worden, und Martin war bis Louvain mit ihm gereist. Die Soldaten dort, aus der Fassung gebracht durch Heckenschützen, sahen versteckte Franktireurs in jedem Gäßchen, hinter jeder

Mauer. Sie hatten den Kopf verloren und waren Amok gelaufen. Dabei hatten sie ein paar unschuldige Zivilisten erschossen und ein paar Gebäude angesteckt. Die Feuer waren außer Kontrolle geraten, und große Teile der alten Stadt, darunter auch die mittelalterliche Bibliothek, waren bis auf die Grundmauern abgebrannt. Ein häßlicher Zwischenfall, aber das war eben der Krieg. Der Krieg bestand ja aus einem schrecklichen Zwischenfall nach dem anderen. Martin hatte das alles erklärt, als er am Abend seiner Rückkehr nach England beim Abendtisch saß und Mittelpunkt der Aufmerksamkeit war...

»Ein paar Truppen haben verrückt gespielt. Ich glaube, man könnte sagen, daß der Brand von Louvain dem Brand von Columbia, South Carolina, gleichzusetzen ist, den Shermans Truppen während des Bürgerkrieges verursacht haben. Aber, verdammt, es war ein erschreckender Anblick. Werner war völlig entsetzt. Wir waren alle entsetzt. Ein Oberst, der mit uns von Berlin gekommen war, weinte beim Anblick der...«

»Ein Hunnenoberst?« fragte einer der Gäste ungläubig.

»Ja, ein Deutscher«, hatte Martin ruhig erwidert. »Der Mann war lange vor dem Krieg in Louvain gewesen, als er noch in Heidelberg studierte.«

»Was hat er denn studiert? Metzgerei?«

Es hatte keinen Sinn, rationell und objektiv über den Krieg zu sprechen oder über die Deutschen. Während der schrecklichen Wochen im November waren alle Chancen dafür dahingegangen, sie waren für immer mit den britischen Toten in Ypern begraben.

»Mama, Papa, macht die Augen zu!« Das war Alexandras Stimme. Sie kam aus der Bibliothek. Es war leicht für Hanna, der Aufforderung zu folgen. Ihre Augen waren schon geschlossen, und ihre Lippen bewegten sich leicht in einem tonlosen Gebet. Ach du lieber Gott...

Die Tür öffnete sich. »Jetzt könnt ihr sehen!«

Alexandra in einer Schwesternuniform; sie drehte eine Pirouette, so daß der lange weiße Rock wirbelte, und der weiße Schleier mit den roten Kreuzen an den Seiten floß unter einem weißen Kopfband herab.

»Wie... wie sommerlich du aussiehst«, sagte Hanna langsam. Sie traute ihrer Stimme nicht.

Der Graf sah verwundert aus. »Was in aller Welt...?«

»Ich bin in die Freiwilligen-Abteilung des Roten Kreuzes eingetreten«, sprudelte Alexandra lustig hervor. »Jennifer Wiggins, Cecily, Jane Hargreaves, Sheila und ich, wir sind alle zusammen eingetreten.« Sie drehte sich noch einmal wie ein Mannequin. »Findet ihr es hübsch? Sommerlich, ja, Mama, denn dies ist die Sommeruniform. Die für den Winter ist aus hellblauem Serge mit roten Akzenten, aber sie paßt im Mieder nicht richtig. Ich werde die Uniform zu Ferris zurückbringen, damit sie geändert werden kann, ehe die anderen fertig sind.«

»Die anderen?« murmelte der Graf.
»Drei von jeder. Drei weiße für den Sommer und drei blaue für den Winter. Und ein paar schwere wollene Umhänge für kaltes Wetter. Und ich muß auch noch die richtigen Schuhe dafür besorgen. Wir werden ja soviel laufen, wißt ihr.«
»Aber was in aller Welt weißt du denn vom Krankenpflegedienst?« fragte der Graf.
»Ach, die schrecklichen Arbeiten wie das Bettpfannen-Ausleeren und Verbinden, die werden wir ja nicht tun. Dafür haben sie richtige Schwestern, ältere Frauen. Unsere Arbeit wird es sein, die Rekonvaleszenten zu betreuen... sie in ihren Rollstühlen herumfahren, Briefe für sie schreiben, wenn ihre Hände bandagiert sind oder ihre Arme eingegipst sind, ihnen was vorlesen, wenn die armen Schätzchen blind sind. Solche Art von Arbeit. Wir werden ja so fürchterlich viel zu tun haben.«
»Wirst du das Haus verlassen?« fragte Hanna.
»Ja, irgendwie schon. Wir werden in einem Wohnheim schlafen. Aber ich werde nicht weit fort sein. Die Hargreaves haben ihr Haus in Roehampton an das Rote Kreuz abgetreten, als Erholungskrankenhaus für Offiziere. Die Hargreaves sind ausgesprochen froh, es los zu sein, es war ja so eine schreckliche Scheune. Die Familie ist in ein ausgesprochen süßes Haus am Portman Square eingezogen.« Sie machte eine abschließende Pirouette. »Mögt ihr es an mir? Ist es nicht chic?«
»Sehr flott«, sagte der Graf ohne Überzeugung. »Bist du sicher, daß du so eine Arbeit leisten kannst? Ein paar von diesen armen Jungen wird es ziemlich schlecht gehen, weißt du.«
Alexandra warf einen Blick auf ihr Bild im Spiegel, und sie konnte nicht anders, als das anlächeln, was sie sah. Ein Engel der Nächstenliebe. Das Kopfband und der Schleier standen ihr. Sie sah aus wie eine besonders hübsche junge Nonne. Und der Schleier verdeckte auch nicht allzuviel. Man konnte noch immer ihr blondes Haar sehen.
»Ich werde es bestimmt gut schaffen, Papa. Ich kann es im Herzen fühlen.« Sie reckte sich stolz auf. Das im Spiegel, das war Florence Nightingale. »Zuerst ist es vielleicht schwierig, aber wir haben Krieg, und für eine gewisse Menge Arbeit und Aufopferung muß man vorbereitet sein.«

Der Regen pladderte auf den Ausbildungsplatz herab und verwandelte den zertrampelten Rasen in einen Morast. Der Zug Soldaten marschierte, knöcheltief im Schlamm, darüber hinweg. Kaum die Hälfte der Männer war in Uniform, der Rest stapfte in billigen Regenmänteln mit. Auch eine oder zwei Melonen waren zu sehen; die meisten trugen Stoffmützen. Es waren die Armen der Arbeiterklasse, die jetzt für einen Shilling am Tag als Soldaten arbeiteten. Nur zehn Männer hatten Gewehre.

»Der ganze Zug, halt! Weggetreten!«
Sie strömten in einer durchnäßten Horde zu den Kasernen.
Leutnant Wicomte Amberley schaute hinter ihnen her. Er war ordentlich gekleidet für einen Soldaten des Königs und des Vaterlands – er trug eine gutsitzende Uniform und anständige Stiefel. Die Uniform wurde jedoch nicht von der Regierung gestellt. Die steuerte nur einen sinnbildlichen Betrag zum Kaufpreis bei. Die Uniform stammte von Hanesbury & Peeke, Schneider für das Militär und die Kirche, Haymarket, London. Sie hatte eine ganze Menge Geld gekostet und war auch jeden Pfennig wert.
Merkwürdigerweise nahmen die Männer seinen martialischen Glanz überhaupt nicht übel. Als Charles seinen Kopf durch die Kasernentür streckte, grinsten sie ihn alle an.
»Wie geht's euch Jungs denn so?«
»Dem Wetter entsprechend, Sir!« sagte ein lebhafter junger Mann, der sich seine Rückseite am Kanonenofen wärmte. »Sind wir mutlos?«
Die Soldaten krähten: »Nein, nein, nein!«
Der erste Zug der D-Kompanie aus dem 2. Bataillon der Royal Windsor Fusiliers fühlte sich also trotz Regen wohl. Charles ging zur Offiziersmesse hinunter und beschleunigte seine Schritte in der Vorfreude auf einen Whisky und heißes Wasser. Auf einen doppelten Whisky, wenn man genauer darüber nachdachte.
Die Messe war überfüllt, und der Mann an der Bar hatte es nicht leicht, allen Wünschen nachzukommen. Die Royal Windsors teilten sich die Messe mit einem neuen Bataillon der London Rifles – »vor dem Krieg wär' das ganz undenkbar gewesen«, hatte der Adjutant der Royal Windsors sauer bemerkt, als die Offiziere der Londoner zum erstenmal die Messe betreten hatten. Der Bruch mit der Tradition machte den jüngeren Offizieren aus beiden Regimentern nichts aus. Sie waren alle Zivilisten in Uniform, die erst vor wenigen, kurzen Monaten aus Oxford, Cambridge, Eton, aus den Gerichtskammern und aus jungen Berufskarrieren herausgenommen worden waren. Dadurch, daß sie sich die Messe teilten, hatten sie Gelegenheit, auch ihre Unsicherheit über das zu teilen, was sie jetzt machten oder was sie versuchten zu tun. Sie waren sich alle völlig offen über ihre Mängel im klaren.
»Zum Teufel, ich wünschte, ich hätte auch nur einen einzigen Unteroffizier, der weiß, wo's langgeht«, bemerkte ein Leutnant von den London Rifles finster. »Ich komm' mir wie ein verdammter Narr vor, wenn ich die Männer mit dem Buch in der Hand ausbilden soll.«
Leutnant Roger Wood-Lacy von den Royal Windsors nahm einen Schluck Ingwerbier.
»Den Männern macht's nichts aus. Ich hab' meinen Jungs geradeheraus gesagt, daß ich vom Drill überhaupt keine Ahnung habe, und dann haben

wir uns zusammen durchgefummelt. In aller Bescheidenheit, ich muß sagen, daß wir jetzt erstklassig sind.«
»Wann sollen wir denn über die Schützengräben informiert werden?« fragte ein milchbärtiger Subalterner.
»Wenn wir nach Frankreich kommen«, sagte Charles, während er sich der Gruppe an der Bar anschloß. »Ich habe gehört, sie richten ein Ausbildungslager in Harfleur ein, und ein, zwei Wochen, ehe sie uns an die Front sahicken, jagen sie uns dortmal durch.«
»Die Hälftf von unseren Jungs tragen Regenmäntel, Melonen und Schlägermützen«, mokierte sich Roger. »Die Fritzen werden sich totlachen.«
»Mitte nächster Woche werden alle Männer in Uniform sein, und dann werden sie auch Lee-Enfields und Bajonette haben. Der Oberst hat es mir heute morgen gesagt. Das gilt natürlich auch für die Londoner.«
»Ich hoffe, Sie haben recht«, sagte ein Offizier von den London Rifles. »Für die Jungs ist es schwierig, sich als Soldaten zu fühlen, wenn sie nicht wie Soldaten aussehen. Neulich bin ich mit meinem Zug hinüber nach Datchet Common marschiert, und irgendein fürchterlicher Kerl, der vor 'ner Kneipe stand, wollte wissen, wohin ich denn wollte mit meinem Haufen verdammter Dockarbeiter! Wenn ein Mann unter uns gewesen wär' mit einem funktionsfähigen Gewehr, dann hätte ich Befehl gegeben, den blöden Hammel zu erschießen.«
»Ihr hättet nur danebengeschossen«, sagte Roger. »Ich bezweifle, ob es in eurem Bataillon oder in unserem auch nur zehn Mann gibt, die wissen, mit welchem Ende des Gewehres man was machen muß.«
Charles lächelte sardonisch und bestellte seinen heißen Whisky. Ihm fiel ein, daß Fenton ihm erzählt hatte, daß die Garde in der Messe niemals über die Arbeit sprach. Vor dem Krieg war das möglicherweise auch bei den Royal Windsor Fusiliers Tradition gewesen, in der Zeit, ehe das 1. Bataillon, die Regulären, in Ypern vernichtet worden waren. Jetzt wurden im Depot im Schatten des Schlosses Windsor neue Traditionen gebildet, die ohne Zweifel für diejenigen, die das Regiment zu Friedenszeiten gekannt hatten, schockierend waren. Man sagte, daß Königin Victoria gewöhnlich die exerzierenden Männer aus ihrem Wohnzimmerfenster beobachtet hätte. Sie wäre bekümmert gewesen, wenn sie sie jetzt sah. Aber es hatte keinen Sinn, über die Vergangenheit nachzudenken. In seinem Zug gab es einen einzigen Freiwilligen, der ihm hätte erzählen können, was das Regiment in Blenheim, Oudenarde, Badajoz, Vittoria, Quatre Bras, Inkerman oder Tel-el-Kebir gemacht hatte. Diese Schlachten bedeuteten ihnen nichts mehr, sie waren nur noch ausgeblichene Buchstaben auf den Farben des Regiments, halbvergessene Namen aus dem Geschichtsunterricht, an die man sich nur noch schwach erinnerte. Die Männer waren wild darauf, ihre eigene Geschichte zu machen, während

sie in ihren elenden Klamotten durch den Regen marschierten und »Tipperary« sangen.
»Was hast du denn diesen Nachmittag vor?« fragte Roger.
Charles schaute auf die Armbanduhr. »Treffe Lydia in Charing Cross, wenn ich den Zug nicht verpasse. Ich habe Urlaub von Mittag bis Mitternacht.«
»Glückspilz! Wohin gehst du denn mit ihr?«
»Zum Mittagessen, vielleicht auch ins Theater. Ist mir ziemlich egal, was wir machen. Wenn wir mit einem Brandy und Soda auf irgendeinem Sofa herumsitzen würden, würde mir das auch passen.«.
»Das ist die typische Einstellung des aktiven Offiziers.« Roger schaute finster die Blasen in seinem Glas an. »Ich nehme an, du hast schon vom Bruder der armen Winnie gehört.«
»Ja. Pech. Hab' den Jungen kaum gekannt... wenigstens noch nicht. Na, jedenfalls ist es beschissen. Ich schick' Winnie einen Brief.«
»Heute morgen habe ich eine kurze Notiz von Fenton bekommen. Sie haben ihn zum Major befördert.«
»Immer noch beim Stab?«
»Nein, er ist jetzt wieder bei der Garde. In den Schützengräben in der Nähe von Bethune. Er schreibt, es wäre ganz gemütlich, und er genießt den Wintersport. Nur ein Henker weiß Fentons Humor zu schätzen.«
»Na«, sagte Charles lahm und schaute wieder auf die Uhr, »du kennst ja deinen Bruder.«

Kannte er ihn wirklich? Charles saß im Zug, der an der eiskalten Themse vorüberfuhr, und fragte sich, ob sie Fenton je wiedererkennen würden. Sicher nicht den alten Fenton. In den Schützengräben. Diese drei Worte trennten Fenton so vollständig vom Rest der Menschheit, als ob er auf der dunklen Seite des Mondes wäre. In den Schützengräben – das war eine Erfahrung, die sich nur diejenigen überhaupt vorstellen konnten, die darin gewesen waren. Die paar Überlebenden des 1. Bataillons, die nach und nach zur Kaserne der Füsiliere in Windsor zurückgekommen waren, sprachen niemals über ihre Erfahrungen in Wytschate im November. Tatsache war, daß sie noch nicht einmal miteinander darüber sprachen, obwohl sie alle die gleichen Erinnerungen an diesen höllischen Ort miteinander teilten. Sie behielten für sich, was sie auf den Leichentuchhügeln gesehen und getan hatten. Über jedem einzelnen dieser Männer lag ein Schleier, der nicht zu durchdringen war. Sie hatten ein Stückchen von der Hölle gesehen, und sie flüsterten weder Dante noch irgendeinem anderen ihre Geheimnisse zu. Fenton würde genauso sein. Er würde sich hinter seine Begabung für sarkastische Untertreibungen zurückziehen, um den Schrecken auszulöschen. Die offiziellen Kommuniqués aus Frankreich berichteten von schweren Artilleriegefechten auf einem Gebiet, das sich von der Bergkette in Aubers bis zum Kanal von La Bassée erstreckte. Fenton war irgendwo in dieser Gegend, es war ganz gemütlich, und er genoß den Wintersport. Charles versuchte sich vorzustellen, wie es sein mußte, wenn man in einem eiskalten Schützengraben zusammengedrängt lag, während die Granaten im eisenharten Boden explodierten. Aber er konnte sich kein Bild genauer vorstellen. Es war ein Geheimnis, das warten mußte, bis er selbst darin eingeführt wurde.

»Wie großartig du aussiehst«, sagte Lydia, nachdem er sich mit den Ellenbogen durch den überfüllten Bahnhof zu ihr hingearbeitet hatte.

»Du selbst siehst aber auch großartig aus«, sagte er mit einem Grinsen reiner Freude. Sie war so schön in ihrem russischen Zobelmantel, daß er den Drang hatte, sie in die Arme zu reißen und sie hier, auf der Stelle, vor tausend Menschen zu küssen. Abgesehen davon, daß niemand sich darum gekümmert oder es überhaupt bemerkt hätte. Wohin man schaute, überall waren Soldaten, die Mädchen küßten. Ein ganzes Bataillon wartete auf dem Bahnsteig auf den Zug nach Folkestone. Marschgepäck und Gewehre waren in jetzt unbeachteten Reihen auf dem Bahnsteig entlang aufgestapelt, aber trotz alledem gab er Lydia nur ein fast flüchtiges Küßchen auf die Wange.

»Wie demonstrativ du bist, Charles.« Ihr Lächeln war rätselhaft. »Hast du mich sehr vermißt?«

Er ergriff ihre behandschuhten Hände. »Das weißt du doch.«

»Aus deinen Briefen hätte ich das aber nie erkannt.«

»Tut mir leid.« Er preßte ihre Hände, als ob er seine ernsthaften Absichten beweisen müßte. »Es war fast unmöglich, zu schreiben. Achtzehn Stunden am Tag sind wir auf Trab gewesen, haben versucht, das Soldatsein zu lernen und es unseren Männern beizubringen. Es war so, als ob der Blinde den Blinden führt, aber jetzt fangen wir an, so langsam in Form zu kommen, und ich werde öfter nach London kommen können.« Er wollte noch hinzufügen: »Ehe sie uns nach Frankreich verschiffen«, aber dann besann er sich eines Besseren. Es hatte keinen Sinn, dem Nachmittag von vornherein eine melancholische Note zu verleihen.

Sie küßte ihn direkt auf den Mund. »So! Das ist eine anständige Begrüßung. Merken Sie sich das freundlicherweise, Herr Leutnant.« Er nahm sie in die Arme, aber die Umarmung war linkisch, es war soviel Pelz und Wolle und Khaki zwischen ihnen. Ihm schwindelte von ihrem Parfüm. Wie unendlich wunderbar war der Geruch einer Frau! Er dachte an den faden, ranzigen Geruch seines Zugs Soldaten in der Notkaserne aus Teerpappe und Holz. An den Dunst von durchweichtem Tuch, wenn sie um den Ofen herumstanden.

»Es ist so herrlich, wieder bei dir zu sein«, murmelte er und berührte mit seinen Lippen ihren Nacken. »Es kommt mir vor, als ob es schon eine Ewigkeit her wäre.«

Ihr kam es auch so vor. Dieser hochgewachsene uniformierte Mann mit dem mageren Gesicht war ihr irgendwie fremd. Nicht, daß er sich etwa äußerlich sehr geändert hätte, er war vielleicht nur ein bißchen magerer geworden. Aber soviel anderes hatte sich geändert. Die Zeitspanne zwischen Oktober 1914 und Februar 1915 konnte man nicht in Monaten messen. Diese Zeit schien wie die Lücke zwischen einem Jahrhundert und dem nächsten zu sein. Sie klammerte sich fest an seinen Arm, als sie den Bahnhof verließen. Krankenwagen wurden den ganzen Weg bis zum Strand hinaufgezogen und warteten dort auf den Lazarettzug aus Southampton. Charles und Lydia eilten schweigend an ihnen vorbei zur Bukkingham Street, wo Lydia ihren Wagen geparkt hatte.

»Ich dachte, wir könnten vielleicht im Piccadilly-Grill zu Mittag essen«, sagte er, als sie ihm die Wagenschlüssel reichte.

»Da ist es schrecklich langweilig. Nichts als Matrosen mit sauren Gesichtern und pensionierte Brigadiere. Ich hab' mir die Freiheit genommen, einen Tisch im Café Royal zu reservieren, weitab vom Orchester, so daß wir reden, reden, reden können.«

Aber es war unmöglich, sich zu unterhalten, wenn man nicht fast brüllen wollte, und das fand Charles unangenehm. Das Café Royal war überfüllt mit Männern in Uniform (die meisten von ihnen trugen die roten Streifen der Stabsoffiziere am Revers), mit Geschäftsleuten, hohen Regierungsbeamten und ganzen Horden von eleganten Frauen. Und die meisten von ihnen waren beträchtlich jünger als ihre Begleitung. Ein Orchester spielte Ragtime-Musik, und der Tanzboden war so dicht bevölkert, daß die Paare kaum die Drehbewegungen des »Grizzly Bear« oder des »Temptation Rag« mitmachen konnten. Das Menü war vielfältig und die Preise unverschämt. Dies war nicht der Ort, wohin Leutnants ihre Mädchen ausführten, bei dem Sold, den sie bekamen. Aber Charles hatte die bescheidene Umgebung in Windsor zusammen mit seinen lehmigen Stiefeln zurückgelassen. Im Café Royal war er der Erbe eines Grafentitels, und zum Teufel mit den Kosten.

Das Essen war köstlich, nach dem gekochten Rindfleisch und dem Gemüse beim Regiment, der Pouilly fumé war der reine Nektar, aber das Heulen und Stampfen des Orchesters, das Kreischen der Frauen, die wild da unten tanzten, das wurde unerträglich. Er lächelte entschuldigend und erhob seine Stimme über dem Lärm.

»Ziemlich schwierig, hier zu reden.«

»Ja«, stimmte Lydia zu. »Sollen wir gehen?«

»Bitte.«

Es regnete wieder; ein arktisch kalter Nieselregen fiel vom schwarzen, trüben Himmel. Sie fuhren zu einem Haus, das ihr Vater am Grosvenor Square besaß, zwanzig Zimmer in der Eleganz des Regency-Stils, eins von Archies vielen Londoner Häusern.

»Fühlst du dich nicht beengt?« fragte Charles, während er die gewölbte Decke in der Eingangshalle mit ihrem Deckenfenster aus buntem Glas betrachtete und die langen Marmorkorridore und Türen, die von ionischen Säulen eingerahmt waren.

»In letzter Zeit haben wir häufig Gäste«, sagte sie und reichte ihren Mantel einem Dienstmädchen. »Dieses Haus ist wirklich mehr für Daddys Freunde beim Ministerium als für uns.«

»Archie in der Regierung! Ich konnte es kaum glauben, als ich den Bericht darüber in der Times gesehen habe.«

»Ja, er sitzt in einem Kriegskomitee, und er genießt jede einzelne Minute. Er und der Minister, sie sind sich sehr ähnlich.«

»Langham, nicht wahr?«

»Ja. David Selkirk Langham; der schwirrt wie ein Dynamo, der Gockelhahn aus Lancashire, er hat scharfe Sporen und eine scharfe Zunge, er beruhigt die eine Hälfte des Parlaments und ärgert die andere.«

»Was macht dein Vater denn eigentlich da?«

»Er wendet die Foxe-Methode auf die Kriegführung an: die drei Säulen der Gesellschaft, Werbung, Wirtschaftlichkeit und Qualität. Er hat angefangen, indem er die Plakate kritisiert hat. Kitchener, der auf diesen Plakaten seinen fetten Finger jedem ins Gesicht streckt, wird durch etwas zurückhaltendere Anreize ersetzt werden. Und dann gibt es da noch das Problem der Rationen für die Armee. Für die Millionen Männer oder so, die Kitchener haben will, ist das bisherige System völlig unzureichend. Lebensmittelverteilung, das ist Daddys Spezialität, weißt du. Der einzige Sinn, den Langham in seinem Ministerium sieht, liegt darin, die Planungsprobleme des Krieges von Experten lösen zu lassen. Er hat gerade diesen Lord Soundso, du weißt schon, diesen Londoner Omnibuskönig, angeheuert, um die Transportfrage der Armee zu lösen.«

Im Salon brannte ein Feuer, und seine Flammen brachen sich in strahlend poliertem Holz, Silber und Glas. Es war ein Raum aus dem 18. Jahrhundert, groß, aber warm und intim. Das Dienstmädchen zog die Samtportieren zu, damit die Trostlosigkeit des Nachmittags draußen blieb, und ein Butler in Livree brachte Brandy in einer Bleikristallkaraffe.

»Und du?« fragte Charles. »Was machst du denn, um dich beschäftigt zu halten?«

»Ach, ich habe eine ziemlich zweifelhafte Rolle bei der Kriegführung. Ich arbeite für Daddy als seine Gesellschaftssekretärin. In gleicher Rolle irgendwie auch für Langham. Ich arrangiere kleine Abendessen hier. Ich mache Eßzimmerpolitik, wobei die Liberalen und die Konservativen, das

Kapital und die Arbeiter zusammen das Brot brechen und sich vornehmen, zur Abwechslung mal an einem Strang zu ziehen. Ich nehme an, für dich klingt das ziemlich albern und frivol, aber über einem guten Essen und einem feinen Portwein wird mehr erreicht, als man sich träumen läßt.«

»Was meinst du denn, was man nach einem guten Essen und einer Flasche Pouilly fumé erreichen könnte? Ganz zu schweigen von einem seltenen alten Brandy.«

»Das hängt doch von dir ab, nicht wahr?« sagte sie. Sie saß auf einem Diwan und klopfte mit der Hand auf ein Kissen, das neben ihr lag.

Charles wartete, bis das Mädchen und der Butler den Raum verlassen hatten, und setzte sich dann neben sie.

»Ich weiß, was ich gern erreichen möchte – und was ich erreichen werde.«

Sie schaute ihn intensiv an und legte eine kühle Hand an seine Wange.

»Bitte, Charles. Verdirb doch nicht einen ganz herrlichen Tag dadurch, daß du Versprechen machst, die du deiner Situation nach gar nicht halten kannst. Das ist mir gegenüber nicht fair, und dir gegenüber auch nicht.«

Er stürzte seinen Brandy in einem Schluck hinunter und stellte das bauchige Glas auf einen Seitentisch.

»Das liegt alles in der Vergangenheit, Lydia. Ich weiß es, ich kann es fühlen. Spürst du nicht, daß ein großer Wechsel in der Luft liegt? Ein frischer Wind? Ach, ich weiß nicht genau, wie ich es ausdrücken soll. Ein Paradox. Ich möchte damit sagen, daß ich den Gedanken ziemlich fürchte, nach Frankreich zu gehen und mir Granaten an den Kopf werfen zu lassen, und dennoch bin ich froh darüber, daß Krieg ist, und glücklich darüber, daß ich ein Teil davon bin. Etwas Neues, Wunderbares, Aufregendes nimmt einen Platz in unserem Leben ein. Ein neuer Start für eine müde, alte Welt. Die Soldaten in den unteren Rängen spüren es auch – all die Ex-Angestellten, die Botenjungen, die Lehrlinge –, sie alle wissen, daß der Krieg ihr Leben völlig verändern wird, daß er die Formen zerschlagen wird, die eingefahrenen Muster; deshalb sind die Soldaten so fröhlich und beklagen sich nicht. Ihre Uniformen – wenn sie welche haben – sind schäbig, das Essen ist langweilig, die Kaserne feucht und zugig, und dennoch, sie benehmen sich wie Schuljungen, wenn sie frei haben.« Charles ergriff ihre Hand und küßte die Handfläche. »Wir werden bald übergesetzt – jedenfalls wird das in der Messe gesagt – und treiben die Deutschen in diesem Frühling und Sommer zurück an den Rhein. Wenn ich wiederkomme, werde ich dich heiraten, und falls meinem Vater das nicht paßt, dann hat er Pech gehabt, und wenn er mir droht, dich zu verleugnen, dann werde ich ihn vor dem Hochadel beschämen. Ich werde ins House of Lords gehen und ihn für seine Haltung verdammen.«

»Ach, Charles«, lachte sie. »Das ist ja Unsinn.«
»Ich meine es ernst«, sagte er wild. »Ich meine jedes einzelne Wort. Oder ich würde auf jeden Fall solch eine Tat androhen, und er würde dann schon blitzschnell einen Rückzieher machen. Herrgott, es sind die jungen Männer, die diesen Krieg kämpfen, und es sind die jungen Männer, denen der Sieg Nutzen bringen soll. Ich werde meine Rechte nicht aufgeben. Das verspreche ich dir, Lydia.«
Er versuchte sich vor ihr auf ein Knie zu lassen, aber er stolperte dabei. Das mächtige Essen im Café Royal, der Wein, der Cognac, das Glühen des Feuers, die Tatsache, daß er schon vor der Dämmerung aufgestanden war, all diese Dinge taten sich zusammen und raubten ihm die Eleganz. Sein Kopf wirbelte, und er setzte sich ihr zu Füßen und preßte seine Augenbrauen an ihr Knie.
»Herrgott«, murmelte er, »ich habe ein Gefühl, als ob ich unter Drogen stände.«
»Mein armer Schatz.« Sie beugte sich nach vorn und küßte ihn auf den Kopf. »Du mußt erschöpft sein. Möchtest du ein bißchen schlafen?«
»Ja, ich glaub' schon. Eine Stunde oder zwei.«
Sie streichelte müßig sein Haar, war unwillkürlich sinnlich. »Wir müssen ja nicht ins Theater gehen. Du kannst dich ausruhen, und dann essen wir hier zu Abend.«
»Ich muß aber um Mitternacht zurück sein.«
»Das weiß ich. Ich habe mit Daddy abgesprochen, daß Simmons dich fährt. Der Wagen wird um zehn Uhr dreißig hier sein. Der Nachtzug ist so schrecklich.«
Er kuschelte seinen Kopf in ihren Schoß und seufzte zufrieden. »Ach, Lydia, in deiner Gegenwart ist es so friedlich.«
»In deiner auch, Liebling. Aber komm, schlaf mir nicht auf dem Boden ein. Du kannst dich in einem ausgesprochen luxuriösen Bett ausstrekken.«
»Ich bin seit Monaten nicht mehr in einem ausgesprochen luxuriösen Bett gewesen. Ich würde nie mehr daraus aufstehen. Nein, ich leg' mich nur eine Stunde auf die Couch.«
Sie half ihm aus der Jacke und lachte über das komplizierte Armeekoppel, das beim Aufschnallen sowohl ihren als auch seinen Anstrengungen widerstand. Endlich legte er sich hin, die Jacke und die Schuhe waren ausgezogen, und sein Kopf ruhte auf einem Kissen. Sie deckte ihn mit einer Wolldecke zu und küßte ihn auf die Stirn.
»Ich komme mir so blöd vor«, murmelte er schläfrig. »Das hübscheste Mädchen in ganz England ist bei mir, und ich... mach' ein Nickerchen auf der Couch.«
Sie küßte ihn noch einmal. »Ich werde deinen Offizierskameraden nicht

das leiseste Wörtchen darüber flüstern. Damit würde ich ja deinen Ruf ruinieren.«

Er schlief fast augenblicklich ein, und sie stand einen Moment da und schaute auf ihn hinab. Er sah so selig aus im Schlaf, so jungenhaft und verwundbar. Sie verspürte plötzlich ein rein mütterliches Gefühl und stopfte die Decke sanft um ihn herum, schob ihm eine Haarlocke aus den Augen und ging auf Zehenspitzen aus dem Zimmer. Sie schloß leise die Tür hinter sich.

Würde er es tun? Sie saß im Frühstückszimmer und dachte darüber nach, während sie durch die hohen Fenster nach draußen auf das grüne Oval des Platzes starrte. Wie dunkel und abweisend die eisernen Gitter jetzt aussahen, und wie traurig die nassen, blattlosen Bäume waren. Ein Mann überquerte die Straße in Richtung der South Audley Street und umklammerte einen windgepeitschten Schirm mit beiden Händen. Würde er es tun? Sie zündete sich eine Zigarette an und paffte, zog den Rauch in ihren Mund und stieß ihn dann schnell wieder aus. Ja. Sie hatte das Gefühl, daß er es tun würde. Diesmal würde er es tun. Es war die Uniform, die Tatsache, daß er teilnahm an etwas, an dem sein Vater nicht teilnahm. Am Krieg. Sein Vater mochte Lord Stanmore, der neunte Graf sein, aber er war Charles Amberley, Leutnant, Royal Windsor Fusiliers. Die Bedeutung ihrer Stellung war vertauscht worden, wenigstens im Augenblick.

Von draußen erklang ein blödes Kabarettliedchen, aber es zeigte deutlich die Stimmung des Volkes. Nichts war zu gut für die Männer, die König und Land dienten. Sie schloß halb die Augen, um den brennenden Rauch der Zigarette abzuhalten, und stellte sich Charles vor, wie er im House of Lords stand. Sein rechter Arm steckte säuberlich in einer Schlinge, um seine shakespearehafte Stirn lag eine Bandage, und er brachte leidenschaftlich seinen Fall vor...

Mein Vater ist ein ehrenhafter Mann, aber ich selbst bin auch nicht ohne Ehre... Die Ehre, mein Blut für England vergossen zu haben... Und der Frau, die ich liebe, verweigert mein Vater seinen Segen...

Sie lachte fast über ihre Vorstellung. Das Ganze war so unmöglich, so romantisch wie eine Szene aus Alexandras Kitschromanen.

Auf dem Korridor erklangen jetzt gedämpfte Stimmen, und dann öffnete sich die Tür und ihr Vater trat in den Raum. Ihm folgte ein kleingewachsener, schlanker, dunkelhaariger Mann von fünfundvierzig Jahren.

»Gutes Wetter für Enten.« Archie Foxe grollte, er schälte sich die pelzgefütterten Lederhandschuhe von seinen rundlichen Händen. »Ist das Charles, der da im Wohnzimmer schläft?«

»Ja«, sagte Lydia und machte schnell ihre Zigarette aus. Archie konnte es nicht leiden, wenn Frauen rauchten.

»Hat der Junge irgendwas?«
»Nein, er ist nur müde.«
»Die Anstrengungen des Soldatenlebens, was?«
»So etwas wird es wohl sein«, sagte sie.
»Ich hab' ein paar Telefonanrufe zu machen. Willst du dafür sorgen, daß Mr. Langham 'nen doppelten Brandy und Soda kriegt, um die Kälte zu vertreiben?«
»Natürlich. Wie geht es Ihnen, Mr. Langham?«
»Ich bin naß, Miß Foxe. Ganz feucht, bis auf die Knochen.«
Er war natürlich überhaupt nicht naß, da er ja aus einem Automobil ausgestiegen und unter einem riesigen Schirm zur Haustür gegangen war. Sein dunkler, wollener Mantel mit dem Astrachankragen war trotz des Regens makellos. Archie Foxe ging den Korridor hinunter, zur Treppe und dann in sein Schlafzimmer, das gleichzeitig Büro war und im zweiten Stock lag. Der Mantel des Ministers wurde vom Butler angenommen, und ein großer Brandy mit Soda wurde auf einem silbernen Tablett hereingetragen. David Selkirk Langham, der in seinen gestreiften Hosen und dem Gehrock piekfein aussah, ging langsam im Zimmer herum. Seine dunklen, stechenden Augen nahmen jede Einzelheit auf.
»Luxuriös. Es gibt keine bessere Kombination als eine Menge Geld und einen fehlerlosen Geschmack. Haben Sie die Möbel selbst ausgesucht?«
»Ja«, sagte Lydia.
»In all den zahlreichen Wohnsitzen Ihres Vaters?«
Sie lächelte schwach. »In denen, die mir bekannt sind.«
»Ach ja«, kicherte er. »Ich würde wohl auch meinen, daß der schlaue Fuchs eine oder zwei geheime Höhlen besitzt.«
»Mitsamt der Füchsin.«
»Ich entdecke eine Spur Mißbilligung in Ihrer Stimme, Miß Foxe. Man sollte einem Mann sein Amüsement nicht mißgönnen.«
Es lag tatsächlich etwas Teuflisches in seinem Gesicht, stellte Lydia fest. Die konservativen Zeitungen stellten ihn in ihren Karikaturen öfters als den Fürsten der Finsternis dar, der in Asquiths Ohr flüsterte oder in Lloyd Georges Ohr. Langham hatte ein schmales, dreieckiges Gesicht mit einer langen, scharf geschnittenen Nase, schmalen Augenbrauen, die wie mit dem Bleistift gezogen aussahen, und ein feines van-Dyck-Bärtchen. Des Teufels Ebenbild, aber es war auch nicht die Andeutung von etwas Bösem in ihm, nur eine gewisse unterdrückte Belustigung, so als ob er immer kurz davorstände, in spöttisches Gelächter auszubrechen. David Selkirk Langham, geboren in einem Elendsviertel von Liverpool, Rechtsanwalt von eigenen Gnaden, Advokat für die Dockarbeiter in Mersey, Mitglied des Parlaments, Minister des Kabinetts. Ein verheirateter Mann mit fünf Kindern, aber seit dem Tag, an dem er 1908 ins Parlament eingetreten

war, hatte man saftige Geschichten über ihn geflüstert. Frauen, so sagte man, waren hypnotisiert von seinen Augen und von seiner unverblümten, kraftvollen Männlichkeit. Das wären die Lügen der Konservativen gewesen, hatte ihr Vater gesagt, aber Lydia war sich da nicht so sicher. Sie hatte zu viele Geschichten gehört, um jede einzelne als falsch abzutun, und sie mußte ja nur in diese Augen schauen, um die Herausforderung darin zu lesen.

»Der junge Mann auf der Couch, ist das Charles Amberley?«

»Ja.«

»Der Graf, sein Vater, hat mich einmal in einer Rede vor dem Parlament einen Schuft genannt. Natürlich war nichts Persönliches in dieser Bemerkung. Er war einfach wütend darüber, wie die Wahl ausgefallen war. Ist der Sohn genauso ein Tory wie sein Vater?«

»Nein. Er neigt politisch weder in die eine noch in die andere Richtung.«

Langham hob eine Augenbraue in einem scharfen, fragenden Bogen. »Tatsächlich? Weiß er denn nicht, daß es die Politik ist, durch die sich die Welt dreht? Daß es Politiker sind, die ihn in die Uniform gesteckt haben, und daß es Politiker sein werden, die ihn wahrscheinlich lange darin halten werden?«

»Er sieht den Krieg nicht ganz so an.«

»Das ist dumm von ihm. Es zahlt sich aus, wenn man heutzutage realistisch ist. So, wie manche von diesen Soldatenbengeln reden, könnte man annehmen, sie zögen in einer Ritterrüstung los, um gegen den König von Frankreich zu kämpfen. Es wird ein langer Krieg werden, ein Krieg der politischen Ideologien, ein Krieg der...«

Ihr Lachen unterbrach ihn. »Mr. Langham, Sie sind hier nicht im Parlament, Sie sollten hier keine Rede halten.«

Er verbeugte sich leicht. »Bitte um Entschuldigung. Ich war einmal berühmt dafür, daß ich an jeder Straßenecke oder in jeder Kneipe eine Rede hielt, und zwar aus keinem besseren Grund als dem, den Klang meiner eigenen Stimme zu hören. Aber das ist lange vorbei. Mit einer jungen, schönen Frau gibt es angenehmere Dinge zu besprechen als das Durcheinander der europäischen Politik.«

»Was zum Beispiel?«

»Nun, zum Beispiel über die reine Freude Ihrer Gesellschaft.« Er schaute sie kühn an, und ein Lächeln lauerte hinter seinen dunklen Augen. Er erinnerte sie an ein Frettchen, das mit einem Kaninchen spielt. Sie konnte verstehen, warum manche Frauen ihn faszinierend fanden. Er war sich seiner selbst und seiner Macht über das schöne Geschlecht völlig sicher. Und er war solch ein kleiner Mann. So schlank und zierlich, man hätte ihn für einen Schneider halten können, wäre er nicht so offensichtlich ein Minister des Kabinetts gewesen, dessen Stern im Steigen begriffen war.

Sie spürte eine schwache Aufregung, einen kleinen Knoten der Anspannung in ihrem Magen. Wie viele Frauen, fragte sie sich, hatten dieses Gefühl der Aufregung schon verspürt und ihm nachgegeben? Sie fuhr sich mit der Hand verwirrt an die Kehle und wandte den Blick von ihm ab. Regen trommelte an die Fenster.

»Wohin gehen Sie heute nachmittag mit meinem Vater?«

Langham lächelte über die Belegtheit ihrer Stimme und nahm ein Schlückchen von seinem Drink. »Zu einem Treffen mit dem Premierminister, Nummer zehn, Downing Street. Kitchener wird auch dasein, um über seine Dardanellen-Geschichte zu reden.«

»Was halten Sie denn davon?«

»Brillant im Konzept, genau das, was man von dem fruchtbaren Gehirn des jungen Mr. Churchill erwarten würde. Ich selbst habe mich noch nicht zu einer endgültigen Meinung durchgerungen. Sollte das Unternehmen fehlschlagen, dann könnten die politischen Konsequenzen katastrophal sein.«

»Sie scheinen mir aber nicht der Mann zu sein, der Angst vor dem Risiko hat.«

Ein Geräusch kam aus seiner Kehle, wie unterdrücktes Gelächter oder wie das Schnurren einer Katze. Seine Hand streifte, so weich wie Seide, ihren Arm.

»Manche Spiele sind es immer wert, bei Kerzenlicht gespielt zu werden, und manche nicht. Glauben Sie nicht auch, daß das wahr ist, Lydia Foxe?«

Sie beachtete seine Berührung nicht, ihr Blick war auf die kalten, gläsernen Fensterscheiben geheftet.

»Ich bin nicht sicher, Mr. Langham. Es ist nicht das Kerzenlicht, um das es mir beim Spiel geht, sondern nur die Preise.«

4

Martin Rilke saß im Regents Park und warf Brotstückchen nach einer Flotte von Enten. Es war ein langer, harter Winter gewesen, und die Enten feierten die Ankunft des Frühlings dadurch, daß sie alles fraßen, was auf das Wasser geworfen wurde. Martin streute die Überreste von vier Scheiben Brot ins Schilf, stand dann auf und ging langsam über den breiten Kiespfad zum Clarence-Tor. Seine Hände waren in den Manteltaschen vergraben, und eine Hand krümmte sich um einen zerknitterten Brief aus Chicago. Der Brief war mit der Morgenpost gekommen und hatte einen Scheck über fünfundachtzig Dollar und ein paar Ratschläge von Comstock Harrington Briggs erhalten:

Lieber Rilke,
der beiliegende Scheck soll zwar nicht Ihren Wert aufzeigen, aber er gibt ziemlich akkurat das Ausmaß der Nützlichkeit an, die Sie für uns im Augenblick haben. Die guten Leute im Mittelwesten fangen an, sich ein bißchen über das alte Europa und die Kriege dort zu ärgern. Die Sympathien am Ufer der großen Seen von Milwaukee bis Garey sind ziemlich gleichmäßig geteilt. Viele Deutschamerikaner fangen an, lautstark England, Frankreich und Rußland zu verdammen – besonders England –, weil diese drei Länder ihrer Meinung nach einen Krieg zur Vernichtung des deutschen Handels führen. Die britische Seeblockade spielt mit Sicherheit den Firmen, die Korn oder Eisenerz verschiffen, übel mit. Die Leute hier können nicht verstehen, warum man sie daran hindert, an die Zentralmächte zu verkaufen. Selbst Washington ärgert sich über die Blockade, so daß Sie sich gut vorstellen können, welche Gefühle überall in Milwaukee herrschen.
Ihre belgischen Skizzen waren gut und schön, aber die Artikel, die Sie im Augenblick über Großbritannien im Krieg schreiben, fangen an, für den Geschmack unserer Leser zu englandfreundlich zu werden. Verlieren Sie die Tatsache nicht aus den Augen, daß die Rotjacken das Weiße Haus niedergebrannt haben – wenn ich mir auch ein oder zwei Republikaner vorstellen könnte, die es mit Freuden heute noch einmal niederbrennen würden, solange Präsident Wilson darin wohnt. Nein, Rilke, es fällt mir kein guter Grund mehr ein, daß Sie noch länger in London bleiben sollten. Joe Finley hat eine Flasche Korn zuviel getrunken, deshalb haben wir jetzt eine offene Stelle für einen Polizeireporter. Der Job gehört Ihnen, wenn Sie mir ein Kabel schicken. Ein einfaches Ja oder Nein reicht aus. Wenn Sie das Fahrgeld nicht haben, sagen Sie es mir.
P. S. Dieses Jahr werde ich für die Meisterschaft auf die Phillies setzen. Cliff Cravath und Grover Cleveland Alexander ... Diese Kombination ist zu gut, um sie zu schlagen.

Martin nahm den Brief aus seiner Tasche, knüllte ihn zu einem festen Ball zusammen und ließ einen harten, schnellen Schlag in einer Kurve von sich wegsausen, als ob Cliff Cravath ihn aus der Hüfte geschlagen hätte. Das Papier knallte auf das Wasser und lockte eine Horde flatternder Enten an.

Jacob Goldstein lag ausgestreckt auf der Wohnzimmercouch und starrte an die Decke. Dies war eine Stellung, in der er fast ohne Unterbrechung seit seiner Rückkehr aus Serbien im Januar verharrt hatte. Er hatte wenig gesagt und noch weniger geschrieben über die Erfahrungen, die er dort bei General Putniks Armeen gesammelt hatte. Eine Kluft hatte sich zwi-

schen Jacob und seinem Vater gebildet, aber Martin hatte nicht versucht, den Grund dafür herauszubekommen.
»Hast du den Aprilsonnenschein genossen?« fragte Jacob schleppend, als Martin in dem winzigen Flur seinen Mantel aufhing.
»Ja, ich bin im Park gewesen und hab' die Enten gefüttert.«
»Hast du irgendeine feste Entscheidung getroffen?«
Martin zuckte die Achseln und ließ sich nachlässig in einen Sessel sinken.
»Geh' wahrscheinlich zurück nach Chicago, nehme ich an.«
»Du drehst also dem Krieg den Rücken, was?«
»Man dreht mir den Rücken.«
Jacob gähnte und setzte sich. Er hatte eine Menge Gewicht verloren und sah aus wie ein Skelett.
»Warum steigst du nicht bei der Daily Post ein? Der Boß mag die Art, wie du schreibst, und er schickt mich nach Ägypten, damit ich über die Dardanellen-Expedition berichte. Du könntest meine Stelle einnehmen. Ich habe vor, die gute alte Zeitung zu verlassen.«
Martin wälzte diese Information ein paar Sekunden lang in seinem Kopf. Unten aus dem Restaurant kam das Geklapper von Geschirr. Die Ungarn waren fort, unschuldige Kriegsopfer, man hatte sie ersetzt durch eine große italienische Familie, die redselig und arbeitswütig war.
»Wann hast du dich denn dafür entschieden?«
»Habe es schon seit Monaten in Betracht gezogen.«
»Was ist in Serbien geschehen, Jacob?«
Goldstein fuhr sich mit den Händen durchs Haar. »Mein Gott! Nichts, was ich nicht erwartet hätte. Ich habe dir gesagt, daß es in diesem Teil der Welt eine unheilvolle Aufstauung von Haß gibt. Der Krieg hat diesem Haß noch Auftrieb und Luft gegeben. Vergewaltigung, Folter, blutiges Gemetzel, das sind einfach Worte, bis man die Opfer gesehen hat. Ich habe gesehen, was die Österreicher mit serbischen Dorfbewohnern gemacht haben, und ich habe gesehen, was Serben mit Österreichern machten, nachdem Putnik den Gegenangriff über die Save führte. In meinen Berichten standen Einzelheiten über die Greuel auf beiden Seiten, aber nur die österreichischen Greuel wurden gedruckt.«
»Das hätte dich aber nicht überraschen sollen.«
»Nein, natürlich nicht. Ich hatte kaum erwartet, daß das tapfere kleine Serbien in der Presse schlechtgemacht würde.« Er lächelte sardonisch. »Der Krieg und die Wahrheit, das paßt nicht gut zusammen. Ich nehme an, ich habe eine Verpflichtung als Journalist, Zeuge bei Vorfällen zu sein, selbst wenn die neuen Zensurbestimmungen mich davon abhalten, alle Tatsachen zu publizieren. Aber ich kann's nicht. Irgend etwas stimmt nicht mit diesem Krieg. Er wird ein hirnloses, sinnloses, chaotisches Gemetzel werden, und ich möchte nicht darin verwickelt sein.«

»Es wird schwierig werden, nicht darin verwickelt zu sein, nicht wahr? Wohin willst du gehen?«
»Nun, natürlich in die Armee. Das ist der beste Platz auf der ganzen Welt, um gefühlsmäßige Bindungen irgendwelcher Art zu vermeiden. Ein Kerl, den ich in Oxford kannte, ist im Königlichen Fernmeldekorps. Hab' ihn neulich angerufen, und er hat mir eine Kommission angeboten. Einen Hinterzimmerjob in White Hall, Ausdenken und Ausarbeiten von Codes und Verschlüsselungen. Die Kryptographie ist seit meinem sechsten Lebensjahr meine Leidenschaft gewesen. Wie sehe ich wohl aus in einer Uniform, was meinst du?«
»Klapprig.«
Er verzog schmerzlich das Gesicht und fuhr sich mit der Hand übers Kinn. »Ganz richtig. Eher ein bißchen mager und hungrig. Ich vermisse all die saure Sahne und Paprika von da unten. Wahrscheinlich sollte ich mir eine Vorliebe für Spaghetti angewöhnen, damit ich was auf die Rippen kriege.«
»Plötzlich scheinst du mir ein bißchen lustiger zu werden.«
»Ich hab's mir vom Herzen geredet, alter Junge. Du bist ein fabelhafter Kerl, Martin. Du läßt die Leute reden, ohne ›na, na!‹ zu sagen, und ohne mahnend erhobenen Zeigefinger. Ich glaube wirklich, du hättest Attila, dem Hunnen, auch dein mitleidiges Ohr geliehen.«
»Ich nehme an, das soll ein Kompliment sein«, sagte Martin mit zweiflerischem Ausdruck, »aber auch ich bin nicht ganz ohne feste Standpunkte.«
»Natürlich nicht, nur du siehst die Dinge viel objektiver als ich, und du hast eine ehrlichere Toleranz gegenüber dem Irrsinn der Menschheit, als ich sie je hoffen könnte zu erreichen. Dieser Krieg wird ein paar unparteiische Zeugen brauchen, und du solltest unbedingt einer davon sein. Würdest du gern zu den Dardanellen fahren?«
»Wenn ich könnte, sicher.«
»Prima! Ich geh' an den Klingelkasten und regle das für dich. Laß mal 'nen Korken springen, solange ich mit dem Boß ein oder zwei Hühnchen rupfe.«
Jacob sprach am Telefon mit seinem Vater, als Martin mit einer Flasche Champagner und zwei Gläsern aus der Küche zurückkam.
»Es schien mir einfach das einzig Anständige«, sagte Jacob gerade mit ölig-patriotischem Tonfall. »Kein einigermaßen gesunder Engländer sollte ohne Uniform herumlaufen, und deshalb ... Ja ... Königliches Fernmeldekorps ... Kommission als Leutnant ... Die brauchen mich ziemlich verzweifelt .. Codes, Verschlüsselungen ... Entschlüsselungen ... Diese Art Arbeit. Ja ... Hier in London stationiert ... Spitzenjob in Whitehall ... Ja, Mutter wäre sicher glücklich darüber ... Ganz richtig ... Die benutzen

keine Code-Experten in den Schützengräben. Ich bin froh, Vater, daß du verstehst... Deshalb bin ich auch in letzter Zeit so verdrossen und trübselig gewesen... Hab' versucht, mich zu entschließen, was das Beste für mich ist... Danke, Vater... Ich weiß das zu schätzen... Und jetzt, wegen dieser Sache im Mittelmeer, kann ich mir keinen vorstellen, der besser für meinen Platz geeignet wäre als Martin Rilke...«

Er stand abseits von den anderen Zeitungskorrespondenten, ein Außenseiter, »dieser Ami«, der zwar toleriert, aber nicht akzeptiert wurde. Die Anzahl der Presseleute, die sich der Mittelmeerflotte anschließen durften, war auf ein mageres halbes Dutzend begrenzt. Kitchener hätte am liebsten überhaupt keine Leute von der Presse dabeigehabt, aber General Sir Ian Hamilton, der die Aktion kommandierte, hatte es ein paar ausgesuchten Männern erlaubt, als Beobachter mitzukommen. Die meisten von ihnen waren ältere Männer, die schon seit dem Burenkrieg oder sogar vorher über Militäraktionen berichtet hatten. Diese Männer standen mit allen Stabsoffizieren auf du und du und paßten säuberlich in die Gesellschaftsordnung der Offiziersmesse. Sie hätten sogar Oberste oder Majore beim Barras sein können, so vollständig verstanden sie militärische Verfahrensweisen und die Ethik des Militärs. Martins reine Anwesenheit war diesen Leuten fast bis zur Stunde des Auslaufens von Southampton ein Dorn im Auge gewesen. Ob es ratsam sei, daß ein Neutraler mitfuhr, das war vom Kriegsministerium in Frage gestellt worden, aber Lord Trewes Argumente hatten am Ende gesiegt. Es war seine Überzeugung, daß man Martin Rilke die Anwesenheit bei der Aktion erlauben sollte, eben weil er ein Neutraler war. Amerika – so hatte Lord Trewe in starken Worten an das Kriegsministerium festgestellt – mußte auf das Ausmaß und die Größe des britischen Abenteuers im Osten aufmerksam gemacht werden. Die amerikanischen Sympathien gegenüber der britischen Kriegführung waren sehr verebbt, und die britischen Zeitungsberichte darüber wurden als einseitig angesehen... »Die Wahrheit soll in amerikanischen Zeitungen herauskommen, belegt durch einen Amerikaner, dessen Sympathie und Verständnis für die Engländer außer Zweifel stehen.«
So war Martin also ein Teil der Armee geworden, die sich in Ägypten zum Angriff auf die Gallipoli-Halbinsel zusammenzog, ein einsamer Amerikaner, der im offenen Hemd, die Kodak über eine Schulter gehängt, Stift und Notizbuch in der Hand, durch die sandigen, dicht belebten Straßen von Alexandria schlenderte. Wenig von dem, was er schrieb, wurde unzensiert vom Generalhauptquartier weitergegeben, und kein einziges seiner Fotos hatte den Zensorenstempel erhalten. Martin kam es seltsam vor, daß die Briten so empfindlich in dem Punkt waren, was man nach London schicken konnte und was nicht. Der allerkleinste, zerlumpteste

ägyptische Schuhputzerjunge wußte doch, daß die Engländer sich darauf vorbereiteten, in der letzten Aprilwoche nach Gallipoli auszulaufen. Fischerboote aus Griechenland trieben ungestraft durch die riesige Armada von Schiffen, die an der Reede ankerten. Es war allgemein bekannt, daß mindestens die Hälfte der griechischen Fischer entweder türkische Sympathisanten oder türkische Spione waren, und dennoch schnitten die Zensoren die unauffälligsten Sätze aus den Entwürfen der Zeitungsleute heraus, als ob eine Bemerkung wie zum Beispiel: »Die Soldaten aus Australien und Neuseeland scheinen sich in der felsigen Einsamkeit der ägyptischen Wüste sehr zu Hause zu fühlen«, von hochrangiger militärischer Wichtigkeit wäre.

»Oh, das können wir nicht nehmen, Sir. Möglicherweise gibt das dem Feind einen Tip, wohin die Truppen verschifft werden sollen. Gallipoli ist öde und felsig, wissen Sie.«

Martin fragte sich, ob Jacob mit seinem scharfen Verstand all diese offiziellen Spinnereien nicht vorhergesehen und ihn in Wirklichkeit glatt überlistet hatte, seinen Platz einzunehmen. Er konnte sich vorstellen, wie Jacob sich jetzt totlachte, während er in seinem Seidenpyjama herumfaulenzte, Champagner trank und seine Freundschaft mit den Ballettmädchen von der Shaftsbury Avenue erneuerte. Aber eigentlich machte es Martin nichts aus. Es war Jacob, der etwas verpaßt hatte. London war schön, aber es war nur eine Stadt, Chicago oder New York nicht unähnlich. Alexandria aber war die Schwelle zum Osten. Alexandria, das war die Zeit, eingefangen in sanftem Kalkstein. Die Stadt Alexanders des Großen. Al-Iskandariyah. Eine Stadt, die schon uralt war, als Euklid in ihrer Bibliothek studierte. Eine Stadt, wo Kleopatra in den Armen des Antonius geschlummert hatte. Martin schlenderte die breite Promenade entlang, die die halbmondförmige Bucht begrenzte. Das Mittelmeer lag blaugrün im Westen, gelbbraun im Osten, wurde gefärbt von der Erde Afrikas, die mit der Nilflut kam. In der Nähe der Docks gab es ein Café, das Offiziere der Royal Navy und der französischen Armée de Mer sich zu eigen gemacht hatten; die pfiffen jeden Offizier an, der Khaki trug und der es wagte einzutreten. Aber die unauffällige Anwesenheit eines einsamen Zeitungsmannes aus Chicago, der den hintersten Tisch auf der Terrasse nahm und seine Zeit über einem Bier oder zwei damit verbrachte, in einem Tagebuch zu schreiben, und der dabei keine Menschenseele störte, den tolerierten sie.

Alexandria, 10. April 1915

Beobachtungen und Gedanken. Es ist seltsam hier. Eine Atmosphäre fast unerträglicher Erregung durchdringt jede Seite der Aktion, als ob für jeden Mann, der mit dabei ist, hinter dem Horizont nichts als Lorbeer und große Ehren warten. Was die Türken im Augenblick denken, das kann niemand sagen. Aber ich möchte es bezweifeln, daß sie von der gleichen Euphorie erfüllt sind. Ich habe erfolglos versucht, mehr über diese Halbinsel herauszufinden, wohin die Armada bald auslaufen soll. Dieses Land ist wasserlos und öde, soviel weiß ich, ein schmaler Keil, der Europa von Asien scheidet, felsenübersät, bergig, mit Gestrüpp bedeckt, öde und ungastlich. Ob es viele Strände dort gibt? Niemand scheint das zu wissen... oder keiner scheint es zu sagen. Es ist unmöglich, Karten von diesem Stück Land zu finden. Die paar, die hier in Alexandria und Kairo existierten, sind von den Briten aufgekauft worden und jetzt sicher in den Händen der hohen Tiere beim Militär. Ob die Halbinsel wohl von den Türken schwer verteidigt wird? Vor einem Monat etwa sind die Seeleute und die Marineinfanteristen der Flotte in den Ruinen der türkischen Forts und Kanonenstellungen herumgelaufen, nachdem Admiral Carden den Ort bombardiert hatte. Die britische und die französische Flotte hatten versucht, sich eine Passage durch die Dardanellen ins Marmarameer zu erzwingen, nach Konstantinopel zu segeln und die Türkei aus dem Krieg herauszuschlagen. Ein kühner Handstreich. Die Türken haben kein gutes Gefühl dabei, sich mit Österreich und Deutschland zusammenzutun. Der Anblick von Kriegsschiffen wie die Queen Elizabeth, die mit ihren 40-cm-Kanonen durch das Goldene Horn dampft, wäre ohne Zweifel der letzte Tropfen gewesen, der das Glas zum Überlaufen gebracht hätte. Aber die Kriegsschiffe haben das Marmarameer nie erreicht. Admiral Carden... so sagt wenigstens das Gerücht... erlitt einen geistigen und körperlichen Zusammenbruch. Admiral de Robeck, der an seine Stelle trat, versuchte die Meerenge zu bezwingen, verlor an einem Tag drei oder vier Kriegsschiffe und gab den Versuch auf. Es wurde entschieden, daß die Marine es nicht noch einmal versuchen sollte, bis die Halbinsel in britischen Händen wäre, so daß die Türken nicht weiterhin die Kriegsschiffe mit Küstenbatterien bestreichen oder ihnen Treibminen entgegenschikken konnten. Ich weiß nichts über militärische Strategie, aber das kommt mir vernünftig vor. Ich habe mit einem englischen Oberst und einem Oberst beim französischen Kontingent, dem Kommandeur eines Regiments in der Fremdenlegion, ein paar getrunken. Die beiden waren ziemlich trübselig. Wir saßen auf dem Balkon eines feinen französischen Restaurants in El Wuwa, oberhalb des Nils, und sie erklärten mir ihre Sorgen, indem sie mich darauf hinwiesen, daß die Türken und ihre deutschen Militärberater einen Monat lang ununterbrochen daran arbeiten konnten, jede mögliche Landungsstelle zu befestigen. Stacheldraht auf den Stränden und Maschinengewehre auf den Klippen würden jedem Soldat, der es versuchen sollte, an Land zu waten, die Hölle bereiten. Die beiden Obersten mochten die bevorstehende Operation gar nicht – ein Gefühl, das von den Männern in der Mannschaft nicht geteilt wird.

Charles Amberley ist hier! Wir haben uns zufällig im Foyer des Shepheards Hotel in Kairo getroffen, und ich habe einen Tag mit ihm und Roger Wood-Lacy, Rupert Brooke und ein paar anderen Offizieren verbracht. Wir sind hinüber nach Gezira gefahren und haben ein Cricketspiel gesehen, und dann, am späten Nachmittag, fuhren wir nach Gizeh, um die Pyramiden im Sonnenuntergang zu sehen. Brooke ist ein netter Kerl, er hat die Fähigkeit, stundenlang zu reden, ohne irgendeinen zu langweilen. Die profansten, ja selbst schäbige Dinge erfüllen ihn mit poetischer Freude – die schmalen, bevölkerten, dreckigen Straßen von Kairo, die Zelte der Armee, die sich meilenweit am Nil entlangziehen, Flaggen, die müde vor dem weißen Himmel flattern, ein Fries aus Palmen am Horizont, die Fellachen, die auf ihren Feldern arbeiten, die Wasser aus dem Fluß holen und die das ferne Donnern der Kanonen, wenn die Artillerie Übungsschüsse über die Wüste heulen läßt, nicht zu bemerken scheinen. Die Truppen – französische Legionäre, Senegalesen, Sikhs, Gurkhas, Briten in Khaki und weißen Sonnenhelmen, Australier und Neuseeländer in ihren breiten Schlapphüten –, nun danket Gott, der uns mit seiner Stunde gleichgesetzt, der unsere Jugend nahm und uns vom Schlaf erweckte – jeder in Ägypten scheint dieses Gedicht von ihm zu kennen. Ich kann den Krieg nicht als einen Segen ansehen. Muß immer wieder an diese armen Schweine von der Infanterie denken, die an dem Hang in der Nähe von Hannogne-St-Martin gestorben sind.
Brooke ist in der Naval Division, einer Marineeinheit, die im letzten September in Antwerpen ein paar kleine Einsätze hatte. Roger Wood-Lacy war aus irgendeinem Grund enttäuscht, daß er sich nicht mit Brooke zusammen hatte melden können, aber er ist glücklich darüber, daß sie jetzt in Ägypten zusammen sind. »Ein glücklich Band von Brüdern«, das sind seine Worte. Jeder, mit Ausnahme meiner beiden trübsinnigen Obersten, ist glücklich, alle sind gefangen von der Magie dieser drei Worte – Dardanellen, Konstantinopel und Hellespont. Literarische Hirngespinste herrschen überall vor. Dauernd werden Keats und Byron zitiert, wie auch Homer. Ständig werden die Legenden von Helle und dem Goldenen Vlies, von Hero und Leander wieder ins Gedächtnis gerufen. Männer, die vor ein paar Monaten nichts anderes als die »Sportnachrichten« und den »Punch« lasen, sprechen jetzt von »weindunklen Seen« und »Der Wind steht hoch auf Helles Wogen«. Brooke schreibt ein Gedicht über die Aktion, wie auch Roger Wood-Lacy und – so schätze ich – zehn- oder zwanzigtausend andere Männer. Selbst der Kommandeur dieser Invasionsstreitmacht ist ein Poet und Schriftsteller von Format. Die einzige Gelegenheit, zu der General Hamilton sich dazu herabließ, das Pressekorps im ganzen mit seiner Gegenwart zu beehren, wurde in ihrem Verlauf zu einer Art literarischer Teestunde. Als er seinen Kommentar damit

begann, daß er sagte: »Meine Herren, wir werden uns in Kürze zur Halbinsel von Gallipoli einschiffen, oder zur thrakischen Chersonesos, wie ich es vorziehe sie zu nennen ...«, da hatte ich das ungemütliche Gefühl, wieder an der Universität zu sein. Den armen Türken steht nicht nur ein Bombardement mit fünfundvierziger Granaten und Feldhaubitzen bevor, sondern sie werden auch mit Anapästen, Daktylen, Alexandrinern und sogar simplen Zweizeilern bombardiert werden.

12. April 1915

Rupert Brooke ist krank ... Ein Sonnenstich. Charles ist heraufgekommen und hat es mir gesagt. Brooke versichert jedem, daß ein Sonnenstich nicht so schrecklich ist, wie es sich anhört, aber sein kommandierender Offizier denkt anders darüber, und er wird an Bord eines der vielen Lazarettschiffe genommen werden, die sich in Alexandria versammelt haben. Er wird die Landung in Gallipoli verpassen, und das muß ein Schlag für ihn sein. Ich bin dann mit Charles und dem 2. Kommandeur seines Bataillons, einem Major Thursby, zu den Docks der Royal Navy gegangen, um mir das Schiff anzusehen, das drei Kompanien der Royal Windsor Fusiliers nächste Woche aufnehmen wird. Wir haben eine ehrwürdige Victoria-Kutsche genommen, die von vier weißen Mulis gezogen wurde, und es war eine erfreuliche und angenehme Fahrt. Auf dem Weg erzählte mir Major Thursby viel mehr über die Geschichte der Royal Windsors, als ich hören wollte, er erzählte über diese Schlacht und jene Kampagne und über das, was »der immer siegreiche Captain Pikestaff« beim Sturm auf Badajoz gemacht hatte. Irgendwann mitten in der Erzählung lehnte sich Charles dicht an mich heran und flüsterte: »Er ist wirklich ein schrecklicher alter Langweiler«, und ich stimmte ihm völlig zu.

Das Schiff, daß die Windsors für die Landung in Gallipoli besteigen werden, ließ selbst den geschwätzigen Thursby verstummen. Es ist ein rostiger, alter Pott, der »River Clyde« heißt, so ein Schiff, das auf den Weltmeeren herumtuckert und Kohle im Laderaum mitführt, um andere Schiffe damit zu beladen. Ein traurig aussehender Kahn, voller Farbflekken und ganz verloren mitten in einer Gruppe von neuen Zerstörern. Im Augenblick werden zwei viereckige Öffnungen auf beiden Seiten in den Rumpf geschnitten, und hölzerne Rampen werden gebaut, die man an den Ladebäumen über diesen Ausfalltoren herunterlassen kann, wenn das Schiff dicht an der Küste ist. Zweitausend Männer werden für den Angriff an Bord sein, die Windsors, die Dublin Fusiliers, die Munster Fusiliers und zwei Kompanien des Regiments Hampshire. Offiziere aus diesen Einheiten waren auf dem Dock, und sie schienen über diese Aussicht nicht glücklicher zu sein als Thursby und Charles.

»Ziemlich schmuddelige Art, in den Krieg zu ziehen«, sagte Major Thursby.

S. S. Lahore, 18. April 1915
Habe ein Kabel von Lord Trewe erhalten, in dem er mich informierte, daß kein einziger meiner Berichte London erreicht hat. Habe dies mit Ellis Ashmead-Bartlett diskutiert, einem leicht exzentrischen Londoner Zeitungsmann, der auch nicht im mindesten überrascht war. Er hat eines Nachts in Alexandria einen Zensor mit ein paar Drinks mürbe gemacht und dabei entdeckt, daß alle zivilen Berichte über die Militärvorbereitungen für die Dardanellen-Expedition zurückgehalten wurden. Er drückte auch schwere Zweifel aus, daß irgendwelche Repräsentanten der Presse Erlaubnis bekommen würden, mit der Angriffsstreitmacht dorthinzufahren. Wir werden alle dazu ermuntert, in Ägypten zu bleiben, aber Ellis Ashmead-Bartlett ist entschlossen mitzugehen. Ich auch, und ein kurzsichtiger Bursche von »Reuter's« ebenfalls. Und das ist es schon, das ganze Pressekorps. Die anderen liegen am Strand. Ein älterer Kriegsberichterstatter sagte mir, er bliebe zurück, »um die Armee nicht in irgendeiner Weise zu behindern«, ferner wollte er damit andeuten, daß ich mich einfach mit typisch amerikanischen Ellenbogen vordrängte, weil ich ja mit will.
Die S. S. Lahore ist ein Linienpassagierschiff, das vor ein paar Wochen abkommandiert wurde, um als Hauptquartierschiff zu dienen. Unterkunft und Verpflegung sind das Beste vom Besten, überall wimmelt es von Stewards, die alle strahlendweiße Kellnerjacken mit Messingknöpfen tragen. Ich sitze auf einem Deckstuhl, trinke einen Cocktail und sehe zu, wie die Armada von Alexandria losdampft. Nebelhörner dröhnen, Dampfpfeifen tuten, Signalflaggen schießen die Leinen hoch, Lichter flackern hin und zurück zwischen den zweihundert oder mehr Schiffen, die von Ägypten auslaufen. Wir haben Kurs auf das Ägäische Meer genommen, zur Insel Lemnos, die fünfzig Meilen von der Südwestspitze von Gallipoli entfernt liegt. Ein Schiffsoffizier sagt mir, daß die Mudrosbucht auf Lemnos groß und tief genug ist, um jedes Schiff aufzunehmen, das in Sicht ist. Und dann würde immer noch eine ganze Menge Platz übrig sein. Ich nehme an, die endgültige Aufstellung für den Angriff wird dort vorgenommen. Alles scheint so glatt zu laufen, scheint so wirkungsvoll ausgearbeitet, daß der Erfolg sicher sein müßte.

Charles Amberley stand vorne am Bug der River Clyde und sah zu, wie die Männer seines Zuges Sandsäcke füllten und aufstapelten und daraus eine löcherige Mauer bildeten, die vier Fuß hoch und viele Lagen dick war. Sie verwandelten auf diese Weise das Vorderkastell in ein kleines Fort, das zwölf Maschinengewehre aufnehmen konnte. Das Kohlenschiff trieb langsam vor Anker im spiegelglatten Wasser der Mudrosbucht, und die Sonne knallte auf die Deckplanken.

»Wie die Schmiede des alten Vulcan«, bemerkte Roger Wood-Lacy, während er sich mit einem schmutzigen Taschentuch den Schweiß vom Nakken wischte. Er lehnte sich gegen die Reling und blinzelte zu den rauhen, baumlosen Hügeln der Insel hinüber. »Vulcanus hat hier gelebt, wißt ihr. Dies ist sein kleines Paradies. Man fragt sich, was er an diesem Ort so schön fand. Trotzdem, ich mag den alten Vulcanus, das war ein solider Bursche. Konnte nie verstehen, warum Jupiter ihn aus dem Himmel geworfen hat. Kannst du dich noch an deinen Milton erinnern? ›Er fiel vom Morgen bis zur hohen Mittagszeit, und dann von Mittag, bis der Tau des Abends fiel an diesem Sommertag, und als die Sonne sank, stürzt' er aus dem Zenit, gefallner Stern, auf Lemnos, Eiland im Ägäischen Meer.‹ Das gibt einem doch zu denken, oder? Die Nähe der Vergangenheit. Vulcanus, der auf uns alle herabschaut. Was mag er wohl denken?«
»Daß wir ein Haufen blöder Trottel sind, nehme ich an«, murmelte Charles. »Hast du denn nichts Besseres zu tun, als hier herumzulungern und das ›Verlorene Paradies‹ zu zitieren?«
Roger schubste seinen Sonnenhelm auf den Hinterkopf und zeigte dann weit über die Bucht hinaus.
»Nicht, bis die Kompanie A ankommt. Da sind sie schon, kreuzen gerade hinter dem Stern der Swiftsure.«
Den ganzen Morgen lang waren Truppen von den Transportschiffen an Land gegangen. Jetzt waren zwölfhundert Männer an Bord des Kohlenschiffes, die nervös im brütendheißen Laderaum saßen. Achthundert Neue sollten noch kommen – die Kompanien B und C von den Windsors und zwei Kompanien von den Munsters.
»Ihr scheint euch nicht sehr gut zu fühlen«, sagte Roger. »Ist irgendwas?«
»Nein, nur müde. Talbot soll der Maschinengewehroffizier des Bataillons werden, aber er hat sich keinen Dreck um uns gekümmert, seit wir an Bord gekommen sind.«
In gespieltem Entsetzen legte Roger seine Hände an die Ohren. »Aber, aber, was für eine fürchterliche Ausdrucksweise. Habe solche Worte nicht mehr gehört, seit Tante Mary mit ihren Titten in den Wäschewringer gekommen ist!«
Charles lachte. »Zick zack, sorg dafür, daß deine Jungs verstaut werden.«
Er sah zu, wie sein Freund das Deck hinunterging, zu den Leitern, die mittschiffs lagen. Er ging nicht mehr mit lässiger Anmut, mit dem Schlendern eines Poeten, sondern er bewegte sich energisch schwankend, war jetzt ein hartgekochter Subalterner, mehr als fähig, seinen Zug aus hartgesottenen Südlondonern in der Reihe zu halten. Charles wandte sich ab und begutachtete die Sandsackbefestigung.
»Packen Sie sie fest, mit der flachen Seite vom Spaten, Korporal.«

»Sehr richtig, Sir.«
»Und dann fangen Sie an, die Gewehre aufzustellen, und legen Sie auch Säcke auf die Dreifüße.«
»Gut, Sir.«
Charles sah zu, wie die Füsiliere und ein paar Mann von der Marineinfanterie die Wickers-Gewehre auf ihre Aufsätze montierten und die Kartons mit den Patronengürteln auspackten. Die Männer wußten, was sie taten, und sie brauchten keine weiteren Anweisungen. Er lehnte sich gegen eine der Sandsackmauern und starrte hinaus auf die Menge der Schiffe in dem riesigen Hafen, Lemnos in der Ägäis! Dieser Satz klang in seinem Kopf wie Poesie. Während er so die Kriegsschiffe und die Myriaden von Transportschiffen anschaute, die so friedlich auf dem blauesten aller Meere und unter dem blauesten aller Himmel schwammen, dankte er Gott für seine Gnade, weil er ihn nicht nach Frankreich geschickt hatte. Charles hätte Hunderte von Bildern vor seinen geistigen Augen aufsteigen lassen können – Xerxes und seine Flotte, die nach Salamis segelte, Jason und die Argonauten auf der Suche nach dem Goldenen Vlies, Odysseus und Achilles, die hier auf ihrer oft unterbrochenen Reise nach Troja aufgehalten worden waren. Und natürlich Byron, auf der Suche nach Heros Turm, der Homers weindunkle See überblickte. Nun, der blinde Barde hatte sich hierin geirrt. Es war ein Meer wie jedes andere, blau oder grau, je nachdem, wie der Himmel war. Aber es war die sonnenerleuchtete Ägäis und nicht die schlammige Wasserwüste der Picardie.
»Leutnant Amberley, Sir.« Die Stimme Oberstleutnant Askins klang übers Megaphon. »Kommen Sie bitte auf die Brücke.«
Der Oberst stand gerade wie eine Tanne auf der Brücke; seine große, braune Hand spielte mit seinem Schnurrbart. Mit reinem Gewissen stand Charles seinem kommandierenden Offizier gegenüber.
»Ja, Sir?«
»Ach, Charles. Haben Sie gut gemacht, das mit den Sandsäcken.«
»Danke, Sir.«
»Was zum Teufel ist bloß mit Captain Talbot los? Das war doch seine Arbeit, verdammt noch mal. Mir hat er erzählt, er hätte Krämpfe. Glaube ihm kein Wort. Drückebergerei, so nenn' ich das. Immer der gleiche Ärger mit der Spezialreserve, zu lange im Zivilleben gewesen, und dann werden sie einem weich. Ich setz' den Mann an Land und mache Sie zum kommandierenden Hauptmann und obersten Kanonier des Bataillons.«
»Danke, Sir.«
Der Blick des Obersten wurde abwesend, und er schaute zu den nackten, braunen Hügeln der Insel hinüber.
»Sie sind ein Freund dieses komischen Poeten, Rupert Brooke. Sie und Wood-Lacy.«

Charles fühlte, wie sein Magen sich zusammenzog. »Ja, Sir.«
»Wood-Lacy ist noch enger mit ihm befreundet.«
»Er kennt ihn besser, ja, Sir.«
»Der Mann ist gestern gestorben. Tut mir leid, daß ich Ihnen das so direkt sagen muß, aber der Bericht von General Hamilton war genauso kurz. Er war an Wood-Lacy gerichtet, aber ich dachte, ich sage es besser Ihnen. Mitternacht lichten wir die Anker, und sechs Uhr morgen laufen wir auf Strand V, wie geplant. Der junge Wood-Lacy hat morgen eine verdammt wichtige Aufgabe, und ich will nicht, daß seine Gedanken bei anderen Dingen sind. Sie können ihm die Nachricht überbringen, wenn wir in Sedd el Bahr sicher an Land sind. Tut mir wirklich leid, Amberley. Ich weiß, wie es ist, wenn man einen Freund verliert.«
Die Sonne schien ihre Hitze zu verlieren, so, als ob ein großer Teil des Lichts den Himmel verlassen hätte. Die See war trübe und ölig geworden. Charles stand an der Reling der Brücke und schaute hinab auf die Leichter, die mit ihren dichtgedrängten Ladungen von Männern längsseits kamen. Zweitausend Soldaten für Strand V. Nur Gott selbst und General Hamilton wußten, wie viele es sein würden für W, X, S, Y und die ANZAC-Landung in Gawa Tepe. Es hatte wohl wenig Sinn, um einen toten Poeten zu trauern.

Sie lag vor ihm in der Dunkelheit, sichtbar nur für die inneren Augen, die scharfe, halbkreisförmige Kurve der Bucht von Sedd el Bahr. Eine auswendig gelernte Kartenstatistik: Vierhundert Meter schmaler Sandstrand, direkt westlich von den Ruinen des mittelalterlichen Schlosses; das Land stieg sanft in einer Serie von terrassenförmigen Hängen hinter der Küste an, ein Dorf aus steinernen Hütten lag unterhalb des alten Forts. Er spähte durch eine schmale Schießscharte, seine Wange ruhte auf dem kalten Metall eines Wickers-Maschinengewehrs. Nichts war zu sehen außer der dunklen Masse des Landes, nichts war zu hören als das Stampfen der Maschinen der River Clyde und das Rauschen des Wassers unter dem Kiel. Er richtete sich auf und warf einen Blick zum Heck hinüber. Zwei leere Leichter, die Pontons für die Landung an der Küste bilden sollten, lagen im Schlepp und zogen als dunkle Schatten im phosphoreszierenden Kielwasser nach. Hinter ihnen, nur schwach zu sehen, kamen zwanzig Kutter, die von Marine bemannt waren und Soldaten der Dublin Fusiliers an Bord hatten. Die sollten den Strand sichern, wenn die River Clyde sich selbst in der Bucht auf Grund setzte und die Leichter vom Heck nach vorn gebracht wurden, um die Brücke zu bilden. Fünfzehn Minuten nach dem Auflaufen würden die Dampfpfeifen blasen, und die zweitausend Männer im Laderaum des Kohlenschiffes würden sich über die Rampen aus dem Schiff ergießen, würden die hölzernen Plattformen, die seit-

lich am Rumpf hingen, hinunterrennen, auf die Leichter springen und auf den Strand laufen, ohne sich die Füße naßzumachen.
Noch eine Stunde bis zum Morgen. Eine Glocke läutete, und das Schiff verlangsamte die Fahrt. Aus der Dämmerung hinter ihnen kamen Donnerschläge und Kettenblitze, Flammenstöße in intensivem Orange und rotem Licht, den ganzen Horizont entlang. Dann brüllten die schweren Granaten der Flotte über sie hinweg und zerbarsten kreischend auf dem Strand. Die Halbmondküste von Sedd el Bahr bis zur Spitze von Kap Helle explodierte in Flammen.
»Würgt es ihnen rein!« brüllte jemand in die Dämmerung hinaus. »Zum Teufel mit den Türken!«
Der bleiche Himmel wurde beschmutzt durch Streifen von fahlbraunen Wolken. Ruß ließ sich auf dem Deck nieder, der Staub von Gallipoli, den der Wind hertrug, die Erde, die von den hämmernden Granaten hochgeschleudert wurde. Explosionen blinkten und glitzerten, scharfe Punkte aus Feuer unter Fontänen aus gelber Erde. Als Charles über die Sandsäcke blinzelte, konnte er das Dorf auf dem höchsten Punkt der Klippe unter den Schockwellenexplosionen der Marinekanonen verschwinden sehen. Er hielt sich das Handgelenk dicht ans Gesicht und schaute auf die Uhr. Sechs. Die Kanonen der Flotte hatten schon seit fast einer Stunde ständig gefeuert. Nichts, keine Maus, nicht einmal ein Vogel konnte noch am Leben sein in diesem kochenden, durcheinanderwirbelnden, nach verbranntem Fleisch riechenden Stück Land.
»Gott, erbarme dich ihrer«, murmelte er.
Dong, dong, dong, dong! Das Schiff zitterte, die Bucht rückte näher.
»Gewehre laden!« rief er aus.
Dann kam das Klappern der Aluminiumkisten, die geöffnet wurden, das scharfe metallische Klicken, als die aufgerollten Munitionsstreifen in die Führung einrasteten.
»Offene Sicht, hundert Meter!«
Sie würden auf Geister feuern, auf zermahlene Knochen.
Der Beschuß mit den Granaten hörte genauso plötzlich auf, wie er begonnen hatte. Die Küste kam näher, eingehüllt in treibenden Rauch und Staub und voll lastendem Schweigen. Er konnte den Seufzer der Erde hören, die wie ein sanfter Regen auf das Wasser der Bucht herniederrieselte.
»Alle Boote, fiert ab!« schrie ein übereifriger Seekadett, dessen jungenhafte Stimme so dünn war wie der Ruf eines Brachvogels. »Auf den Strand!«
Die Marinekutter ließen ihre Schlepptaue von den kleinen Schleppdampfern abgleiten, die sie in Trauben seit dem Transport gezogen hatten, und hielten in einer langen Reihe auf die Küste zu. Die Dubliners standen auf-

recht da, mit aufgesteckten Bajonetten, und die frühe Morgensonne funkelte in ihren Klingen.

»Hoch die Iren!« rief ein Munster-Füsilier aus dem schattigen Zwischendeck der River Clyde.

Noch fünfhundert Meter bis zu dem Bogen aus Sand. Die Kutter trieben auseinander, gruppierten sich langsam wieder, kämpften gegen eine starke Strömung, die unter der ruhigen Oberfläche der Bucht kochte. Charles starrte auf seine Armbanduhr, während unendlich lange Minuten vorübertickten. Jetzt kämpfte auch das Kohlenschiff gegen die Strömungen, drängte mit äußerster Kraft gegen die Gewalt der Flut vom Hellespont an.

»Verdammich«, sagte ein Maschinengewehrschütze, während er am Lauf seines Gewehrs vorbei nach vorn starrte, »der Granatenbeschuß hat dem Draht aber nichts ausgemacht.«

Charles senkte den Kopf an ein Loch in der Sandsackmauer. Der Mann hatte recht. Dickichte aus Stacheldraht erstreckten sich über die volle Länge der Klippen und die Hänge hinauf. Der Draht war taunaß wie ein Spinngewebe.

»Die Dubliner werden ihn durchschneiden müssen«, sagte er. »Ich hoffe, sie...« Der Kiel knirschte auf Grund, und das Schiff zitterte und stöhnte, als sie dreißig Meter vom Strand zum Halten kamen. Tritte hämmerten auf dem Deck, die Matrosen rannten zum Heck, um die großen Leichter nach vorn herumzubringen, damit sie die Lücke aus tiefem Wasser überbrücken konnten. Charles schaute durch eine der seitlichen Schießscharten. Die Kutter waren wieder in Linie und bewegten sich gleichmäßig auf die Küste zu. Es war so still, daß er die Offiziere und Sergeants der Dublin Fusiliers bei der Weitergabe der Kommandos hören konnte. Noch dreißig Meter... Noch zwanzig... Noch zehn. Eine Blaujacke mit einem Bootshaken sprang in die Brandung.

War das eine Trompete? Ein schwaches, blechernes Zweinotensignal, das aus den Ruinen des Dorfes kam? Charles war sich nicht sicher.

»Hat irgendeiner gehört...?« wollte er fragen, und dann verhüllte ein Nebel aus Rauch die ganze Rundung der Bucht, und die Oberfläche des Wassers wurde plötzlich durch die erste Salve des türkischen Gewehr- und Maschinengewehrfeuers zu weißem Schaum aufgepeitscht. Die Soldaten, die dicht gedrängt in den Booten saßen, begannen zu schreien, während die Kugeln durch sie hindurchmähten.

»Feuer!« brüllte Charles. Die Wickers-Gewehre zuckten und bockten auf ihren Montierungen. Ihr Geräusch erstickte die Schreie der sterbenden Dubliner. Spritzende Fontänen aus Sand und Lehm schossen über Hügel und Strand, aber die Beschießung durch die Türken ließ keinen Augenblick nach. Es waren keine Ziele da, dachte Charles wild. Nicht ein Türke

war zu sehen. Überall an den Hängen mußten Gräben sein, schmale Gräben, gut versteckt. Wie in aller Welt hatten die Männer darin es geschafft, bei dem Beschuß nicht in Stücke gerissen zu werden? Sie waren wahrscheinlich in den Hügeln geblieben, bis der Granatenbeschuß aufhörte, und waren dann schnell nach unten gerannt, zurück in ihre Stellungen. Auf der ganzen Halbinsel gab es nur fünf Strände, an denen Truppen landen konnten. Die Türken wußten das, und sie hatten einen Monat Zeit gehabt, diese Strände zu befestigen und ihre Verteidigungsstrategien einzuüben. Im Wasser gab es nur den Tod, Boote, mit der Breitseite zur Küste, von deren hölzernen Rümpfen Splitter flogen, Männer, die sich ins Meer stürzten oder in Haufen über den Ruderbänken lagen. Ein paar Soldaten schafften es, den Strand zu erreichen, und lagen zusammengedrängt hinter einer niedrigen Ufermauer. Eine Handvoll Männer wollten den Draht überrennen und starben dann doch nur zwischen den Strängen. Kugeln knallten gegen die Stahlplatten der River Clyde und schlugen pausenlos in die Sandsäcke ein. Die Matrosen, die versuchten, die Leichter vom Heck herumzuziehen, wurden von den Decks und den Strickleitern abgeschossen. Andere Männer nahmen ihre Plätze ein, zogen ein paar Sekunden lang an den Schleppseilen, bis der kreischende Kugelsturm sie dort, wo sie standen, niederwarf oder sie über Bord stürzen ließ. Ein paar Kugeln kamen durch die Schießscharten in den Säcken, und zwei Maschinengewehrschützen sanken nach hinten. Andere Männer nahmen augenblicklich ihre Plätze ein, und die Gewehre feuerten weiter, Munitionsstreifen nach Munitionsstreifen entrollte sich aus der Kiste, und das Wasser begann in den Kühlsystemen der Gewehre zu kochen.
Charles knallte die Faust gegen einen Sandsack und fluchte leise. Warum zum Teufel wichen sie nicht zurück und signalisierten der Flotte, noch einmal zu feuern? Er tippte einem Sergeant der Windsor Fusiliers auf den breiten Rücken und brüllte laut, um gehört zu werden. »Ich geh' auf die Brücke. Übernehmen Sie das Kommando.«
Er ließ sich in die Luke des Vorschiffs fallen. Unten herrschte eine tödliche Dämmerung, und er schürfte sich das eine Knie böse an dem eisernen Niedergang auf. Die Kugeln, die auf den Rumpf klatschten, ließen das Innere des Schiffes klingen wie eine Glocke. Charles stolperte durch das Vorderkastell, das hoch mit Holzkisten voll Patronen und Munitionsstreifen für die Maschinengewehre vollgestapelt war, streifte an den schwitzenden Munitionshelfern vorbei und kam halb rennend, halb stolpernd hinaus auf das Zwischendeck. Ein Zug der Hampshires kniete dicht gedrängt an den hohen eisernen Seiten des Schiffes, während Kugeln, krachend wie stählerne Peitschen, über sie hinwegpfiffen.
»Was ist denn das für eine Scheiße? Was zum Teufel geht denn hier vor?« fragte ein Subalterner mit weißem Gesicht.

Es hatte keinen Sinn, ihm zu antworten. Er würde es bald genug selbst herausfinden.
Die hölzernen Rampen wurden über die Seiten nach unten gelassen, Oberstleutnant Askins und ein Kommandeur der Marine standen auf der Brücke und leiteten die Aktion, und beide Männer waren dem Feuersturm voll ausgesetzt und beachteten ihn überhaupt nicht.
»Was zum Teufel machen Sie denn hier?« sagte Oberst Askins, als Charles die Brücke erreichte. Der Oberst starrte auf die Küste, seine Lippen waren zu blutlosen Schlitzen zusammengepreßt.
»Wir können gegen diesen Beschuß mit unseren Maschinengewehren nicht angehen, Sir. Wir können nicht das mindeste ausrichten.«
»Ich weiß. Ich sehe es auch.«
»Wir brauchen Artillerie... Die Flotte...«
»Zu spät dafür... Wir hängen jetzt drin. Das verdammte Schiff sitzt auf dem Sand fest. Die zweite Welle kommt gerade rein.« Er bewegte ruckartig den rechten Arm und zeigte über seine linke Schulter.
Charles blickte nach achtern. Eine Linie von Schleppern und Kuttern, die dicht voll Männer gepackt waren, lief fächerförmig über die Bucht ein.
»Signalisieren Sie denen mal, zurückzubleiben, verdammt«, sagte der Oberst mit flacher, müder Stimme. »General Napier führt sie. Hält sich für den verdammten Admiral Nelson und hat zwei blinde Augen. Jeder einzelne von den verdammten Idioten will sich heute das Victoria-Kreuz verdienen.«
Der Marinekommandeur lehnte sich plötzlich über die völlig unzureichende Barrikade aus Sandsäcken und Weißblech, die um die Brücke herum aufgerichtet war, brüllte den Matrosen an den Dampfwinden Befehle zu und schoß dann zur Leiter hinüber.
»Ich muß alles selber machen, verdammt noch mal!«
»Der liebe Mr. Unwin«, bemerkte der Oberst trocken. »Der kriegt sein Kreuz heute, oder eine Kiste aus Fichtenholz, oder beides.« Er sah Charles mit abwesendem Blick an. »Wir stecken bis zum Hals im Dreck, Amberley, aber wir müssen das durchstehen. Bringen Sie die Männer an Land, treiben Sie die Türken mit dem Bajonett den Strand hinauf. Wir haben jetzt keine einzige andere Möglichkeit mehr. Verstanden?«
»Ja, Sir.«
»Sie sind ein braver Kerl. Gehen Sie zurück zu Ihren Gewehren und halten Sie...« Und dann war er tot; die obere Hälfte seines Schädels wirbelte zum Schornstein des Schiffes hinüber, Haar und Mütze blieben säuberlich zusammen, das Gehirn bespritzte das Ruderhaus mit rosagrauem Schmier. Charles ließ sich auf die Knie fallen und preßte die Hände an die Augen, um das Entsetzliche nicht sehen zu müssen. Aber das hatte keinen Sinn. Er wußte es. Jeder, der ihn sah, würde seine gequälte Hal-

tung nur als Feigheit mißverstehen. Er hatte keine Angst. Er war weit über die Furcht hinaus. Der Schrecken erweckte seine eigene, ganz eigentümliche Form von Mut. Aber der Tod des Obersten war mit solch explosiver Plötzlichkeit gekommen, daß Charles nicht darauf vorbereitet gewesen war. Der Tod selbst war bedeutungslos. Was soll's? Der Oberst hätte auch in Tugela oder in Spion Kop während des Südafrikanischen Krieges sterben können. Die Burenkugeln hatten ihn verfehlt. Die Kugeln der Türken nicht. Charles warf einen Blick auf den langen, ausgestreckten, bluttriefenden Körper und stand auf. Ein Funker von der Marine kauerte, mit dem Rücken an eine Weißblechplatte gelehnt, am Boden und starrte ihn mit hohlen Augen an.
»Machen Sie weiter! Signalisieren Sie den Booten, daß sie halten sollen«, brüllte Charles.
Der Blick des Mannes war starr wie der eines Epileptikers. Es hatte keinen Sinn, ihm irgend etwas aufzutragen. Charles rannte mit krummem Rükken von der Brücke, um den Adjutanten zu suchen und ihm zu sagen, daß der Oberst tot war. Er fand den Mann am Fuß des Steuerbordniedergangs von der Brücke, er lag flach auf dem Deck, und Löcher von Mauser-Kugeln zogen sich quer über seine Brust.
Die breiten, flachen Leichter waren vor dem Bug zusammengekoppelt worden, die Ausstiegsplattformen senkten sich aus den viereckigen Einschnitten, die in der Bordwand waren, an den Seiten des Schiffes hinab. Pfeifen ertönten, und die Männer des ersten Zuges der A-Kompanie der Royal Windsors begannen ihren Abstieg zum Strand. Sie rannten schnell, die Steuerbordplattform rappelte unter ihren stampfenden Füßen.
»Haltet euch tapfer, Windsors!«
Charles erhaschte einen kurzen Blick auf Roger, der mit dem Revolver in der Hand und der Trillerpfeife im Mund seine Männer nach unten führte. Kugeln klatschten gegen das Schiff, Querschläger prallten mit schwirrendem Heulen ab. Es war, als ob man in einem Wirbelsturm aus Blei stand, und die Wut dieses Sturmes erhöhte sich noch, als die Soldaten nach unten zu den Leichtern rannten. Charles warf sich auf das Deck und legte sich flach hinter die schmale Schutzwand, die der Davit eines Rettungsbootes bildete. Das Boot war schon lange fort, zu schlenkernd herabhängenden Brettern zusammengeschossen. Er schaute unter der untersten Sprosse hindurch über die Bordwand und sah zu seinem Entsetzen, daß die Rampe leer war; der Zug Soldaten war fort, ein paar Männer lagen in einem blutigen Haufen auf dem Leichter, die anderen im Wasser. Bewegungslose, dunkelbraune Klumpen, die langsam versanken und dabei scharlachrote Nebel hinter sich herzogen. Eine Pfeife schrillte. Der 2. Zug der A-Kompanie lief Spießruten und schrumpfte zu sechs einsamen Männern zusammen, ehe die Soldaten den Leichter erreichten. Ein Zug

von den Munsters folgte augenblicklich nach, und die Männer starben beim Laufen und taumelten kopfüber in die See.
Tot. Roger war tot. Die Erkenntnis setzte sich ganz langsam zusammen. Tot. Einer der Körper auf dem Leichter oder einer der tanzenden, khakifarbenen Säcke im Wasser. Fort. Verschwunden ohne ein »Auf Wiedersehen«, ohne ein Wort. Der Wahnsinn dieses Gedankens betäubte Charles. Das Gewehrfeuer existierte plötzlich nicht mehr für ihn, und er stand auf, ging langsam zurück zum Vorderkastell und nahm seine Stellung zwischen den dampfenden, klappernden Wickers-Gewehren wieder ein.
»Verdammich«, sagte der Füsilier-Sergeant, »ich hab' ihnen nich' mal die Chance eines Schneeballs in der Hölle gegeben, daß sie das schaffen.«
Hier saßen sie gemütlich und sicher, dachte Charles dumpf. Die breiteren Schießscharten waren mit Sandsäcken verstopft worden. Die Schützen machten sich nicht länger die Mühe, mit ihren Waffen zu zielen, denn es gab einfach nichts, worauf man zielen konnte. Sie lagen auf dem Deck und drückten auf den Abzug, während türkische Kugeln in die schweren Säcke mit dem weißen ägyptischen Sand hineinkrachten, schwirrten, schlugen.
Ein Major von den Hampshires krabbelte aus dem Zwischendeck nach oben und brüllte Charles durch das stotternde Brüllen der Maschinengewehre an.
»Nicht noch mehr von den Jungs... Warten, bis es Nacht wird. Lassen Sie die Wickers... weiterfeuern.«
Charles nickte und lehnte seinen Kopf gegen die sonnenwarmen Sandsäcke. Durch ein Loch konnte er die Bucht sehen, die treibenden Boote der zweiten Welle, die mit Toten gefüllt waren. Die zahllosen Körper, die in der Brandung rollten und deren Blut das Wasser rosenrot, nein, burgunderrot färbte. Lieber Gott, dachte er, der alte Homer hat doch recht gehabt. Es war eine weindunkle See.

5

Es saßen sechs Offiziere im Erste-Klasse-Abteil, als Martin Rilke in Southampton den Zug bestieg. Nach Monaten in Frankreich waren sie jetzt alle auf Erholungsurlaub zu Hause, und sie beäugten Martin mit eisiger Verachtung, während sie auf einen Blick sein Alter, seinen Gesundheitszustand, seine Sonnenbräune und seine Zivilkleidung in sich aufnahmen.
»Schöne Ferien gehabt?« bemerkte ein Major aus der Leichten Infanterie Durham mit dolchspitzer Höflichkeit.

»Nein«, sagte Martin, während er sich bemühte, seine dicke, fast überquellende Aktentasche im Gepäcknetz über dem Sitz unterzubringen. »Gallipoli.«
Sie tauten augenblicklich auf. Zigaretten und Geschichten wurden ausgetauscht. Martin erzählte den Offizieren von den Verhältnissen am Kap Helle und in der Bucht von Anzac. Die Offiziere erzählten ihm von Neuve Chapelle und den Hügeln von Aubers. Es war eine finstere, ernste Unterhaltung über Massaker, während der Zug durch die sommerliche Landschaft Südenglands rumpelte.
London schwelte in der Julihitze, aber Martin kam es kühl vor, nach Lemnos und der Halbinsel. Vor dem Waterloo-Bahnhof waren mehr Reisende als Taxis, und während er ungeduldig am Straßenrand auf ein leeres wartete, trat eine junge Frau in einem blaßgrünen Kleid auf ihn zu, musterte ihn verächtlich und reichte ihm eine weiße Feder.

Es war seltsam. Nichts hatte sich geändert. Die Kapseln mit den Notizen summten über die Drähte an der Decke und plumpsten auf gehetzte Redakteure und Korrektoren herab, die Fernschreiber klapperten, die Botenjungen rannten zwischen der Menge der Schreibtische hin und her, und die Druckmaschinen rumpelten in der Ferne wie die Motoren eines riesigen Schiffes. Es war schon ein Jahr vergangen, seit er in dem verglasten kleinen Büro an seinem Schreibtisch gesessen und glatte Artikel über englische Manieren und Vergnügungen geschrieben hatte. Er fragte sich, ob der Theaterkritiker noch immer jeden Abend mit weißer Fliege und Frack hier erschien. Nein, wenig hatte sich geändert. Ein paar neue Gesichter, ein anderer Mann an Jacobs altem Schreibtisch.
An den Wänden in Lord Trewes luxuriösem Büro waren noch immer die billigen Karten festgemacht, eine Karte von der Westfront neben einer Landschaft von Constable, eine Karte vom Mittelmeer mit Reißzwecken neben einem Turner an die Wand genagelt. Lord Trewe war so robust wie immer, aber sein Gesicht war nicht mehr sonnengebräunt. England war im Krieg, und Regattas mit Hochseeyachten waren jetzt als Sport nicht mehr möglich.
»Nun, Rilke, ich bin froh, Sie wieder hier zu sehen.«
»Ich bin auch froh, wieder hier zu sein, Sir.« Martin setzte sich in einen antiken Sessel und legte seine Aktentasche auf den eichenen Eßtisch, der dem Pressegiganten als Schreibtisch diente. »Ich habe eine ganze Menge Sachen, die Sie lesen können, Sir. Die Tagebücher, die ich geführt hab'... Beobachtungen, die nie an den Zensoren in Mudros vorbeigekommen wären.«
Lord Trewe lehnte sich in seinem Biedermeiersessel zurück und faltete die schweren Hände über der Weste.

»Ich lese nicht gern persönliche Tagebücher, Rilke. Ich lese das, was Sie geschrieben haben, lieber im Druck, auf der vierten Seite der Daily Post, und zwar zusammen mit Millionen anderer Leser. Ich will Ihnen etwas sagen, was Sie vielleicht nicht wissen. Diejenigen, die etwas über die Generäle und die hohe Strategie dieses Krieges erfahren wollen, die lesen Repington in der Times. Und diejenigen, die etwas über die Männer aus Fleisch und Blut hören wollen, die die schmutzige, gefährliche Arbeit an der Front machen, die lesen die Daily Post. Besonders lesen sie ›Gallipoli-Skizzen‹ von Martin Rilke, wie auch die Leser von fünf amerikanischen, zwei kanadischen und zwei australischen Zeitungen, sowie die Leser von Lesley's Weekly. Sie sind jetzt dreieinhalb Monate weggewesen, und Sie sind als berühmter Mann, der etwas Neues zu bieten hat, zurückgekommen. Ich zögere nicht, zu sagen, daß Sie einen neuen Journalismus erfunden haben, eine neue Form der Kriegsberichterstattung, nicht so sehr die Geschichte der großen Schlachten, sondern die Geschichte der Männer. Menschliches Interesse, Rilke, das ganz gewöhnliche menschliche Interesse, das ist Ihre Stärke. Jetzt sind Sie wieder da, und ich nehme an, daß Sie nicht nach Gallipoli zurückwollen. Ich kann es verstehen. Das ist ja nur eine Geschichte, die sich am Rand abspielt, Rilke. Die Hauptschläge werden in Frankreich kommen, diesen Herbst. Sir John French und Marschall Joffre haben einen meisterhaften Plan in Arbeit, und ich möchte, daß Ihre nächste Schlagzeile lautet: ›Skizzen von der Westfront‹, von Martin Rilke.«

Martin öffnete die Aktentasche und nahm seine Notizbücher heraus. Das Wissen, daß er um die ganze Welt herum bekannt war, daß man seine Berichte in einem Dutzend Zeitungen las, war noch nicht eingedrungen. Aber selbst wenn es eingedrungen wäre, dann hatte er nicht den Wunsch, sich in seinem Ruhm zu sonnen. Sein Grund dafür, Gallipoli zu verlassen, war in den Notizbüchern enthalten, die er über den Tisch schob.

Lord Trewe legte einen Augenblick lang seine Hand darauf und schob sie dann fort. »Ich weiß, was darinsteht, Rilke. Sie enthalten alles, was die Zensoren herausgeschmissen hätten, hätten sie sie gelesen. Ich bin sicher, daß Sie sich von den Skizzen abwenden und sich mit Kommentaren versuchen wollen.«

»Lord Trewe...«

»Nein, Rilke, nicht Lord Trewe. Sie haben sich das Recht, mich einfach Boß zu nennen, mehr als verdient.« Er lehnte sich nach vorn und faltete seine Arme auf dem Tisch. Seine Augen hatten den direkten Blick eines Seemanns. »Ich weiß, was da draußen passiert. Nichts, was Sie mir erzählen können, kann mich möglicherweise noch aufregen. Es war ein brillantes Konzept, das schlimm vermasselt worden ist. Die Landung war eine Schande, nur eine Verschwendung tapferer Männer. Hamilton hat in ei-

nem Kriegsschiff weit draußen auf See auf seinem Arsch gesessen und es zugelassen, daß zweitausend Männer auf Strand Y herumstanden und Tee kochten, während ein paar Meilen weiter weg die Männer in Scharen in Sedd el Bahr gestorben sind, und Hunter Weston hat den gleichen verdammten Mist gebaut mit den Landungstruppen in Eski Hissarlik, indem er ihnen erlaubte herumzulungern, anstatt mehr Leute in das andere Kampfgebiet zu schicken, sie so schnell wie möglich zum Strand V loszujagen, damit sie den Türken in der Flanke erwischen können. Verdammt! Das ganze Unternehmen ist versaut worden. Und dann dieser Wahnsinn mit dem Korps Anzac! All diese Männer, zusammengedrängt auf einer Klippe, die nicht mal für Ziegen zu besteigen ist. Das Hohe Kommando wird seine ganze Intelligenz zusammenraffen müssen, um ein Kaninchen aus diesem schwarzen Hut zu ziehen, Rilke, und über dem Rang eines Majors gibt es bei denen keine Intelligenz mehr! Also, was können Sie mir mit Ihren Tagebüchern beibringen, das ich nicht schon wüßte?«
»Offenbar nichts. Aber was weiß der Mann auf der Straße?«
»Das, was er in den Zeitungen liest.«
»Dann lassen Sie ihn dies lesen, Boß«, Martin Rilke tippte mit steifen, nachdrücklichen Fingern auf die Tagebücher. »Lassen Sie dies auf der ersten Seite laufen. Meine Beobachtungen und die Kommentare von Offizieren und Männern, die ich während der letzten drei Monate interviewt habe. Dies ist die wirkliche Geschichte von Gallipoli: Ein Generalstab, der es für das beste hält, eine Ziegelmauer mit dem Kopf zuerst zu durchbrechen, eine Regierung, die mit den Kämpfen Politik macht, die gerade genug Leute zu den Gefechten schickt, damit sie weiterlaufen, die aber möglichst die Westfront-Generäle nicht dadurch verärgert, daß sie alle Anstrengungen darauf konzentriert. Das Ganze ist ein blutiges Durcheinander, und die Öffentlichkeit hat das Recht, zu erfahren, wie blutig und hoffnungslos es ist. Wenn ihr hier hofft, den Krieg zu gewinnen...«
Die Faust des Pressegiganten fiel wie ein Hammer auf den Stapel Tagebücher.
»Wir werden ihn gewinnen. Wir werden gewinnen, weil wir aufhören werden, als Staat zu existieren, geschweige denn als Weltreich, wenn wir es nicht tun. Der Mann auf der Straße will, daß dieser Krieg gewonnen wird. In der Hinsicht gibt es eine feste Entschlossenheit, und weder diese Zeitung noch irgendeine andere wird Geschichten drucken, die dazu dienen, diese Entschlossenheit zu untergraben. Es dürfen keine Artikel gedruckt werden, die unsere militärische Führung verunglimpfen und den Glauben der Leute daran erschüttern, daß die Armee irgendwann einmal gewinnen wird.«
Martin lächelte säuerlich, nahm die kleine weiße Feder aus seiner Tasche und ließ sie über den Tisch schweben.

»Dies ist wohl auch ein Teil der Entschlossenheit, über die Sie sprachen. Sie wurde mir vor dem Waterloo-Bahnhof von einem sehr hübschen Mädchen in die Hand geschoben.«

»Es ist ein Symptom, ja. Ich kann nicht sagen, daß es mir gefällt, wenn Leute so gedrängt werden, aber es enthüllt doch die Gefühle der Zivilbevölkerung über diesen Krieg. Sie wollen einen totalen Krieg, sie wünschen jeden jungen Mann, der wehrtauglich ist, in Uniform, sie wollen die Deutschen und die Türken zum Rückzug zwingen, koste es was es wolle. Sie lesen die Verlustlisten. Nicht einer verschließt die Augen vor dieser blutigen Statistik. Sie wissen, wie viele Jungs in Aubers und in Neuve Chapelle gestorben sind und wie viele jetzt an den Dardanellen sterben. Und sie würden jeden Zeitungsmann hängen, der ihnen sagte, daß diese Männer für nichts gestorben sind.«

Lord Trewe lehnte sich in seinem Sessel zurück und spielte abwesend mit seiner goldenen Uhrkette. Er ließ die schweren Kettenglieder durch seine Finger gleiten. »Ich sage Ihnen etwas, Rilke. Ein großer Wechsel liegt in der Luft. Dieses Fiasko in Gallipoli wird viele Männer stürzen lassen, und andere werden an ihre Stelle treten. Asquits Tage als Premierminister sind gezählt, meiner Meinung nach. Churchills Karriere ist ruiniert, die Macht Kitcheners wird beschnitten, Lloyd George und David Langham sind im Aufstieg begriffen. Der Verlauf des Kriegs wird eine neue Wendung nehmen; mehr Staatsmänner und weniger Generäle werden ihn bestimmen. Ich weiß nicht, ob das gut oder schlecht ist. Wir haben alle unsere eigenen Gefühle. Es hat noch nie einen Krieg gegeben, der mit diesem vergleichbar ist, es gibt keine Lektionen aus der Vergangenheit, die uns leiten könnten. Aber eins weiß ich, der Krieg wird weitergehen, bis entweder die eine Seite oder die andere zusammenbricht. Diese Zeitung wird über den Krieg berichten, und das ist alles, was wir tun werden. Wir werden über das tägliche Geschäft des Kämpfens berichten, über die Menschen und die Ereignisse, über das menschliche Drama, wie es sich uns enthüllt. Sie schreiben über diese Dinge sehr gut, Rilke. Sie beschreiben die Tapferkeit genauso gut wie den Schmerz. Ich möchte, daß Sie weitermachen, und zwar innerhalb der Grenzen, die von der Zensurverordnung vorgeschrieben sind. Wollen Sie das tun?«

Martin berührte die weiße Feder, die jetzt auf dem Deckel eines seiner Tagebücher lag. Er zerzupfte sie zu winzigen Daunenflocken.

»Ich nehme an, ich muß. Einer muß schließlich dabeigewesen sein, nicht wahr?«

»Ja. Ich will Ihnen etwas vorlesen, was heute morgen im Telegraph gedruckt worden ist. Datiert Mudros, vergangenen Donnerstag, im Untertitel ein gewisser Robert Allensworth, der in allen Ehren für den Telegraph über den Burenkrieg berichtet hat.« Lord Trewe wühlte in den

Papieren, die vor ihm lagen, und zog ein Exemplar der Konkurrenzzeitung hervor. »Ich werde Ihnen nicht den ganzen Artikel vorlesen, nur diesen Teil: ›Der Leutnant lachte fröhlich, ein jungenhaftes Gelächter reiner Freude... Und er war ja auch noch ein Junge, frisch angekommen von den Sportplätzen einer großen und renommierten Schule. Es war ein Kinderspiel, schrie dieser kleine Soldat, der Bruder Türke kann den englischen Stahl nicht verdauen, sie rannten wie die Hasen, als wir mit dem Bajonett auf sie losstürmten. Es war eine lustige halbe Stunde, und jetzt haben wir alle einen herzlichen Appetit auf Frühstück.‹« Er faltete die Zeitung sorgfältig und ließ sie dann in einen Papierkorb fallen.
»Ich kenne Allensworth«, sagte Martin, während er zusah, wie die kleinen Federflöckchen wie zarte Watte über die Tischplatte schwebten. »Er ist nie in die Nähe der Kämpfe gegangen. Kam für drei Tage aus Ägypten herüber und hat sich seine Geschichten selbst ausgedacht.«
»Es gibt viele Männer wie ihn; nicht allzu viele sind wie Sie. Sie schreiben vielleicht nicht die ganze Wahrheit, aber, bei Gott, Sie schreiben genug davon, daß Sie sich nicht beschämt fühlen sollten. Ihre Schilderung der Attacke am 4. Juni brachte jeden Engländer, der sie gelesen hat, dazu, über die Tapferkeit und das schreckliche Elend dieser Schlacht zu weinen. Die Zensoren haben kaum ein Wort herausgeschnitten. Das war gute, ehrliche Berichterstattung, Rilke, und Sie haben jedem armen Tommy, der auf diesen blutigen Hängen gestorben ist, einen Dienst erwiesen. Möglicherweise kritisieren Sie die Art, wie das Hohe Kommando diese Attacke geleitet hat, in Ihrem Tagebuch. Ich weiß es nicht. Aber wenn solche Kritik jetzt gedruckt würde, könnte das nur unsere Feinde trösten.« Er schob den schmalen Stapel Bücher auf Martin zu. »Behalten Sie diese für sich. Und sehen Sie nicht so bedrückt aus, Junge. In dieser Zeit kann ein Mann nur soviel, und nicht mehr tun.«

Martin wählte einen Sitz im oberen Deck des Busses, der über die Fleet Street zum Strand fuhr. Die Menschenmengen, auf die er vom oberen, offenen Teil des Busses hinabschaute, waren alles andere als bedrückt und entmutigt. Das man sich im Kriegszustand befand, war offensichtlich durch die Anzahl der Männer in Uniform, die Werbeplakate für die Armee an jeder Litfaßsäule und durch die Mädchen mit den weißen Federn, die draußen vor den Kinos auf der Lauer lagen, aber die Atmosphäre in der Stadt war heiter, als ob das dringlichste Problem an diesem sonnigen Nachmittag darin bestand, das beste Lokal für die Teestunde zu finden.
Die Aktentasche auf Martins Schoß fühlte sich schwer an. Lord Trewe... der Boß... hatte natürlich recht gehabt. Der Krieg mußte weitergehen, auch wenn er sich im Augenblick vorwärtsschleppte, überbelastet durch unfähige und phantasielose Kommandeure. Mit der Zeit würden die

Dinge sich schon ändern, glaubte Lord Trewe. Hellere Köpfe würden sich an die Spitze erheben. Martin hatte deswegen nagende Zweifel. Er hatte die Chance gehabt, die Kommandostruktur der Armee aus erster Hand auf Lemnos zu beobachten: die dichtverwobene Clique von gleichgestellten Offizieren oberhalb des Ranges eines Obersten, eine esoterische Brüderschaft, die Außenseiter verachtete und fürchtete. Diese führenden Offiziere hatten – höflich, denn die Höflichkeit steckte ihnen in den Knochen – den Kriegsberichterstattern die Erlaubnis verweigert, die Front vor dem Ablauf von drei Wochen nach den Landungen zu besuchen, und danach durfte sie auch nur für begrenzte Zeit besichtigt werden. Martin und Ashmead-Bartlett hatten diese Beschränkungen ignoriert, als sie endlich die Halbinsel erreicht hatten. Sie hatten die einfache Methode angewendet, direkt zu den vordersten Schützengräben der Front zu gehen – an eine Stelle, zu der ihnen die Stabsoffiziere kaum folgen würden. Zwischen den Männern an der Front und den Männern im Hauptquartier existierte eine Art Vakuum. Die Operationen wurden auf Karten in Lemnos geplant, ohne daß die Stabsoffiziere irgendeine klare Ahnung davon hatten, was diese Operationen für die Männer bedeuteten, die den Befehl hatten, sie auszuführen. Fünfzig Meter, das war auf der Karte eine winzige Entfernung. Eine Strecke, die man leicht zurücklegen konnte, wenn man nur die Tatsache übersah, daß jeder Zentimeter dieser kleinen Strecke keinerlei Deckung bot und voll unter den Fadenkreuzen der türkischen Kanonen und Maschinengewehre lag. Der Stab sprach nie von den Männern, das heißt den müden, dreckigen, läusezerstochenen, fliegengeplagten Soldaten, die vom Durchfall geschwächt waren, sondern der Stab benutzte immer den Ausdruck ›das Regiment‹. »Die Royal Windsors können es schaffen... Man kann sich immer auf die Lancashire Fusiliers verlassen...«, als ob diese fahl gekleideten Reihen von Soldaten, die wie Maulwürfe lebten, scharlachgekleidete Phalanxen von Unsterblichen wären.
Martin klopfte auf die Aktentasche und starrte sauer auf das bevölkerte Straßenpflaster. Die Feiertagsstimmung störte ihn. Warum? Es war Freitag nachmittag, und die Leute, die die ganze Woche hart gearbeitet hatten, besaßen ein Recht, sich auf das Wochenende zu freuen. Viele von ihnen hatten wahrscheinlich Söhne, Väter, Brüder, Ehemänner oder Geliebte an der Front und spürten die Nähe des Krieges sehr deutlich. Aber das hieß nicht, daß sie in Trauerkleidung herumlaufen oder überhaupt nicht herumlaufen sollten. Martin war verärgert, weil er ein leichtes Schuldgefühl darüber verspürte, daß er völlig sicher auf dem oberen Deck eines Londoner Busses saß, während er auf dem Schoß Tagebücher voller Qual und Furcht hielt. Die Männer, über die er geschrieben hatte, die Engländer, Inder, Franzosen, Australier und Neuseeländer, die sonnenverbrannten, durstgeplagten Infanteristen, die sich in der Ägäis an ihre winzigen

Stützpunkte klammerten, waren vielleicht in diesem Augenblick schon Leichen, die auf dem Todesstreifen unterhalb von Achi Baba oder von Chunuk Bair schwarz wurden – und Charles war unter ihnen. Bei diesem Gedanken begannen Martins Handflächen zu schwitzen. Er hatte Charles auf seiner ersten Reise von Lemnos nach Gallipoli gesucht, er wußte nicht, ob er lebte oder tot war, er wußte nur, daß das Bataillon seines Vetters beim Verlassen der River Clyde übel zusammengeschossen worden war. »Mann, auf die Windsors können wir stolz sein«, hatte ein älterer Stabsoffizier am Tag nach der Landung gesagt, als er auf der Terrasse eines Cafés in Mudros saß. »Diese Jungs wissen zu sterben.«

In der Menge war auf einmal das Gesicht einer Frau. Es war ein schmales, elfenbeinblasses Gesicht mit dünnen, zierlichen Zügen, schlanker Nase und schwarzem Haar. Sie hatte in einem Dienstkleid gesteckt, als Martin sie zum letztenmal gesehen hatte, und sie trug auch jetzt eine Tracht, die blau-rote Uniform einer Armeekrankenschwester. Der Bus verlangsamte seine Fahrt, als ein Strom von Fußgängern die Straße überquerte und zum Trafalgar Square weiterströmte. Martin entdeckte sie wieder, sie ging langsam, ließ sich von der Menge treiben. Es hatte keinen Zweck zu rufen. Sie würde ihn nicht hören, und möglicherweise war sie es auch gar nicht. Er klemmte die Brieftasche unter den Arm, stürzte den Mittelgang hinab und bewegte sich halb rennend, halb stürzend die schmale, gewundene Treppe zum Unterdeck hinunter. Dann stürzte er sich an dem erstaunten Schaffner vorbei auf die Straße.

»Auf die Art werden Sie sich mal umbringen, Kumpel«, brüllte der Mann hinter ihm her.

Auf dem Trafalgar Square verlor er sie aus den Augen; er wurde durch eine Menge behindert, die der Rekrutierungsveranstaltung der London Scottish zusah. Dudelsackpfeifer im Kilt paradierten unter der Nelson-Säule. Martin hastete die Stufen des Monuments hinauf, um besser sehen zu können, und entdeckte eine blau-rote Gestalt am anderen Ende des Platzes, die langsam zum Haymarket hinüberging. Ein Sergeant, der Rekruten werben sollte, packte ihn am Arm.

»Kommen Sie her, mein Junge! Nichts kann die London Scots schlagen!«

»Tut mir leid«, sagte Martin und riß sich los. »Ich hab' gedacht, Sie wären die schwarze Wache.«

Sie stand vor einem Kleidergeschäft und schaute überlegend auf die Dekoration im Fenster. Er studierte sekundenlang ihr Profil und trat dann an sie heran.

»Ivy Thaxton?«

Sie sah ihn neugierig an und lächelte. »Ja, wenn das nicht Mr. Rilke ist... aus Chicago, Illinois.«

»Richtig«, sagte er und grinste breit. »Eisenbahnen und Viehmärkte. Ich hab' Sie oben aus dem Bus entdeckt... Wußte, daß Sie es waren, oder wenigstens hab' ich gehofft, daß Sie es wären. Wie geht es Ihnen denn?«
»Gut. Und Ihnen?«
»Klasse, einfach Klasse.«
»Sie sehen allerdings gut erholt aus. Waren Sie an der See?« Ihre violetten Augen waren unschuldig genug, aber er fühlte Unruhe unter ihrem festen Blick.
»Sagen Sie«, sagte er nervös, »Sie wollen mir doch nicht etwa eine weiße Feder oder irgend so was geben, was?«
»Aber wozu denn?«
»Na, es ist mir heute schon mal passiert. Ich nehm' an, ich seh' zu gesund aus, um keine Uniform zu tragen.«
»Sie hätten ihr sagen sollen, wer Sie sind«, sagte Ivy zornig. »Albernes Weib.« Sie berührte seine Hand und lächelte wieder. »Tut mir leid, wenn ich Sie ein bißchen geärgert hab'. Ich wollte nur witzig sein. Wir haben alle Ihre Artikel in der Post gelesen. Die Männer auf der Station sagen, daß Sie der einzige sind, der weiß, was ein Soldat durchmacht. Ich bin schrecklich stolz auf Sie, Mr. Rilke, und ich geb' auch ein bißchen damit an, daß ich Sie kenne. Ich hab' Ihnen doch früher das Bett gemacht!«
»Himmel, das ist aber schon lange her.«
Sie machte ein finsteres Gesicht. »Ach, je mehr ich drüber nachdenke, desto wütender werde ich. All diese Federmädchen, das sind doch Nichtsnutze. Die wissen doch nichts Besseres mit ihrer Zeit anzufangen, als an den Straßenecken herumzuhängen und junge Männer zu beleidigen.«
Er berührte den weichen Stoff ihres Uniformärmels. »Sie haben sicher was Besseres gefunden, was Sie mit Ihrer Zeit anfangen können.«
»Ja. Ich hab' mich im vergangenen September den Q. A.s angeschlossen. Die gnädige Frau hat mir geholfen, dort anzukommen, indem sie mir einen Empfehlungsbrief geschrieben hat. Ich bin natürlich noch keine Schwester. Man braucht so schrecklich viel Ausbildung, um so weit zu kommen. Ich habe jetzt Probezeit, ich werde im Allerseelen-Hospital in Holborn ausgebildet.«
»Sie werden es schon schaffen.«
»Ja«, sagte sie gedankenverloren, »das werde ich. Ich weiß, wie man arbeitet. Und, die lassen uns hart arbeiten, das kann ich Ihnen sagen! Dies ist mein erster freier Nachmittag seit Wochen, und ich bezweifle, ob ich in den nächsten Monaten wieder einen kriegen werde.«
»Wann müssen Sie denn zurück sein?«
»Um acht.«
»Es ist jetzt erst vier Uhr dreißig. Haben Sie schon Tee getrunken?«
»Nein.«

»Ich auch nicht. Wollen wir zusammen Tee trinken? Ich habe großen Respekt vor den Q. A.s. Ich habe ein Dutzend von ihren Schwestern auf Lemnos kennengelernt, und jeder einzelnen von ihnen schulde ich eine gute Tasse Tee. In Charing Cross ist ein White-Manor.«
»Ich hab' gehört, es wär' sehr fein dort«, sagte sie zweifelnd. »Mit einem Orchester und all diesen Dingen. Ich möchte nicht, daß Sie sich meinetwegen in Ausgaben stürzen. Ich glaube, in der Shaftsbury Avenue ist ein gewöhnliches White-Manor.«
»Gewöhnliche Orte sind für gewöhnliche Leute. Sie sind etwas Besonderes, Ivy. Und außerdem habe ich den Lohn für drei Monate bei mir, und der brennt mir Löcher in die Tasche.«
Er redete über Gallipoli, während sie langsam zum Charing Cross wanderten, und er erzählte ihr, wie er dort, in den Schützengräben am Kap Helle, Lord Amberley getroffen hätte. Sie hörte ernst zu, Tod und Wunden waren ihr deutlich bewußt.
»Ich bin so glücklich, daß es seiner Lordschaft gutgeht. Es muß ein höllischer Ort sein. Wir haben noch keine von den Verwundeten aus Gallipoli bekommen. Sie schicken die meisten nach Ägypten und Malta. Aber das ist genauso gut, denn wir haben so viele aus Flandern.«
»Werden Sie auch nach Frankreich geschickt?«
»Nicht eher, als bis ich qualifiziert bin, mit einem Operationsteam zusammenzuarbeiten. Das kann neun Monate oder ein Jahr von jetzt an sein. Ich hoffe, daß der Krieg dann vorbei ist. Glauben Sie, daß er dann vorbei sein wird?«
»Nein, ich fürchte nicht.«
»O weh«, seufzte sie. »Die meisten von den Männern, mit denen ich in den Stationen immer rede, glauben es auch nicht. Aber ein Junge hat hinter seinem Bett ein kleines Schild angebracht. Er hat es selbst sehr schön mit einem farbigen Stift gemalt. ›Friede sei mit uns, 1916‹ steht darauf. Nicht, daß es für ihn etwa einen Unterschied machen könnte. Er hat in Festubert beide Beine und einen Arm verloren.«
Ihre ernste, gedankenvolle Stimmung wechselte, als sie den plüschig-eleganten großen Teesalon im zweiten Stock des White-Manor betraten. Ein Orchester spielte einen Tango, und viele Paare tanzten.
»Oh, ist das großartig hier!«
Der Tee war üppig, es gab Eclairs und Schokoladengebäck, Scheiben von Madeirakuchen und Crèmes... Das alles war Martin zu mächtig. Er spielte mit einem Stück Kuchen herum und sah zu, wie Ivy aß.
»Ich wette, das ist eine willkommene Abwechslung gegen das Krankenhausessen.«
Sie nickte und biß in ein Schokoladenplätzchen. »Ja, da verkochen sie alles. Anfangs habe ich Abington Pryory vermißt. Die hatten so gute Kö-

che, nicht? Ich esse sehr gern, falls Sie es noch nicht bemerkt haben, aber ich nehme nie ein Gramm zu. Muß an den Drüsen liegen.«
»Das wird nur von Ihrer jugendlichen Energie verbrannt. Wie alt sind Sie, Ivy?«
»Im März gerade achtzehn geworden. Ich komm' in die Jahre. Ach, es gibt so viele Dinge, die ich tun möchte, so viele Städte, die ich sehen möchte. Wissen Sie, daß dies das erste Mal ist, daß ich mit einem Mann zum Tee ausgehe? Denken Sie bloß!«
»Dann machen Sie das Beste daraus. Möchten Sie gern tanzen?«
»Ich hab' es nie gelernt. Und ich möchte mich nicht vor all diesen Leuten hier zum Narren machen.«
»Sehen Sie den Tänzern doch mal zu. Keiner von ihnen ist gut, aber allen macht es Spaß. Kommen Sie, jetzt wird Foxtrott gespielt. Der ist leicht zu tanzen. Gehen Sie einfach rückwärts. Ich halte Sie fest.«
»Es klingt aber nicht leicht«, sagte sie voller Zweifel. »Aber ich will's mal versuchen.«
Die erste Berührung mit ihrem schlanken Körper ließ seine Beine schwach werden. Es schien unglaublich, wie gut sie gegen ihn paßte. Er genoß diese Entdeckung wie ein Wunder und preßte sie an sich.
»Mache ich es richtig?« fragte sie.
»O ja«, sagte er und berührte ihr Gesicht mit seiner Wange. »Sie machen das einfach toll.«
Sie tanzten, bis der Tanztee um sechs Uhr dreißig zu Ende war und das Orchester seine letzte Nummer spielte. Es waren die schönsten Stunden, die Martin seit langer Zeit verbracht hatte, und außerdem die schönsten, die Ivy je verbracht hatte, eine Tatsache, die sie ihm unbedingt erzählen mußte, als sie zusammen zum St.-James-Park gingen.
»Oh, das hat mir solchen Spaß gemacht! Ich kann es kaum erwarten, den anderen Mädchen davon zu erzählen. Und wie wunderschön manche von diesen Frauen in ihren langen Kleidern aussahen!«
»Keine ist so schön wie Sie, Ivy.«
Sie starrte nach vorn, als ob sie das Kompliment nicht gehört hätte.
»Gehen Sie mit vielen Mädchen tanzen, Mr. Rilke?«
»Martin. Bitte nennen Sie mich Martin. Nein, ich bin zu beschäftigt gewesen, um tanzen zu gehen.«
»Sind Sie in Chicago tanzen gegangen?«
»Manchmal.«
»Ich bin noch nie zum Tanz gegangen. Pa hatte immer was dagegen. Mein Pa ist ein bißchen zugeknöpft.«
»Ihr Vater, meinen Sie?«
»Richtig.«
»Was macht er denn von Beruf?«

»Arbeitet in einer Schuhfabrik. Im Augenblick geht es ihm sehr gut. Seine Firma macht Stiefel für die Armee. Komisch, nicht. Vor dem Krieg waren die Zeiten so hart für ihn, und jetzt macht er so unheimlich viel Geld. Ganz seltsam, wenn man darüber nachdenkt.«

Es würde hell sein bis fast zehn Uhr, und diese Stunde war die schönste des Tages. Die Sonne fing sich in den Baumspitzen und in all den Gebäuden in Whitehall, die Luft kühlte ab nach der Hitze des langen Tages. Der Park war bevölkert mit Soldaten und ihren Mädchen.

»Ich komm' mir irgendwie albern vor, weil ich diese Aktentasche mit mir herumschleppe wie so ein fliegender Händler.«

»Mit dieser Tasche sehen Sie aber würdig aus. Ich bin sicher, die Leute glauben, daß Sie gerade das Parlament verlassen haben und jetzt auf dem Weg zum König sind.«

»Und daß ich meine Krankenschwester auf diesem Weg bei mir habe, nehme ich an.«

»Ja. Sie kriegen immer Anfälle und Krämpfe, wie mein Onkel Arthur, aber Pa sagt, er hat nur Anfälle, wenn ihm der Verdacht kommt, daß der Wirt in der Kneipe Wasser ins Bier tut.« Sie breitete plötzlich die Arme weit aus. »Oh, wie ich grüne Parks liebe! London wäre so eine herrliche Stadt, wenn ... wenn man nur das Gras auf den Straßen wachsen lassen würde.«

Er nahm ihre Hand und führte sie vom Pfad weg zu einer Grotte von Bäumen hinüber.

»Sie sind so eine glückliche Seele, Ivy.«

»Meinen Sie wirklich? Eigentlich bin ich das nicht. Die meiste Zeit bin ich mehr von der bedrückten Sorte. Das kommt daher, daß soviel Schmerz um mich herum ist. Oh, man muß natürlich lustig bleiben, die Oberschwester besteht darauf; aber drinnen, so um das Herz herum, da ist immer ein dumpfer Schmerz.«

»Fühlen Sie den jetzt auch?«

»Ja, ein bißchen. Ich will natürlich sagen, ich genieße das alles jetzt, und ich bin furchtbar froh, daß ich mit Ihnen zusammen bin, aber in einer Stunde muß ich wieder im Dienst sein, und teilweise bin ich mit den Gedanken schon wieder auf der Station. Ich bin auf der Station für Amputationen, sehen Sie, und das schon seit den letzten neun Wochen, und es gibt so schrecklich viel Traurigkeit dort.«

Er ließ die Aktentasche fallen und nahm sie impulsiv in die Arme. Er preßte sie an sich, seine Hände lagen stark auf ihrem Rücken. Überall um sie herum waren Paare, sie saßen oder lagen auf dem Gras, unter den Bäumen, spazierten am dunkelgrünen See entlang. Keiner zeigte auch nur die geringste Aufmerksamkeit, als er Ivy fest auf die Lippen küßte und als sie ihn küßte. Alle Schrecken von Gallipoli lagen in der Ledertasche zu seinen Füßen, aber alle Gedanken daran verschwanden einen Augenblick lang in der Süße ihres Kusses.

Hanna Stanmore ließ sich Zeit mit ihrem Tee auf der Terrasse von Abington Pryory. Es war ein später Tee, mit Wasserkresse, Sandwiches, dünn geschnittenem Schinken und geräuchertem schottischen Lachs. Sie pflegte große, schwere Mahlzeiten im Sommer zu vermeiden, denn sie glaubte, daß das in späteren Jahren zu Gicht führte. Sie konnte William und vier seiner Freunde auf der anderen Seite der steinernen Balustrade sehen, die eine Art zweckentfremdetes Tennisspiel veranstalteten. Die Jungen knallten die Bälle auf den wohlgewalzten und geschnittenen Rasen, um zu sehen, wie hoch sie springen würden, oder sie benutzten ihre Tennisschläger wie Crickethämmer und schlugen die weißen Bälle in die Bäume. Wilde Jungen, die glücklich darüber waren, daß sie in den Ferien hier sein durften. Siebzehn. Ein schwieriges Alter; keine richtigen Jungen mehr, aber auch noch keine Männer. Hanna wußte, daß ihr Sohn und seine Hausgäste hinter den Ställen Zigaretten rauchten und den Sherry probierten: Coatsworth drückte beim letzteren beide Augen zu, hielt aber die besseren Fäßchen fest unter Schloß und Riegel.

Die Hitze stieg aus den Terrassenplatten. Hanna fächelte sich mit einem japanischen Seidenfächer und beobachtete die Jungen, die jetzt über das Netz sprangen – vor und zurück, vor und zurück – wie Schafe über einen Zaun. William wurde so groß. Er würde größer werden als Charles. Ein hübscher, robuster Junge, der Augapfel seines Vaters. Er war Tony so ähnlich; ein großartiger Reiter, ein guter Schütze.

In dem Augenblick, als sie den Hausdiener aus dem Treibhaus auf die Terrasse treten sah, verspürte sie ein Gefühl der Furcht. Schon das Alter des Hausdieners war beunruhigend. Er bewegte sich so langsam und quälend auf seinen alten Füßen, daß es wirklich eine Farce war. Siebzigjährige in eine Livree zu stecken! Das bleierne Gesicht des armen Mannes ließ etwas Schreckliches vermuten. Und der blaßblaue Umschlag auf dem kleinen Silbertablett, den er trug, bestätigte es noch.

»Kam mit der Extrapost, gnädige Frau«, sagte der Hausdiener.

»Danke, Crawshay.« Sie hielt den Umschlag in der Hand, bis der Mann gegangen war. Briefpapier des Kriegsministeriums. An sie adressiert, aber sie adressierten die Briefe ja immer an die Mütter. Sie schlitzte den Umschlag mit einem Messer auf, ihre Hand war ruhig und sicher, nur ihr Herz raste, und hinter ihren Augen war ein pulsierender Schmerz.

Verehrte Lady Stanmore, *17. Juli 1915*
mit Bedauern habe ich heute die Nachricht erhalten, daß Ihr Sohn, Captain Viscount Amberley, 2/RWF, während der kürzlich am Kap Helle

stattgefundenen Kämpfe verwundet wurde. Berichte über das Ausmaß und die Schwere seiner Verletzungen sind notwendigerweise zu dieser Zeit noch ungenau, aber es ist uns bekannt, daß er von der Halbinsel evakuiert und an Bord eines Lazarettschiffs genommen worden ist.
Wir wünschen ihm alles Gute.

Hochachtungsvoll,
T. Pike, Brigadegeneral

Während der Juli-Kämpfe am Kap Helle und in der Bucht von Anzac war eine riesige Anzahl von Männern verwundet worden oder erkrankt. Es war fast unmöglich, die exakten Einzelheiten über einen einzelnen herauszufinden. Lord Stanmore erschien immer wieder im Kriegsministerium, und Martin schickte Botschaften auf dem Pressewege nach Alexandria und Lemnos. Nichts. Captain Lord Amberley war einfach einer aus einer großen Menge, die auf Lazarettschiffen aus der Ägäis evakuiert worden waren. Keiner war ganz sicher, welches Schiff ihn an Bord genommen hatte, und es gab auf der ganzen Welt keine Möglichkeit, es herauszufinden, bis das Schiff irgendwo anlegte und seine Verwundeten ausspuckte. Dann würden die Krankenpfleger die Einzelheiten jedes einzelnen Mannes aufschreiben und diese Information nach London weitergeben. Es dauerte zwei Wochen. Vierzehn Tage und Nächte, die sich für Hanna zeitlos und leer wie ein Alptraum bewegten. Die Versicherungen ihres Mannes, daß mit Charles alles ganz in Ordnung sein würde, »wahrscheinlich nicht mehr als eine Fleischwunde«, klangen hohl und gezwungen. Sie verbrachte ihre Tage damit, Wiener Stickereien zu machen, in dem Versuch, ihre Gedanken zu beschäftigen, aber nachts konnte sie nichts anderes tun, als in kaltem Schweiß im Bett zu liegen und sich ihren Sohn vorzustellen. Sie sah ihn auf einem antiseptisch weißen Bett liegen, mit zerschmettertem, verstümmeltem Körper ... Ohne Glieder ... ohne Gesicht. Als ein hohlwangiges Geschöpf, das noch nicht einmal mehr schreien konnte. Sie war am Rande des Wahnsinns. Und dann kam der Nachmittag, an dem William laut jauchzend in ihr Nähzimmer kam und brüllte: »Der alte Charlie kommt durch! Nur ein Hüft- und Beckenbruch. Sie haben ihn auf einem französischen Schiff nach Toulon gebracht. Und dieser Kerl von der Armee hat Vater gerade angerufen und es ihm gesagt!«
Hanna brach in Tränen aus und weinte noch immer, als ihr Mann ins Zimmer trat.

9. August '15

Meine liebste Mutter, lieber Vater, lieber William und liebe Alex, dieser kurze Brief ist für Euch alle bestimmt. Ich bin fast buchstäblich von einer

türkischen Granate getroffen worden. Das große, häßliche Ding landete direkt, wo ich lag, aber es ist nicht explodiert. Es hat mir nur die rechte Hüfte und an mehreren Stellen auch das Becken gebrochen, aber die Knochen heilen gut. Durch die Dysenterie bin ich ganz schön schwach, aber auch das ist dabei, sich zu ändern, so daß ich in ein paar Wochen wieder einigermaßen gesund sein sollte, und innerhalb von drei oder vier Monaten wieder geeignet für den aktiven Dienst.
Ich bin im französischen Marinehospital in Toulon, in einer riesigen, steinernen Scheune von einem Gebäude, das unter Napoleon erbaut wurde. Aus den Fenstern in meinem Zimmer hat man einen herrlichen Blick auf die Docks, und es gibt hier lange, kühle Korridore, sehr hübsche französische Krankenschwestern, erstklassiges Essen und einen Arzt, der glaubt, daß ein halber Liter guter Rotwein jeden Tag noch nie einem Mann geschadet hat. Diesen Mann solltet Ihr in Eure Gebete einschließen! Ich könnte keine bessere oder mitfühlendere Pflege haben, und in ungefähr drei Wochen werde ich in ein Hospital in England verlegt. Es wird komisch sein, wieder nach Hause zu kommen. Ich weiß nicht genau, wie ich es sagen soll, aber ich bin nicht mehr der gleiche Mann, der Euch vor ein paar kurzen Monaten verlassen hat. So vieles hat sich geändert. Und soviel mehr wird sich noch ändern. Aber darüber wollen wir sprechen, wenn ich ankomme.
Meine besten Grüße an Coatsworth, Mrs. Broome und das ganze Personal. Bitte teilt außerdem dem Pfarrer mit, daß Gott es gut mit mir gemeint hat und daß es mir sehr leid tut, Birnen aus dem Pfarrgarten geklaut zu haben, als ich elf war.

Alles Liebe
Charles

Der Graf runzelte die Stirn über der angeschlagenen Spitze seines weichgekochten Eis. »Was meint er wohl mit Wechsel? Natürlich hat er sich verändert. Man wird ja nicht von einer Granate getroffen, ohne daß es einem ein bißchen ausmacht.«
»Ich nehme an, er meint... viele Dinge«, sagte Hanna ruhig. Sie las den Brief noch einmal leise für sich und legte ihn dann auf die polierte Platte des Frühstückstischs. »Ich könnte weinen.«
»Ach, Mutter, bitte«, murmelte William und warf dann einen schnellen Blick auf seinen Vater. Der Graf tadelte ihn nicht. Sie teilten beide ein absolutes Grausen vor Gefühlsausbrüchen.
»Es klingt aber fröhlich genug, meine Liebe, wenn man die Umstände betrachtet.«
»Ich habe an den armen Roger gedacht«, sagte sie. »Wenn Gott ihm doch auch nur ein bißchen Freundlichkeit gezeigt hätte.«

Sie war nicht ganz ehrlich. Sie trauerte um Roger Wood-Lacy, aber was sie wirklich bekümmerte, das war Charles' Versicherung, daß er innerhalb von drei oder vier Monaten wieder für den aktiven Dienst geeignet sein würde. Eine Granate, die nicht explodiert war. Würde Gott einem einzelnen Mann in seinem Leben zwei Wunder gewähren?
»Ich möchte, daß wir nach Frankreich fahren, Tony.«
Der Graf betupfte seinen Mund mit einer Serviette. »Das könnte ziemlich schwierig werden. Reisen auf den Kontinent sind für Zivilisten fast ausgeschlossen. Möglicherweise wäre ich in der Lage, so etwas zu arrangieren, aber das würde leicht ein paar Wochen dauern, und Charles könnte dann schon sehr gut auf dem Weg nach hier sein. Wir können wirklich nichts für den Jungen tun, indem wir hinfahren. Ich glaube, es würde ihm wahrscheinlich nur Sorgen machen, wenn er wüßte, daß wir auf einem Passagierschiff den Kanal überqueren, wo dort überall diese verdammten U-Boote lauern. Er muß mit Sicherheit davon gehört haben, daß die Lusitania gesunken ist.«
»Ich nehme an, du hast recht«, seufzte sie. »Ja, es würde ihm Sorgen machen, da bin ich ganz sicher.«
Man würde Visa brauchen, und viele bürokratische Hindernisse mußten überwunden werden. Tony hatte recht, das Ganze wäre bestenfalls eine unnötige Geste. In wenigen Wochen würde Charles auf Genesungsurlaub in England sein. Sie hatte gelesen, daß Soldaten oft so nahe wie möglich an ihre Heimatorte geschickt wurden, und innerhalb einer halben Autostunde von Abington lagen mehrere Heimatlazarette.
»Geduld, meine Liebe«, sagte der Graf sanft. »Du mußt Geduld haben.«
Sie dachte über die Haltung ihres Mannes nach und über die von William, während sie im Musikzimmer saß und an ihrer Stickerei arbeitete. Die Arbeit mit den Nadeln und den vielen Strähnen aus farbigem Garn ging ihr schnell von der Hand – das Schattieren und Aufsetzen der Glanzlichter auf den Kirchturm der Kathedrale von Salisbury in Wiener Arbeit. Williams Haltung entschuldigte sie mit einem traurigen Lächeln. Er war in einem Alter, in dem man Tragik übersieht. Sein Bruder hatte für ihn einen Unfall erlitten, und nichts Schlimmeres, so etwas wie einen Autounfall oder einen Sturz vom Pferd. Angst, Tod und Trauer, das waren Worte, die in seinem Vokabular nicht vorkamen. Was Tony anbetraf, so fühlte sie ihm gegenüber einen widerwilligen Respekt. Sie wußte, was er während der letzten beiden Wochen durchgemacht hatte, sie hatte bemerkt, was keine anderen Augen außer ihren eigenen hätten sehen können – eine Spur von Schmerz in seinem Blick, eine Blässe um seine Mundwinkel. Einmal, als sie nicht schlafen konnte, hatte sie die Tür zu seinem Zimmer geöffnet und gesehen, wie er in der Dunkelheit vor einem Fenster stand und den Kopf gegen das Glas preßte. Er hatte geweint, sehr leise, und es

war eine einsame Traurigkeit gewesen, die sie nicht zu stören gewagt hatte.
Männer weinten nicht. Sie weinten nur mit dem Herzen oder in der Abgeschiedenheit mitternächtlicher Zimmer, fern von beobachtenden Augen oder dem unmännlichen Trost, den die Arme einer Frau bieten konnten. Hanna verstand das sehr gut, auch wenn sie den Ehrenkodex in Frage stellte, nach dem die Männer lebten. Es kam ihr unnatürlich vor, so gehemmt zu sein, aber sie nahm an, daß es genau dieser Ehrenkodex gewesen war, der es Tony ermöglicht hatte, während dieser Krise durchzuhalten. Während der ganzen schrecklichen Unsicherheit der letzten beiden Wochen, wo sie nicht gewußt hatten, ob Charles lebte oder tot war, ob er leicht verletzt oder schrecklich verstümmelt war, hatte Tony buchstabengenau seinen Tagesablauf eingehalten: Er war am Morgen ausgeritten, hatte die Ländereien inspiziert, war zu den Debatten im Abgeordnetenhaus nach London gefahren, hatte seine Clubs besucht. »Das Leben muß weitergehen, Hanna«, hatte er gesagt. Für den oberflächlichen Beobachter hatte seine Haltung vielleicht kalt, herzlos gewirkt, aber Hanna verstand seine innere Qual, und sie wußte, daß ihm nur eine einzige Möglichkeit zur Verfügung stand, damit fertig zu werden: Er mußte so tun, als ob diese innere Belastung überhaupt nicht existierte. Aber sie war dagewesen, und sein unterdrückter Kummer mußte seine Zeichen bei ihm hinterlassen, mußte ihn irgendwie ändern. Nach dem Frühstück hatte sich eine Andeutung davon gezeigt. Er hatte beiläufig bemerkt: »Hanna, wie heißt der Buchhändler in Guildford, bei dem Charles immer gekauft hat?«
»Clipstone... Kleiner Laden in der High Street. Warum?«
»Ach, hab' mir gedacht, der könnte vielleicht die Bücher kennen, die Charles gern lesen würde. Gedichte, nehm' ich an, Geschichte, solches Zeug. Soll ein Päckchen zusammenstellen, das wir dem Jungen schicken können.«
Das letzte Buch, das er für Charles gekauft hatte, waren die schönsten Jagdgeschichten von Captain Haxwell gewesen. Charles hatte es zu seinem sechzehnten Geburtstag geschenkt bekommen und bis zum heutigen Tag nicht einmal aufgeschlagen.
»Miß Foxe ist am Apparat, gnädige Frau.«
»Danke sehr, Coatsworth.« Sie brachte säuberlich einen Stich zu Ende. Offenbar hatte Lydia auch einen Brief bekommen, und Hanna hatte das sichere Gefühl, zu wissen, was Charles Lydia geschrieben hatte. Veränderungen. Ja, manches würde sich verändern.
»Ich wollte Sie nicht stören, Lady Stanmore«, sagte Lydia, und ihre Stimme kam schwach und knisternd durch den Draht. Die Telefonverbindung von London nach Abington war katastrophal. »Ich habe mir gedacht,

es würde Sie freuen zu hören, daß ich heute morgen einen sehr langen Brief von Charles bekommen habe.«
»Wir haben ebenfalls einen erhalten, mein liebes Kind.«
»Ja, ich war mir sicher, daß er auch an Sie geschrieben hat. Beabsichtigen Sie und Lord Stanmore, ihn in Frankreich zu besuchen?«
»Wir würden es sehr gerne tun; aber wie ich verstanden habe, wäre es zu schwierig... Visa... besondere Passierscheine der französischen Militärbehörden.«
»Das ist es, weshalb ich eigentlich anrufe. Das könnte ich arrangieren. Noch an diesem Wochenende könnten Sie mit einem Armeetransport Portsmouth verlassen und dann mit dem Zug weiter nach Marseille fahren.«
Hanna hielt den Hörer fest umklammert. »Wie einfach Sie mit allem fertig werden, Lydia.«
»Es ist wirklich überhaupt nicht schwierig, Lady Stanmore, aber es kann schrecklich frustrierend sein, wenn man versucht, es auf dem regulären Weg zu erreichen. Sagen wir, am Samstag morgen? Auf diese Weise könnten Sie und Lord Stanmore am Sonntag nachmittag in Toulon sein.«
»Ich würde mich sehr gern mit Ihnen darüber unterhalten. Könnten wir morgen zusammen das Lunch einnehmen? Sagen wir, im Savoy? Um ein Uhr dreißig?«
Es entstand eine kurze Pause. Die Drähte summten und knackten. Und dann kam Lydias Stimme wieder, sie akzeptierte die Einladung, die Zeit und für den Ort, und es war eine ruhige, selbstsichere Stimme, der Tonfall eines Schachspielers, der die exakte Anzahl der Züge bis zum Schachmatt schon kennt.

Sie war schon seit Monaten nicht mehr in London gewesen, nicht seit dem vergangenen Winter, und die Größe der Menschenmengen erstaunte sie. Auch der Anblick der weiblichen Gepäckträger am Bahnhof Charing Cross. Ein älterer Taxifahrer fuhr sie die paar Blocks bis zum Savoy.
»So viele Leute«, sagte sie, »und so viele Frauen, die in so merkwürdigen Berufen arbeiten.«
»Das ist der Krieg, Madam«, antwortete der Fahrer säuerlich, während er seinen Kopf halb zu der kleinen gläsernen Trennscheibe umdrehte, die hinter ihm war. »All die jungen Kerle nehmen jetzt vom König den Shilling an, und die Mädchen füllen irgendwie die Lücken aus. Kann nich' sagen, daß mir das Spaß macht, so was zu sehen. Na, man kann ja noch nich' mal in 'ne Kneipe gehen, ohne daß man die Frauen sieht, wie sie direkt neben den Männern auch ihre Bierkrüge heben.«
»Was Sie nicht sagen.«

»Tot umfallen will ich, wenn das nicht stimmt. Hab' ich mit eigenen Augen gesehen, so oft Sie wollen, Madam.«
»Und die Straßen sind so belebt.«
»Na, Herrgott, Madam, das ist der Krieg, sehn Sie... Die Munitionsfabrik da unten in Woolwich und all die Patronenhersteller und was weiß ich nicht alles, draußen in Ilford und in Epping. Jeder macht 'ne Stange Geld, und das alte London ist der beste Platz, wo man es ausgeben kann.«
Auf dem ganzen Strand waren Lastwagen voll Soldaten, die sich Zentimeter für Zentimeter zum Bahnhof Charing Cross bewegten. Die Männer waren in voller Marschausrüstung, sie trugen schwer beladene Tornister und Gewehre, und alle winkten mit ihren Mützen und jubelten.
»Die gehn rüber«, sagte der Fahrer finster. »Ich war selbst in Mafeking. Verdammt, das ist kein Picknick, so'n Krieg, das kann ich Ihnen sagen.«
Der Salon im Savoy war immer so ein ruhiger, so ein friedlicher Ort gewesen, aber jetzt herrschte dort ein mörderisches Durcheinander, ein Gewirbel von Offizieren und jungen Frauen. Viele der Offiziere stammten aus den kanadischen Divisionen, es waren hochgewachsene, prahlerische Männer mit plump-vertraulichem Benehmen, und die Art, wie sie sprachen, war flach, fast amerikanisch. Hanna hatte das Gefühl, als ob sie wieder in Chicago wäre. Endlich entdeckte sie Lydia und bewegte sich herrisch und ganz Gräfin durch das Gedränge. »Wie gut Sie aussehen, mein Kind. Ihr Kleid steht Ihnen außerordentlich gut. Es ist so chic. Sicher nicht von Ferris.«
»Nein, von Worth. Es freut mich, daß Sie es mögen.«
»Sehr. Die kürzeren Röcke schmeicheln Ihrer Figur.« Ihre Komplimente waren echt. Sie hatte zwar gewisse Vorbehalte bei Lydia, aber keine, wenn es um ihren Geschmack bei Kleidern ging. »Wie heiß es hier ist. Das müssen die vielen Leute sein.«
»Ich wollte Sie warnen«, sagte Lydia mit einem Lachen. »Das Savoy ist in diesen Tagen ziemlich wie der Waterloo-Bahnhof am Bankfeiertag, aber ich habe es geschafft, uns einen Tisch auf der Terrasse zu reservieren. Dort ist es relativ still, und vom Fluß weht eine herrliche Brise herauf.«
Die Kellner dienerten um sie herum. Die beiden Frauen bestellten Consommé und kalten Hummer, eine Schale Obst und eine Flasche Liebfrauenmilch, die jetzt – so bemerkte der Kellermeister patriotisch – mit »Elsässer Weißwein« etikettiert war.
Hanna nahm Charles' Brief aus ihrer Handtasche. »Ich dachte, Sie würden dies vielleicht gern lesen. Wenn ich mich richtig erinnerte, pflegten Sie ihm immer dabei zu helfen, die Birnbäume des Pfarrers zu plündern.«
»Das hatte ich fast vergessen. Ja. Ich habe für Charles und Fenton Schmiere gestanden.« Sie las den kurzen Brief und gab ihn zurück. »Ich

habe auch meinen Brief mitgebracht. Sie können ihn lesen, wenn Sie möchten.«

»Sie wollen, daß ich ihn lese, nicht wahr, Lydia?«

»Ja«, erwiderte sie ausdruckslos. »Ich wünsche es mir sehr, daß Sie ihn lesen. Ich... ich glaube, der Brief erklärt vielleicht eine ganze Menge.«

»Über Sie und Charles? Das glaube ich nicht. Er liebt Sie, und ich bin sicher, daß sein Brief diese Liebe ausdrückt. Solche Briefe sind nicht dazu bestimmt, von Dritten gelesen zu werden. Sie verlieren für Fremde ihre Bedeutung.«

Die Consommé und die Hummer kamen, und die beiden Frauen aßen und sprachen über Allgemeines – über das heiße Wetter, den Krieg. Als der Kaffee serviert wurde, schenkte Lydia zwei Tassen aus der silbernen Kanne ein.

»War Lord Stanmore erfreut über den Gedanken, Charles am Sonntag wiederzusehen?«

»Ich habe unsere Unterhaltung ihm gegenüber nicht erwähnt«, sagte Hanna und nippte an ihrem Kaffee. »Er würde sich über eine spezielle Behandlung nur ärgern. Nein, wir wollen warten, bis Charles nach Hause geschickt wird, aber ich bin Ihnen sehr dankbar für Ihre Geste. Hätten Sie diese Angelegenheit wirklich so mühelos arrangieren können?«

»Ja.«

»Darf ich fragen, wie?«

»Durch David Langham.«

Hanna wandte den Blick ab und beobachtete den Verkehr auf dem Fluß, der sich unter dem Bogen der Waterloo-Brücke hindurch bewegte. Eins der Boote war eine Dampfyacht mit einem weißen Schornstein. Auf Hochglanz poliertes Messing glitzerte in der Sonne und erinnerte sie stark an die Tage der Regatta in Henley, vor dem Krieg. Das war erst vor einem Jahr gewesen, und dennoch war alles anders geworden.

»Mr. Langham ist ein sehr mächtiger Mann geworden, das entnehme ich wenigstens den Zeitungen.«

»Ja«, sagte Lydia. »Sein Ministerium ist fast lebenswichtig geworden.«

»Welche Funktion hat eigentlich dieses Ministerium genau?«

»Ihm untersteht alles, was mit dem Militär zu tun hat, die Koordination der Versorgung bis ins kleinste. Der Mangel an Granaten in Neuve Chapelle hat die Bedeutung des Ministeriums noch unterstrichen. Wie mein Vater damals bemerkte, sind einem White-Manor-Lokal in einem wichtigen Moment noch nie die Fleischpasteten ausgegangen. Und wenn bei einem Armeeprojekt Bedarf für eine Million Schuß Maschinengewehrmunition für den September besteht, dann sorgt das Ministerium jetzt dafür, daß diese Million Schuß auch zur Verfügung stehen. Das gleiche gilt für alles, von Eintopf in Dosen bis zu Schnürsenkeln.«

»Faszinierend«, murmelte Hanna. »Das Ministerium muß dann aber eine große Menge Leute beschäftigen.«
»Ja, beides, Zivilisten und Militär.«
»Darf ich noch etwas Kaffee haben?« Sie wandte ihren Blick von dem friedlichen Bild auf dem Fluß ab und studierte Lydia, als ob sie sie zum erstenmal sähe. Charles' Leidenschaft für diese Frau war leicht zu verstehen, aber Hanna bezweifelte, daß er jemals tiefer in sie hineingesehen hatte als bis zu ihrem leuchtenden, kastanienbraunen Haar und der herrlichen Haut. Lydias Schönheit stand außer Frage, aber es war nur eine oberflächliche Schönheit, ein Zauber aus Knochenstruktur und elfenbeinfarbenem Fleisch. Es gab Tiefen in ihren grünen Augen, die undurchdringlich waren, ein trübes Labyrinth, das Hanna beunruhigend fand. Aber sie war ja auch eine Frau. Ein Mann, der in diese Augen schaute, würde keinerlei Unruhe spüren. Und mit Sicherheit nicht Charles, noch nicht einmal Seine Exzellenz, David Selkirk Langham.
»Charles ist entschlossen, Sie zu heiraten, Lydia, komme was da mag. Das ist der Tenor seines Briefes, nicht wahr?«
»Ja.«
»Ich kann seine Gefühle ja verstehen. Er hat soviel Tod gesehen. Jetzt ist er entschlossen, das Leben zu umarmen, wenn... wenn auch nur für eine kleine Weile.« Sie schaute auf ihre Tasse hinab und ließ einen Finger um den schmalen Porzellanrand gleiten. »Das scheint in diesen Tagen die fast überall vorherrschende Meinung zu sein. So viele Eheschließungen. Die Standesämter sind überfüllt von jungen Männern in Uniform und ihren Mädchen. Ich finde es schwierig zu verstehen, warum ein Mann heute eine Braut nehmen sollte, nur um sie morgen als Witwe zurückzulassen.«
»Kein Mann glaubt, daß ausgerechnet ihm das passieren wird. Wenn es eine Chance gibt, glücklich zu sein, ehe er an die Front muß...«
»Dann ergreift er sie. Das kann ich nachfühlen, und dennoch, ich kann den Kummer nicht von mir weisen bei dem Gedanken, daß ein junger Mann in einem Augenblick geheiratet hat und im nächsten von einer Granate zerrissen wird.«
»Diese Besorgnis teile ich, Lady Stanmore. Wenn ich daran denke, wie dicht Charles...« Sie ließ den Gedanken in der Luft hängen und nahm einen Schluck Kaffee.
»Sowohl ich als auch Lord Stanmore wünschen, daß Charles glücklich wird. Das ist für uns das Wichtigste. Ich verstehe meinen Mann sehr gut, und ich weiß, daß er willens wäre, Konzessionen zu machen, daß er gewisse starre Ansichten revidieren würde, die er einmal Ihrer Verbindung mit Charles gegenüber hatte. Um es ganz offen zu sagen, ich könnte ihn dazu bringen, Ihnen seinen Segen zu erteilen.«

»Und würden Sie das tun?«
»Nein. Nie. Nicht, wenn das bedeuten würde, daß Charles in nur drei oder vier Monaten nach seiner Hochzeitsreise wieder an die Front geht. Ich bin sicher, daß Sie diesen Gedanken genauso schmerzhaft finden wie ich.«
»Ja, wirklich.«
»Charles hat sein Blut vergossen... Tapfer und in Ehren. Er hat, wie man sagt, sein Teil getan.«
Lydia setzte ihre Tasse ab und schaute sich nach dem Kellner um.
»Würden Sie gern einen Cognac trinken, Lady Stanmore? Mein Vater verwahrt einen privaten Vorrat von herrlichem, fünfzig Jahre altem Cognac hier.«
»Er muß hier sehr oft zu Mittag essen.«
»Meist nimmt er hier späte Abendmahlzeiten ein, mit Mr. Langham.«
»Ich würde gern ein Glas trinken. Ich finde, daß Cognac die Nerven beruhigt.«
Der Kellner bemerkte Lydias Blick und trat wie ein Tänzer an den Tisch heran. Sie trug ihm auf, vom Weinkellner eine Flasche 1865er Otard herausgeben zu lassen und eine Kanne frischen Kaffee zu bringen.
»Ich habe heute morgen mit Mr. Langham gesprochen, und zufällig habe ich auch Charles erwähnt. Es ist Mr. Langham gewesen, der mir gesagt hat, wie man die Reisepapiere zusammenbekommt, und der mir angeboten hat, die Angelegenheit zu vereinfachen.«
»Das war sehr freundlich von ihm.«
»Nun, heute hat er mir von einem neuen Zweig des Ministeriums erzählt, der gerade gebildet wird. Er wird die Bezeichnung N. S. 5 haben und sich mit der Prüfung und Entwicklung neuer Ausrüstung für die Armee beschäftigen. Generalmajor Sir Thomas Haldane wird diesen Zweig leiten, und er sucht intelligente Männer für seinen Stab, vorzugsweise Offiziere, die den Krieg aus erster Hand kennen und denen die Bedürfnisse der Armee bekannt sind. Ich habe dabei sofort an Charles gedacht.«
»Ja«, sagte Hanna und sprach langsam, damit man das erregte Zittern ihrer Stimme nicht spürte. »Dafür wäre er sicherlich qualifiziert, nicht wahr?«
»Natürlich. Er hat zwar nicht ganz den wissenschaftlichen Hintergrund, den General Haldane gerne hätte, aber dieses Hindernis kann man leicht genug überwinden. Charles hat einen hellen Verstand. Er kann lernen, wenn es sein muß.«
»Würde er denn solch eine Arbeit annehmen? Sein Regiment verlassen?«
»Er hätte keine Wahl. Mr. Langham hat General Haldane die absolute Verantwortung übertragen. Er kann die Versetzung jedes Offiziers veranlassen, den er haben möchte.«

»Es klingt wie eine befriedigende und nützliche Aufgabe.«
»Sehr. Der Premierminister und Lord Kitchener sind ganz begeistert davon. Soviel an Ausrüstung und so viele Waffen in der Armee sind veraltet. Charles würde in Whitehall viel mehr für sein Land tun, als er es je in den Schützengräben könnte.«
Als die ununterbrochene Spannung von Wochen von ihr wich, fühlte sich Hanna plötzlich schwach. Sie war dankbar, daß der Brandy kam, und sie sog das schwere Aroma ein, bevor sie einen kleinen Schluck davon nahm.
»Auf Charles«, sagte sie. »Und auf Sie.«
Lydia lächelte und berührte Hanna über den Tisch hinweg leicht am Arm.
»Danke, Lady Stanmore. Ich weiß, daß alles gut enden wird. Und Charles werde ich eine sehr gute Frau sein.«
»Da bin ich auch sicher, mein Kind«, sagte Hanna mit dem Anflug eines Lächelns. »Er ist ein glücklicher junger Mann.«
Und das meinte sie von ganzem Herzen.

6

Das Krankenhaus Nummer sieben des Roten Kreuzes in Chartres war in einem Schloß aus Kalkstein hoch über dem Fluß Eure untergebracht. Es war als Rekonvaleszenz-Zentrum für Fälle von schweren Knochenbruchverletzungen geplant gewesen, aber nach all den schweren Fällen von Verwundung im Artois während der Frühjahrsoffensive war es von Kriegsverletzten jeder Art beinahe überschwemmt worden. In den einst reizvollen Gärten waren hölzerne Baracken errichtet worden, und Ställe und Remisen waren in Bereitschaftsräume und Unterkünfte für Krankenschwestern verwandelt worden. Aber selbst diese Ausweitung hielt mit dem Zustrom an Verwundeten nicht Schritt. Glücklicherweise war es während des Sommers an der Westfront ruhig, aber der Médecin-Chef, Dr. Gilles Jary, war bereits von Paris aus benachrichtigt worden, daß er von der dritten Septemberwoche an mit einem weiteren deutlichen Zuwachs an Patienten rechnen konnte. Diese Nachricht hatte ihn als gewöhnlicher Brief erreicht, und der Inhalt machte ihn wütend.
»Was für ein Unverstand!« stürmte er los und lief in seinem kleinen, überfüllten, unsauberen Büro, das einmal der Bereitschaftsraum für die Lakaien gewesen war, hin und her. »*Merde!* Das ist alles, was ich dazu sagen kann, *merde!*« Er hielt den unseligen Brief zwischen zwei Fingern und ließ ihn zu Boden flattern. Seine Oberschwester, eine stämmige Engländerin mittleren Alters, beobachtete ihn gleichmütig.
»Darf ich das lesen, Herr Doktor?«

»Warum nicht? Warum sollten Sie die Ausnahme sein?« Er trat nach dem Blatt Papier. »Aber ich werde Sie der Mühe entheben. Wir sollen uns für die dritte Septemberwoche auf eine große Anzahl von Verwundeten einstellen. Ohne Zweifel hat jedes andere Lazarett eine gleichlautende Mitteilung erhalten. Vielleicht haben sie auch gleich dem deutschen Hauptquartier eine Kopie geschickt. Mein lieber Michel, wie du dem beiliegenden Schreiben entnehmen magst, bereiten wir so ungefähr für den 22. des nächsten Monats eine Offensive vor. Mit herzlichen Grüßen, Maréchal Joffre.«
Der Arzt zündete sich eine Zigarette an dem Stummel an, den er noch zwischen den Lippen hielt.
»Eines Tages werden Sie Ihren Bart in Flammen setzen«, sagte die Oberschwester.
»Möglich. Ändern würde das aber auch nichts.«
»Wo legen wir noch mehr Verwundete hin?«
»Auf diese Frage, Oberschwester, gibt es keine Antwort, überhaupt keine. Freigemachte Betten, nehme ich an. Jeder einzelne Blessé, der auch nur stehen kann, muß verlegt werden – runter nach Moulins, Lyon, Valence. Ich weiß nicht. Ich muß nachfragen, wieviel Betten die haben. Und dann haben wir noch in der Stadt das Hotel Marcel. Das könnten wir für die Kranken beschlagnahmen, die nicht bettlägerig sind.«
Die Oberschwester lächelte schwach. »Sehen Sie, Herr Doktor, es gibt auf alles eine Antwort.«
»Ich vermute das auch langsam«, brummte er und fuhr sich mit der Hand durch sein zottiges Haar. »Also dann, und was für Probleme haben Sie für mich heute morgen?«
»Keine... eine kleine freudige Überraschung. Drei V.A.D.s sind von England eingetroffen, sehr diensteifrig und aufgeregt vor ihrer ersten Begegnung mit dem Médecin-Chef.«
»Alle blond und schlank?«
»Eine davon ist blond, aber eher voll als schlank.«
»Ach«, seufzte er, »die englischen Mädchen. So appetitlich wie ihr Tee. Sie stochern noch einmal in der Asche meiner jugendlichen Sinnlichkeit.«
»Wie gallisch Sie heute morgen sind, Herr Doktor. Soll ich sie raufschikken?«
»Nein, ich komme runter zur Station D. Da können mich die Mädchen gleich bei der Visite begleiten.«

Alexandra Greville schritt würdevoll hinter Dr. Jary, der englischen Oberschwester und einer französischen Sanitäterin her. Die beiden anderen V.A.D.s hielten sich so nahe wie möglich bei dem Arzt und schrieben alles, was er sagte, in kleinen Notizbüchern mit. Ihr Eifer freute den Doktor, und als die Visite der Stationen D und F beendet war, machte er ihnen überschwengliche Komplimente. Dann drehte er sich nach Alexandra um.

»Sie haben sich nichts aufgeschrieben, Miß... Miß...?«

»Greville. Nein, ich hab' ein sehr verläßliches Gedächtnis.«

»Sie scheinen mir, verzeihen Sie den Ausdruck, etwas abwesend. Haben Sie irgendwas?«

»Nein, ich bin nur ein bißchen enttäuscht.«

Ja, dachte Dr. Jary, üppig wäre der Ausdruck gewesen, mit dem man diese blonde Schönheit beschreiben konnte. Die meisten englischen Mädchen, die er kennengelernt hatte, hatten praktisch weder Po noch Beine gehabt. Diese hier war mit beidem verschwenderisch ausgestattet. Sie erinnerte ihn an eine füllige Aktdarstellung von Ingres. Er hatte keine Schwierigkeit, sie sich splitternackt vorzustellen, und er spürte einen Stich des Bedauerns, daß er nicht dreißig Jahre jünger war.

»Enttäuscht? Von unserem kleinen Lazarett?«

»Nein, nein, Herr Doktor«, sagte sie schnell. »Überhaupt nicht. Ich hatte nur gehofft, nach Toulon geschickt zu werden, ins Marinehospital.«

Er blinzelte sie durch den Tabakrauch an. »Aha, dann ist Ihr Schatz also ein verwundeter Seemann. Ist es das?«

»Nein«, sagte sie, und die Röte stieg ihr heiß ins Gesicht. »Mein Bruder – er ist in Gallipoli verwundet worden. Sobald ich herausgefunden hatte, wo er ist, habe ich mich freiwillig nach Frankreich gemeldet. Beim Roten Kreuz habe ich einen Antrag für Toulon gestellt, aber jetzt bin ich hier gelandet.«

»Dann machen Sie also das Beste draus, nicht wahr? *C'est la guerre.* Kommen Sie, mein Kind, wir werden zusammen durch die Station C gehen.«

Station C war die Abteilung für Knochenbrüche, Reihen von Betten, fünfzig Männer in Gipsverbänden, Arme und Beine, die an Drähten aufgehängt und mit Gewichten beschwert waren.

»Ein halbes Hundert Verwundete. Alle sind, wie Sie sehen können, schwer verletzt. Und alle fern von ihren Lieben.« Er blieb bei einem Bett stehen. »Der junge Rialland hier, neunzehn Jahre alt, verwundet bei Lens. Er ist weit weg von seinem Zuhause in Bordeaux. Stellen Sie sich vor, er wäre Ihr Bruder.«

Der junge Mann auf dem Bett starrte Alexandra an, als ob er eine Erscheinung hätte. »*Une belle ange*«, flüsterte er.

»*Merçi*«, murmelte sie scheu.

»Sehen Sie!« Der Doktor tätschelte ihr freundschaftlich die Schulter. »Für den sind Sie ein Engel, und eine hübsche französische Krankenschwester wird für Ihren Bruder ein Engel sein. Sie werden sich hier schon wohl fühlen, und uns ist mit Sicherheit wohl dabei, Sie hierzuhaben.«

Sie sah älter aus. Nur zwei Wochen in Frankreich, und dennoch, wenn sie ihr Gesicht im Spiegel über der Frisierkommode betrachtete, konnte sie unmerkliche Veränderungen in ihrem Aussehen entdecken. Sie hatte echtes Leid gesehen – das spiegelte sich wider. Und sie hatte hart gearbeitet, härter, als sie je im Leben gearbeitet hatte, und unangenehme, selbst ekelhafte Arbeiten verrichtet, und das spiegelte sich auch wider.
»Ja«, flüsterte sie, während sie sich näher zum Spiegel beugte und mit den Fingern über ihre Wangenknochen strich. »Der Krieg ist dabei, dich zu verändern.«
Sie hatte ein Gefühl des Stolzes auf sich selbst. Sie war dabeigeblieben und war mit fliegenden Fahnen durchgekommen. Das Lazarett in Chartres war ganz anders als die Genesungskrankenhäuser für Offiziere in England. Ihre Pflichten in England waren, wenn man zurückschaute, ganz lächerlich gewesen. Sie hatte Gesellschafterin gespielt, nicht mehr. Ein mitfühlendes weibliches Wesen. Jemand, der mit den erholungsbedürftigen Männern Späße machte, Karten spielte, sie zu Spaziergängen in den Garten führte, sie vielleicht im Rollstuhl fuhr. Die Ärzte in Chartres erwarteten eine ganze Menge mehr von ihren V.A.D.-Mädchen. Hier bestand Personalmangel, und die ausgebildeten Krankenschwestern hatten schon genug zu tun, ohne auch noch die Bettlägerigen baden zu müssen oder sich um ihre körperliche Notdurft zu kümmern. Alexandras erste Bettpfanne hatte sie zum Würgen gebracht. Bei der zweiten hatte sich ihr Magen zusammengezogen. Aber bei der dritten, vierten, fünften hatte sie nicht mehr getan, als nur angeekelt die Nase gerümpft. Jetzt war es normale Arbeit. Und sie konnte jetzt die Männer auch waschen, ohne ein zimperliches Gefühl zu haben, wenn sie ihre nackte Haut mit einem Seifenlappen berührte.
»Ich habe mich geändert«, murmelte sie. »Ich bin eine Frau geworden.«
Es war, als ob sie plötzlich durch eine Tür gegangen wäre, als ob sie von einem Zimmer in ein anderes getreten wäre, ohne die Möglichkeit, jemals zurückzugehen. Sie bezweifelte, daß ihr Vater und ihre Mutter den Wechsel in ihr verstehen würden, und ihre Briefe an die Eltern waren angefüllt mit den einfachen Beobachtungen, die ihre Briefe aus dem Internat ausgezeichnet hatten:

... Chartres ist eine wunderschöne alte Stadt, und die Kathedrale ist ganz herrlich, ein Kunstwerk reinster Gotik. Ich bin noch nicht dagewesen, um sie zu besuchen, weil wir sehr beschäftigt sind, aber ich hoffe, das bald tun zu können. Außerdem kann ich ihre Türme sehen, die sich über den

Bäumen erheben. Ich habe einen Nachmittag in der Woche frei – fast, als ob ich ein Hausmädchen wäre! –, und ich darf – was wahrscheinlich abgelehnt wird – drei Tage »Urlaub« im Monat beantragen. Ich fühle mich sehr wohl, und das Essen ist reichlich, obwohl Linsensuppe ziemlich langweilig werden kann.

Aber ihre innersten Gefühle behielt sie für Lydia Foxe zurück. Seite um Seite füllte sie mit hastiger Handschrift in einem wilden Strom ganz privater Gedanken. Diese Briefe schrieb sie in dem Zimmer, das sie mit vier anderen Mädchen teilte, in dem goldenen Licht zwischen Tag und Dämmerung, wenn die Sonne an diesen ersten Septembertagen spät unterging. Vom Beginn der Nacht bis zur Morgendämmerung schlief sie dann.

Liebste L.,
die Verwundeten sprechen nie über ihre Erlebnisse. Ich weiß nicht warum, aber sie verstummen immer, wenn es um die Umstände ihrer Verwundung geht. Irgendein Ortsname fällt dann vielleicht, und die Kameraden in den Nachbarbetten nicken verständnisvoll. Das sind dann Namen von Dörfern, Wäldern, Kreuzungen, Grabensystemen, aber nie fällt ein Wort über den Augenblick, in dem sie verkrüppelt wurden. Sie halten diesen schrecklichen Moment geheim, fürchten vielleicht, daß wir sanften Frauen bei der Beschreibung einen Schock erleiden könnten. Ich wünsche mir so sehr, daß ich sie trösten könnte, ich möchte ihr Leiden ganz verstehen, aber wenn ich sie bitte, mir von den Schützengräben zu erzählen, dann schütteln sie den Kopf und murmeln nur, daß ich es doch nicht verstehen würde.
Oh, Lydia, ich weiß, warum Gott die Frauen in die Welt gesetzt hat. Um die Männer zu trösten... Ein Balsam für sie. Eine kühle Berührung von uns auf einer fiebernden Stirn bewirkt soviel mehr als alle Medizin der Welt! Ich wünsche mir so sehr, körperlich und seelisch noch viel mehr von mir selbst herzugeben. Ich weiß, daß ich dazu fähig wäre. Du hast das dumme Schulmädchen gekannt, ein Kind mit kindischen Träumen im Kopf, aber ich habe mich völlig verändert.

Ihre nächtlichen Briefe an Lydia gab sie nie zur Post, denn sie wollte ihre Gefühle nicht mit den Zensoren teilen. Trotzdem verspürte sie ein inneres Gefühl der Harmonie mit ihrer Freundin, wenn sie ihre Gedanken so zu Papier brachte. Sonst gab es niemanden, dem sie sich hätte anvertrauen können. Nicht, daß die anderen V.A.D.-Mädchen unfreundlich gewesen wären, aber es waren unscheinbare, reservierte kleine Dinger, und Alexandra hatte das Gefühl, daß sie sie nicht mochten. Mit einer der ausgebildeten Krankenschwestern hatte sie sich etwas angefreundet. Sie kam

aus der Normandie und hatte ihre Ausbildung im Guy-Hospital in London erhalten. Aber über ihren Beruf machte sie sich nichts vor. »Das ist ein Handwerk wie jedes andere. Wir sind keine Engel der Barmherzigkeit, meine Kleine, wir tun schlicht und einfach eine Arbeit.«
Alexandra hörte diese Erklärung nicht gern. Die Frau hatte unrecht. Jedesmal, wenn sie durch die Stationen ging, spürte sie, wie richtig ihre eigenen Gefühle waren. Sie hörte dann die leisen Stimmen der Männer, die zu ihr sprachen, und sie wurde ihr goldener Engel, der sie mit einer Berührung, einem Lächeln, der Heiterkeit eines Lachens trösten konnte. Die Verletzten, die schon wieder mit Krücken oder am Stock gehen konnten, brachten ihr Blumen aus den Wiesen oder Äpfel aus dem Obstgarten mit. Und wenn die ambulanten Patienten nach dem Abendessen auf den Bänken im Hof saßen, dann gab es oft einen friedfertigen Streit darüber, welcher der Männer Alexandra zu einem Knobelspiel herausfordern durfte. Ein großer, ebenholzgesichtiger Senegalese, der beide Arme in Gips trug, folgte ihr überallhin. Ja, dachte sie, ich werde geliebt, geliebt in der Art, wie man einen Heiligen liebt!

Den Flugzeugabsturz sahen sie alle. Es war an einem Samstagmorgen, und der Aeroplan kam niedrig über das Hospital. Sein Motor stotterte und machte scharfe, bellende Geräusche. Die Fensterscheiben klirrten davon, und jeder, der sich nur bewegen konnte, drängte ins Freie, und dann sahen sie alle, wie das zerbrechliche Fluggerät einen Baumwipfel köpfte und dann kreiselnd zu Boden stürzte wie ein Vogel mit gebrochenem Flügel.
»Tot, der arme Kerl«, sagte die Oberschwester.
Die Fahrer der Krankenwagen, Pfleger und Soldaten liefen über die Felder zu dem Wrack hin und trugen den Piloten auf einer Bahre zum Hospital zurück. Er hatte wohl einen Schlag an den Kopf bekommen und war bewußtlos, und beide Beine waren in unnatürlichem Winkel verdreht, aber er war doch noch sehr am Leben, und Dr. Jary und ein orthopädischer Chirurg gingen sofort an die Arbeit.
»Junge Knochen sind etwas Wunderbares«, bemerkte Jary, als er zwei Stunden später den Operationssaal verließ. Alexandra half ihm, als er die blutbespritzte Schürze ablegte, und füllte eine Schüssel mit heißem Wasser. Der Médecin-Chef zündete sich eine Zigarette an und wusch sich dann die Hände. »Ja, Miß Greville, ein Wunder. Glatte Brüche, wie bei gutem Holz, keine Splitter oder sonstigen Komplikationen.«
»Wird er jemals wieder gehen können, Herr Doktor?«
»Gehen? Der wird wieder rennen können, fliegen. Schwein gehabt, der junge Mann, möchte ich hinzufügen. Direkt raffiniert von ihm, neben einem Lazarett abzustürzen. Aber ihr Engländer seid überhaupt ein raffiniertes Volk, nicht wahr?«

»Das ist ein Engländer?«
»Königliches Fliegerkorps. In der Nähe von Naintenon haben die einen Flugplatz. Ich muß da anrufen und denen sagen, daß ihr Leutnant Dennis Mackendric wieder so gut wie neu wird. Vielleicht schicken die mir dann vor lauter Dankbarkeit ein paar von ihren ausgezeichneten Zigaretten und eine Flasche Whisky.«
Leutnant Mackendric teilte sich ein Zimmer mit Captain Morizet, einem düster wirkenden Offizier, dem im Mai beide Lungen durchschossen worden waren. Aber der Leutnant hatte den Hauptmann bald von seiner Depression erlöst, und es dauerte nicht lange, bis der zwanzig Jahre alte Flieger bei den Engländerinnen als der »lustige Dennis« und bei den Franzosen als »der Verrückte« bekannt war. Er war kein Engländer, sondern Schotte, aus Loch Gelly, hatte sandfarbenes Haar und ein rötliches Gesicht. Er war mittelgroß, schlank und drahtig und hatte unglaublich viel Kraft in Händen und Armen. Sein athletischer Körper war jederzeit zu besichtigen, denn er weigerte sich, ein Nachthemd zu tragen. Seine Stimme war voll und melodisch, und ein ganz leises Grollen machte sie nur noch interessanter. Von der Oberschwester abwärts verliebte sich das ganze Hospital auf der Stelle in ihn, Alexandra genauso. Um Mangel an Aufmerksamkeit oder an Besuchern brauchte er sich nicht zu beklagen. Ein ständiger Strom von Offizieren des RFC und französischen Piloten suchte ihn auf, und Dr. Jarys Vorrat an Zigaretten und Whisky floß über.
Eines Morgens, es war eine Woche nach dem Absturz, saß Alexandra in der kühlen Eingangshalle des Schlosses und wickelte Bandagen. Es war eine eintönige Arbeit, und ihre Gedanken schweiften in ein Dutzend Richtungen ab. Sie hörte den Mann nicht, der über die Fliesen auf sie zutrat, und beim Klang seiner Stimme fuhr sie auf.
»Entschuldigen Sie. Ich suche Leutnant Dennis Mackendric.«
Ein großer, hagerer Offizier, der auf dem Revers seiner Uniform die Abzeichen des Königlichen Armeesanitätskorps trug, stand vor ihr und blickte sie an. Er wirkte wie dreißig, hätte aber auch älter oder jünger sein können. Der Mund hatte etwas Jugendliches, aber seine Augen, die dunkel und tief in den Höhlen lagen, waren alterslos. Er lächelte ganz leicht, fast war es nur ein Zucken der Lippen.
»Parlez-vous anglais, Mademoiselle?«
»Ja«, stotterte sie. »Natürlich. Ich bin Engländerin.«
»Fast hätte ich es mir gedacht. Ich bin Major Mackendric, der Bruder des Leutnants. Er ist doch Patient hier, nicht wahr?«
»Ja, das ist er. Und Sie sagen, Sie sind sein Bruder?«
Ihre Überraschung zeigte sich in ihrem Tonfall. Zwei Männer hätten in Aussehen und Benehmen nicht gegensätzlicher sein können.

»Halbbrüder, um es genau zu sagen. Darf ich ihn besuchen?«
Während der Morgenstunden waren Besucher nicht erlaubt, aber die Abzeichen des Sanitätskorps schlossen ihn aus dieser Kategorie von gewöhnlichen Besuchern aus.
»Wenn Sie mir bitte folgen wollen, werde ich Sie zu ihm bringen.«
»Danke. Übrigens, wer leitet dieses Krankenhaus?«
»Dr. Jary.«
»Gilles Jary? Untersetzter Mann mit Bart, Kettenraucher?«
»Richtig.«
»Dem Himmel sei Dank. Ein paar von diesen Chirurgen im Roten Kreuz können noch nicht einmal eine Uhr einstellen, geschweige denn einen Bruch.«
»Wir sind ein außerordentlich funktionsfähiges Krankenhaus«, sagte sie kühl. »Vielleicht das beste in Frankreich.«
»Kein Zweifel, kein Zweifel.« Sein Blick wanderte umher, er nahm die Marmorwände und die breite Treppe, die sich elegant zum zweiten Stock hinaufschwang, in sich auf. »Es ist allerdings elegant genug. Ich mach' meine Arbeit in einem Zelt.«
Auch wenn er seine Arbeit auf einem Feld gemacht hätte, wäre ihr das völlig gleichgültig gewesen. Er schien ihr ein arroganter, sarkastischer Mann zu sein. Selbst sein eigener Bruder schien nicht überglücklich zu sein, ihn wiederzusehen.
»Ach du lieber Himmel, Robbie!«
»Hallo, Dennis. Hast dich wohl mal überkugelt, nehm' ich an.«
»Ja, klar, hab' ja auch nicht genug Verstand, um die Treibstoffanzeige im Auge zu behalten.«
Major Robin Mackendric beäugte seinen Bruder säuerlich und wandte dann seinen kalten Blick Alexandra zu. »Erlauben Sie allen Ihren Patienten, halbnackt hier herumzuliegen?«
»Nein«, sprudelte sie heraus. »Nur...«
»Es ist verdammt heiß, Mann«, protestierte Dennis.
»Man kann sich sowohl an einem heißen Tag als auch an einem kalten 'ne Lungenentzündung holen. Ziehn Sie ihm eine Flanelljacke an, Schwester.«
»Jetzt hör mal zu, Robbie...«
Der Major überhörte den Ausbruch, während er zum anderen Ende des Bettes ging und auf die Karte schaute. »Vergangene Nacht leichtes Fieber. Sie müssen wahnsinnig sein, daß Sie ihn unbedeckt hier herumliegen lassen.«
»Ich hab' die widerliche Jacke selbst ausgezogen. Ich trag' das kratzige Ding nicht. Schieb doch dem Mädchen nicht die Schuld in die Schuhe.«
»Wenn du auf meiner Station immer wieder die Jacke auszögst, würde

ich dich von den Schwestern am Bettgestell festbinden lassen.« Er nickte Alexandra knapp zu. »Ihnen gebe ich natürlich nicht die Schuld. Probezeit oder V.A.D.?«
»V.A.D.«, sagte sie, und ihre Stimme zitterte wütend. »Und wir haben zufällig die besten...«
»Ich weiß«, unterbrach er. »Die besten Schwestern in Frankreich. Ihre Loyalität diesem Krankenhaus gegenüber ist bewundernswert. Wo kann ich Dr. Jary finden?«
»In seinem Büro. Den Korridor hinunter, dann links und dann die Speichertreppe hoch.«
»Weswegen willst du den denn sehen?« fragte Dennis. »Spring bloß dem armen Mann nicht an den Hals wegen meinem elendigen Flanellhemd!«
»Ich möchte die Röntgenbilder sehen.«
»Er hat es verdammt gut hingekriegt, Mann.«
»Da bin ich sicher.«
»Und wenn nich', dann würdest du mir meine verdammten Beine wieder auseinanderschlagen, nehme ich an!«
»Genau richtig. Und gib dem Wort ›verdammt‹ mal 'ne Pause. Hörst dich ja an wie'n Schauermann aus Glasgow.«
Dennis ließ sich mit einem gequälten Stöhnen zurück in die Kissen fallen.
»Herrgott! Gab es denn da oben in Ypern nicht genug zu tun, um dich beschäftigt zu halten?«
»Doch«, sagte der Major mit einer ruhigen Intensität. »Mehr als genug.«
Der jüngere Mackendric zog den Atem ein und schaute seinen Bruder schnell an.
»Das wollte ich nicht sagen, Robbie. Du weißt, daß ich das nicht sagen wollte.«
»Ich weiß.«
»Und ich bin wirklich furchtbar... verdammt froh, deine häßliche Visage wiederzusehen.«
»Ich deine auch. Zieh jetzt deine Schlafanzugjacke an, sei ein braver Junge. Ich bin gleich wieder da.« Er schritt davon; seine Stiefel knallten energisch den Marmorkorridor hinunter.
»Na!« sagte Alexandra und unterstrich das Wort mit ihrem ganzen, aufgestauten Gefühl der Beleidigung. »Wirklich! Was für ein fürchterlicher Mensch!«
»Das ist er«, sagte Dennis mit einem Grinsen. »Er würde einen Heiligen zum Säufer machen. Aber das, was einen bei Robbie am meisten ärgert, ist die Tatsache, daß er immer recht hat.« Er setzte sich auf und streckte die Arme aus. »Streifen Sie mir den stinkigen alten Flanell an. Es hat keinen Sinn, bei ihm wieder einen Tobsuchtsanfall zu provozieren.«

Alexandra sah Major Robin Mackendric später am Tag, als er mit Dr. Jary und Dr. Lavantier die Visite in Station F abhielt. Er lächelte sie an, aber sie achtete darauf, ihn zu übersehen.
»Es gibt zwei oder drei Fälle hier, bei denen Sie uns helfen könnten«, sagte Dr. Jary. »Bauchschüsse, Bauchhöhlenvereiterung...«
»Ich hab' nur ein paar Tage Urlaub.«
»Ich kann sie jetzt gleich vorbereiten lassen, und nach dem Essen wird geschnitten. Sie waren ja schließlich Sir Osberts Schüler, deshalb müßten Sie da Spezialist sein, es liegt sozusagen auf Ihrer Linie. Einverstanden?«
»Eigentlich sollte dies ja mein Urlaub sein, aber... ach, was soll's!«

Um ein Uhr morgens hätten sie den letzten Patienten aus dem Operationsraum gerollt, erzählte ihnen die Oberschwester während des Frühstücks.
»Es war einfach großartig, ihn zu beobachten. Der wußte, was er machte. Von dem aus Nummer 87 hat er drei Meter Darm entfernt, und von dem Türken und von Papa Celine noch mehr. Besser ein kurzer Darm als ein kaputter, hat er gesagt!«
»Ich mußte lachen«, sagte eine irische Operationsschwester. »Doktor Jary lehnte ihm über die Schulter, und Asche ist von seiner halb gerauchten Kippe in die Bauchhöhle gefallen. Daran bin ich natürlich gewöhnt, aber ich dachte, auweia, der Schotte kriegt bestimmt 'nen Anfall. Aber der hat kühl weitergeschnitten und gesagt, na, wenigstens ist nun *etwas* Steriles im Bauch von diesem armen Kerl!«
»Als es endlich vorüber war, muß er sehr müde gewesen sein«, sagte Alexandra.
Die Irin nickte. »Das war er. Hatte 'ne Farbe wie Fensterkitt. Dr. Jary hat ihm eine Flasche Whisky aufgedrängt und ihn mit dem Krankenwagen in die Stadt fahren lassen.«
»Er hätte doch auch hier schlafen können.«
»Hätte er, aber er hat gesagt, er wollte verdammt sein, wenn er auch nur eine Nacht von seinem Urlaub auf einer Pritsche verbringen würde.« Sie zwinkerte Alexandra breit an. »Die Briten sind eine großartige Rasse. Ich frage mich, warum ich sie so fürchterlich hasse!«
Alexandra hatte so einen Drang, den Major wiederzusehen, und deshalb meldete sie sich freiwillig für eine Doppelschicht, damit sie ihn nicht verpaßte. Er erschien spät am Nachmittag und sah blaß und müde aus.
»Ihr Bruder schläft«, sagte sie, als sie ihn auf dem obersten Treppenabsatz traf.
»Gut. Ist das beste für ihn.«
»Mit einer Schlafanzugjacke«, fügte sie wichtig hinzu.
»Tut mir leid, daß ich deswegen so ein Theater gemacht habe.«

»Sie hatten ganz recht. Nur, Ihr Bruder hat ein Talent dafür, seinen Willen durchzusetzen.«
Er zog ein Taschentuch aus der Tasche und wischte sich einen dünnen Schweißfilm von seiner Stirn. »Haben Sie so etwas wie einen kühlen Drink hier, Miß... Tut mir leid, ich weiß nicht, wie Sie heißen.«
»Alexandra Greville«, sagte sie einfach.
»Robin Mackendric, jetzt offiziell vorgestellt.« Er nahm sein Taschentuch in die linke Hand und streckte die rechte aus. Die Handfläche war feucht, die Finger eiskalt.
»Fühlen Sie sich wohl, Major?«
»Bin ein bißchen wetterfühlig. Ich könnte etwas zu trinken gebrauchen... und ein paar Aspirintabletten.«
»Aber sicher. Ich hole Ihnen ein Glas Limonade.«
Er saß im Zimmer seines Bruders und unterhielt sich ruhig mit dem französischen Captain, als sie ihm das Glas brachte. Er nahm die Aspirintabletten aus ihrer Hand und trank die Limonade, ohne abzusetzen.
»Danke. Sehr erfrischend.«
»Die Bedienung ist hier so gut wie im Crillon«, sagte der Franzose.
»Und billiger«, fügte der Major hinzu. Er reichte Alexandra das Glas und stand auf. »Ich werde Dennis nicht aufwecken. Er schläft zu friedlich. Sagen Sie ihm, daß ich morgen noch mal vorbeikomme, ehe ich gehe.«
»Ist Ihr Urlaub schon vorüber?« fragte sie.
»Nein. Ich kann noch ein paar Tage nehmen, wenn ich das will, aber ich fühle mich ein bißchen schuldig, wenn ich wegbleibe.«
»Wo ist Ihr Lazarett, Commandant?« fragte Captain Morizet.
»Nummer zwanzig, C.C.S., in der Nähe von Kemmel.«
Der Captain nickte mit grimmigem Gesichtsausdruck. »Das ist die Hölle da oben. Ja. Ich weiß, wie es ist. Mein Bataillon hat im April in Messines in Reserve gelegen. Ein übler Ort für Soldaten, die Ecke, das kann ich Ihnen sagen, Très pouilleux!«
Sie ging neben ihm die Halle hinunter zur Treppe.
»Falls ich Sie nicht wiedersehe, Major Mackendric...«
»Sagen Sie mir«, sagte er und unterbrach sie, »wann haben Sie denn dienstfrei?«
Sie schaute ihn verblüfft an. »Frei?«
»Sie werden doch hier nicht angekettet, oder? Erlaubt man Ihnen denn keine freie Zeit?«
»Doch, natürlich. Meine Schicht ist um sechs Uhr dreißig vorbei.«
»Wollen Sie mit mir in der Stadt zu Abend essen? Sagen wir mal, um sieben Uhr?«
Sie konnte ihn nur anstarren. Diese Einladung kam völlig unerwartet. Der Mann war mindestens zehn Jahre älter als sie. Was in aller Welt hatten

sie denn gemeinsam? Worüber konnten sie reden? Instinktiv wollte sie ein höfliches aber festes Nein murmeln, aber in seinen Augen war ein Blick, der sie zögern ließ. Sie sah eine Spur von Schmerz darin, fast so etwas wie eine verzweifelte Bitte.
»Also gut. Werden Sie mich abholen, oder soll ich Sie irgendwo treffen?« Ihre Stimme klang ihr fremd.
»Ich könnte mich am Fluß mit Ihnen verabreden.«
Sie nickte ernst. »Ja. Das wäre besser, als hierher zu kommen.«

Im orangefarbenen Licht des Frühabends gingen sie langsam den Treidelpfad entlang, und die Sonne verwandelte die Pappeln in schlanke Säulen aus Messing. Lastkähne schwammen den Fluß hinauf, gezogen von stampfenden Pferden, während die Flußschiffer mit gekreuzten Beinen auf den schmalen Decks saßen, Brot und Zwiebeln aßen und Wein aus dunkelgrünen Flaschen tranken.
»Frankreich ist so ein wunderschönes Land, meinen Sie nicht auch, Major Mackendric?«
»Ja, sehr schön.«
»Und so geschichtsträchtig. Chartres ist so eine unverdorbene alte Stadt. Die Kathedrale stellt eins der besten Beispiele gotischer Architektur dar, die man finden könnte. Als ich ungefähr elf war, habe ich eine Leidenschaft für gotische Architektur entwickelt. Sie hat natürlich nicht angehalten, sie war eine dieser Entwicklungsstadien, aus denen man herauswächst, aber ich kann mich noch gut daran erinnern, als ich die stereoskopischen Ansichten von Chartres betrachtet habe. Wir hatten Tausende von stereoskopischen Bildern, von jedem Land auf der ganzen Welt, alle in Farbe... Ich glaube, die Ansichten von Chartres und der Kathedrale waren meine Lieblingsbilder vor allen anderen – die und die Ansichten von Japan, den Kirschbäumen und den Geishas. Aber Chartres habe ich besonders geliebt, und hier bin ich jetzt und lebe praktisch im Schatten der Kathedrale. Merkwürdig, nicht wahr?«
Sie redete zu viel und zu schnell. Lydia hatte ihr einmal erzählt, daß schnelles Durcheinanderreden eine Form von Hysterie war. Sie holte tief Atem, um sich selbst zu beruhigen. Der wortkarge Arzt verwirrte sie. Sie ahnte ein kompliziertes Innenleben bei ihm, das zu entwirren jenseits ihrer Möglichkeiten lag, und Tiefe in seinen Gedanken, die sie nicht fähig war, auszuloten. Er blieb einen Augenblick stehen, um sich eine kurze Shagpfeife anzuzünden. Sie bemerkte, daß die Hand mit dem Streichholz leicht zitterte. Das verwirrte sie nur noch mehr und löste ihr wieder die Zunge.
»Ich mag Ihren Bruder sehr. Er ist solch ein... solch ein gutaussehender Schotte!«

»Er ist in Wirklichkeit eher Engländer als Schotte, aber kann schon den Hochländer herauskehren, wenn ihm danach zumute ist. Dennis ist so eine Art Schauspieler.«

»Und, Himmel, die Streiche, die er uns spielt! Einmal hat er sein Fieberthermometer in den Tee gesteckt, und eins von den Mädchen, das es abgelesen hat, ist fast wahnsinnig vor Schreck geworden.«

»Ja«, bemerkte er trocken, »er ist schon ein Halunke.«

»Sie... Sie sind ein bißchen älter als er, nehme ich an.«

»Ich bin zweiunddreißig. Dennis ist zwanzig.«

»Und ich bin neunzehn.«

»Das ist ein sehr gutes Alter.«

»Aber ich fühle mich viel älter. Ich nehme an, es muß der Krieg sein. Sind Sie schon lange hier draußen, Major Mackendric?«

»Seit letztem Oktober... Zuerst in Ypern.«

»Was für eine fürchterliche Schlacht das gewesen sein muß. Und Sie sind einem Feldlazarett zugeteilt?«

»Ja.«

»Es muß sehr gefährlich sein, wenn man so nah an der Front ist.«

»Nur die Kanonen mit größerer Reichweite machen uns hin und wieder zu schaffen.« Er hielt inne und schaute sie an. »Wir wollen nicht darüber reden. Egal, wie still es ist, egal, wie scharf man hinhört, man kann die Kanonen hier nicht spüren. Wir wollen also den Krieg vergessen.«

»Worüber möchten Sie denn gern sprechen?«

»Ach, gutes Essen, Lastkähne und Treidelpferde. Ungefähr in dieser Reihenfolge.«

»Also dann das Essen«, sagte sie ein bißchen zu fröhlich. »Alles, was ich seit Wochen gegessen habe, ist Linsensuppe und so etwas Graues, Faseriges, das mit Rüben zusammen gekocht worden ist. Die Oberschwester sagt, es gibt in Chartres ein paar gute Restaurants.«

»So sagt man. Haben Sie Ihrer Oberschwester gesagt, daß ich Sie zum Abendessen ausführe?«

»Nein, natürlich nicht.«

»Warum natürlich nicht? Hätte sie etwas dagegen gehabt?

»Ich... ich weiß es nicht«, sagte sie aufgeregt. »Ich dachte nur, das geht niemand was an.«

Das war eine Lüge. Wenn Major Mackendric einer dieser schneidigen jungen Fliegeroffiziere mit den lustigen Augen gewesen wäre, die immer seinen Bruder besuchen kamen, dann hätte sie wahrscheinlich einer ganzen Menge Leute erzählt, daß sie zum Abendessen eingeladen war. Daß sie sich mit solch einem Mann anfreundete, das hätte man verstanden und beneidet. Aber das gleiche mit Major Mackendric war nicht so leicht zu erklären.

Es gab mehrere elegante Restaurants in der Stadt, und vor allen standen Stabswagen und geparkte Limousinen. Mackendric führte Alexandra zu einem Lokal, hinter dem ein Garten lag, der schräg zum Fluß hinunterführte. Unter den Bäumen im Garten gab es Tische, von den unteren Ästen hingen japanische Laternen, und ihre weichen Lichter glänzten gelb auf dem ruhigen Wasser der Eure. Er bestellte gebratene Ente, eine Flasche Montrachet und frisches Obst. Er aß wenig, stocherte in seinem Essen herum und sah zu, wie sie aß. Er trank etwas Wein, pickte abwesend in einer Schale Erdbeeren herum.
»Sie essen nicht sehr viel, nicht wahr, Major Mackendric?«
»Manchmal. Im Augenblick ziehe ich es vor, Sie anzusehen, und nicht die gebratene Ente. Es kommt immer darauf an, was man im Augenblick vorzieht. Sie sind eine bemerkenswert schöne junge Frau, Miß Greville. Sie sind so lebendig. Sind Sie immer so redselig?«
»Ja, man lastet mir normalerweise an, daß ich zuviel rede und daß ich zu schnell sprudele. Ich bin nicht so sicher, ob diese Eigenschaften bei einer Frau wünschenswert sind.«
»Aber das zeigt eine Liebe zum Leben, die ich fesselnd finde.«
Er hatte ein interessantes Gesicht, entschied sie; er war mit Sicherheit weit davon entfernt, gut auszusehen, oder wenigstens weit von dem entfernt, was sie für männliche Schönheit hielt. Er hatte das Gesicht eines Mannes, der viel gesehen und sehr viel durchgemacht hatte.
»Sind Sie immer Armee-Chirurg gewesen, Major Mackendric?«
»Nein. Ich bin ein Mitglied des Königlichen Chirurgenkollegs, und ich hatte in Liverpool eine Praxis. Ich hab' sie noch immer, nehme ich an.«
»Kommen Sie aus einer Medizinerfamilie?«
»Mein Onkel ist Professor der Anatomie in Edinburgh. Aber das ist auch alles. Mein Vater war Schiffbauer. Dennis zeigt keine Neigung zur Medizin oder zu irgend etwas anderem, das mit Studium verbunden ist, wenn man es genau ansieht.«
»Ich bin aber sicher, daß er ein guter Flieger ist.«
»Ich glaube kaum, daß ein guter Flieger in einen Baum fliegen würde. Dennis hat das Problem, daß er keine Geduld für nebensächliche Kleinigkeiten aufbringen kann, wie zum Beispiel Treibstoffanzeigen.«
Sie gingen am Fluß entlang zurück zum Hospital, die Lastkähne fuhren noch immer, und die Lichter in den Kabinen blinkten durch die Dunkelheit.
»Ich danke Ihnen sehr, Major Mackendric«, sagte Alexandra, als sie die Straße erreichten, die zum Schloß hinaufführte. »Ich habe die Mahlzeit gründlich genossen.«
»Und ich habe Ihre Gesellschaft genossen, gründlich.«
»Vielleicht können wir uns irgendwann einmal wieder treffen.«

Er trat dichter an sie heran und legte eine Hand auf ihren Oberarm. Seine Finger waren fest und sicher.
»Miß... Alexandra... ich halte es für richtig, immer offen zu den Menschen zu sein. Ich kenne keine andere Verhaltensweise. Von dem Augenblick an, als ich gesehen habe, wie Sie in dieser kathedralenhaften Eingangshalle Mullbinden aufwickelten, bin ich von Ihnen wie besessen gewesen. Ich konnte die ganze Nacht nicht schlafen, weil ich an Sie denken mußte, weil ich mir immer wieder Ihr Gesicht vorstellte.«
»Major Mackendric...«, sagte Alexandra stockend. »Ich bin sicher, ich...«
Weiß Gott, sie war schon vorher geküßt worden, sehr oft sogar. Das letztemal war es ein herzhafter Kuß auf die Wange gewesen, von Sir Carveth Saunders, auf dem Bahnsteig im Victoria-Bahnhof, an dem Morgen, an dem sie von London nach Frankreich abgefahren war. Dieser Kuß war entschieden zu brüderlich gewesen, hatte sie damals gedacht, wenn man die Tatsache betrachtete, daß sie praktisch einer Verlobung mit diesem Mann zugestimmt hätte. Aber an der Art, wie sie jetzt geküßt wurde, war nichts Brüderliches. Major Robin Mackendrics Lippen lagen fest auf den ihren, und die Hand, die auf ihrem Arm gelegen hatte, war jetzt auf ihrem Rücken, und er preßte sie an sich. Sie spürte deutlich seinen Körper, aber sie versuchte nicht, sich von ihm loszumachen. Eine Wärme, die sie nie zuvor gefühlt hatte, rollte durch ihre Adern, und sie fühlte sich zittrig. Ihre Lippen, die starr und unnachgiebig gewesen waren, teilten sich leicht und blieben auch ein paar Sekunden später noch geöffnet, nachdem er sie losgelassen hatte.
»Ich reise morgen früh nach Paris ab. Wollen Sie mit mir kommen?«
»Unmöglich«, sagte sie schwach. »Sie müssen verrückt sein, Major Mackendric.«
Er neigte leicht den Kopf und küßte ihre Kehle. »Verrückt wie ein Märzhase. Also gut, dann nicht morgen früh. Warten Sie einen Tag. Kommen Sie am Freitag, nehmen Sie den Zug, der mittags losfährt. Ich treffe Sie am Bahnhof Montparnasse. Und am Sonntag können Sie den Abendzug zurück nehmen.«
Sie versuchte zu lachen, aber nur ein merkwürdiger, rauher Ton kam heraus.
»Wirklich, das ist ganz unmöglich, Major... wirklich...«
»Dr. Jary hat es hin und wieder gern, wenn Urlaub genommen wird. Er hat es mir gesagt. Zuviel Arbeit ist nicht gut. Ich stimme ihm da mit ganzem Herzen zu.« Er berührte wieder ihren Arm, preßte ihn kurz und mit starren Fingern. »Ich bitte Sie nur, daß Sie darüber nachdenken. Wollen Sie das tun?« ›Seine Augen brannten vor Wollust‹... Diese Zeile hatte sie in einem Roman gelesen, und jetzt schwirrte ihr dieser Satz wild im

Kopf herum, während sie Major Mackendric anstarrte. Aber sie sah kein wollüstiges Brennen in seinen Augen, nur den Schmerz, den sie schon vorher bemerkt hatte.
»Ich... ich will drüber nachdenken.«
Er ließ zögernd ihren Arm los. »Danke, Alexandra. Den Mittagszug am Freitag. Ich bin am Bahnhof Montparnasse, wenn er ankommt. Ich hoffe sehr, daß Sie drin sein werden.«

Der Zug schaffte die achtzig Kilometer bis Paris in weniger als drei Stunden, aber Alexandra kam es wie eine endlose Reise vor. Sie fühlte sich fiebrig, und ihr Kopf war ganz leicht. Der Zug hatte einen mehrminütigen, unplanmäßigen Aufenthalt in Rambouillet, und sie dachte schon daran, fluchtartig das Abteil zu verlassen, aber sie wurde so behindert durch die französischen Landser, die vom Fronturlaub zurückkamen und den Gang verstopften, die überall, schwer beladen mit Gepäck, Gewehren und Mänteln, herumstanden oder saßen, daß es unmöglich war, schnell an ihnen vorbeizukommen. So blieb sie also im Zug, fühlte sich immer schlechter, und ihr Herz hämmerte, und die Kehle war ihr eng. Ratatam... ratatam... Die Räder stampften über die Schienen, der Zug kam immer näher an Paris heran, immer näher an Major Robin Mackendric, dessen Bild in ihren Gedanken immer aufs neue widerstreitende Gefühle auslöste.

Sie hatte so unauffällig wie möglich versucht, alles, was sie konnte, über ihn herauszufinden. Sie hatte seinem Bruder verschlüsselte Fragen gestellt und Antworten bekommen, die sie nur noch in tiefere Verwirrung und in größere Zweifel stürzten.
»Robbie und ich, wir haben uns nie sehr nahegestanden, zuviel Altersunterschied dafür. Er war auf der Universität, als ich noch zur Grundschule ging... Mehr wie ein Onkel als ein Bruder. Aber nachdem er verheiratet war...«
»Verheiratet?«
»O ja«, hatte Dennis Mackendric gesagt. Er hatte den Unterton schmerzlicher Überraschung in ihrer Stimme überhaupt nicht bemerkt. »Das arme Schwein. Die Tochter von 'nem verdammten Edelmann, denkt nicht allzu freundlich über Robbies Ansichten in bezug auf Medizin. Hat es gar nicht gern gesehen, daß er unten in Liverpool in einem Wohlfahrtskrankenhaus gearbeitet hat, nicht ein bißchen. Ich war damals auch in Liverpool, wurde aus meiner Schule rausgeschmissen und hatte mir gedacht, ich haue ab und gehe zur See. Der alte Robbie hat mich dann unter seine Fittiche genommen und versucht, mir etwas Verstand einzubläuen. Wollte, daß ich wieder zur Schule gehe und mal probiere, die Universität

zu schaffen. Aber sein Gemeckere war mir damals über, deshalb hab' ich mich dünngemacht und bin nach Glasgow gegangen, und da hab' ich es dann geschafft. Sie hatten dort einen Fliegerclub, dem ich beigetreten bin, also war's keine totale Verschwendung. Nein, ich werde nie Robbies Hirn haben, aber ich hab' mehr rohen Verstand. Ich werde nie irgendeine blaunasige, dünnlippige Frau aus Aberdeen heiraten, und ich werde es auch nie zulassen, daß dieser verdammte Krieg mich schafft.«

»Was soll denn das heißen?«

»Na, mein Bruder, der ist doch schon halb um die Ecke. Aufgedreht wie eine Stahlfeder, fast bis zum Zerreißen. Ich war im Mai in Ypern, mit der 16. Schwadron. Bin eines Tages vorbeigekommen, um Robbie zu besuchen, und da hat er ausgesehen wie 'ne aufgewärmte Leiche. Ich hab' ihm gesagt, er soll mal alles stehen- und liegenlassen und einen Monat nach Hause fahren. Aber nein, der dachte ja noch nicht mal dran. Hab' mir ausgerechnet, daß es vielleicht der Gedanke wäre, seine Zeit mit Cathrine zu verbringen...«

»Heißt sie so, seine Frau?«

»Ja. Katharina die Große. Aber nein, das war es nicht, es war die Tatsache, daß er dann seine Station verlassen mußte. Ich hab' gesagt, Mann, du bist doch nicht der einzige Knochensäger in Flandern, weißt du, aber er hat gesagt... Ach, verdammt, was hilft es denn! Robbie ist Robbie. Ich hab' mir sogar die Beine für ihn gebrochen, als Akt der Menschenliebe sozusagen, und dann bleibt er nur einen Tag und eine Nacht. Jeder normale Mensch würde doch probieren, soviel Zeit wie möglich dabei rauszuschlagen. Das wär' doch nur vernünftig. Und er tut keinem was Gutes damit, verdammt noch mal, wenn er eines Tages total überschnappt.«

Ratatam, ratatam, sangen die Räder auf den Schienen, die Pfeife schrillte, die Vororte von Paris zischten am Fenster vorbei, die verstreuten Felder und schmutzigen Häuser von Varves und Malakoff. Und dann kam die riesige, ausgedehnte Stadt selbst. Als Mädchen war sie viele Male in Paris gewesen... um mit Mama den Louvre zu besichtigen, das Luxembourg und die Läden in der Rue St-Honoré. Jetzt kam sie allein nach Paris, um sich mit einem Mann zu treffen, einem verheirateten Mann, der dreizehn Jahre älter als sie selbst war! Ihr Mut sank, und eine feine Linie aus kalten Schweißperlchen bildete sich auf ihrer Oberlippe.

Sie fühlte sich wie eine Schlafwandlerin, als die Menge der Passagiere sie über den Bahnsteig mitnahm. Und dann sah sie ihn. Er stand mit dem Rücken gegen einen Verkaufsstand, während er angespannt den Strom der Menschen beobachtete, und sie wußte, als sie ihn anschaute, daß es richtig gewesen war, zu kommen. Was hätte er wohl getan, wenn sie nicht im Zug gewesen wäre? Wenn er dort gestanden hätte, bis der letzte Reisende den Bahnsteig verlassen hatte und nichts mehr zu sehen war als offene Abteiltüren und zusammengeknülltes Zeitungspapier, das im Wind herumflatterte?

»Guten Tag, Major Mackendric.«

Er hatte sie nicht kommen sehen. Er schaute sie erschreckt an, stieß dann einen erleichterten Seufzer aus und schob sich die Mütze auf dem Kopf zurück.

»Ich wünsche Ihnen auch einen sehr guten Tag. Ich hatte Sie schon fast aufgegeben.«

»Ich war ein bißchen eingeklemmt. Der Zug war schrecklich voll.«

»Ja, das habe ich gesehen.«

Sie trug eine blaßblaue Uniform mit einem kurzen, dunkelblauen Cape, das rote Besatzstücke hatte. Es war eins der Kleider, die bei Ferris für sie geschneidert worden waren. Sie sah darin aus wie eine Schauspielerin, die die Rolle einer Krankenschwester spielt.

»Wie hübsch Sie aussehen«, sagte er. »Darf ich Ihren Koffer tragen?«

Sie reichte ihm ihre kleine lederne Reisetasche. »Sind Sie etwas überrascht, daß ich gekommen bin?«

»Ja, ein bißchen. Aber es freut mich sehr.«

»Ich hatte es mir hin und her überlegt, aber dann hatte ich ein langes Gespräch mit Ihrem Bruder.«

»Aha. Und was hat Dennis Ihnen von mir erzählt?«

»Daß Sie verheiratet sind, unter anderem.«

Seine Augen hatten einen leeren Blick. »Ja, schon mehrere Jahre.«

»Dennis macht sich ziemliche Sorgen wegen Ihnen. Er hat das Gefühl, daß Sie... nun, daß Sie bald am Ende Ihrer Kraft sind, wie man so sagt. Das ist der Eindruck, den ich auch gehabt habe, als ich Sie kennenlernte. Ich habe bei Ihnen an einen Mann gedacht, der mit den Fingerspitzen an einer Klippe hängt.«

»Was für ein pittoreskes Bild.«

»Ich glaube, Sie sind einfach schrecklich einsam und brauchen Gesellschaft, jemanden, mit dem Sie sprechen können, jemanden, der viel mit Ihnen teilt.«

»In anderen Worten, einen Kumpel.«

»Ja, so etwas.«

»Das ist sehr freundlich von Ihnen.«

»Ach, es macht mir eigentlich überhaupt keine Mühe. Wir können bis Sonntag abend zusammensein, den Louvre besuchen, nach Versailles fahren. Und ich kann im CVJM wohnen.«

»Ja«, sagte er gedankenvoll, »ich nehme an, das könnten Sie.«

Auf dem ganzen Weg von Chartres bis hierher hatte sie auswendig gelernt, was sie sagen wollte, hatte ihren Text immer und immer wieder hergesagt und versucht, sich seine Antworten vorzustellen. Sie hatte eine flüchtigere Reaktion erwartet, mindestens Enttäuschung, möglicherweise auch Ärger. Seine milde Zustimmung warf sie ein bißchen aus der Balance. Ihr war leicht übel.

»Ist es schrecklich heiß? Oder habe ich Fieber?«

Er legte ihr eine Hand auf die Stirn, tastete dann nach ihrem Handgelenk, und seine Finger drückten sich sanft gegen ihren Puls.

»Ein bißchen schnell, aber Sie haben kein Fieber. Es ist sehr schwül heute... Gibt wahrscheinlich Regen.«

»Wenn ich vielleicht ein bißchen laufe, etwas frische Luft bekomme...«

Genau das richtige. Halten Sie sich an meinem Arm fest, wenn Sie sich auch nur im mindesten schwach fühlen. Sie brauchen ein kaltes Glas Chablis mit Soda. Ich kenne genau das richtige Lokal.«

Gottergeben folgte sie ihm, während sie sich leicht an seinem Arm festhielt. Er kam ihr größer vor, als sie ihn in Erinnerung hatte. Mit leicht hängenden Schultern. Chirurgenhaltung, wie die Oberschwester es nannte. Alle Ärzte schienen sie zu haben. Das kam davon, daß man sich jahrelang über irgendwelche Dinge beugte: über Bücher, Leichen, Patienten in Operationssälen. Seine Uniform hing ihm lose um die Figur, das Koppelschloß war nicht poliert, und der Schirm an seiner Mütze war leicht gerissen. Nur dem Namen nach ein Offizier, aber zwei englische Sergeants, die energisch den Boulevard Pasteur entlangschritten, grüßten ihn zackig und mit steifen Händen, und ihre Augen waren nicht auf sein Rangabzeichen fixiert, sondern auf die Schildchen des ärztlichen Korps.

In der Rue de Vaugirart gab es ein Straßencafé, grün gestrichene Eisentische und Stühle standen unter leuchtend gestreiften Sonnenschirmen. Das Lokal war überfüllt, aber drei junge Männer, die angeschmutzte weiße Jacken über ihren Hemden trugen, standen mit ihren Biergläsern und leeren Tellern auf.

»Nehmen Sie doch bitte unseren Tisch, Docteur«, sagte der eine in stokkendem Englisch.

»Merci.« Er sah ihnen nach, wie sie um die Tische herumgingen und sich in die Menge mischten. »Studenten. Hier um die Ecke, auf der Rue de Sèvres, gibt es ein erstklassiges Ausbildungskrankenhaus. Ich habe dort an einem Seminar teilgenommen. Ihr Doktor Jary hat es geleitet.«

»Wie interessant.«

»Er war Professor für Orthopädie. Das müßte im Frühjahr 1910 gewesen sein.«

Diese Bemerkung machte ihr schmerzhaft klar, wie groß der Altersunterschied zwischen ihnen war. Im Frühjahr 1910 war sie noch als rundliches Schulmädchen herumgelaufen, das mit lateinischen Verben kämpfte. Und er war damals Arzt und hatte an einem Seminar teilgenommen.

»Sind Sie damals auch in diesem Café gewesen?« fragte sie.

»O ja.«
»Das ist so, als ob man die Zeit zurückdreht, nicht wahr?«
Er beobachtete leidenschaftslos die Studenten. »Ein bißchen, aber eher so, als ob man es von der anderen Seite des Spiegels betrachtet.«
Der Chablis war kalt und moussierte leicht, und sie trank ihr Glas schnell.
»Es ist Wein, passen Sie auf«, warnte er.
»Das macht nichts. Eine bescheidene Menge Alkohol kann den Geist sehr aufmuntern. Das ist ein ziemlich alberner Spruch von meinem Bruder Charles. Mögen Sie Redensarten?«
»Nicht besonders.«
»Ich auch nicht.«
Sie rollte das kühle Glas zwischen ihren Handflächen hin und her. »Warum zögern Sie so sehr, Urlaub zu nehmen? Ihr Bruder hat Angst, daß Sie sich noch einmal totarbeiten.«
»Ich zögere, weil es an der Front viel mehr Verwundete gibt als Ärzte, die sich um sie kümmern können.«
»Kein einzelner ist unersetzlich, Major.«
»Ich doch.«
Ein Polizist, der am Café vorüberschlenderte, sagte ihnen, daß das Wohnheim des CVJM in der Rue Poliveau läge, in der Nähe des Gare d'Austerlitz.
»Ach du liebe Zeit«, sagte Alexandra. »Das ist aber ziemlich weit von hier, nicht wahr?«
»Ja«, sagte Major Mackendric. »Aber wir können ein Taxi nehmen.«
»Es ist jetzt so schön, ich dachte, wir könnten vielleicht spazierengehen. Macht es Ihnen schrecklich viel aus, meine Tasche zu tragen?«
»Überhaupt nicht. Sie ist nicht schwer.«
»Könnten wir zum Eiffelturm gehen?«
»Wenn Sie möchten.«
»Als ich noch ein Kind war, habe ich immer liebend gern von der Aussichtsplattform den Sonnenuntergang beobachtet. Sehen Sie, man ist durchaus in der Lage, die Zeit zurückzudrehen.«
Er war jedem Mann, den sie je kennengelernt hatte, so unähnlich, daß es überhaupt keinen Sinn hatte, irgendwelche Berührungspunkte zu suchen. Erstens versuchte er nicht, sie zu beeindrucken, erzählte ihr keine Geschichten von großen Taten, die auf einem Cricketfeld stattgefunden hatten, bei Pferderennen oder bei Ruderwettkämpfen gegen Cambridge oder Oxford, je nachdem. Und zweitens erzählte er keine komischen Geschichten, um sie zum Lachen zu bringen, zeigte ihr keine Zauberkunststücke und stellte keine Rätsel. Er war einfach... er selbst. Schweigsam, verschlossen und dennoch fähig, von Zeit zu Zeit aus seinen Gedanken

heraus das eine oder andere zu erzählen... Die Geschichte eines Gebäudes, oder wie die und die Straße, die sie überquerten, ihren Namen erhalten hatte. Er kannte Paris, wie ein Student die Stadt kannte, und er sprach fließend Französisch, aber mit einem fürchterlichen Akzent, über den die Franzosen lächelten. Er wußte eine ganze Menge über Architektur, Technik, Musik, Literatur und Botanik, und er berührte alle diese Themen, während sie langsam durch die Gärten des Champs de Mars gingen, vor und nach der Besichtigung des Eiffelturms. Als sie wieder herunterkamen, war es schon dunkel, und er führte sie zu einem Restaurant an der Seine in der Nähe des Pont de L'Alma.

»Über eins haben wir noch nicht gesprochen«, sagte sie und spießte eine Trüffel mit der Gabel auf. »Und das ist die Medizin. Man hat das Gefühl, daß Sie sich schämen, ein Arzt zu sein.«

»Ich schäme mich, daß meine Tätigkeit Grenzen hat. Ich schäme mich der Bürde, die die Menschheit uns während des letzten Jahres aufgeladen hat. Nein. Das ziehe ich zurück. Ich schäme mich nicht. Ich bin wütend.«

Ja, dachte sie, während sie sein Gesicht im Kerzenlicht über den Tisch hinüber betrachtete. Es war überhaupt kein Schmerz, den sie in seinem Blick entdeckt hatte, sondern Wut – tiefer, glühender Zorn.

»Sie essen aber nicht sehr viel, was?« sagte er.

Sie starrte ihm in die Augen. Einen Augenblick lang war die finstere Wut verschwunden. Sie erinnerte sich an ihre eigene Bemerkung, die sie ihm gegenüber in dem Restaurant am Fluß in Chartres gemacht hatte.

»Auge um Auge.« Sie schaute auf ihren Teller hinab. »Ich fühle mich plötzlich ein bißchen müde.«

»Dann wollen wir gehen. Ich rufe ein Taxi.«

»Ist das Taxi notwendig?«

»Herrgott, ja. Die Rue Poliveau ist meilenweit von hier entfernt, auf der anderen Seite von Paris.«

»Ich glaube nicht, daß ich im CVJM-Wohnheim wohnen möchte. Nein, das will ich überhaupt nicht. Ich... ich bin sicher, daß es viel schöner dort ist, wo Sie wohnen. Stimmt das?«

»Es ist... ein schönes, altes Hotel, ja.«

»Können wir dorthin zu Fuß gehen?«

»Ich glaube ja. Es liegt auf dem rechten Ufer, in der Rue Tronchet. Aber wollen Sie wirklich zu Fuß gehen? Sind Sie auch ganz sicher, daß Sie überhaupt dorthin wollen?«

Sie nickte und schaute auf. Sie begegnete seinem Blick und hielt ihm ohne Zucken stand. »Ja. Ganz sicher. Aber nicht im Taxi. Es hat etwas... etwas Schäbiges, wenn man in einem Taxi zu einem Rendezvous fährt.«

Sein Lächeln war dünn, fast traurig. »Es ist kein Rendezvous, wenn wir zusammen hingehen.«

Ihr Gesicht brannte, und sie wurde wütend, als sie es bemerkte. Sie haßte es, so ekelhaft jungfräulich zu erscheinen.
»Na gut, dann rufen Sie doch ein Taxi, wenn Sie es möchten.«
»Nein. Wir gehen. Wir machen einen gemütlichen, ordentlichen Spaziergang.«

Sie hatte keine Ahnung, was sie zu erwarten hatte. Jeder Roman, den sie je gelesen hatte, enthielt eine Verführungsszene, bei der mehrere Worte mit Pünktchen ausgespart waren. In der Schule hatte sie ihre Unkenntnis mit den anderen Mädchen geteilt. Einmal hatte sie in Grays Anatomie die Zeichnung eines Penis gesehen – ein röhrenähnliches Ding, das an einen abgezogenen Aal erinnerte. Sie hatte immer den Verdacht gehabt, daß Lydia Bescheid wußte, aber Lydia hatte ihr nie etwas gesagt außer: »Das wirst du schon noch herausfinden.« Jetzt war es soweit. Sie lag nackt in einem breiten Bett im vierten Stock eines Hotels, im Schatten der Madeleinenkirche. Nackt, verwundbar, ungeschützt vor den wilden Angriffen eines Mannes, der so nackt war wie sie selbst. Aber natürlich wurde sie nicht angegriffen, und das wußte sie genau in dem Augenblick, in dem sie zusammen das Zimmer betreten hatten. Er hatte sie nicht leidenschaftlich in die Arme gerissen, wie Elinor Glynn das beschrieben hatte, er hatte sie, nachdem die Tür geschlossen war, einfach angeschaut und gesagt: »Nun, dies ist mein Zimmer, und ich bin unendlich glücklich, daß du da bist.«
Seine Hand hatte sich langsam über ihren Körper bewegt, in der Dunkelheit, seine Finger streichelten ihre Kehle, streiften ganz zart über ihre Brust, ihren Bauch, ihre weichen Schenkel.
»Wie schön du bist, Alexandra«, sagte er leise. »Wie ein Wunder.«
Sie wollte ihm sagen, daß sie ihn liebte, weil er so sanft mit ihr war, aber die Worte wollten nicht kommen. Sie lehnte sich nur an ihn, berührte seinen Körper, zog ihn fest an sich.
»Ich tu' dir nicht weh«, flüsterte er.
Es war ihr gleich. Sie spürte kaum den scharfen Schmerz, als er in sie eindrang. Sie krallte ihre Finger in seinen Rücken und erstickte ihre wilden Atemzüge an seinen Schultern. Es war ein Schmerz, so seltsam und wunderbar, daß es ihr leichtfiel, ihn zu ertragen. Dann war es vorüber, und sie lagen schlaff, schwindelig nebeneinander. Die normale Wahrnehmungsfähigkeit kehrte zurück. Alexandra bemerkte einen Lichtfleck an der Decke, hörte das Trompeten der Autohupen, das von der Straße heraufklang. Ihre Hände streichelten Major Mackendrics langen Körper.
»Robbie«, murmelte sie. »Robbie.«
Der Gedanke, ihn verlassen zu müssen, erfüllte sie mit Angst. Am Sonntagmorgen kam die Welt ihr traurig vor, obwohl die Sonne das Zimmer

durchflutete. Sie wollte ihn nicht aus dem Bett lassen, sondern klammerte sich leidenschaftlich an ihn, und das seidene Nachthemd, das sie erst am Samstagnachmittag gekauft hatte, glitt ihr von der Schulter.

»Nimm mich mit.«

»Nein«, sagte er und küßte ihre Brust durch die Seide. »Das ist ganz unmöglich.«

»Warum ist es unmöglich?« fragte sie verständnislos. »Ich bin Schwester, ich kann an deiner Seite arbeiten.«

»Du bist Volontärin, du lockerst Kissen auf und wischst fiebrige Stirnen ab.«

»Und ich trage Bettpfannen aus, und ich kann mit dem Sterilisator umgehen. Ich wäre schon nützlich.« Sie küßte seine Stirn und ließ ihre Finger durch sein Haar gleiten. »Und es würde Nächte geben, die wir zusammen in irgendeinem hübschen Landgasthof verbringen.«

Er rückte von ihr fort und lehnte sich mit dem Rücken gegen das Kopfende des Bettes.

»In dieser Ecke gibt es keine hübschen Landgasthöfe. Da oben gibt es nichts als ausgebombte Dörfer, ausgebombte Wälder, ausgebombte Straßen. Und Truppen. Truppen sind überall, sie kommen herauf an die Front, und sie ziehen wieder zurück. Es gibt dort kein Privatleben, für niemanden. Nein, du wirst zurück nach Chartres fahren, und ich nehme den Nachtzug nach St-Aumer.« Er nahm ihr Gesicht in beide Hände, beugte sich nach vorn und küßte sie leise auf die Lippen. »Ich werde dich vermissen, Alex. Dies sind die wunderbarsten Tage meines Lebens gewesen. Wenn es zu schlimm wird, dann wird mich die Erinnerung an dich aufrechthalten.«

Es war vorbei. Sie hatte gewußt, daß es vorbeisein würde. Sie hatte es schlagartig begriffen, als sie am Samstag das Hotel für ein paar Stunden verlassen hatten. Sie war neben ihm gegangen mit einem einzigen Gefühl des Stolzes, sie hatte den Kopf zurückgeworfen und der Welt durch die Festigkeit ihres Schrittes verkündet, daß sie nicht länger Jungfrau war. Daß sie in einem kleinen, eleganten Geschäft auf dem Petit Champs das Nachthemd gekauft hatte, während Major Mackendric draußen geduldig wartete, das war nicht mehr als eine Geste gewesen, sie hatte einen Talisman haben wollen, mit dessen Zauberei aus Seide und Spitze sie ihn vielleicht an sich binden konnte. Aber als die Verkäuferin das zarte Kleidungsstück gefaltet und in eine Schachtel gelegt hatte, da wußte sie, daß ihr nur diese eine Nacht blieb, um es zu tragen, und daß sie sich am Sonntag trennen würden, wahrscheinlich für immer.

»Darf ich dir schreiben? Ich schreibe wunderbare Briefe.«

»Ich kann dich nicht davon abhalten, Alex, aber meinst du, es ist klug?«

Er nahm ihre beiden Hände und preßte sie sanft. »Alex, du bist eine schöne, leidenschaftliche neunzehnjährige Frau. Wenn du in Chartres aus dem Zug steigst, wirst du wahrscheinlich einem gutaussehenden, wohlerzogenen einundzwanzigjährigen Mann begegnen. Ihr werdet in einer Kirche heiraten und mich ganz vergessen. So sollte es auch sein. Du hast zwei Tage deines Lebens mit mir geteilt, und du würdest nie begreifen, wieviel mir das bedeutet hat. Ich sagte, daß niemand die Zeit zurückdrehen kann. Ich habe mich geirrt. Ein paar Stunden lang habe ich wieder in einer Zeit gelebt, in der es keine unendlichen Schrecken gab, und dafür werde ich dir immer dankbar sein.«

»Oh, Robbie«, flüsterte sie und küßte seine Hände. »Wir müssen uns wiedersehen.«

»Das wäre so gut wie unmöglich. Es wird vielleicht Monate dauern, ehe ich mir wieder ein paar Tage Urlaub nehmen kann.«

»Ach, zum Teufel mit diesem blöden Krieg! Vielleicht ist er doch morgen zu Ende.«

»Ja,« sagte er tonlos. »Vielleicht.«

Es war ihr unmöglich, Major Mackendric aus ihren Gedanken zu verbannen. Wenn Alexandra jemanden gehabt hätte, dem sie sich hätte anvertrauen können, jemanden, mit dem sie ihre Gedanken hätte teilen können, dann wäre es vielleicht halbwegs erträglich gewesen, aber es gab niemanden. Selbst ihre einzige Verbindung zu ihm war weggefallen. Dennis Mackendric wurde in das Lazarett Nummer elf in Rouen verlegt. Die Tage schleppten sich hin, und die Nächte wurden zu Ewigkeiten. Sie vergrub sich in ihre Arbeit, sie versuchte, das Bild Robin Mackendrics in Seifenwasser und Bergen von aufgerollten Bandagen zu ersäufen, aber das Lazarett war jetzt halb leer, ganze Stationen waren verödet, und das Personal war durch die Ankunft von sieben weiteren V.A.D.-Mädchen aus England und drei französischen Schwestern vergrößert worden. In dieser letzten Septemberwoche begann die große Offensive, die Briten stießen von Ypern nach Loos vor, und die Franzosen griffen in der Champagne mit fünfunddreißig Divisionen an.

»Es wird ein bißchen dauern, bis die Verwundeten zu uns durchsickern«, sagte Dr. Jary dem Pflegepersonal. »Von den Verbandplätzen bis zu den Frontlazaretten, dann zum Lazarett des Armeekorps und zuletzt zu den Hospitälern. Aber wir werden unseren Anteil schon kriegen, nur keine Angst.«

Sie nahm sich einfach Urlaub, reiste impulsiv ab. Sie nahm den Fünfuhrzug früh am Morgen nach Paris, und dann den Zug nach St-Aumer. Ein britischer Militärpolizist trat an sie heran, als sie den Zug verließ, und wollte ihre Papiere sehen. Sie trug den schweren Winterumhang, weil das Wetter schlecht geworden war, und sah einigermaßen wie eine Armee-

schwester aus. Der Mann warf kaum einen Blick auf ihre Ausweispapiere und reichte sie ihr zurück.
»Gehen Sie zum Hauptlazarett Nummer vierzehn, Schwester?«
»Nein, Nummer zwanzig, CCS, in der Nähe von Kemmel.«
Er pfiff leise durch die Zähne. »Sie sind schon mal da oben gewesen, wie?«
»Nein, genaugenommen nicht.«
»Na... wird vielleicht ein bißchen schwierig. Schrecklich dichter Verkehr auf den Straßen. Morgen früh fährt ein Verwundetentransport bis Bailleul, Sie könnten Ihr Glück aber auch beim Transportoffizier für die Verwundeten versuchen.« Er zeigte mit seinem Stab in Richtung der Stadt. »Er wohnt in der Rue Hericat. Kleines, weißgekälktes Steinhaus, Sie können es nicht verpassen.«
Die schmalen, schmutzigen Straßen waren verstopft von britischen Soldaten, die auf ihrem Weg von Calais an die Front hier durchmarschierten. Wie schweigende Ströme aus regendunklem Khaki gingen die Männer unter ihrem schweren Marschgepäck. Sie erinnerten Alexandra an Vieh, das müde durch eine Marktstadt trottet.
Der Konvoi bestand aus dreißig leeren Krankenwagen, die nach Flandern fahren sollten, und sechs davon waren mit »Kemmel CCS« markiert. Der Transportoffizier, ein älterer, hohlwangiger Captain, stellte ihr Recht, dort hinzufahren, nicht in Frage und stempelte ihre Papiere, ohne auch nur ein Wort zu ihr zu sagen. Der Krankenwagen, in den sie einstieg, roch nach Karbol, und der Fahrer, ein mürrischer untersetzter Mann aus Wales, verstärkte den widerlichen Geruch noch, indem er eine billige Zigarre nach der anderen rauchte.
Alexandra verspürte ein wachsendes Gefühl der Angst, ein Gefühl der Kälte, das sich in ihrem Magen festsetzte und immer deutlicher wurde, je näher sie den niedrigen, baumlosen Hügeln der Messinenkette kamen. Die Landschaft war grau, sumpfig und feucht. An diesem Abend konnte sie vom Scheitelpunkt eines Hügels aus die ferne Linie der Front sehen, Blitze und das Flackern von Flammen, und als sie in einem Dorf anhielten, um Tee zu trinken und kalte Cornedbeef-Sandwiches zu essen, konnte Alexandra das stetige Donnern der Artillerie hören. Sie waren nur noch ein paar Meilen von Kemmel entfernt, aber ein Offizier der Pioniere patschte über die schlammige Dorfstraße, um dem Fahrer zu sagen, daß die Straße nach Kemmel und Ypern am Morgen unter schwerem Granatenbeschuß gelegen hatte und daß sie bis Tagesanbruch unpassierbar war. Alexandra rollte sich in dem Krankenwagen zusammen; sie konnte nicht schlafen und horchte auf das Schnarchen des Mannes aus Wales und auf den grollenden Donner der Kanonen. Je weiter die Nacht vorrückte, desto niedergedrückter wurde sie.

Es war schon acht Uhr, als die Krankenwagen in das Gelände des CCS einfuhren. »Ich tu' meine Arbeit in einem Zelt«, hatte er ihr gesagt. Sie hatte sich vorgestellt, wie er unter dem weißen Sonnensegel stand, vielleicht in einem Wald oder auf einer Wiese. Was sie jetzt sah, waren lange Reihen von hölzernen Gebäuden mit dreckigen braunen Sackleinendächern, ein halber Morgen, bedeckt mit elenden Schuppen, die untereinander mit Brettern verbunden waren, die man über ein Meer aus Schlamm ausgelegt hatte. Hinter einem abgesackten Stacheldrahtzaun lagen die Überreste eines Obstgartens, ein paar Stümpfe von zerschmetterten Bäumen zwischen Explosionskratern. Eine Landschaft des Elends.
Eine hochgewachsene, scharfgesichtige englische Schwester beäugte sie kalt.
»V.A.D.? Was in aller Welt machen Sie denn hier?«
»Ich... ich möchte zu Major Mackendric. Er ist doch hier stationiert, nicht wahr, Schwester?«
Die ältere Krankenschwester studierte das verloren aussehende Mädchen, das vor ihrem Schreibtisch stand, und ihr Gesichtsausdruck wurde weicher. Sie stand auf, ihre gestärkte Uniform machte ein frisches, knisterndes Geräusch.
»Im Augenblick ist er bei einer Operation. Haben Sie schon gefrühstückt?«
»Nein, Schwester.«
»Na, dann kommen Sie mal mit. Ich bringe Sie ins Küchenzelt. Sind Sie mit dem Wagen von St-Aumer heraufgefahren, oder kommen Sie mit dem Zug?«
»Ich bin gefahren, Schwester.«
»Dann müssen Sie aber ganz am Ende Ihrer Kräfte sein. Dem werden wir mal mit einer guten Tasse Tee abhelfen. Ich nehme an, Sie sind mit dem Major befreundet?«
»Ja. Ich... ich habe seinen Bruder gepflegt.«
Ein winziges Lächeln zupfte an dem festen Mund der Frau. »Ach, Sie haben ihn gepflegt, was? Na, wirklich.«
Ein dünner, blondhaariger Offizier, der über seiner Uniform eine weiße Jacke trug, stieß vor dem Büro der Krankenschwester in dem schmalen Korridor fast mit ihnen zusammen.
»Hallo!« sagte der Arzt fröhlich und gaffte Alexandra an. »Was haben wir denn hier?«
»Eine Freundin vom Major«, sagte die Schwester.
»Oh, wirklich! Macks Freundin? Das setzt ja allem die Spitze auf! Sind Sie uns zugewiesen worden?«
»Sie ist vom V.A.D.«, sagte die Schwester. »Die Sorte kriegen wir nie, und das wissen Sie ganz genau, Captain.«

»Ja, Pech. Nichts als alte Feldwebel wie Sie.« Er küßte die Frau auf die Wange. »Passen Sie gut auf sie auf, Schwester, und sagen Sie ihr, daß Captain Ronald David Vale mit Abstand der netteste Kerl in der ganzen Armee ist.«
Sie nippte ihren Tee, sie hielt den Becher fest in beiden Händen, damit sie nichts verschüttete. In einer Meile Entfernung feuerte gerade eine Batterie von schweren britischen Kanonen, und die Salz- und Pfefferstreuer auf dem Eßtisch tanzten und rutschten bei jedem Geräusch. Der Krach zerrte an den Nerven, aber kein einziger von dem Dutzend Schwestern, Pflegern und Ärzten in dem langen Zelt schien sich irgendwie darum zu kümmern.
Und plötzlich saß Robin vor ihr. Seine Uniformjacke hatte er hastig zugeknöpft, seine Krawatte saß schief. Er faltete die Arme auf dem Tisch und schaute sie mit leicht verwundertem Ausdruck an.
»Was in aller Welt soll ich bloß mit dir machen, Alex?«
Sie starrte in ihren trüben Tee, sie traute sich nicht, ihn anzusehen. Sie war den Tränen nah.
»Ich geh' nicht wieder zurück.«
»Aber hier kannst du nicht bleiben. Das siehst du doch sicher ein.«
Sie schüttelte den Kopf wie ein störrisches Kind. »Ich werde mich nützlich machen.«
»Alle Schwestern hier sind ausgebildete Krankenschwestern, manche haben schon fünfzehn oder zwanzig Dienstjahre hinter sich. Selbst die Lernschwestern haben wenigstens ein Jahr Ausbildung in einem Lehrkrankenhaus. Hinter St-Aumer gibt es keine V.A.D.-Mädchen mehr, und es werden auch keine gebraucht. Du hast doch nicht die leichteste Vorstellung von dem, was wir hier tun.«
Sie setzte ihre Teetasse ab und schaute ihn zum erstenmal an. Ihre Sehnsucht nach ihm zeigte sich so deutlich in ihren Augen, daß sein fester Wille dahinschmolz.
»Ach, Alex...« Er reichte über den Tisch und berührte ihre Hand. »Du machst es mir so schwer.«
»Das will ich doch nicht, Robbie. Wirklich nicht. Aber teilweise ist es auch deine Schuld. Ich bin in so etwas wirklich nicht sehr erfahren. Vielleicht gibt es einzelne Mädchen, die mit einem Mann eine... eine Affäre haben und die dann alles einfach vergessen. Ich kann das nicht. Ich habe es sehr versucht. Glaub mir, Robbie, wirklich. Wenn du vielleicht weniger freundlich mit mir gewesen wärst... weniger sanft und zärtlich, dann hätte ich es gekonnt. Aber jetzt... jetzt...«
Er preßte ihr Handgelenk und wandte den Blick ab. Zwei Röntgengehilfen, die an einem nahen Tisch saßen, warfen ihnen Seitenblicke zu. Ein Feldlazarett war wie ein Dorf. Jeder wußte alles über jeden, und alles, was

man sicher wußte, war Futter für endloses Gerede. Die plötzliche Ankunft einer jungen, hübschen Hilfsschwester, so kurz nach dem Urlaub des Majors, die brachte das ganze Lazarett zum Tuscheln. Wenn Alexandra jetzt im Küchenzelt in Tränen ausbrach, dann würde das genug Gerede für den ganzen Monat abgeben.

»Weine nicht«, sagte er fest. »Bitte, nicht weinen.«

»Tu' ich ja nicht. Ich bin nur so glücklich, daß ich dich wiedersehe, und ich möchte so gern bleiben. Ich weiß, ich kann mich nützlich machen, ich weiß es einfach... Und du wirst dich in keiner Weise meinetwegen schämen müssen.«

Er machte einem der Leute vom Küchendienst ein Handzeichen, damit er noch Tee brachte, nahm dann seine Pfeife heraus und stopfte sie. Seine Bewegungen waren sehr langsam und umständlich, er wollte sich Zeit zum Nachdenken nehmen.

»Es war nicht recht, Alexandra, daß ich mich in dich verliebt habe, und ich bedaure das, was geschehen ist. Sich in jemanden zu verlieben, mit einem geliebten Menschen zu schlafen... Das sind so zerbrechliche Gefühle, so zart und empfindlich. Jetzt ist kein Platz dafür. Es tut mir leid, daß du unglücklich gewesen bist. Ich hatte auch ein paar schlimme Augenblicke. Ich glaube, ich bin wie du. Ich kann auch nicht ein Liebesverhältnis anfangen und dann einfach fortgehen und alles vergessen. Ich wünschte, ich könnte es. Es wäre dann soviel einfacher, Lebewohl zu sagen.«

»Ich kann dir nicht Lebewohl sagen, Robbie.«

»Aber du mußt. Wir haben eine winzige Zeitspanne miteinander verbracht, und sie kann nicht zu mehr vergrößert oder ausgeweitet werden. Nur einen Augenblick. Nicht mehr. Du wirst noch viele Augenblicke haben, Alex. Du hast ja dein ganzes Leben noch vor dir.«

»Darüber kann ich nicht nachdenken, Robbie. Ich kann mir die Zukunft nicht vorstellen. Ich bin bei dir, und das ist alles, was mir im Augenblick wichtig scheint. Zum erstenmal seit vielen, vielen Tagen kann ich jetzt mein Herz sprechen lassen.«

»Schau, Alexandra, sei vernünftig. Du sagst, daß du nützlich sein willst...«

»Für dich, Robbie, ja... Ja, für dich.«

»Und du hast irgend so eine romantische Idee, neben mir als Arzt die Krankenschwester zu spielen. In Chartres, da hat mich deine Phantasie gefesselt. Aber hier ist alles ganz anders. Hier gibt es keine Kopfkissen zum Aufschütteln und keine Limonade, die zu verteilen ist. Wenn es dir ernst damit ist, Krankenschwester zu werden, dann tritt in das Armeeschwesternkorps ein, und in zehn Monaten oder so hast du dich vielleicht qualifiziert, als Lernschwester hierhergeschickt zu werden. Es braucht seine Zeit, genau wie die Ausbildung zum Arzt, es ist ein täglicher Lernprozeß, der langsame Aufbau von Erfahrung, ein... ach du lieber Himmel, da kommt Vale.«

Captain Ronald David Vale kam auf ihren Tisch zu, streichelte mit einem Finger seinen Schnurrbart. Er zog sich einen hölzernen Stuhl heran, ohne ihre Einladung abzuwarten.

»Na, na, Major, Parsons verlangt Ihren Typ. Nummer sechs, jetzt gleich. Es ist der Gurkha-Sergeant. Gasbrand im rechten Bein.«

»Verdammt.«

»Jennie spricht gerade mit ihm auf Nepali, aber sie kommt nicht weiter, fürchte ich. Na, da kann man nichts machen, was? Wir müssen schnell Hackhack machen, oder der arme Kerl hat es hinter sich.«

Robin stand mit offensichtlichem Zögern auf. »Ich nehme an, Sie möchten offiziell vorgestellt werden, Vale?«

»Ja«, sagte er und grinste Alexandra an. »Wenn es Ihnen nichts ausmacht, alter Freund.«

»Alexandra Greville, Captain Vale. Captain Vale, Alexandra Greville.« Er klopfte seine Pfeife an einem Aschenbecher aus, der aus dem Mantel einer Granate bestand. »Es wird eine Stunde dauern. Führen Sie Miß Greville doch einmal herum, ja, Vale?«

»Ich bin entzückt, mein Lieber, wirklich entzückt.« Er nahm einen Schluck von Mackendrics Tee und zündete sich dann eine Zigarette an. »Komische Burschen, diese Gurkhas. Verdammt gute Kämpfer. Den Deutschen bricht bei denen der kalte Schweiß aus, aber wir haben unendlichen Ärger mit ihnen. Wollen lieber sterben, als sich amputieren zu lassen. Die glauben an die Wiedergeburt, sehen Sie. Kommen nicht klar mit dem Gedanken, daß sie mit einem fehlenden Körperteil in ihr nächstes Leben gehen. Hören Sie mal, Sie sehen aber toll aus, Mädchen. Es macht Ihnen doch nichts aus, daß ich das sage, oder?«

»Nein.« Er erinnerte sie an Carveth Saunders, nur, die Mayfair-Ausdrucksweise war nichts als eine Attrappe, nahm sie an.

»Haben Sie Lust, sich unseren Rummelplatz mal anzusehen?«

»Ja, gerne. Danke.«

»Ist im Augenblick eher ein bißchen leer. Wir haben den Laden heute morgen um sechs geräumt, und jetzt sind wir fertig für die nächste Lieferung. Fast wie auf dem alten Waterloo-Bahnhof. Die Kerlchen kommen und gehen.«

»Wohin?«

»Ach, mit dem Lazarettzug nach St-Aumer, Calais, Rouen – oder die Straße runter, zum Friedhof. Wir tun mehr als unser Bestes, aber wir verlieren schon eine ganze Menge.«

Das beständige Gefühl der Bestürzung kehrte zurück, als Captain Vale sie

durch die Stationen führte. Sie waren kalt und funktionell. Keine weiß gedeckten Betten, nur viele Reihen von Feldbetten, an deren Fußende säuberlich gefaltet braune Armeedecken lagen. Rollwagen, die hoch mit Bandagen, Flaschen von Tetanusserum, Spritzen und Morphiumkapseln beladen waren, standen neben jedem fünften Bett. Die Schwestern und die Sanitäter sahen Alexandra mit offener Neugier an.
»Das macht Ihre Uniform«, sagte Captain Vale. »Offenbar nicht die normale Dienstausgabe. Und die Sanitäter, die gaffen das an, was in der Uniform steckt.« Er öffnete eine Tür und ging vor ihr her über eine Planke. Sie führte an einem Feldsteingebäude vorüber, das vielleicht einmal ein Stall gewesen war.
»Da drin operieren wir, bringen die Jungs rein, bringen sie wieder raus... schneiden, schneiden, schneiden. Die Landser nennen es Flickheim; CCS Nummer fünfzehn in Neuve Eglise nennen sie Bandagendorf. Und das französische Hospital in Hazebrouk ist Krepierdorf. Die Landser haben eine komische Art von Humor.«
»Ist Major Mackendric hier der Leiter?«
»Aber ja doch, der oberste Medizinmann. Eigentlich wär' das der Posten für einen Oberst, aber heutzutage sind die Chirurgen dünn gesät. Wir haben sogar nach ein paar Yankees geschickt, die von Harvard zu uns herüberkommen sollen. Müßten jetzt jeden Tag hier sein, Gott segne unsere Kolonien.«
Eine Glocke läutete, vier laute Schläge... Pause... noch vier.
»Was ist denn das?«
Captain Vales Gesichtsausdruck verhärtete sich leicht, seine Lippen preßten sich schmal zusammen.
»Personalaufruf. Kriegen jetzt die Neuigkeiten von dem, was uns heute bevorsteht. Seit Sonnenaufgang ist wieder ganz eklig geschossen worden. Wird kein angenehmer Nachmittag, fürchte ich. Na ja, man kann eben nicht jeden Tag Sonnenschein und Blumen haben, was?«
Alexandra war am anderen Ende des Küchenzeltes, sie stand keinem im Weg. Ärzte, Operations- und Stationsschwestern, Krankenpfleger und verschiedene andere Assistenten standen in schweigenden Gruppen umher. Endlich kam Mackendric ins Zelt, er trug einen Chirurgenkittel über der Uniform.
»Also«, sagte er. »Die Brigade hat gerade angerufen. Die Einheiten Bedford und Suffolk waren heute morgen beim Weißen Laken dabei und sind zusammengeschossen worden. Die Hälfte ihrer Verwundeten sind jetzt auf dem Weg zu uns, drei- oder vierhundert, Sitzende und Tragen – Tragen überwiegend, nehme ich an. Sie sind übel mit Granaten beschossen worden, bereiten Sie sich also auf extreme Vielfachfälle vor. Die Krankenträger haben außerdem ungefähr dreißig Camerons gefunden, die seit

Mittwoch draußen im Stacheldraht gelegen hatten. Wir wissen, was wir bei denen zu erwarten haben, sorgen Sie also dafür, daß Chloroform zur Hand ist.« Er warf einen Blick auf die Uhr. »Sollten etwa um sechzehn Uhr ankommen, erledigen Sie also schon einmal Ihr Abendessen und bereiten Sie sich auf eine lange Nacht vor. Ich will, daß so viele wie möglich morgen bei Sonnenaufgang im Zug sind.«

Alexandra hatte gehofft, daß er Zeit finden würde, um wieder mit ihr zu sprechen, daß er vielleicht sogar mit ihr zu Abend aß. Aber obwohl sie im Lazarett herumwanderte, erwischte sie nie auch nur einen Blick von ihm. Die ältere Schwester, die sie an diesem Morgen kennengelernt hatte, trat an sie heran, als sie verlassen im Küchenzelt saß.

»Sie fühlen sich ein bißchen verloren, was?«

»Ja, ein bißchen.«

»Ja, das können wir doch nicht zulassen, wie? Hat man ihnen irgend etwas Nützliches beigebracht?«

»Ja«, sagte Alexandra und lebte auf. »Natürlich.«

»Können Sie einen Katheter einführen?«

»Nein...«, antwortete sie zögernd.

»Wenn ich Ihnen auftragen würde, einem Mann fünfhundert Einheiten Antitetanusserum zu injizieren, würden Sie wissen, wie man das macht? Oder wieviel Morphium Sie geben können, ohne ihn umzubringen? Oder könnten Sie eine Infusion verabreichen?«

»Nein... Ich...« Sie konnte fühlen, wie ihr Gesicht brannte. Die grauen Augen der Frau schienen sie zu durchbohren.

»Ich bin hier die Oberschwester«, fuhr die Frau nicht unfreundlich fort. »Major Mackendric hat mich gefragt, ob ich eine Möglichkeit wüßte, Sie zu beschäftigen. Ich fürchte, es gibt keine. Sie werden morgen nach St-Aumer zurückfahren müssen. Aber Sie sehen mir wie ein kräftiges, gesundes Mädchen aus, und ich kann mit Sicherheit heute nachmittag etwas Nützliches für Sie zu tun finden. In Kürze werden wir die Verwundeten aufnehmen, und Sie können den Sanitätern zur Hand gehen. Suchen Sie sich einen Kittel, den Sie über Ihre Uniform anziehen können, damit sie nicht dreckig wird. Sie können sich bei Korporal Hyde in der Aufnahme Nummer fünf melden; das ist das Gebäude dahinten, mit dem grünen Kreuz auf der Zeltplane. Wir hatten einen sehr netten Soldaten hier, der ein bißchen für uns gemalt hat, und dann stellte sich heraus, daß er ganz farbenblind war.«

Die Sanitäter waren angespannt, aber freundlich, sie boten ihr süßen Tee mit Milch und praktische Ratschläge an.

»Geschwindigkeit, das ist alles«, sagte Korporal Hyde, an dessen Unterlippe eine Zigarette klebte. »Wenn wir hier anfangen, dann läuft es wie am Fließband.«

»Welche Arbeiten sollen denn hier gemacht werden?«
»Wir müssen die Jungs mit möglichst wenig Dreck an die Schwestern weitergeben, damit die sie bearbeiten können. Die Jungs haben immer alle möglichen Lumpen und Fetzen auf ihren Wunden. Wir schneiden die alten Verbände ab und schmeißen sie in 'nen Eimer. Wenn Schlamm dran ist, waschen wir ihn mit grüner Seife und antiseptischen Flüssigkeiten ab. Drei Schwestern sind immer dabei, die geben den Jungs ATS-Schüsse und Morphium, und die Schwestern werden ganz schön sauer, wenn's nicht vorangeht. Schnell, aber gründlich, das ist das Motto hier, kapiert?«
Um zwei Uhr fünfundvierzig kamen die ersten Krankenwagen und Armeelastwagen die schlaglochverwüstete Straße heraufgeschwankt, die nach Wytschaete und an die Front führte. Zahnräder kreischten, und die Vehikel holperten auf das Gelände und reihten sich vor dem Aufnahmezelt auf. Sanitäter und Krankenträger rannten hinüber, um die Türen der Krankenwagen zu öffnen und um die Verwundeten von der Ladefläche der Lastwagen herunterzuholen, während weitere Krankenwagen, manche auch mit Pferden bespannt, die Straße heraufkamen.
Ein Geräusch lag in der Luft, das Alexandra mit nichts verbinden konnte, das sie je gehört hatte – ein murmelndes, stöhnendes, gedämpftes Heulen, das aus den schlammüberzogenen Vehikeln drang. Sie schaute zu den Schwestern hinüber, die neben zwei Verbandskarren standen. Ihre Gesichter waren leidenschaftslos, ihre Augen zeigten überhaupt keinen Ausdruck. Tragen und Sitzende. Diese Worte erklärten sich jetzt von selbst. »Tragen«, das waren die Männer, die von den Trägern liegend hineingebracht wurden, »Sitzende«, das waren Männer, die mit ein wenig Hilfe in der Lage waren, selbst ins Zelt hineinzustolpern. Alle brachten dieses Geräusch mit sich, ein beständiges Stöhnen, einen erstickten Schrei, tiefe, krampfhafte Schluchzer. Sie waren zwar alle auf den Verbandsplätzen hastig versorgt worden, man hatte ihnen Morphiumkapseln gegeben, aber die Wirkung der Droge ließ jetzt nach. Schmerz, der über alle Begriffe ging, packte viele, und sie schlugen auf ihren Bahren um sich oder klammerten sich kniend an die hölzernen Bänke, die sich an der Wand des Zeltes entlangzogen.
»Beeilung, Mädchen«, sagte eine der Schwestern mit gespannter Stimme.
Natürlich kannte Alexandra den Anblick von Verwundeten. Alle Blessés in Chartres waren schließlich verwundet worden, aber das war vor Wochen gewesen, ehe sie im Hôpital Croix Rouge Nummer sieben angekommen waren. Alexandra hatte sie nur als saubere, gut verbundene Männer gesehen, von denen viele wußten, daß weitere Operationen wahrscheinlich notwendig sein würden. Aber »weitere Operationen«, das hatte keinen Schrecken für sie. Gipsverbände und Bandagen mochten unbequem

sein, aber ihre Betten waren sauber, das Essen war gut, und es gab Blumen in den Stationen.
»Arterielle Blutung, Schwester!« rief ein Sanitäter.
Alexandra sah, wie ein Strom von Blut aus einem durchweichten Khakibündel auf einer Trage nach oben schoß. Die Schwester kniete sich schnell neben den stöhnenden Mann und klammerte die Blutung ab. Alexandra konnte nur starren, während mehr und mehr Männer in das große Zelt gebracht wurden. Entsetzen häufte sich auf Entsetzen: Ein Mann, dem die Augen fehlten, und dem man die leeren Augenhöhlen mit schmutziger Watte zugestopft hatte. Abgerissene Beine und Arme, deren Stümpfe mit blutverkrusteten Bandagen oder dreckigen Verbandspäckchen umwickelt waren. Ein Mann, der sich wand und schrie wie ein Tier in der Falle, die Hände auf einen Klumpen Eingeweide gepreßt, die ihm durch die Finger rutschten. Alexandras Beine zitterten, und Eiseskälte umklammerte ihren Kopf und ließ ihr die Haare zu Berge stehen.
Korporal Hyde drückte ihr eine Schere in die schlaffe Hand und flüsterte drängend: »Kommen Sie doch, Miß, stehen Sie hier nicht herum.«
Sie sank neben einer Trage auf die Knie; nicht freiwillig, denn ihre Beine gaben unter ihr nach. Sie starrte hinab auf eine schwarze, lehmige Bandage, die den Oberschenkel und die Hüfte des Mannes bedeckte. Unter dem aufgeschlitzten Hosenbein zeigte sich schmutziges, graues Fleisch. Als sie zögernd in die Bandage hineinschnitt, brüllte der Mann auf, fluchte, und versuchte sich hinzusetzen. Korporal Hyde drückte ihn hinunter.
»Schneiden Sie die Lumpen herunter, Miß!«
Sie schnitt. Ihre Hand zitterte so wild, daß sie fast die Schere fallenließ. Unter der Bandage lag ein blutiges Loch, aus dem Stückchen vom Hüftknochen herausstanden. Galle drängte sich ihr in die Kehle, und Alexandra biß die Zähne zusammen, um sich nicht zu übergeben. Die Säure brannte und würgte sie im Hals, als sie schluckte.
»Um Gottes willen, beeilt euch doch«, rief eine Schwester gehetzt aus. »Draußen staut sich ja schon alles.«
Übelkeit stieg Welle für Welle in ihr hoch. Ihr Unterkiefer schmerzte, und ihre Kehle brannte wie Feuer. Schweiß hing in kalten Perlen auf ihrem bleichen Gesicht. Es schien kein Ende zu nehmen mit den zuckenden, ächzenden, tierähnlichen Kreaturen, die von den Krankenträgern vor sie hingestellt wurden. Der Eimer mit den verschmutzten Bandagen, die sie abgeschnitten hatte, floß über, und ein neuer wurde schnell hingestellt – und dann noch einer und noch einer. Gesplitterte Knochenenden, offenliegende Darmschleifen, das rote Loch, wo ein Unterkiefer gesessen hatte – jeder Anblick schien noch schlimmer zu sein als der letzte. Der Alptraum wurde immer fürchterlicher.

»Cameron«, murmelte ein Sanitäter, als eine schlammverkrustete Gestalt von den Krankenträgern vor ihr niedergesetzt wurde. Der Sanitäter stellte eine dunkelbraune Flasche mit Chloroform und etwas Verbandwatte neben Alexandra auf den Boden. »Betäuben Sie ihn einfach.«
Es war ein Sergeant von den Camerons, die vier Tage zwischen den Stacheldrähten in einem Granatenloch gelegen hatte, vier Tage in der Sonne und im Regen. Auf seine Stirn hatte man mit Jod den Buchstaben T geschrieben. Soviel hatte man wenigstens auf dem Verbandplatz für ihn getan, er hatte Antitetanusserum bekommen, nicht mehr. Ein selbstangelegter Verband unter seiner rechten Achselhöhle beulte sich über der vereiterten Wunde, die darunterlag. Alexandra schnitt den Verband unter Schwierigkeiten ab; das angetrocknete Blut hielt die Kanten wie Teer auf der Haut fest. Gelbgrüner Eiter floß heraus, und dann kochte aus den fauligen Tiefen der vom Schrapnell aufgerissenen Höhlung etwas hervor, etwas Lebendiges, eine sich windende, zappelnde Kugel aus dicken weißen Maden, die an den Klingen der Schere hochkrabbelten, Alexandra über die Finger krochen und blind auf ihrer Hand zappelten.
Alexandra kreischte. Sie konnte nicht aufhören zu kreischen. Sie schrie noch, als sie auf die Füße stolperte und die Flasche mit Chloroform umtrat. Sie schrie noch immer, als sie würgend auf die Tür zustolperte. Eine Schwester packte sie am Arm und schlug ihr hart mit der Hand ins Gesicht... einmal... zweimal... mit steifen Fingern. Sie fühlte nichts, sah nichts, und versank in nebliger, tröstlicher Dunkelheit.

Es war friedlich, hinten im Krankenwagen. Um sie herum in der Finsternis lagen stille Gestalten, betäubt, ruhig wie der Tod. Sie zog sich den warmen Umhang bis unters Kinn. Irgend jemand rief ihren Namen, sie konnte es ganz, ganz leise hören... »Alex, Alex...« Es kam von da draußen, aus der tintenschwarzen Nacht. Sie blickte mit starren Augen zum Boden einer Trage empor, die über ihr in einer Halterung hing.
»Alex, Alex...«
Der Krankenwagen begann sich zu bewegen, quietschte und schaukelte langsam über das Gelände. Er brachte die Verwundeten fort. Ja, dachte sie dumpf. Brachte sie fort. Und sie war eine davon...

Drittes Buch

1

Lady Winifred Sutton ging langsam vom Sloane Square die Straße herauf; ihr Bedlington-Terrier zerrte nicht länger an der Leine, sondern trottete müde nebenher, mit halb geschlossenen Augen in Abwehr gegen den körnigen Schnee, der vom Straßenpflaster hochwirbelte. Es war ein klarer, aber kalter und stürmischer Morgen, und die kahlen Bäume am Cadogan Place schwankten im Wind. Winifred war schon zwei Stunden oder länger durch Chelsea und am Fluß entlanggewandert an diesem Dezembertag mit den arktischen Winden und der bleichen Sonne. Der Wind heulte in den Eisengittern, die den Streifen der Gärten am Rand der Sloane Street einschlossen. Heute waren keine Hausmädchen auf den Pfaden und schoben die Kinderwagen, einsam lagen die Bäume und das von Schneekörnern gepeitschte Gras.

Der Hund wurde wieder lebendig, er spürte die Nähe seines Zuhauses und sein Bett neben dem Küchenofen, aber Winifred näherte sich ihrem Heim mit dem üblichen Gefühl des Widerwillens. Sie haßte London, aber ihr Vater hatte Lulworth Manor für die Dauer des Krieges an das Rote Kreuz übergeben. Auf dem Land hatte das Leben immer weniger kompliziert geschienen. Winifred wußte, daß es ihrer Mutter dort besser gegangen wäre; sie wäre weniger hektisch gewesen, hätte sich eher mit der Endgültigkeit des Todes versöhnt. In London war der Krieg zu deutlich, auch in den Zeitungen mit ihren endlosen Schlachtberichten und Verlustlisten. Hier waren die Soldaten überall, und es gab die nicht allzu häufigen, aber entnervenden Zeppelin-Luftangriffe. Winifred sehnte sich nach den stillen Feldern, nach der geordneten Landschaft von Dorset.

Sie hatte gehofft, der »Gruppe« ihrer Mutter aus dem Weg gehen zu können, aber als sie die Stufen heraufkam, öffnete sich die Haustür, und da waren sie. Die Hälfte der Frauen verabschiedete sich sehr zögernd, waren noch immer völlig in Anspruch genommen, aufgedreht und laut und kreisten um die exotische Gestalt von Madame Nestorli, der »Prinzessin Perle«.

»Oh, Winifred«, sagte die Herzogin von Ascombe, die sich noch immer ihre tränengefüllten Augen mit einem Spitzentaschentuch betupfte. »Oh, mein Liebes, es war so wundervoll heute. Zu herrlich, als daß man es mit einfachen Worten ausdrücken könnte.«

Winifred drückte sich zur Seite und zog den Terrier dicht an ihren Fuß, damit die Damen nicht auf ihn traten, als sie die Treppe hinunterzugehen begannen. Der Butler der Familie Dexford eilte ihnen voraus, um den Wagen zu pfeifen, die am Straßenrand vor und hinter dem Haus geparkt waren. Endlich war nur noch Prinzessin Perle übrig, die in der Halle mit flüsterzarter Stimme auf Lady Dexford einsprach. Ein Dutzend goldene Armreifen klingelten, wenn sie zur Unterstreichung ihrer Worte die Hände bewegte, Worte, an denen Winifred in keiner Weise interessiert war. Sie wollte ungesehen an den beiden Frauen vorüber in ihr Zimmer gehen, aber Lady Mary blockierte den Weg zur Treppe, ihre vogelkrallenähnlichen Hände packten den Pelz am Mantel ihrer Tochter.

»Ich wünschte so sehr, daß du hiergewesen wärst, Winifred. Wir haben so einen wichtigen Durchbruch erreicht. Meine lieben Jungen waren beide im Zimmer, und Clarissas George hat den Buchstabenzeiger bewegt, um zu sagen, daß es ihm gutgeht.«

Winifred wandte den Blick von den glühenden Augen ihrer Mutter ab. Die Augen von Prinzessin Perle waren hart wie Steine. Das meistgesuchte Medium von London langte in eine perlenbesetzte Handtasche und entnahm ihr eine Zigarettenspitze aus Gold und eine Zigarette. Billige Sorte, bemerkte Winifred. Das Beschwören von Geistern für zwanzig Pfund pro Leiche hatte die Frau reich gemacht, aber sie hatte ihren plebejischen Geschmack nicht verloren.

»Wir waren erfolgreich, ja«, flüsterte Madame Nestorli mit ihrem seltsamen, schwierig zu definierenden Akzent. War er rumänisch? Oder griechisch? Walisisch vielleicht. »Aber nein, wir haben den Schleier noch nicht ganz durchbrochen. Wir haben die äußeren Regionen des Nichts noch nicht berührt.«

»Aber das werden wir, das werden wir!« rief Lady Dexford. »Ich weiß, du hast Vorurteile, Winifred, aber wenn du doch heute nur bei uns gewesen wärst!«

Winifred schaffte es, sich loszureißen, und lief die Treppe hinauf zum zweiten Stock. Der Terrier trollte sich den Korridor hinunter zur Küchentreppe, während er seine Leine hinter sich herschleifte.

Winifreds Schlafzimmer war ihr privates Refugium. Sie schloß die Tür und lehnte sich dann einen Moment dagegen. Zorn und Bitterkeit würgten sie, und es kostete sie einen Kampf, tief Atem zu holen. Ihre Mutter nahm an drei oder vier Séancen in der Woche teil, und die meisten davon fanden unten im mahagonigetäfelten Eßzimmer statt, einem Raum, den Madame Nestorli, die große Prinzessin Perle, für ungewöhnlich günstig befunden hatte, um ihren persönlichen Geist zu erreichen. Das war ihre Verbindung mit dem Reich der Toten, ein nubischer Prinz namens Ram, der genau tausend Jahre vor dem Tag der Geburt Christi in Theben leben-

dig in eine Mauer eingemauert worden war. Rams Stimme war der Stimme von Madame Nestorli erstaunlich ähnlich, aber niemand schien das auch nur im geringsten zu stören.
»Oh, lieber Gott! So ein Blödsinn.« Winifred zog ihren Mantel aus und warf ihn über eine Stuhllehne. Dann ließ sie sich auf ihr Bett fallen und starrte an die Decke. Ihre Wut wich langsam und machte einem dumpfen Mitleid mit ihrer Mutter Platz und mit all den anderen überdrehten Frauen, die so verzweifelt versuchten, ihre Lieben zurückzuholen. Zwei ihrer Brüder waren tot. Andrew war irgendwo in Frankreich begraben und Timothy im Familiengrab auf dem Friedhof Lulworth. Bis zu einem gewissen Maß konnte sie verstehen, daß ihre Mutter sich weigerte, Andrews Tod zu akzeptieren. Sie hatte ihn nicht sterben sehen und auch mit niemandem gesprochen, der dabeigewesen war. Ein kurzer Brief von seinem Oberst, das war der einzige Beweis, den sie hatte. Aber bei Timothy war es etwas anderes. Er war im Juni von einem Schrapnellsplitter in die Kehle getroffen worden und dann im September in einem Krankenhaus in London gestorben. Eine Weile hatte man ihn durch Gummischläuche am Leben erhalten. Aber – so Madame Nestorli – es war ja auch nicht der Körper, der eine Rolle spielte. Der Körper war nichts, er war nur eine einfache Hülle aus ganz gewöhnlicher Erde, die den flüchtigen Geist enthielt. Der Geist starb nie. Er löste sich einfach, wenn der Körper ihn freigab, und man konnte ihn aus der Ewigkeit zurücklocken, wenn man wußte, was man dabei zu tun hatte. Es war nur eine Frage von Zeit, Geduld, leidenschaftlichem Glauben – und Geld.
Es klopfte leise, dann öffnete sich die Tür einen Spalt und eins der Dienstmädchen schaute herein.
»Ich hab' Ihnen ein schönes warmes Bad einlaufen lassen, Mylady.«
»Danke, Daphne.«
Es gab nichts, was sie bei der Besessenheit ihrer Mutter unternehmen konnte. Lady Dexford war immer dem Mystischen zugeneigt gewesen, und der Krieg hatte diese Neigung noch verstärkt. Winifred lehnte sich in der warmen Wanne zurück und berührte mit seifigen Händen ihre schweren Brüste. Sie mochte ihren Körper. Lange sportliche Spaziergänge und eine völlige Abstinenz in bezug auf Süßigkeiten, Kuchen und Crèmespeisen hatte ihre Hüften, ihren Bauch und ihre Beine schlank und fest werden lassen. Nur die Brust ließ noch etwas zu wünschen übrig. Sie war so groß und rund und rosig. Vielleicht hätte Robert Herrick diesen Busen zauberhaft gefunden, dachte sie trocken, während ihr die Hymne des verliebten Poeten über die Brustwarzen seiner Julia einfiel.

Wie groß ist mein Entzücken, wenn ich seh'
die Rosen rot auf Rosen weiß wie Schnee.

Aber der große Busen war aus der Mode. Die Frauen machten ihn jetzt flacher, wegen der neuen Mode, die aus Paris kam. Winifred hatte es ungemütlich gefunden, die Brust einzubinden. Außerdem nützte es sowieso nicht viel.

Sie hatte sich abgetrocknet und schlüpfte gerade in ein seidenes Hauskleid, als Daphne an die Tür klopfte und sagte: »Oberst Wood-Lacy am Telefon, Mylady. Soll er zurückrufen?«

Sie zog das Kleid glatt und verknotete den Bindegürtel. »Sagen Sie ihm, daß ich... mich nicht wohl fühle und daß... ja, er kann in einer halben Stunde zurückrufen.«

Fenton in London. Sie hatte ihn nicht mehr gesehen, seit der Krieg angefangen hatte... fünfzehn Monate. Er hatte nie in England Fronturlaub gemacht, aber ihr Bruder John, der Freiwilliger in der Rifle-Brigade war, hatte ihr erzählt, daß nur wenige Berufssoldaten es geschafft hatten, nach England zurückzukommen. Es sei denn, sie wurden auf einer Bahre getragen. Aber Fenton hatte ihr hin und wieder geschrieben.

Sie saß am Frisiertisch und bürstete sich sinnend ihr Haar, weiche, braune Wellen, die ihre Schultern berührten. Der dünne Stapel seiner Briefe lag in der Frisiertischschublade. Es waren Briefe, die man der ganzen Familie vorlesen konnte. ›Informative‹ Briefe...

Heute sind wir zur Front vorgestoßen und haben Gräben übernommen, die noch vor kurzem von den Franzosen gehalten wurden. Furchtbar dreckig, fürchte ich, und der Stacheldraht ist in einem fürchterlichen Zustand der Vernachlässigung...

Das waren keine Liebesbriefe, und dennoch hatte Winifred sie so säuberlich aufbewahrt, als ob es doch welche wären. Sie fingen alle an mit »Liebe Winifred« und waren unterschrieben mit »Liebe Grüße, Fenton«. Wie Briefe von einem Onkel, der im Ausland reiste.

Fenton blickte in Pastellkreide und Kohle von der Wand auf sie herab, daneben hing ihr Porträt. Die Bilder waren schon vor so langer Zeit gemacht worden. Nicht nur zeitlich gesehen war das so, obwohl anderthalb Jahre eine lange Zeit waren. Sie war damals gerade achtzehn gewesen. Nein, es war fast ein anderes Zeitalter gewesen. Bei Mario, auf der King's Road, im Juli 1914. Maler und Schriftsteller, Schauspieler und Poeten, Weinflaschen und Kerzen... Das war jetzt alles vorbei. Schlagläden vor den Fenstern und Vorhängeschlösser an den Türen. Geschlossen von der Polizei, weil man den Verdacht hatte, daß sich dort Pazifisten und Radikale versammelten. Captain Fenton Wood-Lacy schaute sie an, in Zivil... Gestreifter Blazer, Strohhut in der rechten Hand. Jetzt war er Oberstleutnant Fenton Wood-Lacy, Träger der Tapferkeitsmedaille. Sie hatte von seinem neuen Rang und seiner Ordensverleihung in der Times gelesen. Man las immer die Listen – die Toten, die Verwundeten, die Vermißten – und die Beförderten. Oberstleutnant F. Wood-Lacy würde in einer halben Stunde zurückrufen. Worüber konnte man nur miteinander sprechen?

Seine Stimme war noch immer die gleiche, die sie von damals in Erinnerung hatte, tief, kehlig, klangvoll.

»Hallo, Winifred. Ich hoffe, ich mache dir mit meinem Anruf keine Ungelegenheiten.«

»Überhaupt nicht, Fenton. Wie schön, deine Stimme wieder zu hören.«

»Ich bin letzte Nacht angekommen... Wohne im Guards-Club.«

»Aha. Hast du deine Wohnung aufgegeben?«

»Ja, ist schon lange her. Hab' sie an einen Brigadegeneral im Kriegsministerium vermietet. Er ist jetzt Generalmajor, deshalb kann ich ihn wohl kaum aus der Wohnung rausschmeißen, was?«

»Nein«, sagte Winifred und zwang sich zu einem kleinen Lachen. »Kaum. Hast du einen langen Urlaub?«

»Ein paar Wochen.«

»Und dann wieder nach Frankreich?«

»Nein, nach Yorkshire.« Es entstand eine kleine Pause. »Ich dachte, wir könnten vielleicht zusammen Tee trinken... Natürlich nur, wenn du heute nachmittag frei bist.«

»Ja, gern.«

»Sollen wir sagen, vier Uhr dreißig?«

»Das würde gehen.«

Wie korrekt und anständig er war, dachte sie bitter, als sie den Hörer einhing. Die Ehre befahl es ihm, sie wenigstens zu besuchen. Schließlich hatte er ja in jenem längst vergangenen Juli den ersten Schritt im Ritual der Brautwerbung gemacht. Dieses Ritual war jetzt so uralt wie die Sarabande, einer der kleineren Verluste des Krieges, aber Fenton war zu sehr Gentleman, um das Ritual völlig zu ignorieren. Deshalb würde er sie zum Tee ausführen – nicht zum Abendessen und ins Theater und anschließend zum Tanz im Café Royal, sondern zum Tee! Eis und Gebäck und ein bedauerndes, onkelhaftes Händetätscheln.

Der Gardeclub war überfüllt, und für Fenton war es deprimierend, eine so große Anzahl von Männern zu sehen, die er nicht kannte. So viele seiner Freunde und Offizierskollegen waren verschwunden, daß er sich ungemütlich im Mittelpunkt fühlte, weil er noch immer lebte. Ein einzelner Überlebender einer schrecklichen Katastrophe, auf den man zeigte, über den man flüsterte: »Da geht Wood-Lacy, der letzte von denen, die 1908 in Sandhurst den Abschluß gemacht haben.«

Wohl kaum. An der Bar lief er endlich genug Kameraden in die Arme, um sich selbst zu versichern, daß seine Unsterblichkeit nicht einmalig war. Aber er fand ihre Unterhaltungen morbide. Alle teilten die gleichen Erfahrungen in so ziemlich den gleichen Orten zur gleichen Zeit – Rue du Bois und Festubert, Auchy und die trübseligen Anmärsche auf Loos. Ihre Worte rührten alten Schmerz wieder auf und zerrten an noch immer wunden Nerven.

»Muß weg«, sagte er und stürzte seinen Whisky hinunter, nachdem er auf die Uhr geschaut hatte. Er verließ energischen Schrittes den Club und ging dann die Pall Mall hinunter zum Taxistand auf dem St. James Square. Zerrissene Streifen aus grauen Wolken fegten über ihm dahin. Die strömenden Wolkenfetzen erinnerten ihn an Schrapnellexplosionen, und im Wind konnte er sein letztes Kommando sehen: Die Kompanie kämpfte sich über den kraterübersäten Boden, heulende Granaten und Maschinengewehrfeuer schlugen ihnen entgegen; der erste Zug warf sich nach vorn, wurde vom deutschen Stacheldraht aufgehalten. Dutzende von Männern hingen in den rostigen Dickichten, tagelang. Zerfetzte Hüllen, geschwärzte Klumpen, die sich gegen den Himmel abhoben...

Die Tür des Taxis schloß sich mit einem tröstlichen, blechernen Geräusch. Fenton Wood-Lacy war durch die soliden Wände des Austin vom Gegensperrfeuer abgeriegelt. Den ganzen Weg bis zum Cadogan Square saß er steif auf der Kante des Sitzes.

Der Krieg hatte sich in einer halben Million englischer Haushalte breitgemacht. Eine Lawine von Briefen oder Telegrammen, die von Toten oder Verwundeten, Vermißten oder Gefangenen berichteten, war durch Briefkastenschlitze geschoben worden. Auch das Haus Nummer vierundzwanzig Cadogan Square war so ein Haushalt. Zwei Söhne tot. Und die zwei noch lebenden Söhne waren wild darauf, nach Frankreich zu gehen und...

»... die verdammten Deutschen totzuschlagen«, bemerkte Lord Dexford erhitzt, während er Whisky in zwei Gläser schenkte. »Wahrhaftig, Fenton, das ist alles, woran John und Bramwell noch denken können, an die Front zu gehen und die Schweine umzubringen.«

Fenton hatte die beiden nie kennengelernt, aber sie waren wahrscheinlich wie Andrew und Timothy – leichtsinnig und tapfer. Die Söhne ihres Vaters. Er schaute an dem vierschrötigen, rotgesichtigen Mann vorbei. Ein Ganzbildnis von ihm hing an einer Wand der Bibliothek, es zeigte den jungen Marquis in Husarenuniform, und der Maler hatte diesen Blick voll Leidenschaft und Arroganz eingefangen, mit dem die Victorianer rücksichtslos auf die Kanonen zugaloppiert waren, »in den Rachen des Todes... in den Schlund der Hölle...«

»Es zahlt sich aus, in Frankreich vorsichtig zu sein«, sagte er ruhig. Wenn Lord Dexford ihn gehört hatte, dann schenkte er jedenfalls dieser Bemerkung keine Beachtung.
»Nur ein kleiner Spritzer Soda. Zu guter Whisky, um ihn zu verderben. Reiner Malz, mein Herr. Aus meiner eigenen Brennerei in Kinlochewe. Der ist nicht verschnitten mit neutralem Alkohol, mit dem ich noch nicht mal mein Pferd einreiben würde.« Er reichte Fenton das Glas und hob sein eigenes. »Auf Ihren Orden und Ihren Aufstieg im Rang. Ich denke, das bedeutet doch, daß Sie jetzt ein Bataillon kommandieren, was?«
»Ja, Sir. Eine von diesen Horden der neuen Armee. Ich soll sie ausbilden und im nächsten Frühling in Frankreich haben.«
»Als Teil welchen Regiments?«
»Der Green Howards.«
»Ich war bei den 11. Husaren, Prinz-Albert-Leibgarde... Waren immer die ersten, mein Sohn!«
Der Marquis schaute ihn eigentlich gar nicht richtig an, bemerkte Fenton, während der langsam seinen Whisky trank. Der Blick war starr und auf irgendeinen Punkt in der fernen Vergangenheit fixiert. Es waren die Augen eines Mannes, der das Glück hatte, seine eigene Brennerei zu besitzen. Er redete unaufhörlich, sprang unzusammenhängend von einem Thema zum anderen, bis Lady Dexford den Raum betrat. Dann setzte er sich hin und verfiel in dumpfes Schweigen.
»Hallo, mein lieber Fenton! Du edles Herz!« Sie kam auf ihn zu wie ein magerer Raubvogel. Ihre Hände hörten nie auf, sich zu bewegen, und lange Ketten aus Jade und Jettperlen schwangen von ihrer Kehle herab. »Unsere kleine Winifred wird gleich fertig sein, sie fummelt noch mit ihrem Haar herum, das arme Kind. Ich weiß gar nicht, was ich heute mit ihr machen soll... Wirklich, ich bin ganz verzweifelt. Ihre eigenen Brüder rufen aus dem schrecklichen Nichts zu uns herüber, möchten so gern nach Hause kommen, und sie will keinen einzigen Finger rühren, um ihnen zu helfen. Aber Sie verstehen das natürlich, da bin ich sicher.«
Mit wachsender Abneigung hörte er Lady Dexfords Gerede von der Geisterwelt zu, von sprechenden Brettern und Ram dem Nubier. Ihm tat Winifred leid, die mitten in solchen Gedankenverirrungen leben mußte. Winifred hatte immer unter dem Pantoffel ihrer Mutter gestanden, und ihre Weigerung, an diesem Unsinn teilzunehmen, würde mit Sicherheit Folgen nach sich ziehen. Fenton erwartete, daß eine graue Maus, ein halb geschlagenes Wesen in die Bibliothek kam. Er erkannte kaum die hochgewachsene, wunderschöne Frau, die jetzt erschien.
»Hallo, Fenton«, sagte sie.
Er konnte nichts anderes tun, als sie anzustarren, während sie zusammen auf dem Rücksitz eines Taxis nach Mayfair fuhren. Sie hatte sich drama-

tisch verändert. Er hatte sie – mit einem leisen Schamgefühl – als rührend eifriges Schulmädchen in Erinnerung, dessen Dankbarkeit fast beschämend gewesen war. Und dennoch, selbst damals war etwas an ihr gewesen, das ihn gereizt hatte. Es hatte ihm Spaß gemacht, mit ihr zusammenzusein, und auch jetzt hatte er das gleiche Gefühl der Vertrautheit.

»Warum starrst du mich so an?«

»Tut mir leid«, sagte er. »Ich hab' versucht, mir die Winifred in Erinnerung zu rufen, die ich kannte.«

»Hab' ich mich so sehr verändert?«

»Nun, du bist natürlich älter.«

»Du auch, genaugenommen.«

»Ja, ungefähr hundert Jahre älter.« Er wollte nicht grob erscheinen, deshalb wandte er absichtlich den Blick von ihr ab und starrte den Rücken des Fahrers an. »Du bist eine sehr schöne junge Frau, Winifred.«

»Danke, und du bist noch immer ein sehr...« Ein kaum merkliches Lächeln kräuselte ihre Lippen. »Ich wollte sagen, ein schöner Mann. Aber das ist kaum das richtige Wort, nicht wahr? Das Wort, das einen Oberst beschreibt, sollte ›distinguiert‹ sein. Ja, du bist sehr distinguiert.«

Sie schaute aus dem Seitenfenster. Es wurde dunkel, und Menschenmengen strömten aus dem Hydepark zur U-Bahn-Station am Piccadilly.

»Müssen wir unbedingt Tee trinken gehen?«

»Ist dir nicht nach Tee zumute?«

»Nicht besonders.«

»Was würdest du dann gern tun?«

»Ach, zu Madame Tussaud gehen. Ich wollte schon immer die Schrekkenskammer sehen... Sweeney Todd, wie er Kehlen durchschneidet, und Jack the Ripper. Vater wollte mich in diesen Teil des Wachsmuseums nie mitnehmen, aber in der Schule hatte ich eine Freundin, Rose Collins, die war schon mehrere Male da. Ihr Onkel hat sie immer mitgenommen.«

Sein Gehör war nicht so betäubt durch das Granatenfeuer, daß er Sarkasmus nicht entdecken konnte, wenn er ihn hörte. Er lehnte sich nach vorn und tippte ans Glas.

»Fahrer, halten Sie hier.«

Sie gingen schweigend am Piccadilly entlang, nicht, weil sie sich nichts zu sagen hatten, sondern weil der Wind aufgefrischt war und Eiskörner in ihre Gesichter schleuderte. Er nahm ihren Arm und führte sie in die Half Moon Street und in die warme, geräumige Eingangshalle des Hotels Torrington.

»Hat der Onkel deiner Freundin dem Kind jemals einen rosa Gin gekauft?«

»Möglicherweise«, sagte sie gedankenverloren. »Aber ich möchte es bezweifeln.«

»Darf ich dir denn einen kaufen, oder hemmt dich das im Wachstum?«
»Du bist böse, nicht wahr?«
»Meinst du nicht, daß ich ein Recht dazu habe?«
»Ja und nein. Um der Fairneß willen laß uns sagen, daß wir beide ein Recht dazu haben.«
Die Bar war überfüllt mit Offizieren und gutgekleideten Frauen. Es gab einen winzigen Tanzboden – jede Hotelbar hatte jetzt einen Tanzboden –, und eine Viermannband spielte einen neuen Rhythmus. Winifred warf den Frauen und einem wild herumspringenden kanadischen Leutnant einen steinernen Blick zu.
»Könntest du einen Platz finden, der ruhiger ist?«
Er führte sie die Treppe hinauf in den großen Salon, wo mehrere ruhige Paare bei Tee oder Cocktail saßen. Ein älterer Kellner in Livree führte sie an einen Tisch auf dem verglasten Balkon, von dem man einen schönen Blick auf den Green Park hatte. Fenton bestellte einen rosa Gin und einen Whisky mit Soda, und die Getränke wurden schnell auf einem silbernen Tablett gebracht.
»Du hast das Gefühl, daß ich dich bevormunde, nicht wahr?« fragte er.
»Nein«, sagte sie. »Ich glaube, daß du einfach nur nobel bist... Du tust das, was ehrenhaft ist. Ein weniger verständnisvoller Mann hätte mich überhaupt nicht besucht.« Sie nahm ein Schlückchen von ihrem Gin. »Schmeckt gut. Komisch. Wir beide, zusammen in der Öffentlichkeit, bei einem Drink. Vor anderthalb Jahren wäre das ganz undenkbar gewesen, aber tempora mutantur, und so weiter.«
»Ja, die Zeiten ändern sich, aber die menschlichen Gefühle nicht. Wenn ich dir weh getan habe, Winifred, dann tut es mir sehr leid.«
»Du hast nichts, für das du dich entschuldigen müßtest. Der Krieg hat unser aller Pläne geändert. Wenn Deutschland nicht in Belgien einmarschiert wäre, dann hätten wir wahrscheinlich jetzt schon längst geheiratet. Ich frage mich, ob wir wohl glücklich gewesen wären? Wahrscheinlich. Ich hätte einen gutaussehenden Mann, und du hättest... was? Warum hast du mich ausgewählt, Fenton? Liebe war es doch nicht. Selbst damals hatte ich diese Illusion nicht. Es war doch wohl eine finanzielle Überlegung, nehme ich an. Oder ist das eine Bemerkung, nach der ich nicht gefragt worden bin?«
»Nein. Du hast ein Recht darauf, es zu wissen. Stimmt, ich brauchte Geld, um im Regiment zu bleiben. Ich hatte die Wahl, entweder gut zu heiraten oder meine Kommission zurückzugeben. Dein Vater hat mein Motiv verstanden, und Andrew auch. Die beiden hatten das Gefühl, daß ich dir ein guter Mann sein würde. Das war auch meine Meinung. Und ich wäre dir ein guter Mann gewesen. Aber es war nicht nur das Geld... So kaltblütig war ich nicht. Wenn das der Fall gewesen wäre, dann hätte ich mir irgend-

eine Tochter eines Millionärs aus Sheffield ausgesucht, eine, die mich anhimmelte. Weiß Gott, es flatterten genug von dieser Sorte in den Ballsälen von Mayfair herum. Aber ich mochte dich, ich war gern mit dir zusammen. Auch jetzt.«
Sie drehte das schlanke Glas abwesend zwischen den Fingern.
»Was würdest du tun, wenn ich drauf bestünde, daß du deine Verpflichtung wenigstens so weit erfüllst, daß du um meine Hand anhältst?«
»Dann würde ich das natürlich tun.«
»Natürlich. Ich brauchte diese Frage wohl kaum zu stellen, oder?«
Sie stellte ihr Getränk auf den Tisch und schaute ihn an. Ihr Gesicht war ausdruckslos. »Manchmal habe ich Schwierigkeiten, mich daran zu erinnern, wie es damals im Sommer gewesen ist oder wie du gewesen bist. Wir sind jetzt anders, nicht wahr? Nicht nur körperlich. Ich will damit sagen, daß sich in unserem Leben zuviel abgespielt hat, als daß wir uns nicht hätten drastisch ändern müssen. Aber ich weiß noch, wie verliebt ich war, wie schwindlig ich mich fühlte. Ich wußte im Herzen, daß du mich kaum lieben würdest, aber ich sehnte mich so sehr danach, Ende Juli verlobt zu sein. Ich hatte das Gefühl, daß ich es meiner Mutter schuldete, wegen all der Mühe, mich unter die Haube zu bringen. Sie hatte mir eingeredet, daß alles meine Schuld war, weil Charles nicht vor mir auf die Knie gefallen war... daß ich irgendwie alles versaut hätte. Aber sie mußte auch nie mit Charles im Garten spazierengehen wie ich, mit der Gewißheit, daß er mich jedesmal, wenn er mich anschaute, mit Lydia Foxe verglich. Das war grausam. Mit Lydia konnte ich überhaupt nicht konkurrieren. Ich fühlte mich wie ein Trampel. Und dann, quasi aus dem Nichts, bist du in mein Leben geschlendert, mit einem Karton Pralinen unter dem Arm. Keiner hätte es so gut abpassen können.«
Fenton nahm einen herzhaften Schluck aus seinem Glas und wühlte dann in seiner Jackentasche nach einer Dose Zigaretten.
»Ich hoffe, es macht dir nichts aus, wenn ich rauche.«
»Überhaupt nichts.«
»Das Ganze hört sich an wie eine Geschichte über zwei unangenehme Fremde. Du bist eine außerordentlich schöne Frau. Du brauchst keine dankbaren Gefühle zu haben, wenn ein Mann dich anschaut.«
»Und du brauchst keine reiche Frau, um in der Armee zu bleiben. Die Tafel ist wieder sauber, Fenton. Es ist jetzt so, als ob wir uns zum erstenmal träfen.«
»Genau meine Gefühle. Was meinst du? Wir machen einen richtigen Abend daraus. Essen bei Romano oder im ersten Stock im Café Royal...«
Ihr Lächeln war nicht zu bemerken, während sie an ihrem Drink nippte.
»Hört sich gut an, aber mir ist wirklich nicht nach Feiern zumute. Wirst du lange in London bleiben?«

Er hatte plötzlich ein Gefühl der Enttäuschung, so, als ob sie ihn absichtlich geschnitten hätte. Wie tief mochte wohl ihre Abneigung gegen ihn sein? Er blies einen dünnen Strahl Zigarettenrauch aus dem Mundwinkel.

»Ich werde in den nächsten zwei Wochen immer mal wieder da sein. Am Wochenende fahre ich nach Abington hinunter. Darf ich dich nächste Woche anrufen?«

Sie schaute ihn an ohne das winzigste Anzeichen von Gefühl. Es war ein vorsichtiger, forschender Blick.

»Ja«, sagte sie mit einem leichten Nicken. »Wenn du das wirklich willst.«

Es war eine Öde in der Landschaft, die Fenton noch nie während all der vielen Winter gesehen hatte, die er in den North Downs und im Weald verbracht hatte. Eine Schäbigkeit, eine Vernachlässigung, die nicht nur dem Wetter zuzuschreiben war. Es mußte wohl das Fehlen von gesunden Männern sein, nahm er an, während der Zug langsam an einem vernachlässigten Dorf nach dem anderen vorbeirumpelte: Effingham und Horsley, Clandon, und Merrow. Dächer, die repariert werden mußten, Mauern, die nach Farbe dürsteten, ungeputzte Obstbäume. Der Zug wurde in Abbotswood Junction aufgehalten, damit ein Bataillon von Truppen der neuen Armee über die Schienen marschieren konnte. Die West Surreys, so bemerkte er, als er das Abzeichen mit dem Lamm und der Flagge auf der Mütze eines Offiziers erblickte. Der Offizier war grauhaarig und ritt sein Pferd wütend und mit gespanntem Körper, und im Geiste verfluchte er wohl die unordentliche Horde von Soldaten, die offensichtlich im Anfangsstadium ihrer Ausbildung standen und nicht über einen Schienenstrang rennen konnten, ohne sich gegenseitig anzurempeln oder über die Schwellen zu stolpern. Der Offizier der West Surreys sah nur tausend grüne Soldaten, die seinem alten, noblen Regiment aufgehalst worden waren. Fenton sah tausend Maurer, Anstreicher, Zimmerleute, Bauarbeiter, Gärtner, Metzger und Metzgerlehrlinge und Gott weiß was noch.

Charles hatte ihn vorgewarnt, daß es in Godalming vielleicht kein Taxi geben würde, und hatte ihm geraten, in Abington Pryory anzurufen, wenn sein Zug ankam. Es gab schon ein Taxi, wenn er eine Stunde darauf warten wollte, aber Mr. Pearson, der Brauer, fuhr mit sechs Fässern Ale auf seinem Fuhrwerk nach Abington hinein, und er bot Fenton an, ihn mitzunehmen.

»Als Sie noch 'n kleiner Junge waren«, sagte Mr. Pearson jovial. »Sie und der kleine Lord Amberley und Ihr Bruder, Gott hab ihn selig. Sie sind mir immer auf den Wagen gesprungen, wenn ich meine alten Zugpferde am Burgate-Hügel langsamer laufen ließ.«

Sommerfelder und Zugpferde. In der Erinnerung des alten Pearson noch ganz frisch. Für Fenton war das alles schon vergessen. Bei den eisernen Toren, an der meilenlangen Auffahrt zum Haus, stieg Fenton aus und ging den Rest des Weges zu Fuß. Er hatte sich den Seesack über die Schulter gehängt. Die Pryory sah so verwittert und öde aus wie alles andere, was er gesehen hatte, und das Haus lag im dumpfen Schein der Nachmittagssonne wie ein verlassenes Relikt. Das einstmals fein gepflegte Viereck des italienischen Gartens, den man hinter der unkrautüberwucherten Terrasse sehen konnte, war ein Durcheinander aus unbeschnittenen Zypressen. Die Ställe, das wußte er auch, ohne es zu sehen, würden leer sein. Die Pferde waren der Kavallerie übergeben worden. Sie hätten genausogut in ihren warmen, gemütlichen Ställen bleiben können, denn in Frankreich nützten sie keinem etwas.

Aber das Haus sah nur von fern unbewohnt aus. Am Ende der Einfahrt stand eine Anzahl geparkter Wagen, und als Coatsworth die Tür öffnete, war er in voller Livree.

»Nanu, Mr. Fenton, Sir, gut, Sie wiederzusehen.«

»Danke, Coatsworth. Bin ich in eine Party hineingeplatzt?«

»Nur ein paar Freunde Seiner Lordschaft. Für die nächste Zeit die letzte Zusammenkunft, Sir.« Er nahm Fentons Regenmantel und Seesack und flüsterte: »Nach Weihnachten wird die Pryory geschlossen, Sir. Wir ziehen alle in das Haus an der Park Lane. Da gibt es nur vierzig Zimmer, die sind viel einfacher in Ordnung zu halten.«

Nur vierzig Zimmer, dachte Fenton trocken, während er den Korridor hinunter zur Bibliothek ging. Nun, im Krieg, da mußte eben jeder Opfer bringen.

Die Kerzen in ihren silbernen Ständern spiegelten sich in der hochpolierten Oberfläche des langen Tisches wider. Der Krieg blieb säuberlich weggepackt, als Lord Stanmore das gebratene Lamm in Scheiben schnitt und Coatsworth den Wein entkorkte. Fenton kam es so vor, daß er nur einen Augenblick die Augen schließen mußte, und wenn er sie dann wieder öffnete, würde Roger mit Charles über die laufenden Trends in der modernen Poesie diskutieren und Alexandra über Kleider aus Paris plaudern oder über den Film, der im Augenblick im Kino in Guildford lief. Aber diese Zeit kam nicht zurück, gleichgültig, wie vertraut die Umgebung war. Roger war tot. Charles war verheiratet und Alexandra hatte den ganzen Abend ihren Mund nicht aufgetan, außer, um hallo zu sagen. Manche Dinge änderten sich allerdings nicht. Mr. Cavendish, der Freiherr von Dilton Hall und der zweitgrößte Landbesitzer in der Gegend, nährte noch immer seinen Groll gegen die Liberale Partei, obwohl Lydias Gegenwart ihn dazu brachte, seine Kommentare fast unhörbar zu murmeln.

Lydia Amberley. Fenton saß ihr gegenüber, und es war unmöglich, daß sich ihre Blicke nicht trafen. Was sah er dort? Eine Andeutung von Triumph? Eine verschleierte Selbstzufriedenheit? Vielleicht. Es war immer schwer zu sagen gewesen, was Lydia dachte. Als die Trinksprüche ausgebracht wurden, hatte er sein Glas auf sie erhoben, und sie hatte ihn angelächelt, als ob sie sagen wollte: »Sichst du, ich habe dir ja gesagt, daß ich es schaffen würde.« Die zukünftige Gräfin Stanmore. Es schien unglaublich, aber da saß sie, als ob sie in diese Rolle hineingeboren wäre. Und sie war fast übertrieben schön.

»So haben sich die Kämpfe also jetzt für den Winter gelegt, und ich möchte gern mal wissen, was wir dafür vorzuzeigen haben.« Brigadegeneral Sir Bertram Sturdee, schon längst pensioniert, klopfte mit dem Löffel an sein Weinglas. »1915, das ist nicht das Jahr, das ich einmal wiedersehen möchte.«

»Müssen wir über den Krieg reden, Bertram?« sagte Hanna.

»Er liegt jedem am Herzen, Hanna. Unterhaltungen, die sich nicht um den Krieg drehen, scheinen immer ein bißchen abzuschweifen. Und wo Fentons Tapferkeitsmedaille mir ins Gesicht starrt, kann ich meine Gedanken nicht ganz auf lokale Angelegenheiten konzentrieren.«

Hanna erhob sich majestätisch. »Sie können beim Portwein über den Krieg sprechen, soviel Sie wollen. Wir Damen ziehen es vor, davon verschont zu werden.«

Alexandra stand mit den anderen Frauen auf, ging dann an den Kopf des Tisches und küßte ihren Vater auf die Schläfe.

»Gute Nacht, Papa. Ich geh' zu Bett.«

»Bist du noch immer wetterfühlig?« fragte er.

»Ja«, sagte sie. »Ein bißchen.« Sie wandte sich zu Fenton um und legte ihm eine Hand auf die Schulter. »Gute Nacht, Fenton. Es ist so schön, dich wiederzusehen.«

Er berührte ihre Hand. Sie war kalt, und ihr Gesicht sah aus wie von Wachs.

»Fühlt sich Alexandra nicht wohl?« fragte er, nachdem die Frauen das Zimmer verlassen hatten.

»Ein Grippeanfall nach dem anderen«, sagte der Graf. »Hat sich in Frankreich eine Erkältung eingefangen und kann sie nicht loswerden.«

»Alex war in Frankreich?«

»Dachte, daß du das wüßtest. Ja. Ist mit dem Roten Kreuz rübergegangen, kam im Oktober ziemlich krank zurück.«

»Senf und Essig«, sagte Mr. Cavendish. »Dem Kind dick die Brust damit einreiben. In Flanell einpacken und im Bett halten. Wirkt Wunder.«

Brigadegeneral Sturdee zündete sich seine Zigarre an und wartete darauf, daß Coatsworth den Port ausschenkte.

»Sir John French ist also raus, und Sir Douglas Haig ist drin. Soweit die Politik des Hohen Kommandos. Du bist doch dieser Tage noch in Whitehall gewesen, Charles. Was für wilde Geschichten dringen denn durch die Wände des Kriegsministeriums?«

»Zu meinem Büro dringen nicht allzu viele durch«, erwiderte Charles, der finster sein Glas Portwein anstarrte. »Ich bin mehr oder weniger ein Botenjunge und hänge nicht an der inoffiziellen Leitung. Aber ich habe gehört, daß Haig im nächsten Jahr den Krieg durch einen riesigen Schlag im Spätsommer beenden will, oben in Ypern. Joffre würde es vorziehen, wenn unsere Offensive dichter bei den französischen Stützpunkten in der Champagne gestartet würde, vielleicht an der Somme entlang. So oder so wird es ein großer Vorstoß werden, und 1916 könnte das Siegesjahr werden.«

»Darauf wette ich keinen roten Heller«, sagte Fenton. »Die da oben im Hauptquartier fangen doch nur an, überschwenglich zu werden, weil sie sehen, wie all diese Bataillone der neuen Armee entstehen. Eine Million Männer unter Waffen. Die sind fasziniert von den Zahlen, aber das ändert die Formel nicht. Zehn Millionen Mann hätten in Loos über den Berg gehen können, und sie wären trotzdem vom Stacheldraht und von den Maschinengewehrschützen der Deutschen aufgehalten worden. Die deutsche Formel für die Verteidigung ist einfach und funktioniert wie ein Uhrwerk. Wir brauchen einen radikalen Wechsel in unserer Strategie, und Haig ist nicht der Mann dafür. Der glaubt, die einzige Funktion der Infanterie ist es, einen Pfad durch den Stacheldraht zu suchen und ein paar Löcher in das Grabensystem zu schlagen, so daß die Kavallerie hindurchkann und den Krieg mit Säbel und Lanze gewinnt. Das ist Irrsinn, und jeder Tommy weiß es.«

Mr. Cavendish räusperte sich laut. »Verdammt, Fenton. Das hört sich ja an, als ob wir schon geschlagen wären. Wie ein Artikel in einem dieser verdammten pazifistischen Pamphlete, die man immer auf den Bahnhöfen und auf der Straße findet. Ich bin ziemlich überrascht über Ihre Haltung, Sir.«

Sturdee kicherte leise. »Das gleiche hast du mir einmal auch gesagt, Tom, als ich aus Transvaal zurückkam. Ich sagte, Buller ist ein Esel, und du hast mir fast den Union Jack in den Hals gerammt.«

Lord Stanmore hustete diskret. »Wir wollen eine Flasche Whisky aufmachen und eine Partie Snooker spielen. Ich stimme meiner lieben Frau zu... Müssen wir wirklich über den Krieg sprechen?«

Der alte General ging langsam und steif neben Fenton zum Billardzimmer; die Burenkugel, die seine Karriere beendet hatte, lag noch immer tief in seiner rechten Hüfte eingebettet.

»Ihr Onkel war freundlich genug, sich die Zeit zu nehmen, um mir einen

Brief zu schreiben. Er ist verdammt stolz auf Sie, Fenton. Er sagt voraus, daß Sie noch vor dem Sommer eine Brigade kommandieren werden. Ich nehme an, Sie haben vor, in der Armee zu bleiben, eine Karriere daraus zu machen?«
»Mir fällt nichts anderes ein.«
»Sie haben alle Qualitäten, die man braucht, um eines Tages Feldmarschall zu werden. Das heißt, alle Qualitäten außer einer. Sie sind zu schnell mit Ihrer Meinung bei der Hand. Dadurch werden Sie mit Sicherheit die alten Hasen verärgern, und es gibt eine riesige Anzahl alter Hasen, die im Rang über Ihnen stehen. Glauben Sie mir, ich weiß Bescheid. Ich wäre als Generalmajor pensioniert worden anstatt als Brigadier, wenn ich über das Debakel bei der Überquerung des Tugela-Flusses weniger laut den Mund aufgemacht hätte. Wenn Sie es einem alten Mann erlauben wollen, ein altes Sprichwort zu zitieren... Achte drauf, mit wem du redest, mein lieber Junge... mit wem du redest.«
Um Mitternacht waren nur noch Fenton und Charles im Billardzimmer, und sie spielten beide sehr nachlässig. Fenton schenkte zwei Whisky ein und sah zu, wie Charles ein einfacher Stoß danebenging.
»Du hast nicht viel von Whitehall erzählt.«
Charles starrte auf die Spitze seines Billardstockes. »Ich bin eigentlich nicht in Whitehall; wir haben ein kleines eigenes Gebäude in der Old Pye Street. Haben gerade erst angefangen, deshalb weiß ich noch nicht ganz, wie alles aussehen wird. Wir sind eine komische Truppe, Offiziere und Unteroffiziere, technische Ingenieure und Chemiker von der Universität London, verrückte Wissenschaftler mit Wiener Akzent, ein ganzes Durcheinander von Exzentrikern, die mit anderen Exzentrikern und Verrückten reden. Seltsame Leute kommen zu uns mit wahnsinnigen Ideen, wie man den Krieg gewinnen kann – Todesstrahlen und solches Zeug.«
Fenton versenkte die blaue Kugel und spähte über den Tisch. »Übertreib nicht.«
»Na, sie sind ja auch mit ein paar guten Ideen herausgekommen: Helme aus Stahl, alle Truppen werden sie im Frühling haben. Eine wirklich anständige Gasmaske. Einen verbesserten Grabenmörser und stärkere Granaten, die immer funktionieren, deshalb nehme ich an, das Amt hat seine Existenz bis jetzt gerechtfertigt.«
»Klingt so, als ob es wirklich der Mühe wert wäre, da mitzuarbeiten.«
»Ist es auch, nehme ich an. In Gallipoli pflegten wir unsere eigenen Granaten zu machen, Marmeladenbüchsen, ausgestopft mit Schießbaumwolle, die wir von der Marine geklaut hatten. Eine von sechs ist tatsächlich explodiert. Nur... verdammt noch mal, ich hab' das Gefühl, ich sollte bei den Windsors sein. Das Regiment ist wieder in England, oder das, was davon übrig ist. Fünfundsiebzig Prozent Verluste, fast alle Offiziere ent-

weder tot oder im Krankenhaus. Ich sollte auf dem Exerzierplatz sein, ich sollte helfen, die neuen Bataillone auszubilden, und ich sollte nicht mit Bauern über ihre Erfahrungen mit Raupenschleppern reden. Irgendwo ist irgendeiner mit der blödsinnigen Idee angekommen, man müßte ein Schlachtschiff zu Lande bauen. So eine Art enormen gepanzerten Traktor mit Schützentürmchen, auf dem eine Marinekanone steht, und die eisernen Seiten starren nur so vor Maschinengewehren. Das muß ja ein Reinfall werden. Wir haben einfach nicht die Technologie, um so etwas Exotisches zu entwickeln, und selbst wenn wir es entwickelten, wir haben nicht die Generäle, die wüßten, was man mit dem verdammten Ding anfangen soll. Generäle hassen Maschinen, du weißt das ja auch. Wenn sie es nicht satteln können oder wenn sie es nicht in den Hintern treten können, dann wollen sie es auch nicht unter ihrem Kommando. Ich habe das deprimierende Gefühl, daß ich meine Energie einem zum Untergang geweihten Unternehmen zur Verfügung stelle.«

»Wenn du so stark dagegen bist, dann hättest du dich nicht freiwillig für die Stelle melden sollen.«

Charles verpatzte einen weiteren Schuß und sah ärgerlich zu, wie der Stoßball in ein Eckloch rollte.

»Ich bin direkt aus dem Krankenhaus geholt worden, ich sollte mich laut Befehl bei General Haldane melden, sobald ich ohne Krücken gehen konnte. Der hat mir gesagt, daß er mich bei NS fünf haben wollte. Dann hat er eine Menge technischer Zeitungen auf mich losgeschoben, und das war alles. Es ist natürlich nur eine befristete Angelegenheit. Wenn der ärztliche Dienst endlich soweit ist, mich wieder für den aktiven Dienst freizustellen, dann kann ich endlich aufhören, mit Bauern aus Hampshire zu reden und mir Filme über dreckige alte Traktoren anzusehen, die über dreckige alte Gräben krabbeln.«

»Na, wenigstens hast du eine schöne junge Frau, zu der du jede Nacht nach Hause gehen kannst. Überleg doch mal, mit wie viel du gesegnet bist.«

»Tu' ich«, sagte er ernst. »Ich fühle mich sogar schuldig, weil es so viel ist.«

»Erinner' mich dran, dir ein härenes Hemd zu schicken. Sei doch vernünftig, alter Junge. Ich habe dich beobachtet. Du hast doch ziemliche Schmerzen beim Gehen.«

»Alle Brüche sind gut zusammengewachsen«, verteidigte sich Charles.

»Vielleicht. Aber du wärst trotzdem verdammt nutzlos, wenn du stundenlang herummarschierst und Truppen ausbildest. Jeder Trottel kann das doch. Arbeite weiter an deinem Todesstrahl oder an deinem Landschlachtschiff, und denk dran, in Berlin sitzt ein Junge, genauso wie du, und versucht es schneller hinzukriegen.«

Er wurde völlig wach, ehe das erste blasse Tageslicht die Fenster in seinem Zimmer färbte. Das war die Macht der Gewohnheit, der Morgenappell in den Schützengräben, bei dem die Männer aufmerksam und gespannt waren und mit aufgesteckten Bajonetten darauf warteten, daß die Sonne sich hinter den deutschen Linien erhob. Ein Maschinengewehr oder zwei würde ein paar Kugeln feuern, eine Signalrakete mochte vielleicht in den dämmrigen Himmel hinaufzischen, man hörte ein bißchen Geknatter von Gewehrschüssen, wenn die Männer Bewegung im nebelverschleierten Niemandsland zwischen den Gürteln aus Stacheldraht spürten. Es war immer die Zeit der größten Anspannung. Dann kam der Tag, und kein Zeichen davon, daß die Deutschen herüberkamen. Die Männer würden sich aufstellen und auf das tröstende Geklapper der Teekannen horchen, die durch den Verbindungsgraben von den Küchenbullen in den hinteren Reihen herübergebracht wurden. Fentons Herz schlug schneller, und er fühlte sich verschwitzt unter den Daunen. Er setzte sich auf die Bettkante und zündete eine Zigarette an. Er fragte sich, ob er wohl jemals wieder die Dämmerung genießen würde, oder den Schlaf, genaugenommen. Seine Träume waren schlecht gewesen. Nichts Besonderes. Keine Gesichter, keine lebendigen Bilder des Krieges, nur Gefühle von Angst und rohem Schrecken. In seiner rechten Hand war ein Zittern, eine krampfartige Bewegung des Daumens. Er verfluchte die Hand leise, nahm die Zigarette in die linke Hand und klatschte mit der rechten fest gegen sein Bein. Er lebte in der Furcht, daß sein Körper ihn eines Tages verraten würde, daß er plötzlich anfangen würde, von oben bis unten zu zittern, daß er die Beine nicht mehr benutzen konnte oder daß er schreiend in die aufspritzende Erde des Sperrfeuers hineinstürzen würde, wie das sein Kompaniefeldwebel so unerwartet in Auchy gemacht hatte.

Die Köche hatten den Tee schon aufgesetzt und bereiteten das Frühstück für die Dienerschaft – es waren nur noch zwölf, wo einmal vierzig gewesen waren. Der Aufenthaltsraum für die Dienstboten war geschlossen worden, und die Leute saßen jetzt in der Küche, als Fenton eintrat. Man gab ihm ein ländliches Frühstück aus Eierkuchen, Rührei, Schinken und in der Pfanne geröstetem Brot, und Fenton hielt die Dienstboten in Atem mit den Geschichten, die die Zivilisten so gern über den Krieg hörten. Als er sein Frühstück beendet hatte, war von einem der Klingelbretter ein bimmelndes Geräusch zu hören, und eine kleine weiße Scheibe schnappte hoch. Sie zeigte, daß Lord Stanmore wach war und nach seinem Tee verlangte. Coatsworth seufzte und steckte seine Füße in ein Paar Filzpantoffeln.

»Ich werde Seiner Lordschaft mitteilen, daß Sie aufgestanden und angezogen sind, Sir. Er ist in letzter Zeit nicht ausgeritten, hatte einfach nicht das Herz dazu, glaube ich.«

»Ich hatte angenommen, daß die Pferde weg sind.«
»Das sind sie auch, Sir, außer Jupiter und einer der Stuten, Rose O'Fenn, die zu ihrer Zeit mal ein erstklassiger Springer war. Ist noch immer voller Pfeffer.«
»Ja, sagen Sie ihm, daß ich auf bin und daß ich ihn bei den Ställen treffe.«
Der alte Pferdepfleger war glücklich, Gesellschaft zu haben, und die Pferde warteten eifrig darauf, gesattelt zu werden. Sie tänzelten, stampften und schnaubten. Sie vermißten die Gesellschaft der anderen Pferde, da war Fenton fast sicher. Die Reihen der leeren, verschlossenen Boxen wirkten fast unheimlich. Die beiden Männer waren beinahe damit fertig, die Sattelgurte anzuziehen, als der Graf eilig zu ihnen hereinkam. Seine Jacke war erst halb zugeknöpft.
»Warum zum Teufel haben Sie mir denn nicht gesagt, daß Sie nicht lange schlafen wollten? Ich hab' gedacht, ein heimgekehrter Soldat liegt zu jeder Tages- und Nachtzeit im Bett.«
»Ich hatte eigentlich auch gehofft, daß ich lange schlafen könnte, um die Wahrheit zu sagen. Aber hier steh' ich. Gibt es irgend etwas Wichtiges über die Stute?«
»Sie geht auf fünfzehn Jahre zu, und sie hat ein empfindliches Maul.«
»Ich will sanft mit ihr umgehen, wenn sie mit mir Geduld hat. Seit anderthalb Jahren hab' ich nicht mehr auf einem Pferd gesessen.«
In der herrlichen Anstrengung des Rittes schien die Zeit sich selbst zurückzudrehen. Erinnerungen an die Vergangenheit tauchten wieder auf, lebendiggemacht durch das rhythmische Stampfen der Hufe auf dem frostigen Boden. Aber die Illusion verflog schnell. Es gab nichts, was sie erhalten konnte. Das Pferd war alt und in schlechter Verfassung. Der Graf war alt und verbittert. Sie ritten langsam und schweigend am Rand eines kahlen Waldes vorbei und dann einen verwilderten Pfad entlang, der nach Abington Pryory zurückführte. Als die Dächer des Hauses in Sicht kamen, zügelte der Graf sein Pferd und zündete sich eine Zigarette an.
»Ich geb' es auf, Fenton.« Er deutete mit seiner Zigarette auf das ferne Haus. »Ziehe nach London.«
»Ja. Coatsworth hat es mir erzählt.«
»Ich vermiete die ganze Sache an die Armee. Bin nicht sicher, was die damit machen werden – Offiziersschule, nehm' ich an. Nun, ich werde es nicht vermissen. Es ist ja jetzt nur noch ein Haus, siehst du. Und es ist nicht das Haus, das ich so sehr geliebt habe, sondern das Leben, das ich darin geführt habe. Dieses Leben ist vorbei, und alles, was ich übrigbehalte, ist ein verdammt großes Gebäude, das unmöglich zu unterhalten ist. Ich werde nicht hierher zurückkommen, bis der Krieg vorbei ist und ich die Ställe wieder besetzen kann. Vielleicht lege ich auch ein paar neue Gärten an und mache aus dem flachen Land in der Nähe vom Reiherforst

ein erstklassiges Polofeld.« Er rauchte einen Augenblick lang schweigend weiter und schaute mit starrem Blick über die Wiesen und die Nadelwälder, die sein Haus abschirmten. »Ich mach' mir was vor, Fenton. Eine Tür ist zugeknallt, und sie wird sich nie mehr öffnen.«
»Das ist Unsinn, Sir.«
»Nein, Fenton. Dies alles ist so tot wie das Mammut. Selbst wenn der Krieg morgen zu Ende ist, würde nichts jemals wieder genauso sein.«
Der Graf ging nach drinnen zum Frühstück, und Fenton spazierte langsam die Terrasse entlang, während er seine Reitgerte gegen den rechten Stiefel klatschte. Es war ein Fehler gewesen, nach Abington zu kommen. Eine einfache Macht der Gewohnheit oder vielleicht die Sehnsucht danach, etwas wiederzugewinnen, das unwiederbringlich vergangen war, das wußte er in seinem Herzen. Es hatte keinen Sinn gehabt, dem Grafen zu erzählen, daß die Aufgabe seines Hauses und seiner Lebensweise nicht der größte Verlust war, den man 1915 erleiden konnte. Der Graf hätte ohne Zweifel zugestimmt, aber er hätte es nicht wirklich geglaubt. Schließlich war es für ihn der größte Verlust, und es war ja auch nicht einfach, sich zweihunderttausend Gräber vorzustellen.
Die Tür zum Treibhaus öffnete sich und Charles eilte heraus. Er war in Uniform, über einer Schulter hing ein dicker Mantel, und er sah gehetzt und verärgert aus.
»Ich muß den Achtuhrvierzig nach Salisbury erwischen. Mein sogenannter Kommandeur hat gerade angerufen und mich nach Wiltshire abgeordnet, um irgendeinen Bauern zu besuchen, der einen großen verdammten Dampftraktor besitzt.«
»Einen was?«
»Dampftraktor! Der Kerl hat ihn vor dem Krieg in Kanada gekauft. Ich muß das blöde Ding beschlagnahmen und seine Verfrachtung nach Newbury veranlassen.«
»Willst du, daß ich mitkomme?«
»Nein. Fahr mich nur zum Bahnhof. Vaters jetziger Chauffeur kommt nicht aus dem Bett. Er ist sechsundsiebzig, es ist also kaum überraschend.«
Wenn Charles nicht da war, dann hatte es wahrscheinlich nicht viel Sinn, den Rest des Wochenendes dazubleiben. Fenton dachte sich verschiedene Entschuldigungen dafür aus, daß er wieder nach London gehen würde, während er den Rolls-Royce zurück zum Haus fuhr. Lydia und Hanna tranken Kaffee im Frühstückszimmer.
»Hat er seinen Zug gekriegt?« fragte Lydia.
»So gerade. Er hat mich drum gebeten, euch zu sagen, daß er irgendwann am Montagnachmittag zurück nach London kommt.« Er schaute umständlich auf die Uhr, damit es jeder sah. »Und wo wir gerade von London

sprechen, ich werde auf den Dreiuhrzweiundvierzig-Zug nach Charing Cross springen. Tut mir leid, daß mein Aufenthalt hier so kurz ist, aber ich hab' noch eine Unmenge Dinge zu erledigen. Als ich gesehen habe, wie Charles lossauste, bekam ich ein richtiges Schuldgefühl, weil ich den Krieg vernachlässige.«

Hanna nippte an ihrem Kaffee. »Wir haben dich gern hier, selbst für ein paar kurze Stunden.«

»Hat keinen Sinn, daß du den Zug nimmst«, sagte Lydia beiläufig. »Die Verspätungen sind grauenhaft. Aus dem Drei-Uhr-Zweiundvierzig wird wahrscheinlich im Endeffekt der Vier-Uhr-Fünfunddreißig werden, und du wirst gezwungenermaßen im Gang stehen. In einer Stunde fahre ich nach London.«

»Ja?« sagte Hanna.

»Ja. Ich habe gedacht, Charles hätte es dir schon erzählt. Der Dekorateur kommt heute nachmittag, um die Fenster auszumessen und die Muster zu bringen.« Sie warf über den Rand ihrer Tasse einen Blick zu Fenton hinüber. »Charles und ich, wir haben ein Haus in Bristol Mews gekauft. Ich stecke mitten darin, es neu einzurichten. Ein fürchterlicher Berg Arbeit, darf ich vielleicht dazu sagen.«

Und das war das. Er war dankbar dafür, daß er gehen konnte. Lydia auch. Sie traute sich nicht länger, einen deutschen Wagen zu fahren, aber ihr Napier Six war angemessen sportlich und stark. Sie fuhr den Wagen mit ihrer gewöhnlichen halsbrecherischen Geschwindigkeit und sagte nichts, bis das Haus weit hinter ihnen lag.

»Ich kann es nicht ertragen, ohne Charles dort zu sein.«

»Kein Dekorateur?«

»Das war eine kleine Lüge, aber ich brächte es nicht fertig, mit ihnen allein zu sein. Ich könnte es ertragen, wenn Alex auf den Beinen wäre, aber sie ist ans Bett gefesselt.«

»Was hat sie denn?«

»Die sagen, es wäre die Grippe, aber ich bin nicht so sicher. Irgend etwas ist passiert, als sie in Frankreich war, aber ich kann kein Wort aus ihr herauskriegen. Sehr komisch. Früher hat sie mich immer mit ihren persönlichen Geheimnissen überschüttet.«

Lydia konzentrierte sich auf die Straße. Es gab nur sehr wenig zivilen Verkehr, aber eine große Menge von Armeetransporten war unterwegs, die meisten davon pferdegezogen. Lydia fuhr langsam an den langen Kolonnen vorbei, um die Pferde nicht scheu zu machen.

»Ich finde, daß du auch ein bißchen komisch bist«, sagte sie. »Du hast nichts gesagt, nicht ein Wort.«

»Worüber?«

»Über Charles und mich.«

»Ihr scheint mir ein glückliches Paar zu sein. Was sollte ich denn dazu sagen?«
»Du hast nie gedacht, daß es passieren würde, also mußt du doch ein gewisses Maß an forschender Neugier haben.«
»Ich habe es aufgegeben, neugierig zu sein. Wegen allem, was heutzutage passiert. Ich hätte noch nicht einmal eine Augenbraue gehoben, wenn du den Prinzen von Wales geheiratet hättest.«
»Bitte spiel nicht Katz und Maus mit mir, Fenton. Dafür kennen wir uns schon zu lange.«
»Also gut, ich werde mich angemessen brüderlich benehmen. Bist du glücklich?«
Sie zögerte leicht. »Ja.«
»Liebst du ihn überhaupt?«
»Er liebt mich. Das ist das einzige, was zählt.«
»Hast du ihm diese Stelle bei NS fünf besorgt?«
Sie versteifte sich. »Warum fragst du das?«
»Weil ich weiß, wie die Armee funktioniert. General Haldane ist Pionier. Es müssen mit Sicherheit jede Menge Pionieroffiziere dagewesen sein, die mehr technische Ausbildung haben als Charles. Ich habe den Verdacht, daß du und Archie dabei ein paar Fäden gezogen habt.«
»Also gut. Ich habe mit ein paar Leuten geredet. Ist daran vielleicht etwas Falsches?«
»Nein. Ich hätte mit Freuden das gleiche getan. Charles ist das wahrscheinlich klar, aber er glaubt, daß er das nur macht, bis er wieder für den Dienst an der Front freigestellt wird. So funktioniert das gewöhnlich, oder gibt es etwas, was er noch nicht weiß?«
»Er steckt drin, solange der Krieg dauert«, sagte sie gleichmütig.
»Er wird es dir übelnehmen, wenn er es herausfindet.«
»Wie martialisch du dich anhörst. Er könnte ja vielleicht auch dankbar dafür sein, daß ihm die Schützengräben erspart bleiben.«
»Die meisten Männer wären das wohl, aber nicht Charles. Solange du mit ihm verheiratet bist, könntest du dir vielleicht die Mühe machen, seine Klasse zu verstehen.«
»Herrgott! Der Hochadel hat schon seine kleinen Eigenheiten, nicht wahr? Pflichtgefühl, Selbstaufgabe, hartnäckigen Widerstand gegenüber Veränderungen. Man fragt sich manchmal, ob die wohl mit heilen Krönchen aus diesem Krieg hervorgehen werden.«
»Ich nehme an, sie werden überleben«, sagte Fenton ruhig. »Sie haben immer überlebt.«
»Charles wird überleben. Das ist das einzige, was mir wichtig ist.«
»Mit heilem Krönchen?«
Sie schob eine lose Haarsträhne aus der Stirn und lächelte wehmütig.

»England wird immer England sein. Eines Tages liegt vielleicht alle Macht in den Händen eines ehemaligen Anwalts aus Liverpool, aber die Leute werden sich beim Anblick eines Krönchens verbeugen, ob es nun angelaufen ist oder nicht.«

Bristol Mews war eine kurze, ziegelsteingepflasterte Straße in der Nähe des Berkeley Square. Lydia parkte den Wagen vor einem schmalen dreistöckigen Haus, das während der Regierungszeit Georg des Zweiten gebaut worden war. Die Fensterbänke waren frisch weiß angestrichen worden, und die Schlagläden und die Haustür waren glänzend schwarz.

»Hübsches Haus«, sagte Fenton.

»Es ist auch drinnen ganz schön. Möchtest du etwas trinken?«

»Ich könnte einen Whisky brauchen, ja.«

In der Halle standen Anstreicherleitern, und ein starker Geruch nach Terpentin, Tapetenkleister und Sägespänen herrschte im ganzen unteren Stockwerk.

»Es braucht ewig«, sagte Lydia. »Es ist so schwierig, gute Arbeiter zu finden, und diejenigen, die man tatsächlich zusammenbringt, sind unerträglich unabhängig. In den oberen Stockwerken ist es ordentlicher.«

Sie ging Fenton voraus über eine sanft geschwungene Treppe zur Galerie im zweiten Stock. Dann führte sie ihn in ein großes Zimmer, das orientalisch möbliert war. Es gab dort schwarz und rot lackierte Schränke und Tische, einen riesigen chinesischen Wandschirm und niedrige Diwans, die mit blaßgrüner Seide bezogen waren.

»Gefällt es dir?«

»Ja«, sagte er nachdenklich. »Ein ziemlicher Unterschied zum Burgate House.«

»Daddy hat mir gesagt, ich soll Möbel von dort hierherschaffen, aber es gab ja nichts in dem alten Haus außer Sheraton und Hepplewhite. Ich wollte etwas anderes.«

»Sehr exotisch. Ich fühle mich hier fehl am Platze in meiner Khakiuniform.«

»Whisky und Soda stehen in dem Teakholzschrank. Bedien dich, während ich mich umziehe.«

Ein älteres Dienstmädchen kam herein, um das Feuer anzuzünden, während Fenton sich einen Whisky einschenkte. Kein neutraler Alkohol... Er mußte an Winifred denken. Er dachte noch immer an sie, als Lydia ins Zimmer zurückkam. Sie hatte ihr Reisekostüm aus schwerem Tweed durch ein fließendes seidenes Hauskleid in blauen und dunkelgrünen Tönen ersetzt. Ja, dachte er, es war grausam von Charles gewesen, Winifred mit Lydia zu vergleichen. Der Unterschied zwischen den beiden Frauen war jetzt nicht mehr so markant wie damals, aber Lydia hatte einen gewissen Chic, den Winifred sich nie aneignen konnte. Lydia schloß die Tür und ging zum Feuer hinüber, und das Glühen der Flammen legte einen schimmernden Kupferschein auf ihr loses Haar. Er schenkte ihr einen Brandy ein und setzte sich dann neben sie auf einen Diwan, der dem Kamin gegenüberstand.

»Wie lange wirst du in England bleiben?« fragte sie.

»Vier oder fünf Monate. Nach Neujahr muß ich hinauf nach Leeds, ein Bataillon ausbilden. So ein Sammelsurium von Kumpeln und Freunden, alles Jungs, die zusammen in die Armee eingetreten sind. Ich werde mich wie ein Außenseiter fühlen.«

»Ich bin sicher, sie werden stolz sein, daß ein Gardeoffizier sie kommandiert. Ich wäre das ganz bestimmt.«

»Ich kann mir direkt vorstellen, wie ich dich herumkommandiere.«

»Ich weiß nicht«, sagte sie mit gepreßter Stimme. »Das würde davon abhängen, was du mir befiehlst.«

Sie stellte ihr Getränk auf einen niedrigen Tisch und wandte sich ihm zu. Er legte die Arme um sie und fühlte die Wärme ihres Körpers unter dem seidenen Gewand.

»Ich will dich, Fenton.«

»Du hast Charles.«

Sie machte die mittleren Knöpfe seines Hemdes auf und ließ eine Hand durch die Öffnung gleiten.

»Seine Liebe ist eher ätherisch. Leidenschaft schockiert ihn.«

»Du wirst es ihn lehren müssen. Man erfährt nicht viel über Frauen in Winchester und Cambridge. Sei geduldig.«

Sie küßte ihn auf den Mund; ihre Zunge berührte seine Zähne.

»Im Augenblick fühle ich mich nicht sehr geduldig«, flüsterte sie. »Bitte, Fenton...«

Er konnte mit ihr ins Bett gehen. Oder er konnte sie auch auf dem Diwan nehmen. Eine angenehme Nachmittagsrauferei in Bristol Mews, der erste Schritt, um ihr Liebhaber zu werden. Vielleicht würde sie mit ein paar Leuten sprechen, und er würde herausfinden, daß seine Order geheimnisvoll geändert worden war. Ein Platz beim Stab in Whitehall. Nichts, dessen man sich schämen müßte. Die Offizierskollegen würden sagen, daß er sich das wohl verdient hatte, nach Mons, der Marne, Festubert und Loos. Ihre Zunge suchte in seinem Mund. Zögerte... zog sich zurück.

»Bitte...«

Sie war heißblütig, lebendig, leidenschaftlich. Unendlich begehrenswert. Aber in seinem Mund war ein Geschmack nach Messing.

»Nein.« Er schob sie sanft von sich fort und stand auf. »Dazu kommen wir viel zu spät, Lydialiebling. Wir haben das Boot verpaßt.«

Sie lehnte sich gegen die Kissen zurück und starrte ihn an; ihre Augen reflektierten das Feuer.

»Das meinst du nicht ernst.«
»Doch, ich meine es tatsächlich ernst.«
»Aber warum? Charles würde es nie erfahren. Du würdest ihm nicht weh tun, und seine Ehe würdest du auch nicht im geringsten ruinieren.«
Er knöpfte sich das Hemd zu und rückte die Krawatte gerade. »Eigentlich habe ich nicht an Charles gedacht. Er ist mir gar nicht in den Sinn gekommen. Ich habe an mich selbst gedacht. Alles wird so schäbig heutzutage. So wertlos. Ich habe einfach keine Lust, diesen Trend mitzumachen.«
»Du Schwein«, sagte sie ruhig, als er aus dem Zimmer ging.

2

Martin Rilke kämpfte sich die Oxford Street entlang, und der Wind riß an seinem Schirm und drohte ihn ihm aus der Hand zu reißen. Eine Frau in mittlerem Alter, die an einer Bushaltestelle wartete, starrte ihn ohne Sympathie an.
»Schlappschwanz«, sagte sie mit einer starken Cockney-Aussprache. »'n strammer Bursche wie Sie.«
Er war daran gewöhnt, an die Beleidigungen und die weißen Federn. Eine ganze Anzahl von Männern, deren Arbeit für den Krieg wichtig war oder die vom medizinischen Standpunkt her nicht kriegsverwendungsfähig waren, trugen bereits Armbinden, damit sie nicht belästigt wurden. Martin hatte in Betracht gezogen, eine Armbinde mit einer kleinen amerikanischen Flagge darauf zu tragen, aber er hatte es sich dann anders überlegt. Wahrscheinlich hätte es zu anderen schneidenden Bemerkungen geführt: »Zu verdammt stolz, um zu kämpfen, wie?«
Er betrat das White-Manor am Marble Arch, zog seinen Regenmantel aus und nahm den Hut ab und reichte beides, zusammen mit seinem abgenutzten Regenschirm, dem Mann an der Garderobe. Eine Kapelle spielte im Speisesaal des zweiten Stocks einen Walzer, und die sanften Töne wurden durch das Klappern von Tellern und Teetassen im überfüllten Parterre, wo die gewöhnlichen Leute saßen, zerrissen. Er schaute sich um und entdeckte endlich Ivy Thaxton, die an einem kleinen Tisch neben einer Travertinsäule saß. Bei ihrem Anblick hatte er das Gefühl, laut rufen zu müssen – er hatte sie seit dreieinhalb Wochen nicht mehr gesehen –, aber er unterdrückte den Drang.
»Ivy!« Er glitt auf den Stuhl, der ihr gegenüberstand, lehnte sich über den Tisch und berührte ihre Hand. »Mann, es ist so gut, dich wiederzusehen. Ich hoffe, du hast nicht zu lange gewartet.«
»Nein, nur ein paar Minuten.« Sie lächelte warm, und ihre Hand umklammerte seine. »Ist es dir auch gutgegangen?«

»Natürlich.«
»Du siehst blaß aus.«
»Ich fühl' mich wohl.«
Sie zog leicht die Stirn in Falten. »Wirklich. Kleine Schatten unter den Augen.«
»Ich weiß, daß du jetzt 'ne Schwesternhaube trägst, aber spiel bei mir nicht die Schwester, Schwester. Ich bin einfach schwach vor Hunger.«
»Ich auch.«
Er schaute sich um. Sie waren von Tischen fast eingeklemmt, und zwei deftige Highlanders in Kilts saßen in unmittelbarer Reichweite.
»Möchtest du nicht lieber nach oben gehen? Vielleicht könnten wir dort einen besseren Tisch bekommen und tanzen.«
»Da oben ist es auch schrecklich überfüllt. Und außerdem, das Essen ist das gleiche, oben oder unten. Laß uns einfach unseren Tee trinken und über das Tanzen später sprechen.«
Sie konnte vielleicht essen. Er bekam fast väterliche Gefühle, während er zusah, wie sie alles aufaß, was man vor sie stellte – eine Schweinefleischpastete, Teebrote mit Schinken und Kresse, eine Scheibe Napfkuchen und eine Tasse Tee nach der anderen. Und trotzdem war sie so schlank wie eine Hirschkuh. Sie verblüffte ihn.
»Hör auf, mich so anzustarren.«
»Ich seh' dir gern beim Essen zu.«
»Das ist ungezogen.«
»Sicher, aber du weißt doch, wie wir Yankees sind.« Er nahm eine Zigarre aus der Tasche, zündete sie aber nicht an. Sie mochte es nicht, wenn er während des Essens rauchte. »Ich hab' ein bißchen was für dich. Ein Weihnachtsgeschenk.«
Sie schaute ihn streng an. »Das ist nicht fair. Wir haben uns gegenseitig versprochen, keine Geschenke auszutauschen.«
»Okay, ich hab' mich nicht dran gehalten. Aber ich hab' dieses gewisse Etwas neulich in der Regent Street gesehen, und ich wußte, daß es dir gefallen würde, deshalb habe ich es dir gekauft.«
»Das hättest du nicht tun sollen.«
»Aber ich hab's getan, und sie nehmen es nicht wieder zurück.« Er spielte mit der Zigarre. Du wirst doch nach Frankreich gehen, nicht wahr?«
»Ja.« Sie schaute auf ihren Teller hinab und zerkrümelte ein Stückchen Kuchen zwischen den Fingern. »Meine Gruppe fährt am 3. Januar los... Krankenhaus für Schwerverwundete, Nummer neun, in Boulogne.«
Er angelte nach einem Streichholz und zündete die Zigarre an. »Schon so bald?«
»Fürchte ja.«
»Werde ich dich noch einmal sehen, ehe du abfährst?«

»Ich glaub' nicht. Direkt nach Weihnachten sollen wir nach Portsmouth zu einem Orientierungskurs. Am 27., glaube ich. Tut mir leid, Martin, aber dies ist unsere letzte Verabredung…«
»Rendezvous«, sagte er und zwang sich zu einem Grinsen.
»Ja, Rendezvous. Ich muß mir dieses Wort merken.«
»Ich könnte ja herüberkommen und einen Artikel oder zwei über das Krankenhaus für Schwerverletzte Nummer neun in Boulogne schreiben, und über Schwester Ivy Thaxton von den Q. A.s.«
»Bitte sag nicht so etwas. Es wird eine schwierige Zeit für mich werden, denn ich muß mich an die verschiedenen Arten von Fällen gewöhnen, denen ich begegnen werde. Ich wäre nur schrecklich abgelenkt, wenn du dort herumlungern würdest.«
Diesmal war sein Grinsen echt. »Wärst du das wirklich?«
»Schau mich nicht so selbstzufrieden an.« Sie schaute finster auf die zerdrückten Kuchenkrümel. »Ich werde dich vermissen, Martin. Sogar sehr.«
»Und ich werde dich todsicher auch vermissen. Komisch, wenn man so dran denkt. Wir sehen uns kaum, vielleicht einmal jeden Monat oder so, und trotzdem, schon, daß du in London bist, ist ein Trost für mich. Bei meiner letzten Fahrt aus Frankreich hierher, wurde der Zug ziemlich auf Nebengleisen herumgeschoben, als wir von Folkestone heraufkamen. Wir fuhren in den Euston-Bahnhof ein statt in den Waterloo-Bahnhof. Ich hab' ein Taxi genommen, die Gower Street hinunter, an der Universität vorbei, und da stand das Allerseelen-Hospital. Ein paar Jungs vom Journal American waren bei mir, und ich habe sie auf das Gebäude hingewiesen. Ich sagte, da steht das beste Ausbildungskrankenhaus für Schwestern und Armeeärzte in England. Einer von denen hat gesagt: ›Gott im Himmel, sieht aus wie die größte und älteste Ziegelei auf der ganzen Welt.‹ Na, für mich hat es ganz sicher nicht so ausgesehen, denn irgendwo in diesem Gewirr von Gebäuden war das liebste Mädchen, das ich kenne.«
Ivy errötete und schenkte sich noch eine Tasse Tee ein. »Bin ich das wirklich für dich, Martin?«
»Das mußt du mich noch fragen? Ich habe es dir doch schon oft genug gesagt. Natürlich bist du das liebste Mädchen, das ich kenne. Verflixt, du bist das einzige Mädchen, das ich kenne.«
»Aber du mußt doch so viele Mädchen in… na, in Paris und solchen Orten kennenlernen.«
»In Paris lerne ich nur Generäle kennen, die im Hotel Crillon Portwein trinken.«
»Und in Kairo. Es heißt doch, daß die ägyptischen Frauen die exotischsten auf der ganzen Welt sind.«

»Wer hat dir das gesagt? Man kann sie ja noch nicht einmal sehen. Sie tragen schwarze Bettücher über ihren Köpfen.« Er drückte seine Zigarre aus, weil der Rauch ihr ins Gesicht trieb. »Sieh mal, du bist ein Schätzchen, und das Herz springt mir jedesmal in die Kehle, wenn ich dich sehe. Okay? Glaubst du das?«
»Wenn du es sagst, dann glaube ich es auch.«
»Du scheinst dich aber nicht sehr darüber zu freuen. Ist irgend etwas los?«
»Nein, ich glaub' nicht.«
Er streckte die Hand über den Tisch und berührte ihre Wange. »Du fühlst dich traurig, weil du bald fort mußt. Mir geht es genauso, aber es wird ja nicht für immer sein. Wenn du erst einmal an das Krankenhaus gewöhnt bist, wenn du ein bißchen sicherer bist, dann komme ich rüber. Vielleicht kriegst du dann ein paar Tage Urlaub, und wir könnten nach Paris fahren, und ich zeig' dir die Stadt. Und außerdem, ich werde dir die ganze Zeit schreiben, damit wir uns nicht aus den Augen verlieren, keine Minute.«
»Vielleicht wäre es besser, wenn wir uns doch aus den Augen verlieren, wenigstens bis der Krieg vorbei ist.«
»Aber ich sehe keinen Grund dafür, Ivy.« Er lehnte sich in seinem Stuhl zurück und zündete seine Zigarre wieder an. »Mir scheint es so, als ob es im Krieg besser ist, sich eine Freundschaft zu erhalten, statt sie aufzulösen. Warum trinkst du deinen Tee nicht aus, und dann gehen wir hinüber in die Wohnung, und ich gebe dir dein Weihnachtsgeschenk. Okay?«
Irgend etwas machte ihr Kummer, und er wußte nicht genau, was es war. Einfache Angst und Depression, hoffte er. Das mußte man ja erwarten. Sie war noch nie zuvor außerhalb von England gewesen, und der Gedanke, über den Kanal nach Frankreich zu fahren, als ausgebildete Schwester in einem riesigen Krankenhaus zu arbeiten, der mußte entnervend für sie sein. Er hielt ihre rechte Hand ganz fest, als sie das Restaurant verließen, aber sie schien nicht auf seine Berührung zu reagieren und sagte kaum ein Wort, als sie im Taxi nach Soho fuhren.
Zur Abwechslung war die Wohnung einmal aufgeräumt, weil Jacob sie kaum noch benutzte. Das erstemal, als er Ivy hierher gebracht hatte, war sie entsetzt über die Unordnung gewesen und hatte eine halbe Stunde damit verbracht, trotz seiner Proteste überall Dinge aufzuheben.
»Wie ist es mit einem Glas Sherry?«
»Nein, danke.« Sie saß steif auf der Kante des Sofas. »Von Sherry kriege ich so ein beschwipstes Gefühl.«
»Das würde dir guttun. Du entspannst dich dann ein bißchen.«
»Ich bin ganz entspannt, danke.«

»Nun«, sagte er lahm, »ganz wie du willst.« Er klatschte in die Hände und sagte mit gezwungener Fröhlichkeit: »Der Nikolaus ist dagewesen. Also schließ deine Augen und mach sie nicht mehr auf, bis ich es sage.«
Er drückte sich in die Halle und zog ein großes Paket aus dem Dielenschrank. Es war in leuchtendbuntes Papier gewickelt und mit einem roten Band zugebunden. Er stellte es auf das Kissen neben ihr.
»Du kannst die Augen jetzt aufmachen.«
Sie hatte noch nie im Leben ein Geschenk bekommen, wenigstens keins, das in einem Paket verpackt gewesen war. Eine Stoffpuppe und Bonbons für drei Pennies in einem Nikolausstiefel, das waren die einzigen Geschenke, die man ihr je gegeben hatte. Sie schaute ehrfürchtig das Paket an und berührte vorsichtig mit den Fingerspitzen die Bänder.
»Mach es auf. Los.«
Sie wickelte es sorgfältig auseinander, um das Papier nicht zu zerreißen. Eine große weiße Schachtel, auf deren Deckel der Name der Firma eingeprägt war, kam zum Vorschein.
»Das ist so ein vornehmer Laden«, sagte sie. »Was in aller Welt hast du mir denn gekauft?«
»Du wirst es nie erfahren, wenn du den Deckel nicht abnimmst. Es ist etwas Praktisches, das muß ich leider dazusagen. Ich wollte dir einen ganzen Schwung Dinge kaufen ... Du weißt schon, etwas für Frauen, aber ich hab' mir gedacht, es hätte keinen Zweck, dir etwas zu besorgen, das du nicht sofort benutzen kannst.«
»Nein«, sagte sie und berührte das Wappen auf dem Deckel. »Das ist wahr.«
Sie öffnete mit spitzen Fingern die Dose und starrte in Ehrfurcht auf eine große Reisetasche aus handschuhweichem Leder. IVY THAXTON war in goldenen Lettern auf die Klappe einer der vielen Seitentaschen geprägt. Die Tasche war so stabil gearbeitet wie ein Kavalleriesattel, aber erstaunlich leicht.
»Oh«, flüsterte sie und streichelte das Leder. »Die muß ein Vermögen gekostet haben.«
»Darauf kannst du wetten. Hat mich fast zum Bettler gemacht.« Er setzte sich neben sie und legte ihr einen Arm um die Taille. »In der Tasche sind alle möglichen Dinge – Bürste und Kamm, Nagelnecessaire – du kannst deine ganze Ausrüstung darin mitnehmen.«
»Sie ist wunderschön. Einfach wunderschön.«
Er küßte sie auf die Seite ihres Halses. »Du auch, Ivy.«
Sie drehte sich halb um und schien irgend etwas sagen zu wollen, aber er brachte sie mit seinen Lippen zum Schweigen. Zuerst wehrte sie sich, preßte die Lippen zusammen, aber dann erwiderte sie plötzlich seinen Kuß mit einer Leidenschaft, die sie beide ein wenig zum Zittern brachte.

»Ach, Ivy...«, flüsterte er rauh, während er seine Lippen an ihre Wange preßte, und streichelte mit einer Hand sanft die Kurve ihrer Brust, die er durch den Winterstoff der Uniform fühlen konnte.
Sie schob bedauernd seine Hand fort: »Nein, das dürfen wir nicht...«
»Du mußt mich heiraten, Ivy.«
Sie machte sich von ihm los und schüttelte fest den Kopf. »Nein. Du solltest mich auch nicht darum bitten.«
»Warum nicht? Du weißt doch, welche Gefühle ich dir gegenüber habe, und du hast auch gewußt, daß ich dich bitten würde. Ich habe alles getan, nur in der Zeitung habe ich nicht inseriert, daß ich dich liebe.«
»Und ich liebe dich auch, Martin. Wirklich. Aber es wäre nicht recht. Du würdest es nach einer Zeitlang nur bedauern.«
Er versuchte, die Bedeutung dieser Bemerkung in ihren dunkelblauen Augen zu lesen. Ihre Augen waren normalerweise so ausdrucksvoll, aber jetzt waren sie unergründlich.
»Ich weiß nicht, was du meinst. Warum sollte ich es bedauern? Gibt es in eurer Familie Fälle von Wahnsinn oder irgend so etwas? Was du sagst, das ergibt doch gar keinen Sinn, Ivy. Nur der blödeste Trottel der Welt würde es bedauern, so ein Mädchen wie dich zu heiraten.«
»Und was würde deine Familie denken?«
Er spürte eine Bitterkeit in ihrem Tonfall, als sie von ihm wegschaute und auf die Ledertasche hinabstarrte.
»Meine Familie? Junge! Ich weiß genau, was mein Onkel Paul sagen würde, wenn er dich sehen könnte. Er würde sagen, daß ich zur Abwechslung endlich mal etwas Kluges getan hätte.«
»Und was würde... Lady Stanmore sagen?«
Das also war es. Er verstand sie jetzt ganz deutlich. Das Zimmermädchen. Er legte einen Arm um ihre Schultern und drückte sie an sich.
»Tante Hanna würde dich genausosehr lieben wie ich. Sie ist eine kluge Frau. Laß dich nicht von ihrem englischen Benehmen täuschen. Unter all dieser Politur ist sie Hanna Rilke aus der Prairie Avenue. Sie würde noch nicht mal mit der Wimper zucken, wenn ich ihr sagte, daß du das richtige Mädchen für mich bist.«
»Ich habe sie heute morgen gesehen«, sagte Ivy ruhig. »Der Herzog und die Herzogin von Brendon haben die Station für die Rekonvaleszenten in Flügel D besucht, um kleine Weihnachtsgeschenke an die Männer zu verteilen. Es waren noch mehrere andere in ihrer Gruppe: Lord Soundso und Lady Soundso... und Lady Stanmore. Lady Alexandra war auch dabei. Ich habe versucht, mich so unauffällig wie möglich zu benehmen, aber die gnädige Frau hat mich sofort entdeckt.«
»Und?«
»Ach, sie war sehr nobel. Sie hat mir die Hand hingestreckt und mich ge-

fragt, wie es mir ginge... und solche Sachen... Wie ich mit allem fertig würde, und wie sehr sie sich freute, mich zu sehen. Ich weiß gar nicht, was ich gesagt habe... Ich habe einfach ein paar Worte gestammelt. Irgendwie habe ich mich sehr linkisch gefühlt. Und Lady Alexandra stand direkt hinter ihrer Mutter und starrte mich an, und sie hat kein Wort gesagt. Ich glaube, sie war vielleicht ein bißchen schockiert darüber, daß ich – Ivy Thaxton – die Hand ihrer Mutter schüttelte. Sie hat mich immer weiter angestarrt, selbst als die Gesellschaft dann die Bettenreihen hinuntergegangen ist. Es war irgend etwas in ihren Augen, eine Kälte... Ich weiß nicht, wie ich das erklären soll, Martin. Du würdest es einfach nicht verstehen.«

Er versuchte, sie dichter an sich zu ziehen, aber ihr Körper war starr.

»Sieh mal, Ivy. Das hat doch nichts mit uns zu tun. Wenn wir heiraten, würden wir doch nicht mit Alexandra in das gleiche Haus ziehen.«

»Das vielleicht nicht, aber trotzdem, du würdest ihr Dienstmädchen heiraten. Und denk doch mal daran, wie unangenehm das wäre, wenn wir zum Essen eingeladen würden. Kannst du nicht direkt Mr. Coatsworths Gesicht vor dir sehen, wenn er mich bei Tisch bedienen müßte?«

»Du meinst den Butler?«

»Ja. Und all diese hochnäsigen Hausdiener. Ich weiß es, einer von ihnen würde mit Absicht stolpern und mir Suppe auf den Kopf kippen.«

Sie lächelte in sich hinein und wandte sich dann wieder Martin zu. Sie lehnte ihren Kopf an seine Schulter.

»Ach, ich weiß, ich bin albern. Das alles sollte mir eigentlich ganz gleich sein. Wir würden ja in Amerika wohnen, nicht wahr, Martin? In Chicago, Illinois, am Michigansee.«

»Überall da, wo du wohnen möchtest«, sagte er und streichelte ihr Haar. »Überall auf der ganzen Welt. Die Associated Press will, daß ich mich von der *Post* trenne und exklusiv für sie arbeite. Die lassen eine Menge Geld vor meiner Nase baumeln, und ich mach' mir ernsthaft Gedanken darüber. Die AP-Leute reisen auf der ganzen Welt herum: China, Japan, die Südsee. Und an jedem Ort, an den sie mich schicken würden, wärst du immer bei mir.«

Sie kuschelte sich dichter an ihn heran und war eine Zeitlang still. Sie war zufrieden, sich an ihn zu lehnen, während er ihr Haar streichelte. Dann sagte sie: »Ich gehe nach Frankreich, Martin. Ich könnte dich nie heiraten, ehe dieser Schrecken nicht vorüber ist.«

»Ich weiß«, sagte er ruhig. »Das weiß ich doch.«

»In den letzten fünf Wochen habe ich Gasfälle gepflegt. Davon hab' ich dir nie erzählt. Es ist fürchterlich, mit denen zu arbeiten. Es gibt so wenig, was man tun kann. Sie sitzen aufgerichtet im Bett und husten sich zu Tode, und sie haben so schreckliche Angst.«

»Pst«, flüsterte er und preßte sie fester an sich. »Sprich nicht drüber.«
»Wir haben sechzig Prozent verloren. Und es waren nicht die schlimmsten Fälle. Die wirklich schlimmen Fälle bleiben in Boulogne zurück. Das sind diejenigen, die meine Schwesternmannschaft versorgen soll. Diese Männer brauchen mich im Augenblick mehr als du, Martin.«
»Das verstehe ich«, sagte er und dachte an die stolpernden, würgenden Soldaten, die er im späten September in Hulluch gesehen hatte. Chlorgas. Die Messingknöpfe an ihren Uniformen waren leuchtend grün geworden, und rasende Angst vor dem Tod hatte in ihren Augen gestanden.

Sie hatte Lust spazierenzugehen, obwohl es dunkel war und der Wind bitterkalt. Es war nicht so weit, der Regen hatte aufgehört, und es machte ihnen Spaß, Seite an Seite die Old Compton Street und die Charing Cross Road und die Great Russell Street hinunterzugehen, an dem düsteren, hochragenden Riesengebäude des Britischen Museums entlang und dann die Gower Street hinauf zu dem langgestreckten Krankenhaus. Lichter strahlten aus Myriaden von Fenstern – keine Verdunkelung heute nacht, keine Angst vor Zeppelinangriffen bei diesem Wind. Die Ledertasche hing an ihrem breiten schafspelzgefütterten Riemen von Ivys rechter Schulter herab, und Martin, der sie aus dem Augenwinkel anschaute und bemerkte, wie hübsch die Tasche war und wie offensichtlich stolz sie darauf war, hätte sich nicht mehr freuen können, wenn er ihr einen Diamantring gekauft hätte. Auch wenn er diese Ausgabe bei weitem vorgezogen hätte.
»Na, da sind wir ja«, sagte sie und schaute ihn an. Das aus Ziegeln erbaute Hauptgebäude erhob sich hinter ihr wie ein Felsen. »Ich werde dir schreiben, wenn ich mich eingelebt habe, und dir meine Adresse geben.«
»Schwerverwundete Nummer neun, Boulogne.«
»Ja, aber nach allem, was wir wissen, könnte es auch das Nummer vier in Saloniki sein. Heutzutage kann man sich doch auf nichts mehr verlassen, oder?«
»Nein«. Er wollte sie umarmen, aber zu viele Menschen gingen auf ihrem Weg in das Krankenhaus und hinaus an ihnen vorbei. Er beugte sich nach vorn und küßte sie auf die Nasenspitze. »Paß gut auf dich auf.«
Er war fort. Ivy stand noch einen Augenblick da und sah zu, wie er fortging, dann drehte sie sich um und betrat das Gebäude. Eine Gruppe Schwestern kam auf ihrem Weg nach draußen an ihr vorbei. Ein hochgewachsenes, rothaariges Mädchen blieb stehen und berührte die Tasche.
»Menschenskind, Thaxton. Wo haben Sie die denn her?«
»Es war ein Geschenk. Von meinem Freund.«
Der Rotschopf lehnte sich dichter heran, schwankte nach vorn wie ein junger Baum.

»Der Yankee?« flüsterte sie.
»Ja. Ist sie nicht herrlich?«
»Wunderschön! Meiner hat mir nur eine ziemlich kleine Dose mit Süßigkeiten geschenkt – so sind die Knaben aus Wales eben. Übrigens, Thaxton, Ihre Freundin wartet schon seit Ewigkeiten. Ich hab' ihr im Schwesternzimmer im Flügel D einen Stuhl angeboten.«
»Freundin? Was für eine Freundin?«
»Blondes Mädel, sehr hübsch.«
»Ach so«, sagte Ivy, einen Augenblick lang verblüfft. »Danke.«
Es war das einzige blonde Mädchen, das ihr einfiel, aber die konnte es doch nicht sein, oder? Warum in aller Welt...? Aber nachdem sie anscheinend viele Meilen von Korridoren hinter sich gebracht hatte und den Flügel D erreichte, nachdem sie durch die Glasscheibe in der Tür des Schwesternzimmers hineingespäht hatte, war sie es doch. Lady Alexandra Greville, die hier auf einem schäbigen Ledersofa in dem leeren Zimmer saß.
»Hallo, Mylady«, sagte Ivy und ging zu ihr hinüber. Ihr Gesicht brannte. Alexandra hatte in ihren Schoß hinabgestarrt. Sie blickte jetzt auf, und Ivy bemerkte, wie leer ihre Augen waren. Dann lächelte sie leicht.
»Hallo, Ivy. Ich nehme an, Sie sind überrascht, mich hier zu sehen.«
»Ja.« Ivy stand steif da und wußte nicht, was sie sagen sollte. »Sind Sie schon lange hier?«
»Ein paar Stunden, nehme ich an.«
»Ich hatte dienstfrei.«
»Das habe ich herausgefunden.«
»Um neun bin ich wieder dran.«
Alexandra warf einen Blick auf die Wanduhr. »Dann haben wir ungefähr eine Stunde. Natürlich nur, wenn Sie soviel Zeit für mich übrighaben.«
»Zeit für was, Mylady?«
»Um miteinander zu reden.« Sie lehnte sich nach vorn und nahm Ivy sanft an der Hand. »Und bitte, nennen Sie mich nicht immer Mylady. Sie sind nicht mehr mein Dienstmädchen.«
Nein, kein Dienstmädchen mehr, und dennoch, Ivy fühlte sich plötzlich linkisch. Sie konnte es fast hören, wie Mrs. Broome ihr über die Schulter flüsterte: »Steh gerade, Ivy, und um Himmels willen, zappele nicht herum und stammele auch nicht. Ein gutes Dienstmädchen ist sowohl ruhig als auch respektvoll, wenn es mit seinen Vorgesetzten redet.« Ivy hatte ein schwaches Übelkeitsgefühl im Magen. Wie schrecklich sich Martin irrte. Aber wie konnte ein Amerikaner so etwas verstehen?
»Setzen Sie sich doch bitte, Ivy.«
»Ja, Madam.« Sie setzte sich steif auf die äußerste Kante des Sofas. Alexandra hielt noch immer ihre Hand fest, und so konnte sie nicht so weit wegrücken, wie sie es wohl gewünscht hätte.

»Ich war überrascht, Sie heute morgen zu sehen, Ivy. Ich hatte ganz vergessen, daß Sie in die Q. A. eingetreten sind. Wie hübsch Sie aussehen in Ihrer Uniform! Sie sind jetzt eine examinierte Schwester, nicht wahr?«
»Ja.«
»Sie müssen sehr stolz sein.« Alexandra ließ Ivy los und faltete die Hände im Schoß. »Ich habe mich nicht sehr wohl gefühlt und wollte das Allerseelen-Krankenhaus überhaupt nicht besuchen, aber Mutter bestand darauf, daß ich mitkam.«
»Nicht wohl gefühlt?«
»Ein bißchen wetterfühlig.«
»Aha.« Ivy schaute auf die Uhr. Der Sekundenzeiger hatte sich noch nie so langsam bewegt. »Wohnen Sie noch in Abington?«
»Nein. Wir sind gerade in das Haus an der Park Lane eingezogen.«
»Das ist schön.«
»Ich bin immer gern in London gewesen.«
Das war nicht mehr die gleiche Alexandra Greville, dachte Ivy, während sie sie beobachtete. Sie war zwar mit Sicherheit schöner als je zuvor und genauso elegant angezogen, aber ihr Benehmen hatte sich geändert. Das übersprudelnde, redselige Mädchen war zu einer ernsten, in sich gekehrten Frau geworden. Ihre Augen sahen kummervoll aus. Die Hände waren unruhig, die Finger klammerten sich zusammen und lösten sich wieder, immer abwechselnd. Sie waren blutlos. Kalt und weiß.
Ivy räusperte sich. »Ich war ziemlich überrascht, Sie und die gnädige Frau zu sehen. Ganz… angenehm überrascht, sollte ich sagen.«
»Wirklich? Das ist schön. Ich war froh, Sie wiederzusehen. Mutter auch. Das hat sie ausdrücklich Mrs. Broome gesagt, als wir wieder nach Hause kamen.«
»Wie geht es Mrs. Broome?«
»Ihr Neffe ist im September in Cambrin getötet worden, und das hat sie sehr aufgeregt. Aber jetzt ist sie wieder ganz die alte. Eine unbeugsame Frau ist Mrs. Broome.«
»Ja, das ist sie.«
Es schien schrecklich heiß im Schwesternzimmer zu sein, aber Ivy widerstand dem Drang, aufzustehen und das schwere Cape abzunehmen. Alexandra trug einen Mantel mit Zobelkragen und -manschetten. Sie sah so kalt wie Marmor aus.
»Mutter und die Herzogin von Brendon waren ganz aufgeregt, nachdem der Rundgang durch die Stationen beendet war. Wir haben bei Claridge zu Mittag gegessen, und sie haben die ganze Zeit geweint.« Alexandra schaute Ivy an, und ihr Blick war bitter. »Merkwürdig, daß sie so bewegt waren. Es war doch einfach nur eine schöne Station, oder nicht?«

»Eine... schöne Station?«
»Ich glaube, Sie wissen, was ich meine, Ivy. Eine Station zum Vorzeigen. Alle Jungs waren so fröhlich, trotz ihrer Wunden. Und alle Wunden waren so geringfügig und so säuberlich verbunden.«
»Die... der Chefarzt, wollte ich sagen... will wichtige Besucher damit nicht gern aufregen.«
»Das kann ich verstehen. Es hätte meine Mutter und die Herzogin fürchterlich aufgeregt, einen Mann zu sehen, dessen Gesicht weggeschossen worden ist – besonders vor dem Mittagessen.«
Ivys Mund wurde trocken. »Das braucht schon Zeit, um sich dran zu gewöhnen«, brachte sie heraus.
»Gewöhnt man sich jemals daran? Ist es je möglich, mit solch einem Anblick fertig zu werden?«
Die Intensität von Alexandras Blicken war beunruhigend. Ivy rutschte ein bißchen auf dem Sofa zur Seite und rieb sich mit dem Handrücken über die Lippen.
»Es dauert eine Weile.«
Ein junger Arzt, der eine weiße Jacke über einer offensichtlich neuen Uniform trug, trat ins Schwesternzimmer.
»Nanu. Sind Sie im Dienst, Schwester Thaxton?«
»Nein, Sir. Nicht bis neun Uhr.«
»Haben Sie Schwester Jones gesehen?«
»Welche Jones, Sir?«
»Jones Nummer sechzehn.«
»Die ist heute nachmittag von Captain Mason zu den Bauchverletzungen abgeordnet worden.«
»Mason? Kenne ich den?«
»Militärarzt, Sir, indische Armee – dunkelrote Nase.«
»Ach ja«, sagte er, als ob damit sein augenblickliches Problem gelöst wäre. »Danke, Thaxton.«
»Die Ärzte werden jeden Tag jünger«, sagte Ivy, nachdem der Doktor fortgegangen war. »Für Chirurgie sind sie kaum qualifiziert, aber sie machen es sehr gut, trotz ihres Mangels an Erfahrung.« Sie war dankbar gewesen für die kleine Unterbrechung.
»In diesen Tagen gewinnt man sehr schnell Erfahrung, kann ich mir vorstellen.«
»Es gibt ja auch keinen Mangel an Patienten.«
»In Frankreich auch nicht.«
Ein Dutzend Schwesternschülerinnen mit Notizbüchern folgten ihrer Lehrschwester den Korridor hinunter und betraten das Schwesternzimmer. Die Schülerinnen waren alle jung und sahen eingefallen vor Müdigkeit aus. Sie starrten Alexandra an, als ob sie ein Wesen von einem ande-

ren Stern wäre. Die Lehrschwester war eine hochgewachsene, fröhliche Frau von vierzig Jahren, die jedes Hindernis energisch anpackte.
»Hallo, Thaxton! Sie haben wohl Besuch, was? Na, aber nicht hier drinnen, mein Kind. Wir steckten gerade mitten in Feuchtverbänden, da haben uns die Jungs für die Kiefer- und plastische Chirurgie aus Zimmer sechsundfünfzig rausgeschmissen.«
Die beiden Frauen gingen in den Korridor.
»Gibt es irgendwo eine ruhige Ecke, wo wir reden könnten?«
»Nein«, sagte Ivy steif. »Hier ist alles überfüllt.«
»Sie mögen es nicht, daß ich hierher gekommen bin, nicht wahr?«
Na, dachte Ivy, eine ehrliche Frage verdient eine ehrliche Antwort.
»Richtig. Ich möchte Ihre Gefühle nicht verletzen, aber ich habe keine Zeit für nette Plaudereien. Und schließlich haben wir wirklich nicht allzuviel, worüber wir reden könnten, oder?«
»Der Grund, warum ich gekommen bin, Ivy, war einfach der, daß ich Ihnen ein paar Fragen stellen wollte. Sehen Sie, ich möchte nämlich auch in den Krankenpflegedienst eintreten.«
Ivys starrer Blick war unhöflich und offen ungläubig. »Sie?«
Alexandra zuckte schmerzhaft zusammen. »Warum nicht ich?«
»Das weiß ich auch nicht genau. Aber ich kann mir einfach nicht vorstellen, wie Sie die Ausbildung durchmachen wollen. Die besteht aus einer Menge harter, schmutziger, erschöpfender Arbeit. Die Dienstmädchen in Abington Pryory haben nie so hart gearbeitet. Es gibt doch eine Freiwilligenabteilung beim Roten Kreuz, eine Einheit für Damen aus den besseren Kreisen – Morgendienst oder Nachmittagsdienst, Briefe schreiben, den Männern vorlesen, Bandagen wickeln –, warum schließen Sie sich nicht dem Roten Kreuz an?«
»Ach Gott«, sagte Alexandra und zog scharf die Luft ein. »Was für ein schrecklicher kleiner Snob doch aus Ihnen geworden ist.«
Und dann war sie fort. Sie lief fast den Korridor hinunter. Ivy starrte verblüfft hinter ihr her. Ihr verborgener Zorn und ihre Ablehnung verwandelten sich in Beschämung, die ihr das Blut in die Wangen trieb.
»Warten Sie!«
Ivy rannte schnell los, wich Schwestern und Pflegern aus. Kurz vor dem Ende des Korridors holte sie Alexandra ein, packte sie am Arm und schob sie auf eine schmale grüne Tür zu, die sie schnell wie ein Zauberer öffnete und hinter ihnen wieder schloß. Sie waren im Wäscheraum, der von einer schwachen, von der Decke baumelnden Glühbirne erleuchtet wurde. Ivy schob einen Riegel vor und lehnte sich mit dem Rücken gegen die Tür.
»Ich bin kein Snob«, sagte Ivy zwischen zwei tiefen Atemzügen.
Alexandra stand steif da, ihr Gesicht war angespannt und bleich. »Doch, das sind Sie. Was Sie gesagt haben, das hörte sich genauso an, als wenn

ich Ihnen sagen würde, daß Sie nur zum Bettenmachen und zum Tragen von Teetabletts geeignet sind!«
»Ich habe ja nur meine Meinung gesagt. Ich kann mir Sie als Schwesternschülerin der Q. A.s einfach nicht vorstellen, das ist alles. Und wenn Sie nur Ihr Teil tun wollen...«
»Anfang des Jahres habe ich mich dem Roten Kreuz angeschlossen. Ich bin in einem Erholungsheim für Offiziere in Wimbledon gewesen – ich habe schon Briefe geschrieben, Kopfkissen aufgeschüttelt, all die Dinge getan, die Damen von hoher Geburt als Freiwillige machen.«
»Aber es steckt doch mehr dahinter, oder.«
»Ja. Nachdem mein Bruder verwundet worden war, bin ich nach Frankreich gegangen, und dort habe ich die Kunst des Bettpfannen-Ausleerens gemeistert!«
Sie studierten einander wie zwei Fremde. Aber irgendwie war ein Band zwischen beiden. Alexandra Greville war immer freundlich gewesen.
»Tut mir leid«, sagte Ivy. »Ich bin sicher, Sie haben nicht stundenlang gewartet, nur um mir zu sagen, daß Sie Schwester werden wollen.« Sie machte eine Geste auf das enge Zimmerchen. »Sie hatten nach einem stillen Platz gefragt, wo wir reden könnten.«
»Danke, Ivy. Irgend etwas ist mit mir in Frankreich passiert – eine Art Zusammenbruch, mehr psychisch als physisch –, und obwohl ich ganz ernsthaft eine Militärschwester werden will, habe ich diese Angst, sehen Sie... dieses Gefühl der inneren Panik davor, daß ich unter ähnlichen Umständen wieder zusammenbrechen könnte. Es ist eine Befürchtung, die ich gegenüber dem Personalchef nicht ausdrücken dürfte.«
Es war so still in der Abstellkammer, daß Ivy das Hämmern ihres eigenen Herzens hören konnte.
»Erzählen Sie mir davon.«
Sie hielt ihren Blick immer auf Alexandras Gesicht gerichtet, und sie sah die Angst und die Ehrlichkeit und die Wahrheit, die sich darin widerspiegelten. Sie konnte sich vorstellen, wie die Alexandra, die sie kannte, das romantische und eitle Mädchen, in ihrer eleganten und teuren Uniform aus dem Hause Ferris die Rolle einer Krankenschwester wie im Theater spielte. Alexandra Nightingale, St. Alexandra – das Mädchen machte sich lustig über sich selbst, ohne in Selbstmitleid zu verfallen. Ivy kannte schon das unvermeidliche Ende dieses »Spaßes«, als Alexandra ihr von ihrer Fahrt im Krankenwagen von St-Omer zum Feldlazarett in Kemmel berichtete. Ivy lehnte sich nach vorn, nahm Alexandras Hand und preßte sie fest.
»Sie brauchen mir nicht zu sagen, was da passiert ist. Ich kann es erraten.«
»Sie brauchten so dringend Hilfe«, flüsterte Alexandra. »Hunderte von

Soldaten, Ivy. Männer ohne Arme, Beine, Gesichter. Ich konnte so wenig für sie tun, und das bißchen, was ich angefangen habe...«
Sie hielt inne und fuhr sich mit der Zunge über ihre trockenen Lippen. »Ich habe sie so völlig im Stich gelassen...«
»Sie haben niemand im Stich gelassen«, sagte Ivy streng. »Sie können nicht etwas falsch machen, für das sie von vornherein nicht ausgebildet waren.«
Sie wandte sich zur Tür und öffnete sie. »Um Gottes willen, verlassen wir diese Abstellkammer, ehe wir hier ersticken.«
Sie gingen langsam den Korridor hinunter zum Haupteingang. Schwestern, Krankenpfleger und Ärzte kamen an ihnen vorbei, manche nickten, als sie Ivy erkannten, und alle musterten Alexandra mit mehr oder weniger großer Neugier.
»Ich sehe aus, als ob ich nicht hier hingehöre«, sagte Alexandra.
»Meinen Sie das wirklich? Das ist wichtig, wissen Sie.«
»Ich glaube, ich verstehe nicht ganz, was Sie meinen.«
»Ich meinte, werden Sie sich bei den Q. A.s wohl fühlen? Wollen Sie diese Arbeit wirklich gern tun? Oder versuchen Sie nur, sich selbst etwas zu beweisen?«
»Ich möchte nützlich sein«, sagte Alexandra.
»Schön. Wir können jede Hilfe brauchen, die wir kriegen können. Und was Ihre Ängste angeht...« Ivy blieb stehen und sah sie an. »Wir haben alle ein gewisses Maß an Angst, und zwar jedesmal, wenn wir in eine Station kommen. Sehen Sie diese beiden Mädchen, die da am Fenster neben dem Medikamentenzimmer stehen? Eins von ihnen ist die Tochter eines Pfarrers in Ludlow, die andere war Lehrerin in Wales. Ein geschnittener Finger oder ein gebrochener Knöchel, das waren die schlimmsten Verletzungen, die sie gesehen hatten, ehe sie hierherkamen. Jetzt arbeiten sie zehn Stunden oder mehr pro Tag mit Männern, die Stück für Stück ihre Lunge heraushusten. Die beiden haben auch keinen besonderen Mut, der Ihnen etwa fehlt. Was sie haben, das ist die Sicherheit, die zwölf Monate Ausbildung ihnen verliehen hat. Der einzige Mut, den man braucht, ist der Mut, diese Ausbildung anzufangen und durchzuhalten.«
Die Glocken der Universitätskapelle läuteten den ersten Schlag von neun.
»Ich muß jetzt gehen«, sagte Ivy. »Vielleicht können wir morgen wieder miteinander reden.«
Alexandra beugte sich schnell nach vorn und küßte sie auf die Wange. »Morgen trete ich den Q. A.s bei. Gute Nacht, Schwester Thaxton.«
»Na, so was«, murmelte Ivy, während sie sich eine Hand an die Wange hielt. Sie blieb im Korridor stehen und sah zu, wie Alexandra die riesige Eingangshalle durchquerte, die jetzt mit nach Hause gehenden Besuchern

überfüllt war. An den Wänden der Halle waren Fresken, die berühmte Ärzte zeigten, und quer über der Tür hing ein sechs Meter langes Spruchband, das von gehfähigen Patienten beschriftet worden war: FRIEDE AUF ERDEN, UND DEN MENSCHEN EIN WOHLGEFALLEN.

Tochter Zion, freue dich,
jauchze laut, Jerusalem!
Sieh, dein König kommt zu dir,
ja, er kommt, der Friedefürst...

»Die Weihnachtsliedersänger sind auch nicht mehr das, was sie einmal waren«, flüsterte Lady Wood-Lacy. »Jim Penny, Will Adams... Ach, die besten Baritone sind alle in der Armee.«

Für Fenton klangen sie harmonisch genug. Er lud die Männer auf einen heißen Whisky oder Punsch ins Haus, aber sie lehnten höflich ab und gingen weiter die Straße hinunter, zum Shaw-Haus, wo Mr. und Mrs. Shaw und ihre fünf Kinder schon ungeduldig warteten.

Stille Nacht, heilige Nacht,
alles schläft, einsam wacht...

Fenton schloß die Haustür und folgte seiner Mutter auf den Korridor hinaus und ins Wohnzimmer. Der Duft von gebratener Gans erfüllte das Haus.

»Ich seh' besser einmal nach, was Jinny macht«, sagte Lady Wood-Lacy. »Sie wird jetzt manchmal vergeßlich.«

Jinny war achtzig Jahre alt, und außerdem war sie die einzige Haushaltshilfe, die Sir Harold und Lady Margaret je gehabt hatten. Sie hatten auch keine weiteren Dienstboten gebraucht, denn sie hatten den größten Teil ihrer Ehe in kleinen Häusern in der Nähe der verschiedenen Baustellen gewohnt. – Balmoral, Sandringham, Abington, Pryory. Aber das kleine, herrlich gebaute Haus in Suffolk – es war schließlich das Haus eines Architekten – hatte immer auf sie gewartet, und Jinny hatte immer in der Küche rumort.

Fenton schenkte sich einen Whisky ein und stellte sich ans Erkerfenster. Der letzte Schein der blassen Wintersonne glitzerte auf den kalten, vom Wind aufgerührten Wassern des Flusses Devon. Er war zu Hause für die Weihnachtstage, aber seine Gedanken waren weit von den Liedersängern, den Fichtenzweigen und der gebratenen Gans entfernt. Dies war die zweite Kriegsweihnacht, und sie unterschied sich sehr von der ersten. Damals hatte er in Frankreich Weihnachten gefeiert, er war in einem Château in der Nähe von Bethune einquartiert gewesen. Alle Gespräche in

der Messe hatten sich um den Frieden gedreht; vielleicht nicht um den Frieden auf Erden, aber mit Sicherheit um den Frieden in Frankreich. Sie hatten alle geglaubt, daß der Krieg innerhalb eines Monats zu Ende sein würde. Erstaunliche Berichte waren zu ihnen durchgedrungen, von englischen und deutschen Soldaten, die sich im Niemandsland trafen, um Geschenke auszutauschen und um Weihnachtslieder zu singen.
»Das bedeutet das Ende des Krieges, weißt du«, hatte Captain Jarvis Weise bemerkt.« Unsere Jungs haben den Kampfgeist verloren, und die Fritzen auf der anderen Seite sind genauso erschöpft wie wir. Jetzt liegt es an den deutschen Politikern, irgend etwas zusammen mit uns auszuarbeiten. In einer Woche haben wir einen allgemeinen Waffenstillstand. Erinner' dich an meine Worte.«
Er hatte Captain Jarvis drei Monate später in Neufchatel begraben, zusammen mit 160 von seinen Männern.
Ein Jahr.
Der Krieg zerstörte mehr als nur menschliches Leben. Er ließ die Sinne abstumpfen, spottete aller alten Werte. Es war ein Phänomen, das der französische Verbindungsoffizier in Laventie in der Weisheit des Cognacrausches *Le Cafard* genannt hatte. In Abington waren es leere Ställe und unbeschnittene Bäume. Und es waren tausend Männer in klammen Khakiuniformen, die etwas Besseres leisten konnten, als mit Gewehren in der Hand über eine Bahnlinie zu stolpern. Und es war Lydia Amberley, die halbnackt vor einem Kamin lag.
Er schaute noch in Rogers altes Zimmer, ehe er zu Bett ging. Es sah genauso aus, wie Roger es erwartet hätte, wenn er plötzlich ins Haus geplatzt wäre. Das Bett war gemacht. Ein Notizbuch und ein Bleistift lagen auf dem Nachttisch. Seine Bücher standen, wohl abgestaubt, auf den Regalen.
»Es ist kein Schrein«, sagte seine Mutter ruhig, als sie ihn in der Halle stehen sah. »Und ich habe keine Illusionen darüber, daß er vielleicht in türkischer Gefangenschaft sein könnte. Ich habe es nur vermieden, alle die Dinge, die er liebte, fortzupacken. Er hätte es sicher nicht gern gesehen, wenn sein Wordsworth und sein Shelley in einer Kiste lägen.«
In dem Notizbuch waren unvollendete Gedichte, das wußte Fenton. Zeilen eines unvollendeten Lebens.
Le Cafard.
Seine Mutter war Mitglied in einem Dutzend Komitees der einen oder anderen Art in Woodbridge, und es gab für sie mit Sicherheit keinen Mangel an Freunden. Sie war zwar gern mit ihrem Sohn zusammen, aber sie brauchte ihn nicht zum Trost. »Du kommst mir rastlos vor, Fenton«, bemerkte sie am Donnerstag vor Silvester. »Denkst du an deine neue Aufgabe?«

»Und an andere Dinge.«

Er nahm den Nachmittagszug, einen langsamen Zug, der mit Seeleuten überfüllt war. Sie fuhren von Harwich auf Urlaub nach London. Es war dunkel, als der Zug in den Bahnhof Kings Cross einfuhr. Fenton teilte sich ein Taxi mit fünf Marineoffizieren, die darauf bestanden, ihm einen Drink im Army-und-Navy-Club auszugeben. Die Unterhaltung an der Bar reichte von den mit Dieselöl beheizten Dampfern gegenüber den mit Kohle beheizten bis zu den Schlafzimmergewohnheiten der französischen Frauen. Fenton trank einen Whisky, entschuldigte sich und ging.

Es war ein wohlbekannter Weg, den er einschlug – an der Mall entlang, am Buckingham-Palast vorbei und in die Lower Belgrave Street hinein. Er schritt an seiner alten Wohnung vorüber, ohne auch nur einen Blick darauf zu werfen, und ging weiter zur Sloame Street und über die Pavillon Road bis zum Cadogan Square. Nummer vierundzwanzig.

Wenn der Butler über die späte Stunde dieses Besuches überrascht war, dann zeigte er das noch nicht einmal mit einem Wimpernzucken.

»Lady Winifred, Sir? Ich glaube, sie hat sich wohl schon für die Nacht zurückgezogen.«

»Wer zum Teufel ist denn an der Tür, Petersen?« rief eine gereizte Stimme vom Korridor herunter, und dann tauchte Lord Dexford in einer braunen Hausjacke und Filzpantoffeln aus der Finsternis auf.

»Fenton, na so was! Was zum Teufel machst du denn hier zu solcher späten Stunde?«

»Ich war... in der Nachbarschaft«, sagte Fenton lahm. »Tut mir leid, wenn ich den Haushalt aufgeweckt habe.«

»Unsinn.« Der Marquis entließ den Butler mit einer Handbewegung. »Es ist schön, Gesellschaft zu haben. Mach die Tür zu, ehe wir uns totfrieren.«

»Ich habe gar nicht bemerkt, daß es schon so spät ist.«

»Ich auch nicht. Wir ziehen uns früh zurück, außer mir. Wollte mir gerade einen Schlaftrunk oder zwei genehmigen.«

Ein schmaler Lichtstrahl fiel vom oberen Stockwerk auf die dunkle Treppe, und der Lichtfleck wurde breiter, als sich die Tür voll öffnete. Fenton schaute zu der Gestalt hinauf, die auf der Balustrade im zweiten Stock stand.

»Hallo«, sagte er.

»Wir haben noch immer Telefon«, sagte Winifred.

»Tut mir leid, ich wollte ja anrufen, aber das eine oder andere ist mir dazwischengekommen, und dann bin ich über Weihnachten nach Suffolk gefahren...«

»Du brauchst doch nichts zu erklären, Fenton.«

»Ich glaube doch.«

Lord Dexford warf einen finsteren Blick auf Fenton und starrte dann zu seiner Tochter hinauf.

»Entweder kommst du runter oder gehst wieder ins Bett, Winifred. Was mich betrifft, ich gehe in die Bibliothek und mache die Tür zu.«

»Nun?« fragte Fenton, nachdem der Marquis genau das getan hatte.

Sie kam die Treppe herunter. Sie trug einen langen gesteppten Morgenmantel aus Satin, und ihr Haar hing lose über ihre Schultern. Sie stieg nicht bis in die Eingangshalle hinab, sondern setzte sich auf der drittuntersten Treppenstufe hin.

»Was für ein seltsamer Mensch du bist, Fenton.«

»Impulsiv... aber auch ein bißchen nachdenklich.« Er lehnte sich gegen das Treppengeländer unter ihr und schob die Hände in die Taschen seines Regenmantels. »In den letzten paar Tagen habe ich eine Menge nachgedacht. Du sagtest, daß wir jetzt andere Menschen sind. Ich weiß, daß ich nicht mehr der gleiche bin, aber von dir kann ich das nicht sagen. Du bist älter und klüger, aber grundsätzlich bist du die gleiche geblieben. Ich glaube, nichts wird dich jemals radikal verändern, Winnie.«

»Jeder ändert sich.«

»Kann sein. Es ist nur eine Sache des Ausmaßes, nicht wahr? Manche Leute verlieren ihren Glanz schneller als andere. Und du wirst immer eine Politur haben, ein gewisses Leuchten.«

Sie verschränkte ihre Arme um die Knie. »Du bist gekommen, um mich um meine Hand zu bitten, nicht wahr?«

»Ja.«

»Darüber wird Vater sehr glücklich sein.«

»Es geht mir nicht darum, daß ich deinem Vater eine Freude machen will.«

»Ich werde auch glücklich darüber sein. Ich liebe dich, Fenton. Ich habe mich in dich verliebt, als ich sechzehn war und als Andrew dich zu meiner Geburtstagsparty nach Lulworth mitbrachte. Oder war es deine rote Jacke, in die ich mich verliebte? Schwierig zu sagen. Jetzt liebe ich dich nicht mehr wegen deiner Jacke. Tatsache ist, daß ich dich trotz deiner Jacke liebe. Ich hasse diesen Krieg. Wenn du mich heiratest, wirst du in der komischen Lage sein, eine Pazifistin zur Frau zu haben.«

»General Davenports Frau ist Suffragette. Sie hat sich einmal an einen Briefkasten gekettet. Das hat seine Karriere auch nicht ruiniert.«

»Ich bete um den Tag, an dem deine Karriere unnötig ist.«

»Ich auch.«

Sie schaute ihn einen Augenblick lang schweigend an und zog dann die Knie dichter an ihren Körper.

»Eins ist bis jetzt noch ungesagt geblieben. Vater wird glücklich sein, ich werde glücklich sein. Aber was ist mit dir? Liebst du mich?«

»Wenn es Liebe ist, daß ich gern bei dir sein möchte, und wenn es Liebe ist, in deiner Gegenwart mit mir selbst im Frieden zu sein, dann liebe ich dich. Ja.«

Sie nickte ernst. »Wie geradeheraus und ehrlich du bist. Wollen wir hineingehen und es Vater sagen?«

»Das würde ich gern.«

»Sollen wir in London heiraten? Oder würdest du dazu lieber nach Suffolk fahren?«

Er rieb sich das Kinn. »Ich habe nur noch zehn Tage Urlaub übrig. Ich dachte, wir könnten... Nun, wir könnten morgen nach Schottland fahren und in Gretna Green heiraten. Wir würden dann mit den anderen Paaren Schlange stehen. Natürlich nur, wenn es dir nichts ausmacht.«

»Ach du lieber Himmel«, lachte sie. »Gretna Green? Was wird Mutter dazu sagen?«

»Sie wird nicht die Chance haben, irgend etwas zu sagen.« Lord Dexford trat in die Halle, eine Flasche Champagner unter jedem Arm. »Ich wußte schon, woher der Wind blies, als du an die Tür klopftest, Fenton. Steck die Flaschen in deinen Seesack. Mumm, 1910. Der Postzug fährt um Mitternacht am Bahnhof Euston ab. Ihr habt reichlich Zeit, ihn noch zu kriegen, wenn du dich mit deiner Packerei beeilst, Winnie.«

Winifred stand langsam auf. »Wir können den Zug ruhig verpassen, Fenton, wenn du irgendwelche Zweifel hast. Irgendwelche Bedenken auf den zweiten Blick.«

»Warum sollte er Zweifel haben?« schnaubte ihr Vater. »Ich rufe den Wagen.«

»Ich meine es wirklich«, sagte sie.

Er langte nach oben und berührte ihre Hand, und sein Blick war fest in ihr Gesicht gerichtet.

»Keine Bedenken auf den zweiten Blick, Winnie.«

Sie drehte sich schnell um und rannte die Treppe hinauf.

Der Marquis starrte hinter ihr her und reichte Fenton dann die Flaschen mit dem Champagner.

»Ich würde einer von diesen Flaschen gern mit dir den Hals brechen, aber dafür ist keine Zeit. Ich seh' es gern, daß sie dieses Haus verläßt, Fenton, und ich glaube, du weißt auch warum. Sie ist ein prima Mädel. Schlau. Starker Körper und gesunder Geist. Und sie ist eine Dexford – sie wird Söhne bekommen.«

Der Wind kam in einer Flut von der Irischen See, er wühlte die Wasser der Luce Bay auf und rüttelte an den Fenstern des Gasthauses. Wenn er eine Hand auf die Glasscheibe legte, konnte Fenton die Kälte spüren. Der Wind hatte den Nebel verjagt, und die Hügel von Cumberland lagen wie grüne Wolkenbänke auf der anderen Seite des Firth of Solway. Er zog seinen Morgenmantel fester zusammen und zündete sich eine Zigarette an. Die Zugluft von den Fenstern ließ den Rauch in Spiralen nach hinten wirbeln.

»Woran denkst du?« fragte sie nach einer Weile.

»Ach, an das eine oder andere. Heute ist Neujahrstag, und es ist auch wirklich ein strahlender, kalter Tag.«

»Ein guter Anfang.«

»Ja. Es ist schon ein Grund zum Feiern, wenn man am ersten Januar in Wigtownshire die Sonne sieht.«

»Du bist schon einmal hier gewesen, nicht wahr?«

»Du meinst, in Port William?«

»In diesem Gasthaus.«

»O ja, schon mehrmals. Einer meiner Freunde hat ein Boot in Stranraer liegen gehabt, und wir sind auf diesen Gewässern gesegelt: Islay, Mull, bei den Hebriden und natürlich auf dem Solway. Unsicheres Wasser; manchmal verdammt gefährlich.«

»Hast du jemals mit einem Weib hier geschlafen?«

Er paffte an seiner Zigarette. »Was für eine Frage! Dieser Satz ist ja regelrecht elisabethanisch. Die Antwort ist nein. Ich habe nie mit einem Weib geschlafen... Nicht hier.«

»Ich liebe dich wirklich, Fenton. Ich glaube, du kannst überhaupt nicht lügen. Selbst deine kleinen Lügen klingen irgendwie nach Wahrheit.«

Seine Füße waren fast betäubt vor Kälte. Er drückte seine Zigarette in einer Untertasse aus und stieg wieder ins Bett. Winifred öffnete seinen Morgenrock und preßte sich an ihn.

»Ich bin keine Enttäuschung, oder?«

»Du bist eine herrliche Überraschung«, sagte er.

»Weil ich ein Landmädchen bin«, sagte sie und streichelte seine Hüfte. »Ich weiß, wie die Natur funktioniert.«

Er rollte sich auf die Seite und küßte sie auf die Stirn. »Und du bist auch ein bißchen frech. Ein süßer Wildling.«

»Und wer ist jetzt elisabethanisch?« Ihre Arme umschlangen ihn. »Darf ich dich etwas fragen? Du mußt es nicht beantworten.«

»Ja.«

»Hat es jemanden gegeben, den du lieber hierhergebracht hättest als mich? Jemanden, den du nicht haben konntest?«

»Das war vor einer Ewigkeit«, sagte er ruhig.

»Und hast du entdeckt, daß du sie mit mir vergleichst?«

»Da gibt es nichts zu vergleichen. Du bist Winifred. Du bist einmalig.«

»Die Dame des Obersten.«

»Ja. Eine Dame bis zu den Fingerspitzen.«

Ihre Hände glitten zärtlich über seinen Rücken. »Aber nicht immer.«
Er dachte nicht an Lydia, er hatte auch nicht an sie gedacht, als er in der vergangenen Nacht mit Winifred geschlafen hatte. Es war bei Winifred unmöglich, sie im Bett mit einer anderen Frau zu vergleichen. – Ihren Körper mit dem Körper einer anderen. Die körperliche Vereinigung mit ihr war nicht die Suche nach sexueller Befriedigung. Es war das Leben, das er in ihr suchte, und ihre Kraft, Leben zu schenken. Der Krieg hielt ihn fest in den Klauen, selbst im Bett; aber wenn er eins war mit ihrem warmen, lebendigen Körper, dann wurden ihre heftigen Atemzüge und ihre Seufzer für ihn zum Gegenpol gegenüber Tod und Schmerzen. Er spürte, daß sie das verstand, daß sie begriffen hatte, was er brauchte. Und dadurch hob sie sich deutlich und unwiderlegbar von jeder anderen Frau ab, die er gekannt hatte. Der Wind riß an den Fenstern, rüttelte sie in ihrem Rahmen, heulte und kreischte im Dachstuhl und erinnerte ihn an die verdrängten Geräusche der Granaten. Er preßte sein Gesicht in die weiche Höhlung zwischen ihren Brüsten, und sie umarmte ihn ganz fest – als ob sie ihn an diesem ersten Tag des Jahres vor all den anderen Tagen, die folgen würden, beschützen wollte.

3

Charles verließ das Kriegsministerium und ging mit schnellen Schritten durch Whitehall zum Charing Cross. Es war ein fast zu perfekter Apriltag, so ein Tag, der die Poeten zu hingerissenen Gedichten inspirierte. Der Wind kam sanft von Westen und trug den schweren Duft des Frühlingsregens mit sich. Weiche, makellose weiße Wolken schwebten über einem tiefblauen Himmel, und ein Sonnenstrahl fiel – als ob Gott das selbst so eingerichtet hätte – direkt auf Admiral Nelson, der auf seiner Säule stand. Am Fuß des Monuments standen, zusammengedrängt wie graue Tauben, alte Frauen, die Veilchen verkauften.
Er überquerte den Trafalgar Square und schritt die St. Martins Lane wie in großer Eile hinauf. Endlich erreichte er ein vierstöckiges, unscheinbares Gebäude in der Shelton Street. Dort blieb er stehen, um seine Uniform geradezurücken, seine Schuhe mit einem Taschentuch abzustauben und seinen Herzschlag wieder normal werden zu lassen. Dann betrat er das Gebäude und ging langsam die Treppe hinauf zum zweiten Stock. Ein halbes Dutzend Offiziere wartete dort schon; die Männer standen auf dem Korridor oder saßen auf zwei hölzernen Bänken, die neben der Tür mit der Aufschrift »Nummer 7, ärztlicher Dienst« standen. Einer oder zwei der Offiziere hatten Spazierstöcke bei sich, aber die meisten sahen gesund aus und waren anscheinend nicht überglücklich dabei.

»Kenne ich Sie nicht?« sagte ein Major von der Rifle Brigade, der an einer Zigarette paffte.
»Ich glaube nicht«, sagte Charles.
»Ich dachte, ich kenne Sie. Tut mir leid. Heiße Merton und bin topfit, so ein Pech. Werde wahrscheinlich wieder nach Frankreich zurückgeschickt, und nächstesmal habe ich bestimmt nicht so ein verdammtes Glück, das kann ich Ihnen sagen.«
Charles wandte sich von dem Mann ab und ging langsam auf dem Korridor hin und her. Endlich wurde sein Name aufgerufen. Ein grauhaariger Obergefreiter, der hinter einem Schreibtisch saß, hakte seinen Namen von einer maschinengeschriebenen Liste ab.
»Major Lord Amberley? Oberst Beaumont würde Sie gern in seinem Büro sprechen – dritte Tür den Korridor hinunter, Sir.«
Oberst Beaumont war vor dem Krieg ein prominenter Chirurg in der Harley Street gewesen. Jetzt, mit siebzig Jahren, fand er sich als Oberst im Sanitätskorps der Armee wieder, als Mitglied eines Ärztekollegiums, dessen Arbeit es war, verwundete Offiziere wieder für den Dienst an der Front freizustellen.
»Aha, Amberley«, sagte er warm, als Charles sein kleines, unordentliches Büro betrat. »Wie geht's denn dem Becken?«
»Ist besser als neu.«
»Und das Bein?«
»Das gleiche. Hundert Prozent in Ordnung. Ich bin den ganzen Weg von Whitehall sehr schnell zu Fuß hierher gelaufen, und ich spüre noch nicht einmal ein Zwicken.«
»Gut, gut. Und all die Viren sind auch aus Ihrem Bauch verschwunden?«
»Das hoffe ich.« Er lächelte, um dem alten Mann anzudeuten, daß er einen Witz machte. »Habe seit Wochen keinen von den kleinen Teufeln mehr gesehen.«
»Na prima.« Der Oberst schaute auf seinen Schreibtisch hinab und schob ein paar lose Blätter herum. »Daß Sie heute hierhergekommen sind, war eigentlich nur noch eine Formsache. Ich persönlich bin überglücklich, daß Sie sich so gut wie neu fühlen, aber Sie fallen nicht länger in den Verantwortungsbereich des ärztlichen Dienstes.«
»Ich bin nicht sicher, ob ich Sie verstehe, Herr Oberst.«
»Wir haben gestern eine Anweisung von General Haldane bekommen, der uns darüber informierte, daß Ihr Name aus der Liste der verwundeten Offiziere, die auf ihre Freistellung für den aktiven Dienst warten, gestrichen werden soll. Es scheint so, daß Sie voll und ganz zum NS fünf gehören, zu so einem Verband, der sich Landschiffkomitee nennt. Was ein Landschiff sein könnte, liegt allerdings außerhalb meines Verständnisses, Sir, aber da steht es.« Er lehnte sich über seinen Schreibtisch und streckte

eine Hand aus. »Viel Glück, Amberley. Ich bin froh, daß ich Sie nicht zurück in die Schützengräben schicken muß.«
Charles nahm ein Taxi zu seinem Büro in der Old Pye Street, zu dem Gebäude, das seit den Tagen von Pepys schon eine ganze Anzahl von Ämtern der Regierung beherbergt hatte. Der Wachtposten öffnete ihm die Tür, ohne nach seinem Ausweis zu fragen. Er war jetzt wohlbekannt dort, dachte Charles mit einem Anflug von Bitterkeit. Einer der alten Hasen bei NS fünf. Er nahm die schmale Treppe zwei Stufen auf einmal und ging hinauf zu dem Zimmer im dritten Stock, das er noch mit drei anderen Offizieren teilte. Zwei waren von der Marine, und zwei waren Zivilingenieure. Nur Lieutenant-Commander Penhope, R.A.N.S., war an seinem Schreibtisch. Er lag halb in seinem Stuhl und las die Nachmittagsausgabe der Daily Post. Die Schlagzeile schrie: KONTERATTACKE IN VERDUN.
»Fisher hat nach dir gefragt, Amberley«, sagte der Marineoffizier, ohne den Blick von seiner Zeitung abzuwenden.
Charles setzte sich auf die Kante seines Schreibtisches und zündete sich eine Zigarette an. »So? Was wollte er denn?«
»Ach, das übliche. Der ›dicke Willy‹ hat irgendein hohes Tier mal wieder nicht beeindruckt. Zu wenig Kraft. Fisher will, daß du nach Yorkshire fährst, oder an irgendeinen anderen gottverlassenen Ort, und dort eine neue Maschine prüfst. Du sollst Bigsby mitnehmen.«
Charles blies einen wilden Rauchstrahl aus. »Warum zum Teufel schickt er denn nicht Bigsby allein los?«
»Du weißt doch warum«, sagte Penhope langgezogen.
Algernon Bigsby war Zivilist. Er war ein Mann im mittleren Alter, der schwindsüchtig aussah und beim Sprechen immer das H verschluckte. Außerdem kaute er an Zigarren und spuckte dauernd auf den Boden. Algernon Bigsby wußte alles, was es über Maschinen zu wissen gab, aber bei den Stabsoffizieren war schon sein reiner Anblick verhaßt. Es würde Bigsby sein, der in Yorkshire alles über den neuen Motor herausfand, und Charles würde diese Information dann im Auftrag von NS fünf weiterleiten – sie an die hohen Tiere »verkaufen«.
»Hat er gesagt, wo das in Yorkshire ist?«
»Seine Schreibkraft hat die ganze Information und auch die Reisepapiere.«
Ein Botenjunge, mehr nicht. Sein Beitrag zum Raupen-Landschiff, das jetzt »Panzer MK 1« oder auch »dicker Willy« genannt wurde – im Gegensatz zum »kleinen Willy«, der ein Reinfall gewesen war –, beschränkte sich auf seine Fähigkeit, sich klar auszudrücken, und natürlich darauf, daß er in jeder Offiziersmesse sofort akzeptiert wurde. Algernon Bigsby hatte vielleicht alle Fachkenntnisse, aber trug keine tadellos geschneiderte Uni-

form, auf deren Aufschlägen die Abzeichen der Royal Windsor Fusiliers waren.
Als Charles zu Hause ankam, war dort eine Cocktailparty im Gange. Er hatte Lydia versprochen, daß er dasein würde, aber er hatte es vollkommen vergessen. Archie fand die warme, aber elegante Atmosphäre in Bristol Mews geschäftsfördernd, man konnte dort unterschiedliche Persönlichkeiten zusammenbringen, und seine Tochter war die perfekte Gastgeberin. Eine zusammengewürfelte Gruppe unterhielt sich im Salon im ersten Stock – ein Fabrikbesitzer aus Manchester redete Wange an Wange mit einem liberalen Mitglied des Parlaments, General Sir William Robertson nickte mit dem Kopf zu allem, was David Langham ihm erzählte; Wissenschaftler, Ingenieure, hohe Tiere aus Whitehall, Politiker, Geschäftsmagnaten und elegante Frauen mischten sich harmonisch.
Archie sah Charles, als er die Treppe heraufkam, und drückte ihm einen Drink in die Hand. Archie Foxe, der perfekte Gastgeber, benahm sich in jedem Haus so, als ob es ihm gehörte.
»Langham redet mit Wully Robertson«, flüsterte er, »der General würde dich gerne kennenlernen. Er erweitert gerade seinen Stab, und Langham erzählt ihm die ganze Zeit, wie großartig du bei NS fünf mitgearbeitet hast.«
»Das ist nett von Mr. Langham, sich für meine Interessen einzusetzen«, sagte Charles angespannt, »aber für einen Posten im Stab auf einer so hohen Ebene bin ich nicht geeignet.«
Archie schaute ihn an, als ob er sich den Magen verdorben hätte. »Du bist zu selbstkritisch, Charles. Hau dir doch hin und wieder auf die Brust, dann werden die Leute schon die Ohren spitzen und dich bemerken.«
Der Versuch, Archie zu erklären, daß er überhaupt nicht bemerkt werden wollte, wäre vergebene Liebesmüh gewesen. Ehrgeiz, das war das Banner, unter dem Archie Foxe immer marschiert war. Er hatte dieses Banner stolz aus einem Arbeitshaus in Shadwell bis zu den marmornen Hallen der Macht getragen, und für ihn gab es keinen Grund zu glauben, daß nicht alle anderen Leute seinen Glauben daran teilten. Auch Sir William »Wully« Robertson glaubte mit Sicherheit daran. Er hatte sich über die Mannschaftsdienstgrade in der Armee Königin Victorias hochgearbeitet und war Chef des Generalstabs geworden, und das hatte er nicht geschafft, weil er so bescheiden war. Robertson mochte ehrgeizige Leute, weil sie die Arbeit besser schafften als diejenigen, die eher abwartend gesinnt waren.
Ein Posten im Generalstab. Rote Abzeichen auf den Aufschlägen... Vielleicht noch eine Beförderung zum Oberstleutnant. Er brauchte nur darum zu bitten – wenn er den General mit seiner Energie, seinem Drang nach vorne beeindrucken konnte.

»Ja, Sir, ich bin gerne bei NS fünf, aber ich finde, ich bin zu eingeschränkt. Meine Arbeit dort besteht ziemlich weitgehend aus Routine, und ich würde mich lieber mit den breiteren Aspekten des Krieges beschäftigen.«
Langham würde an der Seite stehen, würde dieses leicht spöttische Lächeln zeigen, und General Sir William Robertson, Wully für seine unmittelbaren Freunde, würde wissend lächeln, mit dem Kopf nicken und dann im Endeffekt sagen: »Kann ich Ihnen trauen? Werden Sie tun, was man Ihnen sagt? Werden Sie mir dabei helfen, Lord Horatio Herbert Kitchener von Khartoum so richtig in die Ecke zu drängen?«
Die Kriegspolitik wurde in den Salons von London ausgefochten. Die Amtsenthebung von Sir John French, der Aufstieg von Sir Douglas Haig, die Kämpfe zwischen dem Kriegsminister, Lord Kitchener, und dem Chef des Generalstabs – Wully. Und das alles ging in diesem Salon an diesem Nachmittag in Bristol Mews vor sich. Sollte Kitchener entthront werden – natürlich auf eine höfliche Art –, dann würde es im Kabinett einen offenen Sitz geben, und David Langham war vielleicht genau der richtige Mann, der in den leeren Stuhl paßte. Er würde großartig mit Robertson auskommen, und mit den hohen Tieren auch, aber es schadete nichts, einen Freund im Generalstab zu haben.
Sehr sinnvoller Gedanke, dachte Charles, während er an seinem Drink nippte. Das einzige, was dabei nicht stimmte, war die Tatsache, daß er David Langham nicht mochte und auch nicht die Absicht hatte, an General Robertson heranzutreten. Er schlenderte zur anderen Seite des Zimmers hinüber, wandte der Menge den Rücken und schaute durch die hohen Fenster auf die schmale, ziegelsteingepflasterte Straße hinab.
»Du bist nicht sehr gesellig«, murmelte Lydia, die neben ihn trat. »Fühlst du dich nicht wohl?«
»Ich fühle mich großartig. Wie neu.« Er nahm einen weiteren Schluck von seinem Drink. »Der ärztliche Dienst hat mich darüber informiert, daß ich für Frankreich nicht geeignet bin. Aber nicht aus gesundheitlichen Gründen. Ich wäre zu verdammt wichtig, um zum Beispiel Deutsche abzuschießen. Ich bin in die Gruppe NS fünf eingesperrt.«
»Ach du liebe Zeit.« Sie küßte ihn leicht auf die Wange. »Ich hatte so ein Gefühl, daß das passieren würde. Du hast dich denen zu nützlich erwiesen.« Sie küßte ihn noch einmal und fuhr mit der Hand über seinen Rükken. »Ärgere dich nicht, Liebling. Hat Daddy dir wegen General Robertson Bescheid gesagt?«
»Er hat irgend etwas erwähnt.«
»Eine Stelle beim Stab als Verbindungsmann zwischen dem Generalstab und Haigs Hauptquartier in Frankreich. Du wärst dann genausooft in Montreuil wie in London. Und wie ich Wully kenne, würde er dich sicher auch deine Nase bis in die Divisionshauptquartiere stecken lassen, um die

Informationen zu bekommen, die er braucht. Du wärst mitten drin, und du müßtest nicht deine ganze Zeit bei all diesen Exzentrikern in der Old Pye Street verbringen.«
»So schlimm sind die nun auch wieder nicht.«
»Natürlich nicht, Liebling, aber du fühlst dich doch dort ein bißchen fehl am Platze. Beim Stab ist es doch viel mehr so, als ob man in der Armee ist. Und auf der anderen Seite des Kanals wärst du doch sicher zufriedener, als wenn du weiterhin über Farmen trottest oder Fabriken besuchst.«
Ihr Parfüm war exquisit. Ihr seidenes Abendkleid streichelte über seine Hand, als Lydia sich an seine Seite preßte. Er dachte an Algernon Bigsby, wie er Tabaksaft auf die ölige Scheibe seines Schützentürmchens spuckte.
»Ich nehme an, du hast recht.«
Ihre Finger krallten sich in ihn. »Ich weiß, daß ich recht habe. Komm, rede doch nur einen Augenblick mit Wully. Begrüße ihn wenigstens.«
Er zwang sich dazu, ein ernstes Gesicht zu behalten. General Sir William Robertson verschluckte das H, genau wie Algernon Bigsby.

Sie hatten separate Schlafzimmer. Ihres war voller Rüschen und sehr weiblich, cremefarben und golden, und sein Zimmer strahlte üppige Männlichkeit aus, mit Mahagoni und Messing. Er kam in Lydias Zimmer, wie sein Vater immer in Hannas Zimmer gekommen war.
Später ließ er sich neben Lydia hinfallen, fühlte sich verschwitzt in seinem Nachthemd. Es war ihm unmöglich gewesen, mit ihr zu schlafen. Er fühlte sich zu aufgedreht, zu bedrückt. Er hatte nicht mehr fertiggebracht, als ihr das seidene Nachthemd bis zu den Hüften hochzuschieben und ihre warmen Schenkel zu berühren.
»Tut mir leid«, sagte er. »Ich hätte dich in Frieden lassen sollen.«
»Das macht doch nichts.« Sie beugte sich über ihn und küßte seine Stirn. »Armer, müder Soldat.«
»Ich fühle mich so unnütz, Lydia. Ich bin zu wichtig, um nach Frankreich geschickt zu werden, und trotzdem könnte jeder meine Arbeit machen.«
»Vielleicht. Aber nicht jeder kann in Robertsons Stab sein. Der schätzt seine Leute selbst ein. Wußtest du, daß er dem Herzog von Chatsworth gesagt hat, sein Sohn wäre nicht einmal in der Lage, Kavalleriepferde zu beschlagen? Das ist wahr! Percy! Du kennst ihn doch, Captain bei den Blues. Die Kommission konnte ihm sein Vater besorgen, aber nicht eine Stabsposition bei Wully!«
Sie streichelte seine Brust, ihre Handfläche ruhte leicht auf dem Nachthemd aus Flanell. Mehr tat sie nicht. Es störte ihn, wenn sie zu kühn wurde. Die Männer leiteten den Liebesakt ein. Frauen nicht.
»Ich muß morgen nach Yorkshire«, sagte er nach einem langen Schwei-

gen. »Nach Huddersfield, um mir ein paar Motoren anzusehen. Ich nehme den Siebenuhrzehn von St. Pankras.«
»Dann stehe ich früh auf und fahre dich zum Bahnhof.«
»Nein. Ein Wagen kommt her und holt mich ab.« Er wandte sich von ihr ab und setzte sich auf die Bettkante. »Ich dachte, ich könnte vielleicht bei Fenton vorbeifahren. Er ist im Camp Flockton Moor, nur eine kurze Fahrt von dem Ort, wo ich hin muß.«
»Grüß ihn schön von mir«, sagte sie und starrte an die Decke.
»Natürlich.« Er stand jetzt auf, um wieder in sein Zimmer zu gehen. Er beugte sich über das Bett und küßte sie. »Wenn ich zurückkomme, nehmen wir uns ein paar Tage frei und fahren nach Lyme Regis. Wir könnten dort ein Häuschen mieten und im Meer baden. Würde dir das Spaß machen?«
»Sehr.«
»Und ich werde mir ernsthaft diesen Stabsposten überlegen... Wenn ich gefragt werde, heißt das.«
»Du wirst ihn bekommen. Er war von dir beeindruckt.«
»Nachdem Langham ihn ein bißchen angestupst hat?«
»Nein«, sagte sie tonlos. »Du kannst ganz allein alles kriegen.«

Lydia parkte den Wagen und ging zu Fuß die Uferpromenade entlang. Die Themse hatte Niedrigwasser, Vögel pickten auf den Schlammbänken herum. Sie betrat das Ministerium von der Flußseite her, und der einzelne Wachposten, der dort Dienst hatte, rief erst in Langhams Büro an, ehe er ihr erlaubte, das Gebäude zu betreten. Sie verlief sich nicht in dem Gewirr von Korridoren und Treppen, und sie betrat das innere Zimmer von Langhams Abteilung durch eine Seitentür. Es war ein dunkler, muffiger Raum, der mit Gesetzbüchern und riesigen, in Leinen gebundenen Bänden über Ökonomie und wichtige Statistiken vollgestellt war. Sie setzte sich auf ein Ledersofa, und nach zehn Minuten kam David Langham aus dem äußeren Büro ins Zimmer. Er schloß die Tür und drehte den Schlüssel herum.
»Ich bin froh, daß du gekommen bist«, sagte er und schenkte ihr kaum einen Blick. Er zog seinen Mantel aus und begann, sich die Ärmel aufzurollen, während er in den kleinen Waschraum ging, um sich die Hände zu waschen. »Der General hat mich heute morgen angerufen. Er war beeindruckt von Charles... Nun, warum sollte er das auch nicht sein? Er ist ja schließlich der Prototyp eines jungen Mannes aus dem Hochadel. Wully bewundert den Adel, aber tun wir das nicht alle?«
»Bei dir möchte ich das bezweifeln.«
»Ganz falsch, meine Liebe. Ich glaube fest an die Erhaltung von Relikten und nationalen Schätzen aller Art.« Er kam aus dem Waschraum und

wischte sich die Hände am Handtuch ab. »Also, das war ein glücklicher Morgen für dich. Der kleine Charles bekommt rote Fleckchen auf den Kragen und wird ohne Zweifel, noch ehe der Krieg zu Ende ist, Brigadegeneral werden. Und danach? Na, wer weiß? Gouverneur in irgendeinem Winkel des Reiches, eine feste, aber gerechte Hand an der Kehle der Eingeborenen, und die Dame an seiner Seite in kaiserliches Weiß gekleidet, und ein Sonnenschirm schützt ihren schönen Kopf.«
»Es macht dir Spaß, Menschen mit einem Köder zu fangen, nicht wahr?«
»Es macht mir Spaß, die Zukunft vorherzusagen. Und ich glaube, du würdest das unendlich genießen. Es würde ein hübsches Fleckchen Erde sein. Die Bermudas vielleicht, oder Malta.« Er rollte das Handtuch zu einer Kugel zusammen und warf es durch die offene Waschraumtür. »Ich habe den ganzen Morgen damit verbracht, die Zukunft vorherzusagen, aber keine war so angenehm wie deine. Die Franzosen bluten sich in Verdun aus, und sie verlangen, daß wir unsere Offensive an der Somme augenblicklich starten. Der Premierminister ist über diese Forderung ganz betroffen, und Kitchener ist aus dem Häuschen. Sir Douglas Haig behauptet, daß er vor Ende August nicht losschlagen könnte, aber bis dahin stürzt vielleicht die französische Front ein. Ende Juni werden wir angreifen, und das ist ein Kompromiß, der weder Haig noch den Franzosen recht sein wird. Ich habe einen starken Brief an Poincaré gesandt, in dem ich andeute, daß sie ihre Verluste am besten dadurch verringern sollten, daß sie sich über die Maas zurückziehen und den Deutschen Verdun überlassen. Diese Stadt hat überhaupt keine strategische Bedeutung. Warum soll man sie also wie einen heiligen Schrein behandeln? Aber das hängt natürlich nicht von dem armen Poincaré ab. Schließlich ist er ja nur der Präsident. Joffre und den Generälen, denen sind die Verluste verdammt egal. Für die sind Leute einfach Zahlen. Bis jetzt sind es neunundachtzigtausend tote *Poilus,* und Gott weiß wie viele, die völlig sinnlos verkrüppelt werden. Aber das ist natürlich nur eine Bagatelle, wenn man es gegen die Glorie Frankreichs aufwiegt. *Ils ne passerent pas! Vive la gloire! La voie sacrée!* Schuljungenrhetorik.«
Er stand da und schaute sie an; er hatte die Hände auf die Hüften gestützt, und sein schlanker Körper war so gespannt wie ein Bogen. Ein feuriger kleiner Mann; seine dunklen Augen brannten.
»Wie faszinierend du bist, Mr. Langham. Ich wäre nur sehr ungern ein Franzose, der mit dir diskutieren muß.«
Er streckte ihr drohend einen Finger unter die Nase. »Der Krieg ist eine viel zu komplexe Angelegenheit, als daß ein Militärgehirn sie verstehen könnte – aber das hast du ja schon einmal gehört, nicht wahr? Warum muß ich immer Reden halten, wenn du hierherkommst? So eine schreckliche Zeitverschwendung.« Er setzte sich neben sie auf die Couch, nahm

ihr Kinn in seine Hand und drehte ihr Gesicht zu sich herum. »Du bist viel zu schön, Lady Amberley. Wenn ich eine Frau mit deinem Gesicht geheiratet hätte, wäre ich noch immer Anwalt in Liverpool.«

»Haben deshalb die Politiker oft so unscheinbare Frauen?«

»Das ist lebenswichtig für die Wahlkämpfe. Männer würden niemals für einen Kandidaten stimmen, der eine schöne Frau hat. Sie haben dann das Gefühl, daß er schon genug erreicht hat.«

»Ich könnte die gleiche Frage stellen.«

Er ließ seine Hand auf ihr Mieder fallen und begann, es mit fingerfertiger Geschicklichkeit aufzuknöpfen.

»Man fragt sich, wer von diesen kurzen Zusammenkünften eigentlich mehr hat. Dein Appetit auf die Freuden des Fleisches kommt dem meinen absolut gleich.« Seine Hand war jetzt in ihrem Hemd und preßte sich fest auf eine nackte Brust. »Siehst du? Dein Herz rast, dein Atem fängt sich in der Kehle.«

»Bitte, mach schnell.«

»Wir werden uns langsam beeilen, wenn es dir nichts ausmacht. Wir werden es genießen, wie immer.«

»Eil dich...«

»Aber, aber! Was für eine leidenschaftliche kleine Hure wir doch heute wieder sind.«

»Bitte...«

Es hatte in letzter Zeit in Yorkshire ununterbrochen geregnet, und die Fabrik in den Außenbezirken von Huddersfield war von einem See aus Schlamm und stehendem Wasser umgeben. Ein hoher Maschendrahtzaun, auf dessen Spitze Stacheldraht war, schloß die Fabrik ein, und es gab kein Schild, das darauf hindeutete, welche Art Fabrik es war oder wem sie gehörte. Erst als der Armeewagen, der sie von Leeds heraufgebracht hatte, am Hauptgebäude vorfuhr, sah Charles ein kleines Schild an einem der Tore: ROLLS-ROYCE MOTORENWERKE – TESTABTEILUNG.

Ein hochaufgeschossener junger Mann, der einen blauen Arbeitsanzug trug, kam nach draußen und begrüßte sie.

»Lord Amberley? Mr. Bigsby?«

»Jawohl«, grunzte Bigsby. Er spuckte einen Strom brauner Spucke in eine Pfütze. »Widerliches Stück Land, dieses Yorkshire.«

»Bißchen feucht«, sagte der junge Mann. Er konzentrierte seine Aufmerksamkeit auf Charles. »Mein Name ist Wilson. Ich bin der Leiter dieser Abteilung. Unser Mr. Ross ist drüben in Schuppen Nummer vier, direkt neben den Schienen.«

»Ich hoffe, das Paket ist angekommen«, sagte Charles.

»O ja. Es ist heute früh geliefert worden. Häßliches Ding, nicht? Wir ha-

ben die Maschine schon ausgebaut.« Er zeigte irgendwo in den wirbelnden Nieselregen hinein. »Bleiben Sie auf den Brettern. Hat keinen Sinn, hier zu fahren, der Motor würde Ihnen im Schlamm versinken.«
Der »dicke Willy« stand in einem großen Wellblechgebäude, dessen elektrische Lichter auf seinen stahlgepanzerten Seiten glänzten; die Maschine war ein riesiges, rhombenartig geformtes Monstrum, und aus den Schießscharten an den Seiten standen 2-cm-Marinekanonen hervor. Männer in Arbeitsanzügen krabbelten überall auf ihm herum, und von innen, aus der dicken Panzerung, kam das dumpfe Dröhnen von schweren Hämmern. Charles und Bigsby kletterten auf das hintere Ende des Panzers und spähten in die offene Motorklappe.
»Ist Mr. Ross da?« brüllte Charles.
Das Hämmern hörte auf.
Ein Mann mit Schmieröl im Gesicht blickte zu ihnen auf.
»Jawohl, is' er. Mr. Ross, Sir, das Geschäft ruft.«
Ein Mann, der zerzaustes Haar hatte und in einem ölverschmierten Overall steckte, tauchte aus der inneren Dämmerung des Panzers auf. Charles starrte ihn ungläubig an.
»Aber... Sie sind ja unser Ross!«
Jamie Ross grinste und schlängelte sich aus der Motorklappe.
»Jetzt nicht mehr direkt Ihr Ross.« Er wischte sich die Finger an einem Tuch ab und streckte die rechte Hand aus. »Ist aber schön, Sie wiederzusehen, Mylord. Ist es, ehrlich.«
»Ich bin ganz verblüfft, Ross. Ich wußte zwar, daß Sie zur Firma Rolls-Royce gegangen waren, aber Sie hier zu finden...«
»Ach, die haben mich so ein bißchen hin- und hergeschoben. Seit drei Monaten bin ich jetzt in dieser Fabrik.« Er verschränkte die Arme und schaute Charles von oben bis unten an. »Schon Major. Junge, Junge, Sie sehen richtig gut aus in der Uniform, Mylord. Sind Sie einer von den Kerlen, die für diesen klapprigen Drachen von 'nem Ding verantwortlich sind?«
»Eigentlich nicht. Ich bin nur so eine Art Aufseher.«
»Ich habe mit einem von Ihrem Haufen in London gesprochen... Hat hier neulich angerufen. Der meinte, die Kiste wäre untermotorisiert. Das ist ja vielleicht auch ein Witz, wissen Sie. Dieser Brocken muß mindestens dreißig Tonnen wiegen, und er hat nur 'ne Maschine mit hundertfünf PS drin. Ich bezweifle, daß der auf 'ner vollkommen flachen, hart gepflasterten Straße mehr als drei Meilen die Stunde macht.«
»Das dürfte es ungefähr sein«, sagte Bigsby und spuckte über die rechte Schienenspur.
Ross stieg auf den Boden hinunter und starrte nachdenklich den Motor des Panzers an, der an Ketten von einem Flaschenzug herunterhing.

»Daimler. Guter Motor, aber nichts für dieses Ding.«
»Haben Sie einen besseren?« fragte Charles, während er von dem Panzer heruntersteig und sich neben ihn stellte.
»O doch. Zweihundertfünfzig PS in Reihe, fertig zur Produktion. 'ne richtige Schönheit. Außerdem haben wir 'ne Dreihundertfünfzig-PS-Maschine im Teststadium. Flugzeugmotoren. Aber, wie ich diesem Trottel aus London schon versucht habe zu erklären, die sind noch nicht fertig fürs Fließband. Und wir kriegen sie auch nicht soweit, für mindestens vier Monate. Diese 105-PS-Daimlermaschinen allerdings, davon platzen die Lagerhallen aus den Nähten.«
»Richtig«, sagte Bigsby. »Das ist ja der Mistkram.«
»Wir könnten natürlich eine von unseren Falcon-Prototypen in diese Kiste einbauen, damit Sie sehen können, wie sie sich mit hundert PS mehr bewegt, aber wenn Zeit das Problem ist, dann hat das Ganze nicht viel Zweck.«
»Das meine ich auch«, sagte Charles. »Sie sind darauf vorbereitet, jetzt fünfzig Panzer zu bauen, und sie können nicht vier Monate warten, bis die Motoren fertig sind.«
»Wenn wir nur aus dem, was wir haben, ein bißchen Mumm rauskitzeln könnten...«, sagte Bigsby. Ross schloß die Augen und faltete die Hände hinterm Rücken. Eine Minute lang schaukelte er langsam auf seinen Absätzen hin und her und sagte dann: »Die Getriebeübersetzungen kommen mir irgendwie falsch vor, und das Vergaser- und Auspuffsystem ist für die Leistung, die der Motor bringen soll, auch nicht angemessen. Er kriegt nicht genug Sprit und wird beim Laufen dauernd abgewürgt, das ist so sicher wie das Amen in der Kirche.«
Bigsby verschoß wieder seinen Kautabaksaft. »Das Getriebe ist ein einziger Graus. Hab' ich denen schon die ganze Zeit gesagt. Ich weiß, was diese Kiste braucht.«
»Ja«, sagte Ross. »Ich glaube, das weiß ich auch. Wenn Sie meinen Jungs drei volle Tage geben könnten...«
»Natürlich«, sagte Charles.
»Modifikationen mit vorhandenen Ersatzteilen. Das Ganze sollte Ihren Zeitplan nicht mehr als eine Woche oder höchstens zwei aufhalten, und in der Leistung würde das einen gewaltigen Unterschied ausmachen.«
»Hört sich gut an«, sagte Charles.
»Schön. Dann wollen wir also damit vorwärtsmachen. Möchten Sie einen Becher Tee?«
»Ja... Gern, danke.«
»Mr. Bigsby?«
»Ich bin nicht so für Tee. Das widerliche heiße Wasser ist schlecht fürs Herz.«

Es war ein merkwürdiges Gefühl, neben Jamie Ross herzugehen, und es war noch seltsamer, ihm in seinem winzigen Ingenieurbüro gegenüberzusitzen. Ross schenkte zwei Becher süßen, milchigen Tee aus einer Warmhalteflasche ein und setzte sich dann hinter den mitgenommenen Schreibtisch.

»Komisch, daß wir uns so wiedertreffen, nicht?«

»Ja«, stimmte Charles zu. »Ist es wirklich.«

»Ich hab' gelesen, daß Mr. Wood-Lacy in Gallipoli umgekommen ist. Tut mir leid. War 'n netter Kerl. Wie geht's Seiner Lordschaft und der gnädigen Frau?«

»Ihnen geht es gut, danke.«

»Und Lady Alexandra?«

»Sie läßt sich als Krankenschwester ausbilden... Im Allerseelen-Hospital in London... Beim Schwesterndienst der Armee.«

Ross schüttelte ungläubig den Kopf. »Schwer zu glauben. Das letztemal, als ich sie gesehen habe, war sie völlig tangobesessen. Die gute alte Welt ändert sich ein bißchen, was?«

Charles starrte in seinen Tee. »Ja, das tut sie wohl.«

»Hat sich auch für mich ein bißchen geändert. Auf diesen neuen Motor hab' ich sieben Patente. Eigentlich ist er meine Idee, und ich bin verantwortlich für seine Massenproduktion. Ende des Monats schickt mich die Firma nach Amerika, nach Cleveland und Detroit. Die Yankees bauen den größten Teil davon für uns unter Lizenz. Mann, denken Sie mal, ich, Jamie Ross, ich geh' nach Amerika!«

Er nippte nachdenklich an seinem Tee. »Dieser Algy Bigsby ist ein Genie, ist er. Ich hab' früher immer seine Artikel in ›Mechaniker und Automobilisten‹ gelesen. 'ne ziemliche Inspiration für mich, als ich noch ein grünes Kerlchen war. Ich hab' aber nie gewußt, daß Sie an mechanischen Dingen so interessiert sind.«

»Nein. Ich bin immer noch nicht so schrecklich daran interessiert.«

Ross lächelte. »Kapiert. Ich mußte bei mehreren Gelegenheiten auch mit ein paar Gentlemen von der Armee fertig werden. Die werden taub, wenn ein Mann mit öligen Händen sie anspricht. Ich nehme an, der alte ›Spuck‹-Bigsby sagt es Ihnen, und Sie sagen es den hohen Tieren bei der Armee. Richtig?«

»So ähnlich.« Charles' Gesicht fühlte sich heißer an als der Tee.

»Mann, die verdammte Armee. Die denken, sie kämpfen noch immer auf der verdammten Krim oder im sonnigen Klima von Indien. Muß für Sie ganz schön anstrengend sein. Trotzdem, solange die Arbeit gemacht wird, das ist doch die Hauptsache, oder? Den Jungs die bessere Ausrüstung besorgen. Gibt es irgendwas Neues über dieses Schlachtschiff zu Lande?«

»Manche Leute scheinen das zu glauben, aber die meisten Generäle be-

zweifeln es. Einer von ihnen hat es ein hübsches Spielzeug genannt. Ich bin sicher, daß mehr dran ist.«
»Sieht so aus, als ob es ganz leicht Stacheldraht überrollen und Kugeln abhalten könnte. Natürlich nur, wenn es genug Mumm hat, um über das Niemandsland zu fahren.«
»Und das ist jetzt Ihre Arbeit, oder nicht?«
»Ja. Und ich kann es auch schaffen. Wird natürlich in keiner Weise perfekt. Sie können mindestens zwanzig Prozent Ausfälle erwarten. Die Gleichung Gewicht gegen Antrieb ist lächerlich. Der Panzer braucht mindestens dreihundert PS, um Schwung zu kriegen; das wären acht bis zehn Meilen pro Stunde auf flachem Gelände und fünf Meilen pro Stunde auf granatenzerschossenem Boden. Erzählen Sie denen das mal.«
»Das ist ja meine Arbeit«, sagte Charles hohl.
»Richtig«, sagte Ross und schlürfte seinen Tee. »Das ist Ihr Job, und den überlasse ich Ihnen gerne.«

Charles war zu sehr Außenseiter. Bigsby und Ross, die verölten Mechaniker, die sprachen ein Fachchinesisch, das für Charles völlig unverständlich war. Sie schienen alle erleichtert, als er sich verabschiedete und zurück zum Wagen ging. Er befahl dem Fahrer, ihn nach Flockton Moor zu fahren. Es war eine Fünfzehnminutenfahrt, die über durchweichte Hügel und danach durch ein flaches Moor an Reihen von hölzernen Baracken, Hütten aus Wellblech und Segeltuchzelten vorbeiführte. Ein Flaggenmast stand da, die britische Fahne peitschte im Wind, am Straßenrand stand ein Wachhäuschen, Soldaten exerzierten, eine Sturmlinie bewegte sich durch den Schlamm. Er hatte plötzlich ein Gefühl des Friedens. Dies war sein Element. Er dachte an die Windsors und an das 2. Bataillon, an den 1. Zug der D-Kompanie... Bei jedem Wetter, Sir!
Die Offiziersmesse war in einer mit Teerpappe gedeckten Holzhütte, in der es an ein paar Stellen durchregnete. Man sah keine Bataillonstrophäen, weil es einfach noch keine Bataillonstrophäen gab, die man ausstellen konnte. Es gab noch keinen Ruhm, außer dem Ruhm, sich einfach formiert zu haben. Alle waren Freiwillige – außer ein paar regulären Offizieren und Unteroffizieren, die aus anderen Einheiten zu diesem Bataillon abkommandiert worden waren. Um die Verwaltung zu vereinfachen, hatte das Kriegsministerium dieses Bataillon der Amateure an das Yorkshire-Leibregiment der Prinzessin von Wales angeschlossen, an die Green Howards, aber von hundert Männern hatte nicht einer irgendeine Ahnung über diese ehrwürdige Einheit.
»Es ist ihnen auch egal«, sagte Fenton. »Sind meistens Fabrikarbeiter aus der Wollindustrie, aber es sind harte Burschen, und sie sind ganz wild darauf, auf Deutsche zu schießen.«

Er ist schlank und sieht gut aus, dachte Charles mit einem kleinen Neidgefühl.
»Habt ihr die volle Stärke?«
»Mehr als die volle Stärke, wenn man's genau nimmt. Abgesehen von Offizieren und Unteroffizieren. Ich sollte eigentlich fünfunddreißig Offiziere haben, aber ich habe nur sechsundzwanzig. Es ist überall das gleiche, aber sie sind eifrig bei der Sache und haben keine Angst, hart zu arbeiten. Die dienstälteren Unteroffiziere sind erstklassig. Hab' ein paar von den Coldstreams weggelockt, und einen, der während des Rückzugs mit mir zusammengewesen ist, Sergeant-Major Ackroyd. Den habe ich vom Regiment Middlesex geklaut.«
»Du bist wohl so eine Art Herdentier, was?«
»Das muß ich auch, alter Freund. Es gibt nur eine ganz bestimmte Anzahl von erfahrenen Männern, und ich will, daß mein Bataillon den fairen Anteil davon bekommt. Es ist die Schützengrabenerfahrung, die zählt, und nicht der Wunsch, Deutsche umzubringen. Männer aus Yorkshire lieben einen schönen Kampf, aber ich brauche ruhige, feste Hände, Männer, die den Jungs sagen, wann sie schießen sollen und wann sie, verdammt noch mal, die Köpfe unten behalten sollen.«
Charles nippte an seinem Whisky und warf einen Blick durch den Raum. Zwei Leutnants mit rosigen Wangen machten ein Pfeilwurfspiel. Wenn man das Alter der beiden zusammenzählte, wäre man wahrscheinlich noch nicht einmal auf vierzig gekommen.
»Sie werden schrecklich jung.«
»Ja«, sagte Fenton. »Die kommen direkt von der Schulbank weg. Und wenn sie eine Offiziersausbildung hätten, würde man sie sofort zu Oberleutnants machen.« Er kippte seinen Drink hinunter. »Weißt du, Winnie ist bei mir. Wir haben ein geräumiges altes Haus an der Straße nach Highbury gefunden. Bleib doch die Nacht über bei uns. Es hat keinen Zweck, daß du zurück nach Huddersfield fährst.«
»Nein. Die werden mich nicht vermissen.«
Die Royal Windsors und die Green Howards hatten Seite an Seite in Inkerman im Krimkrieg gefochten und teilten seitdem das gleiche Marschlied: »Die frische englische Rose«. Das war eine angemessene Beschreibung für Winifred, entschied Charles, als sie nach dem Abendessen im Moor spazierengingen. Der Regen hatte aufgehört, und der Himmel flammte im Sonnenuntergang. Er stand neben Fenton und beobachtete Winifred, wie sie mit schlammigen Stiefeln durch das Heidekraut schritt und nach ihrem Terrier pfiff, der auf Kaninchenjagd war.
»Ich freue mich für dich und Winnie. Ihr scheint sehr glücklich zu sein.«
»Sie ist eine gute Frau.«
»Und eine außerordentliche Schönheit.«

Fenton zündete sich eine Zigarette an und blies den Rauch durch die Nase. »Ich entdecke eine leichte Verbitterung in deinem Benehmen, Charles. Kommst du mit Lydia zurecht, oder ist es unhöflich von mir, dich das zu fragen?«

»Ach, wir kommen ohne Streit miteinander aus, wenn man die Umstände betrachtet.«

»Was für Umstände?«

»Meine Arbeit. Ich hasse das, was ich mache, Fenton. Ich fühle mich manipuliert, man zieht mich an unsichtbaren Drähten durch die Gegend wie eine Marionette. Nun, so unsichtbar sind sie nun auch wieder nicht, wenn man darüber nachdenkt. Bis jetzt habe ich nur beide Augen zugemacht.«

Fenton ließ seine halb gerauchte Zigarette zu Boden fallen und zerquetschte sie mit dem Stiefelabsatz.

»Wenn Lydia ein paar Drähte zieht, dann ist es doch nur zu deinem Besten. In Gallipoli bist du um Haaresbreite dem Tod entkommen, alter Junge. Sie wäre ja nicht menschlich, wenn sie daran nicht denken würde. Und, weißt du, du verstaubst ja auch nicht auf dem Speicher. Für jeden Mann an der Front gibt es ein Dutzend anderer Männer, die nützlich... nein, lebenswichtig hinter den Linien tätig sind. Nur Amateure haben den Drang, mit gezogenem Schwert auf den Feind loszustürmen. Wir Professionellen nehmen die Dinge, wie sie kommen, gut oder schlecht, gute Arbeit oder miese. Mach das Beste daraus.«

»Es ist eher eine Frage meines eigenen Selbstrespekts, Fenton.«

»Ach, pfeif doch was drauf«, sagte Fenton ärgerlich. »Du bist einer der wenigen in der Armee, die von der ›River Clyde‹ an Land gegangen sind. Das ist fast so, als ob du mit der leichten Kavallerie auf der Krim gekämpft hättest. Es gibt keinen Soldaten, keinen, der noch lebt, der nicht respektvoll die Hand an die Mütze legen würde. Hör auf, dich selbst zu peinigen.«

»Ein Mann sollte das tun, was er selbst für richtig hält«, sagte Charles mit einer ruhigen Eindringlichkeit. »Wenn er das nicht tut, wird er irgendwie dafür zahlen müssen. Das hört sich vielleicht merkwürdig paradox an, Fenton, aber ich habe mich nie wieder so lebendig gefühlt wie in Gallipoli. Dort hat man mich gebraucht. Meine Aufgabe war einfach – ich sollte meine Männer führen und ermutigen. Das habe ich gut gemacht. Ich war ein verdammt guter Offizier und...« Seine Stimme wurde leiser, bis sie fast unhörbar war. »...und ich war glücklich.«

Fenton fand es unmöglich einzuschlafen. Aber das machte nicht viel aus. Er hatte seinem Burschen aufgetragen, ihn um vier Uhr zu wecken, wie immer. Er würde sich schnell rasieren, ein kleines Frühstück einnehmen und dann vor dem Wecken zum Camp hinauffahren. Gewöhnlich war er um zehn Uhr dreißig im Bett, aber diesmal war er bis zwei Uhr morgens mit Charles aufgeblieben und hatte noch getrunken. Gott sei Dank war nicht mehr über Lydia oder über seine Probleme geredet worden, sondern sie hatten nur noch über die alten Zeiten in Abington Pryory geplaudert. Aber Charles' gedrückte Stimmung hatte angehalten wie ein dunkler Schatten unter der Oberfläche.

Winifred rührte sich und drängte sich an ihn. Ihre Hand suchte die Öffnung zwischen den Knöpfen seiner Schlafanzugjacke und glitt langsam und liebevoll über seine Brust.

»Ich dachte, du schläfst«, murmelte er.

»Nein. Ich habe nur respektvoll den Mund gehalten. Ich konnte fast hören, wie du nachdenkst. Ohne Zweifel über langweilige Armeeangelegenheiten. Wie viele Dosen Corned beef pro Mann, wie viele Stiefelschnürsenkel, wieviel Reservesocken. Ich frage mich manchmal, ob Napoleon auch über solche Dinge nachgedacht hat.«

»Wahrscheinlich.«

»Aber damit bist du im Augenblick nicht so beschäftigt, oder?«

»Nein. Ich habe über Charles nachgedacht. Ich habe das Gefühl, er wird irgend etwas Unüberlegtes machen.«

»Charles macht nie etwas Unüberlegtes.«

»Doch. Er hat dich laufen lassen, aber das war eher dumm als unüberlegt, glaube ich.«

»Manche Leute sagen vielleicht, es war vernünftig.«

»Manche Leute denken auch noch immer, daß die Erde flach ist.«

Sie lag schweigend neben ihm und horchte auf den Nachtwind, der im Kamin seufzte und flüsterte. Dann sagte sie: »Weiß Charles, daß Lydia in dich verliebt war?«

Er stützte sich auf einen Ellbogen. »Wie kommst du denn darauf?«

»Manchmal spürt man das. Ich werde nie den Blick in ihren Augen vergessen, als du mir Tango beigebracht hast. Sie tanzte damals mit Charles, aber sie hat uns beobachtet. Ich war erst siebzehn, aber Frauen können manchmal andere Frauen instinktiv besser verstehen. Warst du in sie verliebt?«

»Spielt das noch irgendeine Rolle?«

»Nein. Selbst wenn es damals so gewesen ist, jetzt liebst du sie nicht mehr. So etwas spürt man auch.«

Er neigte den Kopf und küßte sie. »Du bist die einzige Frau, die ich liebe. Die einzige Frau, die ich je lieben werde. Ich bin ein ekelhaft glücklicher Mann, Winnie.«

»Wie Napoleon?«

»Dessen Glück hat nicht angehalten. Und außerdem, ich bin größer als er.«

Charles blieb die nächsten beiden Tage noch in der Fabrik, achtundvierzig Stunden fast ohne Schlaf, und beobachtete, wie Ross und Bigsby mit den Mechanikern arbeiteten und sie anwiesen. Er machte sich peinlich genaue Notizen und fertigte von jedem Arbeitsgang genaue Zeichnungen an. Als die Arbeit zu Bigsbys Zufriedenheit beendet war, fuhren die Männer vom Testzentrum in Hatfield Park den Tank, den sie gebracht hatten, aus dem Gebäude heraus und verluden ihn auf einen Waggon, der auf dem Seitengleis der Bahnlinie stand. Dann bedeckten sie ihn mit Segeltuch, so daß auch nicht ein Zentimeter seines metallenen Körpers zu sehen war.
»Das ist es also«, sagte Ross. »Und was machen Sie jetzt?«
»Ich folge dem Transport zum Übungsgebiet und führe dann ein paar Generälen und dem Kriegsminister den Panzer vor. Irgendwie ist das so, als ob man ein schrecklich teures Auto an Leute verkaufen will, die eigentlich kein Interesse daran haben.«
»Sie machen doch die Demonstration selbst, oder?«
»O nein, ich führe nur das Verkaufsgepräch. Ich mische mich unter die hohen Tiere, beantworte Fragen, erzähle ein paar Witze und fachsimple. Vor allem bleibe ich fröhlich, selbst wenn das verdammte Ding aus seiner Spur springt oder wenn der Motor explodiert. Immer nur lächeln, alle Probleme bagatellisieren, eine Haltung zeigen unter dem Motto: »Na, Sir, nächstesmal sollten wir es aber besser hinkriegen.«
Ross schüttelte verwundert den Kopf. »Komische Art, in einem Krieg zu kämpfen, nicht?«
»Ja. Das glaube ich auch.«
Charles streckte die Hand aus. »Viel Glück in Amerika, Ross. Es war wunderbar, Sie mal wiederzusehen, und das meine ich ganz ernst. Es war wirklich wunderbar. Sie wissen, was Sie können, und Sie tun dabei Ihr Bestes. Das bewundere ich. Sie müssen ein sehr glücklicher Mann sein.«
Ross runzelte leicht die Stirn.
»Na, ich weiß nicht so recht, aber ich bin zufrieden. Ist es das, was Sie meinen?«
»Ja. Das ist es wohl, Ross. Das wird es wohl sein.«

Es waren mehr Menschen da, als Charles erwartet hatte. Der Boden war relativ trocken, abgesehen von dem Schlammloch, das eins der Hindernisse darstellte. Der mangelnde Regen und die frische Aprilluft hatten jedermann in gute Laune versetzt, und die Männer spazierten vor dem Erfrischungszelt in der Sonne auf und ab, tranken Whisky mit Soda oder Tee und verspeisten Schinkenbrote. Offiziere der Armee und der Marine, Männer aus dem öffentlichen Dienst mit schwarzen Anzügen und Minister. Die übliche Mischung. General Haldane unterhielt sich mit keinem von ihnen. General Haldane, Königliche Pioniere, Chef des NS fünf, hielt sich so weit abseits wie möglich, und seine blassen Augen musterten den Panzer, als ob er jeden Bolzen, jede Schraube und jede Niete gründlich untersuchen müßte. Er war zweiundsechzig, ein Mann, der vierzig Jahre seines Dienstes in der Armee in Indien und Burma verbracht und der Eisenbahnlinien und Stahlbrücken von Mysore bis zum Saluen gebaut hatte. Er hatte kein Interesse an leichter Konversation irgendwelcher Art. Er wartete darauf, daß der Fahrer dieser Maschine der Mannschaft andeutete, daß er fertig war. Als das Signal kam, drehte sich der General zu Charles um und grollte: »Sagen Sie allen, sie sollen gefälligst aufpassen. Und machen Sie ein fröhliches Gesicht.«

Lydia zog sich gerade zu einer Einladung zum Abendessen um, als Charles nach Hause kam. An seinen Stiefeln klebte getrockneter Schlamm, und er brauchte dringend eine Rasur. Seine Anwesenheit in ihrem makellosen Ankleidezimmer war fast so etwas wie eine Entweihung.
»Charles! Du hättest wenigstens anrufen können.«
Er ließ sich in einen kleinen, samtüberzogenen Sessel fallen und schaute sie stumpfsinnig vor Müdigkeit an.
»Wie zerbrechlich du aussiehst.«
Sie wandte sich wieder ihrem Frisierspiegel zu und trug eine Spur von Rouge auf ihre Wangen auf.
»Die meisten nackten Menschen wirken so.«
»Halb nackt«, korrigierte er. »Wie würdest du diese winzigen Dinger dann nennen?«
»Unterwäsche.«
»So schlicht und einfach? Das ist doch kaum die Art und Weise, wie die Armee so etwas bezeichnen würde, oder? Hemd, Modell eins. Strumpfhaltergürtel, Modell 1916, 712 H.«
Sie warf einen Blick über ihre weiße, gepuderte Schulter. »Bist du angetrunken?«
»Lieber Himmel, nein. Nur müde bis auf die Knochen. Der ›dicke Willy‹ hat sich zur Abwechslung mal ganz toll gemacht. Hat sogar einen kleinen Baum umgefahren. Ist sieben Meilen gelaufen, bei einer Geschwindigkeit von vier Meilen pro Stunde, und nicht ein einziges Mal zusammengebrochen. Kein klemmendes Getriebe, keine Aussetzer aus Mangel an Benzin. Alles hat tadellos funktioniert. General Haldane war so erfreut, daß er gelächelt hat; ich glaube wenigstens, daß es ein Lächeln war. Wenn ein Eisberg lächeln könnte, würde das so aussehen wie bei Haldane. Er hat mir gedankt, und ich habe ihm gesagt, daß ich die Klamotten hinwerfe. Und er war überhaupt nicht überrascht.«
»Das kommt daher, daß er die Nachricht schon bekommen hat. Irgendeiner vom Generalstab hat ihn heute morgen informiert.«

»Dann habe ich also die Berufung bekommen«, sagte Charles mit müder Stimme.
»Natürlich. Du hast General Robertson positiv beeindruckt, um es ganz schwach auszudrücken.«
»Den Posten lass' ich auch sausen. Ich will nicht in Wullys Stab sein.«
Sie musterte im Spiegel eine ihrer Augenbrauen. »So? Was willst du dann machen?«
»Ich gehe nach Windsor und schließe mich meinem Bataillon wieder an.«
Sie zupfte mit der Pinzette ein einzelnes Haar aus. »Das ist ja lächerlich. Du hast keine Freistellung vom medizinischen Dienst, und du gehörst schon zum Stab. Mach keine großen Gesten, Charles.«
»Das ist keine Geste. Ich will etwas tun, das zur Abwechslung einmal meinen Fähigkeiten angemessen ist – und meinem Temperament. Ich will mich nicht einfach Robertsons Stab anpassen. Damit ist zuviel Politik verbunden, man erwartet zuviel Spitzeln und Schnüffeln von mir. Haig ist Robertsons Marionette, und das Gemecker der Divisionskommandeure über Haig muß unterdrückt werden. Diesen Posten würde ich bekommen, und andere, die mir ähnlich sind; wir würden in den verschiedenen Hauptquartieren in Frankreich herumlungern und die Ohren offenhalten. Diese Art Arbeit möchte ich nicht haben. Ich will etwas Sauberes, Männliches. Ich will Chef einer Kompanie sein und wie jeder andere an der Front mein Risiko tragen.«
»Nicht jeder ist an der Front.« Lydia legte die stählerne Pinzette sehr vorsichtig hin, als ob sie zerbrechen könnte, wenn sie sie auf den Tisch fallen ließe. Dann drehte sie sich im Sessel um und schaute Charles an. »Ich kann nicht einsehen, was daran so männlich ist, wenn man sich unbedingt umbringen lassen will.«
»Ich erwarte nicht, zu fallen. Ich werde eine Zeitlang in den Schützengräben verbringen und im Winter komme ich wieder zurück. Dann wird man mir ein Bataillon zur Ausbildung geben. Es wäre der gleiche Weg, den auch Fenton durchläuft.«
»Fenton ist Berufsoffizier«, sagte sie und betonte jedes Wort. »Was er in Frankreich getan hat, was er jetzt tut, das wird von ihm erwartet. Du hast deine Verpflichtungen gegenüber der Armee in Gallipoli erfüllt. Weiter wird von dir nichts erwartet; du sollst nur weiterhin eine Uniform tragen und irgend etwas Nützliches leisten. Und solch eine nützliche Aufgabe würdest du auch als Stabsoffizier erfüllen, Charles. Es gehört mehr dazu, als nur herumzuschnüffeln, wie du es ausgedrückt hast. Es ist eine Aufgabe, die Intelligenz und Takt erfordert – zwei Eigenschaften, die du im Überfluß besitzt. Also, warum nimmst du jetzt nicht ein Bad, rasierst dich, ziehst saubere Kleidung an und kommst mit mir? Ich treffe bei Claridge ein paar Leute, und von dort aus gehen wir dann ins Theater.«

»Nein, ich werde etwas schlafen. Ich will morgen in aller Frühe in Windsor sein.«
Sie stand auf und lehnte sich gegen die Kante des Frisiertisches.
»Männlich«, sagte sie leise. »Das ist dein Hauptproblem, nicht wahr, Charles? Deine periodischen Anfälle von Impotenz machen dir Sorgen.«
Er wandte den Blick von ihr ab. Sie erinnerte ihn an eine Illustration, die er einmal in einem erotischen Roman gesehen hatte. Irgend jemand hatte das Buch in einem Eisenbahnabteil liegenlassen. Es hieß *La Passion de Marie:* genau das gleiche durchsichtige Hemd, der Strumpfhaltergürtel aus Spitze, der die dunklen Seidenstrümpfe hielt. »Das ist nur ein Symptom. Ich kenne den Grund.«
»Und du hoffst, ihn in den Schützengräben auszukurieren?«
Ihr Ton war spöttisch. »Ich könnte dich in einer Nacht heilen! Du bringst einen wirklich zum Lachen, Charles. Du mit deiner Ehre und Pflicht und Fairneß, das gehört doch zu einem anderen Jahrhundert! Wie steht es denn mit deiner Pflicht mir gegenüber? Und ich rede nicht über deine Pflichten im Bett. Dein Versagen ist nicht mehr als verletzte Eitelkeit, und keineswegs krankhaft. Nein, ich meine die Pflicht, die du mir als deiner Frau gegenüber hast. Es gibt heutzutage mehr als genug Witwen, ohne daß du dich auch noch bemühst, eine weitere zu hinterlassen.«
»Es hat keinen Sinn, daß wir darüber reden«, sagte Charles und stand auf. »Du würdest es einfach nicht verstehen.«
»Warum? Weil ich nicht aus deiner Gesellschaftsschicht stamme? Weil ich nicht von Geburt an auf das Motto ›Adel verpflichtet‹ gedrillt worden bin? Um Himmels willen, Charles, mache nicht aus deinem ›edlen Erbe‹ eine verdammte, lächerliche Posse!«
Er ging schnell hinaus. Er knallte nicht die Tür zu, aber als er Lydias Zimmer verließ, lag Endgültigkeit in dieser Geste. Lydia wußte das. Sie setzte sich hin und schaute sich im Spiegel an. Lydia Amberley, zukünftige Gräfin von Stanmore, wenn die deutschen Kugeln es erlaubten, Herrin von Abington Pryory und allem, was dazugehörte. Ihr Kindheitstraum. Ein Traum aus einer Ära, die schnell dahinschwand. Nein, dachte sie, während sie die Augenbrauen mit den Fingerspitzen glättete. Aus einer Ära, die schon vergangen war.

4

Generalleutnant Sir Julian Wood-Lacy machte es Spaß, mit Kriegsberichterstattern zu reden. Er hatte das Gefühl, daß er ihnen etwas schuldete, nachdem sie ihn nach der Schlacht bei Mons so gut behandelt hatten. Er war aus diesem Debakel als eine Art Held hervorgegangen, obwohl er nichts getan hatte, um das zu rechtfertigen. Er hatte seine Division unter widrigen Umständen einfach mit Ruhe und Intelligenz geführt, hatte gekämpft, wenn es möglich war, und seine Leute zurückgezogen, wenn es klug schien, das zu tun. Ordentliche Generalsarbeit, mehr war es nicht gewesen, aber die Londoner Presse hatte sich entschlossen, zur Unterstützung der Moral bei der Zivilbevölkerung noch aus der Niederlage Ruhm herauszupressen. Das Adjektiv »ruhmreich« war dem Wort »Rückzug« angeheftet worden, und der alte General mit seinem bulligen Gesicht und seinem entsprechenden Benehmen war in das Pantheon des Militärs erhoben worden. Man hatte ihn vom Kommandeur einer Division zum Kommandeur eines Korps befördert.

»Ich möchte einen Toast auf die Erinnerung an Lord Kitchener ausbringen«, sagte der General und erhob sein Glas mit Sherry. »Ich hasse den Gedanken, daß die Leiche des armen Kitchener jetzt irgendwo in der Nordsee herumschwimmt. Tu' ich wirklich. Für einen Soldaten ist das doch keine Art zu sterben. Habe unter ihm im Sudan gedient, wissen Sie. Der hat ein hartes Regiment geführt, aber *de mortuis*... und alles. Trinkt aus, Jungs.«

Der Sherry war zu süß für Martins Geschmack, und er hob nur das Kristallglas an seine Lippen. Fenton Wood-Lacy, der bei einer Gruppe von Bataillonskommandeuren stand, fing seinen Blick auf und bewegte seinen Kopf in die Richtung der Terrassentür. Martin nickte zustimmend, und als der General begann, im Saal hin- und herzugehen, und sich daranzumachen, eine Anekdote über irgendeine längst vergessene Schlacht am Nil aufzuwärmen, drückte Martin sich aus dem reichgeschmückten Saal hinaus und traf sich mit Fenton auf der Terrasse.

»Na«, sagte Fenton mit einem Lächeln, »beim Wegschleichen bist du aber ganz gut.«

»Fast so gut wie du. Wie geht es dir, Fenton?«

»So gut, wie zu erwarten ist. Überarbeitet und unterbesoldet, wie es in der Mannschaft heißt.«

»Bist du im Korps von Sir Julian?«

»Schwer zu sagen. Die schieben unsere Brigade immer ein bißchen herum. Im Augenblick liegen wir in den Schützengräben gegenüber von Thiepval, deshalb nehme ich an, wir sind in der Domäne des alten Jungen. Wie auch immer, ich habe eine Einladung zum Abendessen bekommen, also bin ich hier. Hat er euch Presseleuten schon alles erzählt?«

»Nur, daß die 4. Armee plant, die deutschen Linien an einem Tag zu durchbrechen, und daß sie die Absicht hat, mit der Kavallerie innerhalb von zwei Tagen in Bapaume zu sein. Der ›große Schlag‹. Aber das ist ja nichts Neues. Es muß das bestgehütetste Geheimnis des Krieges sein, aber er hat uns die magische Formel nicht erklärt.«

»Macht auch nichts«, sagte Fenton grimmig, »das ganze ist mehr ein Wunsch als Magie.« Er schlenderte zu der steinernen Balustrade hinüber und schaute hinaus auf die säuberlich gestutzten Gärten des Château. Der Fluß Ancre zog sich schmal und träge in einer weiten Kurve an den Obstgärten vorbei. Am Horizont hingen wie braune Würstchen die Ballons bewegungslos in der Junihitze. »Fünfzehn Divisionen in achtzehn Meilen Gräben. Es heißt, daß nicht mehr als sechs deutsche Divisionen da drüben eingegraben sind, und zwei davon sind Reserve. Wir haben sie schon geschlagen – auf dem Papier.«

Martin lächelte und lehnte sich neben ihm an die Balustrade.

»Pessimistisch, wie immer.«

Fenton starrte finster auf die Landschaft und verfolgte den fernen Flug eines britischen Zweisitzers, der an den Auspuffwölkchen zu erkennen war.

»Ich erinnere mich an eine ähnliche Beobachtung, die ich vor Loos gemacht habe. Weißt du noch? Im Café Bristol in Betune, wo du und dieser Kerl vom Daily Telegram mir erzählt habt, ich hätte unrecht, weil wir den Deutschen vier zu eins überlegen wären. Maschinengewehre und Stacheldraht werden aber zu großen Gleichmachern.«

»Ich habe Andeutungen gehört, daß Haig die Lösung dazu gefunden hat.«

»Darüber gibt es kein Geheimnis – Artillerie und noch mehr Artillerie. In diesem Fall wäre das eine Kanone pro siebzehn Meter deutschen Grabens, und eine Woche lang bis zum Tag Z müßte Tag und Nacht geschossen werden.«

»Lieber Himmel«, sagte Martin ruhig.

Fentons Lächeln war schattenhaft. »Klingt unwiderstehlich, was? Die Stellungen der Hunnen müßten pulverisiert werden, der Stacheldraht völlig zerstört. Aber ich habe deswegen schwere Zweifel, und ich bin nicht der einzige, der meckert. Wieviel von der Front hast du gesehen, Martin?«

»Nicht viel. Es war eine kontrollierte Runde. Nicht dichter an die Front als bis Amiens. Eine oder zwei deutsche Granaten sind herübergekommen, und dann haben sie uns wieder zurückgeschoben. Drei von uns haben in Amiens ein Hotelzimmer genommen. Wir werden während der Offensive dort bleiben, und man füttert uns mit den Kommuniqués – es sei denn, wir schaffen es, uns näher heranzuschleichen und mal besser hinzuschauen.«

»Wird euch aber nicht viel nützen, was?«

»Na, du weißt ja, die Zensoren erlauben nichts, was zu sehr von den offiziellen Berichten abweicht, aber ich habe es immer hingekriegt, von Zeit zu Zeit eine gute Geschichte durchzubringen.«

»Bist du noch immer bei der *Post?*«
»Nein. Bei Associated Press. Habe mich in Freundschaft von Lord Trewe getrennt. Ich bin jetzt in Paris stationiert, und das paßt mir besser.«
»Jacob muß deine Gesellschaft aber vermissen.«
»Jetzt hat er keinen mehr, der hinter ihm aufräumt.«
Eine schwere Haubitze in einem Wald, der eine Meile entfernt lag, feuerte einen Schuß ab, und der Donnerschlag rüttelte die Fenster des Châteaus.
»Der schießt sich ein«, sagte Fenton. »Alle neuen Kanonen, die in Stellung gebracht werden, dürfen ein paar Schüsse abfeuern, um ihre Reichweite festzustellen. Dieses Sperrfeuer wird man in England deutlich genug hören, wenn es erst mal anfängt. Hättest du gerne einen Platz in der ersten Reihe? Ich kann dir von dem Alten eine Sondererlaubnis besorgen.«
»Das würde ich zu schätzen wissen.«
»Ich frage mich, ob du es heute in einer Woche immer noch schätzen wirst«, sagte Fenton.

Mesnil-Martinsart, 23. Juni 1916. Das Dorf liegt ungefähr im Zentrum der britischen Angriffslinie, die sieben Meilen nördlich vom Gommecourt-Winkel beginnt und acht Meilen südlich dort endet, wo die britischen Truppen in den Flußauen der Somme auf die Stellungen der französischen Armee auftreffen. Das Ziel der britischen Offensive ist die Stadt Bapaume, die neun Meilen nordöstlich liegt, an der schnurgeraden römischen Straße, die von Amiens kommt. Der Zeitplan verlangt eine völlige Durchbrechung des deutschen Grabensystems an einem Tag und die Eroberung von Bapaume durch die Kavallerie am zweiten Tag. Von Bapaume gehen Straßen und Bahnlinien sternförmig nach Arras und Cambrai ab, und ein Durchbruch an dieser Stelle gäbe den Briten die Möglichkeit, den deutschen Armeen in den Rücken zu fallen, so daß sie eine gute Chance hätten, sie aufzurollen und einen größeren Rückzug zu erzwingen. Der Optimismus der Truppen – Fenton und die alten Haudegen ausgenommen – grenzt an Ekstase.
»Wir werden sie kleinkriegen, alter Freund«, hat mir ein Gefreiter vom 13. Yorkshire-Regiment gesagt. Dabei besteht die neue Armee zum größten Teil aus Freiwilligen, aus Männern, die sich zusammen gemeldet hatten. Es sind Bataillone von Freunden und Kollegen – Händler aus Hull, das Bataillon der Altstadt Sheffield, die Kumpels aus Grimsby, die Eisenbahner von Glasgow, die Iren vom Tyne, die Stammtischbrüder von Liverpool. Klubkameraden und Kumpels und Postbeamte, selbst eine Gruppe von Fußballern, ein Cricket- und Rugby-Verein, die zusammen ein Bataillon bilden. Diese Leute sind den traditionellen Einheiten der Armee angeschlossen worden, aber jede Gruppe hat ihre eigenen, unver-

wechselbaren und persönlichen Bindungen. Eine Volksarmee, wenn ich je eine gesehen habe, etwa wie die Armee, die Grant den Mississippi hinunter nach Vicksburg führte, und hier liegen sie jetzt an der Somme und sind entschlossen, den Krieg zu gewinnen. Die Begeisterung ist elektrisierend.

24. Juni. Das Sperrfeuer hat heute begonnen. Über dem Wald von Aveluy flattern verwirrte Vögel. Es gibt einfach keine Möglichkeit, so etwas zu beschreiben. Die Erde zittert, und die Luft riecht danach – Kriegsberichtklischee Nummer 346 –, aber, verdammt noch mal, die Erde zittert wirklich, und die Luft riecht wirklich danach. Kein Wolkenfetzchen am Himmel, und die Hitze ist intensiv. Man kann – ich bin ganz sicher – ein Funkeln von messingfarbenen Fleckchen weit oben im Himmel sehen, wenn die Haubitzengranaten in ihrem Flugbogen fast stehenbleiben, ehe sie wieder zur Erde stürzen.

27. Juni. Bin mit Fenton und mehreren anderen Offizieren in einer Beobachtungsstelle an der Front. Sie überprüfen die Auswirkungen der Beschießung auf den deutschen Stacheldraht. Fenton und die anderen sind wild entschlossen. Die Stacheldrahtgürtel mit ihren zentimeterlangen Stacheln sind stellenweise hundert Meter breit. Ein Dschungel aus stählernen Brombeerhecken. Die Artillerie benutzt Achtzehnpfünder und feuert Schrapnellgeschosse, um die Dickichte zu durchstoßen. Nicht allzu effektiv. Hier und da gibt es Lücken, aber Fenton hat mir erklärt, daß die Deutschen absichtlich Lücken lassen, damit die Angriffe auf Schmalstellen begrenzt bleiben. Männer, die in Haufen durch eine Lücke gehen, werden für die Maschinengewehrschützen zu leichten Zielen. Um ihre Sorgen noch zu verstärken, ist einer dieser unwahrscheinlichen Sommerstürme hier durchgefegt, und die schweren Regenfälle haben aus dem aufgewühlten Boden ein schwieriges Gelände für die Infanterie gemacht.

28. Juni. Château Querrieux. Hauptquartier von Sir Henry Rawlinson, dem kommandierenden General der 4. Armee. Er hat eine Besprechung seiner Korpskommandeure angeordnet, und ich bin mit Sir Julian hierhergefahren, der großartiger Laune ist. Ich habe ihm von Fentons Sorgen wegen des Stacheldrahts erzählt. »Zum Teufel mit den Drähten«, hat Sir Julian gesagt.

29. Juni. Hauptquartier von Fentons Bataillon. Ein gemütliches altes Bauernhaus. Ausgezeichnetes Essen. Reichlich Whisky. Fenton sagt es seinen Kompaniekommandeuren geradeheraus. Der Angriff soll am Morgen des 1. Juli stattfinden. Daß sich Sir Julian wegen des Stacheldrahtes keine

Sorgen macht, wurde jetzt offensichtlich, als Fenton die Botschaft für alle Bataillonskommandeure vorlas:

Vor Ihnen wird nichts sein als tote oder verwundete Deutsche und ein paar halbverrückte Überlebende. Die Truppen können beim Überqueren des Niemandslandes die Gewehre überhängen, wenn sie das wünschen. Das Bombardement wird jeden Anschein eines Widerstandes vor ihnen niederschlagen.

»Wir werden alle Sicherungsmaßnahmen einhalten«, sagte Fenton gepreßt. »Und wir werden uns so schnell und aufmerksam wie möglich bewegen.«
Das Sperrfeuer wird intensiver. Die Kerzenflammen schwanken in den Druckwellen. Wenn man nach draußen schaut, kann man nichts sehen außer Flammenstößen, die aus den Frontlinien der Deutschen hervorbrechen. Es kommt mir unglaublich vor, daß auch nur eine Ratte da drüben noch am Leben sein könnte.
»Der Oberst ist ein bißchen allzu vorsichtig, was?« flüstert mir ein junger Hauptmann ins Ohr.

1. Juli. Wald von Thiepval. Die Männer sitzen dicht gedrängt in den vorderen Gräben, fünfhundert Meter entfernt von der Stelle, wo ich sitze. Hier ist einmal ein schöner alter Wald gewesen. Die meisten der Bäume sind gefällt worden, entweder von deutschen Granaten oder von der Brigadeartillerie, damit ihre Kanonen ein besseres Schußfeld haben. Der Regen hat aufgehört. Das Sperrfeuer hat die ganze Nacht angedauert. Hört plötzlich auf, um sieben Uhr dreißig. Die Stille greift einem ans Herz, und ich kann deutlich die Pfeifen hören, die die ganze Linie hinunter schrillen. 150000 Engländer klettern aus ihren Gräben und bewegen sich vorwärts. Das Sonnenlicht blitzt von Bajonetten, so weit man in beiden Richtungen mit bloßen Augen sehen kann. Viele haben ihre Gewehre umgehängt. Sie sind alle schwer beladen und gehen langsam, fast gemütlich, in langen Reihen. Sie gehen fast Schulter an Schulter. Ich muß an eine Illustration in einem Geschichtsbuch denken – achtes Schuljahr? –, die Rotröcke, wie sie den Bunker Hill hinaufmarschieren. Auf meiner Rechten zieht ein Bataillon der Highlanders mit Trommeln und Pfeifen nach vorn.
Die Maschinengewehre in der Ferne hören sich belanglos an, sie machen ein metallisches, rasselndes Geräusch, wie eine Murmel, die man in einer Blechdose schüttelt. Nichts Dramatisches findet statt, wie bei der Artillerie, kein Kreischen von Granaten, keine Explosion, keine Erdfontäne, die aufschießt; denn bei einem Maschinengewehr gibt es nichts als dieses klappernde Geräusch und den unsichtbaren Tod. Die Reihen der

marschierenden Soldaten fangen an wegzuschmelzen. Manche rennen jetzt auf den deutschen Stacheldraht zu. Sie kommen nicht weit. Andere schwanken, drehen sich verwirrt um und fallen hin. Die zweite Welle trottet weiter, die dritte Welle folgt der zweiten. Es mögen nicht mehr viele Deutsche in den Ruinen von Thiepval am Leben sein oder in den granatenzerschossenen Gräben, aber es sind noch genug. Ihre Maschinengewehre mähen über den Boden, und die Tommys sterben, wo sie stehen. Habe Schwierigkeiten zu schreiben... Hände zittern zu stark. Die Generäle haben sich völlig geirrt... Die Schlacht an der Somme wird heute nicht gewonnen werden – oder morgen oder übermorgen...

Alexandra Greville wartete mit ihrer Gruppe auf dem Deck des kleinen Dampfers, der sie die Seine herauf nach Rouen gebracht hatte. Sie waren zu achtzig, und sie standen, eingewickelt in ihre wollenen Capes, schweigend zusammen. Regenschleier fegten den Fluß im kalten Septemberwind.

»Also dann, Ladys«, rief ein Sergeant des Sanitätskorps fröhlich aus, während er vom Kai über die Gangway herüberkam. »Alles aussteigen, und ein schöner heißer Pott Tee wartet in der Kantine auf Sie.«

Der Kai war überfüllt von Männern, Maultieren, Geschützen, riesigen Bergen von Granaten ohne Zünder, neuen Krankenwagen und einem Sammelsurium von tausenderlei anderen Versorgungsgütern. Die Schwestern faßten sich an den Händen, damit sie nicht getrennt wurden, und folgten dem Sergeant an einem Labyrinth von offenen Schuppen und riesigen Lagerhäusern entlang auf die Straßen der Stadt.

»Jetzt ist es nicht mehr weit, Mädels!« sagte der Sergeant ölig, während er sie angrinste, als ob sie alle sein persönlicher Besitz wären. »Irren Sie nicht vom Weg ab. Dies ist Frankreich, und Sie wissen ja, was man über die Franzosen so sagt!«

Frankreich. Alexandra wurde es eng in der Kehle, als die Erinnerung erwachte. Es schien alles schon so lange her zu sein, fast als ob es ein anderer Krieg gewesen wäre. Die Soldaten mit ihren Stahlhelmen und Regencapes wirkten fremd auf sie; sie sahen mittelalterlich aus, wie die Ritter, die – hier in Rouen – damals wieder in einem anderen Krieg Jeanne d'Arc verbrannt hatten. Lastwagen voll Soldaten verstopften die Straße, die von den Kais wegführte. Australier, Veteranen von Gallipoli. Einer von ihnen lehnte sich hinten aus dem Lastwagen und sagte: »In einem Monat, dann werden Sie mir die blutigen Stümpfe waschen, Schwester!«

Die Soldaten im Lastwagen lachten. Die Schwestern starrten stur geradeaus.

Ein kurzgewachsener, kahlköpfiger Hauptmann kam in die Kantine des Roten Kreuzes und begrüßte sie.

»Mein Name ist Captain Jenkins. Sie sind alle weit weg von Ihrem Zuhause, Ihren lieben Eltern. Wir vom Sanitätskorps der Royal Army begrüßen euch prächtige junge Frauen vom Militärschwesterndienst Königin Alexandras.« Er machte eine Kunstpause.
»Menschenskind, um das zu sagen, braucht man genausolange, als ob man nach Frankreich fährt, nicht wahr?«
Die Schwestern, die vor Müdigkeit und Nervosität völlig verspannt waren, lachten viel zu laut.
Captain Jenkins wartete geduldig, bis das Gelächter abebbte. »Gut. Hier sind Sie also. Sie sind jetzt nicht länger Schwesternschülerinnen, sondern examinierte Krankenschwestern beim Q. A. Es ist mir klar, daß Ihre Ausbildung abgekürzt worden ist. Das macht die erhöhte Verwundetenquote, die sich an der Somme während des ganzen Sommers ergeben hat; aber Sie werden bald alle Feinheiten, die sie im Allerseelen-Hospital vielleicht verpaßt haben, schnell nachholen. Sie werden hier dringend benötigt. Sie werden hart arbeiten müssen, und ich weiß, daß Sie Ihr Allerbestes geben werden. Ich begrüße Sie, und möge Gott Sie schützen.«
Sie lag in einem Feldbett in der Schwesternunterkunft in einem der Basislazarette an den Außenbezirken von Rouen. Ihre Gedanken trieben in einem vagen Halbschlaf. Sie fuhr hinten in einem Krankenwagen, und Robbie kniete neben ihr und hielt ihre Hände. »Alex, Alex, Alex...«
»Was? Was?« Ein Licht schien ihr ins Gesicht. Irgend jemand kniete neben ihrem Feldbett und berührte sie.
»Ich bin es, Ivy.«
Alexandra setzte sich auf und umarmte Ivy wild. »Ivy! Wie in aller Welt...?«
Ivy Thaxton stellte ihre Lampe auf den Fußboden und gab die Umarmung zurück.
»Vorige Woche habe ich deinen Brief bekommen, und von da an habe ich jedesmal die Zugangsliste durchgesehen.«
»Bist du von Boulogne heruntergekommen?«
»Nein. Ich bin jetzt hier stationiert, in der Lazarettzugeinheit. Wir kriegen zwanzig von deiner Gruppe, deshalb habe ich sichergestellt, daß dein Name auch auf unserer Liste war.« Sie rückte ein wenig ab und nahm ein gefaltetes Blatt Papier aus ihrer Handtasche. »Wir fahren um fünf Uhr dreißig los, es geht leer nach Amiens. Hier ist die Liste der Mädchen. Du kannst mir helfen, sie herauszusuchen.«
»Ich bin froh, daß du das gemacht hast, Ivy. Ich bin froh, daß wir zusammen sind.«
»Es hilft, wenn man einen Freund hat«, sagte Ivy.
Der Melder vom Brigadehauptquartier kam den Graben A entlang, hielt eine Sekunde lang an der Ecke von B und S an und bog dann in den Graben

S ein. Er rannte flink und halb gebückt wie eine große, wilde Ratte. Eine Kugel krachte laut, als sie über den schmalen Graben schoß. Dies war die Scharfschützenecke, aber er war die Richtung schon viele Male gelaufen und kannte alle schlimmen Stellen. S war ein schrecklicher Graben, teilweise eingestürzt bei dem Bombardement und voller tiefer, schlammiger Pfützen und zerbrochener Planken. Er schlängelte sich am Rand des Hochwaldes in Richtung Martinpuich entlang und wand sich um die zerschmetterten Stämme von geschwärzten Bäumen herum. Leichen waren in die Brustwehr eingegraben worden, und knöcherne Finger und Beine wirkten wie Baumwurzeln. An einem heißen Tag war der Gestank stark genug, um daran zu ersticken, aber jetzt regnete es, und es war kalt, und der Geruch war nicht allzu schlimm. Der Melder kam an vier Neuseeländern vorbei, die in einer Beobachtungsstellung lagen. Ihre Gesichter waren schlammverschmiert, nur ihre Augen strahlten und standen leuchtend in ihren Gesichtern wie die Augen von Frettchen.
»Warum rennst du denn so verdammt schnell, Kamerad?«
Er blieb nicht stehen, um sich zu unterhalten, sondern hastete weiter, und die lederne Botentasche klatschte gegen seine Hüfte. Das Kreischen einer Fünf-Komma-Neun ließ ihn kopfüber auf den Grabenboden fallen, und er preßte sich mit den Armen gegen die zerkrümelnden Wände, während die Granate zehn Meter hinter dem Graben explodierte. Vier weitere Granaten folgten der ersten, jede Explosion lag etwas weiter fort. Die Salve war schlecht gezielt, sie kroch in die falsche Richtung. Er stand auf und rannte zur Kreuzung C, dann wandte er sich scharf rechts in den Graben W. Dort ruhte er sich aus und zündete sich eine Zigarette an. Der Graben W war tief und die Sandsackbarrieren in gutem Zustand. Weiter hinten im Graben konnte er Männer schlafen sehen, sie lagen in Nischen, die in die Seitenwände eingeschnitten waren. Ein Posten kniete über ihm hinter der Brustwehr, und er war so schlammverkrustet, daß er sich kaum von seinem Hintergrund abhob. Der Melder sah ihn nicht eher, als bis der Mann den Kopf herumdrehte und auf ihn hinabblickte.
»Hast 'ne Kippe für mich über, Kamerad?«
»Ja«, sagte der Melder. Er reichte dem Mann seine Zigarette hinauf und zündete sich eine andere an. »Ist dies das 2. Windsor?«
»Du hast es kapiert, Kamerad. Welche Kompanie suchste denn?«
»Bataillonskommandeur.«
»Erster Verbindungsgraben und dann noch fünfzig Meter. Kannst ihn kaum verpassen. Danke für die Kippe.«
»Nicht der Rede wert, Kamerad«, sagte der Melder, während er weiterhuschte.
Er war nicht überrascht, daß ein Major das Bataillon kommandierte; er hatte schon gesehen, wie Captains diese Arbeit taten, und es gab so ein

Gerücht, daß ein Obergefreiter das 9. Bataillon der West Yorks nach der Attacke im Wald von Delville geführt hatte. Dem Melder bedeutete das nichts. Er überreichte seine Botschaft von der Brigade und wartete.
Major Charles Amberley schlitzte den dünnen Umschlag mit seinem Daumennagel auf und las den Inhalt. Er hielt das Papier unter die zischende Drucklampe, die von der Decke des ausgegrabenen Bunkers herabbaumelte.
»Keine Antwort«, sagte er energisch. »Sagen Sie dem Versorgungsmann, er soll Ihnen eine doppelte Ration Rum ausgeben.«
Der Adjutant regte sich auf seinem Feldbett aus Maschendraht. »Was gibt's?«
Charles starrte auf das Papier. »Wir sollen die Hannoversche Redoute um acht Uhr morgen früh mit Kompanie A, C und D angreifen. Kein Tönchen darüber, daß wir die verdammte Stellung auch nehmen sollen. Ich hab' den Verdacht, daß wir dabei nur das Feuer auf uns ziehen, während die Neuseeländer links von uns durchbrechen.«
Der Adjutant legte sich mit einem Stöhnen wieder zurück. »Verdammte Verschwendung.«
»Sehen Sie mal zu, ob Sie nicht per Draht zur Brigade durchkommen.«
»Hat keinen Zweck. Seit dem Gegensperrfeuer gestern abend müssen die Drähte an hundert Stellen kaputt sein. Die hätten das arme Schwein von einem Melder nicht hergeschickt, wenn sie uns über die Kiste hätten erreichen können.«
Charles setzte sich an den Tisch und nippte seinen Tee. Er war eiskalt und schmeckte nach Kerosin. Der Irrsinn des Befehls ließ seine Hand vor Wut zittern. Das Bataillon hatte beim letzten Angriff schon neun Offiziere und zweihundertsechzig Männer verloren, und die Hälfte der Verluste war aufgetreten, als die Soldaten sich durch ihren eigenen Draht arbeiteten. Ein Korporal hatte es geschafft, nah genug an die deutschen Stellungen heranzukommen, um eine Handgranate zu werfen. Er war mitten im Wurf gestorben. Fünf Offiziere und hundertfünfzig Männer waren während der Nacht an Reserven gekommen, aber das Bataillon war ernsthaft unterbesetzt, und jetzt verlangten die da oben einen weiteren Angriff auf eine völlig uneinnehmbare Stellung, einen Angriff, der außerdem auch noch in hellem Tageslicht durchgeführt werden sollte. Charles konnte die Männer noch nicht einmal dadurch ermutigen, daß er ihnen sagte, sie würden die Stellung der Hannoveraner nehmen und diese Ecke des Waldes ein für allemal von ihnen säubern. Nein, sie sollten einfach aus dem Graben steigen und den Deutschen eine Zielscheibe bieten, während die Neuseeländer sich durch Schlucht G vorarbeiteten. In dem Befehl wurde keine Artillerieunterstützung erwähnt. Das war eine neue Theorie beim Stab. Vorbereitungen durch die Artillerie verraten die Angriffe. Diese

Theorie war so gut wie jede andere, dachte Charles bitter. Denn alle Theorien waren fürchterlich falsch.

Der Adjutant schwang seine Beine vom Bett herunter und kratzte sich an der Brust.

»Wissen Sie was, Charles? Seit dem 1. Juli haben wir die Deutschen vier Meilen zurückgedrängt. Der kleine Baker hat es gestern nacht ausgerechnet. Nach seiner Kalkulation haben wir im Sommer 1938 die Deutschen am Rhein. Was halten Sie denn davon?«

»Ich glaube, Baker ist ein Idiot«, sagte Charles wild. »Wenn er es mir erzählt hätte, dann würde ich ihn vor ein Kriegsgericht stellen lassen.«

»Er ist ein netter Kerl. Ich kenne seinen Bruder noch von Harrow her. Wir sind damals immer zusammen herumgezogen.«

Charles stand auf, nahm seinen Helm von einem Zapfen, der aus einem der Stützträger herausstand, und stieg über die Lehmstufen in den Graben hinauf. Die Kompanie B war Reserve, und die Männer hockten in ihren flachen Schutzlöchern und aßen ihr Abendessen. Sie hatten die Regencapes über ihre Köpfe gezogen. Wenigstens war das Essen warm, und der Dampf stieg von dem Doseneintopf in ihren Tellern auf. Die drei Kompanien in den vordersten Linien waren nicht so glücklich. Für sie gab es Corned beef und Dauerbrot, und nach Sonnenuntergang kam vielleicht ein bißchen heißer Tee herauf, wenn es kein Sperrfeuer gab.

»Trage nach unten!« brüllte irgend jemand vom hinteren Ende des Grabens.

»Paßt auf den Draht auf dahinten! Kopf weg, verdammt noch mal!«

Charles ging zu der unruhigen Stelle hinüber. Die Krankenträger wuchteten einen großen stöhnenden Mann durch den Verbindungsgraben. Die Träger waren klein, und es waren vier Mann nötig, um die Trage durch den Schlamm zu schaffen.

»Wer ist das?« fragte Charles.

»Korporal Thomas, Sir«, grunzte einer der Träger. »Gewehrgranate ist in die Brustwehr eingeschlagen, ist abgeprallt und hat ihm glatt die Hand abgerissen.«

»Verdammt.« Korporal Thomas war einer seiner besten Unteroffiziere in der D-Kompanie. Es würde verflucht schwer werden, ihn zu ersetzen. Der Stumpf am rechten Handgelenk des Korporals war dick mit blutigen Bandagen verbunden. Auch auf seinem Gesicht war Blut, das der Regen verschmiert hatte.

»Is' mein Gesicht weg?« flüsterte er entsetzt, während er sich damit abquälte, sich aufzusetzen. »Is' mein Gesicht weg?«

Die Träger stellten die Trage einen Augenblick ab, um sich auszuruhen. Einer von ihnen kniete neben dem Korporal nieder und klopfte ihm auf die Schulter.

»Nein, Bert, nur ein paar Kratzer. Es ist deine rechte Hand. Glatt und sauber abgeschnitten. Für dich ist der Krieg aus, Bert.«
»Gott sei Dank«, schluchzte der Korporal. »Gott sei Dank, daß ich raus bin.«
»Von jetzt an wirste deine Alte mit der linken Hand krabbeln müssen, Bert. Für die ist das mal 'ne schöne Abwechslung.«
»Gott sei Dank«, sagte der Korporal und ließ sich wieder auf die Trage zurücksinken. »Was ist schon... 'ne verdammte... Hand.«
Der Träger stand auf und warf Charles mit einem entschuldigenden Lächeln einen Blick zu.
»Es ist das Morphium, Sir. Hab' ihm zwei Kapseln gegeben, und jetzt hat er sein Gehirn nicht mehr zusammen. Achten Sie nicht drauf, was er da quasselt.«
»Schaffen Sie ihn zum Verbandsplatz«, sagte Charles steif. Es gehörte sich nicht, Mitleid mit einem Mann zu zeigen, der es für einen Segen hielt, verwundet zu sein. Charles machte einen Inspektionsgang durch den Graben und blieb, ehe er zurück in den Bunker ging, noch einmal stehen und schaute hinter sich den Abhang hinunter. Dort stand der ausgebrannte Rumpf eines MK-1-Panzers, eines »dicken Willy«. In der vergangenen Woche war dieser Panzer stöhnend und stotternd mit Fehlzündungen die Straße von Bazentin heraufgekommen. Er war ungefähr zwei Meilen in der Stunde gefahren und war in die Gräben und wieder herausgeschaukelt und durch die Kraterlöcher getaucht wie ein großes sterbendes Tier. Als er den Panzer an diesem Tag gesehen hatte, mußte er an Jamie Ross denken, und daran, wie Ross seinen Kopf geschüttelt und irgend etwas in den Bart gebrummt hatte über zu wenig PS, nicht genug Motor, um durch den verdammten Schlamm zu kriechen. Die Brigade hatte angerufen und ihm gesagt, er solle zwei Kompanien den Hügel hinauf in den Hochwald hinter dem Panzer schicken. Aber der Panzer hatte es nicht einmal geschafft, auf fünfhundert Meter an den Wald heranzukommen. Die Deutschen hatten ihn mit Granaten beschossen, und der »dicke Willy« war explodiert. Da sie nicht wußten, was sie da bombardiert und verbrannt hatten, waren die deutschen Kanoniere verrückt geworden und hatten ein Flächensperrfeuer von zwei Stunden Dauer abgegeben, und sechzig Mann waren getötet und hundertsiebzig verwundet worden.
Die Kompanieführer und die Zweiten im Kommando kamen an diesem Abend zu einer Besprechung im Bunker zusammen und teilten sich eine Flasche Whisky. Sie hörten schweigend zu, während Charles den Angriffsbefehl erklärte: »D-Kompanie um acht Uhr. A soll um acht Uhr zehn folgen. C gibt Deckung mit den Lewis-Kanonen und soll dann um acht Uhr fünfundzwanzig das Gelände überqueren.«
Es war alles bedeutungslos, und jeder im Bunker wußte es. Die Deutschen

würden die ersten Männer herauskommen sehen, und das Sperrfeuer würde anfangen, ehe sie auch nur die bezeichneten Durchgänge durch den eigenen Draht gefunden hatten. Die D-Kompanie konnte abgeschrieben werden. Wenn die A-Kompanie Glück hatte, würden die Deutschen die Neuseeländer im Graben G entdecken und ihr Batteriefeuer auf diese Stelle konzentrieren. Dann mußten sie nur noch auf die Maschinengewehre achten, die aus halb in der Erde vergrabenen Betonstellungen feuerten, auf die komplizierten Gürtel aus Stacheldraht und auf ein halbes Dutzend Minenwerfer, die ihnen hochexplosive Granaten an den Kopf schmissen. Kompanie C hatte die richtige Karte gezogen. Die Burschen von der C konnten ihren Angriff abblasen, wenn die ersten zwei Angriffswellen mehr als fünfzig Prozent Verluste erlitten – und das war fast sicher. Siebzig Prozent würde wahrscheinlich der Wahrheit näherkommen. Wenn die zwei Bataillone aus Neuseeland vom Graben S in den Graben G hinaufgelangten und die Hannoversche Redoute in der Flanke nahmen, wenn sie einen Rückzug erzwingen konnten, dann wäre das jedes Opfer wert. Das war eine hochnäsige, patriotische Bemerkung, die Charles da an die Hauptleute und Leutnants weitergab, und seine Worte wurden mit einem halbverborgenen, sardonischen Lächeln begrüßt. Sie würden den Opfergang akzeptieren, weil sie keine Wahl hatten. Sie erwarteten nicht, daß mit diesem Angriff irgend etwas erreicht werden konnte.
Im nebligen Regen kam die Dämmerung. Die Neuseeländer würden den Graben S schon vor der Dämmerung verlassen haben und benutzten den Nebel als Deckung, um so weit wie möglich in der Rinne G durch eine zersplitterte Wildnis von Bäumen hinaufzukrabbeln. Sie würden auf den Hügel des Hochwaldes losstürmen, wenn sie das Feuer hörten, das die Royal Windsors auf sich zogen. Charles klemmte sich eine Trillerpfeife zwischen die Zähne und schaute auf die Armbanduhr ... 7.57 Uhr, 58, 59 – er wußte, wenn er den Krieg überlebte, würde er nie mehr eine Armbanduhr tragen können – acht Uhr. Er blies schrill auf der Trillerpfeife, der Captain und die Zugführer pfiffen ebenfalls, und zweihundert Männer kletterten hastig die Leitern hoch, stauten sich oben, während sie durch die vorgeschnittenen Lücken in ihrem eigenen Draht rannten. Zehn Meter, zwanzig Meter – sie krabbelten in alte Krater hinein, kraxelten wieder heraus, Bajonette glänzten durch den Nebel; dreißig Meter jetzt, vierzig; fast am deutschen Drahtverhau, der fünfzig Meter tief war. Signalraketen zischten von den feindlichen Linien in den Himmel, zerplatzten gelb und grün vor den tiefhängenden Wolken.
»Verdammt ... Ach, verdammt«, flüsterte Charles, als er das Dröhnen der Haubitzengranaten hörte, und dann verwandelte sich das Dröhnen in Kreischen, das Kreischen in Donnerschläge und in speiende Geysire von Erde und Flammen. Die Einschläge wanderten vor dem deutschen Draht

entlang. Klumpen von Erde und zerfetzte Männer hingen für den Bruchteil einer Sekunde bewegungslos im grauen Himmel. Alles, was von der Kompanie D noch übrig war, zerstreute sich vor dem Draht, rannte zurück und tauchte in die dampfenden Granatenkrater.

Acht Uhr zehn. Charles blies seine Trillerpfeife mit trockenem Mund. Kompanie A brauchte zu lange, um den Graben zu verlassen. Wilde Pfiffe schrillten, und die Zugführer fluchten und brüllten. Ein Dutzend Männer stieg die Leitern hinauf und kroch durch den Draht, sie hielten sich dicht am Boden, während die Kanoniermannschaften von Kompanie C über ihre Köpfe hinweg zu feuern begannen. Die schweren deutschen Maschinengewehre hämmerten durch die Schlitze in den dicken Betonstellungen; das Feuer kreuzte sich, erwischte die Männer der A-Kompanie in Hüfthöhe und fetzte über die Oberkante der Sandsackbrustwehren. Die Zugführer brüllten immer noch, und immer mehr Soldaten stiegen die Leitern hinauf. Manche von ihnen erreichten nur die Oberkante des Grabens und taumelten dann rückwärts wieder hinein. Es war eine klare Niederlage, und Charles schrie den Signalposten zu, sie sollten Notraketen abschießen, damit die Artillerie Deckung gab. Die Männer der D-Kompanie, die in der Falle saßen, konnten es unter der Deckung des Gegensperrfeuers vielleicht wenigstens zurück schaffen. Wenn sie es nicht schafften, dann würden sie sich in den Kratern eingraben und auf die Nacht warten.

»Du beschissener kleiner Feigling!« Das war Leutnant Bakers Stimme, sie klang schrill und hysterisch. »Ich sollte dich einfach erschießen, verdammt noch mal!«

Charles eilte vom Beobachtungsplatz in den vorderen Graben. Ein toter Soldat hing mit dem Kopf nach unten von einer Leiter herab, einer seiner Füße hatte sich in einer Leitersprosse verfangen. Charles rannte an der Leiche vorbei zu der Stelle, wo der junge Baker mit gezogenem Revolver stand.

»Was ist denn los?« brüllte Charles.

Der Leutnant richtete seine Waffe auf einen Gefreiten, der zusammengesunken neben der Maschinengewehrlafette saß. Sein Gewehr stand neben ihm, das Bajonett hatte er in den Schlamm gerammt. Das Gesicht des Soldaten hatte die Farbe von Kitt, und Blut floß unter seinem rechten Stiefel heraus. »Hat sich selbst in den Fuß geschossen! Ich hatte ihm befohlen, die Leiter hinaufzusteigen, und der hat sich einfach umgedreht und mich angeschaut, und dann hat er das Gewehr nach unten gerichtet und sich selbst kriegsunfähig geschossen.« Baker fuchtelte dem Mann mit dem Revolver unter der Nase herum. »Für Sie heißt es jetzt auf jeden Fall Exekution!«

»Schaffen Sie ihn zum Verbandsplatz«, befahl Charles.

»Unter Bewachung?«

Er schaute den Soldaten an, der sich gegen die Grabenwand lehnte. Seine Augen waren stumpf, blicklos, er schien noch nicht einmal den Schmerz seiner Wunde zu spüren. Er war nicht mehr als achtzehn Jahre alt.
»Ja«, sagte Charles stumpf. »Unter Bewachung natürlich.«
Sehr wahrscheinlich würden sie den Jungen an einen Pfosten binden und ihn durch ein Erschießungskommando hinrichten lassen. Oder die Militärpolizei würde ihn ohne Umstände mit der Pistole in den Kopf schießen. Verdammt, dachte Charles, während er die Fäuste zusammenballte und die Hände dann wieder streckte. Warum war der Mann nicht schlau genug gewesen, sich nicht vor seinem Leutnant anzuschießen! Aber was bedeutete denn eine weitere Leiche? Was machte das schon? Die Brigadeartillerie feuerte jetzt Schrapnell gegen die deutschen Stellungen, und das deutsche Maschinengewehrfeuer hatte aufgehört. Das Schrapnellfeuer war planlos und schwand zu einer letzten Explosion dahin, deren Rauch im Wind durch eine Gruppe von Skelettbäumen trieb. Ein deutscher Maschinengewehrschütze feuerte ein paar Feuerstöße ab, ein Stakkato, das den Punkt unter alles setzen sollte. Schwerer deutscher Beschuß in Richtung der Rinne G, und dann hörte auch das auf. Die Männer der A-Kompanie standen angespannt und mit weißem Gesicht auf der Feuerstufe des Grabens.
»Runterkommen«, befahl Charles. Jeder weitere Angriff wäre mehr als sinnlos.
Irgendwo da draußen zwischen den Stacheldrähten, in einem Granatentrichter oder in einer verlassenen Spähstellung, schrie jemand; es waren zerfetzte Schreie und Schluchzer. Sie kamen immer und immer wieder, stiegen an und fielen wieder ab, wurden zeitweise schwächer, hörten aber niemals auf. Acht Uhr dreißig. Wenn die Nacht kam, würde Charles die Krankenträger dort hinausschicken. Er betete glühend darum, daß der schreiende Mann da draußen dann schon seit Stunden tot war.

Oberst Robin Mackendric beendete seine erste Dienstschicht dieses Tages in der Chirurgie und ging zum Küchenzelt, um eine Tasse Tee zu trinken und ein spätes Frühstück einzunehmen. Er trug die Sterne und die Krone des Obersten nicht an der Uniform, weil ihm sein militärischer Rang gleichgültig war. Es war eine reine Pflichtbeförderung gewesen, veranlaßt durch die Besessenheit der Armee, jeden Posten mit dem passenden militärischen Rang zu besetzen. Es war üblich, daß die Kommandeure der Feldlazarette Oberste waren, und so hatten Robin Mackendric endlich die Papiere des Kriegsministeriums eingeholt, genau in dem Augenblick, als sein Team von Kemmel an die Somme verlegt wurde. Statt Major jetzt Oberst zu sein, das hatte seine Pflichten in keiner Weise beeinflußt, und so hatte er sich auch nicht die Mühe gemacht, die alten Abzeichen zu ent-

fernen und die neuen an seine Schulterklappen annähen zu lassen. Captain Ronald David Vale war da ganz anders. Der war zum Major befördert worden. Der trug die Abzeichen mit der Krone selbst an der Unterwäsche – das besagten wenigstens die Gerüchte.
»Eben habe ich was Komisches gehabt, Mac«, sagte Vale, während er sich zu Mackendric an den Tisch setzte. »Schädelfurche, direkt bis auf den Knochen und ganz rum. Ein perfekter Kreis. Die Kugel hat den Helm dieses Jungen durchschlagen und ist dann an der Innenseite entlanggesaust wie eine Kreissäge. Der Kerl wird mit einer hübschen Rille im Kopf durchs Leben gehen, auf die er seinen Hut draufsetzen kann.«
Mackendric musterte ihn sauer und nippte an seinem Tee. »Du sammelst aber ein paar wundervolle Geschichten für deine Fans.«
Vale grinste und langte nach einem Teller mit Brötchen. »Na, um die Wahrheit zu sagen, sie ist nicht ganz herum gegangen, aber es war schon ein ziemliches Wunder.«
»Wir können auch ein paar Wunder brauchen.«
»Ja«, sagte Vale plötzlich gedämpft. »Gestern hatte ich mehr als meinen Anteil am Grauen. Du hast Glück gehabt, daß du in Amiens warst.«
»Ich habe es gehört.«
»Ja, was ich eigentlich meine, Mac, ich sehe nicht ein, wie es besser werden kann, ehe es nicht noch verdammt viel schlimmer wird. Werden die weiterhin mit dem Kopf gegen die Wand rennen, oder pfeifen sie das Spiel ab und machen Halbzeit?«
»Die werden weiter mit dem Kopf gegen die Wand rennen.«
Mackendric tauchte sein Brötchen in den Tee und knabberte langsam daran. »Das ist bei dem Treffen gestern herausgekommen. Der französische Sanitätsdienst hat aufgesteckt, hat sich einfach bei Verdun völlig verausgabt. Haig und Rawlinson haben Angst, daß die gleiche Abnutzung und der gleiche Verschleiß auch uns brechen wird. Wir haben ihnen allen gesagt, daß das nicht passieren würde, und dann fingen sie an, dunkle Bemerkungen darüber fallen zu lassen, daß wir zwischen jetzt und November noch größere Verwundetenzahlen zu erwarten hätten.«
»Sind dreihunderttausend nicht genug für Haig?«
»Sei nicht sarkastisch, Vale, irgendwie tut mir der Mann leid. General Joffre sitzt ihm im Nacken wie ein böser Geist – Angriff, Angriff, Angriff. Das ganze ist jetzt ein Zermürbungskrieg, das ist doch offensichtlich. Wir verlieren dreihunderttausend und die Deutschen vierhunderttausend. Für ein paar Gehirne bedeutet das den Sieg.«
Vale schob den Teller mit den Brötchen fort, als ob der Gedanke, eins davon zu essen, ihn anwiderte.
»Der letzte Mann, der noch auf den Beinen ist, gewinnt den Krieg, nehme ich an.«

»Irgend etwas in der Richtung. Versuch nicht, das ganze mit dem Verstand zu begreifen. Mach einfach weiterhin deine Arbeit.«

»Oh, das tu' ich, Mac, wirklich. Ich liebe die Armee, das ist ja der Witz dabei. Ich wäre jederzeit lieber Militärarzt als Chirurg in London. Ich glaube, das ist auch der Grund, warum ich verbitterter über all diese Verschwendung bin als du. Oder jedenfalls mache ich den Mund weiter auf. Du versteckst alles hinter deinem stoischen schottischen Gesicht, das einen so zur Weißglut bringt. Aber wenn du dabei geistig gesund bleibst, warum sollte ich mich darum kümmern?«

Die Nachmittage waren schlimmer als die Vormittage. Die Krankenwagen mit den Verletzten der Frühattacken rollten von den Verbandsplätzen und Erste-Hilfe-Stationen in Albert, Ginchy Mametz und Bazentin nach Corbie. Das Lazarett Nummer 85 CCS erhielt den vollen Anteil.

Mackendric war wieder an der Reihe, als Aufnahmearzt Dienst zu tun. Er untersuchte mit Unterstützung von drei Schwestern jeden Fall, der auf einer Trage hereingebracht wurde, und sortierte die Männer aus, die augenblicklich eine Operation brauchten und vielleicht dadurch am Leben blieben. Diejenigen, die auch eine Operation brauchten, die aber auf jeden Fall sterben würden, gleich, was man machte, wurden ebenfalls aussortiert. Und dann gab es noch diejenigen, die so, wie sie waren, in die Lazarettzüge geschickt werden konnten und die man dann in einem der Basislazarette in Rouen behandelte. Die erste Gruppe wurde in die Operationshütte getragen, die zweite in die Sterbestation, wo man die Männer in einem sauberen Bett unter schweren Beruhigungsmitteln hielt, bis sie ohne Schmerzen sterben konnten, und die letzte Gruppe wurde für den kurzen Transport nach Corbie zurück in die Krankenwagen gebracht. Dies war eine Arbeit, die keiner haben wollte, aber nicht einer der Ärzte wich ihr aus. Die Anzahl der Männer, die in die Sterbestation geschickt wurden, schien sich täglich zu vergrößern.

»Die Männer werden leichtsinnig«, hatte ein Bataillonsarzt Mackendric einmal gesagt. »Sie haben allen Sinn für Vorsicht verloren. Es kommt einem so vor, als ob es ihnen scheißegal wäre, ob sie nun getroffen werden oder nicht.«

Mackendric untersuchte gerade seinen sechzigsten Fall, als Captain O'Fallon zu ihm herübereilte.

»Ich übernehme, Mac. Vale hat ein bißchen Ärger. Sieh besser mal nach. Hütte 6.«

»Was denn für Ärger?«

»Militärpolizei.«

Zwei Sergeanten der Militärpolizei und ein älterer Captain standen in der Operationshütte Nummer sechs. Sie sahen mit grimmigem Gesicht zu, wie Major Vale daran arbeitete, eine massive Achselwunde zu schließen.

Die beiden Sergeanten starrten auf den Verwundeten, aber als Mackendric hereinschlenderte, drehte sich der Captain ärgerlich um und schaute ihn an.
»Haben Sie hier das Kommando, Major?«
»Eigentlich Oberst«, sagte Mackendric und fingerte an seinen Schulterklappen herum. »Hab' noch nicht die Zeit gehabt, die Abzeichen aufzunähen. Aber ich habe hier das Kommando, ja.«
Der Militärpolizist wurde etwas ehrerbietiger. »Aha. Nun, Oberst, ich werde gezwungen sein, eine Beschwerde einzureichen, Sir. Ich hatte einen Gefangenen zur offiziellen Bestätigung einer selbst zugefügten Wunde hier vorgeführt, und dieser Mann, dieser sogenannte Doktor...«, seine Verachtung und sein Zorn machten ihn für einen Augenblick sprachlos.
»Major Vale, meinen Sie?«
»Ja, wenn das sein Name ist.«
»Mensch, lassen Sie mich doch zufrieden«, murmelte Vale, während er die Achselarterie abband und begann, Splitter des zerschmetterten Schultergelenks aus der Wunde herauszuzupfen.
»Was ist denn eigentlich los?« fragte Mackendric höflich.
Der Militärpolizist drehte der Operation den Rücken zu und trat hinaus in den Korridor des hölzernen, mit Teerpappe gedeckten Gebäudes.
»Ich brauche Ihnen wohl kaum zu sagen, Sir, daß Selbstverstümmelung eine sehr ernste Angelegenheit ist. Die Kreatur da auf diesem Tisch steht unter Verdacht, sich selbst mit einem Revolver in die Achselhöhle geschossen zu haben.«
»Unter Verdacht?«
»Niemand hat ihn eigentlich dabei gesehen, aber sein Zugführer hat uns gesagt, daß die Ränder der Wunde verbrannt waren. Schießpulververbrennung, Sir.«
Mackendric rieb sich den Unterkiefer. »Na, das ist schwierig zu sagen... Hätte auch Schmutz sein können, wissen Sie.«
Der Captain versteifte sich. »Genau das hat Ihr Major Vale auch gesagt, als er den Beweis abgeschnitten und die Haut in einen Eimer geworfen hat! Ich bin jetzt seit dreiundzwanzig Jahren im Dienst, Sir. Ich kenne den Unterschied zwischen Dreck und einer Schießpulververbrennung.«
»Major Vale ist ein erstklassiger Chirurg. Ich kann seine Diagnose kaum in Frage stellen. Wenn er behauptet, es war Dreck, dann muß ich seine Meinung respektieren. Ich würde vorschlagen, daß Sie diese Angelegenheit nicht weiter verfolgen.«
»Ganz richtig«, sagte der Captain und musterte Mackendric eiskalt. »Darf ich Herrn Oberst daran erinnern, daß es die Pflicht des Sanitätskorps ist, alle Fälle von Selbstverstümmelung dem Leiter der Militärpolizei zu mel-

den? Diese Epidemie von Heimatschüssen, die von eigener Hand stammen, muß gestoppt werden. So etwas ist unenglisch, Sir, und eine Schande für unsere Tradition. Ich habe im Burenkrieg gedient, und nicht einmal damals habe ich von einem Soldaten gehört, der so niederträchtig wäre, sich selbst anzuschießen.«

Der Militärpolizist schritt von dannen, und die anderen beiden MPs folgten ihm und schauten angemessen grimmig drein.

Mackendric warf einen Blick in den Operationsraum.

»Wird er den Arm verlieren, was meinst du?«

»Ach, zum Teufel, nein«, schnappte Vale verärgert. »Aber der Arm wird keinen Pfifferling mehr wert sein. Zack! Mitten in die Achselhöhle mit einer Webley! Blöder Trottel.«

»Nimm dir den Nachmittag frei. Fahr nach Corbie und trink einen Brandy oder zwei.«

»Genau das hatte ich vor, da kannst du aber sicher sein. Ich werde vielleicht sogar drei trinken.«

Es war Abend, ehe Major Vale zum CCS zurückkam. Er war nicht betrunken, aber er war weit davon entfernt, nüchtern zu sein. Sein Atem, so bemerkte Mackendric, roch wie eine Brauereihalle.

»Brandy hast du ja wohl nicht getrunken, was?« sagte er, als der junge Chirurg in sein Zimmer kam und sich glücklich in einen Segeltuchsessel fallen ließ.

»Ich habe ein paar Burschen aus Australien getroffen, ausgesprochen nette Kerle, die kannten eine Kneipe in der Nähe der Kreuzung, die richtiges englisches Bier ausschenkt. Wir haben zusammengesessen, geredet und zugesehen, wie die Züge vorbeifuhren.«

Mackendric saß im Schlafanzug auf seinem Feldbett. Er hatte in einem Buch gelesen.

»Freut mich, daß es dir Spaß gemacht hat.«

»Einer von den Australiern, ein Oberst, war früher Richter in Melbourne. Er hat gesagt, er könnte beweisen, daß der ganze Krieg illegal ist.«

»Faszinierend. Warum legst du dich nicht ins Bett?«

»Ja, diese Kleinigkeit könnte ich vielleicht erledigen – zur Abwechslung mal anständig schlafen. Ich hatte, glaube ich, irgendeinen Grund, hier hereinzukommen ... Hab' irgendwas im Kopf, was ich dir sagen wollte.«

»Das war die Geschichte über die Illegalität des Krieges. In Australien wenigstens.«

»Aber es war noch mehr.« Er kam unbeholfen auf die Füße, gähnte, zupfte sich an einem Ohrläppchen. »Ach ja. Hab' eine absolut umwerfende Krankenschwester gesehen, die am Bahnhof aus dem Lazarettzug gestiegen ist. Sie hat in der Kantine ein paar Äpfel gekauft. Blond, hinreißend ... Hab' sie schon mal gesehen.«

Mackendric ließ sein Buch sinken und spähte über den vernickelten Rand seiner Brille. »Wirklich?«

»Ja. Zwei Gesichter wie ihres gibt es nicht, oder auch zwei solche Figuren, wenn man es genau nimmt. Ich hab' sie hundertprozentig schon mal gesehen – aber ich war nicht ganz sicher, weißt du. Wollte mich nicht lächerlich machen. Aber ich könnte schwören, es war das gleiche Mädchen, das letztes Jahr zu uns nach Kemmel gekommen ist. Die eine, die uns durchgedreht ist, weißt du noch?«

»Ja.«

»Eine Freundin von dir, oder so was, nicht?«

»Etwas in der Art.«

Er blieb noch wach bis spät in die Nacht, er versuchte zu lesen, aber er vergaß, die Seiten umzudrehen. Überall um ihn herum waren Geräusche – das Rasseln der Verbandskarren in den Stationen und auf den Korridoren, das Donnern der Kanonen aus der Richtung des Waldes von Delville, aber er hörte nichts. Er war viele Meilen weit weg, ging Hand in Hand mit Alexandra die Rue Saint-Honoré entlang – es war der Nachmittag nach ihrer ersten Nacht, als sie Schaufenster ansehen gegangen waren. War er das wirklich gewesen? Er fühlte sich alt und müde. Eine ganze Menge Grau hatte sich ihm ins Haar geschlichen. Seine Augen machten ihm Beschwerden, zuviel Überanstrengung durch das schlechte Licht im Operationsraum, und seine Finger taten ihm dauernd weh, weil er zu viele Stunden am Tag, zu viele Tage hintereinander Instrumente festhalten mußte. Er brannte sich aus. Er war dreiunddreißig und fühlte sich wie ein alter Mann. Sie wäre jetzt wie alt? Zwanzig? Sie hatte seinen Rat angenommen und sich als Schwester ausbilden lassen. Vielleicht hatte sie auch den zweiten Teil seines Rates angenommen und einen gutaussehenden Mann in ihrem eigenen Alter kennengelernt, vielleicht hatte sie ihn ganz vergessen. Die Möglichkeit bestand. Er würde es nie erfahren, wenn er nicht mit ihr redete. Abteilung für Lazarettzüge. Einen Telefonanruf zu Captain Frazier in Rouen. Frazier stellte die komplizierten Abfahrtszeiten für die Züge zusammen, und er würde auch den einfachsten Sanitäter kennen, der wann und zu welcher Zeit in welchem Zug war. Das war Fraziers kleine Ecke des Krieges.

»Greville, Alexandra, Q. A. Zug 96. Rouen nach Corbie über Amiens, fährt am Dienstag, Donnerstag und Sonntag. Kennen Sie die Frau, Mackendric?«

Ja. Er kannte sie und brauchte sie, aber brauchte sie ihn?

Schwester Pilbeam tropfte Äther auf die Narkosemaske. Vale hielt die Klammern gepackt, während Mackendric nähte. Er schaute immer wieder auf die Wanduhr, während er die Operation beendete.

»Mußt du noch einen Zug erreichen?« flachste Vale.

»Ja«, sagte Mackendric ruhig. »Muß ich tatsächlich.«
Sie war beschäftigt, wie er es vorhergesehen hatte. Die Züge kamen leer nach Corbie und wurden dort am Bahnhof auf ein Nebengleis geleitet, wo die Krankenwagen und die gehfähigen Verwundeten warteten. Er entdeckte sie zwischen einer Menge anderer Schwestern, als er auf dem Bahnsteig an zweihundert Neuseeländern vorüberging, die geduldig auf ihren Tragbahren lagen. Krankenträger und Sanitäter gingen zwischen den Bahren umher, zündeten Zigaretten an und halfen den Verwundeten die Feldpostkarten auszufüllen:

Nicht Zutreffendes bitte streichen!
Es geht mir ganz gut.
Ich bin in ein Krankenhaus eingeliefert worden.
Krank... und mein Zustand bessert sich wieder.
Verwundet... hoffe, bald entlassen zu werden.

»Wie soll ich denn meiner Mutter sagen, daß ich einen Fuß verloren habe?«
»Gar nicht, Kamerad. Heb es dir als Überraschung auf.«
Alexandra verteilte mit kühler Fachkenntnis Tetanusspritzen. Sie kontrollierte Verbände und sagte den Krankenträgern, in welchen Wagen die Männer plaziert werden sollten, die sie kontrolliert und mit Krankenpapieren versehen hatte. Der Regen pladderte vom Wellblechdach über dem langen Bahnsteig herunter. Der Zug glänzte in dunklem Olivgrün, die roten Kreuze leuchteten auf dem weißen Feld.
»Ihre Arbeitsweise ist vorbildlich, Schwester.«
Sie hielt mit dem inne, was sie gerade tat, aber sie schaute nicht auf.
»Hallo, Robbi.«
»Ich will dich nicht von deiner Arbeit abhalten, Alex. Aber es ist eine Überraschung, dich wiederzusehen, eine glückliche Überraschung.«
Sie nickte und beugte sich tiefer über eine Bahre, die auf zwei Sägeböcken ruhte. Ihre Hände arbeiteten mit sicheren Griffen an dem schmutzigen Fetzen von einer Bandage, der ein schlammverkrustetes Bein bedeckte. Mackendric neigte sich dichter an den Verwundeten heran. »Wadendurchschuß. Nichts Ernstes.«
»Brennt wie Höllenfeuer«, sagte der Verwundete.
»Das glaub' ich gerne, aber mit dem Bein werden Sie in drei Wochen wieder Fußball spielen.«
Er sah Alexandra zu, wie sie die Haut um die zerfetzten, mit vertrocknetem Blut bedeckten Löcher mit einer Lösung aus grüner Seife wusch und dann einen sauberen Verband um das Bein legte. Sie machte eine Handbewegung, und die Krankenträger hoben die Bahre auf und trugen sie in den Zug.

»Der nächste«, sagte sie und richtete sich auf. Ihre Blicke begegneten zum erstenmal Mackendrics Blick. Es war wie eine Umarmung. »Es ist schön, dich zu sehen, Robbi.«
»Meinst du das wirklich, Alex?« Seine Stimme war ernst.
Sie nickte entschieden. »Ja, ja, das meine ich ernst. Jetzt geh bitte weg, sonst kann ich mich nicht mehr konzentrieren. Wenn... wenn du diesen Samstag von deiner Arbeit loskommen kannst...«
»Ich werde davon loskommen«, sagte er einfach.
»Nach Rouen... Zug Nummer 52. Ich könnte dich am Bahnhof treffen.«
»Ich werde dasein.«
»Und keine Predigt diesmal, Robbi. Erzähl mir nicht wieder, was das Beste für mich ist.«
»Nein. Ich habe aufgehört, Ratschläge zu erteilen.«

»Und dann wären ja da die Nächte, in denen wir zusammen sein könnten, in irgendeinem hübschen Landgasthaus.«
Er konnte sich noch daran erinnern, daß sie diese Worte an einem Sonntag morgen in Paris gesagt hatte. In der Gegend von Ypern hatte es weder einen hübschen noch einen unschönen Landgasthof gegeben. Aber hier war die Normandie. Apfelbäume und fruchtbarer Boden zwischen den großen Schleifen der Seine. Gruppen von kleinen Dörfern mit steinernen Häusern. Gasthöfe, deren Zimmer die Obstgärten und die Ufer des Flusses überblickten. Sauberes Leinen und Federbetten. Er hielt sie fest in den Armen und beobachtete den Sonnenuntergang durch das Fenster, und seine Hand glitt zärtlich über ihren nackten Rücken. Sie drehte sich leicht in seinen Armen um und berührte mit ihren Lippen seine Brust.
»Ich werde dich nie aufgeben«, flüsterte sie.
»Und ich werde es dir nicht ausreden, auch wenn ich es wenigstens versuchen sollte.«
»Das wäre doch nur eine Geste. Du willst mich ja, Robbi.«
»Ja. Ich will dich.« Er preßte sie schweigend an sich und streichelte sanft ihren Rücken und die Kurve ihrer Hüfte. Er sagte: »Ich habe dir noch nichts von Dennis erzählt. Er ist in Ottawa... Fluglehrer. Ist im vergangenen April in der Nähe von Abbeville abgeschossen worden und hat es überlebt. Das nächstemal hat er vielleicht nicht so viel Glück. Ich bin froh, daß er in Kanada ist.«
»Ich auch«, murmelte sie.
»Er hat mir einen langen Brief über Kanada geschrieben, über die Leute da – es ist eine ganz andere Welt. Weißt du, ich hatte mich schon entschlossen, daß ich nicht nach England zurückgehen wollte. Wenn dieser Krieg jemals zu Ende geht, dann will ich ein neues Leben. Ich würde nach Toronto gehen, oder nach Westen, nach Vancouver. Das habe ich auch

meiner Frau geschrieben und sie um die Scheidung gebeten. Wäre auch für sie das Beste. Was sie eigentlich will, ist ein respektabler Bursche, der zu Hause bleibt, haufenweise Geld verdient und konservativ wählt. Wir haben nie gut zusammengepaßt.«
Sie zog sich von ihm zurück, ihre Brüste ruhten leicht an seiner Brust.
»Wird sie sich scheiden lassen?«
»Das weiß ich nicht.« Er begann, die Spitzen ihrer Brust zu liebkosen, fuhr leise mit der Fingerspitze über die rosigen Ringe, die festen Knospen. »Ich wünsche es mir wie nichts anderes auf der Welt, aber Cathrine könnte mir die Scheidung aus reiner Bosheit verweigern.«
»Es wird nichts ausmachen«, sagte sie mit belegter Stimme. »Es ist mir gleich. Ich will mit dir gehen, Robbi, mit dir leben, verheiratet oder nicht.«
»Vielleicht bereust du das eines Tages, Alex.«
»Nie.«
Nie... nie, dachte sie, während sich ihr Körper langsam im gleichen Rhythmus mit ihm bewegte. Und nicht nur deswegen, nicht wegen dieses Gefühls, wenn er in ihr war, nicht wegen dieser seligen Erregung, die in sanften Spiralen anstieg. Es ging über die Leidenschaft hinaus. Ihr Leben hatte sich mit seinem verflochten, aus zwei Leben war eins geworden. Sie würde mit ihm gehen, wo immer er auch hinging, und sie würde mit ihm leben ohne Scham. Und Mama und Papa? Die würden nie verstehen, warum sie das tat, würden nie begreifen, daß sie ihn brauchte und daß dieses Bedürfnis untrennbar damit verbunden war, daß er sie noch mehr brauchte.
»Ich liebe dich, Alex...«
»Ja«, sagte sie, »ja... ich liebe dich auch...«

Martin verspürte ein gewisses Kältegefühl, als er im Dorf Bazentin das Hauptquartier der Brigade betrat. Einer der Offiziere, der immer freundlich und großzügig mit Informationen gewesen war, tat so, als ob er sogar zu beschäftigt wäre, um Hallo zu sagen. Das Hauptquartier war in einem der tiefen deutschen Grabensysteme gelegen, die im späten August erobert worden waren, Tunnel und Räume, die hinter den Ruinen des Dorfes in den Kalkhügel geschnitten worden waren. Zwei Brigaden wie auch die Signalkompanie hatten ihr Hauptquartier dort, außerdem gab es einen Verbandsplatz und gelagerte Versorgungsgüter aller Art. Alles war hier überfüllt und laut, die Tunnels und Räume waren elektrisch beleuchtet, die Lampen brannten Tag und Nacht.
»Ist der Oberst zu beschäftigt, um mit mir zu sprechen?« fragte Martin. Der Offizier, der gewöhnlich so gesprächig war, fing an, Papiere auf seinem winzigen Schreibtisch hin- und herzuschieben. »Fürchte ja.«

»Ich will ja nur einen Paß von ihm, damit ich zur Front kann. Das ist alles.«
»Das geht unmöglich. Tut mir leid. Vielleicht morgen.«
»Sicher wissen Sie, wie schwierig es für mich ist, überhaupt so weit zu kommen. Und solange ich hier bin...«
Der Offizier wandte ihm halb den Rücken zu und spielte mit einem Feldtelefon.
»Sehen Sie mal, Mr. Rilke, es tut mir leid, aber...«
Ein schwerer Vorhang, der als Raumteiler fungierte, tat sich auf, und Fenton spähte durch die Öffnung.
»Ach, geben Sie's auf«, sagte er müde. »Sie könnten Mr. Rilke noch nicht einmal mit einem Besenstiel vertreiben. Komm herein, Martin.«
Fentons Abschnitt des Bunkers enthielt einen Schreibtisch, Karten, die an die Kalkwände genagelt waren, einen Stuhl und ein Feldbett. Fenton zog den Vorhang wieder zu, setzte sich dann auf die Feldbettkante und rieb sich die Augen.
»Ich hab' versucht, etwas Schlaf zu kriegen.«
»Tut mir leid«, sagte Martin und setzte sich rittlings auf den Stuhl. »Ich wollte dich nicht aufwecken.«
»Ich hab' gesagt, ich versuchte zu schlafen. Du hast mich nicht aufgeweckt. Du willst also zurück zum Wald von Delville, was?«
»Wenn es irgendwie geht.«
Fenton nickte langsam und tastete zwischen der unordentlichen Bettdecke nach einer Dose Zigaretten.
»Ich fürchte, du bist plötzlich zu einer *persona non grata* geworden, habe gestern vom Korps eine knackige Anweisung deswegen erhalten. Wenn man dich im Kampfgebiet entdeckt, sollst du in Begleitung hinter die Front zurückgebracht werden. Jeder Ort über Albert hinaus ist für dich verboten, alter Junge.«
Martin zündete sich eine Zigarre an und beugte sich dann nach vorn, um Fentons Zigarette anzuzünden.
»In Albert gibt es nichts, über das ich schreiben könnte, Fenton. Die Heilsarmee unterhält Kantinen in Albert. Ich könnte genausogut in Mississippi sein, was das Schreiben über den Krieg betrifft.«
»Das wäre vielleicht gar keine schlechte Idee, Biloxi, Mississippi, meine ich. Einzelne von deinen Berichten in den Yankeezeitungen haben die Aufmerksamkeit unseres Militärattachés in Washington erregt. Die haben in ihrem Schock nach London gekabelt, gruselige Beschreibungen der britischen Kämpfe im August...«
»Es waren keine gruseligen Beschreibungen.«
»Nein, das waren sie sicher nicht. Das war nur Martin Rilke, der die Attacken auf Thiepval im August bildhaft beschrieben hat.«

»Richtig.«
»Wie hast du die denn an den Zensoren vorbeigekriegt?«
»Hab' sie einem AP-Kollegen mitgegeben, der zurück in die Staaten fuhr.«
Fenton lächelte säuerlich und schnippte die Asche auf den Fußboden. »Ungezogener Bengel. Wir spielen mal wieder nicht nach den Regeln, was? Die Artikel waren dem Generalstab peinlich. Thiepval hätte am 1. Juli genommen werden müssen. Und jetzt haben wir den September schon fast hinter uns, und der Ort ist noch immer ein Pfahl in unserem Fleisch. Direkt blamabel, wenn man an seine Fehlschläge erinnert wird. Außerdem solltest du Ortsnamen nicht erwähnen, sondern du solltest einfach schreiben: irgendwo an der Somme. Richtig?«
»Ich nehme es an«, Martin zuckte die Achseln.
»Und Soldaten werden nicht in die Luft gesprengt oder von einer Granate auseinandergerissen, sie sitzen auch nicht kreischend in Granattrichtern. Soldaten fallen einfach.«
»Ich entnehme deinen Worten, daß du die Artikel gelesen hast.«
»Nein. Nicht nötig, sie zu lesen. Ich war auch da, weißt du noch? Sir Julian hat mir die saftigeren Stückchen übers Telefon vorgelesen. Er war wütender als ein angeschossener Keiler. Na, das kann man dem Alten nicht verdenken. Wully Robertson hat Haig angeschissen, Haig hat Rawlinson angeschissen und Rawly ist Onkel Julian ins Gesicht gesprungen.«
»Und jetzt trampelst du auf mir herum.«
»Richtig. Ich weiß nicht, auf wem du herumtrampeln kannst.«
Martin studierte die Asche an seiner Zigarre. Eine Fünfzig-Cent-Zigarre. Eins der wenigen luxuriösen Dinge, die er sich erlaubte. Er ließ die Asche in Flocken von selbst abfallen.
»Sturm im Wasserglas, Fenton. Ich hab' diese Artikel absichtlich an den Zensoren vorbeigeschleust. Nur für die Amerikaner. Ich habe versucht, ihnen einzubleuen, wie dieser Krieg wirklich ist. Eines Tages werden sie vielleicht selbst mit hineingezogen, und sie haben außerdem ein Recht, zu wissen, wie ein Krieg im 20. Jahrhundert aussieht. Tatsache ist, daß die amerikanischen Zeitungen das ganze nicht besonders hervorgehoben haben. Jeder in den Staaten macht sich mehr Gedanken darüber, ob Pancho Villa wieder in New Mexiko herumballert, als darüber, daß ein paar tausend Tommys für fünfzig Meter französischen Boden ins Gras beißen. Ich nehme an, die haben das einfach nicht begriffen.«
Es herrschte schwerer Granatenbeschuß. In einer Meile Entfernung schlugen britische 20-cm-Geschosse und französische 105er in Delville und den Hochwald ein. Die vulkanischen Explosionen waren eher zu spüren als zu hören; es war nur ein Zittern in den Wänden, ein feiner Nebel aus Kalkstaub.

»Für mich gibt das auch nicht viel Sinn, Martin. Na, was soll's. Ich tu' so, als ob ich dich nie gesehen hätte, aber bleib von jetzt an aus meinem Gebiet. Ich bin jetzt Brigadekommandeur, kommissarisch zum Brigadegeneral ernannt, bis sie einen richtigen aus der Reserve ausgraben und ihn hier herüberschicken – wahrscheinlich schreiend und trampelnd. Wie auch immer, ich habe fünf Bataillone unter meinem ziemlich lockeren Kommando – die Royal Windsors, die Green Howards und ein paar zusammengewürfelte Bataillone, in denen alles außer weiblichen Pfadfindern dient. Wir sollen morgen bei Sonnenaufgang mit drei anderen Brigaden nach Westen auf den Hochwald zumarschieren und im Schutz der Panzer versuchen, ob wir Flers einnehmen können.«

»Davon habe ich gehört. Deshalb bin ich ja hier.«

»Natürlich hast du davon gehört«, sagte Fenton bitter.

»In dieser Armee kann keiner das Maul halten. Jede Hure in Amiens weiß mehr von der Strategie des obersten Kommandos als ich.«

Er zerquetschte seine Zigarette auf dem Kalkfußboden und zog eine neue aus der Dose. »Von den fünfzig Panzern, die sie hier herübergeschickt haben, sind noch ein paar übrig, also wollen sie es noch mal damit versuchen. Fürchterliches Gelände. Steil und schlammig und gepfeffert mit alten Granattrichtern. Verdammt zerbrechliche Dinger, diese Panzer. Brechen zusammen, wenn du sie nur schief ansiehst. Aber mir ist klar, was sie leisten könnten. Wenn sie nur so schnell fahren könnten, wie ein Mann rennt, wenn sie wenigstens die Kraft hätten, einen Hügel hinaufzufahren, dann wären wir in zwei Wochen am Rhein.«

»Die Amerikaner sind interessiert an Panzern«, sagte Martin lahm. »Ein Amerikaner hat ja auch den Traktor mit Raupenantrieb erfunden ... Onkel Benjamin Holt.«

»Da kann sich Onkel Benjamin aber gratulieren«, sagte Fenton trocken.

Beobachtungen und Gedanken. An der Somme. 21. September 1916. Und es ist auch ein kalter, nasser Tag. Meine Beobachtungsstellung, die mit einem Camouflagenetz bedeckt ist, ist einigermaßen trocken, obwohl ich auf dem Boden des Laufgrabens bis zu den Knien im Schlamm stehe. Intensives britisches und französisches Artilleriefeuer prügelt in den Hochwald, die Granatenexplosionen, die vom Regen reflektiert werden, erzeugen ein Blitzen über der ganzen Höhe des baumstumpfübersäten Hügels. Das gleiche Blitzen zeigt sich auch im Osten beim Wald von Delville und in Longueval. Es scheinen mehr als vier Brigaden in dieses Treffen verwickelt zu sein. Habe sogar Kavallerie auf der Straße von Contalmaison nach Bazentin gesehen, die Landser und die Pferde waren schwarz vom Regen. Die Kavallerie leidet sehr unter der kalten Witterung. Aber möglicherweise will man der Infanterie, die sich an der Front hocharbeitet, das

Gefühl geben, daß ein Durchbruch bevorsteht... Daß sie nur noch ein paar Löcher durch das deutsche Grabensystem hauen müssen und daß danach Horden von Reitern wie Raketen hindurchschießen werden und »ins Blaue hinein« reiten, wie Haig es so hübsch ausgedrückt hat. Vor mir ist kein »Blau«, nur tanzende Flammen und schlammiger, pockennarbiger Boden. Kein deutsches Gegenfeuer. Sie werden wie immer tief in ihren Bunkern sitzen, und tonnenschwerer Eisenbeton und Sandsäcke fangen die Einschläge auf. Wenn das Sperrfeuer aufgehoben wird und die britische Infanterie nach vorn geht, werden sie auftauchen, wie sie das immer tun, und die Angreifer in Stücke hacken. So ist das Muster seit dem ersten Tag verlaufen, und keiner ist je mit einem Plan gekommen, der den deprimierenden Ablauf ändert.
Bin im Graben – 2. Royal Windsor Fusiliers. »Kaltblütig«, das ist kein Ausdruck, der dem amerikanischen Temperament entgegenkommt – und mit Sicherheit nicht dem militärischen Temperament der Amerikaner. Lee hat vielleicht kaltes Blut gehabt, aber Grant nicht, und auch kein anderer General, der mir einfällt. Amerikanische Soldaten haben den Feind immer »auf den Hut gehauen«, haben ihre Säbel verbogen, waren Tabakspucker und wilde Flucher. Charles ist kaltblütig, er steht deutlich sichtbar und ungeschützt oben auf der Brustwehr und beobachtet den Hochwald mit dem Feldstecher, kalt wie Eis. Ich habe das Gefühl, als ob ich brüllen müßte: »He, das ist mein Vetter, der da oben steht.« Tapfer, aber blöde. Haufenweise deutsches Zeug kommt jetzt hier herüber. Maschinengewehrkugeln krachen, wenn sie über den Graben fliegen. Charles ist kaltblütig. Er steigt in den Graben hinunter und kritzelt Notizen für die Melder. Schickt noch zwei weitere Kompanien rüber, wie angeordnet vom Brigadehauptquartier. Der Zeitplan für den Angriff muß eingehalten werden. Er schreibt Todesmeldungen für ein paar hundert Männer. Seine Hand zittert nicht, sein Gesicht zeigt überhaupt keinen Ausdruck. Muß ihn irgendwann einmal fragen, was er dabei gedacht hat.
Das deutsche Gegensperrfeuer ist schwerer, als irgendeiner erwartet hatte. Der Graben wackelt. Sandsäcke fliegen. Stückchen von Draht und Stückchen von Männern, die sich draußen im Draht gefangen haben. Irgendeiner brüllt: »Die Panzer kriegen es aber ganz ordentlich.« Cockney-Stimme, klingt fast erfreut. Kurzschrift wird unleserlich... Hat keinen Zweck...

Paris (AP) 12. Dezember 1916. Martin Rilke vom Pariser Büro der Associated Press ist aus dem Krankenhaus Saint-Antonie entlassen worden, nachdem er im September an der Front an der Somme schwer verwundet wurde. Seine Genesung verläuft zufriedenstellend. Er hält sich in Saint-Germain-en-Laye außerhalb von Paris auf.

5

Jacob Goldstein überquerte die Champs-Elysées gegen einen Strom von Verkehr, lächelte brüllenden Taxifahrern liebenswürdig zu und ignorierte das Dröhnen der Autohupen. Als er den Bürgersteig erreichte, rückte er seine Melone gerade, glättete die Samtaufschläge seines Mantels und schlenderte in die glitzernde Halle des Hotel Monceau hinein. Er schwang seinen Spazierstock mit der hochmütigen Note des geborenen Boulevardiers. An der Bar bestellte er, ohne auch nur die leiseste Spur eines englischen Akzents zu zeigen, einen Dubonnet. Ein britischer Oberst, der an der Bar stand und Whisky trank, fragte ihn in stockendem Taschenwörterbuch-Französisch, ob er einen Platz am Montmartre kenne, wo die »Jeunes filles dansant... a nue... Na, Sie wissen schon.« Jacob antwortete in stockendem Englisch. Er erklärte dem Mann den Weg zu einem Platz am Boulevard de Clichy, wo das einzige weibliche Nackte die Suppenhühner waren, die an Haken im Schaufenster baumelten. Es war der beste Geflügelladen in Paris, und er hoffte, daß der Oberst seinen Besuch dort genießen würde.

Er hatte seinen Aperitif schon fast ausgetrunken, als er die vierschrötige Gestalt von Claude Lenard die Bar betreten sah. Der Mann setzte sich an einen Tisch in einer dunklen Ecke. Jacob nahm sein Glas auf, schlenderte nachlässig zu ihm hinüber und setzte sich hin.

»Guten Tag, Claude.«

Claude Lenard, sozialistischer Zeitungsverleger, schaute langsam und mißtrauisch jede Person in der Bar an, ehe er eine Antwort grunzte.

»Darf ich Ihnen einen Drink ausgeben, Claude?«

»Das ist nicht nötig, Goldstein.«

»Vielleicht ist es nicht nötig, aber es ist normal. Die Leute kommen nicht in diese Bar, um sich einfach nur hinzusetzen.«

Die winzigen Augen flackerten. Der riesige Kopf nickte.

»Ich nehme ein Bier.«

»Einen Cognac. Dies ist keine Bar für Syndikalisten, Claude. Wenn in Rom, tu, was die Römer tun.«

Der Verleger starrte verbittert auf die kirschbaumgetäfelten Wände und auf die elegant geschnitzte Bar aus Rosenholz, die eine Deckplatte aus Kupfer, nicht aus simplem Zink, hatte. »Ich gehöre nicht in solch ein kapitalistisches Lokal.«

»Nein«, erwiderte Jacob milde, »und die Geheimpolizei würde auch nicht daran denken, Sie hier zu suchen. Dies ist der sicherste Fleck, den wir für unsere Unterredung finden konnten. Vielleicht wird es Sie schockieren, Claude, aber Sie sind das Ebenbild von Ravenot, dem König der Munitionsfabrikanten.«

»Hat man mir gesagt«, sagte der alte Mann trocken. »Also gut, solange ich Ravenot bin, bestellen Sie mir Cognac. Einen Armagnac.«
Jacob machte dem Kellner eine Handbewegung. Die beiden Männer saßen schweigend da, bis die Getränke kamen.
»Also«, sagte Lenard. »Ich habe einen Drucker für Sie gefunden, der willens ist – für einen gewissen Preis, verstehen Sie –, das herzustellen, was Sie wünschen. Es ist nicht nur das Geld; er hat drei Söhne bei Verdun verloren und ist verständlicherweise verbittert. Dem Mann kann man trauen, aber der Preis wird hoch sein.«
»Geld spielt keine Rolle. Ich will eine Zeitung von Qualität.«
»Er ist fähig, das zu leisten. Er ist ein Druckermeister.«
Jacob nahm einen dicken Briefumschlag aus der Innentasche seines Jacketts und legte ihn vor Lenard hin.
»Dies sollte Ihnen mein Vertrauen beweisen. Nehmen Sie sich heraus, was immer Sie für sich brauchen.«
Lenard tippte mit seinen stumpfen Fingern auf den Umschlag. »Ich hoffe, es ist Ihnen klar, welches Risiko damit verbunden ist, Goldstein. Es herrscht ein schlechtes Klima für diese Art Unternehmen. Verdun, das ist ein wunder Punkt. Alle wünschen, daß die volle Wahrheit über das Gemetzel mit den Myriaden Toten begraben bleibt. Die Engländer auch, wegen ihres Debakels an der Somme. Man betrachtet jede Kritik am Krieg als Hochverrat.«
»Das weiß ich.«
»Wie auch immer, es gibt noch Journalisten hier in Paris, die in den alten Tagen für mich gearbeitet haben. Leidenschaftliche, furchtlose Männer, die gewillt sind, für ihren Glauben ins Gefängnis zu gehen.«
»Ich will keine fanatische Schreiberei, Claude. Meine Zeitung wird kein Traktat für die zweite Internationale werden.«
»So spricht kein guter Sozialist.«
»Ich bin kein Sozialist«, brummte Jacob. »Weder gut noch schlecht. Politik aller Art langweilt mich. Nein, Claude, ich bin nur Jacob Goldstein, der gegen den Strom schwimmt.«

Jacob wuchtete seinen Schrankkoffer aus seinem Appartement in der Rue Pigalle, nahm die Metro bis Pont de Neuilly und hielt dann ein Taxi an, das ihn nach St-Germain-en-Laye bringen sollte. Der Fahrer murmelte etwas von einer langen Fahrt, und daß das Benzin knapp wäre. Er konnte mit kurzen Fahrten mehr Geld verdienen, weil er weniger Sprit verbrauchte. Jacob ließ seine Hand noch einmal in die Manteltasche gleiten und gab dem Mann den doppelten Fahrpreis im voraus. Geld war kein Problem – noch nicht. Es würde erst eins werden, wenn die Zeitung in Druck ging, aber er würde schon irgendeine Möglichkeit ersinnen, Geld

aus England herüberzuholen. Es hatte keinen Sinn, sich jetzt deswegen Sorgen zu machen, also lehnte er sich im Taxi zurück und sah zu, wie der dürre winterliche Wald an ihm vorbeisauste. Der dritte Kriegswinter. Sogar die Bäume sahen müde aus.
Das Haus, das Martin Rilke gemietet hatte, stand mitten in einem wohlgepflegten Garten, umgeben von dichten Baumgruppen, von Buchen und Fichten. Es war ein kleines zweistöckiges Haus aus verwittertem Kalkstein, um die Jahrhundertwende für die Geliebte eines Pariser Bankiers erbaut. Es hatte leergestanden, seit die Deutschen in den ersten Kriegswochen Paris bedroht hatten.
Eine große, abweisend aussehende Frau mit eisengrauem Haar öffnete die Tür. Sie trug eine schiefergraue Uniform, und auf ihrem üppigen Busen war ein winziges rotes Kreuz aufgenäht.
»Es ist nicht gut für Monsieur Rilke, Besucher zu empfangen«, sagte sie mit einem starken bretonischen Akzent. »Ich hoffe, daß Sie nicht lange bleiben werden.«
»Ach«, erwiderte Jacob locker, während er seinen Hut abnahm und ihn säuberlich auf einen Hutständer warf, »nicht länger als eine Woche oder zwei.«
Martin saß in einem kleinen, gemütlich eingerichteten Zimmer an der Rückseite des Hauses auf Kissen gestützt auf einem Sofa, und seine Krükken lehnten neben ihm. Er war überrascht und erfreut, als er Jacob ins Zimmer schlendern sah, warf das Buch beiseite, das er las, und langte nach seinen Krücken.
»Jacob! Ich kann es kaum glauben!«
»Oh, wie trügerisch ist die Erinnerung. Ich habe nach deiner zweiten Operation neben deinem Bett gesessen. Oder war es deine dritte? Na, macht nichts. In deiner schweren Stunde voll Schmerz und Leid war ich da, und ich wette, du kannst dich nicht daran erinnern.«
»Richtig. Kann ich auch nicht.« Er mühte sich, auf die Füße zu kommen, aber Jacob wehrte das mit einer Handbewegung ab.
»Steh um Himmels willen nicht meinetwegen auf. Wo bewahrst du denn den Champagner auf?«
»In der Vorratskammer.«
»Na, wir können ja später einer Flasche oder zwei den Hals brechen.« Jacob zog seinen Mantel aus und rückte einen Sessel näher an die Couch heran. »Verdammt hübsches kleines Haus. Gehört es dir?«
»Nein, aber ich kaufe es vielleicht. Der Preis ist niedrig genug. Der Besitzer erwartet noch immer, daß eines Tages Horden von Ulanen durch den Wald gebraust kommen.«
»Bist du zu Geld gekommen, alter Junge?«
»Nachzahlungen und Sondervergütungen eimerweise, und mein Onkel

Paul war so aufgeregt über meine Verwundung, daß er seiner Importagentur in Paris gekabelt hat, man solle vierzigtausend Franken auf mein Konto überweisen. Es zahlt sich aus, wenn man von einem Mörser getroffen wird.«

»Und wie fühlst du dich?«

»Stark wie ein Ochse – bis ich aufstehe. Aber daß Madame Lucille mich pflegt, das ist ein Ansporn zur Genesung – ich tu' es so schnell wie möglich.«

»Ja, ich habe die Dame kennengelernt. Lieblich wie eine Gefängniswärterin.«

Martin lehnte sich in die Kissen zurück und schaute Jacob von oben bis unten an.

»Wie kommt es, daß du nicht in Uniform bist?«

»Ach, diese Verbindung habe ich gelöst, ehe ich nach Frankreich gekommen bin. Ich bin übrigens schon sechs Wochen hier. Hab' mir ein paar Buden am Montmartre gemietet, aber da gibt es viel zu viele Ablenkungen. Ich hab' meinen Hang zu Tanzmädchen von schlechtem Ruf noch immer nicht verloren, muß ich leider sagen. Die nehmen sich viel zuviel von meinem Geld, von der starken Abnutzung meiner körperlichen Energie ganz zu schweigen.«

»Sekunde, Jacob. Du bist mal wieder ins Erzählen geraten. Was meinst du damit, du hast die Verbindung aufgelöst?«

»Genau das, alter Freund. Ich habe meine Kommission beim Königlichen Fernmeldekorps zurückgegeben.«

»Du kannst so etwas tun, mitten im Krieg?«

»Sie fangen an, die Schlupflöcher jetzt zuzumachen, wo die Wehrpflicht schon halbwegs eingeführt ist. Aber selbstverständlich, ja, man dient König und Land auf streng freiwilliger Basis. Mannschaftsgrade dürfen für die volle Dauer des Krieges in die Armee eintreten, aber Offiziere, die ja Gentlemen sind, stehen unter keinerlei Verpflichtung dieser Art. Männer mit Erziehung treten einfach nicht aus der Armee aus, oder? Aber ich hab's getan. Ich habe dann der Vorschrift des neuen Gesetzes Genüge getan und mich beim Wehramt gemeldet. Ich habe sie informiert, daß ich gegen den Kriegsdienst bin, und dann bin ich hier herüber nach Frankreich gehuscht, ehe sie mich einfangen und mir harte, wenn auch befriedigende Arbeit auf irgendeiner Rübenfarm in Suffolk geben konnten.«

»Das klingt aber schrecklich oberflächlich, verdammt noch mal. Ich habe nie gewußt, daß du einen starken religiösen Glauben hast.«

»Hab' ich auch nicht, aber ich habe starke, gewissenhafte Bedenken gegen diesen Krieg. Ich halte ihn für einen bösen Streich, den man der Menschheit spielt. Einen monströsen Betrug. Ich habe immer die Kampfberichte gelesen, die verschlüsselt von Haigs Hauptquartier kamen. Es hat mich amüsiert, wie die Zeitungen die Eroberung eines Grabens in einen größeren Sieg verwandelten. Es hat mich nicht amüsiert, zu erfahren, wie viele Menschenleben für den Besitz dieser dreckigen Furchen verschleudert wurden. Ich habe mich entschlossen, dagegen etwas zu unternehmen. Ich will eine Zeitung herausgeben, die die unverzierte, unverbrämte Wahrheit bringt.«

Martin pfiff leise zwischen den Zähnen und wühlte in der Tasche seines Morgenrocks nach einer Zigarre.

»Du wirst nicht damit durchkommen. Sie schließen andauernd pazifistische Zeitungen, hier und auch in England.«

»Das weiß ich, aber meine Zeitung wird auch keine schrille Breitseite werden, die grob auf der Handpresse gedruckt und dann von jungen Anarchisten auf der Straße herumgeworfen wird. Dieses Blatt wird so nüchtern sein wie die London Gazette, und so gut geschrieben wie die Times. Keiner, der sie liest, wird in der Lage sein, die Zeitung abzutun. Sie wird Artikel von solcher Authentizität enthalten, daß die Leser vom Parlament oder von der Deputiertenkammer Nachforschungen verlangen werden. Sie wird übrigens auf Englisch und auf Deutsch erscheinen. Und was die Schließung betrifft, so würde das vielleicht mehr Wirbel machen, als wenn man der Zeitung erlaubt zu existieren, nachdem sie erst einmal eine breite Leserschaft hat.« Er verzog leicht mürrisch das Gesicht und zupfte an einem Ohrläppchen. »Es wird natürlich schwierig, diese Leserschaft zu erreichen. Zu Anfang wird die Verteilung ein Problem sein, das ich zu lösen habe.«

»Da arbeitest du dich aber tief in etwas hinein, ›Aufruhr‹, dafür kannst du in Frankreich erschossen werden. ›Verletzung des Landesverteidigungsgesetzes‹, deswegen kannst du in England für den Rest des Krieges im Knast landen. Wahrscheinlich für fünfzig Jahre, wie die Dinge jetzt laufen. Ich würde mir das noch einmal überlegen, wenn ich du wäre, Jacob.«

»Ich habe tausendmal darüber nachgedacht. Ich habe mich entschlossen – ich bin ruhig und kühl, und ich bin mir aller Gefahren bewußt, aber ich bin mir auch des Lohnes bewußt. Wenn ich nur einen Menschen davon abhalten kann, jedesmal ›Rule Britannia‹ oder die ›Marseillaise‹ zu singen, wenn er ein offizielles Kommuniqué von der Front liest, und wenn ich nur einen dazu bringen kann, über diesen Krieg nachzudenken, sich wirklich die Kosten dieses Wahnsinns zu überlegen, dann wäre es mir eine Freude, dafür ins Gefängnis zu gehen.«

»Und du willst ein paar Artikel von mir. Hat dich das hierhergeführt, Jacob?«

»Ja und nein. Ja, ich will ein paar Artikel, natürlich unsigniert. Nein, ich bin nicht nur gekommen, um deine Erfahrungen auszunutzen. Ich brau-

che für eine Weile ein ruhiges Plätzchen, und ich schätze deine Gesellschaft sehr hoch.«
»Ich schätze deine Gesellschaft auch, Jacob, und deine Freundschaft. Aber ich wäre kein besonders guter Freund, wenn ich dich bei dieser Idee unterstütze. Weißt du, die Verluste bei der Offensive an der Somme sind ziemlich hoch gewesen, England hat in viereinhalb Monaten vierhunderttausend Männer dort verloren, fast eine halbe Million Tote, Verwundete oder Vermißte. Für sechs Meilen Boden. Die Leute wollen etwas für diesen Preis, Jacob. Deshalb glauben sie den offiziellen Berichten, die ihnen sagen, daß die Sache das wert war, daß dort etwas Großes geleistet wurde, daß das Opfer eine Bedeutung hatte. Sie werden die Wahrheit nur deshalb zurückweisen, weil es so verdammt schmerzvoll ist, sie zu schlucken. Niemand kann diesen Krieg aufhalten. Und die öffentliche Meinung wird es mit Sicherheit nicht tun. Der Krieg hat jetzt ein eigenes Leben, wie eine durchgegangene Lokomotive. Nur wenn die eine oder andere Seite der Front zusammenbricht, wird der Krieg aufhören. Nur ein Sieg mit einem fettgedruckten S wird ihn zum Halten bringen. Mit deiner Zeitung wirst du nur ein Rufer in der Wüste sein.«
Jacob stand mit einem Seufzer auf und reckte die Arme über den Kopf.
»Ich ergebe mich deiner Logik, Martin. Ich weiß, du hast recht, aber es macht mir Spaß, ein Rufer in der Wüste zu sein, selbst auf die geringe Chance hin, daß ich vielleicht möglicherweise doch gehört werde. Nein, ich werde eine Zeitung herausgeben, und sie wird verdammt gut sein.«
»Also hat Jacob der Bilderstürmer endlich etwas gefunden, an das er glauben kann?«
Jacob verkrampfte die Hände hinter dem Rücken und ging hinüber zu einem der Fenster. Die säuberlich gestutzten Hecken im Garten waren weiß vom Reif.
»Nur teilweise, Martin. Es gibt eine Facette meines Charakters, einen Jacob Goldstein, der einfach in der Menge gern in der falschen Richtung läuft, eine Seite meines Wesens, die sich leidenschaftlich danach sehnt, im Leben etwas zu vollbringen, das dauernden Wert hat. Vielleicht bin ich dazu geboren worden, eine Armee von Pazifisten anzuführen. Vielleicht auch nicht. Ich werde es bald herausfinden. Und jetzt zu den unmittelbareren Problemen. Wo ist diese Speisekammer, und wie gut ist der Champagner?«
Madame Lucille vom Croix Rouge war eine Frau mit vielen Bedenken, und sie hatte keine Angst, jedes einzelne davon auszudrücken. Sie hatte Bedenken gegen Besucher, von Gästen ganz zu schweigen, und sie hatte Bedenken gegen den Verzehr von Alkohol, das Rauchen von Zigarren und Zigaretten und das Einlassen von frischer Luft. Sie hatte auch Bedenken gegenüber Martins Bedenken gegenüber dem Essen, das ihm serviert

wurde. Martin hatte eine Köchin-Haushälterin eingestellt, die ihm vom Bürgermeister von St-Germain wegen ihrer gastronomischen Kenntnisse empfohlen worden war, aber er hatte ihre Kochkünste erst noch kennenzulernen. Außer Graupen, einer wäßrigen Sagosuppe und einfachem gekochtem Huhn hatte er noch nichts gesehen. Als er verlangte, daß zur Wiedersehensfeier mit seinem Gast ein paar Enten und Kartoffeln gebraten wurden, hatte Madame Lucille erklärt, sie könne nicht länger die Verantwortung für die Gesundheit ihres Patienten übernehmen.
»Gut«, sagte Martin, »mir soll's recht sein. Auf Wiedersehen.«
Und das war's dann auch schon.
»Woher wirst du jetzt deine Krankenpflege bekommen?« fragte Jacob, während er die Enten tranchierte.
»Zum Teufel, ich brauche eigentlich keine Krankenpflege. Ich komme gut zurecht, und die Wunde auf meiner Hüfte sieht vielleicht so häßlich aus wie die Sünde, aber sie ist verheilt. Was ich brauche, ist Kraft. Gebratene Ente, gebratenes Lammfleisch, Hammelkoteletts, Schweinekoteletts, Schinken und Eier, ein, zwei Liter Burgunder und zehn gute Zigarren pro Tag. Außerdem kommt mich in einer Woche eine Krankenschwester besuchen, wenn sie ihren Urlaub kriegt. Eine Armeeschwester. Du kennst sie vielleicht noch – Ivy Thaxton, du hast sie ein paarmal in der Wohnung in London gesehen.«
»Schlankes, dunkelhaariges Mädchen mit violetten Augen?«
»Genau die.«
»Nicht mein Typ. Zu grün und jungfräulich.«
»Das kommt daher, weil sie wirklich noch Jungfrau ist. Nicht wie diese Flittchen, hinter denen du immer herrennst.«
Jacob hob eine Augenbraue, während er die Entenbrust zerteilte. »Flittchen? Du bist aber *up to date* mit deinen Vulgärausdrücken!«
»Ich halte mit der Sprache Schritt. Das ist mein Job.«
»Wird sie ihren Urlaub hier verbringen?«
»Ich werde mein Bestes tun, um sie dazu zu überreden.«
»Aha.«
»Was zum Teufel soll denn das heißen? Aha?«
»Aha heißt aha. In diesem Fall soll es heißen, daß ich in das Gasthaus unten an der Straße übersiedle, wenn sie hier ist. Drei, alter Junge, das ist einer zuviel – wenn auch nicht immer bei den Franzosen.«
Ivy kam vier Tage vor Weihnachten an, mit dem Morgenzug von Rouen nach Paris. Sie war die drei Kilometer vom Bahnhof bis zum Haus zu Fuß gegangen, ihre lederne Reisetasche hing über der Schulter. Martin, der vom Wohnzimmerfenster aus nach ihr Ausschau gehalten hatte, kam über den Gartenpfad zu ihr nach draußen. Er ging steif und mit zwei Krücken, und er versteckte den Schmerz in seiner Hüfte hinter einer Gri-

masse mit zusammengebissenen Zähnen. Jacob blieb einen Schritt hinter ihm, immer bereit, seinen Freund aufzufangen, wenn er stolpern sollte.
»Warum hast du denn kein Taxi genommen?« rief Martin aus. »Du hättest nicht zu Fuß gehen sollen.«
»Ich gehe liebend gern zu Fuß!« rief Ivy, während sie den langen Kiespfad von der baumgesäumten Straße her heraufkam. »Und es war ja nur eine Meile oder zwei.« Sie blieb vor ihm stehen, lächelte, strich sich eine Strähne ihres schwarzen Haars aus dem Gesicht. »Oh, da steht er also, der verwundete Krieger.«
»Nur ein granatenzerkratzter Schreiberling«, sagte Martin. Er schaute sie von oben nach unten an und vergaß den Schmerz in seiner Hüfte bei ihrem Anblick. »Mensch, du wirkst wie ein Wunderwasser, Ivy. Kannst du dich noch an Jacob erinnern?«
»O ja«, sagte sie und streckte die Hand aus. »Wie geht es Ihnen, Mr. Goldstein?«
»Jacob«, korrigierte er. »Nur meine Feinde nennen mich Mr. Goldstein. Kommen Sie, ich nehme Ihre Tasche, während Sie diesem Helden von der Somme wieder auf sein Sofa helfen.«
Ivy wanderte im Haus umher, während die Köchin das Mittagessen zubereitete. Sie schaute alles in schweigender Bewunderung an und setzte sich dann in einen Sessel neben der Couch, auf der Martin lag. Er hatte seine Beine mit einem Kissen hochgelegt.
»Es ist ein herrliches Haus, Martin.«
»Ich habe die Zimmer oben noch nie gesehen. Es ist den Schmerz nicht wert, da hinaufzuklettern.«
»Erzähl mir nicht, daß du auf dem Sofa schläfst.«
»Unten neben dem Korridor ist ein kleines Zimmer mit einem Bett und so einer Art Trapez darüber, so daß ich mich ohne jede Mühe ins Bett und wieder hinaushieven kann.«
»Du hast doch nicht etwa das Krankenhaus zu früh verlassen, oder?«
»Nein. Und außerdem brauchten sie das Bett. Die hatten sogar Patienten auf Feldbetten in den Gängen stehen.«
Ivy stand auf und streckte ihm ihre Hände hin. »Komm, jetzt stehst du mal auf. Ich will dich ohne Hosen sehen.«
»Was?«
»Du hast mich schon verstanden. Ich will mir deine Verwundung mal ansehen.«
»Die ist doch in Ordnung«, protestierte er. »Macht sich ganz prima. Ein Chirurg von Havard – amerikanische Freiwilligengruppe – hat die Operation gemacht. Guter Mann.«
»Aber der ist nicht hier, um die Sache zu untersuchen, nicht wahr? Tu, was dir gesagt wird, bitte.«

Er ging ins Schlafzimmer voraus, legte sich auf das Bett und schaute mit finsteren Blicken an die Decke, während Ivy ihm die Hosen herunterzog. Die rote Narbe überquerte seine rechte Hüfte und zog sich dann über den Oberschenkel herunter. Er schloß die Augen und biß die Kiefer zusammen, während ihre sanften Finger an der Narbe entlangfuhren.
»Keine Entzündung«, sagte sie. »Du hast Glück gehabt, Martin. Du bist der Entmannung um Haaresbreite entgangen.«
»Ich weiß«, sagte er mit belegter Stimme.
»Hast du irgendein Puder da? Die Narbe sieht mir zu straff aus und muß auch schlimm jucken.«
»Mich juckt es überall.«
»Wirklich?« Sie ließ ihre Hand mit fachkundiger Sicherheit über seinen Bauch gleiten. »Merkwürdig. Deine Haut fühlt sich aber nicht trocken an.«
»Es ist nicht meine Haut, Ivy. Es juckt mich irgendwie innerlich. Ein inneres Brennen. Man nennt es ›Sehnsucht-nach-Ivy-Thaxton-Krankheit‹, und sie ist heilbar.«
»Wo ist das Puder?« fragte sie energisch. Er sagte ihr, wo es zu finden war, und sie rieb die Kanten der Narbe damit ein und trat dann zurück. »Du kannst deine Hose jetzt wieder hochziehen.«
Er tat es voller Dankbarkeit und atmete tief aus.
»Dies ist ein saublöder Moment, dir einen Heiratsantrag zu machen, Ivy, aber ich wünschte, du würdest dir die ganze Sache noch mal überlegen. Sieh es doch mal aus meiner Sicht. Ich würde ja nicht erwarten, daß du aus dem Schwesterndienst austrittst, genausowenig wie du erwarten würdest, daß ich meine Kriegsberichterstattung aufgebe. Aber ich meine, du hast ja nun die zwei Wochen Urlaub, und zwei Wochen Glück ist kein schlechtes Geschäft heutzutage. Außerdem bitte ich dich ja nur darum, ein bißchen darüber nachzudenken, es zu erwägen, es von allen Seiten zu betrachten.«
»Ich habe mich entschieden, als ich dir letzte Woche geschrieben habe. Und es war keine leichte Entscheidung für mich.«
»Ach so«, sagte er mit hohler Stimme, »wahrscheinlich nicht.«
»Aber wenn du wirklich die Verantwortung übernehmen willst, eine Frau zu haben...«
Die Trapezstange klang in seiner Hand, als er sich daran festklammerte. »O Mann, und ob ich das will!«
Er zog sich hoch und rief nach Jacob.
»Was ist denn das für ein Lärm?« fragte Jacob und spähte durch den Türspalt. »Will das Mädchen dich vergewaltigen?«
»Ruf ein Taxi. Warn den Bürgermeister schon mal vor, daß er eine Trauung zu vollziehen hat!«

»Meinen Glückwunsch. Und jetzt weißt du auch, was aha bedeutet. Ich werde zum Gasthof hinuntergehen und nachsehen, ob es dort einen Wagen gibt. Das Telefon wird von den Fritzen abgehorcht.«

»Wir gehen alle zusammen«, sagte Martin und ließ vorsichtig seine Beine vom Bett gleiten. »Im Wandschrank in der Halle ist ein Rollstuhl, und es geht den ganzen Weg bergab. Komm, Jacob, steh nicht nur da herum!«

»Das ist ein Feger, was?«

»Wird es auch legal sein?« fragte Ivy und sah besorgt aus.

»Natürlich ist es legal! Für was für einen Kerl hältst du mich denn? Monsieur le Maîre kann jeden trauen, wie der Kapitän auf einem Schiff. Wir können immer noch irgendwann kirchlich heiraten, Ivy, wenn du das gerne hättest.«

Sie beugte sich nach vorn und küßte ihn auf die Wange.

»Mir ist das gleich, Martin, solange ich Mama und Papa mit gutem Gewissen schreiben kann.«

Es gab keinen Wagen im Gasthof, aber es herrschte kein Mangel an starken Armen, die willens waren, *le bon Americain* nach St-Germain zu schieben, besonders zu so einem guten Zweck. Braut und Trauzeugen gingen neben dem Rollstuhl her, während zwei Stallknechte Martin mit enormer Geschwindigkeit mitten über die Straße in die Stadt hineinrollten. Nach einer kurzen Zeremonie in der Halle des Rathauses fuhr der Bürgermeister sie in seinem Renault zurück zum Haus.

»Ich bin glücklich«, seufzte Martin. »Trunken vor Glück.«

»Und vom Champagner.«

»Füllt alle Gläser, denn der Wein wärmt uns mit Mut und mit Liebe und Glück... Dreigroschenoper. Es steckt noch mehr in dem Lied, irgend etwas über Frauen, die das Begehrenswerteste auf Erden sind. Aber es ist nur eine Frau, Ivy.«

Sie saß neben ihm in ihrem Dienstnachthemd auf der Bettkante und flocht ihr Haar zu Zöpfen. Er streckte die Hand aus, schob ihre Hände fort und begann, die säuberlichen Spiralen wieder zu lösen.

»Ich mag dein Haar lieber lang und offen. Du bist sehr schön, Mrs. Rilke.«

»Und ein bißchen unscheinbar. Ich hätte mir nie vorgestellt, daß ich meine Hochzeitsnacht in einem Flanellnachthemd verbringe, bei dem im Saum die Initialen des Armeeschwesterndienstes eingestickt sind.«

»Morgen kaufe ich dir ein Dutzend seidene Nachthemden. Sie sagen, daß es ein paar gute Geschäfte in St-Germain gibt. Oder wir fahren nach Paris – kaufen ein und schlafen dann in der besten Suite im Hotel Crillon.«

»Still jetzt. Wir sind in unserem eigenen Haus. Was könnte denn noch besser sein?«

Sie stand auf und blies die Lampen aus.
»Tut mir leid, das mit dem Strom«, sagte er. »Nach acht Uhr abends gibt's keine Elektrizität mehr. Stromsperre.«
»Wie bei uns zu Hause. Ich mag Petroleumlampen.«
Sie ging in der Dunkelheit um das Bett herum, und nach einem Augenblick schlüpfte sie neben ihm hinein. Das Flanellnachthemd war fort, und ihr Körper lag kühl und duftend neben ihm. Er versuchte, sich zu ihr umzudrehen, aber er gab nur ein Stöhnen von sich und legte sich wieder zurück.
»Diese verdammten Deutschen«, brummte er.
»Pst«, flüsterte sie. »Keine bösen Gedanken. Wenn du nicht von einer Granate getroffen worden wärst, dann wärst du jetzt vielleicht in China oder in Mesopotamien, oder sonst wo weit weg, und dann lägst du nicht neben mir.«
Sie knöpfte seinen Schlafanzug auf und legte ihren Kopf auf seine Brust. »Dein Herz schlägt ein Ideechen zu schnell.«
»Ein Ideechen? Es versucht, sich durch meine Rippen durchzuhämmern.«
»Und dein Atem ist flach.«
»Es ist ein Wunder, daß ich überhaupt atmen kann. Wenn du nur wüßtest, was ich im Augenblick durchmache. Ich war ein Narr, dich jetzt zu heiraten, und nicht erst dann, wenn ich wieder in der Lage bin, Handstand zu machen und über Zäune zu springen und... Na, noch eine ganze Menge anderer Dinge.«
Sie kuschelte sich dichter an ihn heran.
»Du kannst mich in den Arm nehmen, Martin. Du kannst mich ganz fest in den Arm nehmen.«
»Ja«, sagte er rauh. »Das kann ich.« Er faltete seine Arme um sie, seine Hände streichelten sie. »Samt, reiner Samt; das wunderbarste Mädchen auf der ganzen Welt.«
»Alle Mädchen aus Norwich haben eine gute Figur.«
»Gott«, flüsterte er, »was muß das für ein Fleckchen Erde sein, wenn die anderen auch nur halb so schön sind wie du.«
»Ach«, sagte sie, »ich habe den Anforderungen nicht entsprochen, deshalb haben sie mich rausgeschmissen. Ich werde dich nie mit nach Norwich nehmen, damit du die Frauen nicht siehst, die sie dabehalten haben.«
»Aber ich liebe ja dich, Ivy.«
Sie richtete sich auf; ihr Körper war schlank und hell wie Elfenbein im Mondlicht. »Du wirst mir nicht böse sein, wenn ich meine mädchenhafte Schüchternheit ablege, nicht wahr? Es hat ja keinen Sinn, auf die körperliche Liebe zu verzichten, wenn es nicht unbedingt sein muß. Schließlich

bin ich ja Krankenschwester. Wenn du dich so fest wie möglich auf dein gesundes Bein – ich meine dein linkes Bein – stützt...«

»Wird es weh tun?«

»Aber das muß ich doch fragen, Martin, nicht du. Nein, es wird überhaupt nicht weh tun, wenn du dein rechtes Bein, ganz, ganz still hältst. Und ich...«

»Oh, Ivy! Lieber Gott! Du bist ein Wunder. Du bist...«

»Nein. Sag jetzt nichts, Martin. Bitte, mein Schatz, sag kein einziges Wort.«

Jacob fällte eine kleine Fichte und zog sie durch den Schnee hinter sich her. Es war der erste richtige Schnee dieses Winters, weiche, nasse Flokken, die vom grauen Himmel rieselten. Ivy half ihm das Bäumchen ins Haus zu ziehen und setzte das feuchte Stämmchen in einen hölzernen Eimer, der mit sandiger Erde gefüllt war. Sie dekorierten die Zweige mit allem, was sie an leuchtendem Schmuck finden konnten: Streifen aus rotem und gelbem Tuch, winzige silberne Teelöffel, die sie mit Faden festbanden, rote Stechpalmenbeeren von einem Strauch im Garten, Metallfolie aus Zigarettenschachteln.

»Ein ganz akzeptabler Baum«, sagte Jacob.

»Ich glaube, er ist wunderschön. Wenn wir jetzt noch ein paar kleine Kerzen hätten, die wir auf die Zweige stecken könnten...«

»Dann könnten wir das Haus niederbrennen.«

»Ja«, seufzte sie. »Vielleicht hast du recht.« Sie schaute auf die Uhr, die auf dem Kaminsims stand. »Ich wecke Martin aus seinem Nickerchen auf. Der wird vielleicht überrascht sein.«

»Laß ihn noch ein bißchen länger schlafen. Er kann sich glücklich schätzen, daß er dich hat, wenn er aufwacht.«

»Danke, Jacob. Das war nett von dir gesagt.«

»Ich habe es ernst gemeint. Sag mir, Ivy, weißt du eigentlich über mich Bescheid?«

»Daß du ein Pazifist bist, meinst du? Ja, Martin hat es mir gesagt.«

»Ich hoffe, du verachtest mich deswegen nicht.«

»Verachten?« Sie lächelte bitter. »Ich habe zwei volle Jahre lang Zeit gehabt, zu sehen, was der Krieg aus den Menschen macht. Im medizinischen Dienst gibt es keine Säbelraßler, Jacob, und auch keine Feinde. Es ist keine einzige Nacht vergangen, in der ich nicht gebetet habe, daß der Krieg aus sein möchte, wenn ich morgens aufwache. Ich habe nicht viel Ahnung von Politik oder vom Ausgleich der Macht oder von anderen Dingen dieser Art, aber ich kenne den Schrecken, den ein Mann spürt, wenn er aus der Äthernarkose aufwacht und bemerkt, daß seine Beine fort sind. Gott im Himmel, Jacob, wie könnte ich dich denn verachten?«

»Danke.« Er beugte sich zu ihr nieder und küßte sie auf die Stirn. »Fröhliche Weihnachten, Ivy.«

Beobachtungen und Gedanken. Das Haus. 2. Januar 1917. Das Haus, unser Haus. Mein Geschenk an Ivy. Gerard Dupont ist in seiner Limousine von Paris hier herausgefahren, und wir unterzeichneten die Papiere im Wohnzimmer. Monsieur Dupont warf immer unsichere Blicke aus den Fenstern, weil er erwartete, daß die deutsche Infanterie aus den Wäldern auftauchte, ehe er meinen Scheck in Händen hielt. Der Preis für das Haus und zwei Morgen Land ist lächerlich niedrig, aber Dupont ist mehr als glücklich über das Geschäft. Er ist der Ansicht, daß die Front der Alliierten von Arras bis Reims eine Glasscheibe ist, die jeden Augenblick von einer eisernen teutonischen Faust zerschlagen werden kann. Der Schnee liegt dick auf dem Boden, aber Monsieur Dupont erinnert sich noch daran, daß die deutschen Horden mitten im Winter Verdun angegriffen haben. »In ein, zwei Tagen fahre ich nach Genf«, sagte Dupont. »Wegen meiner Gesundheit.« Ich habe das sichere Gefühl, daß Monsieur Dupont den Krieg überleben wird, ob wir nun gewinnen oder verlieren.

6. Januar. Ich war heute in der Lage, ohne Probleme die Treppe hinaufzusteigen – abgesehen von Krämpfen, die intensiv geschmerzt haben, die ich aber stoisch ignorierte. Oben gibt es zwei schöne Schlafzimmer, ein Zimmer ist leer, das andere teilweise möbliert. Ich habe mich auf das Bett gesetzt, um mein Bein zu entlasten, und Ivy setzte sich neben mich. Wir haben miteinander geschlafen; sie protestierte zuerst, weil es böse sei, am hellichten Tag miteinander zu schlafen. Die bleiche Sonne schien durch große Fenster. Gibt es etwas Schöneres als ihren Körper, eingetaucht in ein solches Licht? Wenn ja, dann behalte ich mir das Vorkaufsrecht vor, wie Onkel Paul sagen würde. Schweigende, gedankenverlorene Erschöpfung anschließend. Wie zerbrechlich wir doch wirken, wenn wir nackt sind. Ferner Donner grollte und rumpelte am Horizont entlang und ließ uns beide an das Sperrfeuer an der Somme denken. Wenn wir zwischen Juli und November hier gelegen hätten, wäre es wahrscheinlich auch das Donnern der Kanonen gewesen, das wir hörten, aber die Schlachten an der Somme sind im Schlamm versunken, im Schnee und im eiskalten Regen, und die Armeen sind viel erschöpfter, als Liebende es je sein könnten, die sich verausgabt haben. Dennoch, das Geräusch war ernüchternd. Sie fährt morgen zu ihrem neuen Einsatz nach Rouen zurück, wahrscheinlich kommt sie dann ins Allerseelen-Hospital nach London – soviel Glück habe ich nicht. Aber ich werde jeden Monat oder so eine Fahrt in die Heimat herausschlagen, und dann können wir Jacobs Wohnung benutzen. Ich weiß jetzt, was Sherman meinte, als er sagte, der Krieg sei die Hölle.

Major Charles Amberley studierte die Listen, die ihm von seinem Adjutanten auf den Schreibtisch gelegt worden waren. Die Namen der Lebenden und die Namen der Toten. Wenige der Namen waren ihm bekannt. Dafür bekam das Bataillon zu viele Ersatzverstärkungen. Namen ohne Gesichter: Jenkins, A. P.; Johns, D. R.; Johns, L.; Johnson, R.

Personalliste – 2. Royal Windsor Fusiliers
Einsatzstärke 18. Juli 1916
Offiziere: 36; andere Dienstgrade: 1005
Einsatzstärke im Augenblick, 3. Januar 1917
Offiziere: 8; andere Dienstgrade: 325

Er unterzeichnete auf dem unteren Teil des maschinengeschriebenen Blattes: Major Lord Amberley (kommandierender Oberst)
»Das ist es, nehme ich an.«
»Alles korrekt und ordentlich ausgeführt«, sagte der Adjutant, während er die Liste wieder an sich nahm.
»Was passiert jetzt?«
»Ich schicke diese Liste an die Brigade, die sie zum Korps schickt, die sie zur 4. Armee weitergibt, die sie wiederum dem Kriegsministerium zuschnippt. Irgendwann zwischen jetzt und dem Frühjahr werden wir wieder aufgefüllt. Fast, als ob man soundso viele Würstchen von der Metzgerei bestellt.«
Das Bild schien angemessen. Würstchen, die man in Zukunft durch irgendeinen Wolf drehen würde. Charles stand auf und schaute aus dem Fenster. Das Dorf Guyencourt-sur-Noye lag hinter dem eisverbrämten Glas, seine schmalen, katzenkopfgepflasterten Straßen wanderten zum gefrorenen Fluß und zu einer hölzernen Brücke hinunter. Was vom 2. Bataillon noch übrig war, hatte man in den Häusern und Scheunen einquartiert. Eine erschöpfte Einheit, die ihre Wunden leckte und auf Ersatz wartete, ehe sie wieder zurück an die Front geschickt wurde. Die Scheunen, in denen die meisten der Männer ihr Quartier hatten, waren alles andere als warm, aber sie waren tausendmal gemütlicher als der eiskalte Schlamm in den Gräben an der Somme. Das Essen war gut und reichlich, und im Dorf gab es eine Wirtschaft, die Wein und Bier zu einem anständigen Preis ausschenkte. Und für die Offiziere lag nur zehn Meilen die Straße hinauf die Stadt Amiens mit ihren Bars, Restaurants und Bordellen. Ja, das Leben war süß in Guyencourt-sur-Noye, wenn es auch für Charles keine Rolle spielte. Er hatte seine Urlaubspapiere schon in der Tasche. Die Unterschrift auf der Personalliste war seine letzte offizielle Arbeit. Der neue Bataillonskommandeur, ein Oberstleutnant, würde in einem oder zwei Tagen aus St-Omer ankommen.

»Also, Charles«, sagte der Adjutant und streckte die Hand aus. »Sie haben verdammt gute Arbeit geleistet.«
Und das war es wirklich. Lastwagen nach Amiens, Zug nach Rouen, Urlaubsschiff nach Southampton, Zug nach London. Vierundzwanzig Stunden, nachdem er dem Adjutanten die Hand geschüttelt hatte, ging er mit tausend anderen Männern, die auch auf Heimaturlaub oder kampfunfähig dort ankamen, durch den Bahnhof Waterloo. Er trug seinen Seesack selbst, er war nur einer in der Menge der khakigekleideten Männer.
»Charles! Charles!«
Lydias Stimme klang dünn in dem Geklapper der Nagelstiefel. Er hatte fast vergessen, daß er ihr geschrieben hatte, und mit Sicherheit hatte er nicht erwartet, daß sie ihn am Bahnhof abholte. Aber da stand sie, wunderschön, in dunklen Pelz gehüllt, und winkte ihm vom anderen Ende des Bahnsteigs zu.
»Hallo, Lydia.«
»Charles.« Sie neigte sich leicht auf ihn zu und küßte ihn herzhaft auf die Wange.
Er stellte seinen Seesack hin, nahm sie fest in die Arme und küßte sie auf den Mund – es war ein harter, langer Kuß.
»So ist's richtig, alter Junge«, rief ein vorübergehender Sergeant lachend aus.
»Ja«, murmelte Lydia, als er sie wieder losließ. »So ist es richtig.« Sie berührte sein Gesicht. »Es ist gut, dich wieder zurückzuhaben, Charles.«
»Und es ist schön, wieder hierzusein.«
»Ich habe es Hanna und deinem Vater nicht gesagt. Ich hatte das Gefühl, du wolltest sie überraschen. Sonst hättest du ihnen ja geschrieben.«
»Ich habe nur einen Brief geschafft. Aber es wäre vielleicht ganz nett, einfach bei ihnen hereinzuplatzen.«
Sie schaute ihn merkwürdig an. »Geht es dir gut?«
»Mir geht es prima. Kein einziger Kratzer.«
Er konnte ihr nicht sagen, wie er sich fühlte, weil er es nicht erklären konnte; körperlos, als ob er aus zwei Personen bestände, die nebeneinander hergingen. Mensch und Schatten, und es war schwierig herauszufinden, welcher von den beiden er selbst war.
»Willst du jetzt zur Park Lane fahren und sie besuchen?«
»Nein«, sagte er. »Ich bin furchtbar dreckig. Ich möchte nach Hause fahren, ein heißes Bad nehmen und zu Bett gehen.«
Sie preßte seine Hand. »Alles, was du willst, Charles.«
Seltsam. Das Haus kam ihm fremd vor. Das Haus eines Fremden. Er hatte Angst, irgend etwas anzurühren. Es war alles zu sauber, zu zerbrechlich. Die Tische glänzten vor Politur. Das Silber funkelte im späten Nachmittagssonnenschein. Das Bad wurde ihm von einem Dienstmädchen berei-

tet, das er seines Wissens noch nie gesehen hatte, obwohl sie ihn zu kennen schien und offensichtlich erfreut war, ihn wiederzusehen.
»Es ist so nett, daß wir Sie wiederhaben, Mylord.«
Warum sagte sie das?
Das Bad war warm und duftete angenehm nach Badesalz. Er saß mit gespannten Muskeln im dampfend-trüben Wasser und ließ seine Hände leicht über die Oberfläche des Wassers gleiten. Er fühlte sich körperlos, und er blieb in der Wanne sitzen, bis das Wasser kalt wurde und er Lydia an der Badezimmertür klopfen hörte. Sie rief seinen Namen.
»Charles? Alles in Ordnung, Charles?«
»Völlig«, sagte er mit müder Stimme.
Zartes, bleiches Licht sickerte durch die schweren Seidenvorhänge und glühte auf den cremefarbenen Wänden des Schlafzimmers. Aber er war nicht wirklich dort. Er schwebte in weiter Ferne, in einem riesigen Meer aus Zeit und Raum. Schweigende Granatenexplosionen krochen über ein Ödland mit zerfetzten Bäumen. Ein Mann wand sich vor zerrissenen Sandsäcken, stieß tonlose Schreie aus. Die nackte Frau auf dem Bett wand sich auch, ihr Kopf drehte sich auf dem Kopfkissen hin und her. Er stand über all diesen Dingen. Er war friedlich, ruhig. Ein leidenschaftsloser Beobachter. Er fühlte nichts, weder Freude noch Schmerz. Er stand über Gefühlen irgendwelcher Art. Kein Platz für Erregung. Man mußte ruhigbleiben, koste es, was es wolle. Die Frau krallte sich in seinen Rücken, während die Schatten des zweiten Zuges durch Schleier aus Regen glitten. Sie kamen außer Sicht, tauchten dann hinter dem Stacheldraht wieder auf. Ein halbes Dutzend gebeugte Gestalten.
Herrgott, wo sind denn die anderen?
Wessen Stimme war das, fragte sich Charles. Es spielte kaum eine Rolle. Sie waren natürlich tot. Dumm von dem Burschen, so etwas überhaupt zu fragen.
»Herrlich«, flüsterte Lydia an seiner Wange. »Das ist nicht mehr der alte Charles.«
»Nein«, sagte er steinern. »Nicht mehr ganz der gleiche.«

Wenn er seinen Vater anschaute, mußte er an das Gleichnis vom verlorenen Sohn denken, und das gebratene Rinderfilet war ein passender Ersatz für das gemästete Kalb. Der Graf schnitt das Fleisch in perfekte Scheiben, und Coatsworth servierte. Das war in den alten Tagen nicht seine Arbeit gewesen, aber das Dienstbotenproblem war drängend, ein Zustand, der anscheinend die Unterhaltung dominierte.
»Ich weiß wirklich nicht, was wir tun sollen, Charles«, sagte Hanna. »Unser Haus ist eines der letzten an dieser Straße, das noch private Residenz ist. Die Prescotts haben ihres einem Zweig des Kriegsministeriums zur

Verfügung gestellt, und Lord Doncannon hat sein Haus an das Rote Kreuz abgegeben. Es wird mehr und mehr unmöglich, dieses Haus zu unterhalten, und ich glaube, wir werden in eine Mietwohnung einziehen müssen.«

»Unsinn!« grollte Lord Stanmore.

»Da stimme ich ganz zu«, sagte Lydia. »Das ist Unsinn, Hanna. Ich weiß, ich könnte ein hübsches kleines Haus in der Nähe des Regent Park für dich finden, ein Haus, das dir gefallen würde.«

»Alex nicht zu Hause?« fragte Charles, nur um das Thema zu wechseln.

Sein Vater hielt beim Zerteilen des Bratens inne, um das Messer zu schärfen.

»Nein. Hat sich entschlossen, ihren Urlaub in Paris zu verbringen. Geht mir einfach nicht in den Kopf, warum sie das tut, zum Teufel.«

»Und William? Noch immer in Eton?«

Hanna lachte nervös. »Lieber Himmel, nein, Charles.«

»Der Junge ist jetzt achtzehn«, sagte der Graf. »Steht bereits in Offiziersausbildung. Nächste Woche wird er das Bataillon als Leutnant verlassen.«

»Schwer zu glauben«, sagte Charles, während Coatsworth sich nach vorne beugte und ihn bediente. Aus den Rindfleischscheiben liefen dünne Bäche aus scharlachrotem Saft über den weißen Teller.

Seine Mutter schien ihm stumme Signale zu senden, und als sie sich sofort nach dem Essen entschuldigte, da sie plötzlich Kopfschmerzen hatte, begleitete er sie pflichtbewußt hinauf zu ihrem Zimmer.

»Ist das Kopfweh jetzt besser?« fragte er, als er die Tür schloß.

»Viel besser.« Sie schaute ihn an; ihr Gesicht war blaß und sorgenvoll.

»Darf ich offen sein, Charles?«

»Aber natürlich.«

»William fängt an, mir schreckliche Sorgen zu machen.«

»Weil er in der Armee ist, meinst du?«

»Ich kann ja verstehen, daß er so ungeduldig darauf wartet, Soldat zu werden. Er ist groß und stark, und er ist ein wilder Patriot. Im letzten Trimester war er in der Brigade von Eton, und im Trimester davor auch, glaube ich. All seine Freunde sind ebenfalls in die Armee gegangen, alle mit der gleichen übereifrigen Ungeduld, ihrem Land zu dienen. So etwas darf ich nicht tadeln, nicht wahr?«

»Nein.« Er dachte an den jungen Baker, der seine Pistole schwang. Leutnant Owen Rawlston Baker. Jetzt im Lazarett. Er hatte beide Augen verloren, durch die gleiche Granate, die dem armen Martin die Hüfte zerrissen hatte. »Der Krieg wird jetzt zu einem Krieg der Jungen, Mutter.«

Ihre Hand schoß an ihre Kehle, ihre Finger zerrten an einer Kette aus Jettperlen.

»William ist solch ein großartiger Reiter, weißt du. Es würde deinen Vater freuen, wenn er Kommission bei den Queen's Bays der 2. Dragoner-Garde nähme. Es wurde ihm eine angeboten.«
»Aha.«
»Das ist alles?« fragte sie scharf. »Aha?«
»Das Wort aha ist einfach ein Füllwort, Mutter. Es gibt mir Zeit nachzudenken. Natürlich hat er das Angebot ausgeschlagen.«
»Warum natürlich? Es ist eins der Regimenter mit dem meisten Prestige in der Armee.«
»Wenn dies der Burenkrieg wäre, würde er sofort zugreifen, aber in Frankreich ist die Kavallerie so etwas wie ein Witz. Immer feingemacht, und keine Ahnung, wo sie hin soll. Es ist verständlich, daß er es ablehnt, den Bays beizutreten. Er ist ein echter Stanmore.«
»Und wenn... wenn er Befehl erhielte, dem Regiment beizutreten?«
»Wie ich den Befehl erhalten habe, NS fünf beizutreten?« Er lächelte und schüttelte den Kopf. »Es wird nicht funktionieren, Mutter. Lydia und du, ihr solltet das besser wissen.«
»Was hat Lydia denn damit zu tun?« fragte sie vorsichtig.
»Du weißt ganz genau, was Lydia damit zu tun hat, Mutter. Lydia hat überall Zutritt. Und jetzt mehr als je zuvor, wo Lloyd George in der Downing Street sitzt, Archie Minister für Kriegsproduktion ist und David Langham als... was fungiert? Graue Eminenz? Ich bin sicher, daß Lydia Willy bei den Dragonern unterbringen würde – auf Befehl, wenn du es so willst –, aber er würde sich nur drücken.«
»Wie könnte er sich denn vor einem direkten Befehl drücken?«
»Indem er seine Kommission zurückgibt und sich dann als Gefreiter bei einem Infanterieregiment neu eintragen läßt. Noch am gleichen Tag würde er von diesem Regiment eine Kommission erhalten. Nach der Somme ist die Infanterie ausgehungert nach jungen Subalternen. Offiziere mit Kampfgeist drücken sich jeden Tag aus der Kavallerie heraus, indem sie dieses Schlupfloch benutzen.«
Hannas Lachen klang wie ein Wimmern. »Kampfgeist! Ich glaube, William ist zu jung, um Kampfgeist zu haben. Er glaubt, der Krieg ist irgendein Spiel wie Rugby!«
»Fußball«, sagte Charles milde. »Eine ganze Menge von unseren Jungs haben Fußbälle zu den deutschen Linien hinübergetreten, als sie dort ankamen. Sie wurden natürlich niedergeschossen. Die Deutschen können so wenig Spaß vertragen.«
»Sei nicht so unverschämt!« zischte sie.
»Bin ich unverschämt, Mutter? Tut mir leid. Aber wir müssen alle unser Risiko tragen. In der britischen Armee ist kein Platz für Feigheit.«
Die Leidenschaft in seinem Tonfall überraschte ihn selbst.

Die Cocktailparty hatte sich fest als eine Sitte der Londoner Gesellschaft eingebürgert und dabei den Fünfuhrtee ersetzt. Es gab Leute, die behaupteten, daß Lydia Amberley die Cocktailparty erfunden hätte. Das sei nicht wahr, bemerkte der führende Buffo der Londoner Operette. Es war einfach so gewesen, daß Lydia eine ziemlich barbarische Sitte zu einer Kunst erhoben hatte. Das Haus in Bristol Mews funkelte vom Sonnenuntergang bis zum frühen Abend von strahlender oder brüchiger Konversation, oder es gab gedrängte, ernsthafte Unterredungen zwischen gedrängten, ernsthaften Männern. Das Thema hing davon ab, in welchen Kreis von Lydias Freunden man zufällig hineingeriet. Charles fand das ganze Gerede langweilig. Er stand abseits von der Menge, rührte kaum den Inhalt seines Cocktailglases an und ließ die Worte über sich hinwegspülen, wie die Wellen über einen Felsen im Meer hinwegspülten.
Eine Frau mit üppigem Busen, der nur teilweise durch ein Abendkleid nach der allerneusten Mode verdeckt war, trat an ihn heran und sagte: »Ich höre gerade von Ivor Novello, daß Sie eine ganze Menge von den Kämpfen in der Picardie gesehen haben.«
Und Charles antwortete nüchtern: »Wissen Sie, das erste, was man von der Front bemerkt, ist der fast überwältigende Gestank nach menschlichen Fäkalien. Es sind die Granaten. Männer neigen dazu, schreckliche Verstopfung zu kriegen, aus einer Reihe von Gründen – und wenn sie dann von einer Granate getroffen werden, schießt diese ganze Ansammlung einfach heraus. Der Gestank ist im Sommer noch deutlicher, aber das hat ja seine Gründe, nicht wahr?«
»Was in aller Welt hast du denn zu Lady Beaumont gesagt?« fragte Lydia mit finsterem Gesicht.
»Zu wem? Ich habe den ganzen Abend kein einziges Wort zu irgendeinem gesagt.«
»Sie fühlt sich beleidigt.«
»Wirklich? Wie komisch.«
Und da war David Langham, der mit zwei Admirälen und dem ersten Lord der Admiralität sprach.
»Haig ist sich sicher über das U-Boot-Problem im klaren. Er würde liebend gern aus dem Korridor von Ypern ausbrechen und sich zu den Kanalhäfen durcharbeiten, an Langemarck und Passchendael vorbei nach Brügge, indem er Ostende und Zeebrugge abschneidet. Er riecht den Sieg aus dieser Richtung, irgendwann diesen Sommer.«
»Nur wenn der Wind aus der richtigen Richtung kommt«, sagte Charles.
Das Gewühl war sehr stark, als er die Regent Street hinunterging. Es war Morgen, die Ladenbesitzer öffneten ihre Schlagläden, der Tag war strahlend und klar. Frischer kalter Wind. Flecken aus Schnee auf der Straße, schmutzig-graue Haufen in den Gossen. Er ging langsam, bis er zur Con-

duit Street kam. Dann wagte er es, stehenzubleiben und sich umzuschauen. Niemand war hinter ihm, und dennoch hätte er schwören können, daß er verfolgt wurde, seit er aus dem Hannover Square in die Regent Street abgebogen war. Irgend jemand war ihm Schritt für Schritt gefolgt, praktisch neben seinem Ellbogen. Aber das war doch wohl unmöglich. Der Schatten und der Mann aus Fleisch und Blut, er konnte sie nicht unterscheiden. Er zündete sich eine Zigarette an und blies einen Strom Rauch in den Wind, und er blieb an der Ecke der Conduit Street stehen, bis sie ausgeraucht war. Dann zerstampfte er die Kippe unter seinem Fuß. Er ging weiter, diesmal schneller als vorher, und diesmal war er auch ganz allein. Nur Charles Amberley in Uniform, und sein Trenchcoat war gegen den scharfen Wind gut zugeknöpft. Er machte eine Wende, wie auf dem Exerzierplatz, drehte sich auf dem Absatz des rechten Fußes um, in Richtung Burlington Street und dann in die Savile Row. Im Fenster eines Ladens entdeckte er ein kleines, säuberlich gedrucktes Schild, auf dem stand: VERKAUF VON GRABENAUSRÜSTUNG FÜR OFFIZIERE. Er ging hinein, die Tür schlug gegen eine kupferne Glocke, als er sie öffnete. Es war hauptsächlich ein Uniformgeschäft, und mehrere junge Männer standen in verschiedenen Stadien ihrer Anproben dort herum. Einer saß rittlings auf einem rot gestrichenen, erhöhten Faß, auf dem ein Sattel lag.

»Sorgen Sie dafür, daß die Jacke nicht absteht.«

»Das brauchen Sie nicht zu befürchten, Sir«, sagte der Schneider. »Dessen kann ich Sie versichern.«

Charles wählte aus einer Vitrine das, was er wollte, und der Verkäufer nickte zustimmend.

»Sie haben eine erstklassige Wahl getroffen, Sir, wenn ich so sagen darf. Wären Sie vielleicht auch an einem wirklich erstklassigen Grabenkompaß interessiert?«

»Ich glaube nicht«, sagte Charles.

»Oder an einer garantiert wasser- und feuchtigkeitssicheren Streichholzdose?«

»Nein. Dies wird reichen. Ich danke Ihnen für Ihre Geduld.«

»Aber nicht doch, Herr Major. Wir sind ja dazu da, um Ihnen zu dienen.«

»Ganz richtig. Heutzutage ist jedermann dazu da.«

Er schwang sich auf einen Bus, der vom Piccadilly Circus nach Southwark, Battersea, Clapham Junction, Wimbledon fuhr. An der Endstation stieg er aus und ging zu Fuß nach Wimbledon, auf die säuberlichen Reihen aus Holzbaracken mit Leinwand und Teerpappedächern zu. Ein hölzernes Tor versperrte ihm den Weg, ein Posten des Bataillons stand mit Gewehr und aufgestecktem Bajonett daneben. Der Mann präsentierte das Gewehr, und

Charles ging um das Tor herum, das nicht mehr als eine symbolische Barriere für den Verkehr war, und dann ging er weiter ins Camp.
»Verdammt nett von Ihnen, vorbeizukommen, Major«, sagte der 2. Kommandeur und lehnte sich gegen seinen Schreibtisch zurück. »Ich glaube, wir haben uns letzten August in Albert gesehen.«
»Vielleicht. Es gab ein Schülerbataillon in Hochwald.«
»Ja, aber wir sind jetzt in erster Linie eine Ausbildungseinheit. Unsere Jungs werden an eine ganze Anzahl von Regimentern weitergegeben.«
Charles schaute aus den Fenstern der Hütte nach draußen. Er konnte den Exerzierplatz sehen, Kompanien von Rekruten, die in Reihen marschierten, und dann eine Gruppe, die in weiter Entfernung auf dem alten Cricketspielfeld Strohpuppen mit Bajonetten aufspießten.
»Die Ausbildung scheint gründlich zu sein.«
»Wir bilden erstklassige Infanteriesubalterne aus, eine Zierde für jedes Regiment, dem sie sich anschließen.«
»Wohin wird denn mein Bruder geschickt?«
Der 2. Kommandeur, auch ein Major, rieb sich mit dem Daumen über sein Ohr.
»Na, das ist 'ne blöde Situation, wissen Sie. Ist zu den Dragonern befohlen worden, aber er weigert sich. Will zu den 5. Bedfords in die Schützengräben bei Arras.« Der Mann kicherte. »Und das wird er auch schaffen. Der junge William hat einen eigenen Kopf.«
»Ja, das hat er. Ich habe ihm etwas Nützliches gekauft, das er in den Gräben brauchen kann.«
»Verdammt nett von Ihnen. Er wird in Kürze hier sein. Übrigens, vielleicht würden Sie den Jungs nach dem Essen ein bißchen was erzählen. Meine Geschichten von der Somme haben sie alle schon x-mal gehört. Es wäre vielleicht erfrischend, mal die Ansichten eines anderen darüber zu hören.«
Es klopfte kräftig an der Tür, und William trat in die Baracke. Seine Stiefel und Gamaschen waren schlammbedeckt. Er salutierte zackig vor seinem Major und grinste dann Charles an.
»Major Lord Amberley, Sir!«
»Hallo, Willy«, sagte Charles. »Ich habe etwas für dich.«
Die Schreibstubenleute und der Offizier vom Dienst hörten Sekunden später das schnelle Knallen von Schüssen und stürzten aus dem äußeren Büro ins Zimmer. Beißender blauer Rauch hing in Spiralen in der Luft, schwebte nach unten auf die Gestalt zu, die sich auf dem Boden wand und das von den Kugeln zersplitterte Knie umklammert hielt. Die Männer warfen sich auf den Mann im Trenchcoat, der eine Taschenpistole in der Hand hatte, und drückten ihn auf einen Schreibtisch hinab. Er leistete keinerlei Widerstand und ließ die Pistole aus der Hand fallen.

»Was um Himmels willen haben Sie da gemacht?« brüllte der Zweite im Kommando, der aus seiner augenblicklichen Lähmung wieder zu sich kam.
»Ich habe ihm einen Heimatschuß verpaßt«, sagte Charles ruhig. »Er hat sich nicht selbst angeschossen... Er hat sich nicht selbst angeschossen.«

6

Der Regen hatte aufgehört, aber ominöse Wolkenbänke verhüllten die Gipfel der Berge von Wales und glitten wie dunkler Rauch in die Täler. Die zinnenverzierte Fassade des Kriegshospitals Llandinam war in Nebel gehüllt.
»Häßlicher Kasten«, murmelte Fenton, als der Fahrer des Wagens vor den eisernen Toren anhielt und dem Mann am Tor etwas zurief.
Martin, der neben Fenton auf dem Rücksitz saß, lehnte sich nach vorn und spähte durch die Windschutzscheibe.
»Ein altes Schloß?«
»Nein, nur die Idee eines viktorianischen Kohlenbarons von einem Haus, das zu ihm paßt. Wales ist übersät mit solchen Monstrositäten. Und alle davon«, fügte er bitter hinzu, »sind außerordentlich geeignet für Irrenhäuser.«
Das ausgedehnte Gebäude wurde weniger abweisend, als sie darauf zufuhren. Das dunkle Ziegelmauerwerk wurde von leuchtendem Efeu gemildert, der viele der Wände bedeckte, und die Fensterrahmen waren frisch weiß gestrichen. Das Gelände war säuberlich gepflegt und gemäht, und der Kies auf der Einfahrt frisch geharkt. Das Ganze hätte auch das Clubhaus eines alten, noblen Golfclubs sein können, wenn die Krankenwagen und die trübfarbigen Armeeautos nicht gewesen wären, die davor parkten.
»Ich soll doch auf Sie warten, nicht wahr?« fragte der Fahrer mit einer Singsangstimme.
»Ja«, sagte Fenton. »Wir wollen den Zug nach London um sechs Uhr dreißig von Llangollen noch kriegen.«
»O ja, Sir, das ist möglich, glaube ich. Wenn Sie das gerne möchten.«
»Wir möchten. Ich bin sicher, Sie können eine Tasse Tee bekommen, wenn Sie die Küche finden.«
»O ja, Sir, ich kenne den Weg dorthin, Sir. Ich bin schon mal hiergewesen, Sir.«
»Netter kleiner Kerl«, sagte Martin, während er langsam, auf seinen Stock gestützt, neben Fenton zum Eingang ging. Es war jetzt nur noch ein Stock, ein großer Fortschritt in seiner Genesung.

»Alle Waliser sind freundlich, aber teuflisch unabhängig. Ich hoffe, er denkt auch dran, auf uns zu warten.«
Die früher einmal geräumige Eingangshalle war in viele kleine rechtekkige Abteile aufgeteilt worden, die die Büroangestellten und Krankenpfleger benutzten. Ein Korporal aus dem Sanitätskorps nahm ihre Namen auf, fragte sie, wen sie besuchen wollten und führte sie dann aus der Eingangshalle hinaus. Er öffnete eine dicke abgeschlossene Sicherheitstür und sagte, sie sollten den Korridor entlang zum Büro des diensttuenden Arztes gehen. Nachdem sie in den Korridor getreten waren, schloß die stahlbeschlagene Eichentür sich mit einem Knall wieder hinter ihnen.
»Nichts, aber auch gar nichts gefällt mir an diesem Kasten«, murmelte Fenton.
Martin auch nicht, aber er verkniff es sich, das zu sagen.
Der Arzt war ein jovialer, vierschrötiger Mann von fünfzig Jahren, der sich als Major Wainbearing vorstellte. »Ausgebildet als allgemeiner Chirurg, wurde dann Spezialist für Krankheiten des Gehirns und danach Psychoanalytiker, ein Feld der medizinischen Forschung, das noch kaum angekratzt ist. Ich lerne eine ganze Menge aus diesem Krieg, er ist eine Goldgrube für neurasthenische Krankheiten...«
»Das muß sehr interessant sein«, sagte Martin.
»Ja, das ist es.« Major Wainbearing lehnte sich in seinen bequemen Sessel in seinem geräumigen und freundlichen Büro zurück und lächelte die beiden Männer, die vor seinem Schreibtisch saßen, liebenswürdig an. »Also, dann sind Sie Mr. Rilke, nehme ich an, Lord Amberleys Vetter.«
»Ja, stimmt.«
»Und Sie sind natürlich Oberst Wood-Lacy.«
Es schien keine Antwort nötig zu sein. Fenton befingerte eine seiner Schulterklappen, versuchte freundlich zu lächeln, fand es aber unmöglich. Der Doktor faltete seine Hände über dem Bauch und zog die Lippen zusammen; ein plötzlicher finsterer Ausdruck erschien auf seinem gealterten Cherubsgesicht.
»Lord Amberley ist mit einer klaren Diagnose als Neurastheniker hierhergebracht worden. Er war passiv, Gewaltanwendung war nicht nötig, aber er hatte Halluzinationen, er war tief in eine Unterhaltung mit einem gewissen Leutnant Baker verstrickt, führte einen verwirrten Monolog über Heimatschußverletzungen und Erschießungskommandos. Kennt jemand von Ihnen einen Leutnant Baker?« Sie schüttelten die Köpfe. »Na, macht nichts. Er ist bald wieder aus diesem Schock herausgekommen und war innerhalb einer Woche ganz normal. So ist er geblieben. Am vergangenen Montag haben wir das Gelände verlassen und in Glyn-Ceiriog eine Partie Golf gespielt.«
»Wie nett«, murmelte Fenton.

»Er hat verdammt gut gespielt, wenn man den fürchterlichen Zustand des Rasens in Betracht zieht. Auf dem Heimweg sind wir in einem Lokal eingekehrt und haben Tee getrunken. Ich habe ihm erzählt, wie erfreut ich über seine Fortschritte bin und daß ich darauf vorbereitet bin, ihn von hier wegzuschicken und eine medizinisch begründete Entlassung aus der Armee vorzuschlagen. Geheilt, verstehen Sie, aber offensichtlich zu... zu hart an der Grenze, um weiteren Militärdienst zu riskieren. Ich habe ihm gesagt, er soll sich an irgendeinem stillen Platz niederlassen und Anstrengung aller Art vermeiden.«
»Das ist ein vernünftiger Ratschlag«, sagte Fenton mit schlecht verhülltem Sarkasmus.
»Er hat mir gesagt, auf seine sanfte Art, daß er – sollte ich so etwas tun – sich auf irgendeine nicht näher bezeichnete Art umbringen würde.«
Eine Wanduhr schlug drei süße Töne an.
»Glauben Sie, er hat es ernst gemeint?« fragte Martin.
»Oh, darüber habe ich überhaupt keinen Zweifel. Eine ganze Anzahl von Patienten reden von Selbstmord, aber meist sind das nur Drohungen, die ans Hysterische grenzen. Es ist die ruhige, völlig vernünftige Feststellung seines Vorhabens, über die wir uns mehr und mehr Sorgen machen.«
»Wenn wir vielleicht mit ihm reden könnten...«, sagte Fenton.
»Ja, unter allen Umständen. Er hat sich auf Ihren Besuch gefreut, Sie sind die beiden einzigen, die er sehen möchte. Wissen Sie, seine Mutter und seine Frau waren im letzten Monat hier, aber er ist in seinem Zimmer geblieben und weigerte sich, herunterzukommen und mit ihnen zu reden.« Der Arzt streckte die Hand aus und drückte einen Knopf auf seinem Schreibtisch. »Einer der Krankenpfleger wird Sie zu ihm bringen. Sehr wahrscheinlich ist er im Aufenthaltsraum. Und bleiben Sie doch zum Tee da. Wir haben hier einen phantastischen Konditormeister.«
Männer in grauen Bademänteln und Schlafanzügen standen da und starrten aus den Fenstern oder liefen ziellos auf den Korridoren herum. Einige der Patienten waren in Uniform, aber ihre Rangabzeichen und die Embleme ihrer Regimenter waren entfernt worden.
»Alles Offiziere hier, nehme ich an«, sagte Martin.
»Ganz richtig, Sir«, erwiderte der Pfleger. »Die Mannschaftsdienstgrade haben ihre eigenen Krankenhäuser für Granatenschock.«
Martin bemerkte einen hochgewachsenen, grauhaarigen Mann, der leicht Oberst oder Brigadegeneral gewesen sein konnte. Er saß zusammengekauert in einer Ecke und hatte die Hände fest über dem Kopf verschränkt. Ein jüngerer Mann lag in der Haltung eines ungeborenen Babys dicht bei ihm. Für diese beiden konnte der Dienstrang nichts mehr bedeuten, dachte Martin, aber die Klassenunterschiede mußten aufrechterhalten werden, gleichgültig, wie die Umstände waren.

Der Aufenthaltsraum war groß und luftig, und er hatte an drei Seiten Fenster. Seinerzeit war er vielleicht ein Ballsaal oder ein Musikzimmer gewesen, aber jetzt bestand die Einrichtung aus einer unordentlichen Sammlung von Sofas, Sesseln, Spieltischen und Bänken. Ein Dutzend Männer waren im Raum, die meisten von ihnen in Uniform. Sie lasen oder spielten Karten. Die Hände des einen Spielers zitterten so wild, daß er kaum seine Karten halten konnte.

»Lord Amberley ist da drüben«, sagte der Pfleger. »Am Ecktisch.«

Er war in Uniform. Er saß eifrig über eine Schreibmappe gebeugt und schaute nicht auf, bis sie an den Tisch herangetreten waren und vor ihm standen.

»Hallo, ihr beiden«, sagte er ruhig. »Nett von euch, daß ihr gekommen seid.«

»Das war doch das mindeste, was wir tun konnten, alter Junge«, sagte Fenton mit erzwungener Liebenswürdigkeit.

»Du siehst gut aus, Charles,« sagte Martin.

»Ich fühle mich sehr gut«, meinte Charles ernst. »Sie sagen, daß ich geheilt bin.«

»Ja«, antwortete Martin. »Der Arzt hat es uns gesagt.«

»Natürlich sagen sie einem nicht genau, von was man geheilt ist, aber ich nehme an, die wissen, wovon sie sprechen. Sie erreichen ein paar sehr bemerkenswerte Dinge mit mir in ihrer ruhigen Art. Alles durch die sanfte Kunst der Konversation. Man redet einfach. Angeblich klärt das den Geist wieder auf.«

Fenton zog zwei Stühle zum Tisch. »Und jetzt kannst du mit uns reden, wenn du mir erlauben willst, direkt zur Sache zu kommen.«

Charles schraubte seinen Füllhalter zu und legte ihn neben die Schreibunterlage.

»Ich bin sicher, du fühlst dich hier ungemütlich, Fenton.«

»Überhaupt nicht«, sagte Fenton ein bißchen zu schnell. »Wenn ich dir in irgendeiner Weise helfen kann...«

»Ihr könnt mir beide helfen, wenn ihr wollt.« Charles blätterte durch ein paar säuberlich geschriebene Papiere, faltete zwei der Blätter zusammen und steckte sie in Umschläge. »Ich habe einen langen Brief an meinen Vater geschrieben und einen an William, im Charing-Cross-Hospital. Beide sind mir ungeöffnet wieder zugeschickt worden. Es hat nicht viel Zweck, noch einmal an William zu schreiben. Ich bezweifele, daß er verstehen oder verzeihen wird, was ich getan habe. Vielleicht wird er es eines Tages tun, aber jetzt nicht. Ich habe eine kürzere, präzisere Erklärung an meinen Vater verfaßt, und ich würde es schätzen, wenn du, Martin, ihm die überreichen würdest. Wenn er sie von dir erhält, fühlt er sich vielleicht verpflichtet, sie wenigstens zu öffnen. Der andere Brief ist für Lydia, den

kannst du in die Post geben. Er enthält eine Entschuldigung – oder so etwas wie eine Entschuldigung – für alle möglichen Dinge. Aber damit will ich euch nicht langweilen. Was dich anbetrifft, Fenton, so möchte ich dich um einen Gefallen bitten.«
»Ich tu' dir jeden Gefallen, alter Freund.«
Charles nahm den Füller auf und spielte damit, er rollte ihn auf dem Tisch von Hand zu Hand.
»Ich bin ohne Anhörung eingeliefert worden. Der Stabsarzt in Willys Bataillon hat mich als geistig nicht gesund bezeichnet, und dann wurde ich hierhergeschickt. Jetzt, sechs Wochen später, soll ich als geheilt entlassen werden, man will mir eine Entlassung aus medizinischen Gründen überreichen und mich dann in aller Stille auf die Weide schicken. Dem Kriegsministerium wird das sicher gefallen. Die sind nicht mehr darauf aus, zu erfahren, warum ich Willy angeschossen habe, als mein Vater. Die Tat eines Mannes, der zeitweilig irre war. So sei es.«
Fenton beugte sich nach vorn und faltete die Arme auf dem Tisch. »Ich glaube nicht, daß das die Tat eines Irren war, und alle anderen glauben es auch nicht, wenigstens niemand, der in den Schützengräben gewesen ist. Die Anstrengung war zuviel für dich, Charles. Zu viele verdammte Wochen, in denen du in dieser Hölle ruhigbleiben mußtest. Das hat natürlich seinen Tribut gefordert. Du hast nicht gewußt, was du tatest, und im Moment wäre es für dich das beste, die medizinische Entlassung anzunehmen und erst einmal deine volle Geisteskraft wiederzuerlangen.«
»Die habe ich jetzt schon, Fenton. Ich war vielleicht nicht sehr klar, nachdem ich Willy angeschossen hatte, aber ich wußte, warum ich ihn angeschossen habe. Es war eine absichtliche, vorbedachte Tat, und ich will, daß man von den Gründen dafür Notiz nimmt, wenn nicht öffentlich, dann doch wenigstens offiziell.«
»Wie hattest du dir das vorgestellt?«
»Ich habe sehr viel darüber nachgedacht, Fenton, ich bin das Ganze im Geiste immer und immer wieder durchgegangen. Ich habe meine Schritte zurückverfolgt, so, wie alles verlaufen ist. Aber von hinten nach vorn. Den Schuß ins Knie, den Kauf der Pistole, das Gefühl, daß jemand direkt hinter mir geht, diese Wochen in den Schützengräben, die Wechsel beim Bataillon, die Männer, die sich selbst angeschossen haben oder die sich umgebracht haben oder die beteten, daß sie getroffen würden, damit sie aus dieser Falle herauskamen.« Er hielt inne und schüttelte wie betäubt den Kopf. »So verdammt viele Gedanken wirbeln durch meinen Kopf, daß es schwierig wird, sie alle in der richtigen Reihenfolge zu sortieren. Aber ich werde es schaffen.«
»Vielleicht möchtest du dich ein bißchen ausruhen«, schlug Fenton vor. »Dich ein bißchen hinlegen.«

»Nein, noch nicht. Zuerst muß ich dies regeln. Ich bin sicher, daß Martin die Notwendigkeit versteht, Erfahrungen erst zu Papier zu bringen, damit andere sie lesen und teilen können. Das ist doch das Glaubensbekenntnis eines Journalisten, nicht wahr, Martin? Dafür zu sorgen, daß die Ereignisse am Leben erhalten werden.«
Martin wechselte einen verwirrten Blick mit Fenton und sagte dann: »Du bittest mich, darüber einen Artikel zu schreiben?«
»Nein, nicht gerade das. Das würde doch nicht ausreichen, oder? Damit will ich sagen, ich bezweifle, daß viele Zeitungen so etwas drucken würden. Zu defätistisch. Und selbst wenn der Artikel in irgendeinem Antikriegsblatt gedruckt würde, was würde damit passieren, wenn es gelesen wäre? Neuigkeiten von gestern, nur ein altes Stück Zeitungspapier, das irgendwo in der Gosse herumflattern würde. Was ich will, das ist ein Bericht, eine offizielle Beschreibung, eine Niederschrift, die du, Fenton, liefern könntest.«
»Ach?« sagte Fenton. »Und was für eine Niederschrift soll denn das sein?«
»Nun, die offizielle Niederschrift meines Kriegsgerichtsprozesses natürlich, dafür, daß ich ganz buchstäblich einen Offiziersbruder verkrüppelt habe.«
Fenton konnte ihn nur anstarren. Martin packte seinen Krückstock und klopfte sanft damit auf den Boden. Ein hochgewachsener, gesund aussehender Mann mit einem Kitchener-Schnurrbart, der rastlos von einem Ende des Raumes zum anderen hin und her gewandert war, schritt plötzlich zu ihrem Tisch herüber, während er die Hände in die Taschen seines Bademantels stemmte.
»Nun hören Sie mal zu, Randall«, brüllte er und starrte Charles hart an. »Holen Sie mir mal sofort die Brigadeartillerie an den Quasselkasten. Sagen Sie diesen Idioten, daß sie fünfzig Meter zu kurz zielen und die D-Kompanie treffen. Wir verschwenden die Munition, verschwenden sie völlig, Sir!«
»Sofort, Herr Oberst«, sagte Charles mit müder Stimme.
»Sorgen Sie dafür!« sagte der Mann. »Diese verdammten Arschlöcher!«
»So etwas passiert sehr oft hier«, sagte Charles, nachdem der Mann offensichtlich zufrieden und beruhigt fortgegangen war. »In meinem Zimmer ist ein junger Kerl, ein Leutnant, nehme ich an, seinem Alter nach. Der verbringt die meiste Zeit sitzend in seinem Bett und hat dabei dauernd die Decke über dem Kopf. Er ist noch immer in seinem Bunker in Delville und will nicht herauskommen, bis der Granatenbeschuß aufhört. Er ist nicht viel älter als William. Nur, Fenton, Willy wäre nie zusammengebrochen. Dafür ist er zu stark und zu tapfer. Er ist von der besten Sorte Männer, die England hervorgebracht hat. William wäre blitzschnell über

den Rand des Grabens gegangen, die Trillerpfeife im Mund und den Revolver in der Hand. Er wäre vielleicht durch unseren Draht durchgekommen, wäre zehn, vielleicht auch fünfzehn Meter weit gekommen und wäre dann gestorben. Völlig ohne Sinn, genau wie Roger.«

Fenton leckte sich über die trockenen Lippen, streckte die Hand aus und packte Charles am Handgelenk.

»Erzähl das alles Martin. Erzähl ihm alles, was dir durch den Kopf gegangen ist, ehe du den Abzug betätigt hast. Erzähl ihm alles, was an der Somme passiert ist, jeden verdammten Greuel, der dich dazu brachte, deinen eigenen Bruder zu verletzen. Er wird den Bericht nach Amerika schicken, und irgendeine Zeitung wird ihn schon drucken. Das ist die einzige Niederschrift, die du brauchst. Verlange bitte keinen Kriegsgerichtsprozeß, denn du wirst ihn nie bekommen.«

Charles schüttelte störrisch den Kopf. »Ich werde aber doch wenigstens eine Anhörung bekommen, nicht wahr? Eine Anhörung, um festzustellen, ob ein Prozeß gerechtfertigt erscheint. Sie würden davon eine Niederschrift anfertigen: Kriegsministerium, Dokument Nummer soundso. Überprüfung des Deliktes der Schußverletzung von Leutnant William Greville durch Major Lord Amberley. Eines Tages, nach dem Krieg, könnte Willy den Bericht aus den Archiven holen und ihn lesen.«

Fenton zog seine Hand zurück und setzte sich steif in seinen Sessel.

»Ich glaube, du bist übergeschnappt, Charles. Ein Mann kann doch nicht um seinen eigenen Prozeß bitten.«

»Nein«, sagte Charles, »natürlich nicht, aber du könntest verlangen, daß ein Prozeß stattfindet. Ich habe dir gesagt, ich habe mir dies ausgedacht. Vielleicht ist das alles etwas weit hergeholt, aber technisch gesehen warst du damals mein vorgesetzter Offizier. Ich war auf Urlaub, und meine neuen Befehle hatten mich noch nicht erreicht. Die Windsors sind deiner Brigade angeschlossen worden.«

Eine Glocke läutete zum Tee, und irgend jemand im Raum schrie voller Entsetzen: »Gas! Gas!« Ein anderer sagte beruhigend. »Alles in Ordnung, Smithy, alles in Ordnung, Junge.«

»Es passiert jedesmal, wenn sie diese verdammte Glocke läuten«, seufzte Charles. »Ich wünschte wirklich, sie würden etwas mit sanfterem Klang installieren.«

»Nun hör mal her, Charles«, sagte Fenton fest. »Die da oben, das sind keine Narren. Die würden sofort wissen, daß irgend etwas nicht in Ordnung ist, wenn ich so einen Antrag stelle.«

»Keinen Antrag, Fenton, eine Forderung. Das Recht hast du, und das oberste Militärgericht wäre gezwungen, eine Anhörung anzusetzen. Ich rede nicht gern wie ein Kasernenrichter, aber so lauten sie tatsächlich, die Vorschriften des Königs.«

Er sah selbstzufrieden aus, und Fentons finsterer Gesichtsausdruck vertiefte sich noch.
»Du willst ein Forum. Das ist es doch, nicht wahr, Charles? Du willst nur vor einem Gericht stehen, mit einem Stenografen, und deine Wut über das, was da drüben vor sich gegangen ist, in Worte fassen.«
»Über das, was noch immer dort vorgeht«, sagte Charles, so leise, daß sie ihn kaum hören konnten. »Und es wird weitergehen, weiter und weiter. Ja. Das ist genau das, was ich will.«
Er faltete seine Hände, seine Finger waren so weiß wie das Schreibpapier, auf dem sie lagen.
»Herrgott«, sagte Fenton, während er seinen Stuhl zurückschob und aufstand. »Du verlangst eine ganze Menge von mir.«
»Ja.«
»Als Soldat sollte ich dir das Ganze jetzt einfach glatt ablehnen, aber ich bin ja mehr als nur ein Soldat, nicht wahr? Ich bin dein Freund. Diese Geschichte mit der Anhörung wird überhaupt nichts ändern. Das Ganze ist nur eine Geste, die niemand schätzen wird, aber wenn du dadurch ein bißchen deinen Frieden wiedergewinnst, dann werde ich es tun.«
»Danke«, sagte Charles und starrte auf seine Hände. »Ich wußte, du würdest mich nicht im Stich lassen.«

Fenton saß im brütenden Schweigen da, während der Fahrt zum Bahnhof von Llangollen. Es hatte wieder angefangen zu regnen, und die dunklen Berge und Klippen von Nordwales sahen in der Dämmerung unheimlich aus. Sie erwischten eben noch den Zug nach London, als er auf der Strecke von Holyhead kurz anhielt. Die Wagen waren voller irischer Truppen aus den Grafschaften Down und Antrim, und die meisten der Männer trugen angeberisch kleine Stückchen von orangefarbenem Tuch an ihren Hutbändern, um ihre Verachtung für das »grüne Tuch« zu zeigen. Sie waren alle in lauter, übermütiger Stimmung. Endlich lag die Grundausbildung hinter ihnen, und sie hatten Richtung auf den Krieg genommen: »Paß auf, Kaiser Willi!«
»Verdammte Idioten«, murmelte Fenton, während er sich nachlässig in einen Sitz eines fast leeren Erste-Klasse-Abteils fallen ließ. Ein irischer Oberst und sein Adjutant waren die einzigen anderen Leute im Abteil, und der Oberst blickte neugierig von einer Zeitung auf.
»Haben Sie mich angesprochen, Sir?«
»Nein, Sir, habe ich nicht. Ich habe mit meinem Freund über das Wetter diskutiert.«
»Ja. In Wales kann man ertrinken, wenn es regnet. Und die Leute aus Wales haben auch noch den Nerv zu sagen, daß Belfast naß ist!«
»Ich glaube, du hattest keine Wahl«, sagte Martin ruhig, nachdem der iri-

sche Oberst sich wieder seiner Zeitung zugewandt hatte. »Charles hat offensichtlich wegen dieses Kriegsgerichtsprozesses eine fixe Idee, und wenn du ihm deine Hilfe abgeschlagen hättest...«
»Dann hätte er sich vielleicht umgebracht. Dieser Gedanke hatte einen kleinen Einfluß auf meine Entscheidung!«
»Und was soll jetzt passieren?«
Fenton trommelte mit den Fingern auf dem Fensterbrett und starrte sein eigenes Spiegelbild im regengestreiften Glas an.
»Ich werde meine Forderung über die richtigen Kanäle weitergeben, und man wird das Datum für eine Anhörung festsetzen. Ehe das geschieht, werden ein paar Telefonanrufe von verschiedenen Stabsbrigadieren in Whitehall – sozusagen von Mann zu Mann – ankommen, und man wird mich bitten, meine Handlungsweise noch einmal zu überdenken. Ich werde das ablehnen, mit der Begründung, daß ich die Verletzung eines meiner Offiziere durch einen anderen als eindeutig rechtswidrig ansehe. Es wird eine Anhörung geben, und man wird Charles erlauben, so lange er möchte zu reden, um seine Tat zu erklären, zu rechtfertigen oder zu verteidigen. Das Gericht wird sich dann ein oder zwei Sekunden zur Beratung zurückziehen und feststellen, daß ein Kriegsgerichtsprozeß wegen der geistigen Verfassung des Angeklagten nicht gerechtfertigt ist. Danach wird man Charles zurück in das Hospital schicken und still und heimlich aus dem Dienst entlassen. Eine ziemliche Zeitverschwendung, für jedermann, nicht wahr?«
»Ich lese hier im ›Standard‹ über diesen französischen General«, sagte der irische Oberst und schaute auf. »Nivelle, Held von Verdun, so nennen sie ihn. Behauptet, er hätte einen Plan, der die Fritzen in vierundzwanzig Stunden vernichten wird. Eher sind es wohl vierundzwanzig Jahre. Der arme Irre.« Er blätterte die Seite um und versenkte sich in die Sportnachrichten.
»Und der Krieg geht weiter«, sagte Fenton müde. »Ich bin froh, daß Charles aus allem raus ist.«
»Aber er ist ja nicht raus, oder? Es wirbelt alles in seinem Kopf herum. Du hattest recht, als du gesagt hast, er sucht eine Art Frieden, und wenn die Anhörung ihm diesen Frieden geben kann, dann ist sie für keinen eine Zeitverschwendung.«
»Nein, ich nehme an, du hast recht.«
»Würden sie mir erlauben, dabeizusein? Nicht als Mitglied der Presse, sondern als Charles' Vetter?«
»Nein. Es werden zwei oder drei Offiziere als Richter dasein, ein Stenograf, Charles und ich selbst. Charles könnte einen Berater beantragen, einen Freund des Gefangenen, wie man das nennt, aber es würde ein Offizierskollege sein müssen, und er braucht auch keinen.«

»Bitte schreib mir, wie alles ausläuft. An die AP, Rue Chambord. Willst du das tun?«
»Natürlich. Wann fährst du denn wieder zurück nach Paris?«
»Irgendwann morgen. Wie du schon gesagt hast, der Krieg geht weiter.«

Wales hatte einen schlechten Einfluß auf seine Stimmung gehabt. Und auch die Tatsache, daß er schriftlich einen Kriegsgerichtsprozeß gefordert hatte. Beides lag hinter Fenton, als er am Haus seiner Mutter in Suffolk ankam, wo Winifred jetzt war. Bei ihr fand er Trost. Er lag neben ihr auf dem Bett, und seine Hände glitten sanft über die ausladende Wölbung ihres Leibes.
»Wir kriegen ein vierzigpfündiges Baby. Ich schwöre es dir.«
»Zwillinge«, sagte sie, »wenigstens meine ich das. Ich bin ganz sicher, daß ich deutlich das Strampeln von zwei Kindern spüre.«
»Schlaues Mädel«, murmelte er und küßte ihre straffe Haut. Er konnte das Leben fühlen, das unter der Oberfläche pulsierte.
»Glücklich?«
»Ja.«
»Möchtest du unheimlich gern Söhne?«
»Ich will unheimlich gern Kinder, ob das nun Söhne oder Töchter sind, ist mir gleich. Das überlasse ich dir. Überrasch mich damit.«
»Nur noch ein paar Wochen.«
»Es muß die reine Hölle für dich sein.«
»Eigentlich nicht. Es ist nur langweilig, so herumzusitzen, und es ist ungemütlich, wenn ich gehe. Deine Mutter und Jinny, die bedienen mich von vorne bis hinten. Ich fühle mich fürchterlich verwöhnt, wie eine riesige, mit Eiern beladene Bienenkönigin. Meinst du, meine Figur wird wieder Fasson bekommen, oder werde ich hinterher nur noch aus Brust und Bauch bestehen?«
»Ich mag Brust und Bauch«, sagte er und küßte sie. »Und dich liebe ich.«
Sie klammerten sich fest aneinander, während der Märzwind über den Fluß seufzte und ans Sprossenfenster hämmerte.
»Du hast kein Wort über Charles gesagt«, meinte sie leise.
»Da gibt es nicht viel zu sagen. Ein trauriger Mann an einem traurigen Ort. Noch einen auf der Verlustliste von der Somme. Charles und noch vierhunderttausend andere Männer.«
Er erzählte ihr nichts von der Forderung nach dem Kriegsgerichtsprozeß und auch nichts von Charles' Selbstmordgedanken. Winifred hatte genug damit zu tun, über ihre Schwangerschaft nachzudenken und sich wegen ihrer Brüder zu sorgen, John und Bramwell, die die Attacken in Thiepval mitgemacht hatten und jetzt in der Nähe von Arras wieder in den Schützengräben lagen.

»Besucht Lydia ihn oft?«
»Ich nehme an, er will weder sie noch seine Mutter sehen. Es gibt wirklich nichts, worüber er reden möchte, außer über den Krieg.«
Und es gab nichts, worüber Fenton weniger gern reden wollte, aber es gab kein Entrinnen. Am dritten Morgen zu Hause klingelte das Telefon; es war ein Brigadier Tydman, der von London anrief.
»Es geht um diese Forderung, die nach einem Kriegsgerichtsprozeß, wegen Lord Amberley. Blöde Sache, wissen Sie. Es wäre rundherum viel besser, wenn Sie das noch einmal überdenken würden.«
»Das kann ich nicht tun, Sir.«
»Können Sie nicht, was? Um Ihnen die Wahrheit zu sagen, die Angelegenheit ist sehr kritisch. Ein Mann aus dem Hochadel und alles. Der Kerl ist umgekippt und hat seinen eigenen Bruder angeschossen. Der Stabsarzt von dem Bataillon, wo das passiert ist, hat das Richtige gemacht. Hat ihn unzurechnungsfähig geschrieben und ihn direkt zum Hospital Leandinam geschickt. Dadurch ist die ganze traurige Sache nicht laut geworden, wissen Sie. Und jetzt hat es keinen Zweck, schlafende Hunde zu wecken.«
»Tut mir leid, aber ich bestehe auf einer Anhörung.«
»Aha. Na, will Ihnen nicht in Ihre Rechte als vorgesetzter Offizier des Jungen reinreden, obwohl ich stark mißbillige, daß Sie drauf bestehen. Ziemlich hart von Ihnen, muß ich sagen. Also gut dann. Die Anhörung ist angesetzt für den nächsten Donnerstag, in Leandinam, Nordwales. Das ist besser, als wenn man den Jungen deswegen nach London bringt.«
»Stellen Sie sicher, daß ein Stenograf dabei ist.«
»Wir sind durchaus in der Lage, eine angemessene Anhörung zu leiten«, sagte der Brigadier steif. »Guten Tag, Sir.«

Paris, 12. März 1917. Beobachtungen und Gedanken. Ich versuche, die Zeit in diesem Tagebuch nachzuholen. Bin zu beschäftigt gewesen, Persönlichkeitsbeschreibungen über General Nivelle Pétain und all die anderen neuen Leuchten der französischen Armee zu schreiben, um diesem Tagebuch viel Aufmerksamkeit zu widmen. Papa Joffre mit dem dicken Bauch ist draußen. Nivelle mit seinem guten Aussehen, seinem guten Englisch, seinen guten Manieren und seinem grenzenlosen Optimismus sitzt sehr fest im Sattel. Jeder Schuhputzerjunge in Paris weiß, was Nivelle vorhat, wie auch jeder Schuhputzerjunge in Berlin, so stelle ich mir vor. Geheimnisse für sich zu behalten, das ist keine Tugend der Alliierten. Eine Million Poilus an der Aisne bereiten sich darauf vor, zum Chemin-des-Dames vorzustoßen und den Hindenburgwall zu durchbrechen, wie Wasser einen Deich aus Sand durchbricht. Die Briten sollen die Offensive unterstützen, indem sie in der Gegend um Arras zuschlagen. Gott helfe ihnen allen.

Selbst nach zehn Tagen ist es immer noch schwierig, über Charles zu schreiben, ohne ein übles Gefühl im Magen zu verspüren. Granatenschock. Keine zwei Ärzte scheinen in diesen Fällen übereinzustimmen. Ein französischer Militärarzt, den ich neulich an einem Abend im Maxim getroffen habe, sagt, daß der Granatenschock durch das teilweise Vakuum hervorgerufen wird, das eine vorbeifliegende Granate verursacht. Dieses Vakuum greift die Gehirnzellen an. Ich glaube, daß »Granatenschock« einfach Schock bedeutet. Einen Schock durch zu viele Leichen, zuviel Schmerz, zu viele hoffnungslose Sturmangriffe. Zu viele Tage und Nächte voller nie endender Angst. Schock über Schock, bis der Geist das Entsetzen nicht mehr ertragen kann, bis er anfängt, sich gegen sich selbst zu wenden. Charles ist ein Granatenschockfall. Er war zu kaltblütig, als gut für ihn gewesen wäre. Ich weiß jetzt, was er gedacht hat, als er im Hochwald auf der Brustwehr stand und zusah, wie seine Männer im Stacheldraht und zwischen diesen Alptraumbäumen dahingemetzelt wurden. Er dachte die Gedanken der Verdammten, und er hielt sie tief in sich verschlossen. Da mußte ja etwas in seinem edlen Geist vor sich gehen.
Der Graf Stanmore. Noch mehr kaltes Blut in Aktion. Ich bin direkt vom Zug aus zum Haus gegangen, ich war noch feucht von Wales.
»So, du hast also Charles gesehen, was?« sagte er, als ich ihm den Brief reichte. Er machte den Umschlag auf und las den Inhalt, ohne mit der Wimper zu zucken.
»Danke«, sagte er und steckte den Brief in die Tasche, als ob es eine Schneiderrechnung wäre. Ich wurde eingeladen, zu einem Drink dazubleiben, aber ich spürte, daß es lediglich eine Geste der Höflichkeit war, und so lehnte ich ab. Tante Hanna ist oben in Derbyshire, wo sie ein kleines Gut besitzen, und kümmert sich um William, der sich dort erholt. Und wie geht es William, fragte ich. »Er wird nie wieder im Leben ein Pferd anständig reiten.« Komische Antwort. Charles ist in einem so empfindlichen geistigen Zustand, daß er vielleicht am Ende kein Pferd mehr von einer Dampfwalze unterscheiden kann. Hat Lord Stanmores Haltung etwas mit seinem Blut zu tun? Kaltem blauem Blut? Schwer zu sagen. Möglicherweise war es nicht mehr als eine Pose. Schlechtes Benehmen, wenn man die tiefsten Emotionen enthüllt. Der Graf steht in seinem herrlichen Arbeitszimmer, das an der Park Lane liegt, und er wirkt fast genauso wie Charles, als er auf dem Beobachtungsposten seines Grabens stand.
Ungefähr fünfzehn Minuten habe ich mit Ivy in der Rezeption des Allerseelen-Hospitals verbracht. Ist es möglich, daß sie meine Frau ist? Schwer zu glauben. Wir hielten Händchen, in einem Zimmer, das fast die Größe des Viktoria-Bahnhofs hat und das voll von den Verwandten der Verwundeten war. Es waren einfache Leute. Meist Londoner. Die »breite

Masse«, wie der Graf sagen würde. Die Offensive an der Somme ist jetzt seit vier Monaten vorüber, aber die Relikte davon überfüllen immer noch die Stationen. Achtzehnstunden-Schichten für die Schwestern, noch längere Arbeitszeiten für manche der Chirurgen. Drüben in Whitehall brennen die Lichter, während neue Offensiven geplant werden. »Mutti« und »Papi« warten geduldig in der gewölbten Halle, um ihre Söhne zu besuchen, sie haben kleine Geschenke bei sich, eingewickelt in Zeitungspapier...

»Gewissenhafter Tagebuchführer, was, Martin?«
»Nun«, sagte Martin und blickte zum Chef des Büros auf. »Ich kritzele eben gern so vor mich hin. Ich finde, das entspannt.«
»Gehen Sie mit ins Café Bombe, einen trinken?«
»Nein. Meine Hüfte bringt mich um. Muß das Wetter sein. Bis zu meinem Todestag werde ich den Regen vorhersagen können.«
»Nehmen Sie sich eine Woche frei! Fahren Sie zu Ihrem Haus in St-Germain und vergessen Sie Ihre Sorgen. Ich habe gerade ein Kabel von Atkinson bekommen. Das Stück, das Sie über Petain, den Kriegermönch, geschrieben haben, ist erstklassig aufgenommen worden. Das Magazin ›Atlantik‹ hat die Illustriertenrechte sofort geschluckt. Herzlichen Glückwunsch. Funktioniert Ihr Telefon?«
»Manchmal.«
»Nun, wenn irgend etwas ist, dann schicke ich den Jungen raus, um Sie zu holen.«
Das war jedenfalls mal etwas Gutes, dachte Martin, als er die Metro am Parc Monceau bestieg. Es hing ihm zum Hals heraus, Generäle zu interviewen und sich all ihre Theorien anzuhören, wie der Krieg *rapidement* gewonnen werden konnte. In Luveciennes rumpelten Truppentransportzüge über die Seine, und bärtige Poilus standen in den offenen Türen und rauchten ihre Pfeifen. Leidenschaftslos aussehende Männer. Veteranen. Die Truppen winkten und jubelten nicht mehr aus den Zügen, wie sie es im ersten Jahr des Krieges getan hatten. Aber andererseits jubelte heutzutage niemand mehr so gerne.
Der Anblick des Hauses tat gut. Ein eigenes Stückchen Erde, Kaufvertrag unterschrieben, versiegelt und ausgeliefert. Villa Rilke. Sieben Zimmer und eine Küche. Die Bäume im Garten waren kahl und dürr, aber im Frühling würden die Knospen aufbrechen. Die Fenster waren dicht mit Läden verschlossen, und aus einem der Kamine erhob sich eine dünne Rauchfahne.
»Was zum...?« Er stand wie gebannt auf dem Fußpfad und fragte sich, ob er zur Wirtschaft hinunterrennen sollte, um Hilfe zu holen. Aber das kam ihm dumm vor. Ein Einbrecher würde doch kein Feuer anzünden.

»Jacob«, murmelte er zu sich selbst. Und als er dann die Tür aufschloß, war er auch da, er stand in der Halle und schaute ihn unschuldig an.

»Wie, zum Teufel, bist du denn hereingekommen?«

»Federmesser. Habe einen Schlagladen damit aufgedrückt.«

»Das ist gut zu wissen«, sagte Martin verärgert. »Warum bist du denn nicht im Büro vorbeigekommen? Ich hätte dir einen Schlüssel gegeben.«

»Hatte nicht die Zeit dafür, alter Freund. Zwei stramme Flics waren mir direkt auf den Fersen.«

»Polizei?«

Jacob nickte. Sein Gesicht war hager, und unter seinen Augen waren dunkle Ringe.

»*Sûreté nationale.* Ich bin voll auf die Schnauze gefallen, Martin. Nur zwei Ausgaben des Blattes sind erschienen, und sämtliche Gendarmen von Paris sind in die Druckerei gekommen und haben uns den Gummiknüppel auf den Kopf gehauen. Ich bin durch ein Fenster entwischt. Hatte keinen Sou in der Tasche und bin bis hier zu Fuß gelaufen.«

»Früher oder später mußte das ja passieren.«

»Einer der Journalisten hat uns verraten.« Er fuhr sich mit den Händen durch das Haar und lächelte bitter. »Allmächtiger Gott, laß dich nie mit fanatischen Antikriegstypen ein. Mindestens einem Viertel von denen kann man aber auch nichts recht machen. Mein spezieller Judas war ein älterer Anarchist, der wütend auf mich war, weil ich die erste Ausgabe nicht einem Lehrartikel darüber gewidmet habe, wie man Politiker und Generäle aus dem Weg räumt. Nicht, daß ich etwa besonders gegen so etwas bin, verstehst du, aber für die erste Ausgabe habe ich das für ein bißchen hart gehalten. Na ja, der langen Geschichte kurzer Sinn ist folgender: Ich bin flüchtig unter Anklage wegen aufrührerischen Benehmens, und dies schien mir der beste Platz, um mich zu verstecken.«

»Bleib, solange du willst.«

»Ich werde mir etwas Kleingeld von dir borgen und versuchen, nach Spanien zu kommen, oder vielleicht fahre ich zurück nach Hause. Wenigstens erschießen sie einen da nicht, wenn man eine andere Meinung hat.«

Jacob lungerte zwei Tage im Haus herum und überlegte hin und her, ob er nach Madrid gehen und eine neue Zeitung herausgeben sollte, die man vielleicht nach Frankreich schmuggeln könnte, oder ob er nach England zurückkehren und das Risiko als Kriegsdienstverweigerer auf sich nehmen sollte. Seine Depression war fühlbar, eine dunkle Wolke folgte ihm von Zimmer zu Zimmer. Es war am Morgen des dritten Tages, als Danny, der schnodderige New Yorker, der sowohl *Copy boy* als auch allgemeiner Laufjunge war, auf seinem mitgenommenen Motorrad von Paris ankam. Zusammen mit ein paar Briefen und einigen Artikeln, die geprüft werden mußten, brachte er ein dickes Paket in seinem Leinenrucksack mit.

»Ein Offizier, so 'n Engländer, hat dies hier im Büro vorbeigebracht, Mr. Rilke. Hat gesagt, er täte einem gewissen Oberst Wood-Lacy 'nen Gefallen, und es sollte Ihnen persönlich übergeben werden.«
»Danke, Danny. Irgend etwas Neues über die Drähte?«
»U-Boote haben noch ein amerikanisches Schiff versenkt; der Kongreß sieht mir so aus, als ob er in ein paar Wochen für den Krieg stimmt; und McGraw sagt voraus, daß die Giants dieses Jahr die Meisterschaft gewinnen werden.«
»In Ordnung, dieser McGraw. Wenigstens ist noch etwas Vernunft auf der Welt übrig.«
Bei dem braunen Paket lag ein Brief.

Lieber Martin,
beiliegend eine Kopie der Niederschrift, die ich zufällig in die Hände bekommen habe. Nachdem Du sie gelesen hast, wirst Du – so glaube ich – verstehen, warum ich sie Dir geschickt habe. Charles' qualvolle Gedanken über den Krieg verdienen etwas Bedeutungsvolleres als einen Aktenschrank in Whitehall. Ich weiß zwar nicht, was Du im Licht dieser Zeit damit tun kannst, aber trotzdem möchte ich, daß Du die Niederschrift hast.
Das Verfahren ist genauso verlaufen, wie ich es gesagt hatte. Charles hat zwei Stunden oder länger vor drei ungerührten Kriegern aus Whitehall geredet. Ihr Beschluß war schon vorüberlegt – kein Kriegsgerichtsprozeß gerechtfertigt –, und Charles solle im Hospital bleiben, bis die Ärzte es für richtig halten, ihn zu entlassen. Ich habe die Niederschrift durch einen Freund überbringen lassen, um zu vermeiden, daß Zensoren oder andere neugierige Typen den Inhalt dieser Papiere durchschnüffeln können.

Viele Grüße, Fenton.

»Was ist das?« fragte Jacob und schaute über Martins Schulter, während Martin da saß und das maschinengeschriebene Dokument las. »Die Kopie einer Prozeßakte?«
»Mehr eine Anklage, Jacob. Aber du kannst natürlich nichts davon gehört haben. Charles Amberley hat seinen Bruder im Januar ins Bein geschossen, als er auf Urlaub zu Hause war.«
»Lieber Himmel! Warum denn?«
Martin berührte die losen Blätter, die er schon gelesen hatte. »Den Grund dafür kannst du selbst herausfinden.«
Jacob zog sich einen Stuhl zum Schreibtisch neben Martin. Er schaute kaum auf die ersten beiden Seiten, auf denen der vorsitzende Richter in gestelzter Sprache den Grund der Anhörung erklärte; aber der erste Ab-

schnitt von Charles' Aussage hielt dann seine Aufmerksamkeit gefangen wie nichts anderes, was er jemals gelesen hatte.
»Ich bin in diesen Krieg eingetreten mit den höchsten Idealen und dem festesten Glauben an die gerechte Sache und an die Berechtigung meines Patriotismus...«

Sie lasen das Dokument mehrere Male durch. Martin lag dabei auf dem Sofa, Jacob ging langsam im Zimmer hin und her.
»Der alte Fenton hat Mut bewiesen, indem er die Anhörung für Charles erreicht hat«, sagte Jacob. »Ich kann verstehen, warum das Kriegsministerium es für besser hielt, die Dinge einfach ruhenzulassen. Dies hier ist eine ziemlich mörderische Anklage.«
»Nur, wenn die Leute sie lesen könnten«, sagte Martin ruhig. »Ich stelle mir vor, genau das würde Fenton gern sehen.«
»Aber ich könnte das doch nicht veröffentlichen, das weißt du auch. Zu starke Kritik an der Art, wie das Hohe Kommando die Angriffe an der Somme geleitet hat. Zuviel Zorn darüber, daß aus den Kämpfen nicht mehr als eine blutige Verschwendung geworden ist; riesige Verluste, die man dadurch rechtfertigen wollte, daß die Deutschen im gleichen Maße gelitten hatten. Ein britisches Verdun. Die Zensoren würden das in den Papierkorb werfen. Und selbst wenn ich es in meiner Tasche mit in die Staaten nähme, ich bezweifle, daß ich eine Zeitung finden könnte, die es anrührt. Da drüben haben sie jetzt auch das Kriegsfieber. Kein Herausgeber will eine kalte Dusche drucken.«
Jacob begann erregt im Zimmer herumzulaufen, er paffte an einer Zigarette und ließ die Asche achtlos auf den Teppich fallen.
»Herrgott, es ist doch keine Propaganda. Es ist noch nicht einmal so kritisch gegenüber dem Krieg. Dieser Bericht verdammt einfach die Kriegführung, die Sinnlosigkeit, Männer immer und immer wieder vor die Maschinengewehre und in den Stacheldraht zu jagen. Das Ganze ist ein einziger langer Schrei der Verzweiflung. Jeder Tommy weiß, wie es an der Somme war, aber die Zivilisten haben taube Ohren. Zum Teufel, die lesen einfach gern die Zeitungen und sehen gern den Spruch ›Vormarsch erfolgreich‹ gedruckt vor sich und studieren dann die Kriegslandkarten, die vergrößerten Details, die jeden Vormarsch eindrucksvoll aussehen lassen, bis man bemerkt, daß der Maßstab nicht in Kilometern, sondern in Metern angegeben ist.«
»Das ist alles schön und gut, Jacob, aber es bleibt die harte Tatsache...«
»Daß die Nachrichtenagenturen und die Zeitungen nicht an die Sache herangehen? Na gut. Sollen sich doch begraben lassen, die Idioten. Dann drucken wir es eben selbst – tausend Exemplare oder ein bißchen mehr, ordentlich gemacht und eingebunden –, und dann je eine Broschüre an

jedes Parlamentsmitglied, jeden Kirchenmann, jedes intelligente menschliche Wesen, das uns einfällt.«

»Bist du am Brandy gewesen?«

»Nein. Aber ich bin plötzlich ganz betrunken von der Idee. Ich komme mir vor, als würde ich auf einmal mit einer hellen Laterne in dunkle Ecken leuchten. Ich möchte erleben, daß irgendein Abgeordneter, der den Nerv dazu hat, mit meinem Bericht in der Hand im Parlament aufsteht und ruft: ›Was, um Himmels willen, ist da drüben eigentlich los? Wo gibt es denn noch ein paar Generäle, denen das Hirn nicht abgestorben ist?‹« Jacob ließ sich in einen Stuhl fallen; die glimmende Zigarettenkippe klebte an seiner Unterlippe. »In Ordnung. Ich bin jetzt nüchtern. Das war mal wieder Jacob Goldstein, davongespült von den Wogen seiner eigenen Rhetorik. Du hast natürlich recht, Martin, niemand möchte so etwas lesen, bei dem sein Glauben an unsere militärischen Führer oder die heilige Reinheit unserer Sache in Frage gestellt würde. In der Schlacht zu sterben ist doch so etwas Edles, nicht wahr? Charles' Bericht ist ein Aufschrei zum Himmel, und das Vernünftigste, was du damit tun kannst, ist, ihn in einer Schublade verschwinden zu lassen.«

Martin kaute auf seiner unangezündeten Zigarre und starrte die Decke an.

»Wäre es denn überhaupt möglich, daß wir ihn drucken?«

»Meinst du das jetzt ernst?«

»Ja.«

Jacob beugte sich vor und schnippte seinen Zigarettenstummel in den Kamin.

»Hier nicht, es sei denn, du möchtest ein französisches Gefängnis von innen kennenlernen. Aber in der Schweiz könnte man es machen; nur wäre es dann schwierig, die Bücher über die Grenze zu kriegen. Die Franzosen sind so verdammt mißtrauisch, wenn es um bedrucktes Papier geht. Aber in London wäre es natürlich leicht.«

»Wieso natürlich?«

»Mein Onkel Ben, der Bruder meiner Mutter, druckt fremdsprachige Bücher – Russisch, Ukrainisch, Jiddisch –, hat 'ne hübsche Buchdruckerei in Whitechapel. Bin als Junge oft dagewesen, bevor sie mich ins Internat geschafft haben. Ich kann die Druckerschwärze immer noch riechen.«

Martin sah seine Zigarre finster an und biß die Spitze ab. »Wäre nicht gerade vernünftig, das ganze auf Ukrainisch zu drucken.«

»Ben kann fast alle Sprachen der Welt setzen, sogar Englisch. Der sammelt Drucktypen wie andere alten Wein. Drucktypen und der Sozialismus, beides ist Bens Leidenschaft.«

»Aber Jacob, für dich wäre es doch ein Risiko, nach England zurückzugehen.«

»Na ja, ich gehe ja auch ein Risiko ein, wenn ich hierbleibe, oder? Alles, was mir in England passieren kann, daß sie mich vor die Wahl stellen, entweder in die Armee zurückzugehen oder in einem Offizierslager zu verschwinden und für den Rest des Krieges Wolldecken zu zählen. Da kann sogar ich mir was Schlimmeres vorstellen. Jedenfalls ist es ein Risiko, das ich eingehen möchte. Für dich sieht es da schon schlimmer aus, Martin. Dieses Manuskript steht dem ganzen Krieg eindeutig kritisch gegenüber, und es könnte für das Kriegsministerium und für den Generalstab eine peinliche Situation herbeiführen. Die könnten dich mit dem Etikett eines nicht mehr genehmen Journalisten versehen, und sie könnten dir deine Presseausweise wegnehmen. Und da das französische Kriegsministerium mit unserem Hand in Hand arbeitet, säßest du hier genauso auf dem trockenen. Ich sehe keine Möglichkeit, wie du für die Associated Press von irgendeinem Nutzen sein könntest, wenn man dich nur auf hundert Meilen an die Kampfzone herankommen läßt.«

»Ich wäre gewiß nicht der erste AP-Korrespondent, den man aus der Kampfzone hinausgeschmissen hat, weil er den Militärs komisch gekommen ist.«

»Und dann ist ja auch noch Oberst Wood-Lacy da. Ich frage mich, wieviel er wohl auf den Hut kriegen wird. Wenn er nicht auf diese Anhörung gedrängt hätte...«

Martin schwang seine Beine mit einem Seufzer vom Sofa und beugte sich dann zu dem Tisch hinüber, wo die Niederschrift verstreut lag. Er sortierte mit fester Hand die Seiten.

»Er hätte mir dies hier nie geschickt, wenn er Angst vor Auswirkungen hätte. Er ist es doch selbst gewesen, der das Ganze eingefädelt hat. Komm, Jacob, wenn wir uns beeilen, können wir den Nachtzug nach Le Havre noch erreichen.«

London, 25. März 1917. Beobachtungen und Gedanken. Es bereitet mir große Befriedigung, die Setzarbeiten durchzuführen. Für mich ist das wie damals, als ich auf der Druckerpresse das Jahrbuch für das Gymnasium in Lincoln gekurbelt habe. Ein Exemplar des dünnen kartonierten Buches, an dem wir so hart gearbeitet haben, liegt vor mir. Viel besser gedruckt als die alte Schulzeitung von Lincoln, obwohl die Herstellungsmethode im Grunde die gleiche war. Jacobs Onkel Ben hat es entworfen, hat die Lettern ausgesucht, hat Jacob und mir mit dem Satz geholfen, und hat das Papier ausgewählt. Die Arbeit eines Meisterdruckers. Auf der Titelseite steht

NACH DER SOMME

Eine Untersuchung bezüglich der Ratsamkeit eines Kriegsgerichtsprozesses gegen Major Viscount Amberley, 2. Royal Windsor Fusiliers, durchgeführt im Kriegshospital Llandinam.

Mit einer Einführung von
Martin Rilke, Associated Press.

So Gott will, werde ich eines Tages Enkelkinder haben, und die werden möglicherweise wissen wollen, warum der alte Mann sich so weit vorgewagt hat und seinen Namen unter dieses Dokument setzte. Die Wahrheit ist, daß ich eigentlich nicht daran gedacht hatte, aber Onkel Ben, der mehr wie einer der Propheten aussieht als irgend jemandes Onkel, hatte das gute Argument, daß das Buch eine Spur Authentizität brauchte. Denn England sei das Land des literarischen Witzes, und Charles selbst stehe ja nicht für ein Interview zur Verfügung. So setzte ich mich also in eine Ecke von Onkel Bens Druckerei und schrieb eine Einführung, erklärte, wer ich war und was ich von diesem Krieg bis heute gesehen hatte und wie ich zu Charles Amberley stand. Die Geschichte meines Vetters, vielleicht die Geschichte eines Sohnes oder eines Bruders oder Vaters. »Sei kühl, aber leidenschaftlich«, riet Onkel Ben mir. Onkel Ben ist ein Mann, der in Widersprüchen redet. Über seinem Schreibtisch hängen zwei eingerahmte und unterschriebene Fotografien. Die eine zeigt den Anarchisten Kropotkin, die andere König Edward den Siebten. Es sieht so aus, als ob die beiden Männer einander anzwinkern und gleichzeitig zu Onkel Ben hinablächeln. »Konfusion ist nicht immer Unordnung«, murmelt Onkel Ben von Zeit zu Zeit. »Ein armseliges Werkzeug wird oft dem Arbeiter die Schuld geben.«

28. März, Hydepark. Habe es hingebogen, eine Nacht mit Ivy zu verbringen; Jacob hat uns diskret die Wohnung überlassen und ein Hotelzimmer genommen. Sie war wegen meines Aufenthaltes in London neugierig, und ich habe ihr die Wahrheit erzählt. Ivy hat das kleine Buch gelesen, während sie im Bett saß. Sie hatte sich meinen Morgenrock um die Schultern gehängt und nichts gesagt, bis sie die letzte Seite umgewendet hatte. Sie weiß, ich komme vielleicht in Schwierigkeiten, wenn dieses Ding verschickt wird. Ich verliere möglicherweise sogar mein englisches Visum und meine französische Aufenthaltsgenehmigung. Alle sind im Augenblick sehr empfindlich. Die britischen Verluste haben die Siebenhunderttausend-Grenze weit überschritten, bei den Franzosen sind es noch viel mehr. Eine größere Schlacht kündigt sich an, während Nivelle seine endgültigen Pläne zusammenstellt, nach denen der Krieg noch vor dem Sommer beendet werden soll. Überall im Pressekorps in London gibt es Gerüchte, daß Nivelle eine schreckliche Überraschung erleben wird, wenn er versuchen sollte, den Chemin-des-Dames durch einen Frontalangriff

zu nehmen. Amerika ist dabei, mit beiden Beinen und mit geschlossenen Augen in diesen Krieg hineinzuspringen. Der Zeitpunkt ist äußerst schlecht gewählt, um die Kriegführung der Generäle an der Westfront zu kritisieren und die Nutzlosigkeit dieses Gemetzels aufzudecken. Aber meine Ivy versucht nicht, es mir auszureden. Sie drückt sich ganz klar aus: »Ich habe meine Arbeit, und du hast deine. Tu das, was du für richtig hältst.« Das ist eine solide Norfolker Ansicht. Sie geht möglicherweise bald zu den Lazarettzügen zurück – von Calais nach Poperinghe –, ich werde ihr also den Schlüssel zur Villa Rilke überreichen, für den Fall, daß die AP mich nach Timbuktu versetzt, bis der Staub sich verzieht. Sie kann das Haus benutzen, wenn sie ihre kurzen Urlaube bekommt, kann es mit dem Gefühl einer Frau ausschmücken. Ich bin mit ihr den Finanzplan durchgegangen, wir waren wie ein altes verheiratetes Ehepaar, das die Ausgaben aufstellt. Sie ist ganz verblüfft über den Betrag, der auf der Banque de Rothmann deponiert ist. »Du solltest das Geld für dich arbeiten lassen, Martin.«
Sie hört sich genauso an wie Onkel Paul...

»Ich hoffe, ich unterbreche nicht deinen Gedankenfluß.«
Martin schloß sein Notizbuch, während Jacob sich mit einem Grunzen der Müdigkeit auf der Bank neben ihm niederließ.
»Nein, ich habe nur ein paar Dinge nachgetragen.«
»Eines Tages muß ich dieses gewaltige Tagebuch einmal lesen, Martin. Dann habe ich im Alter etwas zu tun.«
»Alles rausgeschickt?«
»Nun, es ist genug abgeschickt worden, um die Dinge in Gang zu bringen. Ich war ganz erschrocken, wie viele Exemplare Ben durchgezogen hat. Er hat es richtig übertrieben.«
Sie saßen schweigend da und beobachteten die Enten, die über das unruhige Wasser der Serpentine glitten. Flugabwehrkanonen und Suchscheinwerfer warteten auf klare Nächte und auf die Gothas oder die Zeppeline. Auf der anderen Seite des Parks waren noch mehr Kanonen. Kanonen waren überall in Europa – vom Hydepark bis zur Schweizer Grenze. Eine dichte, dunkle Decke von Kanonen und Stacheldraht und Soldaten.
»Es ist ein sehr kleines Buch, nicht wahr, Jacob?« sagte Martin leise.

Arthur Felchurch, Mitglied des Parlaments, fing das Buch beim Frühstück an und las es im House of Commons zu Ende, ehe die Debatte über das Gesetz zur Ausweitung der Eisenbahnlinien begann. Er fand es ganz merkwürdig.
»Seltsam«, bemerkte er gegenüber einem anderen Konservativen. »Die-

ser Mann scheint es für ganz gerechtfertigt zu halten, seinem eigenen Bruder in die Kniescheibe zu schießen.«

»Warum, in aller Welt, hat er das bloß getan, Arthur?«

»Ich will verdammt sein, wenn ich das weiß.«

Harold Davidson, liberales Mitglied für Coventry, las sein Exemplar, während er sich von seiner Wohnung am Russell Square zum Parlament fahren ließ. Das meiste überflog er nur, weil er ein sehr beschäftigter Mann war, aber er las genug davon, um seinem schon brennenden Mißtrauen gegenüber General Sir Douglas Haig neues Zündmaterial zu geben. Er wußte, man sah es nicht gern, daß die Mitglieder des Parlaments öffentlich die Kriegspolitik diskutierten, aber nachdem die erste Debatte über das Eisenbahngesetz zu niemandes Zufriedenheit abgeschlossen worden war, hatte er um das Wort gebeten und eine Tirade über Haigs Versagen bei der Offensive an der Somme losgelassen.

»Ich halte hier in meiner Hand ein Buch...«, brüllte er, als er seine Dreißig-Minuten-Rede begann, aber kaum einer war auf seinem Sitz geblieben, um ihm zuzuhören, noch nicht einmal die Mitglieder seiner eigenen Partei.

David Langham verabschiedete sich von seinem gewöhnlichen Nachmittagstreffen mit dem Premierminister in der Downing Street Nummer zehn und wies seinen Fahrer an, ihn nach Bristol Mews zu bringen. Nur zwei Gäste waren dort, die junge Gräfin von Ashford, ohne ihren Mann, wie gewöhnlich, und ein langer, robuster australischer Hauptmann, der vor dem Krieg professioneller Rugbyspieler gewesen war. Der Hauptmann und die Gräfin tätschelten sich wiederholt die Hände, während sie auf einem der Diwane saßen. Lydia gab Langham einen Cocktail aus Gin und französischem Wermut, folgte ihm dann ins anstoßende Arbeitszimmer und schloß die Tür.

»Ich nehme an, du bist gekommen, um mir eine Kopie vom Buch des armen Charles zu bringen.«

»Ja«, sagte er. »Ich habe eines in meiner Aktenmappe. Hast du Lust, es zu lesen?«

»Nicht, wenn es sich vermeiden läßt, aber die Leute haben mich schon den ganzen Tag angerufen, um mir davon zu erzählen. Der Familienanwalt der Stanmores hat mich heute morgen auch angerufen. Charles wünscht die Scheidung. Natürlich werde ich sie ihm gern gewähren. Ich fühle mich einfach furchtbar, aber Charles hat ja all diesen Ärger selbst über sich gebracht, nicht wahr?«

»Ich nehme an, so könnte man sagen.«

Er streckte die Hand aus und berührte sie leicht an der Wange. »Du siehst sehr hager und wunderschön und müde aus. Ich fahre am Montag nach Paris, um ein paar Dinge mit Ribot und Painlevé zu regeln. Außerdem

habe ich ein privates Plauderstündchen mit Georges Clemenceau. Warum treffen wir uns nicht im Crillon – sagen wir, nächsten Donnerstag?«
»Das wäre vielleicht hübsch«, sagte sie. »London ist so ermüdend.«

Generalleutnant Sir Julian Wood-Lacy stapfte in dem winzigen Büro in Whitehall hin und her und klatschte sich mit einem ledernen Kommandostab gegen seine Reitstiefel. Durch das schmale Fenster konnte er Big Ben sehen, der sich wie geätzt vom Himmel abhob.
»Ich kann dir nicht sagen, wie schmerzlich mir dies ist, Fenton.«
»Es muß sicher sehr schmerzlich sein, Sir.«
»Ich kann mir um alles in der Welt nicht erklären, warum du so auf einem Kriegsgerichtsprozeß bestanden hast.« Er wandte den Blick vom Fenster ab und klatschte sich wieder mit dem Stab ans Bein. »Einen Kriegsgerichtsprozeß! Das dämlichste, von dem ich je gehört habe! Na, getan ist getan, wie man so sagt. Sir Wully war so rasend, daß man ihn fast festbinden mußte. Er hat sowieso wegen Haig ein dünnes Fell, und das kleine Pamphlet, oder was zum Teufel es ist, fand er regelrecht verleumderisch. Wie ist dieser Zeitungsmensch bloß an die Niederschrift gekommen?«
»Ich habe sie ihm gegeben.«
Der alte General nickte fast traurig. »Hab' ja immer gesagt, ich würde dich durchbleuen, wenn du jemals deinen Onkel anlügst. Aber verdammt noch mal, die Wahrheit tut weh.«
»Und was passiert jetzt? Eine Untersuchungskommission, nehme ich an.«
»Menschenskind, nein! Je weniger man von jetzt an in dieser Angelegenheit unternimmt, desto besser. Aber für deine Karriere bedeutet das entschieden einen Rückschritt, Fenton. Du hast nur eine zeitweilige Beförderung zum Brigadier. Es gibt jetzt keine Möglichkeit, daß man dir diesen Rang läßt. Die könnten dich sogar wieder bis zum Major degradieren, und wenn du dich als Gesundheitsoffizier in einer Ausbildungskaserne in Liverpool wiederfindest, dann hast du noch Glück gehabt!«
»Es gibt noch etwas anderes, was du auch immer gesagt hast, Onkel: ›In der Armee, da nimmt man es, wie es kommt.‹«
Der General wandte ihm den Rücken zu und räusperte sich laut.
»Ganz richtig, mein Junge, das habe ich gesagt.«

Der Telefonanruf kam erwartet. Martin hatte schon eine halbe Stunde lang mit dem Chef des Londoner Büros telefoniert. Sein Koffer war gepackt, und er saß wartend neben dem Telefon. Als es klingelte, nahm er den Hörer sofort auf.
»Martin Rilke?«
»Am Apparat.«

»Ah ja. Hier ist Davengarth, Ministerium für Information. Sie haben hier ein kleines Durcheinander verursacht. Ich wünschte wirklich, Sie hätten sich die Mühe gemacht, das Dokument mit dem Zensurbüro der Presse durchzugehen. Na, das ist eben die Ungeduld des Vierten Standes, was? Also, nun hören Sie mal her, Rilke. Es hat keinen Zweck, daß Sie jetzt hierherkommen. Ihr Mr. Bradshaw hat uns angerufen und gesagt, man hätte Ihnen einen neuen Auftrag erteilt. Nach dem, was er sagte, gehen Sie zurück nach Amerika?«
»Richtig. nach New York.«
»Na, dann gute Reise, und wir hoffen, Sie eines Tages hier wiederzusehen. Vielleicht nach dem Krieg.«
»Ja«, sagte Martin und hing ein. »Nach dem Krieg.«

Lord Trewe drehte das Buch sorgfältig um, blätterte es dann langsam durch, befühlte das Papier, fuhr mit dem Finger über die klaren Druckzeilen und beroch die Druckerschwärze. Das war ein Druckwerk von Benjamin de Haan, wenn er je eins gesehen hatte. Er legte es sorgfältig, fast ehrfürchtig auf seinen Tisch, während Ranscome, der Serienredakteur, ihn erwartungsvoll ansah.
»Verdammt gutes kleines Buch«, sagte der Redakteur. »Ich wünschte, wir könnten ihm eine Chance geben. Aber das geht natürlich nicht.«
»Korrekt«, erwiderte Lord Trewe. »Das geht nicht. Für so ein Segel weht der falsche Wind.« Er faltete seine großen Hände über dem Bauch und lehnte sich in seinem Sessel zurück. »Haben wir diesen Bericht schon von Logan bekommen?«
»Ist gerade über den Draht gekommen. Lasse ihn im Augenblick schreiben. Er sagt, der Kampfgeist der Truppen in Arras ist erstklassig – überschäumend optimistisch, wie er sich ausdrückt.«
»Gut. Das ist es, was die Leute lesen wollen, Ranscome, etwas über den überschäumenden Kampfgeist ihrer Jungen.«

Jacob Goldstein trug den Karton durch die Straßen von Whitechapel, bis er einen Bus entdeckte, der nach Charing Cross fuhr. Er setzte sich auf das offene Oberdeck und genoß den Sonnenschein und Wind, und die schwere Kiste stand neben ihm auf dem Sitz. Auf dem Strand war der Verkehr dicht, die riesige Reklameveranstaltung für Kriegsanleihen auf dem Trafalgar Square hatte sich auch in die angrenzenden Straßen fortgesetzt. Er stieg aus dem Bus aus und drängte sich langsam durch die Volksmenge in Richtung der pulsierenden Trommelschläge und der schrillenden Pfeifen der Militärkapelle von der London Rifle Brigade. Ein Mann klammerte sich an seinen Arm und tippte auf die Seite des Kartons.

»Verkaufste Plätzchen, Kumpel?«
Jacob balancierte die Kiste auf seiner Hüfte, öffnete den Deckel, zog ein Buch heraus und drückte es dem Mann in die Hände.
Der starrte es überrascht an. »Was soll denn das? Londoner Bibelgesellschaft?«
»So was in der Art«, sagte Jacob und bewegte sich weiter in die Menge hinein.
Die Militärkapelle marschierte langsam um die breite Steinplattform am Sockel der Nelson-Säule herum, sie drehte eine Runde nach der anderen, mit festem Schritt, und die Sonne glänzte auf den Flöten und dem Dirigentenstab des Kapellmeisters. Die Akkorde des bekannten Militärmarsches, den sie gerade spielten, brachten die Leute zum Jubeln. Winzige britische Fahnen, die von tausend Händen gehalten wurden, schwenkten sich im Takt mit der Musik. Unterhalb der Plattform standen, Rad an Rad aufgereiht, Kanonen von jungfräulicher Unberührtheit, wie Edelsteine poliert von den stolzen Kanonieren. 20-cm-Haubitzen, 25-cm-Haubitzen, eine Batterie Feldschlangen und zwei gewaltige fünfundvierziger Mörser, die an Größe fast die Löwen übertrafen, die tief unter der fernen Gestalt des Admirals zusammengekauert saßen. Und an jeder Kanone hing ein kleines, säuberlich gedrucktes Schildchen, auf dem dem Steuerzahler in Pfunden, Shillings und Pence der Preis angegeben wurde.
»Zeichnet Kriegsanleihen!« forderte eine Stimme über den Lautsprecher auf, und die Worte klangen wie Akzente zur Militärmusik. »Helft den Jungs da drüben, ihre Arbeit zu machen! Euer König und euer Land brauchen... euch!«
Jacob stand neben einem riesigen, oliv angestrichenen Eisenrad, das Rohr der Haubitze drohte über ihm, es war auf das oberste Stockwerk der Admiralität gerichtet, die hinter der Cockspur Street zu sehen war. Er hob den Karton über seinen Kopf, stellte ihn auf einen eisenbeschlagenen Tritt an der Oberkante des Rades, kletterte dann schnell die Speichen hinauf und setzte sich rittlings auf die Zündeinrichtung. »Hallo, Sie da!« rief ein Kanonier-Sergeant aus. »Kommen Sie da runter!«
Jacob langte nach der Kiste, hob sie auf und hielt sie vor sich hin. Der Kanonier wollte ihn packen, aber Jacob schob sich nach vorn, seine Schenkel umklammerten den sonnengewärmten Lauf der Kanone, er rutschte immer weiter nach vorn über die Menge hinauf und hörte jetzt Gelächter und ermutigende Rufe von unten.
»Rutsch doch in das Kanonenrohr, Kumpel!«
Er lächelte auf sie hinab, auf diesen Ozean von weißen Gesichtern, die da unten waren, und auf die flatternden Quadrate in Blauweißrot.
»Kaiser Willi sagt, behaltet die Hände in den Taschen... Großbritannien sagt... kauft diese Kanonen.«

Er saß jetzt auf der Spitze des Kanonenrohrs, und der Karton stand vor ihm. Er langte hinein, nahm ein Buch nach dem anderen heraus und ließ es in die Menge fliegen. Wirbelndes Geflatter von Papier, nach dem eifrige Hände griffen. Ein halbes Dutzend Polizisten schafften sich mit den Ellbogen einen Weg. Ihre Gesichter waren hart und erbarmungslos. Als das letzte Buch fort war, lehnte sich Jacob zufrieden an das riesige, stählerne Rohr an und wartete darauf, daß die Bobbies hochkletterten und ihn holten.

Martin trug dem Taxifahrer auf zu warten, und ging dann eilig ins Allerseelen-Hospital. Das Krankenhaus war ihm noch nie so riesig vorgekommen oder so überfüllt, und einen Moment lang erfüllte ihn die Panik, daß er Ivy vielleicht nicht würde finden können. Aber die Angestellten an der Aufnahme fanden sie ohne alle Schwierigkeiten, und bald ging er schnell einen langen Korridor hinunter zu der Station, in der die Amputierten lagen und wo sie im Augenblick Dienst tat. Sie war seine Frau, und er wollte bei ihr sein, aber er wußte, daß dies unmöglich war. Er konnte sie noch nicht einmal darum bitten, als er zwischen zwei Reihen von Betten fest ihre Hände umklammerte und die Verwundeten sie mit drogenverschleierten Augen beobachteten. Er hielt ihre Hände und küßte sie auf die Wange, und dann rief die Oberschwester ungeduldig vom anderen Ende der Station nach ihr.
Er konnte noch immer ihre weiche Haut auf seinen Lippen spüren, als er auf dem Rücksitz des Taxis saß und der Fahrer mit hoher Geschwindigkeit die Gower Street hinunter durch ein Labyrinth von anderen Straßen zum Bahnhof Charing Cross fuhr. Menschenmengen, die aus der Richtung Trafalgar Square vorüberströmten, blockierten plötzlich wie eine Mauer ihren Weg.
»Tut mir leid, Chef«, sagte der Fahrer. »Kann man nichts machen. Aber Sie werden Ihren Zug nicht verpassen.«
Es war ihm eigentlich gleich, ob er ihn verpaßte oder nicht. »Sie gehen nach Hause«, hatte der AP-Mann ihm gesagt, ein wehmütiger Witz. Er hatte das Gefühl, daß er jetzt zu Hause war und daß sein Weg nach Amerika ihn an einen fremden, seltsamen Ort führte. Er saß steif auf dem Sitz, sah weder die Menschenmenge noch die Reihe der großen Kanonen, die langsam vom Trafalgar Square nach Whitehall gezogen wurden und deren riesige eiserne Räder Papier aufwirbelten. Der Wind trieb die Fetzen vor sich her und blies sie wie bleiches Laub über das Pflaster.

Viertes Buch

1

2. November 1920
Hotel Gaillard, Hazebrouck. Beobachtungen und Gedanken. Vor zwei Tagen wurden hier in Flandern, ein Stückchen die Straße hinauf, einfache Holzsärge ausgesucht, die die sterblichen Überreste von sechs namenlosen Tommys enthielten. Man hat sie aus dem Wald der Gräber, die mit »Unbekannt« markiert sind und die sich von Ypern bis zur Marne erstrekken, ganz zufällig ausgewählt. Die Särge wurden in eine Hütte gestellt. Ein britischer Offizier bekam die Augen verbunden und wurde hineingeführt. Der Sarg, den er genauso zufällig berührte, wurde herausgetragen und nach Boulogne geschafft. Dort wurde er in einen gewaltigen Sarkophag aus Eiche gestellt, der Deckel wurde mit eisernen Bändern umschlossen. Und an der Stelle, wo die Bänder sich kreuzen, hängt jetzt ein großes Siegel mit der Inschrift:

Ein britischer Soldat
Gefallen im großen Krieg
1914–1918
Für König und Vaterland

Ein unbekannter Soldat, ein Krieger, den nur Gott kennt. Heute werden diese armseligen Überreste durch die Straßen von London zum Begräbnis in der Westminsterabtei gefahren. Es ist der Waffenstillstandstag, und der Kanonenlafette folgen die Admiräle und Feldmarschälle und der König des Toten.
Fletcher hatte vorgeschlagen, daß ich nach London fahren sollte, aber die Presse der halben Welt wird diese Geschichte bringen, und ich habe es vorgezogen, auf dieser Seite des Kanals bei Ivy zu bleiben. Ich will Notizen für meine eigene Elegie sammeln. Ich will in Paris anfangen und dann mit dem Citroën nach Hazebrouck und Ypern fahren.
Kurze Eindrücke. Lastwagenkonvois auf der Straße nach Albert, gefüllt mit Ziegelsteinen, Sandsäcken und Kalk. Keine *Camions* mehr, die, vollgestopft mit Truppen, Zentimeter für Zentimeter an die Front rücken. Hinter Albert gibt es nichts als Ödland mit totem Boden, eine Mondlandschaft voller Krater und eingebrochener Schützengräben. Aufräumungsmannschaften arbeiten hier noch immer. Sie zerschneiden und stapeln die

kilometerlangen Stacheldrahtverhaue, und Minensuchtrupps suchen und entschärfen Granaten. Mametz und Trones und Dellville und Hochwald sind von zersplitterten Bäumen geräumt worden. Neue werden gepflanzt. Mit der Zeit wird es Gebüsche und laubverschattete Pfade auf diesen vernarbten Hügeln geben, und mit der Zeit werden auch wieder Dörfer auf den Flecken von Ziegelstaub stehen, die schon einmal Dörfer gewesen sind. Der Anblick von Bazentin nach Hochwald und Flers bricht einem das Herz. Wie kurz die Entfernungen einem jetzt vorkommen, und wie riesengroß sie damals waren – Pfade in die Ewigkeit. Daß so ein kleines Stückchen Boden so viele Leben verändert hat...

Oberst Sir Terence L. de Gough und sein Adjutant, Major Fenton Wood-Lacy, fuhren auf dem Rücksitz des Vauxhall, und der Chauffeur hielt sich so dicht wie möglich hinter dem Panzerwagen, der vor ihnen auf der gewundenen Straße zwischen Ballingarry und Limerick dahinraste.
»Verdammt, Fenton«, sagte der Oberst, »die ganze Idee, daß man hier eine Zeremonie abhalten sollte, ist Blödsinn. Es gibt mit Sicherheit Demonstrationen. Die Garnison steht dann zwei blödsinnige Minuten lang schweigend da, und das werden die verfluchten ›Freiheitskämpfer‹ ausnutzen. Denken Sie an meine Worte.«
»Wir werden nicht alle schweigend da stehen«, sagte Fenton. »Die Panzerwagen bleiben draußen, und auch die Militärpolizei.«
»Die schaffen es trotzdem, irgend etwas in die Luft zu jagen. Wenn Paddy sich was in den Kopf gesetzt hat, dann findet er garantiert auch einen Weg, es durchzuführen. Sie haben Glück, daß Sie fortkönnen. Wann fahren Sie denn los?«
»Heute abend.«
»Ich hoffe, daß Hackway das Ganze in den Griff kriegt. Ich werde Sie vermissen, Fenton.«
»Hackway ist ganz kompetent, Sir.«
»Vielleicht. Aber er ist nicht Sie.«
Der ältere Oberst spielte abwesend mit dem Revolver, der auf dem Sitz zwischen ihnen lag; sein Blick hing an dem Panzerwagen, dessen Schützenturm sich drehte und dessen Vickerskanone bedrohlich auf die Heckenreihen auf beiden Seiten der Straße gerichtet war. »Die erwarten, daß Sie aus der Armee austreten, Fenton. Ich nehme an, Sie wissen das.«
»Ja, ich weiß es.«
»Die schicken Sie nach Mesopot...«
»Heißt jetzt Irak.«
»Das ist doch scheißegal. Wenn die Araber oder die Kurden Sie nicht schaffen, dann tut es das Klima.«
»So dürfen Sie es nun auch wieder nicht sehen.«

»Weil die da oben Sie wieder zum Oberstleutnant befördert haben und Ihnen ein Bataillon geben? Seien Sie nicht dumm, mein Junge. Ihr Name, der ist bei denen unterstrichen. Jeder Posten, den Sie kriegen, wird eine verdammt harte Pille sein. Die Beförderung, die ist nur das Stückchen Zucker, damit Ihr hochangesehener Schwiegervater keine bösen Briefe an das Kriegsministerium schreibt. Dort wäre man außerordentlich glücklich, Ihren Abschied zu akzeptieren und Sie mit intakter Ehre und im Rang eines Obersten zum Zivilisten zu machen. Sie sollten diese Gelegenheit sofort ergreifen, Fenton.«

Wenn es eine Logik gab, dann sollte er genau das tun. Weiß Gott, Winnie würde glücklich darüber sein. Er sollte ein Landedelmann werden und eins der Güter des Marquis verwalten. Oder irgendein Handwerk lernen. Für Jura war es ein bißchen zu spät. Handel vielleicht. Import und Export. Zwölf Jahre Soldat. Das war das einzige Handwerk, das er gelernt hatte.

Das Regiment war auf dem Platz der Kaserne Limerick aufmarschiert, und die Militärkapelle schwenkte jetzt ein. »Die frische englische Rose«, gespielt mit Trommeln und Pfeifen. Korporal Harris, der beste Trompeter in der Kapelle, hatte beim Flaggenmast gegenüber dem Militärpfarrer Haltung angenommen. Fünfzehn Minuten vor elf am Morgen des elften Tages des elften Monats. Ein milder Tag. Große, bauschige Wolken schwebten vom Channon herüber. Fenton schaute nach oben, und dort peitschte die Flagge im Wind, und die Farben strahlten hell und leuchtend am Himmel. Ach verdammt, dachte er. Richtig oder falsch, dies war einfach sein Leben, und es war zu spät, das aufzugeben...

Besorg dir die Flügel des Morgens,
flieg rum, bis der Tod dich erspäht,
doch wohin 's dich auch zieht, du entgehst nicht dem Lied
auf den Lappen, der über dir weht.

»Du bist doch nicht etwa beim Packen?« fragte Lady Margaret, als sie ins Zimmer kam. Die Zwillinge hingen an ihren Händen, ließen die Füße schleifen und versuchten, ihrer Großmutter die Arme aus den Gelenken zu reißen. Sie kreischten vor Vergnügen. »Er hat dir noch nicht geschrieben. Vielleicht nimmt er seinen Abschied, weißt du.«

»Er ist dein Sohn«, sagte Winifred, während sie einen Haufen Kindersachen durchsah. »Das solltest du besser wissen als ich.«

»Bagdad«, flüsterte Lady Margaret. »Ich kann den Gedanken nicht ertragen.«

»Es wird nicht Bagdad, Mutter, Fenton würde uns nicht erlauben, dort zu wohnen. Nein, wir werden nach Ägypten gehen. Wir werden ein wunderschönes, kühles Haus in Gezireh mieten. Und Jennifer und Victoria werden das ganz toll finden, und du auch, Mutter.«

»Ich? Mich wirst du nie aus Suffolk herausschleifen, Mädchen.«
Winifred lächelte. Sie sah zu, wie die Zwillinge an ihrer Großmutter zerrten und zupften. »Du wirst ja schon geschleift. Außerdem wäre es ja nur für ein Jahr oder höchstens zwei, und Fenton wird reichlich Urlaub bekommen. Wir könnten ein Hausboot mieten und den Nil hinauffahren. Es wird sehr schön werden.«
Lady Margaret machte sich von den Mädchen los, die wie kleine Hündchen davontollten, und setzte sich auf die Bettkante.
»Ach du liebe Zeit. Du bist überhaupt nicht geeignet zur Soldatenfrau. Warum, in aller Welt, erzählst du ihm das denn nicht?«
Winifred seufzte und tätschelte ihrer Schwiegermutter leicht die Schulter.
»Wenn ich es ihm erzählen würde, dann würde er die Armee aufgeben, und es muß seine Entscheidung sein, nicht meine. Ich bin Fentons Frau, und das ist alles, was für mich eine Rolle spielt. Daß er zufällig in der Armee ist, damit habe ich gelernt zu leben, und ich nehme an, daß ich auch weiterhin damit leben werde.«
»Nun, man sagt, Ägypten ist im Winter herrlich, und wir könnten ja auch zwei winzig kleine Esel für die Kinder kaufen. Die könnten sie dann reiten.«
Winifred beugte sich herab und küßte ihre Schwiegermutter auf die Wange. »Wir, hast du gesagt? Gut. Aber die Zwillinge sind noch ein bißchen klein für Esel.«
»Ach wirklich?« sagte Lady Margaret wehmütig. »Die beiden, das sind doch ein paar Amazonen! Ich hatte mir immer vorgestellt, daß Mädchen sanfte Lämmer wären, aber die zwei sind fast so wild, wie Fenton in diesem Alter war, obwohl ich sagen muß, daß Roger...« Sie hielt abrupt inne und schaute auf ihre Hände hinab, die in ihrem Schoß gefaltet lagen. »Es ist wieder soweit. Zwei Schweigeminuten. Ich brauche keinen besonderen Tag im Jahr, um an ihn zu denken.«
Winifred wandte sich wieder dem Stapel Kleider zu und fuhr fort, sie auszusortieren.
»Mir geht es genauso mit Andrew und Timothy. Und wenn die Kugel, die Bramwell getroffen hat, nur den Bruchteil eines Zentimeters weiter links eingeschlagen wäre, dann würde ich mich noch an einen weiteren Bruder erinnern müssen.«
»Der Waffenstillstandstag ist für Leute gedacht, die einen offiziellen Gedenktag brauchen, um sich überhaupt zu erinnern.«
»Ja, das glaube ich auch«, sagte Winifred ruhig. »Und dennoch, immer wenn sie die Glocken läuten...«
Sie schauten einander an und warteten dann auf den ersten der elf wehmütigen Glockenschläge.

Die Fahrt mit Prinz Michael von Biarritz zurück nach Paris war aufregend gewesen.
Der Prinz war den Kugeln entkommen, unter denen viele seiner Familienmitglieder gestorben waren, nicht zu erwähnen sein Vetter, der Zar. Er war zu der Zeit gerade Adjutant des russischen Militärattachés in Paris gewesen, und zwar von 1915 bis zu dem Zeitpunkt, an dem die Ereignisse im heiligen Rußland solch einen Posten weniger lukrativ werden ließen. Außerdem hatte ihn das Glück begünstigt, weil er die Voraussicht gehabt hatte, eine Million Rubel in Gold von seiner Bank in Petrograd auf die Banque de France zu transferieren. Dieses Geld hatte es dem fünfunddreißigjährigen Prinzen nicht nur erlaubt, sich seiner hauptsächlichen Leidenschaft zu widmen – dem Rausch der Geschwindigkeit –, sondern es hatte ihm etwas gegeben, dessen sich nur wenige seiner emigrierten Landsleute von adligem Geblüt rühmen konnten – Unabhängigkeit. Er hatte sich nicht dazu herablassen müssen, wie so viele andere Fürsten, Großfürsten und Prinzen der Familie Romanoff, seinen Namen an eine der Töchter der »Neureichen« zu verkaufen, die jetzt aus solchen Orten wie Birmingham, Bradford, Liverpool und Gary, Indiana, USA, Paris auf der Suche nach billigen Adelstiteln zu überfluten begannen. Nein. Er war Prinz Michael, ihn konnte man nicht kaufen. Der Isotta-Fraschini, den er fuhr, der Breguet-Doppeldecker, den er flog, beides war aus seiner eigenen Tasche bezahlt. Aus diesem, wenn nicht aus irgendeinem anderen Grund, saß Lydia neben ihm. Sie mochte keine Männer, an deren Familienwappen ein Preisschild klebte.
Ja. Aufregend. Die Bäume rauschten vorbei, der Staub peitschte in langen, flachen Streifen von blassestem Gelb unter den Reifen des Wagens nach hinten. Lydia hatte den Wind im Gesicht, der über die Windschutzscheibe wirbelte. Paris erhob sich in der Dämmerung; seine Türme leuchteten durch den Dunst. Montparnasse. Der Faubourg. Das Kreischen der Reifen, als der Prinz vor dem Deux Magots scharf bremste. Die schläfrige Küchenbesatzung, die gerade die Tore öffnete und ihnen Kaffee und Brioches servierte. Als Michael endlich vor Lydias Haus am Rand des Bois de Boulogne parkte, fühlte Lydia sich völlig zufrieden. Es war fünfzehn Minuten vor elf.
»Soll ich noch mit hineinkommen?«
»Soll?« lachte sie. »Oder darf ich bitte noch hereinkommen?«
Er zuckte die Achseln. »Wie kann ich sagen, in welcher Stimmung du bist, Lydia?«
»Im Augenblick ist meine Stimmung irgendwie nachdenklich. Und außerdem haben wir einander in den letzten Wochen oft genug gesehen, so daß es eine Weile ausreichen sollte. Fahr zum Flugplatz und flieg mit deinem kleinen Maschinchen an irgendeinen exotischen Ort.«

Er nahm ihre Hände und küßte sie. »*Au revoir.* Ich werde nach Tanger fliegen. Laß dich nicht zu intensiv mit irgendeinem anderen ein, ehe ich zurückkehre, oder ich mache eine Bruchlandung auf deinem Dach.«
Galant. Aber er war ja auch ein Prinz, und die richtigen Sätze und Gesten kamen ganz natürlich. Wenn sie ihn heiratete, würde sie eine Prinzessin werden, mit einem fünfhundert Jahre alten Namen. Aber dieser Gedanke faszinierte sie nicht. Sie war Michael schon gleichgestellt. »Geld«, hatte David Langham einmal gesagt, »ist die einzig wichtige Aristokratie.« Und dann hatte er mit einem Augenzwinkern hinzugefügt: »Aber die Macht, das sind die Stimmen der Armen.«
Langham kam ihr wieder in den Sinn, als sie langsam die Treppe hinaufging. Ein Dienstmädchen huschte vor ihr her, um ihre Schlafzimmertür zu öffnen. Sie mußte an ihn denken, weil er genau das Gegenteil des hochgewachsenen, athletischen Prinzen war. Es war Langham, der sie dazu gebracht hatte, dieses Haus zu kaufen, so daß er während der unendlich langen Monate voller stürmischer Konferenzen in Versailles ein ruhiges Plätzchen hatte, an das er sich zurückziehen konnte. Und er hatte das komplexe Problem der Teilung Ungarns nach einem besonders gelungenen Wochenende gelöst, das in genau diesem Zimmer stattgefunden hatte – auf genau diesem Bett, auf dem sie sich jetzt ausstreckte, während das Dienstmädchen hinaushuschte, um Lydias Bad vorzubereiten. Ihre intime Bekanntschaft mit Langham war nicht unbemerkt geblieben. Sie hatte ihr Eingang in die neue Gesellschaft verschafft, die Geld allein ihr nie hätte kaufen können. Geld war erwünscht in dieser Nachkriegswelt, aber Einfluß bedeutete alles.
Die Glocken von St-Jean Baptiste in Neuilly begannen zu läuten. Es war doch sicher noch nicht Sonntag? Donnerstag morgen, Donnerstag, der 11. November. Die Glocken hatten den gleichen sanften, melodischen Klang wie die Kirchenglocken von Abington, und die Erinnerung kam wie eine Welle zurück, wie eine Flut von Bildern, die Lydia mit ihrer Klarheit betäubten. Sie hatte das Gefühl, als ob sie nur die Hände ausstrecken mußte, um Fentons Hand zu ergreifen, und dann würden sie höher, immer höher, immer höher auf dem Baugerüst an den hohen Ziegelkaminen klettern, und Charles würde weit, weit unten stehen und ausrufen: »Lydia, Lydia, fall nicht... fall nicht runter!«

Der Graf und die Gräfin Stanmore und ihr Sohn, William Greville, wurden von Hochwürden Toomey, dem Pfarrer von Leandinam warm begrüßt, als sie aus ihrem Daimler ausstiegen. Der Graf blieb noch einen Augenblick hinter dem Steuerrad sitzen, um sicherzustellen, daß er auch richtig geparkt hatte. Rückwärtsgang eingelegt, Handbremse gezogen, Räder scharf abgewinkelt. Ein peinlich gewissenhafter Autofahrer. Hoch-

würden Toomey führte sie dann ins Pfarrhaus, damit sie gegen die Kälte des Morgens eine Tasse starken Tee trinken konnten. Der Tee wurde angemessen auf einem georgianischen Silbertablett serviert, das die Stanmores gestiftet hatten. Ihre Großzügigkeit während der letzten drei Jahre war außerordentlich gewesen, und ihre Gesellschaft wurde wie immer von dem jungen Kirchenmann und seiner Frau herzlich begrüßt.
»Sagen Sie mir doch, William«, meinte der Pfarrer, »wie behandelt man Sie denn jetzt in Cambridge in diesem Trimester?«
»Ein bißchen besser, als ich Cambridge behandle«, sagte William mit einem Lachen. »Ich glaube, ich bin für die Klassik nicht so recht geeignet.«
»Er denkt daran, das King's College zu verlassen und Jura zu studieren«, sagte Hanna.
»Darüber könnte ich nicht glücklicher sein«, bemerkte der Graf, der mit Genuß seinen Tee trank. »Wir könnten einen Anwalt in der Familie gebrauchen, wo es all diese neuen Gesetze und Steuern gibt, die die Regierung in ihrer Arroganz auf uns abzuladen geruht.«
William lachte noch einmal. »Aber Vater, wir wollen uns doch am Waffenstillstandstag nicht in die Politik verstricken.«
»Ganz richtig«, murmelte der Graf. Er trank seinen Tee aus und hielt seine Tasse hoch. »Also John, was für eine Predigt können wir denn heute morgen erwarten?«
»Eine einfache, wie gewöhnlich«, sagte der Pfarrer, während seine Frau den Tee einschenkte. »Als ich noch Pater bei den Grenzern in Südwales war, wurden die Männer immer unruhig, wenn meine Predigt zu hochfliegend war. Einfache Sprache und Gedanken, daran glaube ich ganz fest. Und an die Auswahl der bekannteren Lieder, derjenigen Lieder, die die Jungs auch mitsingen können, ohne in ihre Gesangbücher zu schauen.«
»Ich habe immer das Lied sehr gemocht: ›Ach, wenn ich tausend Zungen hätte‹«, sagte Hanna. »O ja«, stimmte der Pfarrer zu. »Das ist ausgesprochen hübsch. Aber *›Onward Christian Soldiers‹*, das ist noch immer das Lied, was die Jungs am liebsten haben. Das singen sie immer aus vollem Halse mit.«
William trat an eines der Fenster hinüber und schaute den Hügel hinauf, der hinter dem Haus lag.
»Ist er da oben, Herr Pfarrer?«
»O ja. Da ist er jeden Morgen, gleich, wie das Wetter ist.«
»Ich gehe und hole ihn mal.«
»Soll ich mit dir kommen?« fragte sein Vater.
»Heute würde ich lieber allein gehen, wenn es dir nichts ausmacht, Vater.« Hanna beobachtete ihn, als er hinausging. Sie konnte durch das Fenster sehen, wie er den Pfad entlang wanderte. Er lief schon so viel besser zu Fuß, dachte sie, seit der Operation in New York im vergangenen Au-

gust. Eine gewisse Steifheit war zurückgeblieben, aber selbst wenn er einen Hügel hinaufmarschierte, bemerkte man kein Hinken mehr. Das steife Knie machte es ihm sehr schwierig, einen Wagen zu fahren, aber sonst war er kaum behindert. Wie groß und stark er war. Mächtige Schultern und Arme. Ein junger, gutaussehender Mann, und so sehr lebendig.

William ging langsam den steilen, sandigen Pfad zum Gipfel des Hügels hinauf. Hölzerne Bänke standen unter den Eichen und Kastanienbäumen, und Charles saß auf einer davon. Er hatte sich nach vorn gebeugt, die Hände lagen auf seinen Knien, und er starrte über das Tal hinweg zu den fernen Hängen und Klippen des Moel Sych. William setzte sich neben seinen Bruder und nahm ein silbernes Zigarettenetui aus der Innentasche seiner Jacke.
»Möchtest du eine Zigarette?«
»Ich glaube nicht«, sagte Charles, lehnte sich zurück und verschränkte seine Arme. »Seltsam, wie die Schatten aus den Schluchten und Gräben heraus- und wieder hineinrasen.«
»Wolkenschatten. Ein sehr friedlicher Anblick.«
»Ja, es lullt einen richtig ein. Ich stelle oft fest, daß ich einschlafe, während ich sie beobachte.«
»Es ist eben sehr friedlich.«
»Stimmt. Manchmal gehe ich dort hinauf, aber man kann das Rembrandtsche Helldunkel nur aus der Entfernung richtig sehen.«
»Ja, das kann ich mir vorstellen.«
»Die Schatten rasen über einen hinweg, schrecklich schnell, sie zischen vorüber, siehst du. Man hat nicht einmal Zeit, säuberlich zwischen Licht und Schatten zu unterscheiden.«
»Ich verstehe.«
»Aber wenn man hier sitzt, oder selbst weiter dahinten, in der Nähe der alten Mauer, da ist es ganz was anderes. Kommst du oft hierher?«
»So oft ich kann.«
»Ich hatte so das Gefühl, daß wir vorher schon einmal darüber geredet haben. Vielleicht nicht genau hier ... aber ... irgendwo anders ...«
»Ach, wir haben oft miteinander gesprochen. Das letztemal, als ich hier war, haben wir über Derbyshire geredet.«
»Wirklich?«
»Über Buxton. Ein wunderschönes Fleckchen Erde. Berge und Felsen. Wir haben dort seit Jahren schon ein Haus. Etwas klein, aber gemütlich. Hinter dem Haus ist ein Hügel, und von der Terrasse aus kann man die wechselnden Muster des Lichts sehen. Wolken segeln darüber hinweg, und die Schattenflecken wechseln dauernd, während des ganzen Tages. Ein sehr interessanter Anblick.«

»Ja, das ist es sicher.«
»Hättest du Lust, es eines Tages mal anzusehen? Und bleibst vielleicht sogar dort?«
Charles runzelte die Stirn und schaute wieder auf den Hügel, auf die Schatten der windgetriebenen Wolken, die wie dunkle Flecken in die Täler hineintauchten und wieder herauskamen und über die Hänge wanderten.
»Ich bin nicht sicher, daß ich das könnte. Wirklich, ich weiß nicht. Ich muß diesen Hügel beobachten, siehst du. Ich muß ihn beobachten, für den Fall, daß die Männer zurückkommen.«

Beobachtungen und Gedanken. An der Straße in der Nähe von Beaumont Hamel waren Touristenbusse geparkt. Die Insassen – fast alle trugen eine Kamera um die Schultern geschlungen – werden von einem Führer zur Besichtigung der alten Schützengräben geführt. Eine ganz neue Erwerbsquelle. Nördlich der Somme, in Arras, gab es jetzt auch Touristenbusse. Leute im mittleren Alter meist, die mit vorsichtigen Schritten über neue Planken balancierten, die von den Reisegesellschaften ausgelegt worden waren. In der Nähe von Cambrai liegen noch ein paar verrostete Tanks, die teilweise im Schlamm eingegraben stehen. An der Front von Vimy hat sich der Stacheldraht mit rostigem Orange überzogen. In den Messines kreisen riesige Scharen von Raben über die zerfetzte Silhouette der zerschossenen Bäume.
Merkwürdig, wie friedlich alles ist. Hier gibt es keine großen Stories mehr zu sammeln. Die Stürme haben sich verlagert. In Marokko hacken Rifkabylen die französischen und spanischen Legionäre in Stücke; in Adrianopel kämpfen Türken und Griechen auf Leben und Tod; britische Truppen ergießen sich in den Irak, nach Irland, nach Nordindien. Und Rußland liegt im Krieg mit Polen und im Krieg mit sich selbst: die Weißrussen, die Roten, Denikin, Semenoff, Trotzki, die tschechische Legion. Auch Jacob ist von diesen Winden an einen Platz verweht worden, der irgendwo zwischen hier und Sibirien liegt. Als Sonderbeobachter für eine Agentur des Völkerbunds, der politische Entwicklungen in den neuen Nationen, die man aus den alten Reichen herausgeschnitten hat, im Auge behält. »Ich sehe zu, wie der neue Haß wächst«, hatte Jacob sich sardonisch ausgedrückt, als wir im vergangenen Jahr im Hotel Adlon in Berlin saßen. Den neuen Haß, der ausgebrütet wurde, um den alten zu ersetzen, an diesem zweiten Jahrestag des Endes eines Krieges, der alle Kriege beenden sollte.
Wir sind in alle Winde verstreut. Ist das der Anfang des wurzellosen Zeitalters? Oder ist es nur eine neue Rastlosigkeit, sind nur die alten Horizonte nicht länger so sicher und beruhigend, wie sie einmal waren? Wir

wandern und kehren wieder zurück, wie die Zugvögel – Petrograd, Berlin, Paris, London, New York. Hin und zurück. Züge nach Mailand, Belgrad, Warschau. Hin und zurück, über die Ozeane, ohne noch einen Gedanken an die Reise zu verschwenden.
Merkwürdig, daß Alexandra in Kanada lebt und zusammen mit einem Arzt in einer Klinik für Kriegsversehrte arbeitet, einem Mann, der vielleicht ihr Ehemann ist, vielleicht aber auch nicht. Sie schien so sehr ein Teil von Abington Pryory und Park Lane zu sein, damals. Das schönste Mädchen auf allen Bällen. Eine englische Dame der feinen Gesellschaft, bis in die Fingerspitzen. Alles hat sich verändert. Sie hat Hanna geschrieben, daß selbst Toronto nicht weit genug fort liegt. Sie und ihr Arzt planen, immer weiter nach Westen zu gehen, wenn die Verwundeten einmal weniger werden. Sie wollen so weit fort wie möglich von dem Ort, an dem ich jetzt sitze, von Hazebrouck, dem Rand der großen Schlachtfelder.
Es gibt eine gute neue Straße von Hazebrouck über die Messines nach Kemmel und Ypern, aber auf beiden Seiten ist die Erde sauer. Senfgas hat den Boden durchdrungen. Dennoch, das Gras beginnt zu wachsen, es rückt Zentimeter für Zentimeter über die Ränder der Bombenkrater, es sprießt zaghaft aus den alten Brustwehren und zwischen den Sandsackbunkern. Ja, das Gras bedeckt alles.
Es gibt kein besonderes Golgatha für die britische Armee, aber Ypern reicht aus, und es ist das Schlachtfeld, das der Küste am nächsten liegt. Hier, in der Nähe einer Steinwüste, die einmal eine Spitzenmacherstadt gewesen ist, haben die sechs unbekannten Tommys Seite an Seite in einer Hütte gelegen und darauf gewartet, daß einer von ihnen für die Unsterblichkeit ausgewählt wurde, zum Symbol für den Opfertod all der Millionen. Diejenigen, die hierbleiben, sind nicht vergessen. Die Kriegsgräberkommission des Commonwealth hat keine Kosten gescheut, Friedhöfe anzulegen. Niedrige Mauern umgeben sie, und Bäume und Gebüsche mildern die strengen Reihen. In Poperinghe sehen die Friedhöfe wie englische Gärten aus, und die Friedhofsgärtner nehmen ihre Aufgabe ernst. Sie brauchen nur wenige Minuten, um jedes beliebige Grab für die Besucher zu finden, in den säuberlichen Reihen von weißen Kreuzen, auf denen die Namen stehen. Auf einem davon steht Ivy Thaxton-Rilke. Unter dem Namen sind die Initialen des Militärschwesterndienstes und ein Datum, 9. Oktober 1917, eingemeißelt.
In Passchendael sind mindestens hunderttausend andere Gräber, aber das ist kein Trost. Ivy liegt in einem besonderen Teil des Friedhofs neben zwanzig ihrer Patienten, die mit ihr zusammen starben, als die Granate einschlug. Alexandra hat dafür gesorgt, daß sie einen Extraplatz bekam. Die Tochter eines Grafen kriegt ihren Willen.
Ein Grab in Flandern. Weit weg von den Orten, die Ivy so gern sehen

wollte: Chicago, Illinois am Michigansee; Eisenbahnlinien und Viehmärkte.
Nein. Ich könnte es nicht ertragen, nach London zu fahren und den Pomp in der Westminsterabtei mitzuerleben, nicht, wo sie hier liegt. Ein stiller Platz. Nur der Wind und eine Amsel, die sich auf einer Zypresse wiegt, und dann, um elf Uhr, das ferne Läuten einer Glocke.